EL TRONO DE LOS CAÍDOS

EL TRONO DE LOS CAÍDOS

KERRI MANISCALCO

Traducción de Estíbaliz Montero Iniesta

UMBRIEL

Argentina · Chile · Colombia · España
Estados Unidos · México · Perú · Uruguay

Título original: *Throne of the Fallen*
Editor original: Little, Brown and Company, un sello de Hachette Book Group, Inc
Traducción: Estíbaliz Montero Iniesta

1.ª edición: marzo 2024

© 2023 *by* Kerri Maniscalco
Published in agreement with the author, c/o BAROR INTERNATIONAL, INC., Armonk, New York, U.S.A.
All Rights Reserved
© de la traducción 2024 *by* Estíbaliz Montero Iniesta
© 2024 *by* Urano World Spain, S.A.U.
  Plaza de los Reyes Magos, 8, piso 1.º C y D – 28007 Madrid
  www.umbrieleditores.com

ISBN: 978-84-19030-80-1
E-ISBN: 978-84-19936-41-7
Depósito legal: M-415-2024

Fotocomposición: Ediciones Urano, S.A.U.
Impreso por: Romanyà Valls, S.A. – Verdaguer, 1 – 08786 Capellades (Barcelona)

Impreso en España – *Printed in Spain*

Para quien no puede evitar enamorarse del villano
y adora un cuento de hadas pecaminosamente perverso,
esta historia es para ti.

Los caballeros virtuosos no son tan atractivos
como los perversos y pecadores hombres llenos de vicio.

Poemas para los malvados, VOLUMEN UNO.

En una pequeña ciudad llamada Waverly Green, similar en cierto modo al Londres de la Regencia, aunque no del todo, varios mortales han presenciado extraños sucesos carentes de explicación. Algunas de las personas que poseen sus propios secretos, como la señorita Camilla Antonius, han escuchado susurros de un oscuro inframundo lleno de vicio, donde siete príncipes demoníacos gobiernan siete mortíferas cortes llenas de pecado. La magia no es motivo de risa inmediata en Waverly Green, aunque tampoco se habla nunca abiertamente de ella. A menos que, por supuesto, uno se aventure en el ilegal mercado negro, donde se dice que el arte y los artefactos robados están imbuidos de poderes místicos y los comerciantes podrían no ser realmente humanos...

Sin que Camilla, ni nadie en Waverly Green, lo sepa, en ese tortuoso reino se ha roto hace poco una maldición y un príncipe tan apuesto como el pecado ha quedado libre.

A diferencia de lo que sucede en los cuentos de hadas, el príncipe que ahora va a por Camilla no es en absoluto encantador. Pero, como con todos los villanos de los libros de cuentos, si Camilla no tiene cuidado, dicho príncipe oscuro podría acabar conquistándola.

A no ser que ella logre lo imposible y le robe su malvado corazón primero...

PRÓLOGO
CASA DE LA ENVIDIA

VARIAS DÉCADAS ANTES

—Ese fae es un maldito desgraciado.

El príncipe de la Envidia se quedó mirando la pluma esmeralda que acababa de caer del pergamino desdoblado que sostenía en la mano, con el corazón latiéndole con fuerza por la provocación. De repente, sintió una quemazón entre los hombros y la necesidad de invocar sus alas le resultó casi dolorosa.

No había duda de que ese cabrón sabía dónde golpear con más fuerza a Envy.

El hechizo tatuado en la pluma brillaba a modo de invitación.

PREPÁRATE
L

Respiró hondo y levantó la mirada, buscando su reflejo en el espejo dorado al otro lado de la habitación para estudiarse a sí mismo con los ojos de alguien que apreciaba el arte, incluido el fino arte del engaño.

Su expresión era tranquila, incluso aburrida. El vivo retrato de la indolente realeza. Su cabello casi negro estaba perfectamente peinado, sus fríos y arrogantes rasgos mostraban esa media sonrisa problemática que atraía con facilidad a sus amantes y las conducía hasta su dormitorio.

Tan solo era otro bonito engaño.

Por dentro estaba furioso, y esa emoción era tan abrasadora que su hermano Wrath, el rey de los demonios, sentiría la perturbación en su círculo y acabaría acercándose a husmear.

Con el paso de los años, Envy había aprendido a fingir; era necesario para salvar a su corte.

Sabía lo que los demás veían cuando lo miraban, la máscara a la que había dado forma, la de un príncipe apuesto y despreocupado que gustaba de los juegos y acertijos. Comprendía que su exterior bien vestido y esos hoyuelos encantadores que rara vez mostraba no eran más que dos armas adicionales en su arsenal. Formas inteligentes de ocultar al peligroso demonio que acechaba bajo su cincelado exterior, el príncipe despiadado que hacía tiempo que había perdido todo sentido de la moralidad cuando se trataba de alcanzar sus objetivos.

Envy recogió la pluma esmeralda y la rozó con el pulgar de forma casi reverencial, hasta que ese sentimiento dio paso a algo más oscuro.

La pluma era un recordatorio de la época en que sus propios bordes habían sido más suaves que duros, y la nota en sí era una advertencia de que un nuevo juego estaba a punto de empezar.

Prepárate. Al menos, ese era un desafío que Envy pretendía ganar. Llevaba más de medio siglo aguardando el inicio de aquel juego, viendo cómo su corte se acercaba cada año más a la ruina. Por aquel momento de debilidad, por aquel único error, Envy los había condenado a todos.

Ese era un secreto que no permanecería oculto a ojos de sus hermanos por mucho tiempo, en especial si las cosas continuaban tal como estaban.

Las señales ya eran bastante claras, si alguien las observaba con atención. Era evidente en el modo en que los cortesanos de Envy se quedaban en blanco, o en ese constante retraso de medio segundo en mitad de una conversación. Como si no pudieran recordar dónde se hallaban o con quién estaban hablando.

Hasta la fecha solo duraba lo mismo que un latido, pero empeoraría. El tiempo se encargaría de ello.

Y Envy sabía que aquel fae malnacido prolongaría el juego, que esperaría tanto como le fuera posible para empezar, solo para debilitarlo tanto como pudiera. Envy, como todos sus hermanos, extraía su poder de provocar su pecado. Y una corte en peligro no despertaba la envidia de nadie.

La caída de su corte sumiría su reino en el caos y dejaría una apertura para que otros, como aquel retorcido maestro del juego, intentasen infiltrarse en ella.

Si los hermanos de Envy supieran lo terrible que era la situación… Bueno, él mismo se aseguraría de que jamás lo descubrieran. Dejaría que creyesen que estaba jugando a otro frívolo juego más, sin ninguna motivación salvo su necesidad de ganar para inspirar envidia, para avivar su pecado.

No esperarían menos después de todas sus cuidadosas maniobras.

Contempló su rostro en el espejo por última vez, asegurándose de que no se vieran las grietas y de que ningún indicio de sus verdaderos sentimientos asomara tras su máscara predilecta. Luego, se metió la pluma en el chaleco y arrugó la nota en el puño.

Cuando llegara el momento, Envy jugaría al juego. Reclamaría lo que era suyo, restauraría su corte y nunca volvería a poner en peligro a su círculo permitiéndose sentirse intrigado por una mortal.

Arrojó el pergamino a la chimenea y observó cómo las llamas destruían la carta de ese maldito idiota, jurando que algún día también vería al maestro del juego reducido a cenizas.

Y, al igual que el fuego contenido en su estudio privado, Envy ardió por dentro.

VARIAS DÉCADAS DESPUÉS

—¡Eh! ¿Quieres montar al famoso monstruo de un solo ojo pintado en mi techo, querida?

Mientras *lord* Nilar Rhanes subía a trompicones a la tarima del trono, burlándose de las legendarias artes amatorias del príncipe de la Envidia, se percató vagamente de que algo en él, aparte de la evidente traición que estaba cometiendo, iba muy mal.

Y, sin embargo, por más que lo intentó, no le importó lo suficiente como para detener sus indecorosas payasadas.

—¿Quién quiere comprobar si la vida realmente imita al arte?

Rhanes señaló a la rolliza morena que tenía más cerca.

No habría podido recordar su nombre ni aunque su vida dependiera de ello, lo cual también le resultó bastante extraño. En el fondo, sentía como si la conociese desde hacía mucho tiempo y que jamás la hubiera mirado lascivamente, como un degenerado de la casa de la Lujuria, una de las cortes rivales.

Cualquier sensación extraña que estuviera experimentando no tardó en desvanecerse.

—¡Tú, la de allí! —gritó con voz retumbante.

Con las rodillas en alto, brincaba ante el reluciente trono como un verdadero bufón. Sus piernas parecían moverse por sí solas.

—Ven a sentarte en mi regazo, amor. Tengo un grandioso regalo para ti.

Rhanes se agarró su polla fláccida y provocó que las damas se rieran a carcajadas.

—¡Eres hombre muerto si su alteza te encuentra ahí arriba! —le dijo *lord*… quienquiera que fuese.

Rhanes sacudió la cabeza, intentando despejarse. Debía de haber bebido mucho más vino de bayas demoníacas del que recordaba. Ni siquiera en su juventud se había emborrachado tanto como para olvidar los nombres de sus amigos.

Porque eran sus amigos, ¿no?

Echó un vistazo a los rostros semifamiliares de los señores y las damas allí reunidos: un grupo de doce borrachos; trece, si se incluía él mismo. Aparte de Rhanes, que iba de rojo, todos vestían de un intenso verde oscuro. Los colores y los números parecían significativos de alguna manera y un poco premonitorios cuando reparó en que las manecillas se acercaban a las doce.

Medianoche.

Destellos de esa misma noche cruzaron por su mente. Estaba casi seguro de que no había empezado la velada vistiendo un traje rojo; no era uno de los colores de la casa de la Envidia.

Se le aceleró el pulso cuando unas palabras se abrieron paso por su niebla.

—Semilla, Celia. —Era algo extraño que decir. No lograba recordar si lo había oído antes; sin embargo, así debía de ser.

Todo en su cabeza estaba confuso y mal. Excepto...

Algo estaba pasando en su corte. Algo comentado tan solo en susurros, en las sombras, y luego olvidado... pero faltaba algo. Algo vital.

Rhanes ignoró su preocupación casi tan rápido como había aparecido, sintiéndose impelido a seguir haciendo el tonto como si fuera un títere cuyos hilos manejara alguna fuerza invisible.

—Ven aquí, pequeña descarada. —Rhanes movió las caderas hacia delante y fingió que inclinaba a la risueña morena hacia delante—. Olvídate del dormitorio, ¡pongamos celoso a todo el mundo mientras me la chupas aquí mismo!

—No puede chupar lo que no puede encontrar, ¿verdad? —interrumpió alguien más.

Rhanes entrecerró los ojos, sin estar seguro de si esa neblina era real o si solo era fruto de su imaginación. Un hombre alto y rubio con una sonrisa afilada atravesó la multitud.

El reconocimiento lo invadió lentamente. Alexei. El segundo al mando del príncipe.

Si el vampiro estaba allí, lo más probable era que su alteza anduviera cerca...

Un aleteo de pánico se agitó en el estómago de Rhanes antes de que su atención se viera atraída por el repentino tañido de las campanas de la torre del reloj. Ya casi tenían encima la hora de las brujas.

Voces, cientos de ellas, comenzaron a susurrar a medida que cada movimiento del segundero los acercaba cada vez más a la hora en punto.

¿Eso son recuerdos? ¿Por fin se están purgando?

¿Por qué había pensado algo tan ridículo? Se esforzó por recordar la última vez que había bebido del cáliz. Quizás eso haría que aquello acabara. Fuera lo que fuese *aquello*.

Rhanes se tapó los oídos y cerró los ojos con fuerza mientras la cacofonía aumentaba.

Las voces se unificaron y esas mismas palabras extrañas se liberaron, fuertes y claras.

Semilla, Celia. Semilla, Celia. Semilla, Celia. Semilla, Celia.

—¡Cerrad el pico! —gritó, ganándose algunos abucheos más.

Rhanes entreabrió un ojo. Infierno sangriento. Estaba borracho como un pecado. Nadie más estaba hablando.

Se tambaleó hacia el trono, dispuesto a correr el riesgo de enfadar a su príncipe si con eso conseguía detener las vueltas que estaba dando la habitación. Solo necesitaba un momento de quietud, un instante para respirar, para pensar. Si pudiera recordar...

Todo se detuvo con un chirrido en el momento en que se sentó.

Hasta el último *lord* y *lady* se desplomó en un montón inmóvil sobre los recuadros del suelo, como piezas de ajedrez derribadas.

Un juego. Tenía que ser eso. Seguro que el príncipe lo sabría. Y Alexei encontraría al príncipe.

Rhanes se puso rígido y buscó al vampiro, pero no se lo veía por ningún lado.

—¿Qué dem...?

Las campanas dejaron de repicar. Por fin había llegado la medianoche.

De repente, un humo oscuro se retorció alrededor del trono, obligando a Rhanes a taparse la nariz con la manga mientras los ojos le escocían. Buscó el origen y se vio a sí mismo en un espejo al otro lado de la estancia, con la boca abierta por el horror.

La mitad del trono estaba intacta y la otra mitad, la parte donde él se encontraba sentado, ahora encadenado por magia, estaba envuelta en llamas.

Él estaba en llamas.

Cualquier neblina que lo hubiera afectado se desvaneció y la realidad golpeó a Rhanes rápido y con fuerza. Gritó cuando unas llamas de lo más reales lo azotaron como un amante sádico, derritiéndole la carne.

Quería salvarse, huir lejos de aquellas llamas mortales, pero, por alguna razón, lo único que pudo gritar fue:

—¡SEMILLA, CELIA!

Mientras la bendita oscuridad de la inconsciencia descendía lentamente sobre él, Rhanes podría haber jurado que el príncipe por fin emergía de las sombras, con sus ojos de color esmeralda centelleando.

Una pequeña chispa de esperanza se encendió en su interior. El príncipe era más fuerte, resistiría a la locura antes de que todos fueran condenados. Tenía que hacerlo.

—Semilla, Celia —gimió Rhanes.

Semilla, Celia. Semilla, Celia. Semilla, Celia.

El príncipe estaba de pie junto a él y se limitaba a observar la escena, como si estuviera memorizándola.

Con la Muerte flotando a segundos de distancia, Rhanes al fin reunió los últimos restos de su voluntad.

—¿Qué... significa?

—Significa que el juego por fin se ha puesto en marcha.

La ira se reflejó en el rostro del príncipe antes de que saliera de la cámara.

Pronto, Rhanes se encontró solo. O tal vez no lo estuviera…

Cerró los ojos y su mente se oscureció. Se quedó en silencio.

Tal vez el príncipe Envy nunca hubiera estado realmente allí, y tal vez él no estuviera ardiendo en el Trono Maldito en absoluto.

PARTE I

EMPIEZA EL JUEGO

Normas de conducta

1. No se utilizará ninguna persuasión mágica para influir en los no jugadores directamente relacionados con las pistas.
2. Cada jugador tendrá tres oportunidades para pasar a la siguiente pista. El fracaso tras la tercera implicará la descalificación.
3. La pena por descalificación será elegida por el maestro del juego, incluyendo, pero no limitada a, la muerte.
4. El premio se adaptará al ganador individual. Todo el mundo se juega algo.
5. Los jugadores han sido seleccionados personalmente por el maestro del juego.

Al aceptar participar en el Juego, por la presente te comprometes a someterte a su voluntad hasta que se elija un ganador.

Marca la línea de abajo con una gota de sangre para activar el hechizo de unión.

Una vez activado, el Juego hará un seguimiento de tu progreso e informará directamente al Rey del Caos.

Buena suerte.

UNO

La señorita Camilla Antonius no gozaba de demasiada paciencia para los tontos, ni aunque se tratara de uno atractivo.

Y *lord* Philip Atticus Vexley —con su cabello dorado, su piel bronceada y su sonrisa pícara— se encontraba entre los mejores exponentes en ambos aspectos. Sobre todo, si se creía que haría *otra* falsificación para él.

Y, cuando entró en la galería de arte justo al ponerse el sol —con sus pulidas botas de montar, su chaqueta de cola de golondrina de color burdeos y sus ajustados pantalones marrón claro—, Camilla supo que aquella era precisamente la razón por la que se encontraba allí.

Era casi la hora de cerrar y el brillo secreto en los ojos de Vexley era de lo más desagradable; no eran amigos ni confidentes. Tampoco amantes. De hecho, si Camilla no volviera a verlo, organizaría una velada digna de la Corona para celebrar su buena fortuna.

—¿Estáis trabajando en algo intrigante, señorita Antonius?

—Solo es un paisaje, *lord* Vexley.

No era cierto, pero Vexley no merecía saberlo. El arte de Camilla era profundamente personal para ella, extraído de las advertencias de su madre, de las historias de su padre y de su propia soledad, que la ayudaban a ver el mundo como era en realidad.

Su arte era a menudo su alma al descubierto, una parte de ella que dudaba en compartir con cualquiera.

Afortunadamente, el caballete estaba alejado de la puerta y Vexley tendría que rodearlo para verlo. Pocas veces se esforzaba tanto en algo, a no ser que se tratara de su propia y escandalosa reputación.

Camilla apartó el taburete del caballete y abandonó rápidamente su pintura mientras se dirigía hacia el viejo escritorio de roble que hacía las veces de caja registradora y una maravillosa separación para mantener a raya al molesto *lord*.

—¿Puedo ayudaros en algo, o esta noche simplemente estáis admirando el arte?

La atención de él se centró en la bata salpicada de pintura de Camilla. No se la había quitado a su llegada, y la ligera presión de sus labios le indicó que él deseaba que lo hiciera.

—No te hagas la tímida, cariño. Ya sabes por qué he venido.

—Como hemos comentado anteriormente, mi señor, la deuda está pagada. Incluso os conseguí una piedra de la memoria. Lo único que debéis hacer es alimentarla con ese recuerdo en particular.

O eso le había dicho a Camilla el vendedor del mercado negro al que le había comprado la supuesta piedra mágica. Ella no había sentido ningún zumbido mágico, aunque eso no era exactamente una sorpresa, si se tenía todo en consideración. Aun así, Vexley se negaba a aceptar la piedra.

Le lanzó a Camilla una mirada desconcertada, como si el hecho de que le negara algo que quería fuese más escandaloso que el que una piedra mágica pudiera encerrar cualquier recuerdo que él eligiera entregarle.

Lord Vexley no era un gran dandi, pero sí que gastaba dinero como uno. Era el hijo primogénito de un vizconde y, como tal, se había entregado solo a las mejores cosas durante sus treinta años como niño mimado.

Cuatro años antes, después de un incidente teatral bastante escandaloso en el que se habían visto involucradas no una, sino dos actrices, y una exhibición borracha y muy pública de afecto durante lo que ahora se llamaba «el entreacto de la infamia», su padre lo había desheredado y había nombrado heredero a su hermano, un movimiento audaz que debería haber sorprendido a toda la élite de Waverly Green.

Pero, para sorpresa de su familia, las payasadas de Vexley no habían arruinado su reputación en lo más mínimo. En todo caso, se había convertido en una especie de sinvergüenza legendario en Green.

La sociedad elogiaba la moral incorruptible por encima de todo lo demás, especialmente en las mujeres. Pero las virtudes jamás habían poseído el mismo atractivo que el pecado. No eran tan emocionantes como para cotillear sobre ellas a la hora del té, y no importaba lo recatada y apropiada que la alta sociedad dijese ser, a todo el mundo le encantaba un buen escándalo, cuanto más lascivo, mejor. En Waverly Green no había nada tan entretenido como ser testigo de la caída en desgracia de alguien.

Ahora, los columnistas de revistas satíricas a menudo seguían de cerca a Vexley, desesperados por ser los primeros en informar sobre su próximo posible escándalo. Todos sabían que lo habían desheredado, por lo que su fuente de ingresos era un creciente misterio que la mayor parte de la ciudad deseaba resolver.

Vexley se reía y afirmaba que era un jugador inteligente y que sabía invertir, pero la gente seguía susurrando más historias perversas sobre su creciente fortuna.

Algunos rumores afirmaban que había hecho un trato con el diablo, mientras que otros susurraban sobre un trato cerrado con los fae. Solo Camilla conocía toda la verdad.

Debido a lo que había bautizado como el Gran Error, ahora, *ella* financiaba sin querer su extravagante estilo de vida y se ponía a sí misma en peligro de ser descubierta por la prensa.

El último cuadro que Camilla había creado y vendido para él casi había sido identificado como el fraude que era, y si el coleccionista no se hubiera bebido demasiadas copas de clarete y luego no se hubiera aliviado en una escultura de valor incalculable frente a todo el grupo de *lores*, *ladies* e incluso un duque, causando así un *gran* revuelo al desmayarse la duquesa justo en mitad del asqueroso desastre, la reputación de Camilla habría quedado arruinada.

Un escándalo de esa magnitud destruiría el prestigio que con tanto esfuerzo se había ganado como la marchante de arte más solicitada de Waverly Green. Y el sinvergüenza egoísta frente a ella, con su condenadamente encantadora sonrisa y su traje recién planchado, lo sabía, y estaba claro que no podía importarle menos.

—Sinceramente, Camilla, querida…

—Señorita Antonius —lo corrigió remilgadamente.

La sonrisa de Camilla era casi tan tensa como la forma en que agarraba su pincel.

Vexley, o Vex el Maldito, como había empezado a llamarlo mentalmente, había estado chantajeándola por aquel horrible error que había cometido hacía eones y, después de haber llegado a un acuerdo por su silencio, se suponía que él se desharía del recuerdo gracias a la rara piedra mágica, después de que ella completara tres falsificaciones para vender en su nombre.

El problema con los sinvergüenzas y los granujas era que no tenían ni un mínimo de honor.

Ya se acercaban a las *seis* falsificaciones y Camilla necesitaba que aquello terminara.

No importaba lo talentosa que fuera, si alguien descubría lo que había hecho, aparte de un posible arresto y condena a la horca, jamás vendería otro cuadro en Waverly Green. O en ninguno de los pueblos o aldeas de los alrededores en el reino de Ironwood. Aunque no es que se aventurara a salir de Waverly Green a menudo.

El reino de Ironwood era una pequeña nación insular que se podía cruzar en carruaje en unos pocos días, pero todo lo que Camilla conocía estaba en su ciudad y en la finca a dos horas al norte de allí. Si la obligaran a abandonar Waverly Green, todas sus esperanzas y sueños de ver florecer su galería para mantener vivo el recuerdo de su padre se marchitarían y morirían.

Los hombres como Vexley podían prosperar con el escándalo y acabar en las columnas satíricas, pero a las mujeres, en especial a las de su posición, no se les concedía el mismo estatus. Camilla debía caminar por una línea muy fina y mostrar el arte que creaba de manera escandalosa, pero nunca convirtiéndose ella misma en objeto de escrutinio.

Gracias a su experiencia personal con el cuadro más famoso de su padre, Camilla había aprendido desde el principio que a la alta sociedad le encantaba un poco de drama y un buen espectáculo, como demostraba la creciente popularidad de las caricaturas y publicaciones satíricas.

Por suerte, de momento la sociedad no podía dejar de hablar de sus singulares exposiciones. A falta de cometer un atroz acto de violencia contra la persona de Vexley, Camilla haría casi cualquier cosa para mantener su galería y su nombre alejados de los chismosos más despiadados, que por encima de todas las cosas adoraban derribar a otros para conseguir un rato de entretenimiento de salón.

A menudo leía las columnas de cotilleos solo para recordar lo que estaba en juego, para que le sirviera como advertencia constante de lo cuidadosamente que debía proceder mientras se esforzaba por mantener su deslumbrante reputación social y, al mismo tiempo, ganarse el respeto como galerista. Habían tolerado que se hiciera cargo de la galería de su padre porque adoraban a Pierre y su naturaleza poco convencional. Pero sabía que los chismosos estaban agazapados como buitres carroñeros, esperando para lanzarse en picado y darse un festín.

La verdadera esperanza de Camilla era, algún día, atraer gente a su galería gracias únicamente a sus propias pinturas, y eso jamás sucedería si su reputación quedaba mancillada de cualquier forma.

Echó un rápido vistazo por la ventana, aliviada de que ningún columnista estuviera al acecho, esperando para informar sobre el paradero actual de Vexley. Ya podía imaginarse los poco halagadores titulares si encontraban al Ángel del Arte y al Diabólico Desviado divirtiéndose a solas.

—Ya no puedo ayudaros con ese otro asunto —dijo Camilla en voz baja—. Si deseáis encargar un trabajo personalizado —añadió antes de que Vexley pudiera continuar con cualquier intento irrisorio de cautivarla—, estaré más que contenta de...

—«No puedo» y «no quiero» son cosas extremadamente diferentes, señorita Antonius.

Su tono arrogante y desdeñoso la enfureció. Como si Camilla no se diera cuenta de la diferencia entre ambos y él acabara de compartir algo trascendental con ella.

Vexley le recorrió el rostro con su mirada azul hielo, tomándose la libertad de admirar sus labios un poco más de lo que se consideraba cortés. Su atención se centró en sus fríos rizos plateados, en su delicada nariz respingona y en el tono dorado de su piel.

Sin embargo, los profundos ojos plateados de Camilla siempre eran lo que atraía a un pretendiente y, en ese momento, *lord* Vexley parecía paralizado por ellos.

Había oído rumores de que esa mirada de ojos entornados y de «ven aquí» que le estaba lanzando ahora había funcionado para seducir a varias viudas e incluso a algunas mujeres a las que no les faltaba marido.

Lord Philip Vexley era un libertino impenitente y se rumoreaba que su boca problemática era bastante agradable cuando metía a alguien entre sus sábanas de seda. No había visitado el dormitorio de Camilla, ni ella lo había invitado nunca a hacerlo.

Había descubierto que el chantaje sofocaba cualquier pensamiento apasionado.

—Corrígeme si me equivoco —dijo arrastrando las palabras, ignorando el vapor que Camilla estaba casi segura de que le salía por las orejas cada vez que él adoptaba ese tono condescendiente—. No estás *exactamente* en condiciones de rechazar el trabajo, ¿cierto? ¿Qué pasa con la información que poseo sobre ese famoso cuadrito que me vendiste? Recuerdas cuál, ¿no? Todavía lo tengo.

—Vexley —advirtió Camilla, echando un vistazo a la tranquila habitación.

Ningún columnista había aparecido y como era mitad de semana y ya casi había cerrado, la galería estaba afortunadamente vacía. Debido a sus limitados fondos, había tenido que despedir a su ayudante esa mañana, una decisión que le había roto el corazón. Y estaba resultando aún más terrible ahora que el muy oportunista y sinvergüenza se acercaba más a ella.

—De hecho, es una pintura tan preciosa que he tenido que ocultarla —continuó, presionando una cadera contra el gran escritorio como si se inclinara para compartir un secreto—. Para que nadie intente robármela.

El famoso cuadro era una falsificación, la primera y la última que había querido crear en su vida. Dos años atrás, y casi ocho años después del día en que la madre de Camilla los había abandonado; su padre había caído abruptamente enfermo de una aflicción misteriosa y ya no había podido trabajar.

Camilla había vaciado sus arcas en un intento desesperado por salvarlo, y lo volvería a hacer. Varios médicos lo habían visitado en casa, incluso se había aventurado en el prohibido mercado negro en busca de un elixir mágico, convencida de que la enfermedad de su padre no era de aquel reino.

Todos los intentos de luchar contra la muerte habían resultado en vano.

El dolor tras la desaparición de su madre una luminosa mañana de primavera antes de que Camilla alcanzara la mayoría de edad había sido horrible, pero la muerte de su padre realmente le había roto el corazón.

Pierre no había tenido miedo, como artista que compartía cada parte de su alma con su público, como un padre que había educado a Camilla con sus cuentos favoritos de magia y aventuras, de reinos oscuros mucho más allá de las costas de Ironwood. A Camilla todavía le preocupaba no estar a la altura de todo lo que le había enseñado.

Después de su muerte, había pintado la falsificación solo para recaudar fondos. Odiaba ser deshonesta y había considerado intentar cualquier otra cosa, pero los cobradores de deudas habían estado a punto de arrebatarle tanto la casa como la galería, incluso después de haber empeñado todas sus joyas, la plata, y de haber alquilado su finca por apenas el dinero suficiente para mantener al personal y los salarios del jardinero. A Camilla no le quedaba nada que vender. Solo su arte o su cuerpo.

O la única cosa que no tenía el valor de empeñar. Y ese sentimentalismo había regresado para perseguirla. En más de un sentido.

De alguna manera, aunque no resultaba del todo sorprendente, Vexley había sido tan astuto y había estado lo bastante sobrio como para detectar una mínima diferencia entre la falsificación y la pintura real, y en lugar de enfurecerse porque hubiera intentado engañarlo, de inmediato se le había ocurrido un plan para sacar provecho de su talento. Lo que estaba solicitando ahora no era un trabajo honesto.

Tampoco pagaría por sus servicios.

Camilla reprimió el impulso de darle un rodillazo en la ingle y esbozó otra sonrisa.

—Un caballero de vuestra alcurnia es conocido por cumplir su palabra, mi señor. Hicimos un trato y he pagado con creces el total. ¿Voy a buscar la piedra de la memoria?

Vexley echó la cabeza hacia atrás y se rio, un sonido genuino, pero de algún modo insoportable por esa misma razón. La encontraba divertida. Maravilloso.

—Querida, ¿y si te propusiera matrimonio? ¿Estarías entonces dispuesta a complacer a tu marido? Seguro que querrías asegurarte de que tuviéramos una vida cómoda con un techo sobre nuestras cabezas y buena comida en nuestras barrigas.

Entonces fue el turno de Camilla de reír. Matrimonio. Con Vex el Maldito. Y, con ello, toda una vida de servidumbre y de ser siempre una tramposa y una mentirosa. Junto a la ristra de amantes con las que él no sería discreto y que provocarían que toda la sociedad creyese que era una tonta.

Él la miró especulativamente, con las cejas arqueadas, y se dio cuenta de que no estaba de broma.

Camilla se aclaró la garganta, buscando la respuesta más diplomática posible para suavizar el golpe. A los hombres privilegiados de su mundo no les gustaba que se les negaran sus caprichos y fantasías, y aunque ella lo odiara, necesitaba seguir cayéndole en gracia hasta que él se librara de ese maldito recuerdo y la liberara.

—Lamento decirlo, pero no estoy buscando marido, mi señor. Mi galería me mantiene bastante ocupada y...

—Continuarías con tu galería, querida. Con tu talento y mis contactos, podríamos ganar más oro al año que la Corona.

—¡Casi nos descubren! —siseó ella—. No habrá dinero si nos ahorcan.

—Te preocupas demasiado. —Vexley descartó ese detalle tan importante como si no fuera nada en absoluto—. Y no se repetirá otro susto como ese. No había oído que Harrington ya poseía esa pieza. Fue bastante fácil convencerlo de que su original era el fraude y que el de Walters era el original, ¿no es así? Me lo entregó tal como dije que haría. Y, de todos modos —continuó—, ¿de verdad crees que alguien interrogaría a mi esposa? Si lo hicieran, lo único que tendríamos que hacer sería actualizar tu guardarropa con algunos vestidos escotados y no les importaría lo que dijeras o vendieras después de eso, querida. Te aseguro que su atención quedaría desviada por completo. Tu busto es bastante impresionante para alguien de tu estatura. No cabe duda de que podemos trabajar con eso, usarlo a nuestro favor.

—Yo...

A Camilla le faltaban las palabras. Vexley parecía completamente seguro de que, para seguir adelante con su argucia, a ella la complacería que su mente fuese ignorada en favor de que se la comieran con los ojos.

Un plan en el que no deseaba participar.

Si insistía con el tema del matrimonio, podría convertirse en un verdadero problema.

De hecho, puesto que se encontraban a solas y él estaba invadiendo su espacio personal, en aquel momento estaban al borde del escándalo.

Camilla no era exactamente de clase media, aunque poseyera un negocio. Su padre, por excéntrico que pudiera haber sido, había sido de alta cuna y había contado con un título. Ella se había gastado casi toda su herencia tratando de salvarlo, de modo que sus ingresos eran fundamentales para mantener su hogar y su personal. Su padre solía decir lo orgulloso que estaba de cuidar de varias generaciones del servicio. Ella no quería decepcionar a nadie al tener que despedirlos.

Lo único que Vexley tendría que hacer sería acercarse a su lado del escritorio y actuar como si algo indecoroso estuviera sucediendo; entonces, si un columnista los espiara a través de la ventana e informara sobre ella, la vida de Camilla y todo lo que había trabajado tan duro para conseguir quedaría totalmente en ruinas.

Un gélido escalofrío de temor le recorrió la columna.

El *lord* que se encontraba frente a ella no tenía reparos en chantajearla y bien podría estar lo bastante desesperado como para atraparla en un matrimonio. Y así, ella se convertiría en su peón durante el resto de sus días.

De repente, Vexley tomó su mano desnuda y le dio un casto beso en los nudillos. Sus labios fríos le provocaron un ligero estremecimiento de repulsión que él confundió con placer. Las pupilas se le dilataron y las comisuras de su boca se elevaron hacia arriba. Tenía en *demasiada* alta estima su capacidad seductora.

—Veo que te sientes abrumada por mis encantos. Proseguiremos con esta conversación en otro momento. Voy a organizar una lujosa cena dentro de dos noches para presumir de mi más reciente tesoro; espera una invitación en breve.

Antes de que pudiera encontrar una excusa razonable para rechazarlo, Vexley giró sobre sus pulidos talones y salió de la galería.

El tintineo de la campanilla en lo alto fue la única indicación de que realmente había estado allí y de que no había sido una horrible pesadilla.

Deseaba convertirla en *lady* Camilla Vexley. Que Dios la salvara.

Apartó ese horror de su mente y echó un vistazo al reloj. Por suerte, ya era casi la hora de su cena semanal con su mejor amiga, *lady* Katherine Edwards y el querido gato de Camilla, Bunny, a quien Katherine cuidaba mientras ella trabajaba en la galería.

Kitty había estado a su lado durante sus horas más oscuras, una luz que le había servido de guía y una fiel defensora del lugar de Camilla en la sociedad, la que se aseguraba de que Camilla asistiera a todos los bailes y reuniones sociales, con independencia de sus dificultades financieras. No solo actuaba como su acompañante cuando era necesario, era la amiga más verdadera que Camilla había conocido jamás, y se sentía agradecida con ella en muchos sentidos. No estaba segura de qué habría sido de ella sin Kitty.

Para entretenerse durante la última media hora antes del cierre, Camilla volvió a su cuadro. Perderse en la creación era precisamente lo que necesitaba para olvidarse de la absurda propuesta de Vexley.

Había estado intentando pintar un mundo que veía repetidamente en sueños, uno donde el invierno reinaba en toda su cruda y letal belleza.

Acababa de volver a su caballete, había tomado su pincel y se había sentado cuando la campanilla de la puerta volvió a sonar. Esa vez estuvo a punto de romper el pincel en dos.

¿Cómo se atrevía a volver y a coaccionarla de nuevo?

Cerró los ojos y rezó por encontrar alguna reserva escondida de fuerza que la salvara de cometer un asesinato. A los veintiocho años, era demasiado joven para que la encerraran en una celda o la decapitaran por estrangular a ese libertino intrigante y arrogante en ese mismo momento.

—Disculpad por cualquier insulto que esto os suponga —dijo sin apartar la mirada de su caballete—, pero *no* estoy buscando marido, mi señor. Por favor, marchaos.

Transcurrió un instante de silencio. Con un poco de suerte, Vexley se sentiría insultado por su tono afilado, se daría media vuelta y se marcharía por algún tiempo a alguna ciudad lejana en el fin del mundo.

—Bueno, eso supone un gran alivio, considerando que necesito un cuadro, no una esposa.

Aquella voz profunda y retumbante hizo que Camilla se levantara de inmediato de su taburete para ver a quién pertenecía y que se quedara boquiabierta por la sorpresa.

Decididamente, el hombre que estaba junto a la puerta *no* era Vexley.

Por un momento, Camilla perdió la capacidad de hablar mientras recorría con la mirada al oscuro desconocido.

El hombre era alto y de cabello negro, con un ligero toque castaño bajo la titilante luz de las velas, y aunque su cuerpo era esbelto, percibió la dureza de su torso mientras avanzaba por la galería; su ropa parecía hecha a medida para resaltar sus definidos músculos.

Aunque no avanzaba, sino que *acechaba*.

Camilla sintió de forma innata que estaba en presencia de un jaguar, un elegante superdepredador por el que no pudo evitar sentirse fascinada incluso mientras se acercaba lo suficiente como para morder.

Sus ojos, de un tono esmeralda único y encantador, brillaban como si supiera dónde habían acabado sus pensamientos y disfrutara bastante de la idea de hundir los dientes en su carne.

Si lo haría por placer o para causar un poco de dolor era algo que Camilla no pudo discernir de inmediato. Aunque si el brillo malvado que cobró vida en sus ojos servía de indicación, se decantaría por lo segundo. Lo cual indicaba que era *bastante* peligroso, pero no era el miedo lo que hacía latir su corazón con fuerza mientras continuaba acercándose y su mirada perezosa la examinaba como si tuviera todo el derecho a hacerlo.

Aquel hombre se adueñaba de cada centímetro de espacio a su alrededor, incluida su atención. Camilla descubrió que no habría podido apartar la mirada ni aunque lo hubiera intentado. Aunque no se estaba esforzando mucho.

No era simplemente guapo, era *despampanante*; su rostro era un estudio de contradicciones que hacía que le temblaran los dedos por la necesidad de pintar los ángulos duros y cincelados de su cara, las suaves curvas de sus labios y esos ojos del tono de las joyas que destacaban contra su piel bronceada, de capturar para siempre ese diabólico brillo sobre el lienzo.

Su belleza era fría y cruel, con un toque regio. Una hoja pulida destinada a ser admirada incluso mientras acababa contigo. Sería un buen retrato, uno que Camilla imaginó que causaría gran revuelo entre las mujeres nobles.

Las mejillas se le sonrojaron por lo que había dicho sobre el matrimonio, y esperaba que hubiera demasiada oscuridad en la habitación para que él se percatara.

Un atisbo de risa curvó el borde de su sensual boca, indicando que sí que se había dado cuenta de su vergüenza.

Si era un caballero, lo dejaría pasar sin comentarios.

—Supongo que sois la señorita Camilla Elise Antonius.

El hecho de que conociera su segundo nombre le pareció extraño, pero cuando estudió su apariencia con esa tranquila intensidad una vez más, apenas fue capaz de formular un pensamiento claro.

Nadie la había mirado nunca con tanta atención, como si fuera a la vez la respuesta más gloriosa y una respuesta excepcionalmente inquietante a un acertijo, todo en uno.

—En efecto, señor. ¿En qué puedo ayudaros? —preguntó, recuperando por fin la capacidad de hablar.

—He venido a discutir los detalles de una pieza que me gustaría encargar —comenzó, con su voz como miel tibia derritiéndose sobre ella—, pero me siento intrigado por vos, señorita Antonius. ¿Es así como dais la bienvenida a todos los clientes o solo a los que encontráis increíblemente atractivos?

Solo a los que encuentro insoportables, pensó, cabreada, mientras el hechizo que había sentido al principio se desvanecía.

Se mordió la lengua para evitar comentar abiertamente su arrogancia.

Se había equivocado. No era un jaguar, era un lobo.

Lo que significaba que solo era otro perro aristocrático y altanero del que tendría que deshacerse esa noche.

—¿Son esas las especificaciones? —preguntó, señalando con la cabeza el trozo de pergamino color verde oscuro que sostenía.

Su tono era tan frío como el aire otoñal del exterior, pero el caballero no pareció desanimarse en absoluto. En todo caso, un destello de intriga se encendió en aquellos ojos impenetrables y similares a joyas.

Le tendió el pergamino en silencio, sin moverse de donde estaba, cerca de su escritorio.

Camilla vaciló. Estaba haciendo que ella acudiera a él.

O era una demostración sutil de que se podía confiar en él o un movimiento calculado para imponerle su voluntad. Dada la peligrosa curva de su boca y la fría y calculadora mirada en sus ojos, era algo completamente relacionado con el poder.

Aquel era un hombre que quería tener el control. Camilla consideró echarlo para ponerlo en su lugar y su sonrisa lobuna se hizo más amplia; su mirada, silenciosamente burlona.

—A diferencia de una petición por vuestra mano, descubriréis que es una propuesta bastante sencilla. —Su mirada nunca se apartó de la de ella—. Acercaos y lo veréis vos misma.

Dijo el lobo haciéndose pasar por una oveja.

Camilla dudaba mucho de que cualquier cosa que aquel hombre quisiera fuera simple, pero aun así se dirigió hacia él. Cuanto antes supiera lo que deseaba, más rápido podría mandar a su oscuro y misterioso talante a tomar viento y deshacerse de él (y de su perversa sonrisa) para siempre.

DOS

Pocas cosas agradaban más al príncipe de la Envidia que un movimiento estratégico.

Afortunadamente, cuando sacó el pergamino y lo deslizó por el viejo escritorio con cuidado de no enganchar el papel en la ajada madera, aquel se convirtió en uno de esos gloriosos días. Estaba un paso más cerca de desvelar su segunda pista.

Por lo que había deducido de su breve observación de Waverly Green, a las mujeres de aquel reino se las enseñaba a complacer a los hombres. Tenía pocas dudas de que la señorita Antonius tendría la pintura terminada para finales de semana. Lo único que le haría falta era entrar, adueñarse del espacio, y ella cumpliría sus órdenes.

La mujer que ahora estaba frente a él entrecerró sus ojos plateados y sus labios carnosos se curvaron hacia abajo mientras leía. Su vergüenza desapareció rápidamente para dar paso a la molestia.

Esa emoción le provocó un hormigueo en la piel; no era exactamente la sensación punzante de la furia, pero con suficiente esfuerzo, estaba seguro de que la desarrollaría. Y puesto que ese era el pecado de elección de su hermano Wrath, lo último que deseaba Envy era avivar la ira de Camilla.

—¿Lo veis? —preguntó en un tono engañosamente casual, aunque por dentro sentía cualquier cosa menos eso. El corazón se le estrellaba contra las costillas cuanto más tiempo pasaba la artista contemplando su nota. No estaba reaccionando como él había imaginado.

Cuando por fin levantó la vista, le ofreció una de sus sonrisas más pecaminosas.

Ella arqueó una ceja, poco impresionada.

De acuerdo, entonces. Iría directo al grano.

—Como he prometido, es una petición bastante simple, señorita Antonius. Quiero un cuadro de un trono. Prístino y deslumbrante por un lado y con llamas resplandecientes por el otro. Si completáis con éxito esta pieza, os encargaré otra.

La menuda artista le devolvió con cuidado el trozo de papel y se pasó las manos por la parte delantera de su delantal de trabajo, como si el papel la hubiera ofendido en grado sumo.

Su mirada se aguzó ante el movimiento inesperado y su mano se dirigió simultáneamente hacia la daga tachonada de esmeraldas que siempre llevaba debajo de la chaqueta.

Wrath era el general de la guerra, pero Envy podía empuñar un arma con la misma facilidad, y cualquier movimiento repentino provocaba que su guerrero interior se pusiera en alerta máxima, sin importar lo prosaico que pudiera parecer un potencial adversario.

La señorita Antonius repitió el movimiento y Envy se obligó a relajarse y a observarla de verdad, tras lo cual se dio cuenta de que, con su brillante cabello plateado y esos ojos únicos, no había nada de prosaico en la apariencia de Camilla después de todo.

De hecho, mientras la estudiaba más a fondo, no pudo evitar reparar en que su boca parecía un corazón, y si hubiera tenido la intención de pintarla, esa era precisamente la forma que usaría para capturarla en el lienzo. Las suaves curvas de los labios superior e inferior estaban maravillosamente equilibradas, su arco de Cupido era un claro ejemplo de perfección.

Sin darse cuenta de que había llamado su atención, Camilla se mordisqueó el labio inferior con los dientes mientras jugueteaba con su ropa.

Esos labios eran tan carnosos y tentadores que causaron que su mirada se detuviera y su mente diera vueltas a todo tipo de ideas perversas. Había estado tan concentrado en su corte debilitada, en el juego, y en la maldición antes de eso, que no había pensado en mucho más.

La tentación y el pecado eran lo que lo alimentaba, y los había descuidado durante una temporada demasiado larga, al parecer.

Su hermano Lust estaría contento.

Envy impidió de inmediato que su mente siguiera vagando por derroteros que se negaba a recorrer y vio a Camilla encogerse ligeramente bajo la tosca prenda de trabajo y luego desatarse el cinturón para quitarse a toda velocidad el delantal manchado de pintura y guardarlo debajo del escritorio.

Él le dedicó una mirada indiferente.

—¿Cuándo podéis empezar a trabajar? Esto es bastante urgente, señorita Antonius.

—Mis disculpas, pero no debo de haber escuchado vuestro nombre, *lord*...

Mujer inteligente, lo interrogaba de forma sutil. Basándose en su traje refinado y en su forma elegante y culta de hablar, ya sabía que estaba ante alguien con sangre azul.

Lo que no sabía era que él no era humano y que no era un simple *lord*; era uno de los siete príncipes regentes del infierno.

En algunos reinos mortales se los conocía como los Malditos, un nombre que se habían ganado después de siglos de haber perfeccionado ese apodo gracias a sus pecaminosos juegos y su libertinaje.

Justo ahora estaba jugando a uno de esos juegos, excepto que jamás se había jugado tantísimo como en aquella ocasión.

—*Lord* Ashford Synton. Pero la gente más cercana me llama solo Syn.

Era mentira, naturalmente, pero sería la primera de muchas ahora que podía servirse de ellas.

—Bueno, *lord* Synton —respondió ella, usando su apellido completo para recordarle que no pertenecía a su círculo cercano—, debo rechazar este encargo, pero estaría encantada de valorar otro.

—¿Disculpad?

Envy entrecerró los ojos. De todas las formas en que había considerado que podría desarrollarse aquella reunión, ni una sola vez se le había pasado por la cabeza que rechazaría su petición.

Necesitaba ese cuadro para desbloquear la siguiente pista.

Y, según la pista anterior, que se había desarrollado en su salón del trono, tenía que ser ella quien lo pintara. Al descifrar el código, *Semilla, Celia*, había dado con el nombre de *Camilla Elise*. Todavía no había descubierto por qué tenía que ser ella, pero pronto obtendría una respuesta para ese misterio en particular.

Los espías de Envy estaban desenterrando todo lo que podían encontrar sobre la artista y cualquier secreto que guardara no le resultaría desconocido durante mucho tiempo más.

A finales de la semana conocería cada pecado, vicio o virtud que ella atesorara, y luego explotaría ese conocimiento al máximo. Todo el mundo quería algo, y se sentiría más que feliz de pagarle a la señorita Antonius cualquier precio que exigiera

Camilla señaló el pergamino con la cabeza.

—Tendréis que encontrar a otra persona que os pinte eso, mi señor.

—Ni hablar. Sois la mejor, por eso he venido a este… establecimiento.

Echó un vistazo a la galería. El cartel de madera del exterior que la brisa balanceaba agradablemente proclamaba que se trataba de EL CAMINO DE LAS GLICINAS. Estaba pintado a mano, pero era elegante y absolutamente encantador.

El exterior era una sencilla cabaña de piedra con exuberantes enredaderas de glicinas colgando sobre la entrada. Una construcción pintoresca que uno podría imaginar en cualquier provincia de campo, si es que uno transportaba la campiña al corazón del vibrante distrito artístico y la ubicaba entre dos edificios más grandes y menos acogedores.

El interior lo hacía sentir a uno como si se encontrara en una cámara en sombras donde se susurraban secretos y se llevaban a cabo reuniones clandestinas.

Había alfombras oscuras colocadas sobre los amplios tablones del suelo y las paredes estaban empapelados con un brocado de color verde intenso. Pinturas y bocetos en todos los soportes colgaban en marcos dorados, mientras que esculturas y estatuas varias montaban guardia en los rincones oscuros.

En una pequeña mesa redonda en el rincón donde ella había estado pintando a la luz de las velas había varias tazas llenas de pinceles usados de todos los tamaños y formas imaginables, el agua una gama pantanosa de colores desechados.

El lienzo estaba de espaldas a de la puerta, lo cual hizo que se preguntara en qué había estado trabajando. Todo lo demás que había en la galería había sido meticulosamente colocado, para exponer el arte en su máximo esplendor. Todo era de lo más intrigante. Y no exactamente lo que esperaba.

Al igual que la mujer de pie frente a él, quien, se dio cuenta, lo estudiaba con tanta minuciosidad como él acababa de hacer con su galería.

—No os he visto en ningún evento de sociedad ni he escuchado mención alguna a vos en el pasado, *lord* Synton. ¿Estáis de visita?

Lo invadió un acceso de irritación. Llevaba en aquella ciudad mundana casi dos semanas, restaurando poco a poco una antigua finca que dominaba toda la maldita ciudad. Seguro que había oído algún susurro sobre su llegada. Logró esbozar una sonrisa tensa.

—Por el momento, me quedaré de forma indefinida, señorita Antonius.

Se acercaba bastante a la verdad. Envy estaba preparado para cualquier cosa, tal vez la señorita Antonius tardaría más de lo esperado en pintar el Trono Maldito, o la siguiente pista podría obligarlo a quedarse allí.

Por supuesto, también quería una base desde la cual pudiera vigilar; si el juego lo había llevado hasta allí, pronto podrían seguirlo otros jugadores. O peor, podrían haber llegado ya.

—Bueno, en ese caso, bienvenido. Con mucho gusto os recomendaré a otra persona que pueda ayudaros.

Envy notó que las emociones de ella habían cambiado ligeramente. Aunque todavía percibía su enfado brillante y claro como el día, también detectó una marea creciente: impaciencia.

No se le ocurría ningún motivo para que alguien se sintiera desanimado por su compañía.

Quizá debería haber hecho caso del ridículo plan de su hermano y cortejar a Camilla. Si coqueteaba con ella, no podría deshacerse de él con tanto ahínco.

Envy echaba humo en silencio. La mayoría de los humanos tenían una reacción *bastante* diferente a los de su especie. Los príncipes demonios tenían cierto carisma oscuro que atraía a los amantes; algunos creían que se debía a su poder para ejercer los pecados. Había estado convencido de que la engatusaría con poco o ningún esfuerzo por su parte.

Trató de ocultar el desprecio en su voz.

—¿Es una cuestión de dinero? —preguntó—. Decidme vuestro precio.

—Os aseguro que no tiene nada que ver con el dinero, mi señor.

Levantó la barbilla en actitud desafiante. Envy sabía muy bien que Camilla no se encontraba en posición de rechazar un trabajo con un pago tan generoso.

—¿Hay algo más en lo que pueda ayudaros u os marcháis ya? —le preguntó ella—. Me temo que habéis llegado en un momento de lo más desafortunado, puesto que iba a cerrar la galería.

—Tal vez.

Envy debatió si usar un poco de su pecado para influir en su agitado estado de ánimo, pero decidió no hacerlo. Los juegos de los fae eran complicados. Los jugadores no podían emplear la magia para ganar. Eso equilibraba el terreno de juego, reduciendo a los inmortales a meros humanos. Envy ardería antes que admitir lo excitante que solía encontrar aquel desafío. Pero esas no eran circunstancias habituales.

Para poder avanzar en el juego, Camilla tenía que elegir pintar el cuadro por propia voluntad.

Y tendría que hacerlo pronto.

—¿Puedo preguntaros por qué rechazarías mi encargo? —preguntó, con cuidado de mantener un tono agradable.

—Por supuesto. —Su sonrisa era tan afilada como la daga que él llevaba escondida en la cadera—. Me niego a pintar ningún objeto hechizado. Y corregidme si me equivoco, *milord*, pero el Trono Maldito es uno de los más poderosos.

Envy la valoró bajo una nueva luz.

—¿Qué sabe una mujer como vos sobre objetos malditos?

—Lo suficiente para negarse a tener ninguna relación con uno.

La señorita Antonius salió por fin de detrás de su escritorio y pasó junto a él para llegar a la puerta, donde colocó su mano sin guante sobre el pomo de cristal. La pintura manchaba su piel como una colorida constelación de pecas.

—Quizá deberíais visitar el mercado negro de Silverthorne Lane. Sabrán mucho más que yo sobre ese ámbito artístico en particular.

Tras esas palabras, abrió la puerta y la campanilla repicó de forma definitiva. Al príncipe de la Envidia lo estaban echando sin ceremonias.

Parpadeó hacia la pequeña bestia infernal que tenía delante y ella le devolvió una sonrisa aún más dulce.

—Puede que deseéis daros prisa, mi señor. —Echó un vistazo al cielo oscurecido, sus iris plateados semejantes a rayos contra unas nubes de tormenta. Un hermoso presagio de fatalidad—. Parece que está a punto de llover.

Un trueno acentuó su advertencia y, antes de darse cuenta siquiera, Envy ya estaba fuera y la pintoresca puerta se cerraba con llave en sus narices.

Dos segundos más tarde las velas se apagaron, sumiendo a la galería en la más absoluta oscuridad.

El príncipe maldijo en voz baja a todos los santos que le vinieron a la cabeza cuando los primeros goterones de lluvia le cayeron sobre los hombros. Entonces oyó el chirrido de una bota, solo unos segundos antes de que su acompañante saliera de las sombras, riéndose de forma enigmática.

—¿Cómo has dicho antes? Que entrarías directamente, ¿verdad? —preguntó el príncipe del Orgullo, sus ojos de un molesto tono plateado brillante que contrastaba con la noche. Llevaba el cabello castaño despeinado, y daba la impresión de que un amante le había pasado las manos por él—. Así de fácil.

Envy le echó a su hermano una mirada asesina.

—Creía que ibas a esperar en la taberna.

—He cambiado de idea. —Pride se encogió de hombros—. Quería entretenerme. ¿Qué se siente cuando te cortan las pelotas?

—Ahora no.

Envy cruzó la calle hacia el toldo más cercano, con ganas de escapar de la tormenta inminente y de su maldito hermano. Su máscara de caballero estaba resbalando.

—Este es el momento perfecto para señalar que era un plan deplorable —insitió Pride, que se puso a caminar a su lado con las manos hundidas en los bolsillos—. Incluso la idea de Lust era mejor.

—Es la única idea de Lust.

—¿Y qué? Siempre funciona.

Envy apretó los dientes.

—Bueno, *lord* Syn. —Pride todavía arrastraba las palabras, pero ahora su voz tenía un matiz más afilado—. ¿Te importaría explicarme cómo carajo es posible que hayas mentido?

—No me apetece demasiado. —Envy no estaba de humor para sentirse generoso—. ¿No se supone que estás buscando pistas sobre el paradero de Lucia? —preguntó en su lugar—. Quizá no estés tan desconsolado como te gustaría que todo el mundo creyera.

Fue un golpe bajo, pero Envy necesitaba que lo dejaran en paz antes de que Pride detectara las grietas de su armadura. Si hubiera podido arriesgarse a invocar el poder necesario para hacer aparecer sus alas, se habría catapultado a los cielos, dejando atrás a su hermano. Tal como estaban las cosas, tenía que permanecer en tierra hasta que ganara el maldito juego y restaurara su magia por completo.

Toda frivolidad desapareció del rostro de su hermano ante la mención de la desaparición de su consorte. Pride apretó los labios con fuerza, revelando la antigua cicatriz que todavía se abría camino a través de su labio inferior. Ante la mayoría, fingía ser un libertino bebedor, obsesionado con todo lo que brillaba. Frívolo, egoísta. Que no se preocupaba por nada que no fueran las amantes atractivas, las fiestas y las fruslerías.

Pero Envy, rey de las máscaras, sabía que lo que su hermano mostraba al mundo eran identidades falsas. Pride era mucho más calculador de lo que dejaba entrever. Sus secretos eran tan vastos que ni siquiera sus mejores espías los habían desenterrado todos todavía.

—No te enfades porque tenga razón —espetó su hermano con frialdad—. Te dije que la cortejaras primero y luego le pidieras que te pintara el trono. ¿Por qué si no iba a ayudar a un extraño a hacer algo tan peligroso? Ponte en su posición... ¿tú te arriesgarías?

Envy gruñó y Pride lo estudió más de cerca.

—Wrath dijo que eres un pésimo estratega y estás demostrando que tenía razón.

Envy se tragó la réplica. Wrath y Emilia habían visitado su casa del pecado hacía aproximadamente un mes, y había evitado por muy poco que descubrieran el lento declive de su corte. Por suerte, los peores síntomas se habían mantenido a raya gracias a la maldición, rota hacía poco.

Pride confundió su silencio con una tranquila consideración.

—Si tanto te repugna Camilla, es posible que uno de nuestros hermanos pueda seducirla en tu lugar. Estoy seguro de que Lust o Gluttony estarían dispuestos a ayudar —añadió—. Quizás incluso lo hagan en equipo si ella se lo pide amablemente.

—Tú no te estás ofreciendo —señaló Envy, examinando el rostro de su hermano con atención.

Pride lo fulminó con la mirada, pero por fin se calló.

Envy echó un vistazo a la galería y un sentimiento molesto lo atravesó. Incluso en mitad de aquella terrible tormenta había algo especial en el edificio, algo encantador. Muy parecido a la irritante mujer que lo poseía.

Fingir cortejarla no supondría una dificultad. Pero ya tenía suficiente en lo que concentrarse sin añadir otra distracción, y el cortejo mortal estaba plagado de reglas estúpidas y aburridos bailes de salón. No tenía la paciencia necesaria para pasearse por ahí y que otros cuchichearan sobre él.

Tenía un juego que ganar. Y ya había perdido suficiente tiempo.

—Esta noche ya estoy harto de tu ego. —Envy sacó de un tirón la daga de su casa de la funda y la esmeralda de la ornamentada empuñadura centelleó en la creciente oscuridad. Los príncipes del infierno no podían ser asesinados con las dagas de los demás, pero podían ser enviados de vuelta a su círculo del inframundo, tanto si el príncipe deseaba el viaje como si no.

—Vete a casa, Pride. A menos que quieras una cicatriz a juego en el otro lado de la cara.

—Idiota testarudo. —El otro demonio levantó las manos y dio un paso atrás—. ¿Por qué no puedes limitarte a pedir ayuda?

Envy apretó los labios y permaneció en silencio.

Su hermano le dirigió una mirada de disgusto.

—Después de la primera negativa de Camilla, te quedan dos oportunidades para desbloquear la siguiente pista, ¿verdad? —Como Envy siguió negándose a hablar, añadió—: Espero que sepas qué narices estás haciendo.

TRES

—Sinceramente, ¿has considerado vender la galería y mudarte al campo? —preguntó *lady* Katherine Edwards mientras le entregaba a Camilla un vaso de jerez—. Seguro que Vexley perdería interés con el tiempo, especialmente si alguna cantante de teatro pechugona le llamara la atención. Otra vez.

—Mmm. Ojalá fuera tan afortunada.

Camilla tomó un sorbo de su bebida mientras se calentaba los pies, metidos en unas pantuflas junto al fuego crepitante del elegante salón de *lady* Edwards. Katherine era una preciosa pelirroja de piel marrón oscura que no creía en retener la lengua, pero que ciertamente podía defenderse en sociedad, y había sido la amiga más querida de Camilla desde que habían debutado juntas diez años atrás.

Katherine también había sido nueva en Waverly Green en aquel entonces, y Camilla y ella habían establecido un vínculo de inmediato porque, en cierto sentido, ambas eran forasteras. Incluso después de casarse, su amiga había conservado las cenas semanales, convirtiéndose así en una hermana con el paso de los años, alguien a quien Camilla le confiaba casi todos sus miedos.

Con algunas excepciones…

Si bien Katherine podía ser la amiga más querida de Camilla, ni siquiera ella conocía toda la verdad detrás de la propuesta de Vexley.

—Bueno, si está empeñado en cortejarte, ¿por qué no consideras su oferta? —le preguntó, acomodándose en su silla de terciopelo mientras Camilla tomaba un generoso sorbo de su jerez para ahogar aquella absurda idea—. Es el hijo de un vizconde. El nieto de un conde.

La puerta se abrió con un chirrido cuando un gran felino gris y blanco metió la nariz dentro.

—¡Bunny! —Camilla se animó de inmediato y Katherine resopló.

—He mandado un carruaje para buscarla. Sé lo sola que se siente cuando estás trabajando.

—Estás tan majestuosa como siempre —le dijo Camilla con cariño a su gata, que la miró de pasada, se sentó y empezó a lamerse su largo y precioso pelaje.

—De todos modos —dijo Kitty—, volvamos al asunto que nos ocupa. ¿Por qué no Vexley? Es de buena estirpe.

—Es un hijo deshonrado y un notorio sinvergüenza. Por el amor de Dios, Kitty, las columnas satíricas lo han apodado «el pervertido del pico de oro». ¿No has visto esa última caricatura de él? «Lasciva» sería un término demasiado suave. Era tan explícita que he oído que tres carruajes chocaron fuera del escaparate donde se exhibió la ilustración la semana pasada.

—Y *yo* he oído que siete nuevas amantes visitaron su dormitorio debido a esa misma publicación satírica —respondió Katherine—. Y también tengo entendido que el apodo es *bastante* apropiado. Y no tiene nada que ver sus brillantes habilidades conversacionales o la falta de ellas.

Fuera, la llovizna que había comenzado hacía un rato se había convertido en una tormenta amenazadora, y el aullido del viento azotaba las ramas de los árboles contra las ventanas como grandes bestias demoníacas mientras las dos mujeres se acurrucaban junto al fuego con sus copas de jerez.

Como un reloj, después de cenar, *lord* Edwards se marchó a su club de caballeros, proporcionando a las mujeres tiempo para beber y reír como solían hacerlo antes de que él se casara con Katherine tres temporadas atrás. Se rumoreaba que él iba a menudo para evitar la frustración de no tener todavía un heredero.

Era un tema del que a Kitty no le gustaba hablar, aunque Camilla sabía por qué y guardaba su secreto, tal como su amiga había hecho con muchos de los suyos.

—Ni siquiera puedo imaginar que Vexley esté considerando en serio casarse —reflexionó Camilla—. Siete nuevas amantes en una semana es espantoso, incluso para Vexley.

—Bueno, cielo, en ningún momento he dicho que fueran siete noches. Se rumorea que participó en su propia bacanal y que ninguna mujer salió decepcionada.

—Por supuesto. —Camilla exhaló ruidosamente—. Un caballero solo debe caer en el vicio de la compra de arte, y me refiero a gastar ingentes cantidades de dinero en él, especialmente en *mi* galería, para luego ser virtuoso en el matrimonio. Solo por ese principio nunca me casaría con Vexley.

Su amiga resopló.

—Ay, cariño, no. Existe una razón por la que la gente dice que los libertinos reformados son los mejores maridos. Querrás a un hombre perverso en tu alcoba. De hecho, cuanto más perverso, mejor. En todo caso, deberías agradecerle a Vexley sus recientes correrías. Al menos, así sabes que está bien condimentado y que es resistente.

—Bien condimentado —repitió Camilla con una sonrisa y un ligero movimiento de cabeza—. Es difícil saber si estás describiendo a un hombre o al perfecto corte de carne.

—Algunos dirían que eso es justo lo que son los libertinos. Si tienes suerte, encontrarás un excelente filete al que hincarle el diente.

Katherine fingió dar un gran mordisco.

—¡Kitty! —Camilla se rio—. Eso es horrible.

—Dejando a un lado las bromas, por si no lo recuerdas, William tenía cierta reputación antes de casarnos, y yo no tengo ninguna queja.

Tomó un sorbo de jerez y miró a su amiga por encima del vaso. Camilla se sumió en un silencio terco.

—Puede que Vexley sea grosero y vulgar, pero conozco a varias mujeres que se quejaban de que sus maridos eran amantes egoístas, que nunca se preocupaban por asegurarse de que sus esposas quedasen igual de satisfechas. ¿Acaso eso no es una virtud?

—Katherine —suspiró Camilla—. Pongámonos serias. La virtud y Vexley son tan incompatibles como el agua y el aceite.

—Solo tienes que encontrar un hombre viril de moral cuestionable y acostarte con él cuando te apetezca.

Como si, en aquel mundo, aquello fuera así de sencillo para una mujer.

—Puesto que resulta evidente que Vexley no es de tu agrado —continuó al fin Katherine—, ¿te has topado con algún otro compañero leal en potencia?

Camilla se encogió. Kitty insistía en llamar *compañero leal* al objeto de su búsqueda de un amante discreto para Camilla, un esfuerzo que ella desaprobaba con todas sus fuerzas.

Aparte de algunos besos ardientes, algunas caricias intensas y un encuentro clandestino con un infame cazador que la había llevado a su primer orgasmo, Camilla tenía poca experiencia en el mundo real y vivía de los detalles que le contaba su amiga casada. Después de haber sido testigo del dolor de su padre tras la marcha de su madre, rechazaba la idea del matrimonio.

Nunca había considerado seriamente la idea de Kitty, aunque seguía anhelando el tacto de un hombre. Katherine no solo lo sabía, sino que a menudo intentaba hacer de casamentera, para diversión y horror de Camilla. Cuando se empecinaba en algo, era imposible disuadirla.

Si hubiera estado en la galería esa noche, habría pensado que *lord* Synton era una buena opción para ser el *leal compañero* de Camilla, gracias al absoluto dominio que parecía irradiar sobre el espacio a su alrededor. Era un hombre que sabía lo que quería y que iba a por ello.

Synton había entrado y prácticamente había reclamado la galería con una única mirada arrogante, adueñándose de todo, incluido el sentido común de Camilla.

Por muy molesto que ese rasgo pudiera haber resultado durante el día, Katherine diría que era un atributo deseable por la noche, en el dormitorio, en especial si se propusiese poseer el cuerpo de Camilla con la misma autoridad.

—Tu silencio me lleva a creer que has encontrado a alguien interesante.

—No —mintió—. En absoluto.

Sin pretenderlo, y no por primera vez esa noche, sus pensamientos giraron hacia un fascinante par de ojos esmeralda y una boca sensual que había esbozado una sonrisa de lo más traviesa antes.

Durante el trayecto a casa de su amiga, mientras la lluvia perezosa tamborileaba sobre el techo del carruaje, Camilla había apoyado la cabeza contra la pared acolchada, había cerrado los ojos y, de alguna manera, se había encontrado imaginando a *lord* Synton sentado junto a ella en el banco, tirando de Camilla lentamente para acercarla, recorriéndole los brazos con los dedos, explorando la pequeña franja de piel expuesta entre sus guantes y su vestido como si contuviera la respuesta a todos los misterios del universo.

Él fijaba esos ojos esmeralda en ella, observándola mientras se inclinaba despacio, dándole tiempo para poner fin a sus atenciones, antes de pasarle los labios con suavidad a lo largo de la sensible piel del cuello en un suave beso susurrado. Cuando a ella se le entrecortaba el aliento ante esa sensación, se abría camino por la curva de su hombro y luego bajaba por su escote.

Su boca se volvía más audaz a medida que cada movimiento experto de su lengua o el suave roce de sus dientes provocaba que una descarga de calor la atravesara.

Solo cuando ya estaba prácticamente jadeando, él se concentraba en su corpiño y tiraba con cuidado de cada lazo, deshaciéndolos con una precisión enloquecedora. Y luego descubría el más escandaloso de los secretos de una solterona: su pasión por la lencería, por las prendas que la hacían sentir hermosa, prendas que adquiría discretamente de la modista y que eran delicadas, suaves y femeninas a la vez que abrazaban sus curvas.

Camilla había llevado sus propios dedos desde el banco hasta su regazo y se había levantado la falda, el susurro de la seda convertido en su propia música prohibida contra el retumbar de las ruedas del carruaje. Muy despacio, había empezado a acariciar la zona de piel sensible por encima de sus medias ribeteadas de encaje, acercándose cada vez más al creciente calor entre sus piernas.

Se había tocado a sí misma en el carruaje mientras imaginaba los dedos de *él* entre sus muslos, trabajando su cuerpo hasta que el cochero había golpeado la puerta, sobresaltándola y haciendo que volviera a la realidad y, de manera bastante frustrante, impidiéndole alcanzar la liberación.

Lord Synton, sí. Solo era un libertino con el que tenía que dejar de fantasear. *En especial* después de que le pidiera lo único que nunca pintaría. Cualquier persona interesada en un objeto maldito debía ser evitada a toda costa. Tanto su madre como su padre le habían advertido contra ellos; había sido una de las raras ocasiones en las que ambos se habían mostrado insistentes.

Los objetos malditos no eran del todo sensibles, pero tampoco carecían por completo de conciencia. Camilla sabía que la bruja que los había creado lo había hecho por odio y mediante la magia oscura, otorgando a los objetos la potestad de volverse más retorcidos y caóticos a medida que pasaban los siglos.

Según las historias de su padre, eso significaba que incluso podían cambiar de forma: lo que una vez fue un trono podría tomar la apariencia de un libro, o de una daga, o de una pluma, lo cual le permitiría pinchar, picar o matar por diversión. Incluso podría decidir apoderarse de una criatura viviente, habitando su forma hasta que se aburriera y abandonara el caparazón del anfitrión.

—¿Camilla? —La expresión preocupada de Katherine apareció en su rango de visión—. Querida, ¿deberíamos abrir una ventana? Pareces un poco acalorada.

—No, por favor. Creo que ha sido el último sorbo de jerez.

Camilla maldijo internamente a *lord* Ashford Synton y a su seductora y arrogante boca por distraerla de nuevo. Era del todo exasperante sentir aversión por un hombre y al mismo tiempo sentirse atraída por él. No podía creerse que hubiera pensado en Synton de esa manera.

Aunque no se podía decir lo mismo de otros hombres a los que despreciaba. Nunca había estado a punto de llegar al clímax en la parte trasera de un carruaje mientras pensaba en Vexley.

Y Camilla se juró en silencio no volver a pensar tampoco en Synton de esa manera.

—Vexley mencionó que organizaría una fiesta, ¿has recibido una invitación? —preguntó.

Katherine la observó durante otro largo momento antes de asentir por fin.

—La entregaron justo antes de que llegaras. Por favor, di que vas a ir —suplicó—. No soporto la idea de estar allí sin ti.

Si Vexley había enviado una invitación, Camilla tendría que aceptar para evitar su ira, sin importar cuánto deseara no hacerlo.

Aunque una idea empezaba a tomar forma en su cabeza.

Si iba a casa de Vexley durante lo que sin duda se convertiría en un evento escandaloso, puede que fuera capaz de localizar la primera falsificación.

Vexley había dicho que la había escondido, lo que significaba que la habría guardado en una habitación privada que ningún invitado visitaría durante las fiestas, lo cual le proporcionaba un excelente punto de partida.

Mientras la fiesta estuviera en pleno apogeo, Camilla buscaría hasta encontrarla y luego la arrojaría al fuego más cercano antes de que Vex el Maldito descubriera lo que había hecho, salvándose así de cualquier nuevo intento de chantaje.

Era arriesgado, pero si el plan funcionaba, la recompensa sería demasiado grande para no intentarlo.

Antes, había detectado desesperación en las palabras del problemático *lord*, y Camilla sabía que algún día hallaría la forma de obligarla.

—Por supuesto que asistiré. —Levantó su vaso y lo entrechocó contra el de su amiga—. No se me ocurre mejor forma de pasar la noche.

—Mentirosa. —Katherine se rio y sacudió la cabeza—. Pero me alegro de que vayas a estar allí. Ya sabes lo deliciosamente escandalosas que se vuelven esas veladas, en especial cuando Vexley ha estado bebiendo.

Lo sabía y rezó para que Vex el Maldito no la decepcionara.

El rostro de Katherine se iluminó.

—Hablando de asuntos interesantes, ¿has oído hablar de ese nuevo *lord* que acaba de llegar? Un tal *lord* Ashford o algo así. Es la comidilla de todo el mundo.

Camilla se tragó el repentino nudo que se le formó en la garganta.

—¿Eh? No lo había oído. Al menos, la gente ha dejado de cotillear sobre mi madre.

Katherine le dedicó una sonrisa triste. Había tratado de proteger a Camilla de la peor parte de los chismorreos de la última década, especialmente cuando las madres despiadadas habían hecho todo lo posible para asegurarse de que sus hijas se casaran con los mejores partidos de su temporada.

—Por lo que me has dicho, *lady* Fleur nunca fue una tímida florecilla, por eso todavía hablan de ella diez años después —comentó Kitty, presintiendo hacia dónde estaban vagando los pensamientos de Camilla—. Y estaba en lo cierto al afirmar que esas madres tan bobas solo envidiaban tu talento. ¿Recuerdas lo que me contaste que había dicho?

Camilla soltó una carcajada.

—No envidiaban mi talento, Kitty. Me consideraban un bicho raro y no deseaban que sus hijos me cortejaran.

La sonrisa de su amiga se volvió tortuosa.

—Dijo: «Son todas unas bobas que solo buscan desviar la atención de los idiotas de sus herederos y sus innegablemente diminutos miembros».

—Debes de recordar mal esa historia —afirmó Camilla, divertida.

—Puede que la haya adornado un poco. Pero creo que les preocupaba que fueras a pintar retratos desnudos poco halagadores pero horriblemente precisos de sus flácidos y nobles miembros.

Camilla se cubrió la cara con las manos, tratando de ahuyentar esa imagen de su cabeza.

Antes de irse, su madre, Fleur, solía sonreír con picardía y decirle a Camilla que enviaría un ejército de pulgas a los dormitorios de los nobles más desagradables y que se aseguraría de que los insectos les mordieran el trasero para que sintieran la necesidad incesante de rascárselo durante el siguiente baile.

La idea de esos nobles remilgados y correctos esforzándose por mantener el decoro con los traseros llenos de erupciones provocaba en Camilla un júbilo perverso. Pese a todos sus defectos, Fleur sabía hacer sonreír a su hija con su depravado sentido del humor.

—¿Ha escrito? —preguntó Katherine, en voz baja en esa ocasión.

Negó con la cabeza.

—No. Me imagino que estará explorando el mundo, como siempre quiso hacer.

Katherine tomó un sorbo de jerez, proporcionándole a Camilla un momento privado para poner en orden sus pensamientos. Siempre se sentía en conflicto cuando las conversaciones giraban en torno a su madre, aunque era más fácil recordar la confusión y el abandono que había experimentado tras la marcha de Fleur.

Sin embargo, cuando era niña, había sido su madre quien había empezado a contarle historias casi demasiado fantásticas para ser reales. Hablaba de reinos de sombras llenos de curiosas criaturas. Diosas, demonios, vampiros y cambiaformas. Siete príncipes demonios, cada uno más malvado que el anterior.

Camilla se acurrucaba en el sofá a su lado, cerraba los ojos y soñaba.

Pierre también había escuchado atentamente cada historia, y Camilla sospechaba que la forma mágica que tenía su madre de hablar era lo que inspiraba al pintor para representar con su pincel las escenas que ella describía.

Al principio, Fleur había quedado encantada con su arte y lo había animado a no preocuparse por su título, a perseguir su pasión y a abrir la galería. Pero a medida que se iba obsesionando con capturar las esquivas fábulas que ella contaba múltiples veces, había empezado a exigir más historias, más descripciones. Fleur se había sentido molesta, luego aburrida y al final se había retraído.

Echando la vista atrás, Camilla debería haber visto las señales. Fleur se había convertido en una persona inquieta que salía de casa casi todos los días y que nunca se quedaba tranquila cuando por fin volvía.

Nunca se lo había contado a nadie, pero su madre le había dejado una cosa: un relicario, un último secreto que había compartido con su hija.

Camilla no quería aferrarse al pasado. Sintió la soledad acechando de nuevo, un dolor que nunca desaparecía del todo y que el paso del tiempo tan solo reducía.

Nerviosa, jugueteó con el relicario, que seguía poniéndose todos los días.

Katherine reparó en ese familiar gesto de su amiga.

—Estás ocultando algo.

—Lo he conocido hace un rato —respondió, reconduciendo la conversación hacia temas menos traicioneramente emocionales—. Al misterioso nuevo *lord*.

—¡Maldita aburrida! —Kitty abrió mucho los ojos—. ¿Por qué no ha sido lo primero que me has contado? ¿Era guapo? ¿O parecía que sus ojos podrían hacerte arder el alma?

—¿Quién diablos te cuenta esas cosas?

—Disfruta un poco, cariño. O es guapo, o es feo. Aunque la belleza es bastante subjetiva, ¿no?

Camilla se encogió de hombros con indiferencia y los dejó caer, sin comprometerse a revelar nada.

—No hay mucho que contar.

—Entonces, hazlo para complacerme. ¿Cuáles fueron tus primeras impresiones?

—Eres imposible —dijo Camilla en broma.

—Curiosa, no imposible. Sabes cuánto adoro ser la primera en enterarse de los secretos.

—Está bien. Es alto, arrogante y lo más probable es que tenga un miembro pequeño. No logro imaginarme que exista ningún otro motivo para que sea tan grosero. Deberías haber visto cómo entró y exigió un encargo. Los hombres como él son aborrecibles. No me sorprendería que estuviera convencido de que el sol sale y se pone porque él así lo desea. Que les den a las leyes de la naturaleza. *Lord* Synton es el Dios creador y más vale que no te atrevas a olvidarlo, palurda.

Los ojos de Kitty brillaron con una alegría apenas reprimida.

—Veo que no hay *nada* que contar. Excepto que te vas a enamorar locamente de él. ¡O tal vez sea el perfecto *compañero leal*!

Camilla no pensaba hacer tal cosa y él *no* sería nada suyo. Levantó su vaso cuando su amiga se ofreció a rellenarlo, guardándose sus convicciones para sí misma.

Con suerte, el problemático *lord* Synton nunca volvería a llamar a su puerta.

CUATRO

—Si vas por ahí mordiendo a todos los que te tires en este sitio —dijo Envy con los dientes apretados—, será inevitable que empiecen a correr los rumores, Alexei. ¿Crees que aterrorizar a toda la ciudad de Waverly Green será propicio para ganar el juego?

—No, alteza.

El vampiro rubio se secó delicadamente la comisura de la boca con un pañuelo negro, eliminando la última prueba antes de que el servicio humano de la recién adquirida mansión de Envy viera la sangre. El movimiento fue civilizado, tremendamente en desacuerdo con el líquido rojo que le goteaba por la barbilla.

—Por si sirve de algo, no tenía *intención* de morderlo. Solo pretendía darle lo que había pedido. Una noche de pasión.

—De todos modos, guárdate los colmillos y la polla. Si necesitas un refrigerio o un revolcón, que no sea Hemlock Hall. Lo último que necesitamos es a cualquier humano alterado que asocie nuestra llegada con ataques de vampiros. ¿Me he expresado con claridad?

Su segundo al mando inclinó la cabeza y fue lo bastante inteligente para mantener la boca cerrada.

Envy había regresado a su casa señorial para planificar su próximo acercamiento a la señorita Antonius, y se había encontrado al vampiro en mitad del pasillo principal, con los colmillos profundamente hundidos en una arteria femoral. Su amante humano tenía los pantalones alrededor de los tobillos y gemía ruidosamente mientras Alexei alternaba entre beber de su pierna y acariciar su erección.

El veneno de vampiro era intoxicante para los humanos, aumentaba diez veces el placer y provocaba que la mayoría de los mortales perdieran rápidamente todo sentido de la razón.

Cuanto más poderoso era el vampiro, más potente era su veneno. Y Alexei, que una vez había sido mortal, había renacido en el reino de los vampiros con los gélidos ojos azules de la realeza. Como tal, su mordedura era tremendamente potente. De hecho, un simple lametón de su lengua o un roce de sus dedos podría volver loco a un amante incluso antes de que experimentara su veneno.

Había sido un día horrible y Envy estaba listo para retirarse a solas a su estudio, donde podría volcar su frustración en un lienzo nuevo.

En vez de eso, se encontró reprendiendo a su segundo como si fuera una niñera castigando a un crío.

Si hubieran estado en los siete círculos, aquello no habría sido un problema. El mismísimo reino prosperaba gracias a la seducción. Alexei podía follar —y lo hacía a menudo— con cualquier lord, lady o miembro de la casa que estuviera dispuesto a ello.

Incluso con cierta diosa, la pareja sexual más reciente de Alexei. Envy debía reconocer que aquella aventura podía ser útil, sin importar cuánto le disgustara la mujer involucrada.

Alexei se retiró al otro lado de la habitación, dándole a Envy tiempo y espacio para pensar. Aquel era un rasgo positivo de los vampiros: podían permanecer en silencio e inmóviles durante horas, hasta que casi te hacían olvidar que estaban allí.

Envy echó un vistazo por la alta ventana hacia el espeso manto de niebla que se enroscaba alrededor de la mansión de piedra caliza, inquietante en conjunto con el pésimo clima. La lluvia golpeaba el cristal, creciendo en intensidad a medida que se oscurecía su ánimo.

Pride y Lust tenían razón: seducir a Camilla parecía el camino más evidente hacia el éxito. Pero si metía a la señorita Antonius en su cama, era probable que ella quisiera más, que lo necesitara con desesperación: la mayoría de los mortales que acababan enredados entre sus sábanas estaban manchados con su pecado. Envidiaban a cualquiera que hubiera estado entre ellas antes y a cualquiera que llegara después. Por eso había creado su regla cardinal: solo pasaría una noche con cada amante. Nunca más de una. Esa norma suya se había vuelto legendaria, junto con el hambre de sus amantes.

A menudo eso era parte de la diversión, pero con Camilla parecía demasiado complicado. Por supuesto, Envy extraía su poder de provocar la envidia en los demás, y alimentar su pecado era fundamental en aquel momento. Necesitaba almacenar tanto poder como le fuera posible para ganar el juego.

Pero no había permitido que una mortal se metiera en su cama desde hacía décadas, no después de lo mal que había salido la última vez, y se sentía reacio a empezar de nuevo.

Si el precio de Camilla era una noche de pasión, tal vez pudiera encomendarle la tarea a Alexei. Sería menos complicado... pero seguro que había otra manera.

Envy abrió con brusquedad el diario que tenía delante y bajó la mirada hasta las líneas que había escrito, las dos pistas que había recibido durante el último mes, con notas adjuntas sobre cómo las había resuelto.

La primera pista todavía le hacía hervir la sangre: una burla envuelta en un acertijo que había llegado mientras visitaba la casa de la Avaricia una semana después de que la reina de Wrath hubiera tomado posesión del trono, hacía ya casi un mes.

Por lo general, no solía apostar en la casa de su hermano, pero se había sentido mezquino. Cuando Envy había dado la vuelta a sus cartas, se había dado cuenta de que el juego había empezado. Doce cartas de color verde oscuro y una única roja, todas sin más adorno que los colores.

Envy llevaba décadas aguardando y casi había perdido la esperanza de que el juego empezara en algún momento. Con el pulso acelerado, había fijado la mirada en el reloj y se había dado cuenta de que ya casi era la hora.

Medianoche.

Verde oscuro. Casa de la Envidia.

Rojo: una diana, supuso.

Sin demora, se había apresurado a regresar a su salón del trono y había llegado justo antes de medianoche. Y entonces había comenzado de verdad, cuando su trono había estallado en llamas por un lado.

Al igual que en el cuadro que ahora necesitaba que Camilla pintara.

Habían sido necesarias dos semanas para localizar a la artista indicada basándose en la pista. Luego había empleado casi un par de semanas más en instalarse en su base de Waverly Green. Quería pasar rápidamente a la siguiente pista.

Los juegos anteriores habían contenido entre cuatro y seis pistas, aunque en ninguno de ellos se había jugado tanto como en aquella ocasión. Pero eso significaba que Envy podría estar ya a mitad de camino, siempre y cuando Camilla accediera a pintar el maldito trono.

Volvió a contemplar las pistas.

12 verdes, 1 rojo = medianoche, Casa de la Envidia,
objetivo/ siguiente pista
El Trono Maldito
Semilla, Celia. Anagrama
Anagrama resuelto: Camilla Elise

Un cuervo aterrizó al otro lado de la ventana y fijó sus brillantes ojos de ébano en él antes de salir disparado hacia el cielo tormentoso. Podría tratarse de un simple pájaro, o de un espía. No le hacía ninguna falta que le recordaran que no era el único que competía, aunque sabía que cada jugador tendría diferentes pistas que lo conducirían hasta el premio.

Ese desgraciado fae de Lennox a menudo elegía a aquellos a quienes había hecho daño en algún momento para que participaran en sus juegos, dándoles la oportunidad de recuperar lo que fuera que les hubiera arrebatado. Las pistas, el premio, todo se adaptaba a cada individuo, aunque las pistas a menudo se superponían. Por ejemplo, si había otro jugador en Waverly Green, era posible que necesitara que Camilla también le pintara algo.

Envy cerró el diario de golpe.

Estaba en el lugar correcto. Ahora solo faltaba convencer a la pintora de que lo ayudara. Despejó su mente de todo salvo de su entorno, necesitaba dejar que una nueva estrategia tomara forma por sí sola.

Hemlock Hall era una vasta casa solariega situada en la cima de una colina bastante alta que dominaba la centelleante ciudad que se encontraba debajo. En ese sentido, le recordaba a su propia casa del pecado. Pero ahí era donde acababan las similitudes.

Aquel estudio estaba compuesto enteramente de madera oscura y libros encuadernados en cuero, con un enorme escritorio y cómodas sillas de respaldo alto. Sin arte colorido, sin elegantes esculturas. Solo unos insulsos mapas mortales, inexactos y odiosos en su diseño.

Un ligero olor a humo de cigarro flotaba en el aire húmedo y se había filtrado en la madera después de años de indulgencia, un indicio del vicio favorito del anterior propietario, y parecía que había tenido muchos. De hecho, el *lord* había tenido que abandonar Hemlock Hall recientemente, después de haber pasado por una temporada difícil, y le había costado encontrar un comprador debido a los rumores de que sus tierras estaban malditas. Era el tipo de noticia terrible que a Envy le había encantado escuchar.

Y puede que esos rumores hubieran sido plantados por el propio demonio durante las semanas previas a su gran oferta.

No era que el dinero fuera una preocupación para Envy. Pero la finca en ruinas tenía mucho potencial, y sabía que los rumores solo aumentaban su misterio, asegurando así que los lugareños aceptaran cualquier invitación para acudir a conocer la propiedad.

Y dejando a un lado el disgusto personal que le despertaba, no había mejor manera para el príncipe de la Envidia de presentarse en la sociedad mortal que organizar un baile de máscaras, del tipo que estaba seguro que nunca habían visto antes.

Se acercó a su escritorio para hacerse con una botella de whisky oscuro, la descorchó y vertió un poco en una copa de cristal tallado. Lo hizo girar lentamente mientras volvía a reflexionar sobre el juego.

Un señor supremo de los fae nunca se tomaba demasiadas molestias y, conociendo a Lennox, Envy sospechaba que los demás jugadores también se verían atraídos hacia Waverly Green después de sus primeras pistas. Un baile de máscaras podría proporcionarle la oportunidad de descubrir quiénes eran, y cuántos. Y si todos debían hacerle un encargo a Camilla, entonces Envy tenía que adelantarse a los demás.

Ya tenía a sus espías vigilando la galería día y noche, pero debía considerar otras formas de mantenerla cerca.

Por fin miró a Alexei.

—¿Alguna información nueva sobre los vicios de Camilla? ¿Alguna tentación que podamos explotar?

—No, alteza.

El golpe que sonó en la puerta de caoba recién pulida los interrumpió.

—Adelante —ordenó.

Goodfellow, su mayordomo, entró en la habitación e hizo una cortés reverencia doblándose por la cintura.

—Mi señor.

Era realmente triste ver con qué facilidad se tragaban las mentiras los mortales. Dinero, ropa elegante, arrogancia —solo con la palabra del príncipe, el respaldo de su abogado y la complicidad de Alexei, había sido demasiado fácil crear una historia para los humanos del lugar. Envy era un *lord* que provenía de la región sur del reino de Ironwood; su llegada auguraba el deseo de su familia de ampliar su territorio y su riqueza mediante el matrimonio.

—¿Necesitabas algo, Goodfellow?

El aludido le lanzó una mirada nerviosa al vampiro.

—Alexei —dijo Envy—, ocúpate de ese asunto.

Su segundo al mando inclinó la cabeza y se marchó.

Hasta donde Envy sabía, los humanos de aquel reino no creían necesariamente en los vampiros, pero sí que podían sentir que se habían convertido en presas cuando uno andaba cerca.

El miedo aguzaba los sentidos mortales, acercándolos más al mundo animal, antes de que razonaran y concluyeran que sus instintos naturales de supervivencia eran infundados.

Ya fuera por soberbia o por ego, el hombre era la única criatura que a menudo ignoraba lo que ninguna otra presa hacía: confiar en sus instintos o sufrir las consecuencias.

—¿Sí? —preguntó Envy, desviando la atención de Goodfellow del vampiro mientras este salía.

—Se han enviado todas las invitaciones, mi señor. Ninguna familia noble de Waverly Green querrá perdérselo. El cocinero ha estado...

—¿Le has enviado una a la señorita Antonius?

—¿A la artista? —preguntó Goodfellow.

Envy asintió levemente.

—Todavía no, mi señor. Pero supongo que se ha convertido en una favorita de la sociedad a pesar de su pasado, bastante trágico, de modo que la añadiré a la lista. Como decía, el cocinero ha...

—Explícate.

—Eh, sobre el cocinero o... —Goodfellow se interrumpió al ver la dura mirada de Envy—. Ah, la señorita Antonius. Su madre se marchó justo antes de que ella debutara, pobre criatura. Esos desagradables rumores le pusieron las cosas muy difíciles a la joven señorita. Ninguna madre quería que su hijo la cortejara. Ahora es como si ya fuera una solterona, aunque la alta sociedad adora su galería, lo cual supongo que le ha permitido mantener su posición.

Envy reflexionó sobre aquello por un momento. La madre de Camilla se había ido, no tenía perspectivas de matrimonio... Entonces, ¿por qué lo había despachado sin miramientos? Envy había dejado claro que tenía título y saltaba a la vista que era guapo. Como mínimo, Camilla debería haber intentado coquetear. A menos que hubiera estado esperando que él lo hiciera...

¿Por qué el maldito plan de Lust siempre era el camino correcto a seguir? Quizá lo siguiente que Envy *debería* procurar fuese seducirla. Valía la pena intentarlo.

Goodfellow tomó la tranquila reflexión de su señor como una invitación para continuar con su informe.

—Se le han comunicado al cocinero los requisitos del mercado y he enviado al lacayo a conseguir las máscaras que habéis solicitado. El jardinero también ha sido instruido sobre los arreglos florales. Las renovaciones del salón de baile están en marcha y está previsto que concluyan al menos dos días antes, lo cual dejará tiempo para cualquier modificación que su excelencia pueda desear.

—¿Qué hay de las moras y el azúcar moreno?

—Está todo listo, mi señor. También el mejor bourbon de Waverly Green.

Envy asintió.

—¿Algún progreso en la galería del ala norte?

—Se han limpiado todos los retratos y ahora se están adecentando las esculturas.

—Confío en que el laberinto de setos también esté bajo control.

—Por supuesto. El jardinero tiene las imágenes que proporcionasteis y está ocupándose de ello.

Una pequeña parte de la tensión que Envy llevaba sintiendo desde la negativa de Camilla desapareció. Como mínimo, algo iba bien aquella noche.

Goodfellow se aclaró la garganta y Envy contuvo un suspiro.

—¿Algo más?

Con un poco más de teatralidad de la necesaria, el sirviente extrajo un sobre. De color marfil y de buena calidad. Soso y aburrido.

—Ha llegado una invitación, mi señor. De Gretna House.

Envy miró fijamente al mayordomo.

—Perdonadme, mi señor. Gretna House es el hogar de *lord* Philip Vexley. Es uno de los favoritos de la alta sociedad, aunque con cierta mala reputación, si se me permite hablar con libertad.

A pesar de toda su pompa, Goodfellow también era un chismoso horrible, y estaba más que feliz de ayudar a Envy a conocer Waverly Green al dedillo.

—¿De dónde procede su mala reputación? —Envy dio un sorbo a su whisky, curioso.

El rostro rubicundo de Goodfellow se sonrojó hasta adquirir un tono carmesí más brillante, señal de que el libertinaje debía de estar involucrado.

—Se rumorea que es el anfitrión… bueno, de celebraciones de lo más depravadas para un círculo selecto de amigos, mi señor.

Envy controló su expresión. *Qué predecible y cuán humano*, pensó.

Ya puestos, podría divertirse un poco y hacérselo pasar mal a Goodfellow.

—¿Los invitados se comportan de manera lasciva?

Goodfellow respiró hondo y asintió. En sus ojos brillaba la necesidad de compartir aquel delicioso escándalo.

—¿Y? —lo animó Envy.

—Bueno, he oído que algunos invitados se escapan a los jardines para... —miró a su alrededor como para asegurarse de que nadie se hubiera acercado sigilosamente a ellos— besarse.

—Besarse. —Envy contó mentalmente hasta que el impulso de apuñalarse a sí mismo (repetidamente) remitió—. ¿Hay algún testigo de semejante... comportamiento lascivo?

—Bueno, eso supongo. Aunque no he oído ningún detalle específico.

Envy no debía de haber ocultado su enfado tan bien como pensaba, porque Goodfellow continuó a toda prisa.

—Por no hablar del arte que colecciona. La mayor parte no es apto para ojos de la compañía de alcurnia. Aunque no es que a *lord* Vexley le preocupe eso. Se rumorea que tiene toda una colección privada de objetos con la forma del miembro viril. Los mantiene ocultos, de lo contrario, las damas se desmayarían durante la cena. Cuando se trata de Vexley, la sociedad mira para otro lado, pero hasta cierto punto.

—Y ese punto es el arte en forma de miembro viril —dijo Envy en tono inexpresivo.

—En efecto, mi señor. Esto otro no está corroborado, pero también se rumorea que celebra... demostraciones... cuando las damas se retiran, después de cenar.

Goodfellow sufriría una embolia si alguna vez visitaba la casa de la Lujuria.

Que los demonios jugaran con *objetos en forma de miembros viriles* era la costumbre allí.

Sin embargo, oírlo mencionar el arte por fin despertó el interés de Envy.

—El tal Vexley es un ávido coleccionista de arte, ¿verdad? —preguntó. Goodfellow asintió—. ¿Es su colección tan grande como la de aquí?

El mayordomo abrió la boca y la cerró de golpe, reconsiderándolo.

—No la he visto en persona, mi señor, de modo que no ostento ninguna autoridad sobre el tema. Pero he oído que visita Silverthorne Lane. Y ya sabéis lo que dicen sobre el mercado negro.

—Ilumíname.

—Bueno, mi señor, casi todos en Green creen que los traficantes no son exactamente... humanos.

Envy enarcó las cejas de forma casi imperceptible. Eso no lo había oído. Pero no cabía duda de que sus espías lo oirían hablar sobre que no se hubiera enterado de ese detalle.

—¿Y qué son, si no es mucha molestia?

—Dicen que los comerciantes de allí son fae exiliados. Eso sí, la mayoría de los que entran también lo hacen bañados en alcohol. Personalmente, no creo en esos cuentos de hadas.

Envy se quedó inmóvil. Aquella era una noticia verdaderamente interesante.

—¿Estás seguro de que este infame *lord* visita a los... fae?

—Sí. Me lo contó su lacayo, mi señor. Una vez por semana, como un reloj.

—Acepta su invitación —ordenó Envy, despidiendo al mayordomo con un asentimiento seco. Después de todo, quizás hubiera encontrado otro jugador.

Si Goodfellow desaprobaba la decisión de su amo, fue lo bastante inteligente para no dejarlo traslucir.

Envy quería hacerse una idea de aquel libertino que trataba con fae, comprobar si su teoría era correcta.

Goodfellow se marchó para cumplir sus órdenes.

Si había una verdad que debería ser universalmente reconocida era la siguiente: cuando había algún pecado involucrado, ningún caballero de aquel reino o de cualquier otro podía aspirar a competir con un demonio.

Y mucho menos con un príncipe del infierno.

CINCO

C amilla jugueteaba con sus faldas mientras el carruaje traqueteaba sobre el camino adoquinado y, junto a ella, *lord* Edwards parloteaba sobre un gallo llamado Peter.

Por lo que parecía, Edwards estaba teniendo nuevos problemas con su gallo.

Algo que Camilla rezaba por que no fuera un eufemismo.

Se encontró con la mirada de su amiga al otro lado del carruaje y reparó en que *lady* Katherine había presionado el dorso de su mano enguantada contra los labios, probablemente para sofocar una risita. Un hecho que a Camilla no la sorprendía en lo más mínimo. Kitty y ella estaban hechas de la misma pasta retorcida; simplemente, lo ocultaban bien.

La mayor parte del tiempo.

— … y por eso, querida —le explicó Edwards a su esposa—, deberíamos ir a Winterset para supervisar la propiedad lo antes posible. Sencillamente, no podemos permitir que Peter se vuelva loco.

Ojalá la sociedad sintiera lo mismo acerca de Vexley.

—Cariño —lo tranquilizó Katherine, de manera impresionante, sin ningún atisbo de risa en su tono—, no regresaremos a nuestra casa de campo hasta dentro de varios meses. Estoy segura de que las gallinas estarán bien hasta el verano. —Centró su atención en Camilla—. ¿Volverás a venir con nosotros, al menos parte de la temporada?

—Por supuesto.

La calidez y la gratitud inundaron a Camilla. Cuando había tenido que alquilar la finca de campo de su familia el verano anterior, Kitty se había asegurado de que permaneciera casi toda la temporada con ellos. Y Camilla nunca lo había dicho en voz alta, pero incluso aunque no se hubiera visto obligada a alquilar la casa de campo de su padre, ir allí después de su muerte habría sido una tortura. Le preocupaba sentir el fantasma de su presencia vagando por los pasillos, oler el chocolate caliente que siempre preparaba a pesar del calor del verano mientras pintaba y contaba historias de humanos besados por fae y en deuda con el misterioso rey de las hadas.

En algunas historias, el rey era cruel, y en otras, era como un dios benevolente. A medida que crecía, Camilla había comprendido que todo aquello era un sinsentido, pero adoraba que Pierre amara esas historias, incluso si, al final, se había aferrado a ellas con demasiada desesperación y su control de la realidad se le había escurrido entre los dedos.

—Quizá la señorita Antonius pueda pintar un cuadro de Peter.

Kitty soltó un suspiro.

Camilla se salvó de cualquier otra mención del mal comportamiento del ave cuando el carruaje se detuvo. Se tragó el repentino nudo de la garganta y los nervios le hormiguearon cuando el conductor rodeó el vehículo para abrir la puerta y ayudarla a bajar.

Habían llegado a Gretna House, la casa de Vexley.

Una casa adosada en Greenbriar Park, en uno de los barrios más exclusivos de aquella zona de Green.

El edificio —de piedra blanquecina realzada con terrazas de hierro forjado y árboles y arbustos en flor que caían en cascada a lo largo de la fachada—, gozaba de un mantenimiento perfecto, a juego con todas las demás casas adosadas de la calle. Un precioso murete de piedra separaba el pequeño patio delantero de la avenida adoquinada.

Camilla salió del carruaje con la cabeza en alto y contempló la casa mientras las luces del interior brillaban cálidamente y los alegres asistentes a la fiesta ignoraban todo lo que aquello le había costado a ella. Eran sus artículos ilegales los que habían ayudado a Vexley a comprar esa vivienda. Aquello era una manifestación física de sus crímenes, que se burlaban de ella en toda su decadencia.

Se iba a jugar mucho durante las próximas horas. Esa noche recuperaría su libertad, o bien quedaría atrapada para siempre en la red de mentiras de Vex el Maldito.

Demasiado rápido, ella y sus acompañantes subieron la gran escalinata, fueron despojados de sus abrigos y estolas, y los condujeron al salón para que se relacionaran con los invitados que ya habían llegado.

Alguien llamó a *lord* Edwards, pero Camilla estaba tan nerviosa que apenas advirtió cuando él y Katherine cambiaron de rumbo para saludar, dejándola a solas para que buscara el ponche por su cuenta.

Escaneó la pequeña multitud en busca de Vexley. En un rincón, los idiotas pero ricos lores Walters y Harrington intentaban entretener a las hermanas Carrol, dos preciosas mujeres de cabello color miel empañadas por los rumores de que su padre había comprado el título gracias al éxito de su antro de juego. Les sonrió con cortesía, a ellos y a algunos otros, pero no alcanzó a ver a Vexley.

Llegó hasta el ponche y tomó una taza, sorbiendo de ella mientras volvía a escanear la habitación. Katherine y William estaban hablando con el mejor amigo de él, *lord* Garrey. Un treintañero que, como la mayoría de los allí presentes, era conocido por protagonizar las columnas satíricas de vez en cuando.

Garrey continuaba siendo uno de los hombres más codiciados temporada tras temporada, gracias al hecho de que algún día heredaría un ducado. Su sonrisa traviesa y su encanto juvenil no le hacían ningún daño, aunque era difícil pasar por alto su adicción a las apuestas, como Camilla le recordaba a Kitty con regularidad.

También se encontraban presentes la señorita Young y la señorita Linus, aunque Camilla dudaba de que alguno de sus padres supiera que se habían escapado para una visita a la casa de Vexley. Ambas mujeres estaban a punto de convertirse en solteronas, pero aún no habían sido abandonadas por completo en ese estante.

Su carabina, la viuda Janelle Badde, levantó su copa para saludar a Camilla, que siempre la había admirado. Se había casado con un hombre que le triplicaba la edad y él había muerto poco después, convirtiéndola en una joven y feliz viuda que aprovechaba al máximo su estatus, tomando amantes y ofreciéndose como voluntaria para hacer de carabina de sus amigas solteras cuando la ocasión lo requería.

Por fuera, la sociedad no lo aprobaba, pero tampoco podía desaprobarlo. Camilla acababa de girarse para inspeccionar la otra mitad de la habitación cuando su mirada se posó en *él*.

Lord Ashford Synton en toda su imponente y fastidiosa gloria.

Estaba solo, admirando un cuadro al otro lado de la habitación, y todavía no había reparado en ella, así que se tomó un momento para estudiarlo, sintiéndose vagamente molesta al darse cuenta de que no era la única que lo hacía. La viuda Janelle prácticamente se estaba humedeciendo los labios mientras lo recorría con la mirada.

Entendía su reacción. El hombre tenía una figura imponente, incluso desde el otro lado de la estancia la luz de las velas iluminaba los afilados planos de su rostro. Con un sobresalto, Camilla vio lo que llamaba su atención. Dio un paso más cerca de su cuadro favorito en la casa de Vexley.

Era una acuarela de un campo donde se veía un granero rústico, algo que ella imaginaba que se podría encontrar en el norte, o incluso en uno de los cuentos de su padre. Abundaban los tonos verdes y cremas, las montañas al fondo eran de un verde oscuro que se convertía en un salvia pálido y brillante a medida que avanzaba hasta la hierba alta en primer plano.

La pintura evocaba una sensación de paz. La idea de sencillez, de una vida sin secretos, sin una jaula social.

¿Cómo sería correr descalza por esa suave hierba? ¿Levantarse la falda hasta las rodillas y que le importara un bledo si no era propio de una dama? Camilla anhelaba sentir la tierra bajo sus pies, bailar en camisón bajo las estrellas. Vivir sin que las reglas de los demás la restringieran. Bajo toda la pompa y circunstancia, era salvaje e indómita.

Se preguntó qué vería Synton, qué habría sentido cuando levantó la mano y trazó el granero casi con reverencia.

—Es... algo imponente, ¿verdad?

Se sobresaltó al escuchar la voz de la viuda Janelle. Aunque ella ni siquiera estaba mirando a Camilla. La mirada de la mujer prácticamente quemaba la ropa de la espalda de Synton.

—¿Sabéis cómo se llama? —preguntó la viuda con avidez.

Camilla se enfureció ante la pregunta, aunque su reacción tenía poco sentido.

—No, lo lamento. —Rápidamente, desvió su atención hacia la fiesta—. Estoy sedienta. ¿Queréis más ponche?

La viuda Janelle emitió un ruidito evasivo. Camilla regresó a la cercana zona de refrigerios y dejó a Janelle comiéndoselo con los ojos. Vexley aún no los había honrado con su presencia, lo que indicaba que ya estaba borracho o esperando a hacer una entrada dramática. De cualquier modo, podría disponer de algunos momentos adicionales para explorar mientras todo el mundo estaba ocupado.

Entusiasmada, Camilla se alejó rápidamente de la mesa y chocó contra alguien que también se había acercado a buscar un vaso de ponche.

—Lo... —Sus palabras vacilaron cuando levantó la vista. Dos esmeraldas penetrantes la contemplaban fijamente.

Tardó otro segundo en darse cuenta de que las dos fuertes manos de *lord* Synton la habían estabilizado, evitando que derramara su bebida. La frialdad de su mirada entraba en conflicto con el ardor que sentía ella allí donde la tenía agarrada con fuerza, sus largos dedos encajados con facilidad alrededor de sus brazos.

—¿Cómo habéis llegado aquí tan rápido? —preguntó Camilla.

Él arqueó la boca hacia un lado y su expresión se fue derritiendo lentamente.

—¿Me habéis visto y no me habéis saludado? Me herís, señorita Antonius.

La voz de Synton era como el profundo retumbar de un trueno en su oído cuando al fin dejó caer las manos, pero no dio un paso atrás.

—Puede que estuviera estudiando el terreno. Una dama debe saber si dar un paso es seguro —bromeó.

—Y, aun así, estás pisoteando mi ego.

—Perdonadme, mi señor. No tenía ni idea de que fueseis tan fácil de herir.

Él la miró de arriba abajo despacio, con una ceja arqueada.

—¿Asistís con frecuencia a las reuniones que se celebran en esta casa?

—Sí.

Camilla se dio cuenta de dos cosas a la vez cuando la expresión del apuesto *lord* pasó de la indiferencia a la curiosidad: primero, que era tan pecaminosamente deslumbrante como se lo había imaginado cuando casi se había provocado un orgasmo en mitad de un carruaje en movimiento, y segundo, que Synton ya debía de haber oído los rumores sobre aquellas fiestas.

El calor le inundó las mejillas.

Por lo general, allí no pasaba nada indecoroso, al menos no mientras ella estaba presente. Aunque las parejas se escabullían más de lo habitual para tener citas y Vexley estaba en posesión de algunas estatuas de fertilidad que lo más seguro era que utilizara para el propósito exacto con el que la gente especulaba.

Rápidamente, señaló los cuadros de naturaleza muerta en las paredes, soporíferos en comparación.

—*Lord* Vexley es un admirador de las bellas artes. Lo ayudo a conseguir su colección.

—Interesante. —Aunque pronunció la palabra como si quisiera decir *repugnante*.

La mirada de Synton se volvió astuta cuando volvió a repasarla de arriba abajo.

—¿Qué os trae por aquí? —preguntó para desviar su atención. Si él suponía que Camilla estaba allí para un encuentro amoroso desenfrenado, entonces ella se sentía muy intrigada por lo que tuviera que decir sobre sí mismo.

—Entonces, ¿sois responsable de la mayoría de sus piezas? ¿Él no... trabaja con nadie más? —preguntó Synton con rigidez, ignorando su pregunta por completo. En esa ocasión, había un matiz en su tono, sutil, pero estaba ahí. Le parecía que insinuaba envidia, pero ¿de qué, del arte de Vexley?

Camilla ocultó su molestia.

Responder una pregunta con otra era una excelente táctica de distracción.

Se preguntó si no estaría preguntando en realidad sobre el mercado negro, que a menudo intrigaba a los recién llegados, pero no era ni el momento ni el lugar para discutir ese escandaloso asunto.

Silverthorne Lane era una zona que la mayoría de los miembros de la alta sociedad fingía que no existía. Ella misma lo evitaba, después de que la obsesión de su padre se hubiera intensificado tanto en sus últimos meses. Camilla no había querido alimentar ninguno de los rumores que habían afrentado hacia el final: la sociedad había susurrado que su padre se había enamorado de una vendedora fae y se había vuelto adicto a la magia oscura que podía ofrecer unas horas de olvido.

Ella sabía que ninguna de las dos cosas era cierta.

Su padre estaba obsesionado con algo mucho más peligroso.

—Vexley compra a través de mí con bastante frecuencia, aunque solo soy una de sus muchos marchantes.

Un brazo se deslizó alrededor de su cintura.

—Venga, cariño, para mí eres mucho más que una simple marchante de arte.

—*Lord* Vexley.

Camilla se puso rígida ante el más que desagradable peso del brazo de Vexley sobre su persona.

Cuando creía que la situación no podía empeorar, él deslizó la palma hacia abajo hasta ahuecarle el trasero.

Camilla estaba furiosa, tanto por el contacto no bienvenido como por la audaz insinuación de Vex el Maldito de que había más en su relación. Si necesitaba otra prueba de que debía actuar esa noche y recuperar su libertad, aquella era la señal. De hecho, rezó para que no fuera demasiado tarde.

Se hizo rápidamente a un lado, desprendiéndose del brazo sin que nadie —al margen de Synton— reparara en la falta de decoro.

Pero Synton no la miraba a ella en absoluto. Estaba mirando con frialdad y desprecio a Vexley. Su expresión se había vuelto tan gélida a causa del disgusto que, por un momento, Camilla habría jurado que podía ver su aliento en el aire.

—¿Siempre reclamas cosas que no te pertenecen, Vexley?

Camilla entreabrió los labios, conmocionada. ¿Sonaba Synton… celoso?

Por suerte, Vexley resopló como si el otro hubiera contado un chiste inteligente, lo cual indicaba que ya había consumido unos cuantos vasos de licor.

—Debes de ser el recién llegado, Synton. He oído que tú también posees una colección. Aunque dudo que la tuya sea tan grande como la mía.

Synton ignoró la insinuación y volvió a concentrarse de lleno en Camilla.

—Me encantaría hacer un recorrido privado por vuestra galería, señorita Antonius, para evaluar vuestro gusto. Estoy buscando varias piezas para mi colección de Hemlock Hall.

—¿Hemlock Hall? —interrumpió Vexley al darse cuenta de que lo estaban menospreciando—. Ese lugar es un desastre.

—¿Señorita Antonius? —presionó Synton, que seguía sin dignarse a hacer caso a su anfitrión.

Camilla comprendió de inmediato lo que Synton le estaba ofreciendo. A su propia, testaruda y arrogante manera. No tenía ningún deseo de volver a estar a solas con él en El Camino de las Glicinas, pero era una circunstancia con mucho preferible a encontrarse a poca distancia de Vex el Maldito.

—Puedo haceros un hueco más tarde, esta misma noche, o mañana con las primeras luces del día.

—Esta noche, entonces.

—Muy bien, mi señor.

Camilla no estaba segura de sentirse agradecida por la interferencia de Synton. Se sentía un poco como si acabara de saltar de una sartén de hierro fundido y hubiera caído en un fuego ardiente.

Synton tenía sus propias intenciones, pero al menos había podido elegir con qué demonio meterse en la cama. Proverbialmente hablando, por supuesto.

Una imagen de Synton tendido sobre unas sábanas oscuras, con su reluciente piel bronceada y los brazos cruzados detrás de la cabeza apareció en su mente antes de desterrarla.

—Venga ya, Synny. —Vexley pasó por alto o ignoró el destello de ira en los ojos de Synton ante el apodo—. Camilla no debería deambular por el distrito artístico a horas indecentes.

—La señorita Antonius ha tomado su decisión y no recuerdo haber preguntado por tu ignorante y, francamente, bastante aburrida opinión, Vexley.

Camilla se hundió los dientes en el labio inferior para no llamar la atención, ya fuera con una risa o un jadeo. Synton había reprendido a fondo al deshonrado *lord* en su propia casa.

Un segundo después, Vexley se sonrojó y las puntas de sus orejas se volvieron del tono rosa más brillante que jamás había visto mientras su mente procesaba el insulto.

De manera objetiva, Vexley era un hombre físicamente atractivo, pero la forma en que se le acababa de contorsionar el rostro lo hacía parecer demoníaco.

—¿Cómo te atreves...?

Se oyó un golpe en la puerta del salón, al cual siguió rápidamente el mayordomo.

—La cena está lista, mi señor.

Llamado al deber, Vexley volvió a comportarse de inmediato como el imperturbable libertino, con una comisura levantada hacia arriba en una afectada sonrisa de medio lado.

—¡Ha llegado el momento del festín! —anunció antes de girar sobre los talones, vacilando solo ligeramente antes de ofrecerle el brazo a Camilla—. Señorita Antonius. Amigos. ¿Vamos?

Camilla sintió la pesada mirada de Synton posada sobre ella una vez más, cargada con desaprobación, pero no se atrevió a mirarlo, ni a rechazar públicamente la teatral caballerosidad de Vexley.

Lo único que tenía que hacer era sobrevivir a aquella cena.

Luego, cuando la multitud más educada se hubiera marchado y los bebedores se entregaran de verdad al alcohol, se escabulliría para encontrar la falsificación y le prendería fuego, incinerando el control de Vexley sobre ella de una vez por todas.

SEIS

El príncipe de la Envidia observó cómo Camilla colocaba lentamente la mano en el hueco del brazo de Vexley.

El mismo que Envy acababa de fantasear que arrancaba. Las salpicaduras de sangre quedarían bastante llamativas contra el pálido papel pintado, pero reprimió sus instintos más violentos.

Vexley paseaba a Camilla como si fuera un premio. Uno que había robado, no ganado.

Él creía firmemente en la forma de pensar de los siete círculos: cuando se trataba del juego del cortejo, todos los implicados debían *querer* jugar.

Vexley no le había dado a Camilla otra opción y, por lo que Envy sabía de las costumbres mortales, si ella se hubiera negado, habría causado una escena.

Y la señorita Antonius no parecía querer llamar la atención de nadie esa noche, por alguna razón. Aunque el intenso color verde oscuro de su vestido de seda hacía juego con la corbata de Envy y eso no dejaba de llamar *su* atención. En mitad del mar de vestidos de colores pastel que bordeaban su visión periférica, Camilla era un audaz toque de oscuridad, intenso y rico.

A pesar de que se había esforzado todo lo posible para no reparar en ello, Camilla era preciosa.

Llevaba el cabello plateado delicadamente rizado y apartado del rostro, mostrando su barbilla puntiaguda, su cuello esbelto y el simple pero impresionante relicario de plata que hacía juego con sus ojos.

Había elegancia en su manera de conducirse: su cuerpo era del tipo formado por ángulos delicados y curvas pronunciadas que pedían ser capturados en un lienzo. El modo en que se movía ahora indicaba que deseaba estar lo más lejos posible de su anfitrión.

Jugador o no —todavía no lo había decidido—, Vexley se estaba convirtiendo en una complicación en más de un sentido. Y Envy no tenía tiempo que perder con ningún idiota.

Su corte se debilitaba más día tras día, y él era el único culpable.

Por eso había decidido tomar la ruta más fiable para aquel segundo intento de seducir a Camilla. Era una decisión puramente práctica, no tenía nada que ver con cómo la luz de las velas se reflejaba en sus rizos plateados allí delante.

Envy le ofreció el brazo a la mujer más cercana —una enérgica pelirroja que recordaba de pasada que había llegado con Camilla— y siguió a la procesión por el pasillo hasta el comedor.

—¿Asumo que sois el misterioso *lord* Synton? —preguntó la pelirroja de inmediato.

—¿Es eso lo que la gente dice de mí, *lady*…?

—Lady Katherine Edwards.

Sintió su mirada sobre él, pero mantuvo la suya fija en la procesión de lores y *ladies* que desfilaban poco a poco hacia el comedor. Envy fantaseó con clavarles atizadores mágicos en los traseros para que se apresuraran. La cena ni siquiera había comenzado y ya estaba listo para irse.

—No cabe duda de que habéis causado impresión —continuó.

Miró de reojo a *lady* Edwards.

—Provoco ese efecto.

Ella se rio, plena y profundamente, llamando la atención de una mujer de cabellos oscuros frente a ellos. La mujer echó un vistazo hacia atrás y la lujuria descarada que brillaba en sus ojos sorprendió a Envy.

Centró su atención en *lady* Edwards y los celos de la mujer de cabello oscuro cobraron vida. Él esbozó una sonrisa destinada a intimidar y ella desvió la mirada.

—Ya veo lo que quería decir mi amiga. Sois problemático.

Su mirada se vio atraída por la cabeza plateada de Camilla al principio de la fila. *Lady* Edwards lo estaba provocando. Y se estaba divirtiendo demasiado con ello.

Pero, tal vez, hacerse amigo suyo tranquilizara a la artista. Se permitió ponerse la máscara de noble encantador pero distante.

—Esta noche, diría que tan solo me siento un poco perverso, *lady* Edwards.

Envy se desanimó bastante cuando se dio cuenta de que era la verdad.

Había mantenido su coqueteo al mínimo, solo había hecho preguntas directas que pudieran ayudarlo con el juego. Y cuando Camilla había entrado en la habitación, le había prestado toda su atención. Como no deseaba parecer demasiado atrevido, había admirado la pintura más intrigante de la estancia para concederle cinco minutos antes de ir a buscarla. *El puto caballero perfecto*, pensó, molesto.

Y, sin embargo, ella se había mostrado completa y exasperantemente poco impresionada ante el hecho de que Envy se hubiera abalanzado para atrapar su copa y la hubiera salvado de arruinarse el vestido. No importaba que él hubiera sido el causante de su inestabilidad en primer lugar. El príncipe Gluttony había afirmado que ese movimiento siempre funcionaba para cortejar a una mortal. Según su hermano, las mujeres humanas adoraban a los héroes oscuros. Como si los actos heroicos estuvieran determinados por una copa de ponche inmaculada.

Pero, como de costumbre, Envy estaba descubriendo que Gluttony era un imbécil en lo que al cortejo se refería. La lengua de Camilla había demostrado ser tan plateada como su cabello, azotándolo con su rápido rechazo.

Si iba a probar con la seducción como segundo intento de conseguir su ayuda, tendría que descubrir qué la excitaba. Seguro que tenía alguna fantasía con la que pudiese jugar.

El desfile por fin llegó al comedor, y Envy obligó a sus rasgos a ocultar su disgusto. La larga mesa cubierta de tela había sido adornada con candelabros y una cantidad impía de jarrones de cristal. La glicina —que debía de proceder de un invernadero y haber costado una pequeña fortuna— había sido la flor elegida, y supo, por la forma en que los ojos de Camilla se cerraron con fuerza por un momento, que a ella tampoco se le había escapado ese detalle y que no le agradaba.

Interesante.

—¿De dónde es su familia, *lord* Synton? —preguntó *lady* Edwards en tono cordial mientras atraía la atención de Envy hacia ella—. ¿Es Synton un apellido del oeste?

—Del sur —respondió de forma evasiva.

Ella le echó un vistazo mientras desdoblaba la servilleta que tenía en el regazo. Él tuvo la clara impresión de que lo estaba desollando mentalmente en busca de sus secretos más profundos.

—Os he visto hablando antes con mi amiga. ¿De qué conocéis a la señorita Antonius?

—Soy coleccionista de arte y me han recomendado mucho su galería.

—Mmm.

Lady Katherine tomó un sorbo de agua.

A Envy no le hacía falta emplear su habilidad sobrenatural para detectar las emociones para saber que se sentía escéptica con respecto a él.

—Muchos caballeros se sienten muy intrigados por su... arte.

Su pecado se encendió antes de que sofocara la sensación.

Lady Katherine volvió sus astutos ojos hacia Camilla y Vexley, que ahora estaban sentados justo enfrente de ellos. Un hombre llamado Harrington tomó asiento al otro lado de Camilla, lo que hizo que ella se pusiera ligeramente más rígida. Envy tomó nota mental de investigarlo a él también.

—Tiene mucho talento y es mucho más modesta que su padre.

Envy apartó la mirada de la artista en cuestión.

—¿Su padre también pintaba?

Por supuesto, sabía que Pierre había sido pintor, pero actuar como si no lo supiera le proporcionaría mucha más información.

—Pierre Antonius se hizo famoso por *La seducción de Evelyn Gray*, entre muchos otros. Seguro que habéis oído hablar de él, incluso en el sur. Es su retrato más famoso. La mujer que posó estaba desnuda, excepto por un velo que ocultaba su identidad. Por supuesto, también poseía unas alas de cuervo. La obra de Pierre a menudo representaba lo fantástico, en especial lo que él llamaba «mestizos».

—Humanos con una ascendencia única —añadió Envy.

—Podría decirse así. —*Lady* Katherine esbozó una sonrisa recatada—. Mujeres con alas, hombres con cuernos o colas diabólicas. Ciertamente, muchos otros parecían compartir su obsesión. A través de su arte, la sociedad podía entregarse a sus propias fantasías y exhibir piezas que de otro modo se considerarían impías.

Mientras se servía el vino, Envy escuchó la lección de historia del arte no solicitada pero muy apreciada de *lady* Katherine. Sus espías no habían encontrado mucho sobre Pierre, aparte del hecho de que había abierto la galería dos décadas atrás y que había muerto hacía dos años, dejando a Camilla sola en el mundo. No tenía abuelos maternos ni paternos, según lo que había averiguado, ni tías, tíos o primos.

Extraño, pensó, teniendo en cuenta que los humanos se reproducían como conejos.

—¿Qué hay de su familia? —preguntó Envy antes de beber un sorbo de su vino.

—¿La de Pierre? Tenía un origen trágico. Su madre y su padre se mataron en un accidente de carruaje cuando era niño y fue criado por un amigo de la familia. Sus padres habían sido hijos únicos y los padres de estos también tuvieron finales violentos.

—Algunos podrían llegar a decir que su familia está maldita.

Lady Katherine le dirigió una mirada penetrante.

—Algunos lo han dicho, y es obvio que son estúpidos.

Envy esbozó una leve sonrisa. Había sugerido con mucha delicadeza que él también podría serlo.

—¿Y la familia de su madre?

La expresión de *lady* Katherine denotó que se cerraba en banda.

—Ese es un tema delicado que preferiría evitar.

El príncipe compuso una sonrisa agradable, aunque por dentro se moría de curiosidad.

—No es necesario que afiléis las garras, *lady* Edwards. No pretendo hacer ningún daño. ¿Qué otros temas intrigan a la flor y nata de Waverly Green?

Lady Katherine continuó hablándole de la afición de Pierre por los acertijos y los misterios. Si no hubiera estado muerto, Envy habría pensado que también era un jugador en aquel juego. Pero estaba claro que aquel cariño era compartido por muchos en Waverly Green. *Qué aburridos son los juegos de los humanos*, pensó mientras asentía.

El mayordomo apareció de nuevo y tocó con solemnidad una campana para anunciar que iba a servirse la cena. Esta se presentó *a la française*, por lo que los invitados comenzaron sirviéndose ellos mismos de la amplia variedad de platos principales y guarniciones que un aluvión de sirvientes había colocado a lo largo de la mesa.

Platos de solomillo de ternera asada con salsa de romero; puré de patatas cubierto con cebollino y salpicado con virutas de mantequilla derretida; zanahorias glaseadas; pescado relleno con los ojos vidriosos; espárragos al vapor; gambas enormes con la cola aún adherida, y tiernas pechugas de pollo con una rica salsa de crema de limón ocupaban toda la mesa.

Envy podría haber prescindido de la mirada acusadora del pez, o del trabajo manual necesario para limpiar las gambas, pero mantuvo sus pensamientos alejados de su expresión. Por lo demás, la comida era decente y la compañía de *lady* Edwards, sorprendentemente tolerable.

Una vez que todos probaron la primera ronda, se sacó la segunda. Algunos platos inspirados en la región sur de un reino cercano tomaron el protagonismo.

Ensalada hecha de naranjas, cebolla picada y piñones mezclados con un aderezo picante elaborado a base de sal, pimienta, orégano, aceite y vinagre.

Se sirvió un segundo plato de pescado, lo cual le arrancó una sonrisa genuina. Le recordó al restaurante familiar de su cuñada y a un plato que servían allí. Pero aquel festín no era comparable en ningún otro sentido con el lujo de una cena festiva en casa. Aunque no le gustaba admitirlo, el hermano de Envy, Gluttony, lo había impresionado hacía poco al fabricar velas con manteca de cerdo que, una vez encendidas y derretidas, creaban una salsa rica y decadente para las coles de Bruselas.

Por supuesto, su hermano sentía una gran motivación para celebrar las mejores fiestas y de las que más se hablaba: estaba enzarzado en una disputa con una reportera que lo despachaba de forma bastante inspiradora.

Los platos no dejaron de llegar, así como el vino. Por suerte.

Bebió un vaso y pidió otro, sin recibir ninguna amonestación. De hecho, varios invitados hicieron lo mismo.

Al parecer, a la alta sociedad de Waverly Green también le aburrían sus modales pomposos y santurrones. A pesar de que se suponía que Vexley era un sinvergüenza, aquella cena era tediosa como un pecado. El baile de disfraces de Envy de la siguiente semana sin duda animaría mucho las cosas.

Al otro lado de la mesa, la mujer de cabello oscuro de antes, una viuda llamada Janelle, seguía intentando llamar su atención. Presionó sus pechos contra la mesa mientras se inclinaba, plenamente consciente de que esa posición, combinada con su escotado corpiño, ofrecía una vista tentadora.

Envy mantuvo la atención fija en su rostro, donde sus labios hacían ligeros pucheros.

—Buen vino, mi señora, ¿verdad?

La atención de ella se deslizó hacia su mano. Había estado acariciando distraídamente el tallo de su copa de vino, pensando en cómo entablar conversación con Camilla para alejarla de Vexley.

—¿Esculpe usted, *lord* Synton? —preguntó ella.

—¿Por qué lo preguntáis, *lady* Janelle?

Un agradable rubor le inundó las mejillas.

—Tenéis manos de artista, mi señor. No puedo evitar imaginarlas moldeando objetos a la perfección. Si alguna vez necesitáis una modelo, estaré encantada de posar.

Un atisbo de molestia lo sorprendió, y procedía de Camilla. Pero cuando le echó una mirada furtiva, no lo estaba mirando a él. En vez de eso, tenía la vista clavada en Vexley, quien estaba inclinado hacia ella, con los ojos vidriosos por la quinta copa de vino que había apurado.

—¿*Lord* Synton? —se arriesgó *lady* Janelle, con los pechos a punto de salírsele mientras se inclinaba más hacia delante.

Envy se salvó de tener que responder cuando el hombre que estaba a su lado por fin se sacó la cabeza del trasero para interesarse por la mujer. Y su generoso escote.

Por suerte, Janelle parecía muy contenta con aquel giro de los acontecimientos, como si hubiese sido su objetivo todo el tiempo. Juegos dentro de otros juegos.

La cena de Vexley se alejó a marchas forzadas del civismo a medida que, junto con el vino, empezaron a circular otros licores más fuertes, asegurando que los invitados —tanto damas como caballeros— se emborracharan tanto como desearan.

—Dulce maná celestial —susurró Envy, tomando un cóctel de whisky de una bandeja y lamentando por primera vez en su vida que su sangre de demonio le impidiera emborracharse tanto como los demás con el licor mortal.

Horas más tarde, después de que trajeran y retiraran el último postre, el anfitrión agarró un cáliz de la mesa y lo levantó en alto, derramándose la mitad del contenido sobre la manga del abrigo y salpicando el licor rojo restante sobre la mantelería, como si recreara la escena de un crimen.

Envy mantuvo una expresión impasible, aunque la irritación ardía en su interior. Despreciaba las exhibiciones desastrosas. Eran prueba de la falta de control de alguien.

Era imposible que aquel idiota ebrio fuera su contrincante.

—Señoras, por favor, vayan al salón mientras los caballeros fumamos nuestros cigarros. Todos nos tomaremos unos momentos para reunirnos antes de mostrarles mi nuevo tesoro. Después, ¿qué tal si todos jugamos a algunos… juegos? Si se atreven.

Sin mirar en su dirección, Envy tanteó las emociones de Camilla y detectó un aumento drástico en su nerviosismo. Mientras Vexley hablaba, su malestar invadió el interior del demonio, como si la creciente ansiedad de ella fuese suya.

O la señorita Camilla Antonius estaba tramando algo perverso o estaba nerviosa por lo que Vexley tenía reservado para todos. O tal vez se sintiera emocionada por la perspectiva de sus juegos.

Envy recordó lo que había dicho Goodfellow. Luchó contra el impulso de mirarla.

Era muy posible que antes hubiera leído mal las emociones de Camilla, tal vez solo la había molestado la exhibición pública de Vexley y no su cercanía no deseada.

La anticipación y el nerviosismo eran casi idénticos en esencia, por lo que era imposible discernir qué emoción estaba experimentando la artista en ese momento. Era raro que sus sentidos sobrenaturales no pudieran ayudarlo, y a Envy no le gustaba demasiado aquella incertidumbre.

Pero tal vez aquello constituyera otra oportunidad. Si pudiera determinar qué se traía Camilla entre manos esa noche, entonces podría idear una forma de volverse indispensable para ella, asegurando así que lo ayudara a cambio. La seducción no sería necesaria.

—Muy bien, entonces —anunció Vexley por fin—. Pongámonos en marcha.

Por el rabillo del ojo, Envy vio a Camilla correr hacia la puerta. Sin llamar la atención, se puso en pie rápidamente, pero justo cuando retiraba su silla, *lady* Katherine lo detuvo.

—Sed amable y escoltadme al salón, mi señor —dijo, bloqueándole el camino.

Paseó la mirada entre la entrometida mujer y la puerta, preguntándose si usar su magia en aquel momento contaría de alguna manera en su contra. Era un riesgo pequeño, pero Envy no podía arriesgarse a romper ninguna regla de conducta.

—Será solo un momento —añadió ella.

Un momento era todo lo que necesitaba Camilla para escaparse, un hecho que su amiga parecía conocer, o había supuesto lo mismo que él.

Superado por el decoro, de entre todas las malditas cosas, Envy esbozó una sonrisa agradable y le ofreció el brazo.

—Por supuesto, *lady* Katherine. Guiadme.

SIETE

Después de una rápida exploración del pasillo para asegurarse de que estuviera sola, Camilla casi corrió hacia la escalera que conducía a las habitaciones del nivel superior mientras el ruido de los invitados aumentaba a medida que todo el mundo se dirigía hacia la puerta por la que acababa de salir.

Con suerte, la mayoría estarían demasiado ebrios para notar su apresurada salida y se concentrarían en los juegos traviesos que Vexley había insinuado con no demasiada sutileza.

Nunca dejaba de sorprenderla que incluso el hombre más sensato pudiera volverse tan ingenuo con la promesa del pecado. Durante sus primeras temporadas, había observado en secreto a parejas que se escabullían durante los bailes y corrían hacia los jardines para rendirse a sus deseos. Los hombres recibían una palmada en la espalda y se los consideraba libertinos y sinvergüenzas si eran descubiertos. Sin embargo, las mujeres eran tildadas de rameras, condenadas por actuar según lo que era natural para ambas partes. Era injusto y a Camilla la molestaba más de lo que nunca dejaba entrever.

Los hombres tenían el lujo de seguir siendo solteros elegibles y, al mismo tiempo, de satisfacer sus apetitos sexuales; sin embargo, se advertía a las mujeres de que permanecieran puras si rechazaban el lazo de la felicidad conyugal. Y Camilla también jugaba a ese juego, aun detestándolo, pero no estaba dispuesta a tirar por la borda su reputación, su mayor baza de negociación en aquel ámbito.

Al pensar en el deseo, le vino a la cabeza *lord* Synton, pensamiento que se sacudió de encima a toda velocidad. Con un poco de suerte, lo habría distraído una de las muchas damas que lo habían admirado abiertamente durante la cena.

La irritación superó a su nerviosismo por un momento, aunque Camilla no tenía derecho a sentirse así. Era solo que la idea de que Synton se escabullera para vivir una aventura clandestina en lugar de buscar su compañía la irritaba. En su fantasía, él había estado consumido solo por ella, centrándose en su placer con la misma intensidad con la que Camilla estudiaba lo que pintaba.

Era esa intensidad lo que le encantaba imaginar, esa sensación de sentirse completamente consumida por otra persona.

Solo por una vez, quería que alguien la deseara. No a su arte. No a su talento. A ella.

A veces se sentía muy sola. Su padre ya no estaba, tampoco su madre. La fantasía con Synton le había recordado todo lo que no tenía pero sí quería. Sin embargo, la realidad era que Synton no había mirado en su dirección ni había buscado establecer una conversación con ella durante toda la cena.

Precisamente por eso, nunca volvería a confundir fantasía con realidad.

Tras alejar esos pensamientos que la distraían, Camilla se concentró únicamente en la tarea que tenía entre manos: encontrar la falsificación y destruirla.

Los anchos tablones de roble crujieron ruidosamente bajo sus zapatos, provocando que el pulso se le acelerara mientras se agarraba las faldas y saltaba al primer escalón, desapareciendo de la vista en dirección hacia arriba justo cuando la puerta del comedor se estrellaba contra la pared y el sonido de las voces se derramaba en el pasillo como botellas de vino descorchadas.

—¡Oye! —gritó Vexley—. Ten cuidado, Walters. O causarás un escándalo mayor que Harrington cuando orinó en esa estatua.

Camilla no se atrevió a detenerse mientras la risa escandalosa se acercaba. Había supervisado la instalación de casi todas las obras de arte en casa de Vexley, lo cual le proporcionaba un conocimiento íntimo de su diseño. La primera puerta a su izquierda ocultaba una sala de lectura con algunas estanterías de libros, dos cómodas butacas y una chimenea decente. Era mucho más pequeña que la biblioteca principal de abajo y el *lord* apenas le daba uso.

Entró de puntillas, cerró la puerta con un suave chasquido y se sintió aliviada al comprobar que un fuego ardía con suavidad. Era posible que Vexley no levantara un libro con tanta frecuencia como un espejo de mano, pero era lo bastante vanidoso como para querer aparentar ser culto en caso de que alguien se escondiera para robar algunos besos en aquella estancia.

—De acuerdo. El cuadro.

Camilla se puso manos a la obra de inmediato.

Se apresuró a buscar en las estanterías algún tirador oculto. Cuando hubo examinado hasta la última de ellas, pisó cada tabla del suelo, prestando atención a la más mínima diferencia en el sonido que indicara que había un compartimento debajo.

Se apoyó contra los paneles de la pared, cada vez más frenética a medida que pasaban los minutos. No había armario, ni puerta, ni candelabro que abriera una habitación secreta. No había otro lugar donde esconder el cuadro.

Antes de darse la vuelta para irse, Camilla echó un vistazo detrás del lienzo que colgaba encima de la repisa para asegurarse de que no hubiera nada escondido tras el retrato.

Aunque llamarlo *retrato* era una exageración. Se trataba de un hombre desnudo, que guardaba un parecido sorprendente con Vex el Maldito, tendido sobre una nube. Se rodeaba el miembro hinchado con la mano, inmóvil a mitad de una caricia, con la mirada fija, presumiblemente, sobre quien le había llamado la atención.

Para los estándares de la sociedad educada era bastante lascivo, pero como alguien que estudiaba arte, Camilla no se inmutaba ante el cuerpo masculino.

Luchó contra el impulso de sacudirle las malditas pelotas y, satisfecha de que la habitación no albergara la falsificación, abrió la puerta y escuchó durante unos cuantos instantes antes de salir.

Las voces subían por las escaleras como fantasmas de amantes del pasado, pero aquella planta permanecía desocupada por los vivos.

Ninguna pareja había buscado aquel espacio, al menos por el momento, pero como se trataba de una de las fiestas de Vexley, tan solo era cuestión de tiempo.

Camilla se deslizó por el pasillo y pasó a la siguiente habitación a toda prisa: el baño. Llevó a cabo la misma búsqueda que antes, golpeando las paredes, empujando paneles y mirando detrás de otras obras de arte. Se dejó caer al suelo y buscó debajo de la bañera con patas, pasando las manos por la parte inferior y por el suelo por si acaso.

Nada.

Se arrodilló y observó la habitación desde un ángulo diferente.

Su padre siempre le había dicho que prestara atención a los detalles de una habitación; que, a veces, observar el espacio negativo revelaba más que mirar fijamente un objeto.

Era un truco que funcionaba de maravilla en los bosques de su finca. En una ocasión, Camilla había visto una garza erguida entre los árboles después de haber detectado sus patas en el espacio entre los troncos de los árboles.

Por desgracia, allí no había nada fuera de lo común.

Investigó un armario de ropa blanca que rezó para que contuviera su salvación, pero no vio nada más que toallas cuidadosamente dobladas, una bata de seda y barras de jabón de repuesto.

Sus siguientes dos búsquedas, en las habitaciones de invitados, proporcionaron los mismos resultados frustrantes, excepto por el cosquilleo añadido de temor en un momento en que habría jurado que estaba siendo observada.

Esperó en las sombras, con la espalda pegada a la pared y el corazón acelerado, a que quien fuera revelara su presencia, pero, por supuesto, allí no había nadie.

Por fin, se detuvo fuera del dormitorio personal de Vexley, segura de que era imposible que hubiera escondido la falsificación allí. Le había dicho que estaba lejos de la vista del público, y sabiendo lo que sabía sobre sus actividades nocturnas, en su dormitorio entretenía a más invitados que en su sala de visitas.

Aun así, se negaba a dejar ningún rincón sin registrar.

Con una oración para que la suerte estuviera de su lado, Camilla entró en la habitación que había jurado que nunca visitaría. El abrumador aroma de la colonia de Vexley casi la hizo correr de vuelta en la dirección por la que había llegado, pero a menos que tuviera algún túnel secreto que condujera desde el salón a su dormitorio, él no la estaba esperando dentro.

Era el momento, entonces. Entró en el amplio dormitorio, dejando la puerta entreabierta para estar sobre alerta en caso de que le llegara el sonido de que alguien se acercaba.

Camilla no estaba segura de lo que esperaba encontrar —una cama de gran tamaño con sábanas arrugadas, algunas mujeres desnudas dándose placer a sí mismas o entre sí mientras esperaban—, pero una cama de tamaño estándar hecha de forma impecable, muebles de dormitorio bonitos pero sencillos, un fuego bien cuidado en la pared del fondo y la misma pintura que había estado buscando exhibida con orgullo sobre el cabecero... desde luego que no.

—Vexley, serás estúpido.

Por supuesto que no podía resistirse a mostrarles la falsificación a sus amantes.

Sin demora, Camilla se recogió el vestido y se subió a la cama.

Acababa de cerrar los dedos alrededor del marco dorado cuando escuchó un sonido que envió hielo por sus venas: el crujido del suelo directamente detrás de ella.

Se quedó petrificada, debatiendo su próximo movimiento. Pero una cosa era segura: con la pintura completamente al alcance de su mano, ahora no podía soltarla.

La chimenea se encontraba en el extremo opuesto de la habitación, pero si se movía con rapidez, conseguiría arrojar la pintura antes de que Vexley pudiera arrebatársela. No quedaría destruida por completo, pero seguro que quedaba lo bastante destrozada como para que ya no pudiera exhibirla ni usarla en su contra.

Esperó a que Vexley le exigiera que soltara la falsificación de inmediato, pero los comentarios arrogantes o sarcásticos no llegaron.

Quizás el ruido no provenía de alguien que la hubiera seguido al interior de la habitación. Todos habían bebido bastante; no creía que nadie hubiera sido capaz de subir sigilosamente las escaleras, y mucho menos de entrar en aquel dormitorio sin ser detectado.

Tal vez solo se tratase de una casa vieja y chirriante.

Pero Camilla sabía que ese no era el caso; el calor que le recorría el cuello indicaba que, efectivamente, había alguien en la estancia con ella. Templó sus nervios y se giró despacio, lista para tirar el lienzo por la ventana o arrollar a Vexley con él si era necesario.

—Por favor. No os detengáis por mi culpa.

OCHO

Synton estaba apoyado como si nada contra la pared, con los brazos cruzados sobre el pecho y una divertida inclinación hacia arriba en los labios. De alguna manera, había logrado entrar en la habitación y cerrar la puerta tras de sí sin hacer ruido. Una hazaña que debería haber sido imposible para un hombre de su tamaño.

—Estoy bastante interesado en ver qué sucede a continuación, señorita Antonius.

En lugar de permitirle tener la ventaja, Camilla decidió darle la vuelta a la situación. La falsa bravuconería podía hacer maravillas.

Soltó la pintura el tiempo suficiente para apoyarse las manos en las caderas y lanzarle su mejor mirada altiva a Synton.

—¿Qué estáis haciendo aquí?

—Teníamos un acuerdo. ¿Recordáis? —La mirada de Synton se alejó de ella para examinar la pintura—. He venido a interceptaros antes de que os desnudarais para vuestra cita.

—¿Mi cita? ¿Con Vexley? —Su voz subió una octava.

Synton arqueó una ceja, a la espera.

—Os aseguro que preferiría asistir desnuda a un baile de la Corona que convertirme en el juguete de Vexley.

La mirada de Synton se oscureció. Señaló el cuadro con la cabeza.

—En lugar de desnudándoos, imaginad mi sorpresa al encontraros robando el famoso cuadro *La seducción de Evelyn Gray*. Es bastante travieso para una artista.

—No voy a robar nada, mi señor.

Mentir no era algo que Camilla acostumbrara a hacer, pero necesitaba deshacerse de él antes de que estropeara su mejor oportunidad de destruir la falsificación.

El silencio se extendió entre ellos. No la creía.

Con razón, pero aun así...

—Vexley me pidió que limpiara esto a principios de semana. Solo he venido buscarlo antes de irnos a la galería. —Antes de poder detenerse, añadió—: Parecíais bastante encantado al escuchar a Vexley mencionar sus juegos. Me pareció que estarías ocupado durante un rato.

Sus rasgos se tiñeron de diversión.

—¿Por eso habéis entrado y salido de todas las estancias de esta planta? ¿Veníais en busca del cuadro y al mismo tiempo os asegurabais con consideración de que yo tuviera tiempo de cortejar a una amante? Qué tremendamente magnánimo.

Camilla entornó los ojos.

—¿Tenéis por costumbre espiar a las damas, mi señor?

—Solo a aquellas que proclaman que nunca se casarían conmigo sin haber saludado antes siquiera y luego se ponen celosas ante la idea de que tenga una aventura con otra persona.

—No estoy celosa. Y si insistís, os diré que ese día creí que erais otra persona —dijo—. Esta noche estaba buscando el cuarto de baño. Si fuerais un caballero, os habrías anunciado y ofrecido a ayudarme en lugar de acechar en las sombras.

La irónica diversión desapareció de su rostro. Ladeó la cabeza hacia un lado, deslizando su mirada lánguidamente sobre cada centímetro de ella como si cada inclinación y cada curva estuvieran allí únicamente para su placer visual.

Cuando volvió a sostenerle la mirada, ya no cabía duda de que un hambre descarnada brillaba en esos ojos esmeralda. Ella deseó odiar su mirada acalorada, pero la dejó sin aliento, como un fuego al cobrar vida.

—¿Creéis que soy un caballero, señorita Antonius? Apostaría que el corazón os late tan salvajemente porque en el fondo esperáis que no lo sea.

Camilla no estaba segura de cómo sabía que el corazón le latía con fuerza de repente, pero no pensaba reconocer el hecho de que él la afectaba.

—Estáis equivocado. No espero nada de vos en absoluto, *lord* Synton.

La sonrisita que había estado tirando de las comisuras de la boca de Synton se transformó en una amplia sonrisa, mostrando un par de hoyuelos en los que no había reparado antes.

—Otra audaz e interesante mentira.

Se acercó a la cama, como un cazador que ha avistado a su presa, y la idea de verse atrapada por él hizo que el pulso se le acelerara por la anticipación.

Con un movimiento lánguido y sin esfuerzo, Synton se subió al colchón y apoyó una mano en la pared para acomodarse. Ahora estaba de pie a su lado, acercándose.

Mientras clavaba la mirada en ella, Camilla se olvidó momentáneamente de la falsificación.

Nunca nadie la había mirado con tanta audacia. Con tanta intensidad. Como si pudiera ver a través de todos los muros que con tanto cuidado había erigido hasta vislumbrar su verdadera esencia.

O, tal vez, simplemente la mirara como si conociera la profundidad de su deseo y eso a su vez lo afectara a él. Más de lo que ninguno de los dos quería.

Solo deseaba seguir llevando una vida normal allí. Había trabajado duro para convertirse en lo que la gente esperaba. Pero, en aquel momento, podía admitir, solo durante un segundo, que puede que ella también hubiera querido algo más. Algo que despertara una parte secreta de Camilla.

—Deberíais saber que, si hubiera escogido a una amante, habría necesitado horas, señorita Antonius.

La mirada de él descendió hasta su cuello un segundo antes de extender la mano y acariciarle lentamente el tembloroso pulso.

Una oleada de calor la atravesó al sentir ese breve contacto de su piel desnuda, y él bajó la mano como si también hubiera notado el ardor.

Esperaba que Synton retrocediera por completo, pero en lugar de eso, la miró con curiosidad y la sorprendió levantando esa misma mano para pasarle el pulgar por la comisura de los labios, aplicando una presión constante hasta que los separó y le permitió la entrada.

Una brasa de deseo se encendió en sus ojos, fijos en los de Camilla, cuando ella se sometió a su orden tácita y se metió su pulgar en la boca.

Sabía a pecado y a decadencia. Una mezcla embriagadora que la calentó hasta el núcleo.

—La lengua puede mentir, pero las demás partes del cuerpo siempre dicen la verdad, señorita Antonius. Si uno mira lo bastante de cerca.

Con lo que pareció resultarle un gran esfuerzo, sacó el pulgar y dejó caer la mano una vez más, aunque no se alejó.

Camilla no estaba segura de qué tenía aquel hombre. Tal vez que era en gran parte un desconocido para ella, a diferencia de otros miembros de la sociedad. O tal vez fuera la tranquila intensidad con la que estudiaba su entorno. Fuera lo que fuese, no se atrevía a alejarse, atrapada por la curiosidad, preguntándose qué haría él a continuación.

Synton estaba demasiado cerca y no lo suficiente, su embriagador aroma ahora superaba al de Vexley en el aire. Había algo oscuro y absolutamente masculino en él. Bourbon y especias con un leve toque de bayas dulces.

De repente, Camilla quiso pasarle la lengua por la comisura de los labios y saborear la dulzura del pecado que estaba segura que encontraría allí.

En lugar de eso, él acercó esa boca tentadora a su oreja y le rozó ligeramente el lóbulo. Los párpados se le cerraron ante esa sensación.

—¿Por qué buscáis ese cuadro, señorita Antonius? ¿Acaso Vexley os lo ha robado?

La falsificación.

Vexley.

Fue como si Synton le hubiera arrojado un cubo de agua helada encima, obligándola a recuperar el sentido común. El sinvergüenza no había intentado besarla en absoluto, había estado buscando información. Probablemente, para chantajearla él también.

Camilla fue a alejarse del tentador *lord*, pero él se hizo a un lado de repente por su propia cuenta, haciéndola perder el equilibrio por culpa del movimiento del colchón.

Cayó hacia delante.

Camilla se tensó por lo que sin duda sería una dolorosa colisión contra la dura madera, pero Synton se movió más rápido de lo que debería haber sido posible y saltó hacia delante para rodearla con los brazos y frenar su caída con su propio cuerpo, que cayó pesadamente al suelo.

El aire salió disparado de los pulmones de Synton tras el impacto, las rodillas, las caderas y el pecho de ambos chocando entre sí, acompañados por el sonido de la seda al rasgarse. Por un instante, ambos se quedaron quietos, aturdidos. Pero, entonces, Camilla se apartó.

—Maldita sea —maldijo en voz baja.

Se incorporó y evaluó rápidamente la situación.

Synton tenía buen aspecto: ni un pelo fuera de lugar ni una arruga en el traje.

Las amplias faldas de Camilla estaban retorcidas, pero por lo demás habían salido ilesas. Pero la costura del lado izquierdo de su vestido no había corrido la misma suerte.

Echó un vistazo a las ballenas ahora al descubierto y maldijo como el peor marinero que jamás hubiese visitado las costas de Waverly Green. El encaje negro de su corsé, su lujo secreto, resultaba claramente visible, aferrándose al contorno de sus senos, expuesto en toda su decadencia.

Una risa profunda debajo de ella y el posterior estruendo que vibró a lo largo de una zona *muy* sensible de su cuerpo, devolvieron su atención a cuestiones más urgentes: estaba a horcajadas sobre Synton en el dormitorio de otro hombre, con el vestido medio roto como si hubieran estado en mitad de un acto de pasión, y con las manos apoyadas contra su pecho.

Contra su duro pecho.

Que el Señor la ayudara. Synton parecía una estatua de mármol creada por uno de los grandes.

Camilla fue íntimamente consciente de lo corpulento que era cuando se movió entre sus muslos, de lo tonificado y lo fuerte que estaba.

También se dio cuenta de que le gustaba bastante sentirlo debajo; era como si hubiera conquistado a una gran bestia y, por un momento, le perteneciera. Solo a ella.

Al menos, hasta que él se movió a su vez.

Le dedicó una especie de sonrisa perezosa.

—Si estáis ilesa, señorita Antonius, tal vez deseéis levantaros. Cuanto antes.

—¿Estáis herido? —Camilla lo miró con más atención y luego se echó hacia atrás sobre sus caderas antes de que él pudiera detenerla—. ¿Debería…? Vaya. Oh.

Algo duro le presionó el trasero.

Comprendió de inmediato lo que él había sido demasiado educado para decir.

Synton estaba tan lejos de haberse hecho daño como era posible.

Se le secó la boca y se le aceleró el pulso.

Durante un instante ambos permanecieron inmóviles, mirándose a los ojos.

Camilla no sabía por qué él se había quedado quieto, pero de repente se encontró librando una feroz guerra interna. Debería levantarse de inmediato y probablemente montar una pequeña escena, pero sentía un hormigueo allí donde sus cuerpos estaban en contacto y el pulso se le aceleró hasta alcanzar un ritmo tentador.

Cualquier instinto razonable quedó rápidamente sofocado por el deseo físico.

Y ni siquiera él podía escabullirse de esa situación con una burla: su cuerpo respondía debajo del suyo.

Camilla miró hacia donde las manos de Synton le agarraban las caderas, sus dedos fuertes enterrados en la seda de sus faldas retorcidas. Había levantado la cabeza para mirarlo a los ojos de nuevo cuando él se movió de repente, aupándola para que se pusiera de pie antes de hacerlo él también.

—Mis disculpas, señorita Antonius. Os aseguro que no era mi intención…

—No, no —interrumpió Camilla, mirando a cualquier parte menos al *lord* y a su flagrante excitación—. No hay necesidad de disculparse ni de dar explicaciones. Yo debería haber…

—¿Hola? ¿Quién anda ahí arriba?

Vexley. Su voz procedía de lo que parecía ser lo alto de las escaleras.

El temor se apoderó de Camilla, eliminando todo sentimiento de incomodidad.

—Ay, Dios, no. ¡Escondeos! No debemos ser vistos juntos. Y menos así. —Tiró inútilmente de los bordes rasgados de su corpiño, pero la curva de sus pechos permaneció obstinadamente libre.

De hecho, Vexley sonaba lo bastante ebrio como para montar una escena. Tropezó por el pasillo, maldiciendo mientras golpeaba cosas e iba acercándose poco a poco.

Synton, una vez recuperado el control, no parecía preocupado. Se limitó a arreglarse la chaqueta y enarcó una ceja.

—¿Por qué?

—¡Porque será mi ruina! —Camilla se arregló el pelo y se alisó las faldas, pero la costura abierta no se podía ocultar—. Joder, joder, joder. Esto es una pesadilla.

Miró a Synton, quien, en todo caso, parecía cada vez más divertido por su lenguaje soez.

—¿Por qué, en nombre de la Corona, estáis ahí parado, mi señor? ¿Queréis que nos descubran?

—No podría importarme menos que ese ser endogámico nos encontrase.

—¡Pues debería! —No pudo evitar bajar la mirada—. Si no podéis mantener *esa* situación bajo control, sin duda vamos a parecer culpables, mi señor.

—¿Esa situación, señorita Antonius? —La voz de Synton sonaba divertida—. ¿Nunca habéis visto una situación? ¿Supongo que el decoro me obliga a ofrecerme a casarme con vos inmediatamente?

Ella le dirigió una mirada fulminante. Su falta de virginidad no era asunto suyo.

—No pienso casarme.

—¿Hola? —gritó Vexley desde la habitación de al lado, arrastrando las palabras—. ¡Salid, salid de donde quiera que estéis! ¡Aquí arriba no se puede fornicar, al menos ¡no sin mí!

—Podríamos fingir —continuó Synton, pensativo, como si Vexley no se estuviera acercando para destruir todo aquello por lo que había trabajado tan duro durante los últimos dos años.

—¿Fingir? —Debía de estar teniendo una pesadilla—. ¿Estáis loco?

—No veo por qué tendría que ser algo tan terrible —respondió Synton con calma—. Él ya no os comería con los ojos si pensara que tenéis una relación con otra persona. A menos que en el fondo disfrutéis de sus avances.

Camilla le lanzó una mirada de incredulidad.

—No se trata solo de que Vexley nos encuentre —siseó—. Si me descubren en una posición comprometida, la sociedad exigirá que nos casemos, no que finjamos, mi señor, sino que nos casemos de verdad... o quedaré arruinada para siempre. Mi galería. Mi vida. Nunca más me aceptarán. ¡Seguro que sois consciente!

—Las reglas están para romperlas.

—Para vos, tal vez. Pero las mujeres no gozan de la misma cortesía. ¡Es vuestro deber hacer lo honorable!

Camilla corrió hacia la ventana y miró hacia el oscuro jardín de abajo. Por lo que pudo ver, como mínimo no había invitados o, peor aún, columnistas al acecho.

Si no estuvieran a dos pisos de altura, se tiraría. Echó un vistazo a los rincones oscuros de la habitación, pero dondequiera que Vexley tuviera su armario, no parecía ser allí, ya que las paredes estaban desprovistas de uno.

—¡La falsificación! —gritó cuando su mirada volvió a aterrizar sobre la cama.

—Falsificación...

Antes de que Synton pudiera decir nada más al respecto, pasó corriendo junto a él y volvió a subirse a la cama de un salto para quitar el cuadro de la pared.

Pero esa vez no se movió ni un centímetro, cosa que la tomó por sorpresa. ¿Cómo diablos había colgado Vexley esa cosa? ¿Qué había cambiado?

Camilla pasó los dedos por debajo del marco e hizo palanca hacia atrás con su peso, intentando por todos los medios soltar el cuadro. Pero este no tuvo siquiera la mínima decencia de fingir ceder.

Se quedó mirando aquella maldita cosa, preguntándose cómo se las había arreglado para moverlo no hacía ni diez minutos. No era posible que se hubiera imaginado que lo movía antes de que Synton la interrumpiera. ¿Verdad?

—Holaaaaaa.

El pomo de la puerta del dormitorio traqueteó y le heló la sangre. En cualquier momento, Vexley entraría a la habitación y los encontraría solos y desaliñados. Y, conociéndolo, adornaría la historia hasta que ambos estuvieran desnudos y atrapados en mitad del acto. O peor: Vexley diría que había sido él quien le había destrozado el vestido y que Synton los había sorprendido a ellos dos juntos. Sería su palabra contra la de Synton, y este último era un recién llegado.

Camilla tiró de la pintura por última vez y maldijo al ver que permanecía obstinadamente fijada a la pared. Vexley golpeó violentamente la puerta.

—Ya no es divertido. ¡Abrid la puta puerta!

El pomo volvió a traquetear, pero se mantuvo firme.

Camilla aflojó su agarre sobre el cuadro y miró a Synton. Sostenía una ornamentada llave maestra que parecía cerrar y abrir cualquier puerta, y mostraba una sonrisa taimada.

—Eso debería frenarlo un momento. Puede que dos —susurró, su voz tentadoramente suave—. Pero debemos darnos prisa.

Se guardó la llave maestra en el bolsillo y se dirigió a la ventana para examinar el jardín de abajo. Con aspecto de sentirse satisfecho, abrió la ventana y le tendió la mano a Camilla.

—¿Vamos a protagonizar nuestra gran huida o no?

Camilla paseó la mirada entre el lord y la falsificación. La libertad estaba tan cerca que podía saborearla. ¿Cómo iba a ser capaz de dejarla atrás voluntariamente? Synton emitió un ruidito de molestia, llamando su atención de nuevo.

Rechinando los dientes, bajó de la cama y habló en voz baja.

—Mi señor, podríais limitaros a salir ileso por la puerta. ¿Por qué me estáis ayudando?

—Creedme, guardo el menor parecido posible con un santo. —Le enseñó los dientes—. Lo que soy es alguien que siente un completo desinterés por los jueguecitos de la sociedad o por interpretar el papel de un tonto enamorado, señorita Antonius. No deseo complicaciones. Si quedarais arruinada, eso afectaría negativamente a mi plan. Y si quedarais ligada a ese borracho, eso también me complicaría las cosas. Ante todo, me estoy ayudando a mí mismo, lo cual tiene como efecto colateral ayudaros a vos.

—Qué noble —murmuró. De entre todos los hombres de Waverly Green, ¿cómo había terminado atrapada con él?

Sin decir ni una palabra más, Synton saltó ágilmente por la ventana y encontró apoyo en el borde del tejado de hierro antes de volver a asomar la cabeza dentro. Las sombras tallaban líneas peligrosas en su rostro y, por un momento, sus ojos se convirtieron en estanques de ébano. Luego parpadeó y las profundidades ocultas que Camilla creía haber visto se desvanecieron.

¿Quién es este hombre? Se detuvo a mitad de camino hacia la ventana, con la indecisión luchando en su interior. Estar tan cerca de su objetivo y alejarse era impensable. Escapar por la ventana con aquel extraño parecía una locura. Y, aun así, si se quedaba, se vería en peores circunstancias.

—Camilla. —Synton habló con autoridad—. Vexley entrará pronto por esa puerta. A menos que deseéis convertiros en su esposa, yo me daría prisa.

Con una última mirada a la falsificación, Camilla tomó su decisión y rezó por vivir para arrepentirse.

NUEVE

Envy ayudó a Camilla a encaramarse al tejado de metal, más preocupado por la forma en que cerraba los ojos y se tambaleaba por la empinada pendiente que por los fuertes golpes que todavía provenían de la puerta en el interior.

La llevaría al jardín y en dirección a su carruaje, que ya los esperaba, antes de que Vexley pudiera encontrarlos, pero solo si Camilla no sufría un derrame cerebral primero.

—Abrid los ojos —exigió en voz baja.

Que se rompiera el cuello sería un inconveniente, como mínimo. No tenía ni idea de lo que su muerte podría significar para el juego, pero estaba claro que no sería bueno.

Camilla negó con la cabeza, su rostro estaba pálido a la luz de la luna.

Por primera vez desde que se habían caído, Envy tanteó sus emociones y sintió la frialdad del miedo de ella viajando por su propia columna. Si hubiera sido mortal, se habría estremecido ante semejante gelidez.

Camilla no solo tenía miedo, sino que estaba petrificada.

—¿Es la altura o el miedo a que nos atrapen?

—Ambas cosas —respondió con los ojos bien cerrados.

Su magia detectó una mentira, pero en aquel momento no podía pensar en ello.

Los dientes de Camilla castañeteaban ruidosamente y pronto todo su cuerpo comenzó a temblar. Un pie le resbaló por el tejado.

Envy no deseaba revelar ningún indicio de que fuera más que humano, pero Camilla tenía que llegar a tierra firme antes de hacer algo imprudente como desmayarse.

Pasó un brazo por debajo de las piernas de la mujer y luego el otro alrededor de su cintura para apretar su pequeño cuerpo contra el de él.

Sorprendentemente, ella se acurrucó contra Envy sin oponer resistencia, temblando como alguien a quien acabaran de sacar de unas aguas gélidas. Su reacción era extrema, incluso para el miedo humano, pero no tenía tiempo para descifrarla en aquel momento.

—Relajaos —ordenó—. Esto terminará en un segundo.

—¿Qué es lo que…?

—Silencio.

Ella se retorció y él saltó del tejado para aterrizar sin esfuerzo y con un ruido sordo en la hierba húmeda antes de que Camilla pudiera gritar.

En lugar de sentirse aliviada, se aferró a él con más fuerza, prácticamente trepando por su cuerpo mientras presionaba el rostro contra su pecho; su respiración era rápida y desigual.

Envy le pasó una mano por la frente. El sudor le corría por allí y por la nuca. Levantó la mirada hacia el tejado y frunció el ceño.

—Camilla. Respira. Estamos en tierra firme.

—Podríamos… haber muerto.

—La muerte no entra en mis planes, mascota.

Transcurrió un instante de silencio.

—No me llames «mascota».

—Tomo nota, gatito.

Ella soltó un improperio en voz baja, su temblor aliviado mientras el miedo daba paso a la irritación.

Envy sonrió. Bien. Se sentía lo bastante peleona como para superar las etapas iniciales de cualquiera que fuera la conmoción que había experimentado.

Quizá también estuviera sonriendo porque se había dado cuenta de que le *gustaba* molestarla. A pesar de las estrictas reglas de aquella sociedad que intentaba domesticar a las mujeres, ella devolvía el mordisco. Le gustaba verle los dientes.

Estaba tan concentrado en Camilla que no se dio cuenta de que tenían compañía hasta que un objeto puntiagudo atravesó la noche y se le clavó bruscamente entre los omóplatos cuando un brazo oscuro salió disparado de entre los arbustos.

Un silbido escapó de sus labios, más por sorpresa que por dolor, mientras giraba en redondo, manteniendo a Camilla fuera del alcance de cualquier daño.

—¿Qué...?

—¡Soltad a mi amiga de inmediato, sinvergüenza!

Lady Katherine saltó del arbusto más cercano y volvió a levantar su arma —uno de sus zapatos de tacón— y a agitarla de forma amenazadora.

Envy cerró los ojos, preguntándose si el juego realmente valía lo que le estaba costando. Si sus hermanos pudieran verlo ahora. Agredido con el calzado de una mujer.

—Os lo juro, si la arruináis...

—¿Acaso parece que la esté violando? —gruñó, manteniendo la voz baja.

Lady Katherine todavía blandía su zapato, pero estiró el cuello y cojeó torpemente sobre un pie descalzo para poder ver mejor a Camilla.

En ese momento, la voz de Vexley rugió desde arriba, atrayendo su atención hacia la ventana abierta y la figura sombría que pasaba a trompicones junto a ella. Con un poco de suerte, aquel idiota se caería.

Envy se giró hacia *lady* Katherine, ya sin paciencia.

—A menos que queráis ser la causa de su ruina, quitaos de en medio. Ahora.

Lady Katherine mantuvo su fría mirada fija en Envy.

—Tiene el vestido roto.

—Sois muy astuta —respondió en un tono inexpresivo que le valió una mirada feroz.

—Podéis dejarla aquí en el jardín conmigo e iros, mi señor. Escándalo evitado.

—Por favor, Kitty. —La voz de Camilla los sobresaltó a ambos—. Quiero irme ya.

—¿Estás segura de que este *caballero* no te ha abordado? —preguntó su amiga, todavía mirando a Envy como si fuera la forma más baja de vida y acunando el tacón de su zapato como para pincharlo de nuevo. La forma en que había pronunciado la palabra «caballero» indicaba que pretendía decir «perverso desviado». Una acusación bastante apropiada.

—Sí. Por favor. Tenemos que irnos antes de que alguien nos vea. Ya conoces a los periodistas. Siempre entran a hurtadillas en las propiedades ajenas.

La expresión de Katherine cambió de repente.

—¡Oh! ¿Es un potencial leal compañero?

—¡Kitty!

Camilla por fin recuperó las fuerzas y prácticamente saltó de los brazos de Envy para sostenerse de pie por sí sola, tambaleándose solo un poco.

Esa reacción despertó su interés, pero antes de que pudiera recabar más información, escucharon que alguien se acercaba.

Lady Katherine, la bandida que esgrimía zapatos, apretó los labios, pero retrocedió cojeando, permitiéndoles por fin marcharse sin más interferencias.

Cuando Camilla pasó junto a ella, extendió la mano para apretar la de su amiga.

Envy no perdió el tiempo. Se dirigió al callejón lateral, donde había ordenado a su conductor que esperara, complacido de que Camilla se apresurara tras él sin necesidad de pedírselo.

Unas voces bajas y una risita, sospechosamente parecida a la de la viuda Janelle, recorrieron el jardín, seguidas de un suave gemido que impulsó a Envy a agarrar la mano de Camilla y a guiarla el resto del camino hasta su carruaje lo más rápido posible.

Aquel villano desempeñaría el papel de caballero solo durante un tiempo antes de contraatacar. La siguiente pista estaba prácticamente a su alcance, y que condenaran a Envy, más de lo que ya lo estaban él y su corte, si permitía que una sola persona más se interpusiera en su camino para conseguir ese cuadro antes de que se acabara el tiempo.

DIEZ

L o único que Camilla deseaba era tomar un baño caliente y olvidarse de que aquella maldita noche hubiera sucedido nunca.
Sentía que haber tenido la falsificación en las manos y no haber
podido llevársela era una injusta crueldad. De haber tenido unos
minutos más a solas, o si Vexley no hubiera llamado a la puerta
borracho, en esos instantes podría estar volando alto con su recién
adquirida libertad.

En vez de eso, se sentía abrumada por la desesperación.

No solo había perdido la mejor oportunidad que había tenido,
sino que también había estado a punto de morir en aquel maldito
tejado y ahora tendría que responder al interrogatorio de Kitty sobre Synton y la desafortunada falta de algo indecoroso ocurriendo
entre ellos.

Se preguntó si él sentiría aquella extraña atracción con todo el
mundo; lo que sabía seguro era que ella jamás se había sentido tan
embelesada por un deseo físico como ese. Excepto, quizás, aquella vez
con su cazador. Pero incluso entonces las cosas habían sido diferentes.

Camilla había deseado a Lobo, había disfrutado muchísimo de
su noche de pasión y de ser completamente libre para actuar como
quisiera; él había sido un amante incansable, su igual en muchos

aspectos, aunque le hubiese recordado lo sola que estaba, lo mucho que anhelaba a alguien como ella, y la había tentado a vivir como lo hacía él.

Había sido maravilloso mientras había durado, pero no era el mismo impulso que sentía cerca de Synton. Él la hacía querer deshacerse de su propia educación y entregarse a sus pasiones.

Lo cual suponía un peligro para la vida que llevaba allí.

—¿Soñando despierta con algún estrangulamiento, señorita Antonius?

La voz profunda y rica de Synton devolvió su atención a donde él estaba sentado, frente a ella en el carruaje, con el rostro medio oculto en las sombras mientras avanzaban por la calle adoquinada hacia su casa.

—¿Perdón? —preguntó.

Synton se inclinó hacia delante y ella siguió su mirada hasta su propio regazo.

Había estado flexionando las manos de una forma que parecía bastante amenazadora.

—Sonáis demasiado intrigado por esa idea, *lord* Synton. La lleva a una a creer que, en secreto, sois un desviado.

—Y vuestro tono suena demasiado intrigado por *esa* revelación, señorita Antonius.

Una sonrisa se dibujó en los labios de Camilla.

Al subir al carruaje, solo habían hablado dos veces. Una, para que ella diera su dirección, y la segunda cuando *lord* Synton había insistido en cubrirla con su abrigo.

Era una especie de lenta tortura verse rodeada por su embriagador aroma y sentir el calor de su cuerpo, que había permanecido en la elegante tela cuando se había quitado el abrigo y se lo había colocado a Camilla sobre los hombros de inmediato.

Se sintió aliviada cuando él no la presionó para visitar la galería; después de la nochecita que llevaba, estaba demasiado agotada para enseñar ningún cuadro a esa hora tan tardía.

Además, quería poner una muy necesaria distancia entre ella y el *lord* después de la incómoda situación en el dormitorio de Vexley.

En gran parte, porque no era capaz de decidir si se sentía más aliviada o avergonzada de que Synton no hubiera querido tocarla. Era obvio que se había sentido físicamente atraído por ella; su excitación se había hecho notar con claridad meridiana. Lo cual la llevaba a preguntarse si albergaba sentimientos por otra persona, o si lo que sucedía era que lo repugnaba la idea de tocarla.

Había dicho que le preocupaba quedar atrapado en un matrimonio, y esa podría ser la razón principal detrás de su negativa a besarla siquiera.

Por lo menos, no había mencionado la falsificación.

Camilla estaba más molesta consigo misma por ese desliz que por cualquier otra cosa. Synton no parecía del tipo que difundía habladurías, pero en realidad no lo conocía. Sería un cotilleo bastante sabroso que compartir en la próxima fiesta o baile: la galerista y artista que llevaba una vida secreta vendiendo falsificaciones y engañando a la sociedad.

Como si hubiera visto la preocupación que le ocupaba la cabeza, Synton dijo de pasada:

—No le contaré a nadie lo de la falsificación.

El alivio inundó su sistema hasta que él añadió:

—Siempre que respondáis a dos preguntas con sinceridad.

Camilla sintió que su agitación volvía a aumentar y luchó contra el impulso de poner los ojos en blanco mientras continuaba.

—Si mentís, lo sabré. ¿Tenemos un trato?

Él la observó con atención, con sus intensos ojos esmeralda, hasta que ella, de mala gana, asintió, su mirada plateada sosteniendo la de él con todo el desafío que pudo reunir.

—¿Está Vexley usando esa falsificación en vuestra contra?

Parpadeó, sorprendida por su intuición. Y no estaba segura de por qué, pero creía que estaba siendo sincero sobre saber si mentía.

—Sí.

—¿Os ha pedido que pintaseis algo más?

—Sí.

Camilla se puso tensa, a la espera de que él la presionara para obtener más información.

Transcurrió un instante de silencio mientras Synton, con una expresión ilegible, estudiaba sus rasgos. Ahora conocía uno de sus secretos más oscuros. Como si la amenaza de escándalo no fuera suficiente, ya tenía el mismo poder sobre ella que Vexley.

—No me parezco en *nada* a él, señorita Antonius.

Algo peligroso brilló en su mirada.

¿Acaba de leerme la mente?

—Por supuesto que no. Controlad vuestra expresión. Traiciona vuestros pensamientos con tanta claridad como las palabras.

Sin añadir nada Synton se recostó, con el rostro medio oculto mientras se giraba para mirar por la ventana una vez más.

Camilla se dio cuenta de que había sido un gesto bien meditado: que no quería que ella dedujera algo de él a su vez. Lo sintió como una pequeña victoria, dadas las circunstancias.

Recorrieron el resto del camino en silencio, Camilla prácticamente al borde de su asiento, vibrando por los nervios cuando su casa por fin apareció a la vista. Greenbriar Park, donde vivía Vexley, estaba a solo dos calles de distancia, pero eran avenidas largas y se tardaba mucho tiempo en recorrerlas de noche debido a los limpiadores y a los carros del mercado que regresaban chirriando a casa.

Suspiró para sus adentros cuando el carruaje se detuvo una puerta más abajo, justo como había ordenado. Su casa. Un baño. Su cama. Poner algo de distancia entre ella y aquel hombre que empezaba a saber demasiado y que sospechaba que tenía bastante pasado propio.

—Gracias por…

En un momento, la mano de Camilla agarraba el pomo de la puerta, y al siguiente, estaba en el regazo de Synton, con su brazo de hierro alrededor de la cintura para mantenerla inmóvil. Las cortinas de la ventana, que habían permanecido atadas, estaban cerrándose.

—¿Qué...?

—Hay un hombre fuera de vuestra casa, señorita Antonius.

Synton apartó el borde de la cortina lo suficiente para que ella pudiera escudriñar la calle. Le pareció vacía.

—En el lado oeste, por allí. Está vigilando vuestra puerta y parece muy agitado. Necesito saber por qué.

—¿Cómo sabéis que está agitado por mi causa? —Camilla se sentía agotada.

—¿Hay algún amante celoso cuya existencia deba conocer? —la presionó Synton.

—Ay, por el amor de Dios. No veo... Oh.

Allí, en la zona más oscura de las sombras, Camilla captó un minúsculo destello de movimiento. No comprendía cómo había reparado Synton en ello.

Maldijo en voz baja cuando otra figura se movió junto a la primera.

—Columnistas de publicaciones satíricas. Con todo lo que ha sucedido esta noche, me había olvidado de ellos. A veces vigilan las casas de los invitados a la fiesta de Vexley. Informan sobre quién se va con quién para poder alimentar más chismorreos. Todos deberíamos...

Camilla cerró los ojos, recordando la evidente razón por la que no podía fingir que era *lady* Katherine quien la devolvía a casa.

Incluso pese a la oscuridad del callejón donde había estado esperando el carruaje de Synton, se había fijado en que las puertas tenían pintadas las letras SYN con tinta plateada. El *lord* no tenía por qué entrar para que los titulares se descontrolaran:

El ángel del arte sucumbe al pecado

Dejando a un lado el peligro del escándalo, a Camilla tampoco le hacía falta que Vexley descubriera que Synton la había llevado a casa... Si creía que otro hombre constituía una amenaza para su acuerdo, no le cabía la menor duda de que haría algo imprudente para asegurarse de que siempre fuera suya.

—Hay un lugar al que podemos ir para evitarlos —dijo al fin—. Haced que el conductor se detenga en la siguiente calle.

Al parecer, esa noche Camilla se veía obligada a revelarle un secreto más a Synton.

Él golpeó el techo con el puño y el conductor siguió adelante.

Mientras traqueteaban por la calle adoquinada, Camilla se dio cuenta de que todavía estaba en el regazo de Synton, con sus firmes muslos debajo de ella. Hizo ademán de levantarse, pero él no hizo ningún movimiento para liberarla.

—Que dé la vuelta aquí.

Synton hizo lo que le indicaba y en unos instantes se encontraron frente a una casa aparentemente ordinaria.

Cada vez que Camilla veía su alegre fachada, le dolía el corazón. Su padre había comprado aquel edificio en la calle de detrás de su casa de la ciudad diez años antes, una semana después de que su madre los abandonara. Algunos lo habían achacado a la pena o a la locura, y no se habían equivocado. La había renovado para convertirla en una casa que estuvo repleta de secretos durante los últimos años de su vida.

A cualquiera que pasara por allí le parecía una casa normal, pero las puertas y ventanas delanteras no eran más que excelentes esculturas fijadas a las paredes. La verdadera entrada se encontraba en un callejón lateral, privado y cerrado con verja. Después de abrirla manualmente y de tirar del pestillo oculto, aparecía una puerta secreta en el lateral del edificio, lo bastante alta y ancha para que pasara un carruaje.

No había vecinos a la derecha, solo un muro de piedra demasiado alto para saltarlo. Y la propia casa de tres pisos bloqueaba con éxito cualquier otra mirada indiscreta.

Era la creación favorita de su padre. Siempre le habían encantado las entradas secretas, pero se había obsesionado especialmente con ellas hacia el final de su vida. Camilla nunca había sabido cómo tomárselo. Sospechaba que tenía relación con su amor por las viejas historias, y tal vez un poco con su madre, como si una puerta mágica pudiera desvelar todos sus secretos y revelar a dónde había ido tras abandonarlo.

Daba igual el motivo, en esa última década, puertas, portales, entradas y todo tipo de pasadizos se habían convertido en la mayor fuente de inspiración de Pierre. Los pintaba, los esculpía y había diseñado toda aquella casa como una oda a fuera lo que fuese lo que con tanta desesperación deseaba encontrar.

Camilla nunca le había enseñado a nadie aquella última fase de su trabajo. Era mejor que nadie supiera en quién se había convertido. Y pese a que era posible que su padre no lo entendiese, ella sí: algunas puertas era mejor no abrirlas.

Después de indicarle al cochero cómo abrir la verja, se detuvieron frente a la enorme puerta.

—Haced que vuestro conductor tire del farol que tiene a la derecha —instruyó Camilla.

Si Synton sentía curiosidad por aquella extraña petición, no lo dejó entrever.

Un momento después, la puerta se abrió de par en par y el carruaje se adentró en el espacio oscuro que había más allá. Camilla esperó a que la puerta se cerrara detrás de ellos antes de salir del vehículo.

Synton la siguió y recorrió con la mirada la cavernosa estancia, apenas iluminada por unas pocas lámparas de gas parpadeantes. Rápidamente, tomó nota de cada brida, silla y montón de heno antes de mirarla a ella de nuevo.

—Qué granero tan encantador. ¿Y cómo planeáis escabulliros de los periodistas?

—Me confundís, mi señor. De todas las preguntas que podríais hacer, ¿*esa* os parece la más apremiante? No importa de dónde seáis, una puerta secreta no puede ser tan común.

Él arqueó una ceja.

—He oído hablar de las excentricidades de vuestro padre, señorita Antonius. Asumo que esto fue obra suya. Un buen espacio de trabajo, estoy seguro, pero en este momento me preocupa más llevaros a casa que ahondar en la inusual historia de vuestra familia.

Camilla apenas podía creer que Synton hubiera deducido tanto con ese examen superficial. Cuando su padre estaba vivo, había usado aquel lugar como estudio. Había afirmado que necesitaba el espacio y la tranquilidad para trabajar. Al fondo había una escalera que conducía a un baño y a dos habitaciones en el segundo piso que contenían todos sus materiales artísticos. El tercer piso había seguido siendo una extensión abierta dedicada únicamente a exponer su obra.

Nadie excepto Camilla había tenido acceso a aquel estudio y, hasta ese momento, nadie más que ella y su padre había puesto un pie dentro.

—Lo que no logro descifrar —continuó Synton— es la razón por la que estamos aquí. ¿Estáis pensando en recorrer la calle bailando un vals, como si hubieseis salido a dar un paseo?

—Por supuesto que no. Utilizaré el túnel secreto, naturalmente.

Señaló un montón de lo que parecían ser ruedas rotas en la esquina.

Era otra de las creaciones de su padre. Cuando girara la rueda de encima, se abriría la trampilla escondida debajo.

—Gracias por vuestra ayuda esta noche. Seré capaz de recorrer el resto del camino por mi cuenta. Si presionáis contra el pajar, se abrirá la puerta lateral de nuevo. Buenas noches, mi señor.

Synton la evaluó con una mirada fría y calculadora.

—Esta vez no os libraréis de mí con tanta facilidad, señorita Antonius.

Pasó junto a ella y entró en el túnel después de abrir la trampilla. Sus pasos eran seguros y firmes.

—Venid. Os acompañaré a casa. De todos modos, todavía tenemos asuntos que tratar.

ONCE

Envy dividió su atención entre la irritada mujer que avanzaba delante de él —ahora sin su abrigo, ya que se lo había arrojado rápidamente a la cara— y el túnel secreto y arqueado.

Cuando durante la cena de esa noche lo habían informado de que el padre de Camilla era un poco excéntrico, no le había dado la impresión de que hubiera sido de los que construían estudios de arte secretos y túneles subterráneos llenos de puertas que no parecían llevar a ninguna parte.

Sin embargo, allí estaban, avanzando por un pasadizo oculto que conectaba un lado del bloque con el otro. Habría jurado que, además, había percibido una salvaguarda fuera. Una que animaba sutilmente a los transeúntes a seguir adelante, a no interesarse por aquella casa llena de incógnitas.

Eso explicaba por qué los espías de Envy no conocían el estudio. Simplemente, lo habrían pasado de largo y se habrían centrado en la casa de la ciudad de Camilla, sin llegar a sospechar en ningún momento.

Era una hazaña impresionante para un mortal. Una que Envy se imaginaba que se debía al tiempo que el hombre había pasado en el misterioso Silverthorne Lane.

Por suerte, el anciano había instalado lámparas de gas a intervalos regulares, procurando que el espacio estuviera bien iluminado y fuera fácil de transitar.

No era que Envy necesitara la luz para ver. Resultaba evidente que era algo que *lord* Antonius había hecho en beneficio de su hija.

El aire se llenó de una extraña carga que no tenía nada que ver con el estado de ánimo cada vez más oscuro de Camilla o la forma en que la mirada de Envy no dejaba de deslizarse hacia su corpiño desgarrado y la tentadora lencería que asomaba con cada uno de sus movimientos.

El diseño del encaje era precioso y casi se había convencido a sí mismo de que por eso seguía sintiéndose atraído por él. Envy apreciaba el arte, y la prenda era de fina confección.

Seguramente, no tenía nada que ver con la mujer que llevaba la hermosa prenda, ni con los destellos de su piel suave y dorada bajo el encaje negro.

Camilla era una contradicción andante; sentía que estaba sorprendida por su atracción anterior hacia él, pero también que quería estrangularlo.

Sería una combinación interesante en el dormitorio.

La artista se detuvo cerca de la mitad del pasillo y se giró para mirarlo, sus ojos plateados brillando como hojas aceradas en la oscuridad.

Un hombre más sabio se lo tomaría como una advertencia.

Pero Envy prefería caminar al borde del peligro.

—¿Y bien? —El tono de Camilla era tan gélido como la mirada que le dirigió—. ¿Qué asunto es tan importante que no puede esperar hasta mañana?

Nadie la acusaría jamás de no ser apasionada.

—Necesito que empecéis a trabajar en el Trono Maldito de inmediato.

Lo miró como si hubiera perdido la cabeza.

—No.

—¿Por qué estáis tan en contra? —Por primera vez esa noche, sintió el burbujeo de la frustración genuina. Y luego lo entendió—. ¿Alguien más os ha pedido que pintarais un objeto hechizado?

Ella le dirigió una mirada exasperada.

—Ya hemos hablado de esto, *lord* Synton. No pienso pintar ningún objeto maldito. Ni para vos ni para nadie. ¿Se puede saber por qué creíais que había cambiado de opinión?

—Os he hecho un favor esta noche. Espero uno a cambio.

—Ya veo. —El tono de Camilla se tornó cortante de repente—. Qué estupidez por mi parte creer que simplemente estabais mostrando algo de decencia. Gracias por enseñarme quién sois en realidad, mi señor.

Si de verdad supiera quién era Envy, huiría gritando y nunca miraría atrás.

Según su propia experiencia, las mujeres como Camilla negaban desear un romance, solo para terminar ofreciendo sus corazones a desgraciados como él que acababan rompiéndoselos. A menudo se confundía la lujuria con el amor.

Envy le dedicó una sonrisa lenta y cruel que la hizo dar un paso atrás para alejarse, incómoda.

No era bueno y no era mortal.

Cuanto antes se diera cuenta de eso, mejor para ella. Si Camilla era el sol, él era la más oscura de las noches. Y si ella no se andaba con cuidado, sus sombras apagarían su luz, aunque solo fuera por la fugaz oportunidad de poseer su calidez antes de destruirla.

No estaba hecho para el amor, pero sí que disfrutaba de una noche de lujuria.

—Os lo advertí. No soy ningún santo, señorita Antonius.

Cerró la distancia entre ellos y la enjauló entre él y la pared.

—Tampoco soy un caballero. No os he ayudado por la bondad de mi corazón. Tenéis un talento poco común, uno por el que estoy dispuesto a pagar un precio extraordinario.

La ira cruzó por sus rasgos y levantó la barbilla para sostenerle la mirada.

—Encontrad. A. Otra. Persona.

—No.

—Queréis el cuadro. ¿Por qué? ¿Por qué tiene que ser de *eso*?

—Lo deseo para mi galería privada —mintió—. Vuestro talento es bien conocido.

Al detectar el aumento de sus nervios —y de su deseo— ante su proximidad, acercó la boca a su oreja. La seducción, se recordó, era la táctica que había elegido para su segundo intento. Necesitaba que lo deseara tanto como para ceder a su petición.

Cuando habló, susurró con los labios sobre su suave piel, un mero roce, pero potente en su efecto. Camilla se estremeció en sus brazos.

—Por lo tanto, os quiero a vos. Y solo a vos.

Se giró para verle la cara.

A primera vista, ella no dio indicios de verse afectada por su cercanía; su expresión era de fría indiferencia; pero su mirada la traicionó al aterrizar en la boca de Envy.

Sabía lo que estaba viendo: sus amantes siempre habían elogiado lo carnoso que era su labio inferior, el arco torcido de su sonrisa diabólica, que liberaba los hoyuelos de sus mejillas si decidía mostrarlos.

Pero no esperaba su propia reacción. El calor en la mirada de ella despertó algo en él, algo posesivo.

Sus respiraciones se volvieron más rápidas y más cortas, el pulso le latía visiblemente en la garganta.

Camilla lo deseaba.

Y él, a su vez, por fin conocía su secreto: que aquella pequeña descarada deseaba al demonio, que la excitaban todas las cosas perversamente tentadoras que la haría sentir.

—Poned vuestro precio, señorita Antonius.

Envy bajó la mano para colocarle los rizos sueltos detrás de la oreja, encajonando el cuerpo de ella entre sus piernas y obligándola a separar los muslos mientras él se acercaba aún más.

A Camilla se le entrecortó la respiración cuando apoyó la rodilla en el centro de su cuerpo y la anticipación espesó el aire entre ellos. La lengua de la artista salió disparada para humedecerse los labios.

Sus pensamientos anteriores sobre esa tentadora boca y todas las ideas carnales que había suscitado regresaron para vengarse. Se puso duro y fue testigo del momento exacto en que Camilla se daba cuenta de ello.

Se estremeció contra la fría pared de piedra que tenía detrás.

—Creo que ya sé lo que te gustaría a cambio. —Deslizó la mano por su silueta y se la apoyó en la cadera—. ¿Qué te parece si te follo contra esta pared?

Su deseo por él estalló cuando la agarró con más fuerza y apretó sus sedosas faldas entre los dedos, gesto que encendió su propia necesidad. Dejó que su boca flotara contra la piel de su mejilla; su concentración se redujo a cada punto de contacto entre ellos. El pecho de Camilla se agitó contra el suyo, provocándolo con su ritmo desigual.

—Primero con los dedos, luego con mi polla.

Su cuerpo se esforzó por sentir el de ella, suave donde el suyo era duro. Poco a poco, estaba ganando aquella batalla de seducción. Sintió que la resolución de ella se disipaba, que se arqueaba lentamente ante sus caricias.

—Seguro que podemos llegar a algún acuerdo.

El deseo de Camilla se evaporó de inmediato.

En su lugar, lo golpeó el familiar cosquilleo de la ira.

Le pegó un empujón en el pecho y Envy dio un paso atrás, dejándole espacio, sorprendido por la inmediata sensación de pérdida que experimentó.

—No habrá ningún tipo de acuerdo entre nosotros, mi señor. Preferiría hacer un trato con el mismísimo rey de los demonios.

Los celos irracionales lo atravesaron al pensar en Camilla llegando a un acuerdo con su hermano Wrath, pero hizo retroceder la frialdad de su pecado.

—Eso se puede arreglar. ¿Partimos ya hacia su residencia? Cuando estés bien saciada, tal vez te muestres más agradable.

Una risa baja y suave escapó de los labios de Camilla, y ese sonido envió un ramalazo de conciencia por todo su cuerpo, uno que no le gustó en absoluto cuando descubrió su mirada atrapada por la de ella.

—Marchaos a casa, *lord* Synton.

Se agarró el dobladillo de las faldas y caminó por el túnel hacia su casa, dejándolo donde estaba.

—Ya he tenido suficiente de vuestros encantos por una noche —le increpó por encima del hombro.

Y, sin embargo, Envy no podía decir lo mismo de los suyos.

Haría bien en recordar que la señorita Antonius, con su bonita sonrisa, sus suaves curvas y su risa melodiosa, no era para él, aunque mientras sus palabras se repetían en su mente, su pecado cobró vida una vez más. «Preferiría hacer un trato con el mismísimo rey de los demonios».

Y una mierda.

Camilla era *suya* hasta que el juego terminara, y no tenía fama de ser de los que compartían.

DOCE

Camilla dejó su pincel y contempló el lienzo con ojo crítico. Un acto que resultó más difícil de lo que debería.

Por lo general, no tenía problemas para ver lo que necesitaba una pintura, dónde sombrear, dónde resaltar, dónde añadir más profundidad o color. Pero aquel día, sencillamente no le salía. Todavía se sentía demasiado agotada para pensar con claridad. Después de haber pasado la noche dando vueltas en la cama, apartando las sábanas y luego enredándose en ellas, frustrada más allá de toda medida, estaba tan cansada que había olvidado su ritual: el relicario de su madre todavía colgaba alrededor de su cuello. Sin embargo, aquella pintura había exigido su atención desde el momento en que había abierto los ojos.

Así que allí estaba ella, en su galería antes del amanecer, con el delantal ceñido a la cintura, la piel ya manchada de pintura, rezando para que no hubiera salpicado el collar.

Ante ella no había exactamente un autorretrato, sino una escena inspirada en gran medida en su baño de la noche anterior.

A pesar de su nerviosismo, a Camilla le pareció que ya era bastante bonito; representaba todas las cosas que deseaba poder ser abiertamente. Suave, femenina, audaz y poderosa. Alguien que asumía su deseo sin disculparse, sin fingir humildad ante un mundo que la oprimía.

Se había pintado sumergida en una bañera con patas, con una mano cubriéndole la parte baja del vientre, con las rodillas dobladas y la piel dorada de las piernas sobresaliendo del agua. En la superficie flotaban pétalos que ocultaban ese lugar secreto entre sus piernas, que había palpitado con cada palabra pecaminosa que los labios de Synton habían pronunciado la noche anterior. En el cuadro, tenía un pie apoyado sobre el borde de la bañera blanca, gesto que revelaba las flores pegadas a la piel sedosa de sus muslos expuestos.

La mente de Camilla regresó a ese baño. Mientras se lavaba las desgracias de la velada, había comprendido que existía una cosa que el agua no podía limpiar: sus recuerdos de las obscenidades que Synton había dicho con su voz profunda y aterciopelada, que no la habían hecho arder de ira, sino con un deseo abrasador.

Y la propia excitación de él...

Dios, la había presionado contra ella, dura y deseosa.

Cuando había movido las caderas frotándose ligeramente contra ella, Camilla casi había visto las estrellas.

Lo cierto era que debería llamar a un médico y pedirle un tónico: era evidente que algo andaba mal. Debería estar traumatizada por su audaz y aborrecible comportamiento.

También por el hecho de que había mentido sobre por qué quería la pintura maldita. Estaba claro que ocultaba algo. Luego, cuando había exigido saber si alguien más le había encargado pintar un objeto hechizado, se había quedado helada.

Se había olvidado de la nota.

A principios de esa semana le había llegado una petición de un misterioso coleccionista preguntando por un libro de hechizos ilustrado. La nota no venía firmada y carecía de remitente, así que Camilla la había dejado a un lado y no había vuelto a pensar en ella hasta aquel momento. ¿Qué podía saber Synton al respecto?

«¿Qué te parece si te follo contra esta pared?».

Estaba segura de que sabía más del tema. Camilla se había pasado la pastilla de jabón cuerpo abajo, imitando sus caricias ligeras como una pluma. Si cerraba los ojos y se sumergía en el recuerdo, el calor de él aún persistía.

Junto a la irritación.

Se había equivocado al pensar que Vexley era el hombre más irritante que había conocido nunca. Synton reclamaba ahora con orgullo ese honor, excepto (y aquello era lo más exasperante de todo) que no podía dejar de pensar en él.

«¿Qué te parece si te follo contra esta pared? Primero con los dedos, luego con mi polla».

Camilla se había quedado sin habla. No por la crudeza de sus palabras, sino por la inmediata reacción interna que habían despertado en ella.

Sí. Dios, sí. Nunca había deseado nada con tanta fuerza.

En público, Synton se había comportado como el perfecto caballero y había parecido ofendido por el comportamiento grosero de Vexley. Qué diferente era cuando no había miradas indiscretas cerca, qué maravillosamente pecaminoso.

Sentía como si las palabras que había susurrado fueran el oscuro secreto de ambos. Y Camilla sentía cierto gusto por estos últimos.

Luego había tenido que estropearlo todo al negociarlo como pago por sus servicios. ¡Como si no pudiera desearla sin más, sin que hubiera un precio involucrado!

Su estúpida propuesta la había hecho sentir sola de nuevo.

Cuando Camilla había debutado, justo después de la desaparición de su madre, casi había sido como cualquier otra joven de su posición: encantada ante la idea de que un príncipe azul la hiciera cruzar el salón de baile bailando un vals y declarándole su amor.

Lo cierto era que todo había sido horrible.

El comportamiento excéntrico de su padre y la ausencia de su madre la habían convertido en la menos deseada del baile, de pie en las sombras mientras sus amigas bailaban y coqueteaban. La cosa había empeorado en su segunda y tercera temporada, hasta que había dejado de creer en su cuento de hadas.

De todos modos había sido un sueño estúpido, uno contra el que su madre la había prevenido.

Desde el momento en que Synton había entrado en su galería, se había sentido atraída por él, y una pequeña parte de esa chica de ojos brillantes había regresado, la que anhelaba ser deseada con locura. Supuso que no se podía ser más tonta.

El timbre de la puerta sonó con fuerza, devolviéndola al presente. Echó un vistazo al reloj y se sorprendió al ver que ya era por la tarde.

—¿Qué has hecho con él, pequeña ladrona? ¿Se lo has dado a ese?

La atronadora acusación de Vexley hizo estallar en pedazos la paz del día y sus confusos recuerdos de la noche anterior. *Maldita sea. La falsificación.*

Camilla se apartó de su cuadro, atónita por la furia absoluta en el rostro de Vexley mientras avanzaba con las manos apretadas a los costados.

El instinto hizo que quisiera correr lejos y rápido, pero una vocecilla innata la advirtió de que se mantuviera firme, que Vexley estaba lo bastante loco para perseguirla y sería mucho peor para ella si la atrapaba en esas circunstancias.

Camilla mantuvo un tono tranquilo y firme.

—No estoy segura de a qué os referís, mi señor. ¿Qué he hecho con qué? ¿Y a quién se lo he dado?

—¡No te hagas la inocente conmigo! Sabes perfectamente lo que te estoy preguntando.

Vexley se cernía sobre ella, como una serpiente lista para atacar.

—¿Dónde está la falsificación? He pasado toda la mañana destrozando la casa y tengo claro que no está allí, así que te lo preguntaré una vez más por las buenas antes de dejar de ser un caballero: ¿dónde está el maldito cuadro, Camilla? ¿Se lo has dado a Synton?

Parpadeó al escuchar sus palabras, le estaba costando entenderlas.

Si Vexley creía que estaba actuando como un caballero, entonces ella podía declararse la reina seelie de las hadas.

—No tengo la menor idea. —El pulso le rugió en los oídos mientras se concentraba en lo más importante que había dicho. Seguro que había oído mal—. ¿Lo habéis perdido? ¿O lo habéis cambiado de sitio y os habéis olvidado?

—Me consideras un tonto, señorita Antonius, pero te aseguro que no lo soy. No, no lo he perdido. Estaba justo donde lo dejé antes de vestirme para la cena anoche. Y cuando me he levantado, ya no estaba.

A Camilla empezó a darle vueltas la cabeza. Aquella era la peor noticia posible. Había albergado el convencimiento de que tendría otra oportunidad para recuperar el cuadro.

Vexley tenía que estar equivocado.

La alternativa provocó que unas arañas invisibles le corretearan por la piel. Si ahora otra persona tenía la falsificación...

Enderezó la columna, intentando ganar tiempo.

—La cantidad de alcohol que bebisteis durante la cena derribaría a un elefante, Vexley. ¿Estáis seguro de que no lo movisteis y lo habéis olvidado?

—Ni lo intentes. —Se inclinó, con un brillo salvaje en sus ojos azules—. Te fuiste temprano. Sin despedirte de nadie. Y Synton también desapareció misteriosamente. Yo me despierto y me falta un cuadro. Si no estás compinchada con él, entonces me pregunto qué pasó también con *lady* Katherine. ¿Qué pensaría su marido de un comportamiento tan impropio, tan intrigante? Sobre todo, si fuera a convertirse en la comidilla de la alta sociedad. A las revistas satíricas les encantan los escándalos, Camilla.

—*Lady* Katherine no sabe nada de la falsificación, y haríais bien en no amenazarla. —Camilla se mantuvo firme, con la nariz obstinadamente a unos centímetros del propio Vexley—. Volví a casa a una hora respetable, ¿y, de alguna manera, eso me hace culpable? ¿Qué pasa con la docena de personas que no mostraron semejante discreción? Sabéis tan bien como yo que a Harrington o a Walters les encantaría poseer esa pieza para sus colecciones privadas. No tienen ni idea de que no es auténtica. ¿De verdad los tenéis en tan alta estima para pensar que no os robarían si tuvieran la oportunidad?

—¿No me dijiste esta misma semana que querías poner fin a nuestro acuerdo? —la presionó él, con la saliva convertida en espuma en las comisuras de la boca—. Puede que no sea un inspector de la policía, Camilla, pero eso suena a móvil. Si estás trabajando con Synton, te enfrentarás a un infierno.

Alzó la mano a toda velocidad para rodearle la garganta. La apoyó allí sin ejercer presión, a modo de oscura promesa.

Atrapada, Camilla se quedó muy quieta.

Él le recorrió la parte delantera del corpiño con la mirada, deteniéndose en la curva de sus pechos bajo su camisola. Por un horrible momento, pensó que le rasgaría el vestido.

—Devuélvemelo antes del fin de semana o será tu ruina.

La campanilla sobre la puerta tintineó agradablemente, alertándolos de que ya no estaban solos.

El aliento de Camilla permaneció atorado en su pecho cuando transcurrieron unos preciosos segundos y Vexley no la soltó. En vez de eso, sus ojos pálidos relucieron con malicia: sabía exactamente lo que ella temía y lo disfrutaba.

Pero, al final, Vexley se enderezó y su expresión pasó de la furia a una perezosa indiferencia antes de hacerse por fin a un lado, fingiendo que había estado admirando la obra que ella tenía detrás.

—Envolvedlo y enviadlo a Gretna House, señorita Antonius. Después de todo, me gusta bastante. —Clavó la mirada en ella—. Los toques de rojo me recuerdan a la sangre. Son descarnados. Poderosos. Ya sabéis que siempre me ha parecido que las cosas rotas poseen un oscuro atractivo.

Su capacidad para ponerse una máscara nueva con tanta rapidez era perturbadora. El hecho de que nunca antes hubiera reparado en ella exacerbaba su inquietud.

—Por supuesto, mi señor. —Se plegó a su treta, aunque sentía su sonrisa de lo más forzada mientras la tensión flotaba aún entre ellos. Camilla por fin echó un vistazo a la puerta, donde un periodista parecía de lo más intrigado por su interacción.

—¿Puedo ayudaros en algo, señor? —preguntó con alegría.

—¡Lord Vexley! —El columnista ignoró a Camilla y persiguió al noble, que recorría la galería como si de repente hubiera recordado que tenía un lugar más importante donde estar—. Un momento… ¿Es cierto que Walters se peleó con una estatua del jardín ayer por la noche y perdió?

Vexley hizo una pausa y recuperó su actitud gallarda.

—Vamos, Havisham. No creerás que voy a revelar los secretos de mis amigos con tanta facilidad, ¿verdad?

Vexley mostró su legendaria sonrisa y redujo el paso para salir por la puerta, aparentemente sin ninguna preocupación en el mundo. Camilla esperó hasta que él y Havisham hubieron salido de la galería antes de dejarse caer en su taburete, con los músculos temblándole. No le cabía la menor duda de que Vexley cumpliría con sus amenazas si se veía presionado. De hecho, parecía dispuesto a matarla. Se llevó las manos a la garganta, la sensación gélida de su contacto la había dejado helada hasta la médula. Había sido consciente de que se enfadaría si lograba robar la falsificación, pero nunca se lo había imaginado causándole daño físico.

Jamás se había mostrado violento. Tampoco había oído ningún rumor sobre que hubiera estado involucrado en peleas. Vexley había convencido a todos de que solo era un pícaro y adorable borracho.

Pero ¿qué sabía ella en realidad del lord?

Nadie respetable visitaba el mercado negro con tanta frecuencia como él. Silverthorne Lane era un lugar donde la magia se deslizaba por las calles, bebiendo de la vida y de las emociones de los mortales que lo visitaban. Ella misma había sido testigo de primera mano con su padre, sabía lo peligroso que era el lugar. Cuando había empezado a ir allí, la vida tal como la conocían había terminado.

Al principio, cuando Pierre había empeorado, Camilla también se había aventurado en el mercado, sin preocuparse por las consecuencias. Si era allí donde su padre había enfermado, había creído que también allí encontraría la cura. Y había sentido el poder de aquel lugar, el atractivo.

Después de la muerte de su padre, solo había acudido en un par de ocasiones. La primera había sido al conocer a Lobo, el legendario cazador, tentada por la vida que él podría haberle ofrecido más allá de Waverly Green.

La segunda vez había ido a advertirle que se marchara, para asegurarse de que su noche de pasión fuera un secreto. Camilla quería quedarse en Waverly Green, y nadie podía saber que había lanzado por la borda su reputación en un ataque de desesperación, con la necesidad de recordar que todavía estaba viva, incluso en la oscuridad de su pena.

Lobo se había ido con una reverencia, pero solo después de prometer que volvería algún día.

Todavía rezaba por que eso nunca sucediera. Vexley y Synton ya eran problema suficiente.

Hablando de eso… había sido una tonta al pensar que solo porque Synton no la hubiera presionado para obtener más información la noche anterior, dejaría las cosas como estaban. Algo en lo que podía estar de acuerdo con Vexley era en que, de alguna manera, Synton se había colado en Gretna House.

Camilla no pensaba permitir que otro hombre la chantajeara.

Si Vexley de verdad iba a arruinarla, al menos tendría la satisfacción de ver aquel maldito cuadro destruido por su propia mano.

Furiosa, puso un cartel en la puerta informando a los clientes de que la galería permanecería cerrada el resto del día antes de ir a alquilar un carruaje.

Sentía la repentina necesidad de visitar Hemlock Hall.

Cuando salió a la calle adoquinada, sintió que había alguien detrás de ella. Se dio la vuelta y vio a un hombre apoyado contra el edificio de enfrente. Sus rasgos quedaban ocultos por un sombrero que se había calado hasta la frente, su tamaño y su forma indistinguibles bajo una capa negra.

Llevaba guantes de cuero que la hicieron detenerse.

Camilla esperó a que se alejara del edificio y se fuera, pero no lo hizo. Permaneció donde estaba, en silencio, amenazador.

Vexley no podía haber contratado a nadie para que la vigilara, ¿verdad?

La respuesta era un simple «sí».

Tragó saliva y corrió hasta el final de la calle, llamando a un carruaje. Cuando subió y miró por la ventana, el hombre ya no estaba.

TRECE

Envy echó la cabeza hacia atrás, examinando la falsificación que había robado. La luz del sol de última hora de la tarde entraba de forma oblicua por la ventana, confiriendo un matiz dorado a las motas de polvo que había agitado con sus andares arriba y abajo.

Había pasado la mayor parte del día contemplando la impresionante pintura, satisfecho consigo mismo por habérsela robado a Vexley delante de sus narices mientras roncaba.

Aquel hombre era una auténtica vergüenza, dormía boca abajo con el culo lleno de granos al descubierto, soltando gases tan asquerosos como sus modales.

Una parte salvaje de él quería colgar la falsificación en su vestíbulo, invitar a Vexley a tomar unas copas y mear en un círculo alrededor del trabajo de Camilla, marcando su territorio hasta que el juego avanzara.

En vez de eso, se controló y recordó que las guerras se ganaban con estrategia.

Y era indudable que había una guerra. La noche anterior, su segundo intento de conseguir la ayuda de Camilla había sido un fracaso. Solo tenía una oportunidad más antes de quedar descalificado. Y si bien las reglas que rodeaban a cualquier castigo todavía no estaban claras, la realidad a la que se enfrentaba su corte era todo lo contrario.

Envy *tenía* que ganar.

Había intentado mantener una actitud positiva, pero el panorama era desalentador. No podía usar su magia para influir en Camilla y la seducción no había funcionado.

Pedirlo directamente había constituido un miserable fracaso.

—Mierda. —Se pasó una mano por el pelo y volvió a contemplar la pintura.

La desesperación volvía a la gente desorganizada y descuidada. Envy tenía que centrarse. Robar la falsificación le había proporcionado una moneda de cambio que usar con Camilla. Había visto cuánto la deseaba. De modo que, cuando ella había intentado descolgarlo de la pared, había usado un poquito de magia para volverlo inamovible. Robarlo él mismo era su seguro, un as escondido en la manga. Como no se trataba de una persuasión en toda regla, no estaba rompiendo ninguna de las normas de Lennox.

Ahora que había conseguido la falsificación, se planteó en qué más podía concentrar sus esfuerzos.

Los preparativos para el baile estaban en marcha, puesto que casi había llegado la fecha, ya solo faltaban dos noches.

La casa solariega había sido completamente restaurada y había recuperado su antiguo esplendor y algo adicional. La madera oscura brillaba recién pulida, las cortinas de terciopelo nuevas colgaban pesadas y opulentas. Las obras de arte traídas de su verdadera colección privada se exhibían con buen gusto por toda la finca, y había instruido al personal sobre cómo preparar su bebida personalizada preferida: Oscuridad y Pecado. Era un brebaje decadente que había creado una noche a partir de moras, sirope de azúcar moreno, bourbon, ralladura de naranja y un chorrito de champán.

Se habían burlado del nombre, pero nadie había protestado después de haberlo probado.

Ahora podía concentrar toda su atención en el tercer intento. Sus espías todavía no habían descubierto nada de gran importancia sobre Camilla, tan solo cosas que ya sabía, aunque habían confirmado sus sospechas sobre el túnel secreto que su padre había construido. Había sido edificado sobre una línea de reino, una frontera mágica invisible que podía abrirse a otros reinos. No muchos las conocían y aún menos las utilizaban. Sobre todo, en el mundo humano.

No había sentido que el túnel hubiera sido activado, por lo que no estaba actualmente en uso. Y no había visto ninguna runa ni portal con ranura para una llave, aunque eso no significaba que Pierre no hubiera escondido una en alguna parte. E, incluso si lo hubiera hecho, Envy dudaba que hubiera sido capaz de abrirlo.

Las llaves de los portales solo las regalaban dos especies, que Envy supiera: los fae, principalmente la realeza no seelie que gobernaba la corte oscura, o cambiaformas muy poderosos, como los hombres lobo.

En lugar de malgastar el resto del día con su creciente frustración, puede que hiciera una visita al infame mercado negro. Al menos así podría descubrir más detalles sobre lo que Vexley había estado haciendo. Había estado firmemente convencido de que era otro jugador, pero después de su desconcertante actuación de la noche anterior, esperaba que no fuera un competidor. Sería una decepción. Pero de todos modos sería útil saber quién más en Waverly Green podría estar al tanto del tema de las líneas de reinos.

—De modo que aquí es donde te has estado escondiendo.

Envy no se dio vuelta ante el sonido de la voz de su hermano Lust.

—Déjame adivinar. ¿Pride ha estado chismorreando como un cortesano?

—Es probable. Pero a mí me lo ha contado Gluttony, quien mencionó haberlo escuchado de boca de Greed.

Sus hermanos no eran mejores que aquellos irritantes perio-distas.

Gluttony, al menos, debía saberlo mejor que nadie: en esos momentos estaba enzarzado en una guerra con su propia reportera en los siete círculos.

—Con la maldición rota —dijo Envy arrastrando las palabras—, creía que todos tendríais algo mejor que hacer con vuestro tiempo. Aunque la verdad es que no puedo culparos: soy el más interesante de todos nuestros hermanos.

Llamó a Goodfellow y le ordenó que colocara el cuadro en su dormitorio con mucho cuidado. Había protegido la habitación para que nadie pudiera entrar sin su permiso. Allí debería estar bas-tante seguro.

—Sin embargo, mi visita a las islas Cambiantes no debe de re-sultarte demasiado chispeante —continuó una vez que Goodfellow se hubo marchado. Lust se había acercado a las cortinas para jugar con el terciopelo—. Seguro que te sientes más intrigado por cierta diosa de la muerte que por mi... situación. La venganza y la lujuria funcionan muy bien juntas.

Lust se rio entre dientes, nunca picaba el anzuelo cuando lo pinchaban.

—Por lo que he oído, está ocupada con sus cachorros. —Envy puso los ojos en blanco ante la desdeñosa mención de la manada de hombres lobo—. Y aunque no estuviera metida en ese drama, pre-fiero tener la polla pegada al cuerpo. Además, el jueguecito que te traes entre manos ahora mismo es mucho más interesante. ¿Es cierto que una pintora te ha cortado los huevos?

Envy tocó la daga enjoyada que llevaba en la cadera, planteán-dose regresar a los siete círculos únicamente para castrar a Pride.

—No es que sea de tu incumbencia, pero ten por seguro que sigo siendo el hermano mejor dotado.

—Es discutible, pero el baile de disfraces que estás organizando tiene su atractivo. Parece que mi invitación debe de haberse perdido, un descuido que he rectificado por ti llegando temprano. Estoy seguro de que mi influencia la convertirá en una velada legendaria.

La voz de Lust contenía un deje burlón, lo cual siempre era señal de problemas. Por fin se alejó de las cortinas y se dedicó a estudiar las tallas de la repisa demasiado de cerca.

—Considérame tu demonio lujurioso, y estoy aquí para convertir este evento en el más libertino que este reino haya visto jamás. Imagina a todos esos encorsetados lores y damas entregándose a los placeres… —El tono de su hermano se tornó melancólico—. Tu personal se pasará semanas limpiando las mesas y las paredes.

El rostro de Camilla cruzó por la mente de Envy, con los ojos cerrados por el éxtasis y alguien de rodillas ante ella, saboreando su dulce deseo mientras ella le montaba la cara. Por alguna razón, se imaginó que sucedía justo sobre la mesa de su comedor.

—No. —Envy por fin se giró y miró con dureza a su hermano—. De ninguna ma…

—¡Tú!

La puerta del estudio se abrió de golpe y su segundo al mando entró caminando tras la pequeña bestia del infierno que cargaba delante de él, disparando dardos con sus ojos plateados.

—¡Cómo te atreves!

Alexei levantó las manos.

—He intentado detenerla.

Envy centró su atención en la pintora, ignorando la vertiginosa curiosidad en el rostro de Lust. Camilla llevaba la melena plateada recogida en un intrincado nudo sujeto con un pincel, y su vestido era de un profundo y sensual tono ciruela. Si no fuera por su mirada relampagueante que amenazaba con fulminarlo, le habría hecho un cumplido. Camilla sabía qué colores combinar para obtener los resultados más agradables y su creatividad se extendía mucho más allá de la pintura sobre un lienzo.

—Esfuérzate más. La señorita Antonius mide metro y medio y un puñado de centímetros —contestó al final—. Si no puedes

encargarte de ella, Alexei, tal vez deberíamos reconsiderar tu posición.

—No harás tal cosa —lo increpó Camilla—. Aparte de la promesa de un brutal asalto a su ingle, también lo he amenazado con
morderlo si se interponía en mi camino.

Lust soltó un ruidito ahogado.

—Ya veo. —Envy transformó sus rasgos en un suave interés, sin
delatar en absoluto lo divertido que le parecía pensar en Camilla
mordiendo a un vampiro sin saberlo.

Tampoco recordaba ningún momento en el que alguien se
hubiera atrevido a darle *a él* una orden directa.

Camilla lo miró desafiante.

Lust soltó una risita por lo bajo.

—Tú debes de ser la razón por la que está de tan mal humor.

—Perdonadme, ¿y vos quién sois? —preguntó ella, en un tono
aún gélido mientras miraba a Lust, pareciendo menos que impresionada.

Una hazaña considerable, dado que el hermano de Envy era el
príncipe que gobernaba sobre el placer, y su sola presencia general-
mente suscitaba una admiración que incitaba a levantarse la falda o
a bajarse los pantalones en cuestión de segundos.

Lust parecía tremendamente divertido —y demasiado intrigado— por la falta de desmayos. Envy sintió que la magia del pecado de su hermano rodeaba lentamente a la artista, poniéndola a
prueba.

Apretó los dientes.

Lust se inclinó sobre la mano de Camilla, liberando un poco
más su pecado mientras rozaba con los labios sus nudillos enguantados.

—Su hermano más atractivo, naturalmente.

—Encantada. —Camilla apartó la mano y volvió a fulminar de
forma tan impresionante a Envy.

El poder de Lust no la había afectado en absoluto.

—Exijo una audiencia privada de inmediato.

Lust le lanzó una mirada sorprendida, a todas luces desconcertado también por su completa indiferencia.

Envy arqueó una ceja y luego asintió con la cabeza hacia su hermano y Alexei.

—De acuerdo.

Ambos hombres parecían lo bastante intimidados por la entrada de Camilla como para prestar atención a la petición.

Una vez que cerraron la puerta, Envy se apoyó en la mesa donde su bebida permanecía intacta, desconcertado por la capacidad de ella para resistirse a la influencia de un príncipe demonio.

—Para alguien que desea evitar la ruina, exigir quedarte a solas conmigo, sin vigilancia, parece bastante arriesgado, sobre todo después de lo que dije anoche. A menos, por supuesto, que estés aquí para cumplir esa traviesa fantasía.

Tenía curiosidad por ver si ella lo confrontaría a ese respecto.

No mordió el anzuelo, sino que lo inmovilizó con esos ojos plateados como la luna.

—¿Dónde está la falsificación?

—Supongo que te refieres a *La seducción de Evelyn Gray*.

—No juegues conmigo. —Camilla avanzó y solo se detuvo cuando sus faldas rozaron las rodillas de él—. Vexley me ha hecho una visita hace un rato.

Aunque aquel tipo no era más que un grano en el culo de un cerdo, lo atravesó una irracional punzada de celos.

—No me interesa ninguna pelea de amantes que podáis tener.

—Sorprendente. Es seguro asumir que estás aún menos interesado en las amenazas de daño corporal que ha pronunciado con su mano alrededor de mi garganta. Como es imposible que te interese todo eso, solo dime dónde está la falsificación para poder llevármela y seguir mi camino.

Envy se quedó inmóvil.

El corazón que suponía marchito y ennegrecido le latía con furia al mirar a Camilla con más atención.

—¿Te ha hecho daño?

Una palabra, una mirada de confirmación, y la daga demoníaca de Envy estaría enterrada en el estómago de Vexley al cabo de una hora.

Camilla se irguió y lo fulminó con la mirada.

—Esta vez no, pero me ha amenazado con cosas mucho peores si la falsificación no es devuelta de inmediato.

—Eso no va a pasar. —La voz le salió entremezclada con su propia violencia.

Camilla se echó hacia atrás y abrió mucho los ojos mientras lo estudiaba detenidamente y parecía entender que lo decía en serio.

De hecho, Envy se encontró de repente caminando hacia la puerta, con el plan tomando forma en su cabeza.

Puede que, cuando hubiese terminado con el mortal, se lo entregara a Alexei para que se lo comiera.

Si Vexley resultaba ser un jugador, sería de lo más beneficioso.

—No puedes asesinarlo —lo interrumpió Camilla, que sonaba (de entre todas las cosas) en parte horrorizada y en parte ligeramente frustrada.

Él no ralentizó el paso.

—Te aseguro que sí que puedo.

—Permíteme que lo exprese de otra forma. No vas a asesinarlo.

Envy por fin redujo la velocidad y miró por encima del hombro, con la sospecha enrollándose en torno a él como una enredadera. Una mirada a su rostro pétreo y lo supo: había algo más en aquella retorcida historia.

Puesto que Camilla estaba involucrada, no debería sorprenderse.

—¿Por qué? —preguntó.

Ella tragó con fuerza y ese leve movimiento sacudió su delicada garganta.

La misma garganta que las malditas manos de Vexley habían intentado profanar.

La ira resurgió antes de que pudiera anularla. Si Wrath pudiera verlo en aquel momento, sometiéndose a su pecado en nombre de otra persona... aquel cabrón engreído jamás le permitiría olvidarlo.

—¿Por qué no me dejas matarlo, Camilla? —repitió Envy.

No creía que tuviera nada que ver con sus principios morales. Al menos, no del todo. Esperó, en silencio, atento. Dándole tiempo para confesarle la verdad.

—Porque la falsificación no es lo único mío que tiene.

Transcurrieron varios instantes mientras Envy esperaba a que le proporcionara más detalles.

Camilla cerró las manos en puños a los costados, apretando entre ellos sus faldas color ciruela. Su ira y su desesperación luchaban en el espacio entre ellos.

—Si él muere, también morirá mi padre.

PARTE II
UN TRATO CON EL DIABLO

CATORCE

—Hablo en sentido figurado, por supuesto —se apresuró a añadir Camilla al observar con atención el rostro de *lord* Synton y percatándose del momento exacto en que decidía no dar caza a Vexley. Por un instante, le había recordado a un ángel vengativo: todo gracia letal y castigo divino, cargando para destruir por completo a un enemigo por sus malas acciones.

Al mirarlo ahora, al ver la fría calma y el control absoluto que ejercía sobre sí mismo, a Camilla no le cupo la menor duda de que Synton sería capaz de asesinar a Vexley y no desperdiciar en él otro pensamiento una vez que se hubiera cometido el vil acto. El hecho de que no hubiera hecho justo eso indicaba que había sopesado las ventajas y los inconvenientes y había llegado a la conclusión de que Vexley no se merecía el castigo.

Por el momento.

No le pareció que Synton fuera a regodearse en la matanza, pero estaba segura de que no le importaría ser quien despachara a Vexley.

O, pensándolo mejor, ahora que veía sus pupilas contraerse, tal vez sí se emocionara con la violencia y la recibiera con los brazos abiertos. Lo cual debería hacer que Camilla desconfiara de él, pero, de alguna manera, aquel hecho la consoló.

—¿Cómo, exactamente, mata uno metafóricamente a un padre? —preguntó—. ¿Debería creer que también podría haber matado metafóricamente a una madre?

El tono de Synton era bastante cordial, pero había dureza en sus ojos, rigidez en sus hombros y una innegable sensación de que el hombre de pie frente a ella no era más que un animal salvaje atrapado en una jaula hecha de trajes caros.

A aquel hombre le *gustaba* la oscuridad, la acogía con agrado; prefería estar en las sombras.

Camilla se imaginó pintando a Synton de esa manera: su atractivo rostro emergiendo de las sombras, la exuberancia de sus labios en contraposición con las duras líneas de una expresión aún más dura, empuñando una espada llameante por la que goteaba la sangre de sus enemigos.

—¿Señorita Antonius?

Su nombre la arrancó de la visión. Camilla sacudió la cabeza para despejarla.

—No ha sonado como pretendía. Y *por supuesto* que no maté a mi madre. Se fue para viajar por el mundo. Fin de la historia.

—Entonces, explícame lo de tu padre. —Escupió las palabras como si cada sílaba constituyera una grave ofensa.

Ella respiró hondo.

—Vexley está en posesión de algo que pertenecía a mi padre. Algo que ansío recuperar. Si creemos en su palabra, está a buen recaudo a las afueras de Waverly Green, y solo él conoce la ubicación exacta. Si Vexley encuentra un final desagradable, nunca lo recuperaré. Es un objeto que mi padre atesoraba, de modo que perderlo… Tiene un gran valor sentimental para mí, eso es todo.

No era la verdad al completo. Todo había comenzado una noche de invierno. Camilla recordó cómo Pierre se había puesto un abrigo y había salido corriendo por la puerta, murmurando algo sobre una historia que la madre de Camilla les había contado una vez, años antes. Aquello había sido hacia el final, cuando a menudo quedaba atrapado en sus fantasías del pasado, pero aquella vez había tenido un resultado diferente. Pierre había desaparecido durante tres días, y había vuelto a casa exhausto pero orgulloso, en posesión de una llave mágica que había declarado que lo cambiaría todo.

Camilla se había dado cuenta de que había conseguido esa llave en Silverthorne Lane. Poco después, las entradas secretas se habían apoderado de su mundo y había construido el estudio con el pasadizo secreto.

Se había convertido en un hombre obsesionado, se olvidaba de comer y apenas dormía; había sido difícil verlo, intentar con desesperación devolverlo a la vida que llevaba antes de que Fleur la arruinara con sus cuentos de reinos de sombras. Pero, aun así, después de su muerte, la llave le había parecido importante. Como si pudiera revelar algo que Camilla hubiera pasado por alto sobre su locura, si ella misma encontraba la puerta correcta.

Por supuesto, ahora sabía que debería haberla devuelto al mercado negro. En vez de eso, la había mantenido en secreto, sin querer desprenderse de ella.

Al sentimentalismo a menudo le crecían colmillos y mordía a la gente en el trasero.

Si la hubiera vendido, Vexley nunca se la habría robado, y ahora tendría una cadena menos.

—Entonces, tu padre está realmente muerto.

—Sí —contestó en voz baja—. Murió hace unos años.

Los rasgos de Synton se suavizaron, como si entendiera lo que significaba perder algo irremplazable. Durante unos segundos tensos, Camilla creyó que se le acercaría, le daría la mano y le haría saber que no estaba sola.

Pero él reprimió cualquier empatía y su expresión se tornó cuidadosamente en blanco mientras daba un paso atrás, poniendo distancia entre ellos. Ahora le resultaba completamente ilegible.

Excepto por esa mirada inteligente, que parecía indicar que su mente estaba clasificando a toda velocidad las piezas del rompecabezas y los acertijos, planeando su próximo movimiento y decidiendo si aquella información cambiaba algo.

Muy despacio, arrastró su mirada sobre ella, y una nueva chispa prendió en esos ojos astutos.

—Dentro de dos noches, organizaré un baile de máscaras.

Camilla frunció el ceño, sin comprender de inmediato el significativo cambio de tema.

—Me ha llegado la invitación.

Él asintió, casi distraídamente.

—Te ayudaré a localizar el objeto que perteneció a tu padre. También me quedaré la falsificación y mantendré a Vexley bajo control, asegurándome de que no nos cause problemas a ninguno de los dos. Si aceptas pintar el Trono Maldito, te devolveré la falsificación cuando hayas acabado el cuadro. —Levantó una mano para evitar que ella discutiera—. Con este trato, ambos obtenemos algo que queremos. Antes de rechazar la oferta, tómate un tiempo para pensarlo bien, señorita Antonius. Es un trato justo.

Era una petición razonable, pero a Camilla le rugía el pulso en los oídos.

No podía pintar ese trono.

Al menos, no sin revelar uno de sus secretos más celosamente guardados.

Pero se estaba quedando sin opciones a un ritmo vertiginoso.

—¿Cuál es la verdadera razón por la que quieres ese cuadro? —preguntó, sabiendo que lo más probable era que fuera en vano. Sin embargo, si iba a confiarle uno de sus secretos, él debería devolverle el favor.

—Ya te lo dije. Colecciono arte interesante. Posees tal talento que me gustaría contar con esta pieza.

La expresión de Synton se cerró de golpe, pero no antes de que Camilla vislumbrara algo desolado, algo que parecía abarcar siglos, mirándola desde sus ojos esmeralda. No había ningún indicio de humanidad en aquella mirada, solo una frialdad tan impenetrable que se estremeció a su paso. No le costaba imaginar que hubiera vivido varias vidas en soledad, torturado por algo de lo que nunca había podido escapar.

—Está bien —cedió, inexplicablemente conmovida—. Tendrás una respuesta dentro de dos noches, en el baile.

QUINCE

A Envy lo sorprendió que Goodfellow hubiera tenido razón acerca de los fae.

El mercado negro de Silverthorne Lane había sido nombrado con acierto por las criaturas que vendían artículos curiosos y hacían tratos crueles con los mortales que eran lo bastante tontos o arrogantes como para creer que podrían engañar a aquellos que prácticamente habían inventado el arte del engaño.

La mayoría de los humanos creían que los fae eran incapaces de mentir, pero se trataba de un cuento que ellos mismos habían inventado, ya que a menudo daban forma al folclore como más les convenía.

Solo uno de esos mitos era cierto: el hierro era su punto débil.

Si los mortales fueran la mitad de inteligentes y superiores de lo que les gustaba creer, construirían sus hogares y prisiones teniendo en cuenta aquel detalle. Envy sabía a ciencia cierta que hasta la última mazmorra de las casas del pecado de sus hermanos estaba hecha de ese material. Muchos otros seres desagradables menos conocidos deambulaban por los reinos, y el hierro también servía para retenerlos.

Los astutos vendedores gritaban desde los puestos al aire libre mientras pasaba junto a ellos, intentando atraerlo a sus mesas.

—¿Una piedra de la memoria?

—¿Una poción para la lujuria interminable?

—¿Una chaqueta para desviar a cualquier enemigo y engañar a la muerte?

Envy paseó por la calle adoquinada, ojeando los puestos repletos de artefactos cuestionables, con las manos metidas con indiferencia en los bolsillos. Pero, por dentro, estaba tenso, sentía la magia fae palpitando por todas partes, atrayendo y tentando, como una canción cuya melodía se hundía lentamente en el subconsciente del oyente hasta que este la tarareaba sin pensar. Era sutil, una carga en la atmósfera, un aroma que flotaba en el aire como una embriagadora mezcla de especias y nubes de tormenta, inconfundibles: la magia de la Corte Salvaje.

La Corte Salvaje era el nombre que recibía el reino no seelie, hogar de los fae oscuros. Como especie, los fae nacían en una de dos cortes. La corte seelie, o la corte de la luz, donde adoraban el sol, la primavera y el verano, o la no seelie, los fae que idolatraban a la luna, el otoño y el invierno.

Como parte de la cadena de islas donde se encontraban tanto los siete círculos como las islas Cambiantes, Faerie se alzaba al oeste, dividida por la mitad por una frontera invisible. Los seelie se habían asentado al este, donde el sol brillaba con más fuerza, mientras que los no seelie habían establecido su corte al oeste, donde la luna era la suprema gobernante.

Por supuesto, también había fae solitarios y exiliados, y cada uno de ellos afrontaba sus propios desafíos. Ser miembro de una corte estaba arraigado en lo profundo de su ser, por lo que separarse de ella de forma voluntaria o involuntaria era difícil. O eso le habían dicho.

El tiempo de los fae también se movía de forma diferente que en otros reinos del inframundo. Unos pocos días en el reino de los mortales podían equivaler a unos meses en Faerie, aunque unos pocos días en Faerie eran solo una o dos semanas en los siete círculos. Envy lo sabía de primera mano gracias a una época en la que preferiría no pensar. Pero a pesar de que procuraba ignorar los traicioneros reinos salvajes, a lo largo de los años los rumores de discordia en la corte no seelie habían alcanzado los siete círculos.

Al parecer, décadas antes, Prim Róis, la reina no seelie —legendaria por sus perversos juegos—, había abdicado de su trono por un tiempo y se había deleitado en el caos que había provocado su ausencia.

Lo había hecho sobre todo para pinchar al rey. Ella era la discordia, él era el caos. Ambos tan inconstantes y cambiantes como la luna a la que adoraban. Juntos habían gobernado a los no seelie, creando una corte fae de pesadilla durante varios milenios, retorcida, nudosa y podrida hasta la médula. El mismísimo reino no seelie se había roto en las puntas dentadas de una estrella, con Prim Róis y Lennox gobernando en la cima y sus malvados herederos supervisando las cuatro cortes restantes. Envy sabía de primera mano que los no seelie eran similares a súcubos y se alimentaban de emociones, en especial de la pasión. También sabía que les gustaba jugar con los humanos.

De modo que Envy y sus hermanos los habían vigilado de cerca, especialmente una vez que brujas y vampiros habían empezado a rodear Faerie como tiburones, atraídos por el olor a sangre derramada. La isla Malicia, hogar de la corte vampírica, quedaba a un tiro de piedra de la costa sureste de los siete círculos, lo cual les proporcionaba una ruta fácil de navegar hacia Faerie cuando viajaban hacia el oeste y más allá de las islas Cambiantes.

Por suerte, los seelie al menos habían demostrado algo de sentido común, centrándose en sus propios asuntos y despreocupándose de sus malvados hermanos.

Envy salió de sus oscuros pensamientos y miró a su alrededor para asegurarse de que ninguno de aquellos extraños y solitarios fae pudiera haber descifrado qué derroteros habían tomado.

Por suerte, un puesto a su izquierda le llamó la atención. Pinceles hechos de piedras preciosas relucían a la luz de la luna. Uno estaba tallado a partir de una única y perfecta esmeralda. Era precioso.

Envy lo agarró, buscando cualquier rastro de magia o engaño, y se sintió intrigado al descubrir que era tan normal y corriente como parecía.

—Me llevo este.

Un brillo en esos ojos cobrizos. Un destello en esos dientes afilados.

—Una buena elección, alteza.

Su verdadero título no era más que un simple silbido en el viento; sin embargo, varios pares de ojos ancianos se giraron hacia él. Antes de que los fae pudieran revelar cualquier otro secreto, la daga de Envy ya estaba sobre la garganta del no seelie, la punta lo bastante cerca para extraer su brillante sangre.

El arma brilló, complacida con la ofrenda.

—Te diré algo. Si me proporcionas cierta información, tal vez me convenzas de dejarte la cabeza pegada al cuerpo. Miente y esta noche mearé en la pira de tu cadáver. ¿Trato hecho?

Una espada demoníaca no discriminaba a quién o qué mataba. Ningún inmortal podría resistirse a uno de sus golpes letales. Excepto sus hermanos.

El fae estaba furioso, pero asintió. Era lo bastante inteligente para asegurarse de que estaría vivo para ver otro desgraciado amanecer.

—¿Tú o alguien a quien conozcas vendió información a un hombre llamado Pierre Antonius? Quiero detalles.

—Sí. Deseaba conocer una forma de viajar entre reinos.

—¿Cuánto tiempo hace de eso?

—Dos años.

—¿Y? —presionó Envy—. ¿Qué más?

—Le hablamos de las líneas de reinos.

Tal como Envy había sospechado.

—¿Le dio tu rey una llave?

—Ya no obedezco a ningún rey ni reina. Lo que entreguen o dejen de entregar no es asunto mío.

Un fae exiliado, entonces, más volátil que uno solitario. Los exiliados se sentían furiosos por no tener corte o bien felices de ser libres. Aquel parecía inclinarse hacia lo primero.

—Dejando a un lado las tonterías políticas, responde a la pregunta. ¿Tenía una llave?

—Sí.

Y Envy apostaría a que ese era el objeto que Camilla quería recuperar. El que había afirmado que tenía un valor sentimental. Teniendo en cuenta la existencia del túnel secreto y los pasadizos que aparecían en el arte de Pierre, Envy entendía por qué querría recobrarlo, aunque no fuera plenamente consciente de lo que hacía. Que Vexley la tuviera en su poder indicaba que era más astuto de lo que había creído. Y garantizaba casi con total certeza que era un jugador.

—¿Por qué quería viajar entre reinos?

—Por lo mismo que todos los demás. Para vivir entre seres mejores. Para divertirnos hasta que nos aburriésemos.

Lo cual era una forma arrogante de decir que los fae no tenían ni idea. Pierre podría haber estado buscando una manera de entrar en Faerie, o podría haber estado buscando a algún cambiaformas.

—¿Has negociado tú o alguien que conozcas con un mortal llamado Vexley? Si es así, sé específico en cuanto a lo que quería.

—Sí. Quería información. Sobre una llave.

Envy sostuvo la daga con más fuerza.

—¿La misma llave?

—Imagino que sí. Hoy en día, no se ven muchas llaves de portales por ahí.

Necesitó hasta el último gramo de su voluntad para mantener su palabra y no apuñalarlo.

—¿Consiguió información sobre dicha llave?

Si era así, entonces las probabilidades de localizar y recuperarla de forma segura empezaban a reducirse. Envy sabía que, si Vexley hubiera tenido la más mínima idea de lo que valía la llave, la habría vendido al mejor postor y no habría tenido problemas en mentirle a Camilla acerca de devolvérsela.

Una discusión estalló un instante antes de que el fae respondiera, lo cual distrajo a Envy el tiempo suficiente para que el no seelie desapareciera bajo su agarre.

Con un juramento, fulminó con la mirada al mortal que peleaba con un vendedor dos puestos más allá, sintiendo que su instinto asesino se calmaba un poco al ver quién estaba provocando todo aquel alboroto.

Lord Edwards. El marido de Katherine.

Curioso, en verdad.

Envy consideró rápidamente todas las posibilidades: Edwards podría ser otro jugador. O tal vez fuera uno de los muchos que se habían vuelto adictos a la magia no seelie.

Podía acercarse y apartar al hombre de la pelea, o podía observar desde las sombras, ver qué otros secretos había por descubrir.

Envy no era de los que ayudaban.

Invocó su propia magia y se cubrió de sombras antes de acercarse al furioso *lord*.

—Os haré saber que a Peter no le gustó el tónico, como habíais prometido.

El comerciante fae le lanzó al mortal una mirada en blanco.

—El gallo, por el amor de Dios —dijo Edwards entre dientes—. Prometisteis que engendraría riquezas, huevos de oro. Exijo que me devolváis mi dinero.

Envy cerró los ojos un instante. ¿De verdad era Edwards tan estúpido? ¿O era posible que necesitara al gallo como pista? Resultaba extraño, pero el maestro del juego tenía un perverso sentido del humor.

Aunque era posible que Edwards fuera como cualquier otro mortal y buscara una forma fácil de conseguir más riquezas.

Aburrido y decepcionado, Envy continuó por Silverthorne Lane, escudriñando a la cada vez más escasa concurrencia, tratando de resolver el misterio de la muerte del padre de Camilla y su fascinación por otros reinos. ¿Qué lo habría atraído: un hada o un cambiaformas?

¿O la fascinación de Pierre no se correspondía más que con esa molesta necesidad humana de aventura?

De repente, Envy quiso saber más sobre la madre ausente; bien podría tener las respuestas que le hacían falta. Camilla se había dado prisa por terminar la discusión cuando le había preguntado por ella, y ahora tenía muchas ganas de saber por qué.

DIECISÉIS

L a doncella de Camilla le ajustó el corsé lo suficiente como para arrancarle una mueca de dolor. Luego la ayudó a ponerse la prenda más magnífica que jamás había visto, y mucho menos poseído, antes de ir a buscar el calzado.

Después de la muerte de su padre, había empleado todas las ganancias de la galería en mantener el sueldo del personal. El negocio había prosperado mucho y le proporcionaba unos buenos ingresos, pero no podía renovar todo su guardarropa cada temporada como solía hacer en el pasado.

Las opciones eran: vestidos bonitos y la mitad del personal, o la mitad de los vestidos y apoyar a aquellas personas a las que conocía de toda la vida. La elección había sido fácil.

El vestido que llevaba puesto en aquel momento iba más allá de cualquier cosa que hubiera soñado volver a poseer. De hecho, era una obra de arte, lujoso, decadente e innegablemente impresionante. Con él, Camilla se sentía como una princesa, no solo porque debía de haber costado una pequeña fortuna, sino porque llevarlo la hacía sentir poderosa. Había pasado mucho tiempo desde la última vez que se había sentido así de verdad.

Se giró en un sentido y luego en el otro frente a su espejo de cuerpo entero y admiró el vuelo de la tela.

La falda estaba formada por varias capas etéreas de tul blanco esponjoso, con destellos plateados esparcidos como estrellas brillantes por la tela. El corpiño estaba hecho de diamantes, con incrustaciones de cuentas de plata y suaves plumas blancas. Parecía una diosa de la luna, etérea, tentadora y completamente fuera del alcance de cualquier mortal.

El vestido había aparecido misteriosamente dos horas antes del baile de Synton, junto con una máscara con filigranas plateadas a juego. Ninguna nota acompañaba al paquete, pero había un precioso pincel nuevo colocado encima del vestido.

Aunque llamarlo «pincel» no le hacía justicia: el mango estaba tallado en una única esmeralda, del tono exacto de los ojos de Synton, lo cual no dejaba espacio a elucubraciones sobre la procedencia de los regalos.

Sorprendentemente, aunque estaba hecho de una piedra preciosa, el pincel no resultaba pesado ni difícil de manejar; se ajustaba a la perfección a su palma y la hacía desear disponer de unos momentos para sentarse frente a un caballete.

Camilla a menudo se preguntaba si por sus venas no correría pintura en lugar de sangre. Cuando creaba, era como si fabricara reinos nuevos, fantásticos, preciosos y el lugar exacto adonde anhelaba poder escapar. Su arte, de alguna manera, la conectaba con el universo que quedaba más allá de su pequeña galería. Podía vivir mil y una vidas, cada una más mágica que la anterior.

Synton había elegido bien su tentación.

El pincel era un regalo taimado. Hacía que Camilla considerara seriamente pintarle el Trono Maldito, y al infierno con las consecuencias.

Dejó el pincel sobre el terciopelo aplastado, con las emociones agitadas. Esa misma noche tendría que darle una respuesta al trato que le había propuesto.

Deseó que aquella decisión no pareciera tanto una traición. Recordó la noche anterior a la muerte de su padre; él había tratado de acercarla a sí, con los brazos temblándole por el esfuerzo.

—La... oscuridad... no... ganará.

—No lo entiendo —había respondido ella, con lágrimas en los ojos. ¿Lo había sabido? Recordó haber pensado: «¿Siempre lo ha sabido?».

—Eres... buena, mi dulce niña. Nunca... dudes.

Era lo último que le había dicho. Y Pierre había dejado claro, a lo largo de los años, cómo se sentía con respecto a los objetos hechizados. Lo peligrosos que eran y que debían evitarse a toda costa.

Eso, combinado con el extraño... talento de Camilla, podía provocar que, si pintaba el Trono Maldito, este bien podría aparecer. Las historias no acababan de ponerse de acuerdo sobre lo que hacía: desde otorgar poder eterno e inmortalidad hasta maldecir a todos los demás gobernantes e incluso destruir a inmortales, pero Camilla no estaba segura de que ninguna de aquellas opciones fuera buena.

¿Por qué querría Synton un cuadro del trono?

Había afirmado que lo quería solo para su galería personal, pero a Camilla no le hacía falta su asombrosa habilidad para detectar mentiras para saber que no estaba siendo sincero.

¿De verdad podía arriesgarse a concederle acceso a un objeto con el poder de hacer cosas indescriptiblemente oscuras? Su padre le había inculcado en repetidas ocasiones que ese poder corrompía incluso el alma más pura. Y Synton no le parecía de los que tenían un alma pura.

Si pintaba el Trono Maldito, sería responsable de lo que sucediera después. Tal vez Synton no abusara del poder, pero alguien peor podría robarlo.

Un suave golpe en la puerta la devolvió al presente.

—Adelante.

Su doncella hizo una cortés reverencia y luego ayudó a Camilla a ponerse las zapatillas.

—*Lord* y *lady* Edwards han llegado.

Camilla contempló su reflejo por última vez y se puso la máscara.

De una forma u otra, la mujer que regresara a aquel hogar habría cambiado. Para bien o para mal.

Su suerte hasta el momento no inspiraba confianza.

—Por favor, padre. Ayúdame. —Camilla intentó evocar un recuerdo de su padre, buscando su voz tranquilizadora, pero fuera cual fuese el ser que escuchó su súplica en el Más Allá, este se rio oscuramente, y el eco escalofriante de esa risa reverberó en sus huesos.

Camilla salió a toda prisa de su dormitorio, esperando que esa risa inquietante no presagiara que habría cosas peores por venir.

DIECISIETE

Hemlock Hall no era la casa de la Envidia, pero el príncipe de dicho círculo había quedado bastante satisfecho con la restauración. Y con la asistencia. Sin importar el dolor que le crecía en la boca del estómago, o la forma en que su mirada no dejaba de verse atraída hacia el reloj. Mucho se decidiría al final de la noche. Estaría un paso más cerca de la victoria, o maldeciría a su gente para siempre.

El destino de la corte de Envy dependía de una terca mortal.

Supuso que la ironía era poética. Lennox había dispuesto de varias décadas para planificar el juego, y era probable que hubiera elegido a Camilla por ese mismo rasgo, a sabiendas de que no se lo pondría fácil a ninguno de ellos.

Aun así, Envy no esperaba estar tan cerca de perder tan pronto.

Se concentró en su respiración, en el papel de enigmático caballero que debía desempeñar. Por dentro, estaba agitado como un mar violento. Quería pasearse por el balcón superior, deslizar los dedos por la barandilla, liberar parte de su energía reprimida.

Puede que solo necesitara encontrar una pareja dispuesta y follar hasta recuperar la serenidad. O, mejor, restaurar algo de su poder avivando la envidia de alguien.

Eso no debería costarle demasiado. Echó un vistazo a los primeros invitados que llegaban con gran entusiasmo a las puertas de su reluciente propiedad. Había restaurado el camino circular y había añadido una fuente que contaba con una estatua de una bestia alada y agua de un color verde pálido brillante.

Cada estancia y cada centímetro del terreno habían sido diseñados para deslumbrar y provocar su pecado.

Casi todos los integrantes mortales de la alta sociedad mortal de Waverly Green habían aceptado su invitación: más de cien nobles se habían sentido atraídos por la casa solariega y su misterioso atractivo, aunque solo fuera para alardear de ello más tarde. Envy también se había asegurado de no enviar ciertas invitaciones. No había nada que envidiar a un evento al que todo el mundo podía asistir.

Observó cómo una docena de parejas entraban en tropel al salón de baile, llevando vestidos y trajes de los mejores materiales, con sus máscaras relucientes a la luz de las velas. Las mujeres daban vueltas por la habitación charlando animadamente, mientras que los hombres se hacían con las bebidas de las bandejas que pasaban a su lado.

Envy se movía por el balcón que daba al gran salón, escuchando. Incluso tras sus máscaras de color dorado intenso, reconoció a *lord* Walters y a *lord* Harrington de la fiesta de Vexley, y al hombre, *lord* Garrey, que se había escabullido con la viuda Janelle.

Lord Garrey era interesante. Al parecer había tenido una racha de mala suerte en los últimos años, a pesar de la impecable posición de su familia. Su hermana menor y luego una mujer a la que había cortejado habían desaparecido, y jamás habían sido vistas de nuevo. Los espías de Envy también habían descubierto su conexión con *lord* Edwards, un amigo de la infancia. Asimismo, se había visto a *lord* Garrey frecuentando Silverthorne Lane.

Sabiendo todo aquello, Envy sospechaba que *lord* Garrey era otro jugador. A los fae les gustaba tomar mujeres mortales y atraerlas hacia Faerie. Sería algo por lo que valdría la pena jugar: una oportunidad de recuperar a una de ellas.

La corazonada de Envy se intensificó cuando el hombre se excusó para vagar lentamente alrededor del salón de baile y examinar cada pintura y escultura. Envy había incluido deliberadamente algunas obras que representaban a los no seelie. Quería ver quién reparaba en ellas. Y como un reloj, ahí era donde *lord* Garrey se había detenido. Ante la Corte Salvaje.

Envy le hizo una señal a Alexei, que estaba esperando en la planta de abajo, para indicarle que debía vigilar al mortal en cuestión. Su segundo asintió y desapareció entre las sombras.

Envy volvió a concentrarse en Walters y Harrington. Dos bufones, por lo que había observado; no era probable que fueran jugadores, a menos que Lennox solo estuviera jugando con Envy.

Los susurros de aquel grupo de lores llegaron a sus oídos, sus voces teñidas por los celos. Al parecer, las invitaciones de Envy habían conseguido su objetivo. Había estampado en ellas un lobo de dos cabezas, el símbolo de su casa del pecado. Y estaban impresas en papel de la mejor calidad, de un verde tan oscuro que casi era negro, con tinta plateada brillante.

También había enviado obsequios a los invitados, todos ellos personalizados. Brandy, cigarros, libros difíciles de encontrar: los espías de Envy habían estado recopilando información minuciosa. Había hecho que a los invitados les fuera casi imposible negarse. Harrington y Walters prácticamente hervían por la audacia, por el hecho de que el insulto del envoltorio fuera tan miserable y maravillosamente único.

El regalo de Camilla, sin embargo, había sido diferente. Envy lo había comprado todo él mismo. Y le había dado mucho más que un simple obsequio para la fiesta. Puede que Camilla no perteneciera a la realeza, pero esa noche quería verla lucirse como una princesa, incomparable en dignidad y gracia. En parte porque su belleza lo exigía, y en parte para demostrarle a Vexley que nunca había tenido una oportunidad.

Las chispas de envidia ya revoloteaban por el salón de baile alimentando su pecado, magnificadas por los aceites seductores que había colocado para avivar los sentidos humanos. Vainilla, jengibre, jazmín, almizcle: cada aroma evocaba una sensación diferente y prometía un nuevo deleite.

Sabiendo que tenía que acumular la mayor cantidad de energía posible para el juego, Envy también había jugado con la oscuridad del pecado a través de la decoración que había elegido. Mesas y sillas de madera oscura, una lámpara de araña de cristal negro. Apliques y candelabros de hierro, provistos de cirios de cera de abejas color ébano.

Debajo de él, el suelo del salón de baile brillaba como un prado en la noche, el mármol verde negruzco pulido para reflejar claramente los rostros enmascarados de los bailarines que danzaban por encima.

Tras un asentimiento, el cuarteto contratado empezó a tocar y vestidos de todos los tonos se desplegaron como pétalos mientras giraban a través de la gran extensión de la pista, cada uno reflejando su propia y hermosa flor de medianoche en el mármol.

La visión de Envy se había hecho realidad de manera exquisita.

Los mortales sentían la verdadera grandeza mientras daban sorbos a sus bebidas charlando en pequeños grupos, cada vez más atrevidos a medida que la noche avanzaba gracias a las máscaras que llevaban. Envy había presupuesto que se permitirían ceder a los pecados durante poco más de un rato si se les proporcionaba la sensación de anonimato.

Aunque, hasta el momento, lo más escandaloso que había presenciado había sido unos hombres robando más bailes de los que la sociedad solía permitir.

Se preguntó cómo se comportaría Camilla, si su máscara la volvería atrevida. Envy esperaba a que un toque de plata atravesara el arcoíris de colores que se arremolinaba debajo, pensando en el deseo de la artista hacía varias noches, en el túnel. Había sido tan intenso, tan embriagador, que casi había hecho que Envy perdiera de vista su objetivo.

Se imaginó su cabello plateado y pensó en enrollárselo lentamente alrededor del puño e inclinarle la cara hacia él. ¿Se resistiría a ese agarre o le daría la bienvenida? En cualquier caso, le cubriría la boca con la suya hasta que olvidara su enfado, hasta que olvidara que alguna vez había deseado negarle lo que él más deseaba. Podía imaginar sus gemidos mientras le metía la lengua en la boca, poseyéndola como ella había querido, contra aquella pared.

Se había sentido tentado entonces y se sintió frustrado al darse cuenta de que todavía se sentía así. Puede que necesitara llevársela a la cama y dejar de lado el trato, para poder quitársela de la cabeza después.

Una noche y por fin quedaría satisfecho.

—Cuidado, hermano.

Lust se acercó sigilosamente a su lado, con un vaso de Oscuridad y Pecado colgando de los dedos.

—Algunos podrían confundir esa expresión con anhelo.

Envy recordó el papel que debía desempeñar. Era un príncipe del infierno, libertino, insolente. En busca del tipo de diversión que inspirara su pecado.

No era un hombre desesperado a punto de perderlo todo.

—Estarían en lo cierto —respondió Envy—. Anhelo la siguiente pista.

Lust resopló.

—Idiota testarudo.

—Acabas de sonar como Pride. Quizá deberías hacer lo que Sloth sugirió: diversificar y ser más creativo.

—Puesto que no te molesta, estaré más que feliz de hacer que Camilla se incline hacia delante para metérsela hasta el fondo…

Lust soltó un ruido ahogado.

Envy había explotado antes de poder reflexionar sobre sus actos. Aun así, apretó con más fuerza la garganta de su hermano, con una expresión carente de humor.

—No.

—¿Por qué? Es lujuria, no amor. No hay necesidad de actuar como nuestro locamente enamorado hermano mayor. A menos, por supuesto, que este juego sea diferente de los demás. —Su mirada se tornó más afilada, había estado provocando a Envy a propósito—. ¿Hay algo que quieras confesar?

Envy oyó un fuerte rugido dentro de la cabeza. Lust escondía su astucia detrás de su personalidad jovial, pero sus instintos eran casi inigualables para cualquiera de sus otros hermanos.

—Hasta que sea mía —dijo Envy en voz baja—, ya sabes que no me gusta compartir.

Normalmente, era cierto. Todos sabían lo territorial que podía llegar a ser.

—Bien. Por un momento me ha parecido que te estabas planteando arrancarme la garganta.

Lust le dedicó una sonrisa lobuna antes de clavar la mirada en un punto por detrás de Envy.

Este dejó caer la mano y la flexionó, listo para atacar de nuevo.

Su hermano le pasó un brazo por los hombros y lo colocó de cara a la pista de baile.

—Si no te llevas a la artista a la cama, lo hará otro.

Allí estaba ella: un filo reluciente cortando la oscuridad. Su princesa de luz de estrellas, aunque solo fuese por una noche. La mujer que los tenía a él y a su corte en sus ardientes manos mortales.

—Joder —murmuró Lust a su lado antes de soltar un suave silbido—. Menuda mujer.

Envy apenas se dio cuenta de que *lady* Katherine y *lord* Edwards estaban de pie a su lado, pues no eran más que meras sombras enmascaradas de azul y gris. Entre ambos, Camilla se erguía con la cabeza en alto, su etérea melena ondulada recogida hacia atrás para apartarla de la máscara y cayendo en cascada sobre sus hombros desnudos.

Su atención vagó por sus clavículas, admirando el escote del vestido, que insinuaba sus curvas pero no revelaba mucho. La intención era provocar, seducir, y la señorita Camilla Antonius tenía hechizada a toda la habitación. En la fiesta de Vexley se había mostrado tímida, había querido desaparecer en las sombras, evitar la atención.

Con su brillante máscara plateada, en ese momento se adueñaba con orgullo de cada gramo de atención que recibía. Era una estrella y se negaba a apagar su luz por ningún simple mortal.

Lo cual era apropiado, ya que esa noche no estaba destinada a un hombre mortal.

Envy era su destino en esa ocasión.

Y después de que aceptara pintar el Trono Maldito, porque tenía que creer que lo haría, disfrutaría de cada segundo de su tiempo juntos. Adoraría su cuerpo hasta que la luz del sol entrara por las ventanas y su noche de pasión terminase.

Envy estaba listo para hacer su gran entrada cuando vio algo que provocó que su pecado se encendiera.

Vexley también había llegado y ya estaba conduciendo a Camilla a la pista de baile. Había posado la mano demasiado abajo sobre la cadera de ella para su gusto.

Los celos, gélidos y antiquísimos, congelaron la barandilla donde estaba apoyado.

Los mortales asomados al siguiente balcón chillaron cuando el hielo cubrió su propia barandilla a continuación.

Maldición. Envy usó una pizca de magia para confundir los recuerdos de los mortales y hacerles olvidar la rareza que acababan de experimentar. Cuando se hubieron tranquilizado, le lanzó a su hermano una mirada de advertencia.

—No empieces.

Antes de que Lust pudiera volver a pincharlo por su temperamento, Envy ya estaba bajando las escaleras.

Los lores y *ladies* enmascarados intentaron llamar su atención, dando un paso en su dirección o aclarándose la garganta. Atravesó la multitud como si la cortara con una daga, concentrado en el mortal que parecía tener cierto deseo de morir. La llamativa máscara dorada de Vexley era tan sutil como sus manos deslizándose por el cuerpo de la señorita Antonius. Si las bajaba más, se las cortaría.

El demonio ignoró los jadeos mientras caminaba con determinación hacia la pista de baile. No habló, no se dignó a pedir el baile. Vexley debería dar gracias a su Dios por que no le atravesara el corazón con su daga allí mismo. O puede que primero le cortara el pene al muy idiota y así le enseñaría cómo se sentía alguien cuando le quitaban algo que era suyo.

En vez de eso, Envy deslizó el brazo con facilidad alrededor de Camilla y la atrajo a un vals con habilidad y sin perder el compás. Ella se puso rígida durante un instante, pero luego se relajó, con la mirada fija en su máscara. Vexley se enfureció, pero gracias al baile no tardaron en dejarlo muy atrás.

Bailaron en círculo alrededor de otras parejas, pero Envy no les prestó atención. Camilla era una diosa a la que debía adorar, y esa noche era suya.

Observó cómo se mordisqueaba el labio inferior y ese gesto encendió unas brasas ardientes en la parte baja de su abdomen.

—¿Hay algo que desees decir, señorita Antonius? —preguntó, acercando la boca a su oreja.

Su intención había sido tentarla, pero ese calor que sentía descendió aún más y, de repente, su cuerpo fue muy consciente de todas las zonas en las que estaban en contacto.

Un escalofrío recorrió la espalda de Camilla; Envy lo sabía, porque lo sintió bajo su ligera caricia. Se le puso la piel de gallina por la excitación. Él la acercó más, sin mostrarse exigente ni contundente, pero sí firme. Al borde de la posesividad.

Camilla no retrocedió. En vez de eso, se inclinó hacia él, como para imitar su movimiento. Para retarlo a subir la apuesta. Él le acarició la espalda con suavidad y la fuerte inhalación de ella apenas fue perceptible mientras giraban.

—¿Camilla? —insistió mientras su aliento agitaba los delicados rizos plateados que le caían cerca del cuello.

—La gente hablará de lo que acabas de hacer, mi señor.

La diversión impregnaba su tono.

—¿Y qué dirán? —Volvió a hacerla girar, más rápido, siguiendo el ritmo de la música—. ¿Que te he robado un baile? ¿Que he evitado que un imbécil borracho montase un espectáculo? ¿O que no podría importarme menos lo que piense cualquiera?

Ella permaneció en silencio unos instantes.

—El pincel era precioso. Pero los sobornos siempre son tentadores, ¿no es cierto?

Él sonrió.

—Considéralo un simple regalo.

—Con el debido respeto, apuesto a que nada es simple para ti.

Se le escapó una risa profunda y encantada. La señorita Antonius era una adversaria formidable. De hecho, era posible que fuera a echar de menos sus enfrentamientos verbales cuando todo aquello acabara.

Envy la guio hasta una zona sombría a un lado de la pista que les permitiría disfrutar de un momento de privacidad.

—Si quisiera obligarte, señorita Antonius, se me ocurren muchas otras formas interesantes de hacerlo.

La mirada de Camilla descendió hasta su boca y permaneció allí un instante demasiado largo antes de volver a levantarla y apartarla rápidamente. Un bonito sonrojo coloreó sus mejillas.

Interesante.

Consideró alzarle la barbilla, trazar esos labios carnosos con los suyos, besarla justo allí. Se preguntó si se escandalizaría por su comportamiento o si la máscara la volvería atrevida.

Alguien se aclaró delicadamente la garganta detrás de ellos, rompiendo el momento. Envy no se alejó de inmediato ni le soltó los brazos a Camilla. Lanzó una mirada molesta por encima del hombro.

—¿Sí? —preguntó con la voz entrecortada.

La morena levantó su carné de baile.

—Me debéis este baile, mi señor.

Envy parpadeó al darse cuenta de que la música se había detenido y que una nueva canción estaba dando comienzo. Estuvo a punto de mandar a paseo a la mujer, que sospechaba que era la viuda Janelle bajo esa máscara de plumas blancas, cuando Camilla dio un paso atrás, hundió la barbilla en un ligero asentimiento y atravesó rápidamente la pista de baile en dirección a la mesa de refrigerios.

Envy la siguió con la mirada durante un instante. Había estado tan cerca de... ¿qué? ¿De conseguir que ella dijera que sí, o de ganarse su confianza? Tal vez solo había querido besarla en ese momento, hacer enloquecer de envidia a Vexley y a cualquiera que estuviera mirando.

La morena volvió a aparecer, devorándolo con la mirada desde detrás de su máscara de plumas.

—¿Mi señor?

Envy esbozó una agradable sonrisa. Los jueguecitos de la sociedad ya estaban interfiriendo, y ni siquiera había tenido el placer de acostarse con alguien para compensar las molestias.

Lanzó una última mirada en dirección a Camilla y su pecado se encendió cuando vio a su hermano, el buscador de placer, acercarse a ella con sigilo, con una bebida fría en la mano.

Lust levantó su copa en dirección a Envy, con una sonrisa curvando sus labios. Maldito cabrón.

Podía imaginar con demasiada claridad lo que diría Lust, cuán probable era que intentara utilizar su pecado con Camilla otra vez. Los celos lo atravesaron mientras tomaba a la mujer enmascarada en sus brazos y la conducía bailando deliberadamente cerca de donde estaba la artista.

Quería vigilar a Lust para asegurarse de que su hermano no estropeara la mejor oportunidad que tenía de salvar a su corte. Y tal vez quisiera ser testigo de cómo reaccionaba Camilla al verlo bailar con otra. Juraría que había visto algo ahí, por breve que hubiera sido.

Y si Camilla se había planteado besarlo, puede que también estuviera considerando aceptar su trato.

Algo parecido a la esperanza se encendió en su pecho. Puede que, después de todo, esa noche acabara mereciendo la pena.

DIECIOCHO

—Si deseas otro baile con mi hermano, tómalo.

Camilla apartó la mirada del hombre de la máscara esmeralda que bailaba el vals en la pista de baile y la centró en el hermano de Synton.

Al conocerlo no había reparado en ello, pero, aunque compartía el pelo oscuro y la piel bronceada de *lord* Synton, sus ojos eran de un llamativo tono carbón que combinaba muy bien con su máscara.

Él le dedicó una sonrisa reservada que no pudo evitar devolverle.

Había algo contagioso en él, algo que la impelía a querer disfrutar de su compañía.

La sensación era un poco inquietante, si tenía que ser sincera.

—Es impropio bailar más de dos veces con un mismo hombre, señor Synton.

Al oír aquello él se rio, y fue un sonido lleno de genuino deleite.

—Aunque imagino que mi hermano ya ha reclamado el nombre, llámame Syn, por favor. Se parece mucho a «pecado» en inglés, y me considero el principal príncipe del pecado, sin importar lo que digan mis hermanos.

Dado el brillo taimado de su mirada, podía imaginárselo en ese papel.

—De acuerdo, Syn. ¿Cuántos hermanos tenéis?

—Somos siete, cada uno más endiabladamente guapo que el anterior.

Siete hermanos Synton, que Dios los amparara a todos.

Y a ninguno de ellos le faltaba confianza, apostaría Camilla.

Se inclinó y bajó la voz hasta convertirla en un susurro conspirador.

—Se nos conoce como los príncipes del pecado. Un título que nos tomamos muy en serio, te lo aseguro.

Camilla resopló. No lo dudaba en absoluto. Aunque una ligera inquietud le recorrió la columna. Existían siete príncipes del pecado que gobernaban sobre un reino conocido como los siete círculos, aunque algunos mitos que le había contado su madre afirmaban que en el pasado habían sido ocho.

No era posible…

Estudió al hombre que estaba a su lado.

—He oído las historias. Pongamos que de verdad sois un príncipe del pecado. ¿Sobre qué gobernáis?

—Si aún no lo habéis adivinado, no debo de ser muy buen príncipe.

Una frustrante falta de respuesta. Aunque era probable que Camilla solo esperara que él y Synton fueran algo distinto, algo más legendario. Quería una excusa para aquella molesta atracción. Era mucho más fácil culpar a la magia que aceptar el hecho de que le gustaba un sinvergüenza por ser él mismo.

—¿Por qué no bailáis? —le preguntó—. Hay muchas mujeres que no dejan de lanzaros miraditas.

—Prefiero provocar problemas desde fuera de la pista.

Volvió esos ojos únicos hacia la multitud y su sonrisa se tornó más perversa.

—Cuánto libertinaje. Es bueno para el alma.

—¿Libertinaje?

Syn señaló con la cabeza hacia la pista de baile.

—Picardía.

Camilla siguió la dirección de su mirada y contuvo el aliento.

Las parejas que habían estado hablando discretamente en las sombras de la habitación se habían acercado como si se sintieran obligadas a tocarse, a colocar las manos en posiciones atrevidas sobre el cuerpo del otro, sus caricias, hambrientas y en absoluto contenidas por la presencia de miradas indiscretas.

Camilla recorrió la habitación con la mirada. Los que se encontraban en la pista de baile no parecían haber reparado en la falta de decoro. La mayoría se reía y se balanceaba al ritmo de la música del cuarteto de cuerdas. Todos habían estado dando cuenta de las bebidas, con los ojos vidriosos detrás de las máscaras y los pies inestables mientras giraban sobre sí mismos.

Pero, por todo el perímetro, lejos de la parpadeante luz de las velas, unas cuantas parejas habían empezado a besarse. Gargantas, manos sin guantes, labios, pechos...

—¿Qué demonios...? —Camilla no se lo podía creer. Parpadeó como si eso fuera a borrar la escena que se desarrollaba en los rincones más oscuros de la gloriosa estancia. El calor se deslizó por su cuerpo, subiéndole poco a poco por el cuello y descendiendo hasta su estómago.

Se dio cuenta de que, a su lado, una pareja enmascarada había comenzado a hacer el amor, allí contra la pared, la piel sonrojada de la mujer emergía por debajo de su vestido mientras rodeaba la espalda de su pareja con una pierna desnuda.

Las velas parpadearon frenéticamente a ambos lados hasta que se apagaron una por una, guardando su secreto.

El corazón de Camilla tronó en su pecho. Aquello no podía estar sucediendo de verdad. Y aun así...

Echó un vistazo a las bandejas de plata que no dejaban de llegar, a las bebidas que fluían con libertad. ¿Les habrían echado algo, algo que rebajara las inhibiciones?

EL TRONO DE LOS CAÍDOS 181

—Bueno, esta es una complicación que no esperaba —murmuró Syn—. ¿Damos una vuelta por el jardín, señorita Antonius? —De repente, se colocó frente a ella, intentando bloquear su campo de visión.

Pero era demasiado tarde.

Se agachó por debajo de su brazo y observó con fascinación y horror cómo la morena enmascarada se ponía de puntillas y tiraba de las solapas de *lord* Ashford Synton hacia ella, acercándose para darle un beso delante de todo el salón de baile. Algunas parejas dejaron de bailar y se quedaron boquiabiertas por la conmoción.

Al menos, Camilla no fue la única que se quedó sin palabras.

Y, sin embargo, el maldito *lord* no se despegó inmediatamente de la belleza enmascarada.

No era que Camilla se hubiera quedado mirando durante mucho rato, ni siquiera el tiempo suficiente para ver sus labios en contacto. El momento previo al beso fue todo lo que necesitó para sentirse mareada. Sin pensarlo, giró sobre los talones y huyó del salón de baile antes de hacer algo ridículo.

—¡Camilla, no!

Ignoró a quien la había llamado, no quería que nadie fuera testigo de sus celos. Abrió las puertas de la terraza y bajó corriendo por las escaleras hacia el laberinto de setos.

El frío húmedo del aire otoñal le aguijoneó los ojos y se filtró a través de las finas capas de su vestido, helándola hasta la médula.

Agradeció la sensación helada; no quería sentir nada más que ese entumecimiento, no deseaba pensar en nada más que en el frío.

De lo contrario, recordaría a Synton y la forma en que antes había querido que la agarrara *a ella*, que presionara su boca y su cuerpo contra los de Camilla hasta que no pudieran distinguir dónde empezaba o terminaba cualquiera de los dos.

Quería ahogarse en su beso, sumergirse en una pasión indescriptible.

Se sorprendió al admitirlo, incluso aunque hubiera sido en silencio y para sí misma.

Cuando había bailado con ella, salvándola de Vexley, había creído, como una tonta, que significaba algo. Igual que el vestido que le había enviado. Y el pincel.

Lo único que significaba era que quería algo *de* ella; no que la quisiera a ella.

Camilla corrió lo más rápido que pudo, avanzando por un pasillo del laberinto de setos al siguiente, con sus zapatillas empapadas por el rocío de la hierba recién cortada que le congelaba los dedos de los pies hasta que sintió que cada vez que daba un paso estaba pisando diminutas cuchillas de acero. Ese dolor ayudó a aliviar el que sentía en el pecho.

Corrió hasta que la presión de los celos se aflojó y dio paso a la molestia consigo misma.

No debería sufrir por un hombre que estaba claro que no albergaba ningún afecto secreto por ella.

Si Synton no deseaba…

Un instante, el camino que tenía delante estaba despejado y, al siguiente, chocó con el mismo hombre del que estaba huyendo.

Lord Synton la abrazó con fuerza y la sujetó antes de que tropezara y se cayera. Por encima de ella, su mirada brillaba con dureza a la luz de la luna. Se había despojado de su máscara y, con ella, de cualquier pretensión de civismo. Lo que la miraba desde sus ojos no parecía humano.

Camilla se quedó quieta, con el pulso acelerado, mientras los ojos oscuros de él descendían, prestando especial atención a la línea de su escote, y volvían a retroceder bruscamente hacia arriba para trazar su mandíbula, sus labios por debajo de la máscara.

Si había creído que la expresión de él era intimidante hacía un momento, no había sido nada en comparación con la mirada brutalmente fría que le dirigía ahora.

—Nunca vuelvas a mostrarme tu envidia, señorita Antonius. No acabará bien.

—No me amenaces.

Camilla se deshizo de su agarre, sin molestarse en negar sus celos.

Él curvó los labios en una sonrisa lobuna.

—Ha sido una advertencia.

Una extraña y oscura energía lo rodeaba allí, una mezcla de violencia escalofriante y ardiente lujuria, dos fuerzas opuestas que chocaban como una tormenta inminente.

Incluso con la carga que chisporroteaba en el aire, le dio la impresión de que se estaba conteniendo, consciente del poder que ejercía y del daño que podría causar.

Levantó la barbilla.

—¿Y si no te hago caso? —Lo miró a los ojos, sin querer bajar la mirada.

Se produjo un tenso instante de quietud antes de que todo el control que Synton había estado exudando explotara.

Un instante estaba de pie frente a él, y al siguiente se encontró apoyada contra el seto, con las ramas clavándosele en la espalda y provocando una deliciosa pizca de dolor.

Synton había presionado toda su longitud contra la parte frontal del cuerpo de Camilla y tenía la mano enredada en su pelo y la nariz enterrada en su garganta para inhalarla. Su cuerpo estaba tenso, rígido.

Con un simple movimiento de muñeca, le quitó la máscara y deslizó las sedosas cintas sobre sus orejas y a través de sus mejillas antes de arrojarla a la densa mata de arbustos.

Le inclinó la cara hacia arriba, aparentemente para decidir qué le gustaría probar primero, si sus labios o la piel enrojecida de su garganta.

Se sorprendió al darse cuenta de que quería que lo probara todo.

Synton le acercó aún más el rostro y sus labios trazaron una línea de fuego a lo largo de su mandíbula mientras los aproximaba lentamente a los de ella. Se quedaron flotando durante un instante en el que pudo saborear el toque de bourbon y bayas de su aliento. Y entonces, por fin, le rozó la boca con la suya. Al principio, con ternura y luego con firmeza, enviando chispas de deseo por toda su columna.

Al retroceder, tiró con los dientes de su labio inferior en un gesto necesitado.

—Hay ciertos juegos en los que no se debe participar a menos que se esté seguro de poder ganar. —Pasó un dedo por el contorno de su oreja y le colocó el pelo en su sitio con suavidad—. Aviva mi pecado otra vez y te enseñaré lo que significa perder, señorita Antonius.

Sin una palabra más, se giró y la dejó sola. Prácticamente, pudo escuchar el atronador sonido de su corazón resonando en el laberinto de setos, seguido un segundo después por la llama abrasadora de su enfado. Un dramático cambio de estado de ánimo. Otra vez.

—Maldito estúpido insoportable.

Se tomó un momento para recomponerse y se alejó del seto, alisándose el vestido y ahuecándose las faldas. Su enfado solo aumentó al arrancar su máscara de un arbusto cercano. Le quitó algunas hojas y la luz de la luna arrancó destellos a la máscara que iluminaban el laberinto abandonado cada vez que la movía.

Camilla exhaló ruidosamente y miró hacia la gran mansión a lo lejos. No se había dado cuenta de lo mucho que había corrido. Ahora, el cálido resplandor de las ventanas parecía provenir de unas estrellas lejanas.

Quizá debería irse a casa. Ya no estaba de humor para jugar a los juegos de Synton.

Con la máscara en una mano, se agarró las pesadas faldas con la otra y avanzó en silencio, buscando el camino para salir del laberinto y llegar a la entrada de la finca.

Seguro que el conductor de *lord* Edwards y *lady* Katherine la llevaría a casa. Siempre podía volver luego a por ellos.

Una ramita se rompió a su espalda y se dio la vuelta. Un hombre salió del camino adyacente, con las manos en alto.

—No pretendía asustaros, señorita Antonius.

Camilla se esforzó por distinguirlo en la oscuridad.

—¿*Lord* Garrey?

Él se acercó con las manos aún en alto, como para demostrar que no tenía intención de hacer daño.

—Estáis muy lejos del salón de baile. —Miró a su alrededor—. ¿Os escolto de regreso?

A Camilla el corazón le latió aún más deprisa, sus instintos le advirtieron de que algo no iba bien. *Lord* Garrey no dejaba de mirar alrededor con la cabeza ladeada, como escuchando.

Su comportamiento no era el que correspondía, dado que se le había acercado cuando estaba sola. Sabía tan bien como ella cómo vería aquello la gente. Debería haberse dado la vuelta y haberse alejado de inmediato. Sin embargo, se estaba demorando y desviando la mirada hacia su cuello.

—Sabéis que no nos pueden ver a solas. Por favor —pidió, manteniendo un tono tranquilo y firme, aunque por dentro sentía cualquier cosa menos eso—, marchaos antes de que mi reputación quede arruinada.

—Me imagino que eso valdría algo para vos.

No le gustó su tono.

—Es valiosa para todas las mujeres de Waverly Green, mi señor. Yo no soy diferente.

—Pero sí lo sois, ¿no? —preguntó, dando un pequeño paso en su dirección—. Diferente.

Aquella conversación iba por un camino que no debería.

—Si os referís al hecho de que dirijo la galería de mi padre, entonces supongo que sí. —No se molestó en señalar que la sociedad era la culpable de que no hubiera más mujeres de alta cuna que dirigieran un negocio, que solo sus circunstancias eran diferentes.

Él asintió, casi distraídamente, y luego saltó hacia delante, como un esgrimista. Tomó a Camilla por sorpresa con aquel repentino estallido de violencia.

Antes de que pudiera defenderse, Garrey le había tapado la cara con un pañuelo, impidiéndole gritar para pedir ayuda. Lo arañó, arrastrando las uñas por su piel con tanta fuerza que le hizo sangrar.

—Silencio —le ordenó—. Esto terminará pronto.

Tiró de ella y deslizó la mano por debajo de la cadena de su collar, pero sin tirar de él. Ella gimió cuando apretó y le hizo daño.

—Dame el maldito relicario, Camilla.

Ella sacudió la cabeza, con lágrimas en los ojos.

—No me obligues a usar la fuerza.

Tiró del relicario, pero no empleó la suficiente fuerza para arrancarlo. A través de la maraña de miedo y rabia que sentía por aquel asalto, reparó en que era lo bastante extraño para ser notable. ¿Por qué tomarse la molestia de atacarla solo para vacilar ahora?

En lugar de eso, la empujó hasta tumbarla en el suelo y la inmovilizó bajo su cuerpo. Le había quitado la mano de la boca, pero ella se quedó callada cuando vio el brillo del metal. Garrey le apuntó con una daga al corazón, sus ojos completamente oscuros.

—Dame el relicario y todo terminará. —Hablaba en voz baja—. No deseo causarte ningún daño, pero haré lo que sea necesario.

Al ver que la hoja perforaba su precioso vestido, Camilla se enfureció. Ella tampoco quería hacerle daño, pero también haría lo necesario.

—El relicario no vale demasiado —escupió—. No te darán mucho si lo empeñas.

—Para mí vale más de lo que puedas imaginar. —Le hizo un gesto con el arma—. Dámelo voluntariamente. Ahora.

—¿Por qué? Si lo quieres, quítamelo.

—Deja de jugar, Camilla. Dámelo. Y deprisa.

A Camilla le daba vueltas la cabeza. Podría entregarle el relicario, poner fin a aquel encontronazo. Pero no era un simple collar y, de alguna manera, *lord* Garrey se había dado cuenta de ello.

Poco a poco, fue moldeando un plan.

—Deja que me levante. —Añadió un toque sumiso a su expresión e hizo que le temblara el labio inferior—. Tendré que levantarme para desabrochar el cierre.

Lord Garrey la miró con expresión tensa.

No la creía, no del todo, pero Camilla había visto esa salvaje desesperación en su mirada. También sabía que veía lo mismo que todos los demás en Waverly Green: a una mujer joven y aristocrática que había sido educada para obedecer a los hombres.

Aunque sospechara de una trampa, también lo habían educado para creer que podría con ella.

Se puso de pie lentamente y le ofreció la mano. Sus modales eran obscenos, considerando lo que acababa de hacer. Camilla se tragó su respuesta. En vez de eso, cuando se puso de pie, se tambaleó, fingiendo que se había roto el tacón en la refriega.

—¡Ay! —gritó, cayendo hacia delante y agarrándose a los brazos de él para estabilizarse.

Generaciones de buena educación subieron a la superficie, tal como ella sospechaba que sucedería. *Lord* Garrey dejó caer su daga y la atrapó. Y ella aprovechó el movimiento para levantar la rodilla y darle entre las piernas tan fuerte como pudo.

—¡Zorra!

Él se dobló por la cintura y ella atacó de nuevo, siguiéndolo hasta el suelo como una bestia salvaje en pos de un hueso. Lo cual, pensó con ironía, en cierto modo era.

Pero mientras retrocedía, tropezó con su maldito vestido.

Él aprovechó el momento de distracción para contraatacar.

Le dio una patada en los pies y Camilla se quedó sin aliento en los pulmones mientras caía. Antes de que pudiera recuperar los sentidos, Garrey rodó hasta situarse encima de ella y la aplastó con todo su peso.

—Dame el puto collar o te juro que te mato.

Le había rodeado la garganta con las manos y estaba apretando. Pequeños puntos negros parpadearon en el borde de su visión, y le apreció saborear algo de sangre. Fue entonces cuando se dio cuenta: se había mordido la lengua durante la caída. El sabor metálico le inundó la boca y le provocó arcadas.

Volvió a arañarle las manos, ahora resbaladizas por la sangre.

—Zorra. —Ya estaba completamente furioso, y apretó con los dedos hasta que Camilla estuvo segura de que le rompería el cuello.

Palpó el suelo, desesperada. Algo había caído, algo que podía... Sintió un aguijonazo en la punta del dedo cuando dio con la daga que él había soltado.

La oscuridad tiñó su visión. Le quedaban unos segundos. Tal vez menos.

Deslizó la mano sobre la empuñadura y la sangre hizo que le resultara casi imposible aferrarla. Arrastró la mano por la hierba, logrando limpiársela un poco.

—Nadie dijo que tuvieras que estar respirando —dijo *lord* Garrey, con el rostro transformado en una despiadada máscara de brutalidad. No tenía idea de a qué se refería. ¿Quién no había dicho que tuviera que estar respirando?

A lo mejor creía que estaba demasiado perdida para entenderlo.

—Supongo que me darás el relicario voluntariamente cuando estés muerta.

Cuando la última bocanada de aire abandonó sus pulmones, Camilla agarró la daga y lo atacó, hundiéndosela hasta la empuñadura en un lado del cuello.

La retorció, enseñándole los dientes en un gruñido, mientras las lágrimas le corrían por la cara.

Él dejó de agarrarla al instante y abrió mucho los ojos, paralizado. Luego, despacio, empezó a caer hacia un lado. Camilla apenas podía ver a través de las lágrimas, que cada vez brotaban más rápido. Empujó y se retorció para salir de debajo de él, temblando por el ataque y lo que acababa de hacer.

Lo había matado.

Contempló la daga que sobresalía de su cuello, temblando ante la imagen. *Lord* Garrey aún no estaba muerto del todo. Estaba retorciéndose y ahogándose en su sangre.

—¡No! —chilló, mirando frenéticamente a su alrededor y luego a su vestido blanco y plateado empapado de sangre—. No, no.

Se agarró el pelo, tirando de las raíces, intentando pensar. ¿Cómo había ocurrido aquello?

Camilla cayó de rodillas, agarró la daga y de repente se vio arrastrada hacia atrás.

Se resistió, pateó y gritó.

—Chist. Todo va bien.

La voz de Synton actuó como un bálsamo al instante.

Sus brazos eran suaves pero firmes, el corazón le latía con tanta fuerza que Camilla lo sintió contra su espalda, un ritmo que provocó que el suyo desacelerara al instante para seguirlo.

—Voy a encargarme de esto, ¿de acuerdo? —Estaba demasiado tranquilo para la escena con la que se había dado de bruces, y le sostenía la cabeza con dulzura en el hueco bajo su mentón—. Quiero que me cuentes exactamente qué ha pasado. Y luego vamos a limpiarte.

Después de un momento, ella le dedicó un asentimiento a medias.

La soltó despacio y la rodeó hasta que quedaron cara a cara.

La mirada se le oscureció cuando descendió hasta su cuello.

—¿Ha sido él quien te ha hecho eso?

Asintió e hizo una mueca provocada por el dolor que empezaba a sentir.

Synton echó una mirada a *lord* Garrey, una expresión de puro odio. Parecía como si quisiera sacar la daga y atravesarlo unas cuantas veces más.

Le hizo un gesto a alguien —a Alexei, pensó Camilla, todavía aturdida— y antes de que se diera cuenta, la forma temblorosa de *lord* Garrey había desaparecido.

No quedaban señales de la escaramuza.

Ni setos rotos ni hierba arrancada.

Puede que no fuera cierto. ¿Cómo podría serlo? Tal vez todo estuviera ahí y ella ya no pudiera verlo.

Se sacudió violentamente, incapaz de reconciliar el giro mortal que había dado la noche.

Synton la atrajo hacia él de nuevo y la abrazó contra su pecho.

—Estás bien —dijo con amabilidad mientras le acariciaba el pelo—. Cierra los ojos. Respira.

Camilla hizo lo que le decía e intentó inhalar lentamente pese a su respiración trabajosa.

Las manos de él se calentaron mientras se las pasaba suavemente por el cuello, los brazos, el vestido. Como si estuviera calmando cada herida.

No había nada inapropiado en sus gestos. Ofrecían únicamente consuelo y seguridad.

Si Camilla no hubiera estado conmocionada, podría haberse preguntado por la sensación extraña que fluía sobre ella. La piel dejó de dolerle, la respiración se le acompasó. El sabor metálico se desvaneció de su boca. Con suavidad, sin llamar la atención, se llevó la mano hasta el esternón y palpó el relicario que todavía descansaba allí. Luego se dejó llevar, apoyándose en Synton, quien se limitó a sostenerla en el círculo que había creado con sus brazos, esperando a que pasara la tormenta.

DIECINUEVE

—Madre de Dios, Synton. Cuando Vexley sugirió que jugáramos todos al escondite, no estaba hablando de tu...

—No termines esa frase —advirtió Envy, listo para arrasar con todo Waverly Green.

Lord Harrington, recordó. El muy idiota se estaba asegurando de proyectar la voz a través del laberinto de setos, atrayendo a un segundo hombre, Walters, para que actuara de testigo. Estaban demasiado borrachos para darse cuenta de lo inmóvil que se había quedado, o de lo peligroso que era eso.

Si Envy no hubiera estado a punto de llevarse a Camilla, habría oído llegar a aquel imbécil. *Lord* Garrey había demostrado ser un jugador, sin lugar a dudas. Y aunque Camilla se había encargado de él primero, debería haber sido Envy.

Ese desgraciado había estado a punto de matarla en su propiedad. El príncipe demonio había tomado una muy mala decisión. Había convocado a Alexei para que siguiera a un segundo *lord* que había sentido curiosidad por el arte no seelie pensando que Garrey aún estaba en el salón de baile, bailando con la viuda Janelle.

Garrey debía de haberse marchado poco después que Camilla y debía de haberla seguido hasta el laberinto.

Alexei se aseguraría de que *lord* Garrey sucumbiera a las heridas que ella le había infligido. El único arrepentimiento de Envy era no poder acabar con él con sus propias manos.

Camilla gimió, escondida en sus brazos, y su actual dilema lo sobresaltó. Los imbéciles e idiotas de los lores estaban montando una escena.

—¿Te estás beneficiando a esa? —Harrington dio un paso para acercarse y se rio—. ¿Es esa la señorita Antonius? Vexley te cortará las pelotas.

Con el poder de su pecado corriendo al instante por su cuerpo y el calor de Camilla todavía enredado en su magia, fue necesario un enorme autocontrol para no asesinar al mortal en aquel preciso instante. Lo último que necesitaba Envy era otra razón para atacarlo.

Su moderación solo se volvió más impresionante cuando Walters se acercó en actitud fanfarrona y también se puso a gritar.

Camilla ya había sufrido bastante. Envy agradeció haber tenido la precaución de encargarse de su vestido al mismo tiempo que de sus heridas con un poco de magia, y solo se sentía ligeramente debilitado por su uso. A nadie se le ocurriría pensar que algo violento acababa de suceder en aquel lugar.

—¡Pero qué tenemos aquí! —gritó Walters—. ¡Las columnas de cotilleos se regocijarán esta noche!

Camilla se puso rígida en sus brazos y por fin salió de su conmoción.

Envy se giró para protegerla aún más de los repugnantes lores y bajó la voz para que solo ella pudiera oírlo.

—Este sería un momento maravilloso para decirme si aceptas o no el trato.

La incredulidad impregnó su voz.

—¿Para qué molestarse? Ya es demasiado tarde… Me estoy arruinando mientras hablamos.

Y una mierda.

Si Camilla ya estaba arruinada, entonces la falsificación no importaría, y Envy ya no tendría ninguna ventaja. No pensaba caer tan fácilmente como Garrey esa noche.

Sintió que la multitud se acumulaba poco a poco a su espalda y supo que se le estaba acabando el tiempo.

Estaban cayendo por un precipicio hasta la ruina. Cuantos más testigos, más difícil sería salir airosos de aquel desastre.

Se devanó los sesos en busca de una nueva estrategia, algo que pudiera ofrecer a Camilla y que los salvara a ambos. Se le ocurrió una solución. Era una que había querido evitar a toda costa, pero ahora no veía otra salida.

Y también hizo una pausa por otra razón. Una vez que abriera la boca, aquel contaría como su tercer intento de conseguir la ayuda de Camilla. Esperaba que ese plan fuese el que lo ayudara a avanzar.

—Camilla, mírame. —Se agachó un poco para quedar a la altura de sus ojos—. He prometido protegerte. Finjamos que estamos comprometidos hasta que este escándalo remita. —Ella parpadeó. ¿Lo había entendido? Lo intentó de nuevo—. Es un buen trato y lo sabes. Conseguirás lo que deseas, y yo también.

Ella se quedó en silencio durante un tenso segundo que hizo que su frío y negro corazón bombeara a una velocidad vertiginosa.

Por favor, instó en silencio, *no maldigas a mi corte*. Ahora no.

—No puedes estar hablando en serio —susurró ella al fin—. Después de lo que acabo de hacer…

No era un «no».

Envy se quitó la máscara, permitiéndole ver lo en serio que hablaba. Lo que estaba en juego no podía ser más importante para él. Y, ahora, para ella tampoco.

—Te aseguro que sí. Muy en serio. La elección es tuya, señorita Antonius. La salvación o la ruina. Deprisa. ¿Qué será?

VEINTE

El tiempo pareció detenerse mientras Camilla consideraba la oferta de Synton.

Era la mejor opción que tenía, supuso, considerando las circunstancias. Aunque no alcanzaba a entender por qué querría tener nada que ver con ella después de... lo que acababa de hacer.

La violencia, la sangre, el dolor. Exhaló, tratando de apartar el ataque de su mente.

A diferencia de Vexley, Synton no la estaba chantajeando ni forzándola. No había orquestado aquel descubrimiento, ya había admitido previamente que quería evitar jugar a los jueguecitos de la sociedad.

El hecho de que acabara de apuñalar mortalmente a alguien en su propiedad y de haberla ayudado a encubrirlo era algo de lo que sin duda tendrían que hablar. Pero la había protegido. La había abrazado cuando había empezado a desmoronarse.

Se miró a sí misma y se preguntó por su vestido. Por la falta de hematomas. Si acudiera a las autoridades, nadie creería que la habían atacado. ¿Acaso Synton había empleado la magia para curarla? Era posible, si había visitado el mercado negro, como ella le había dicho que hiciera.

—¿Señorita Antonius? —inquirió él en voz baja—. ¿Aceptas?

Si se convertía en la prometida de Synton, Vexley no podría obligarla a que se casara con él. Y si intentaba chantajearla de nuevo, tenía el presentimiento de que Synton estaría más que feliz de disuadirlo.

¿Y si Synton lograba localizar la llave de su padre?

Era casi demasiado esperar aquello.

La mirada paciente del *lord* estaba fija en su rostro, con una expresión imposible de leer. Pero, por un momento, le había lanzado una mirada llena de tanta esperanza, de tanta urgencia silenciosa, que había sabido lo desesperado que estaba. No sabía casi nada sobre Synton, pero su instinto le dijo que confiara en él.

Camilla asintió.

—Acepto.

En un instante, sacó del bolsillo un anillo en forma de pera con esmeraldas y diamantes y se lo colocó en el dedo. Era excesivamente grande para su pequeña mano.

El anillo era precioso y caro.

Territorial.

Nadie podría pasar por alto aquella maldita cosa.

Apretó los labios, preguntándose por qué lo llevaba convenientemente en el bolsillo. Pero sus sospechas se desvanecieron al segundo siguiente, cuando Synton se giró y golpeó a Harrington en la boca, el sonido como un látigo restallando en el repentino silencio.

El *lord* maldijo, tropezando hacia atrás mientras la sangre le corría por la barbilla.

Walters también saltó hacia atrás y chilló antes de salir corriendo por el laberinto.

Camilla solo pudo quedarse mirando, sin pestañear, la escena que tenía delante. Harrington no era un hombre pequeño en ningún sentido, pero Synton había podido con él de un solo golpe. Y parecía como si se hubiera contenido. Exactamente, ¿cuánta fuerza tenía?

—¿Es que te has vuelto loco? —gritó Harrington—. ¡Me has roto un diente!

Synton asestó otro potente golpe al estómago de su oponente y este se derrumbó.

—Ahora tienes una costilla a juego. Si alguna vez vuelves a hablar de mi prometida en esos términos, te arrancaré tu pequeña y fláccida polla y te la meteré por la garganta. ¿Ha quedado claro?

—¿Qué diablos está pasando aquí, caballeros? Aunque que conste que uso el término «caballeros» de manera muy vaga.

Lady Katherine se apresuró a acercarse al pequeño grupo. Se retiró la máscara y paseó la mirada entre Synton y Harrington antes de escudriñar a Camilla.

Cientos de preguntas se gestaban detrás de su mirada fija, y Camilla sabía que exigiría respuestas más tarde, pero, por ahora, Katherine parecía apaciguada y miró a Harrington, sacudiendo la cabeza.

—¿En cuántos escándalos os veréis involucrado antes de actuar como un hombre de vuestra posición, Harrington? —preguntó Katherine—. ¿Acaso haberos aliviado delante de la duquesa no fue lección suficiente? No sois lo bastante encantador ni atractivo para comportaros como un bufón.

Harrington resopló mientras miraba a Synton.

—He descubierto a este libertino con vuestra amiga. Solo Dios sabe lo que hubiera hecho si yo no los hubiera interrumpido e intercedido.

—Habéis interrumpido mi proposición, interpretado mal la situación y procedido a difundir rumores desagradables sin darnos a ninguno de los dos la oportunidad de defendernos.

Synton pasó un brazo alrededor de los hombros de Camilla, atrayéndola hacia él. Ella se acurrucó más cerca sin un instante de duda. Su calidez la envolvió, la tranquilizó.

—Habéis insultado a la señorita Antonius y me habéis ofendido a mí. Consideraos afortunado de que no os haya desafiado a un duelo.

—No estáis comprometidos —se burló Harrington—. Os hemos pescado con sus tetas casi fuera y...

Synton volvió a tumbarlo.

Para entonces, casi la mitad de los invitados se habían reunido en el laberinto de setos y observaban cómo Harrington recibía una paliza a base de puñetazos.

Camilla debería haberse sentido horrorizada o asqueada, pero la verdad era que deseaba asestar su propio golpe. Aquello debería haberla molestado, dado lo que acababa de hacerle a *lord* Garrey.

Synton giró la cabeza en su dirección y su brillante mirada esmeralda colisionó con la de ella.

Camilla podría haber jurado que sus labios se curvaron hacia arriba antes de que su expresión se tornara pétrea una vez más.

—¿Alguien más desea hacer algún comentario sobre mi prometida? —preguntó en un tono engañosamente tranquilo.

Nadie, ni siquiera *lady* Katherine, pronunció una sola palabra.

—Maravilloso. Si alguno cambiara de opinión, yo recordaría esta escena antes de difundir rumores. Si llega alguno a mis oídos, abandonar Waverly Green lo más rápido posible solo retrasaría lo inevitable.

No dijo: «Lo perseguiré y lo destrozaré miembro por miembro», pero el mensaje era inconfundible.

—Y ahora, querida mía —dijo, girándose hacia ella—, ¿buscamos algo con lo que brindar?

VEINTIUNO

—Recordádmelo una vez más, *lord* Synton. ¿Cómo habíais dicho que os conocisteis? Parezco incapaz de recordarlo, con todas las amenazas, los puñetazos y la falta de dientes —preguntó *lady* Katherine mientras el carruaje avanzaba por la calle adoquinada.

Después de que Envy mandara a todo el mundo a su casa, había aceptado acompañar a Camilla y a sus amigos. Parecía el tipo de cosas que haría un prometido enamorado, pero ahora se encontraba atrapado en una serie interminable de preguntas. *Lady* Katherine debería trabajar como inspectora.

—Después de haberme puesto en contacto con Camilla con respecto a un encargo, empezamos a intercambiar cartas con bastante frecuencia —mintió Envy sin problemas.

—¿Y eso fue antes de vuestra llegada a Waverly Green? —*Lady* Katherine no le creía.

—Sí. Le pedí a Camilla que fuera discreta. Quería esperar al momento adecuado para anunciar mis intenciones. De hecho, se suponía que el baile de esta noche serviría como escenario para mi proposición, pero luego me he dado cuenta de que quería pedírselo en privado.

—Eso suena plausible, cariño. —Edwards asintió con brusquedad desde el otro asiento—. Ha sido una fiesta bastante extravagante.

Lady Katherine mantuvo su fría mirada fija en Envy.

—¿Y cuándo, exactamente, le habéis dado el anillo? ¿Antes de derribar a Harrington?

—Por favor, Kitty, déjalo por ahora —le pidió Camilla—. Ha sido una noche larga y mi prometido no es el villano de esta historia. Ya has visto cómo ha actuado Harrington. Ese hombre es un imbécil. Synton y yo llevamos semanas en contacto y esta noche por fin he aceptado su propuesta.

Envy miró a su falsa prometida, impresionado de que hubiera contado la mayor parte de la verdad sin tener que mentir a su amiga.

Lady Katherine parecía mínimamente apaciguada.

—Pido disculpas por cualquier comportamiento incivilizado —dijo Envy, tratando de recordar lo que podía ofender la sensibilidad humana—. Ninguna dama debería ser testigo de actos tan violentos, pero Harrington no debería haber intentado arruinar la reputación de Camilla. Tiene suerte de que la pérdida de algunos dientes y una costilla rota sean sus únicas preocupaciones.

Al escuchar aquello, ambas mujeres intercambiaron miradas reservadas antes de estallar en carcajadas.

Edwards puso los ojos en blanco.

—Mi encantadora esposa aquí presente era una especie de pugilista clandestina antes de casarnos. Es difícil que una pelea vaya a causarle una honda impresión.

Los humanos nunca dejaban de sorprenderlo.

Envy dejó que su mirada vagara de Edwards a Katherine y, por último, a Camilla. Exteriormente, Edwards era tan sofocante como se podía ser; sin embargo, cierto brillo travieso aparecía en su mirada cuando hablaba de su esposa.

—¿Tú también peleabas? —preguntó Envy, mirando a su artista.

—Dios mío, no. —Los ojos de Katherine brillaron con alegría cuando intervino—. Camilla siempre ha preferido el amor a la guerra. Sin embargo, asistía para ilustrar las peleas. ¿Vos también boxeáis, *lord* Synton?

—A veces —admitió Envy, pensando en las legendarias peleas del Pozo de Wrath—. Mi hermano tiene su propio cuadrilátero privado. Cada tanto invita a toda nuestra familia a participar.

El carruaje se detuvo y Envy echó un vistazo a la noche. Una gran e imponente casa ocupaba casi una manzana entera.

—Bienvenido a Birchwood. —Edwards señaló la propiedad con la cabeza—. Nuestro hogar en la ciudad.

—Creía que estábamos escoltando a Camilla hasta su residencia —dijo Envy, tratando de ocultar cualquier frustración que pudiera transmitir su tono.

Había planeado volver a casa de ella después de que la dejaran. Ahora que había entrado en razón, debía empezar a pintar de inmediato. El tiempo corría a toda velocidad.

Lady Katherine lanzó una mirada divertida en su dirección.

—¿Y no celebrar la buena nueva? No seáis tonto. Ni se me pasaría por la cabeza despacharos sin brindar por el compromiso como deberíamos haber hecho antes. En realidad —agarró las manos de Camilla—, insisto en que ambos os quedéis a pasar la noche. También prepararemos un gran desayuno de celebración en vuestro honor.

Camilla le apretó las manos a su amiga y le dirigió a Envy una pequeña sonrisa de disculpa.

—Eso suena maravilloso, Kitty, gracias. Nos sentiremos muy honrados de que nos alojéis esta noche.

No sentiremos eso en absoluto. Como si escuchara sus pensamientos internos, Camilla le lanzó una mirada fulminante.

—Como ha dicho mi encantadora prometida, sería un honor para nosotros —dijo Envy con firmeza—. Gracias por vuestra consideración.

Al menos podrían retirarse temprano a su dormitorio y trabajar en la pintura.

Envy ya estaba tramando un plan para que Alexei les llevara los suministros necesarios cuando Katherine añadió:

—Maravilloso. Mandaremos preparar habitaciones separadas de inmediato.

—Espléndido —dijo Envy, agradecido una vez más por la capacidad de mentir.

Se limitaría a colarse en la habitación de Camilla más tarde.

Una hazaña molesta, pero no imposible.

O eso pensó, como un tonto...

VEINTIDÓS

—¿Qué es esa bola excesiva de caspa?

Camilla levantó la mirada desde donde estaba sentada en su cama y siguió la mirada de Synton hasta la gigantesca gata gris y blanca de pelo largo que se encontraba entre ella y su falso prometido. Los ronroneos iniciales de Bunny dieron paso a una solemne mirada de desaprobación.

La gata de Camilla era una maravillosa jueza del carácter.

O, tal vez, simplemente no aprobara una visita nocturna al dormitorio de su dueña.

Aunque era probable que Bunny sintiera la guerra que se había desatado en su interior y se estuviese mostrando demasiado nerviosa al respecto. Camilla estaba casi segura de que *lord* Garrey estaba muerto. Era bastante difícil de entender. No había tenido elección; él había dejado claro que la iba a matar. Pero, aun así, se sentía mal por no arrepentirse de sus actos.

Bunny le dio un empujón en la mano, devolviéndola así al presente.

—*Lord* Synton, te presento a Bunny.

Synton cerró la puerta detrás de él con suavidad y su mirada vagó desde Camilla a Bunny, y luego a la inversa. No habría sabido decir si sentía diversión o preocupación.

—A menos que haya un poderoso glamour en juego, Bunny es un felino. Eres consciente de ese hecho, ¿verdad?

Camilla le dirigió una mirada desconcertada.

—Con el espíritu y las garras de una gran leona, te lo aseguro. No vuelvas a insultarla o vivirás para arrepentirte, mi señor.

A él le temblaron un poco los labios.

—Tomaré tu advertencia en consideración.

—Muy sabio por tu parte. Mi gata no aprecia a nadie que no adore el suelo que pisa.

—¿Por qué está tu gata en casa de *lady* Katherine?

—Siempre que paso la noche aquí, Kitty manda traer a Bunny de inmediato. Le encanta viajar en el carruaje de *lord* Edwards. La miman con su propio cojín de seda y un cuenco de leche caliente.

—Entonces, pasas la noche aquí a menudo.

Camilla asintió.

—Cenamos juntas todas las semanas cuando *lord* Edwards está fuera. Suelo pasar la noche aquí.

Su expresión sardónica se transformó en una más seria cuando por fin se concentró en Camilla.

—¿Estás bien?

Respiró hondo y dejó salir el aire poco a poco.

—¿Está…?

—¿Pagando por sus propios pecados? —preguntó él—. La respuesta es que sí. Alexei ha conseguido sonsacarle toda la historia.

No estaba muerto. Al menos, no por su mano. Ese conocimiento no constituía exactamente un alivio, pero sí aflojó un nudo dentro de su pecho.

—No preguntaré por qué quería tu relicario —murmuró Synton—. Sospecho que, aunque lo hiciera, no me contarías la verdad.

Camilla apretó los labios.

—Si estás bien —comentó mientras la escudriñaba de nuevo—, me voy a la cama. Que duermas bien. Empezaremos a pintar mañana a primera hora.

Se giró y puso la mano en el pomo. Y la soledad de ella resurgió rápidamente.

—Espera.

Se giró y le sostuvo la mirada. En silencio. Firme. Al ver que Camilla no volvía a hablar, una sonrisa irónica apareció en sus labios.

—¿Querías algo, señorita Antonius?

Quería que la abrazara otra vez, que la frialdad que aún se aferraba a ella desapareciera.

Los ojos de Synton se oscurecieron como si hubiera leído sus pensamientos y su mirada empezó a descender lentamente.

No había esperado compañía, por lo que una criada ya la había ayudado a ponerse el camisón y la bata. Camilla tenía su propia habitación de invitados en Birchwood, con cosas suyas guardadas para todas las veces que iba de visita; Katherine no estaba dispuesta a que fuese de otra manera.

La bata estaba hecha de seda y el camisón era de un encaje muy suave, una tela que abrazaba con gracia los contornos de su cuerpo. Debido a la naturaleza de la prenda, gran parte de su silueta era fácilmente visible. Le encantaba dormir sintiendo aquel suave lujo, y nunca había esperado que nadie la viera con él.

Ahora, Camilla era exquisitamente consciente de lo poco que llevaba puesto.

La mirada de Synton era una ardiente caricia mientras se alejaba de su rostro poco a poco y continuaba hacia abajo. Su escrutinio era minucioso y sensual. Se tomó su tiempo, admirando cada centímetro de su cuerpo antes de volver a levantar la mirada con la misma lentitud.

De repente, Camilla sintió la boca tan seca como el desierto, y el cuerpo caliente y tenso. Atrás quedaron los horribles recuerdos del laberinto de setos. El fantasma de lo que casi había sucedido había sido ahuyentado.

—¿Qué querías *tú*, mi señor?

La voz de Camilla atrajo la atención de Synton hacia su rostro, pero no hizo nada para apagar el fuego que crepitaba entre ellos.

Synton tenía el aire de alguien que a menudo se entregaba a sus impulsos carnales y estaba bien versado tanto en dar como en recibir placer. Camilla nunca había sido alguien que se sometiera completamente a otra persona en ningún sentido, pero había algo tentador en la idea de ceder a los caprichos y exigencias de aquel hombre.

Antes de que pudiera evitar imaginarse a las amantes que hubiera tenido en el pasado, la atravesaron unos celos abrasadores.

La expresión de él cambió de repente, el fuego dio paso al hielo.

—Escribe una lista de todo lo que necesites de tu casa. —Su tono era seco, impersonal—. Mañana te trasladarás a Hemlock Hall.

—¿Cómo? —Camilla se ciñó más la bata, la había tomado desprevenida.

—Mi personal recogerá tus cosas esta noche.

Vivir bajo el mismo techo que aquel hombre imposible era, sin duda alguna, una idea terrible.

—No puedo vivir contigo antes de casarnos. La gente hablará.

—No si tu sobreprotector prometido te ha regalado tu propia ala nupcial privada. Te quiero conmigo de ahora en adelante, para que nadie más intente herirte.

—¿Eso ha pasado? —preguntó—. ¿Me has regalado mi propia ala?

La sonrisa de él volvió a emerger, en esa ocasión, ciertamente felina. La propia Bunny pareció animarse desde el rincón en el que se había instalado.

—¿Decepcionada porque no compartirás mi cama pese a nuestro pequeño ardid, mascota?

Más bien sí.

Camilla también sabía que la estaba pinchando con aquel mote para distraerla.

—Te tienes en muy alta estima.

—Tengo un talento excepcional para leer las emociones. Me deseas físicamente.

Presumido. Arrogante. Y, maldito fuera, en lo cierto.

Se encogió de hombros, como si fuera de dominio público, y se mantuvo impávida.

—Bueno, tú tampoco puedes apartar tu hambrienta mirada de mí, mi señor. Cada vez que me miras creo que me estás quitando una prenda y tratando de decidir qué hacer a continuación.

—¿Es eso lo que crees, señorita Antonius? ¿Qué, por algún motivo, no sabría cómo proceder?

Camilla sintió que volvían a adentrarse en terreno peligroso.

Se había pasado los últimos dos años luchando contra la soledad. Si se permitía esa única indulgencia, si dejara que él le hiciera olvidar su soledad... puede que el dolor desapareciera durante unos años más. Al fin y al cabo, ya estaban fingiendo estar comprometidos.

¿Por qué no dejar que esa excusa la liberara? Podría ceder a sus deseos por una noche.

—Estoy bastante segura de que sois competente cuando os apetece desviaros de las normas.

El desafío inundó la mirada chispeante de Synton. Su expresión indicaba que Camilla tenía razón.

—Dime, señorita Antonius, ¿alguna vez te has desviado de las normas?

Sí, aquella única vez. Desde entonces, había anhelado el contacto de otra persona.

Él malinterpretó su silencio. Suavizó el tono hasta convertirlo en un ronroneo.

—¿Te gustaría?

Synton esperó, observándola. Lo que hubiera visto en su expresión lo animó a acercarse más. Como si hubiera entendido que lo estaba desafiando en silencio a actuar siguiendo también sus propios anhelos.

—Solo por esta noche —dijo, mirándola fijamente y estableciendo nuevas reglas. Unas que, muy a su pesar, intrigaban a Camilla—. Será nuestro secreto.

Se le entrecortó la respiración. No esperaba que él accediera.

—Quítate la bata. Pásame el cinturón.

Camilla echó un vistazo al dormitorio, pensando en que su amiga estaba profundamente dormida dos puertas más allá.

—No deberíamos —dijo, levantando la mano para apoyarla en el cinturón, cuya fría seda actuó como un bálsamo contra el repentino calor de la habitación.

Dios, no podía tener más ganas de que la suave tela se arremolinara a sus pies.

Synton, sorprendentemente, volvió a leerle el pensamiento.

—Hacer cosas que uno no debería a menudo es de lo más liberador.

Se acercó unos pasos y la carga entre ellos se volvió más intensa. Camilla se sintió como si estuviera de pie en mitad de un campo, observando a los rayos aproximándose. Tiró para aflojarse la bata, solo un poco.

—¿Cuándo fue la última vez que fuiste un poco traviesa, Camilla?

—¿Qué me estás proponiendo exactamente? —le preguntó.

—Solo un beso —respondió, con una leve sonrisa burlona.

La forma en que lo dijo, con ese tentador gruñido bajo… Camilla jamás había sentido una anticipación tan embriagadora. Las palmas le hormiguearon, su respiración se tornó superficial. El corazón le tronó en el pecho. La emoción competía con el deseo y, tenía que admitirlo, un ligero nerviosismo.

Se humedeció los labios.

Synton se detuvo ante ella y la miró a la cara. Al fijarse en su gesto, curvó los labios de forma diabólica.

—Dame el cinturón, Camilla. Ahora.

Lo hizo. Retiró la prenda de su cintura y dejó caer la cinta de seda en su palma abierta. Al moverse, la bata se le abrió ligeramente, exponiendo su camisón de encaje.

Synton admiró su silueta antes de indicarle que se pusiera de pie y se diera la vuelta.

Hizo lo que él le había ordenado en silencio, odiando el hecho de que el corazón se le acelerara, emocionado por lo que fuera a exigirle a continuación.

Synton le colocó el cinturón alrededor de la cabeza con suavidad, tapándole los ojos. Luego lo tensó y lo ató. La larga cinta le hizo cosquillas en la espalda al caer entre sus omóplatos.

Le había vendado los ojos.

Synton le apoyó una mano en el hombro y la hizo girar lentamente hasta que quedaron de cara. Ansiaba el consuelo de sus ojos esmeralda, pero solo podía sentir su suave aliento contra la boca.

—¿Cómo te sientes? —preguntó.

Todos sus sentidos se habían intensificado; desde algún lugar lejano de la casa le llegó el suave repique de un reloj. Más cerca aún escuchó el ligero aliento de Synton, el susurro de su camisa antes de que deslizara una mano bajo su bata. Su caricia la recorrió sin esfuerzo por encima del camisón mientras le rodeaba la cintura y la acercaba a él.

—Bien.

Su cuerpo era más cálido de lo que había imaginado; tan de cerca, su aroma la embriagaba. Camilla inclinó la cara hacia arriba y abrió los labios, presa de la anticipación.

Si solo iba a besarla, deseaba disfrutar cada segundo.

—Podemos conseguir que sea mucho mejor que bien, cariño.

Con la boca, le rozó el cuello y la clavícula, acariciándola perezosamente de un lado a otro antes de deslizarse más abajo, pasando sobre su relicario hasta llegar al encaje que le cubría los pechos. Camilla esperaba que volviera a dejar un reguero de besos en su camino hacia arriba y por fin presionara la boca contra la suya.

Pero no tardó en darse cuenta de que Synton era un hombre al que le gustaba jugar.

Sintió que el aire se agitaba a su alrededor mientras él se movía y cerraba la boca en torno al pico de su pecho, por encima de la suave tela de su bata de noche. El inesperado calor y la humedad de su boca le provocaron una oleada de placer mientras él volvía a rozarla con los dientes.

Un gemido escapó de sus labios cuando el beso erótico de Synton le empapó el camisón, provocando que se formara un tipo diferente de humedad entre sus piernas.

Él la mantuvo inmóvil, agarrándole la cintura con sus grandes manos, apoyadas justo encima de la curva de su trasero. Empezó a acariciarla suavemente con la lengua, provocando tanto placer en su cuerpo como le era posible.

Se desplazó hacia su otro pecho, lamiendo y chupando la fina tela hasta que ella ya no pudo pensar con claridad.

Demasiado pronto, sintió que él se enderezaba y le dejaba el camisón húmedo pegado al cuerpo.

—Mi señor…

Él soltó un ruido bajo y divertido, y Camilla podría haber jurado que susurraba que era cualquier cosa menos eso antes de hacerla caminar hacia atrás hasta que rozó con los muslos el borde de la cama.

—Siéntate.

Camilla lo hizo, con el cuerpo hormigueándole y ansiosa por su próximo beso.

No podía verlo, pero sentía su mirada fija en ella, abrasadora e intensa como una caricia física. Sabía con certeza que, si pudiera verlo, en ese instante no habría nada frío u oscuro en sus ojos. Su mirada sería voraz, llena de necesidad. Igual que se sentía ella.

Tal vez por eso había querido taparle los ojos, para que no supiera el efecto que tenía en él. Camilla adoraba y odiaba la venda, le encantaba cómo le permitía anticipar su siguiente movimiento y odiaba no poder contemplarlo mientras lo hacía.

—A menos que quieras que pare, te besaré otra vez, Camilla.

—Por favor —suplicó en voz baja y ronca—, no pares.

La empujó firmemente hasta que ella se recostó sobre la cama. Unas manos fuertes le rodearon los tobillos, acercándola al borde del colchón.

Ese contacto envió escalofríos de placer por todo su cuerpo.

El silencio se prolongó y el aire se volvió espeso por la tensión.

Camilla se preguntó si él la estaría mirando y, de ser así, qué expresión mostraría su rostro en aquel momento.

Otro susurro de movimiento. ¿Se estaba arrodillando?

Se sobresaltó ante la inesperada sensación de la boca de él en su pierna, y sus jadeos se volvieron agudos y desiguales. Trazó pequeñas líneas de placer desde su tobillo hasta su pantorrilla, saboreando su recorrido hacia arriba.

Se le entrecortó el aliento cuando se detuvo detrás de la rodilla. Posó sus fuertes manos en cada uno de sus muslos, y presionó con las palmas allí unos instantes, frotando con suavidad. Reconfortando. Seduciendo.

Camilla se removió, inquieta, quería verlo.

Empezó a mover las manos de nuevo y le separó poco a poco los muslos, exponiendo su carne dolorida. Se quedó muy quieta. Había olvidado que se había quitado la ropa interior porque quería dormir sin nada que se interpusiera entre su piel y la suavidad del encaje.

Él soltó una maldición, y Camilla no tuvo claro que esa hubiera sido su intención. Esa palabra malsonante encendió aún más su deseo.

Y luego el *lord* esperó, como si estuviera comprobando si ella se resistiría. A una mujer de su posición se la enseñaba a poner reparos, a negar sus pasiones. A sentir vergüenza cuando no debería.

La venda la volvió audaz.

Abrió las piernas lentamente. El aire fresco la besó en su zona más sensible, y el corazón le latió con fuerza mientras esperaba a ver qué haría él a continuación.

Synton gimió, como si ya no pudiera contenerse, un gruñido torturado de pura necesidad.

Cerró la boca sobre su sexo. El primer roce de su lengua fue delicado, casi casto. El segundo fue criminal. Más poderoso, exigente. Un lametón perezoso que se volvió decididamente perverso.

Camilla se arqueó sobre la cama, gimiendo cuando le separó los pliegues con la lengua, dibujando remolinos y acariciándola más profundamente.

—Joder —soltó, deteniéndose por un momento para besarle la cara interna del muslo—. Tu sabor es increíble.

Colocó la boca sobre ella otra vez y le rozó con los dientes aquella acumulación de terminaciones nerviosas.

Un ligero mordisco, una sacudida de su cuerpo y un lametón a su deseo. Era placer con un toque de dolor, y nunca nada la había hecho sentir tan bien. El cuerpo le palpitaba mientras él succionaba, abriéndole más las piernas para poder darse un festín digno de un rey. La provocó besándola a lo largo de la cara interna de los muslos, rozando su sexo al pasar a la otra pierna, con su cálido aliento contra la excitación de Camilla.

Estaba claro que le gustaba prolongar cada movimiento hasta que ella estaba a punto de maldecir.

Sopló sobre su clítoris y luego le dio otro casto beso. Provocándola. Enloqueciéndola. Tenía la zona tan resbaladiza e hinchada que casi le dolía.

—Por favor. —Apretó las sábanas entre los puños, tratando de recordar por qué gemir era una mala idea.

—Muy correcta y educada —ronroneó contra ella, rozándola ligeramente con la lengua.

Se arqueó cuando él volvió a cerrar la boca sobre su cuerpo, curvando un poco la lengua al introducirla en su interior.

No parecía compartir su preocupación por el ruido. El gemido que soltó al volver a tocarla con la lengua fue más animal que humano.

Volvió a besarla *allí* y a deslizar la lengua sobre la zona más gloriosa que jamás había sentido, alternando entre lametones y remolinos. Camilla se arqueó de nuevo sobre la cama, jadeando.

Él mantuvo esa actitud maravillosamente pecaminosa, pero su cuerpo necesitaba más. Lo quería más hondo. Dentro de ella. Embistiéndola al ritmo de esas palpitaciones, de esa punzante y dolorosa sensación.

—Ay, Dios…

La penetró con la lengua, hundiéndola profundamente dentro de ella, y Camilla se tragó un grito de placer. Su lengua era gloriosa, se introducía, acariciaba. El calor le subió por la espalda.

El señor del pecado le estaba haciendo el amor con su traviesa boca.

Abrió más las piernas, con la necesidad de que se acercara más, y sintió el fuego azotando a lo largo de su cuerpo mientras él la poseía con su beso pecaminoso.

—Ay, Dios mío.

Otro gruñido.

—Te aseguro que Él no tiene nada que ver con esto.

Las manos de Synton reforzaron su agarre sobre sus caderas para mantenerla quieta. Como si se le fuera a pasar por la cabeza alejarlo ahora. Se quedaría tumbada por toda la eternidad mientras siguiese haciendo eso con su impía y encantadora boca.

Todavía no podía verlo, pero la imagen inundó su mente: Synton arrodillado entre sus piernas, con las manos enterradas en su camisón de encaje y la cabeza inclinada hacia ella como si fuera un adorador de su cuerpo.

Alzó aún más las caderas con una sacudida, necesitaba más.

Synton la atendió con renovado vigor, deslizándole su cálida lengua por encima y en su interior de una forma tan perfecta que a Camilla no le importó si Dios o el mismísimo diablo estaban involucrados. Aquel hombre podría arrastrarla al infierno y ella ardería con gusto por toda la eternidad.

Quería que llegara más hondo, que no se detuviera nunca.

Él reemplazó la lengua con los dedos y los deslizó por sus pliegues.

La hizo sentir tan bien que Camilla tuvo que morderse el labio para no gritar. Se retorció mientras esa deliciosa sensación continuaba aumentando hasta convertirse en una oleada de placer y se aferró a las sábanas con tanta fuerza que temió que se hicieran trizas.

Synton le levantó las piernas con suavidad y se las apoyó sobre sus hombros, inmovilizándola contra la cama con una mano grande mientras se daba un banquete con ella.

—Córrete para mí, Camilla.

Era una orden.

—Córrete en mi lengua. Ahora.

Y a ella le encantó.

Cada gloriosa caricia hacía que ese conjunto de nervios se volviera más tenso, más caliente, listo para enviar fuego a través de sus venas cuando alcanzara la liberación.

Camilla movió las caderas hacia delante, enredando los dedos en el cabello de él, tirando de su cara para acercarlo, ganándose un gruñido de aprobación cuya reverberación sintió en lo más hondo y que la hizo caer por el precipicio. Su cuerpo alzó el vuelo mientras el placer ondulaba por él en una ardiente oleada tras otra. Había tenido orgasmos antes, pero aquel los superó a todos. Hizo que quisiera quedarse en ese dormitorio para siempre.

Él no se rindió, sus dedos y su lengua continuaron montándola hasta que otro orgasmo la atravesó. Gritó cuando el siguiente orgasmo la catapultó directamente fuera de su cuerpo y la dejó flotando en algún lugar lejano.

Las atenciones de Synton se redujeron a lánguidos golpes, pero no se detuvo hasta que la atravesó la última oleada, dejando a Camilla debilitada y agotada. Se derrumbó sobre la espalda, respirando con dificultad.

—Ha sido… —Una experiencia religiosa. Si era el señor del pecado, Camilla estaría más que feliz de convertirse en la peor pecadora que hubiese existido.

Él le besó la cara interna del muslo por última vez y le bajó las temblorosas piernas.

Sintió que el calor de Synton se alejaba. Su chaqueta crujió, el aire se agitó. Y todo se quedó en silencio.

No era posible que se hubiera…

Camilla se sentó, se quitó la venda de los ojos y parpadeó. La habitación estaba vacía. Miró a su alrededor mientras sus emociones daban bandazos de un extremo a otro.

No quería creerse que le hubiera hecho *eso* y se hubiera marchado. Sin decirle nada.

—Synton —siseó, furiosa.

Y a menos que hubiera caído en algún estupor causado por su talentosa boca, se había movido más rápido de lo que nadie debería ser capaz.

Aun así, no regresó.

Aquel enorme imbécil le había provocado un orgasmo que había superado a todos los demás y se había largado.

Se quedó mirando la puerta, con el cuerpo todavía temblándole por las secuelas, preguntándose cómo había podido Synton pasar de una pasión tan ardiente a una fría indiferencia así de deprisa.

Si estaba jugando con Camilla, se arrepentiría.

Decidió en ese momento que en lugar de mostrarle lo furiosa que se sentía, ella también iba a jugar. Se pondría su misma máscara de indiferencia. Eso le daría una cura de humildad.

Se arrojó sobre la cama mirando al techo, reconsiderando todo el encuentro. Tardó mucho más de lo que le habría gustado admitir en controlar su irritación. Pero, una vez que lo logró, desentrañó con más claridad su comportamiento.

La venda en los ojos.

La mención de que sería una única noche.

La abrupta marcha.

De algún modo, estaba segura de que él se había desnudado más que ella. Había algo que estaba desesperado por que Camilla no viera, y que solo la hacía sentir más curiosidad por desentrañar el misterio de su pasado. Las cosas prohibidas siempre la intrigaban.

Y lord Synton, con sus volubles estados de ánimo, su brusquedad y su todo, era muy tentador, no cabía duda.

VEINTITRÉS

—La pintura, el lienzo y los pinceles están en el estudio —dijo Envy a modo de saludo, dándole la espalda intencionadamente a la artista a la que había mandado llamar con las primeras luces del día.

Esa mañana, se había marchado temprano de casa de los Edwards y había enviado una nota de disculpa por perderse el desayuno de celebración del compromiso.

—Espero que trabajes rápido, señorita Antonius.

Entonces se giró, sorprendido de que Camilla no traicionara ninguno de sus sentimientos nada más entrar. No era propio de ella mostrarse así de… tranquila.

Había estado convencido de que se pondría furiosa porque se hubiera marchado sin despedirse siquiera. O, como era de esperar, que hubiera caído locamente enamorada.

Pero no parecía ninguna de las dos cosas.

Camilla estaba examinando la habitación, y su mirada pasó por encima de él como si fuese un lienzo más que catalogar. No dio ninguna indicación de que Envy hubiera estado de rodillas, acurrucado entre sus muslos, unas pocas horas antes.

Eso lo molestó.

—Si necesitas algo más, Alexei se encargará de ello.

—Gracias, *lord* Synton —dijo ella al fin—. Si podéis pedirle que traiga una taza de té, no necesitaré nada más.

Envy enarcó tanto las cejas que le tocaron el nacimiento del pelo. ¿Ahora lo tomaba por un sirviente?

—¿Y qué tal unos bollos y un poco de nata cuajada? ¿Debe traer también un poco?

—No es necesario, pero gracias por vuestra consideración.

Camilla ignoró el evidente sarcasmo de su tono y caminó hacia el taburete y el caballete. Pasó una mano con cariño por las pulidas vetas de la madera antes de levantar el lienzo elegido.

Se había puesto un vestido color carbón, de una tonalidad profunda e intensa. Una hilera de perlas le subía por las mangas desde las muñecas hasta los antebrazos, y una segunda hilera bajaba por la parte frontal del corpiño, desde el cuello hasta el ombligo.

A Envy le entraron ganas de sujetarle las manos por encima de la cabeza y arrancar esas bonitas perlas con los dientes.

—Ya podéis iros —dijo Camilla por encima del hombro, casi como si fuera una ocurrencia de último momento. Como si hubiera olvidado que estaba allí—. Trabajo mejor a solas.

Envy la siguió con la mirada.

Camilla no había bebido en la fiesta de la noche anterior, así que no era posible achacarlo a alguna clase de estupor ebrio. Estaba seguro de que recordaba haberse corrido en su lengua, dulce y cálida como la miel. ¿Acaso estaba *eligiendo* ignorar el recuerdo?

Lo cierto era que la noche anterior había sido impactante. Pero Camilla había sobrevivido a la crisis de *lord* Garrey y había seguido adelante. Había decidido que deseaba vivir, celebrar la vida.

Eso le había parecido muy atractivo.

Se puso duro al recordar sus suaves gemidos, su éxtasis puro y libre mientras se sometía por entero al placer que él le provocaba. Se había mordido el labio para evitar que alguien la oyera y se había aferrado a las sábanas, enredándolas tal como él quería que se enredaran las piernas de ambos al colocarse encima de ella.

Cuando había empezado a describir movimientos ondulantes con las caderas, dirigiéndolo al punto exacto donde lo quería, había necesitado echar mano de toda su fuerza de voluntad para no hundir el miembro en su calor húmedo de la forma en que ambos ansiaban. Camilla era una amante sorprendentemente vivaz, y eso que solo había degustado una pequeña parte.

«Una» era el término clave.

Su regla de acostarse con alguien una única vez solía incluir una noche de lujuria que normalmente abarcaba todas las posiciones posibles, todos los actos de placer. Así, tenía sentido que el tiempo juntos tocara a su fin para siempre.

No había nada típico en cómo había abordado las cosas con Camilla la noche anterior.

Se había ido antes de *no poder* separarse de ella.

Cuando se había corrido, se había imaginado colocándola encima de él, moviéndola arriba y abajo por su dura longitud hasta que ambos se vieran inmersos en un frenesí.

Envy quería hacerle el amor como era debido.

Si solo iba a disponer de una noche para experimentar a Camilla, no pensaba desperdiciarla. Además, había prometido no arruinarla, y si se hubiese rendido la noche anterior, habría sido imposible que *lord* y *lady* Edwards no hubiesen escuchado los gemidos de Camilla.

El decoro había vuelto a joderlo. Era una puta bola andante de frustración y virtud, incluso después de aliviarse él solo mientras pensaba en su sabor, el cual lo había excitado tantísimo que se había corrido con un rugido demoníaco. Varias veces, cada una más frustrante que la anterior. Cada vez que se corría, quedaba menos satisfecho que antes. La deseaba a ella, y su mano no ofrecía ni punto de comparación.

Y su indiferencia estaba haciendo que perdiera los papeles. Si aquello que se traían entre manos era un juego, tenía que admitir que, en aquellos momentos, ella le sacaba ventaja. Todas sus amantes anteriores prácticamente habían enfurecido de celos después de haberse tumbado en sus sábanas, todas habían rogado más. Y así era como él prefería las cosas.

—¿Algo más, mi señor?

Volvió a centrar su atención en Camilla. Había estado mirándolo, y no se había dado cuenta.

Él nunca era ajeno a la realidad.

Aquello era la antítesis de su propia naturaleza. Envy planificaba, era meticuloso, no pasaba por alto ningún detalle. Todo era un rompecabezas que debía resolver. Si Camilla creía poder superarlo en aquel juego de seducción, no tenía ni la más mínima idea de contra quién estaba jugando. Si deseaba aparentar indiferencia, él aparentaría el doble. Usaría su movimiento contra ella.

Le lanzó una mirada fría.

—No me despachéis en mi propia casa, señorita Antonius. Si vuelve a suceder, me veré obligado a recordaros quién sirve a quién.

La diversión impregnó sus rasgos.

Envy tuvo la clara impresión de que ella sabía exactamente quién había servido a quién la noche anterior. Joder, menuda mierda. Ninguno de sus tiros daba en el blanco.

—Me imagino que será *muy* duro para vos, mi señor.

La mirada de Camilla descendió lentamente hasta sus pantalones antes de volver a arrastrarse hacia arriba, con la picardía brillando en sus ojos plateados. Su polla se sacudió en respuesta, ansiosa por llamar su atención de nuevo.

—Ya que parece que estáis muy ocupado *pensando*, la verdad es que debería ponerme a trabajar.

Malditos fueran los santos, la excitación de Envy aumentó ante ese segundo y descarado intento de despacharlo.

Si hubiera sido en cualquier otro momento, en cualquier otra circunstancia, habría tomado a Camilla allí mismo, sobre la pintura, usando su pequeño y perfecto trasero y las huellas de sus manos para capturar cada embestida de placer en el lienzo.

Y luego colgaría esa maldita cosa en el vestíbulo.

A ver si lo despachaba *entonces*.

Duro como una piedra y frustrado en más de un sentido, Envy dejó a Camilla a solas con su arte.

Fuera, en el pasillo, su maldito hermano estaba apoyado como si nada en la pared, cortando una pera en tiras finas y llevándoselas a la boca. Por una vez, su expresión era extrañamente contemplativa.

—¿Qué? —gruñó Envy.

—Estás en problemas —dijo Lust, señalando lo obvio—. La lujuria que emites haría sonrojar a *mi* corte. ¿Se te ha pasado por la cabeza que puede que eligieran a Camilla para distraerte?

Sí, lo había pensado.

Lo que significaba que el maestro del juego la había elegido con cuidado. Y eso lo enfurecía.

Camilla merecía ser más que un peón diseñado para clavársele en lo más hondo.

—En unas horas, ya no será un problema. Tendré tanto el Trono Maldito como la siguiente pista.

Y la señorita Camilla Antonius tendría un prometido desaparecido y dado por muerto, uno que había legado todo su patrimonio mortal a su futura esposa.

No era parte del trato original, pero cuando Envy consiguiera lo que quería, no planeaba regresar a Waverly Green, y tenía sentido dejarle a Camilla una bonificación adicional. Suponía que sus finanzas habían sufrido una recesión tras la muerte de su padre. De lo contrario, no alcanzaba a imaginar por qué recurriría a la creación de falsificaciones. Era lo menos que podía hacer para pagarle la ayuda que iba a prestar a su corte.

También se aseguraría de que Vexley jamás volviera a darle problemas. Ni tampoco ningún otro jugador. Había puesto a Alexei a trabajar con sus espías para rastrear a cualquier otra persona de Waverly Green que levantara la más mínima sospecha.

Mataría a todo el reino antes de que alguien llegara a ella.

Lust le dirigió una mirada dudosa.

—Tráela primero a la casa de la Lujuria, cuando vengas de visita. Si empieza por la casa de la Ira, se pensará que somos un grupo de salvajes vengativos que no saben cómo divertirse.

Envy puso los ojos en blanco. Por lo que sus espías le habían revelado, Wrath y su esposa se estaban divirtiendo como salvajes. Por toda la casa. De hecho, circulaban rumores de que Wrath apenas había visitado su corte desde la coronación de su reina. Habían estado demasiado ocupados jugando con cadenas y cuchillos, avivando la furia del otro como auténticos desviados.

Si seguían así, pronto tendría un montón de sobrinas y sobrinos.

—Camilla vendrá primero a la casa de la Envidia —dijo Envy sin pensar. Se arrepintió de inmediato cuando Lust le mostró una sonrisa victoriosa—. ¿Por qué sigues aquí?

El otro se encogió de hombros.

—¿No puedo preocuparme por mi hermano? Sé que algo va mal. Todos lo sabemos.

Envy centró toda su atención en su hermano. No era una mentira descarada, pero sintió que Lust estaba hurgando, a ver qué encontraba. Y se estaba acercando demasiado a la verdad.

—¿Es que tú y Gluttony tenéis una apuesta?

—También está ese detalle.

—Lárgate.

Envy se giró y puso rumbo a las cocinas. Al parecer, tenía que pedir una taza de té para la señorita Antonius. Luego se daría otro baño largo y helado. A solas.

—Ella no sucumbe a mi influencia, al menos no demasiado.

El cambio de tema hizo que se detuviera en seco.

—¿Has intentado usar tu poder sobre ella? —continuó su hermano.

—Las reglas del juego no me permiten usar la magia —admitió Envy al fin.

Era una pobre excusa, cosa que Lust no se molestó en destacar.

—Espera hasta que pinte el trono. —El príncipe de la Lujuria guardó silencio un instante—. Inténtalo entonces.

Lust no lo dijo, pero él sabía lo que estaba pensando: que era posible que Camilla fuera muy diferente a la última mortal de Envy.

Lust, a pesar de que no dejaba de saltar de cama en cama, era un romántico en secreto.

Pero Envy ya había decidido cómo terminaría esa historia.

En su mundo, el único final feliz que buscaba era para su corte.

VEINTICUATRO

Camilla sacó el pincel esmeralda de su corpiño, donde lo había escondido, ansiosa por usarlo por primera vez, aunque no la emocionara demasiado empezar a trabajar en el Trono Maldito.

La inquietud descendió poco a poco por su columna, provocando que se le pusiera la piel de gallina en los brazos.

Ya percibía que lo que estaba a punto de hacer estaba mal, sentía las primeras ráfagas de magia oscura soplando en las esquinas de la habitación, como tinta derramada que se abre paso a través de una página nueva. Si podía confiar en las historias de su padre, el Trono Maldito, desde dondequiera que durmiera, estaba entreabriendo un anciano ojo.

¿Sentiría curiosidad o furia, al verse convocado?

Camilla pronto lo descubriría. Después de hacer un trato con el diablo de Synton, ya no había forma de evitar aquella parte.

Puede que le estuviera concediendo demasiado crédito a su talento, puede que solo creara una sencilla pintura.

Y Synton es solo un simple coleccionista de arte sin intenciones dudosas.

Estuvo a punto de poner los ojos en blanco. La negación nunca hacía ningún favor a nadie. Maldita o no, aquel era el destino que había elegido para sí misma, y era hora de ponerse manos a la obra.

Un suave golpeteo atrajo su atención hacia la ventana.

Se acercó y miró en dirección a los cuidados jardines, pero no vio a nadie. Otro escalofrío premonitorio le recorrió la espalda. Seguro que solo se trataba de una rama descontrolada. Pero después de su encuentro con lord Garrey en el laberinto de setos, no estaba tan segura.

Cualquiera podría andar ahí fuera.

Echó un vistazo hacia el cielo sin nubes, de un tono azul inmaculado y nítido. Aquel día no corría ninguna brisa. No había indicios de ninguna tormenta inminente. Se sacudió la extraña sensación de encima e hizo un rápido inventario de sus suministros: óleos, acuarelas, lápices, carboncillo, pasteles...

Tap, tap, tap.

Volvió a concentrarse en la ventana. ¿Acababa de ver pasar una sombra? Un escalofrío la recorrió. Seguro que solo era un pájaro que volaba demasiado cerca.

Necia. Su mente le estaba jugando una mala pasada, eso era todo. Después de un ataque tan violento, no resultaba sorprendente.

Tap, tap, tap.

En esa ocasión el ruido fue más fuerte, estaba segura de que alguien había llamado. Cuando miró por la ventana en esa ocasión, contuvo el aliento. ¿Era ese lord Garrey?

El miedo la golpeó. No era lord Garrey.

Justo al otro lado del cristal se hallaba una figura envuelta en una capa, con el rostro oculto en las profundidades de la prenda. Un grito quedó atrapado en la garganta de Camilla medio segundo antes de que reconociera la figura como la que la había acechado desde el exterior de su galería. Golpeó el cristal con los nudillos enguantados, señalando con la cabeza hacia el pestillo.

—¿Synton? —gritó por fin, retrocediendo.

De alguna manera, la figura de fuera parecía divertida. No hizo ningún movimiento para intentar detenerla o entrar. Aun así, ella se retiró hacia la puerta, sin despegar la mirada del hombre. Este levantó una mano, probablemente para romper el cristal, y cualquier calma a la que Camilla se hubiera estado aferrando se desvaneció.

—¡Synton! —gritó—. ¡Deprisa!

La figura inclinó la cabeza hacia atrás, pero lo único que pudo distinguir fue un ojo lobuno de color amarillo pálido que le pareció que le hacía un guiño antes de darse la vuelta de repente y alejarse corriendo.

Un momento después, Synton estaba allí.

—¿Qué ocurre?

Camilla miró fijamente la ventana y empezó a reconocer, si no a comprender. Ese ojo… no podía ser cierto. Debía de estar equivocada. Centró su atención en el *lord*, tratando de encontrar una excusa razonable para su comportamiento.

No podía decirle la verdad, no ahora.

—Mis disculpas. ¿Tenéis el té?

Él le dirigió una mirada de asombro.

Camilla se aclaró la garganta con torpeza.

—Una vez que empiece a pintar, necesito estar completamente a solas.

Synton la miró con el ceño fruncido y luego echó un vistazo al resto de la habitación, con una clara sospecha en su expresión. Pero existían ciertas cosas que ella no podía revelar. No después de lo duro que había trabajado todos esos años, y el hombre de la ventana, comoquiera que hubiese llegado hasta allí, era una de ellas.

Tras un largo momento, Synton por fin se marchó, todavía con el ceño fruncido, y regresó unos minutos más tarde con una bandeja. Un juego de té de plata, galletas, y unos terrones de azúcar.

—¿Eso es todo, señorita Antonius?

Su tono era burlón, pero lo ignoró.

—Por ahora. Gracias.

Cuando se fue, Camilla se preparó una taza de té para calmar los nervios. No quería pensar en por qué el cazador la había rastreado, especialmente ahora, de entre todos los momentos posibles. Puede que hubiera prometido volver, pero nada bueno podría salir de su visita justo antes de que ella pintara un objeto maldito. Y, de todos modos, ¿cómo había sabido que se encontraba en casa de Synton?

Cuanto más intentaba mantener su mundo de una pieza después de la muerte de su padre, más amenazas parecía sufrir. Había tomado una decisión, hacía años. Ese debería haber sido el final. Pero, en el fondo, siempre la había preocupado que solo le hubieran concedido un pequeño respiro antes de lo inevitable. Su pasado daba vueltas como un buitre, esperando para bajar en picado y arrastrar su cadáver. Por el momento el cazador se había ido, y seguro que era inofensivo. Hasta que intentara hablar con ella de nuevo, bien podría concentrarse en la tarea que la ocupaba.

Camilla tomó un sorbo de su té, una mezcla suave de Waverly Green, y volvió a echar un vistazo al espacio, finalmente capaz de apreciar los detalles ahora que estaba sola.

Como si fuera un claroscuro solidificado, la estancia era un estudio de contrastes audaces y dramáticos: a un lado, una pared con ventanas del suelo al techo dejaba pasar la luz del sol, y las otras paredes, con sus paneles oscuros, casi negros, sumían las esquinas en sombras.

Sobre una larga mesa de madera había montones de cuadernos de dibujo, con cubiertas de piel y muy usados. Trozos de carboncillo rotos, unas cuantas hojas de papel enrolladas. Y un decantador de cristal lleno hasta la mitad de un líquido de color ámbar intenso, junto a dos vasos de cristal a juego.

Una gran chimenea de piedra caliza recorría la pared trasera del estudio y contenía una suave llama que desprendía un brillo cálido y acogedor. Un sofá de cuero y una alfombra tejida a mano estaban colocados enfrente, ofreciendo a la artista un cómodo lugar donde recostarse y soñar. A lo largo de la última pared había algunos lienzos estirados y esperando en caballetes.

Todo era perfecto, exactamente lo que ella habría elegido. Synton era un hombre al que no se le pasaba nada por alto.

Tendría que tener mucho cuidado con él. Cuanto más rápido acabara la pintura, más rápido se libraría de su trato.

Tomó un delantal de la silla más cercana y se lo ató a la cintura.

Camilla regresó a su caballete, situado frente al ventanal, y se sentó, concentrada únicamente en su propio trabajo.

Con manos firmes, se desabrochó el relicario y se lo guardó en un bolsillo que se había cosido en el vestido.

Se dejó puesto el anillo ridículamente grande de esmeraldas y diamantes; luego inclinó la cabeza y cerró los ojos para invocar una imagen de las historias de su padre.

En todos los relatos, el Trono Maldito ardía por un solo lado, y el otro permanecía completamente intacto. Otro marcado contraste; otro acto de equilibrio.

Camilla pensó en la voz de su padre, contándole que el Trono Maldito había sido creado por la Primera Bruja, un ser sobrenatural que descendía directamente de la diosa del sol, según las leyendas.

Su hija se había enamorado de un príncipe demonio, uno de sus enemigos mortales, y la Primera Bruja se había enfurecido tanto que había maldecido varios objetos con la esperanza de destruir a los demonios. La historia afirmaba que el Trono Maldito estaba destinado a atraer al príncipe para tomarlo desprevenido.

Camilla dejó que su memoria se expandiera, liberando sus límites, desplazándose más allá de sus emociones, hasta que sintió su talento vivo en las venas, corriendo hacia sus dedos, hacia el pincel, listo para saltar más allá.

En las profundidades de su mente, el trono le habló, le dijo cuáles eran los colores necesarios, la forma, el modo en que debía ser revelado.

Camilla esperó hasta que se le presentó la imagen completa antes de abrir los ojos.

Cuando miró el lienzo, vio toda la composición como si ya hubiera ocupado el lugar que le correspondía. Entendía que no funcionaba así para todo el mundo, pero, por algún motivo, así había sido siempre para ella.

Se puso manos a la obra. Para empezar, el fondo tenía que ser completamente negro, como si el trono emergiera desde lo más profundo de un abismo, una chispa de vida donde nada debería sobrevivir.

Y puede que un rastro de burla hacia el Creador.

El trono dominaba ahora su propio poder. A sus ojos, era su propio dios. La bruja que lo había hechizado, dándole poder y vida, ya no era *nada* comparada con su gloria.

Uy, sí, los rumores de que tenía conciencia eran ciertos. Excepto que no era ligeramente sensible, era plenamente consciente, tenía tantos pensamientos y emociones como cualquier otro ser. El Trono Maldito sabía lo que era y le gustaba jugar; de hecho, se consideraba todo un maestro del juego.

Camilla no emitió ningún juicio, no sintió ninguna otra emoción que no fuera la determinación de presentar la obra como deseaba ser vista. Se había convertido en un recipiente para que él la habitara como mejor le pareciera.

Cuando empleaba su talento, cuando se sumergía profundamente en ese pozo de poder creativo, Camilla perdía toda noción del tiempo. Podrían pasar segundos o meses y ella permanecería felizmente ignorante, consciente solo de su pincel.

Su padre solía decir que un talento como el suyo era un regalo de hacía mucho tiempo, tal vez otorgado a su familia por algún fae poderoso, y que cuando Camilla profundizaba en su poder, el tiempo para ella transcurría como en Faerie o en los reinos de las sombras.

Era peligroso, solía recordarle Pierre, involucrarse con fuerzas impredecibles, moverse entre reinos.

La idea de que tal vez no fuera capaz de controlar su don molestaba a Camilla, aunque viniera de su padre. Puede que el alcance de su talento fuese un regalo, pero había trabajado duro en su oficio. Para entender no solo qué era lo que la llamaba, sino cómo darle vida, cómo hacerlo suyo.

Algo que Pierre Antonius también había sabido en algún momento. Antes del final, cuando se había desmoronado.

Camilla dejó el pincel y se frotó el nudo que se le había formado en el pecho.

Le dolía el corazón cuando pensaba en su padre. El tiempo era algo precioso, ya fuese humano o fae. Daría casi cualquier cosa por tener otro momento más con él.

El lienzo abandonado emitía una sutil luz pulsante, una especie de latido en sombras.

El trono no quería que su atención se desviara. Se sentía disgustado.

Ahora era el amo del universo de Camilla. Y ella obedecería.

En un estado casi de trance, tomó el pincel, lo sumergió en la pintura y continuó. El trono había surgido de la oscuridad y, ahora de él emergían las llamas, ardiendo con fuerza, audaces, insistentes...

Tras lo que le pareció un solo instante, se vio bruscamente levantada del suelo. Una mano la sujetaba con firmeza por las piernas y otra le sujetaba el trasero mientras toda la sangre se le subía dolorosamente a la cabeza.

Desorientada y medio bajo el hechizo del trono, Camilla necesitó otro largo momento para darse cuenta de que la habían arrojado por encima del hombro sin ceremonias como si fuese un saco de patatas.

Tan de repente como la habían alzado, la dejaron caer sobre sus pies, y el sonido de una puerta cerrándose por fin la devolvió al presente en el mismo momento en que su espalda chocó contra una pared. El impacto no fue lo bastante fuerte como para hacerle daño, pero la hizo ser consciente de lo que la rodeaba.

Camilla parpadeó hasta que enfocó el furioso rostro de su secuestrador.

—¿Qué diablos estabas haciendo?

La voz normalmente refinada de Synton no era más que un gruñido, su expresión rayana en lo salvaje mientras su mirada la recorría de arriba abajo.

El aire frío besó sus mejillas sonrojadas.

La temperatura había bajado de golpe, como si el fuego de hasta la última chimenea de la propiedad se hubiese extinguido de inmediato. Si Synton no hubiera estado tan cerca, se habría frotado los brazos para combatir el frío.

—Pintar. —Ella también lo fulminó con la mirada—. ¿O acaso en la última hora habéis olvidado nuestro trato, mi señor?

Él le lanzó una mirada extraña y entrecerró ligeramente los ojos.

Se quedó contemplándola durante un lapso incómodamente largo, y su expresión permaneció tan despiadada y dura como siempre mientras volvía a repasarla lentamente con la mirada.

Después de otro intenso escrutinio, relajó la postura y dio un paso atrás.

No se alejó mucho.

Camilla recuperó un destello de calidez en la piel.

—De ahora en adelante, solo trabajarás en el Trono Maldito cuando yo esté en el estudio contigo.

—¿Por qué? —preguntó.

—Porque estoy protegiendo mi inversión.

—Eso no es…

—Negociable —la interrumpió, mostrando una sonrisa oscura mientras ella fruncía aún más el ceño—. Pinta conmigo de buena gana en la habitación, o nos esposaré juntos hasta que esté completo, señorita Antonius. Y me refiero a todo el tiempo que lleve. La elección es tuya, mascota.

VEINTICINCO

Envy sabía que Camilla se pondría furiosa si la llamaba «mascota», pero eso no le impidió hacerlo. Despertar emociones fuertes en ella le comportaba una perversa diversión. Le gustaba ver sus fosas nasales dilatarse ligeramente, le gustaba ver el aumento en su pulso y cómo entrecerraba esos ojos de luz de luna. Había llegado a disfrutar el segundo anterior a que lo mandara al infierno.

Y en ese momento, la irritación en sus ojos claros era todo un alivio. Cuando había llamado a su puerta la primera noche y ella no había respondido, se había ido a la cama sin pensar en ello, a sabiendas de lo fácil que era perderse en la creatividad.

La segunda noche, después de que Alexei hubiera pasado el día fuera del estudio y lo hubiera informado de que no había salido a comer ni a beber, Envy se había sentido suspicaz.

Camilla no había mentido cuando le había dicho que hacía solo una hora que se había marchado, él lo habría percibido de ser así. Para ella solo había transcurrido ese tiempo.

Mientras tanto, habían pasado poco más de dos días en Waverly Green.

Envy no estaba seguro de si era el juego o el trono mismo lo que causaba que el tiempo volara, pero cualquiera que fuese la causa, no volvería a dejar sola a Camilla.

No le sorprendió en lo más mínimo que aquella pista estuviera resultando más difícil que la anterior. En esa ocasión, Lennox no renunciaría a su premio con tanta facilidad.

Camilla intentó pasar por debajo de su brazo y él le bloqueó el paso, reteniéndola firmemente contra la pared.

—¿Y ahora qué? —preguntó ella mientras una nueva irritación se filtraba en su voz.

—Se está haciendo tarde. Comerás y beberás algo y luego te retirarás a dormir. Empezaremos otra vez cuando hayas descansado. No me sirves de nada si estás enferma o medio muerta.

El silencio se extendió entre ellos.

La ira brilló en los ojos de Camilla.

—En ningún momento de nuestro trato recuerdo haber acordado horarios específicos para acostarme, *lord* Synton. Trabajo hasta que estoy satisfecha. Podéis quedaros conmigo o ir a acostaros solo. Está claro que no estáis en plena posesión de vuestras facultades si os creéis con derecho a darme órdenes.

Envy le dio un repaso rápido, preguntándose qué le resultaba tan condenadamente atractivo sobre aquella constante batalla de voluntades. Si esa mezcla de intriga y excitación se acercaba incluso mínimamente a cómo se sentía Lust en todo momento, era un milagro que hiciera otra cosa que no fuera satisfacer su pecado a cada momento del día.

A Envy se le tensó un músculo de la mandíbula. Quería que Camilla continuara pintando por motivos egoístas y él no estaba ni mucho menos cansado. Si ella deseaba continuar, que así fuera.

Dio un paso atrás y extendió un brazo.

—Entonces, tú primero, señorita Antonius.

Camilla pasó junto a él y entró en el estudio, con la espalda recta como si fuera de cabeza a una batalla.

Si alguna vez estallaba una guerra, no le sorprendería que eliminara a sus enemigos, uno por uno. Su voluntad era una de las más fuertes con las que se había topado.

Camilla era tan adorable como la sociedad educada quería, hasta que se la presionaba; entonces emergía una pequeña y feroz guerrera, enseñando los dientes.

Su lado salvaje lo atraía.

Ella rotó sus rígidos hombros una única vez y se sentó, con el pincel esmeralda que le había regalado ya en la mano y colocado sobre la pintura roja. No se había quitado el delantal que llevaba ceñido a la cintura.

Detrás de ella, Envy se sirvió un trago de brandy, se apoyó en el sofá junto al fuego y fijó la mirada en el cuadro por primera vez.

Camilla había avanzado mucho más de lo que había imaginado.

Al ver el trono emerger del lienzo, le recordó menos a una silla y más a una espada, lo cual tenía sentido, considerando que el objeto maldito era justo eso: un arma. Camilla había elegido un color a medio camino entre el champán y el bronce, de un tono ni muy cálido ni muy frío, sino situado a la perfección entre ambas opciones.

Los opuestos se fusionaban en perfecta armonía.

Camilla acababa de empezar a añadir las llamas en la parte izquierda. Estaba trabajando en ellas en ese momento, mojando el pincel en la mezcla de pintura de su paleta.

Mientras Envy contemplaba la imagen, la oscuridad que rodeaba el trono onduló lentamente, como si el humo se enroscara en los laterales del lienzo. Qué curioso.

Si Camilla reparó en aquella rareza, no lo dejó traslucir.

Envy dio un sorbo a su bebida, el ardor lo satisfizo mientras bajaba por su garganta. Era fascinante observar a Camilla, tan presente y libre, un pelín imprudente, como se había mostrado mientras recibía placer. Su cabello plateado le caía por la espalda y destellaba con sus hábiles movimientos, y la esmeralda en su dedo captó la luz del fuego. En su mano, el pincel cobraba vida, como si estuviera imbuyendo su alma en la pintura, dando vida a su arte.

Envy volvió a centrar la atención en el cuadro. Ahora, el fondo se movía como el mar de la noche, como si un secreto estuviera surgiendo, siguiendo la estela del trono. En algún lugar de esa imagen se hallaba la tercera pista.

La anticipación hizo que Envy se inclinara hacia delante, con el cuerpo tenso, listo para saltar a la acción.

Como en respuesta, sintió otra energía en la habitación, una especie de poder que ponía a prueba cualquier restricción, cualquier límite mágico establecido para bloquearlo.

Su propia magia gruñó en respuesta. Estaba claro que allí había algo de otro mundo.

Envy se enderezó.

Esos eran *sus* dominios.

Camilla estaba ignorando por completo la carga que se acumulaba en la habitación, las sombras que empezaron a salir lentamente del lienzo, lixiviando en el estudio como una ola oscura.

A Envy el corazón le latía con fuerza. No le quedaba mucho para terminar la obra.

Y quienquiera que se hubiera unido a ellos también lo sabía.

Las llamas del cuadro crepitaron como si se tratara de fuego real. Al otro lado del estudio, las llamas de la chimenea ardieron también con más fuerza.

Nunca había visto algo así: con su pincel, Camilla estaba creando realidad a partir de una fantasía.

Por un momento Envy se olvidó del juego, del premio y de lo que ganar podría significar para él y su corte. En vez de eso, consideró lo que significaría poner el punto de mira en la mujer en sí misma.

¿De verdad podía crear nuevas realidades?

Quizá la pintura no fuera la pista que debía seguir; quizá lo fuera la artista.

Envy consideró las implicaciones mientras el estudio aullaba a su alrededor y la oscuridad se arremolinaba con furia, como si se avecinara una gran tormenta.

En cualquier momento, la fantasía y la realidad ya no serían discernibles; su mundo y cualquier cosa que Camilla creara colisionarían.

Envy se acabó el resto de su bebida y dejó el vaso sobre la mesa antes de flexionar las manos. Su daga demoníaca prácticamente le ardía en el costado, rogando que la utilizara en aquella intrusión.

—Señorita Antonius.

La voz de Envy atravesó la tormenta como un latigazo eléctrico. Ella no pareció escucharlo.

—Camilla.

Ella se apartó de su caballete y sus ojos plateados brillaron como estrellas.

Envy habría podido jurar que lo que lo estaba mirando no era del todo humano.

¿La ha poseído el trono?

El corazón le latió aún más deprisa.

Volvió a llamarla por su nombre, pero en esa ocasión entremezclando en su voz la orden de un príncipe demonio, una exigencia mágica que nadie podía ignorar, y ella parpadeó, con los iris normales de nuevo.

—Ven aquí —dijo, con la mirada fija en la forma corpulenta detrás de ella—. Ahora.

Camilla miró por encima del hombro e hizo lo que él le había ordenado sin rechistar, con el pincel todavía en la mano.

Cuando estuvo segura detrás de él, Envy sonrió burlonamente al trono que tenían delante.

Con un rugido que haría que el mismísimo diablo se lo pensara dos veces, se desató el infierno.

VEINTISÉIS

C amilla corrió a colocarse detrás de Synton, rezando para poder salir de la habitación antes de que la pintura maldita hiciera lo que estuviese a punto de hacer.

Pero era demasiado tarde.

Muy muy tarde.

Un chillido inhumano rasgó el aire. Sintió el cuerpo repentinamente vacío, como si darle vida al objeto hechizado le hubiera quitado algo a cambio.

Camilla agarró el brazo de Synton en el momento exacto en que él lo alargaba hacia atrás para ella, mientras intentaban asimilar la vileza que había desatado.

Por lo que pudo ver, era enorme; agachada o encorvada delante de ellos, una forma densa y sombría con brillantes brasas carmesíes y anaranjadas por ojos.

En todos sus años, en todas sus pesadillas, Camilla jamás había visto nada parecido.

No en las historias que le habían contado su madre y su padre. Ni siquiera en los lugares a los que su mente había vagado.

Fuera lo que fuese, entendió que no era el trono en sí; era la cosa hechizada que vivía dentro del trono empleando su forma física.

El fuego ardía a su alrededor, volviéndose más fuerte, más salvaje, como su amo de sombras.

Su odio era palpable y su furia, incomparable.

Camilla sintió que quería quemar toda la finca, toda la ciudad, hasta que todo quedara reducido a cenizas. Destrucción. Crueldad. Caos. ¿Quién sabía cuántos años llevaba planeando la venganza, encerrado dentro de los confines de su prisión? Puede que las viejas historias se equivocaran, puede que la bruja hubiera hechizado el trono para mantener a aquella criatura lejos del mundo. Tal vez su odio no fuera tanto una amenaza como una forma de protección.

La verdad a menudo se perdía o se reescribía a lo largo de los siglos.

—¿Qué está pasando? —gritó Camilla, su voz ahogada por la siguiente ráfaga de viento sulfúrico.

Synton le apretó la mano, pero no hizo ningún comentario.

¿Qué había que decir?

El mundo se estaba fracturando y volviendo a tomar una forma infernal ante sus propios ojos.

La madre de Camilla había estado menos obsesionada con la mitología de otros mundos que su padre, pero se había aferrado a una regla: Pierre nunca debía ofrecer su talento a un demonio, y también había criado a Camilla de la misma forma.

Ella nunca habría pintado el trono si hubiera sabido lo que era en realidad. Y no había manera de que algo tan malévolo no fuera demoníaco.

Los vientos aullaron de la forma más aterradora, el aire se tornó incómodamente caliente y empezó a oler a muerte y a ceniza.

Las brasas le quemaron la piel al caer como nieve maldita de los dominios del diablo.

El terror se apoderó de ella. Aquello no terminaría bien.

Tenía que poner a salvo a Synton y a ella misma. Si destruía el cuadro…

Avanzó poco a poco, decidida a…

—Quieto.

Synton apenas levantó la voz, pero la criatura lo escuchó de todos modos. Se quedó inmóvil. Y Camilla también.

Desde lo más profundo de las entrañas del inframundo en el que ahora se encontraban se escuchó una risa siniestra.

Tenía múltiples capas, como si varias voces hablaran a la vez en diferentes tonos.

—¿Te atreves a darme una orden? —espetó con furia el demonio maldito.

Synton ignoró por completo la violencia en el tono del engendro. Dio un paso en su dirección como si debiera temerle *a él*.

—Tienes información para mí.

Camilla quería estrangular a Synton. ¿Acaso no se daba cuenta de cuánto peligro corrían?

Antes de que pudiera tirar de él hacia atrás, la criatura demoníaca se tambaleó hacia delante e inspiró hondo, como si los estuviera oliendo.

—Tanto poder. Tanto… pecado.

La forma sombría exhaló despacio y los ojos le relucieron de un rojo más brillante.

—Sssssssu alteza.

Camilla se quedó completamente inmóvil.

La criatura giró la cabeza en su dirección. Al instante siguiente estaba dentro su mente, hablándole en silencio.

Desperdiciar el talento es algo terrible, dijo. *El tuyo te será devuelto si participas en el juego hasta el final.*

¿Qué juego?, pensó en respuesta.

¿Creías que al final él no te obligaría a actuar?

Dentro de su mente, el Trono Maldito soltó una risa perversa. Había visto cómo ella se daba cuenta.

Sssssí, siseó encantado, *ahora no eres más que otro peón que él mueve por su tablero.*

No estaba hablando de Synton. La criatura estaba hablando de alguien mucho, mucho peor. Y, entonces, lo sintió de nuevo: ese extraño vacío de antes, y supo que su talento había desaparecido. El corazón le latía descontrolado. Le había robado su don, su misma esencia.

No tuvo mucho tiempo para pensar en esa horrible revelación; se le escapó un jadeo cuando una corona brilló sobre la cabeza de Synton. Rematada con esmeraldas, preciosa.

—Ahhh. —El trono ronroneó y volvió a hablar en voz alta—. Príncipe de la Envidia. Ahí estás. Ya no te escondes.

—¿Qué? —La confusión luchó contra el terror dentro de Camilla, y ganó por un momento.

Sin mirar en su dirección, Synton caminó hacia el trono, con la magia chisporroteando a su alrededor —desde su interior— con cada poderosa zancada.

Si el trono era poder, entonces, aunque pareciera imposible, el supuesto príncipe era la fuente de la que surgía. Ahora podía sentir la magia que emanaba de él.

El corazón de Camilla latió con fuerza. ¿Qué *era* Synton? No era posible que fuese…

—Dime lo que quiero saber. —El tono de Synton era insolente y exigente. Regio—. Ahora.

Las llamas en el trono salieron disparadas hacia arriba, un imponente infierno de furia y caos ante el que la criatura bailó. El objeto maldito rugió ante esa orden, pero justo cuando Camilla estaba convencida de que atacaría, susurró:

—La zarpa la tiende él. La herbácea asoma.

Se produjo un instante de silencio antes de que el *lord* reaccionara.

—Transmite mis saludos a tu rey.

Synton arremetió con el brazo y la criatura parecida a una sombra chilló, sus muchas voces gritando al unísono cuando una hoja brillante la atravesó con facilidad.

Más rápido de lo que habían empezado, el fuego, las brasas, el viento y el trono mismo desaparecieron. De hecho, el cuadro que había pintado se había convertido en un montón de cenizas. Lo único que quedaba era la corona con esmeraldas en las puntas sobre la cabeza de *lord* Synton.

El trono lo había llamado príncipe de la Envidia.

Un cargo que él no había negado.

Observó cómo se giraba al fin para sostener la mirada acusadora de Camilla, con una expresión fría, sin un ápice de remordimiento. Su mirada era insondable, inquebrantable. Inhumana.

De repente, todo cobró sentido.

Esa antigua soledad en sus ojos estaba allí porque no era un hombre mortal con el corazón roto. Solo Dios sabía cuántos años tenía. Cuántas vidas había vivido, cuántos amores había perdido.

Si es que era siquiera capaz de experimentar tal emoción. Puede que simplemente le hubiera mostrado lo que ella quería ver, quizá la hubiera manipulado con toda la extensión de su poder.

Príncipe de la Envidia.

Ahora que la conmoción inicial había remitido, Camilla podía pensar con más claridad.

La mayor parte de los habitantes de Waverly Green creían que los cuentos sobre los siete príncipes demonios eran pura ficción, pero ella debería haber sido más lista. Era muy consciente de que no era prudente descartar algo simplemente porque nunca lo habías visto. A menudo se encontraban muchas cosas extrañas escondidas a plena vista. El mundo era un lugar vasto y curioso, lleno de singulares criaturas. La gente rara vez mostraba su auténtico ser. Pero, en todas las historias que había oído, los demonios no podían mentir.

Se rio ante aquella ironía, pero el sonido no tenía nada de divertido.

—*Lord* Synton. Qué agudo. Debes de haberte reído mucho a nuestras expensas. —Endureció el tono junto con su expresión—.

Afirmaste que Vexley y tú no os parecéis en nada, pero aquí estás, otro despiadado mentiroso. Y un horrible demonio.

Él cerró la mano en un puño y su mirada se oscureció.

En sus ojos se encendió una chispa de mal genio que quemó la frialdad.

Al menos una cosa había sido cierta durante su farsa: no apreciaba que lo compararan con Vexley.

—No tan horrible cuando estoy en tu cama, señorita Antonius. —Su mirada se volvió burlona—. Has sido testigo de una pequeña muestra de mi poder.

A pesar de su ira, el calor la inundó. No era de extrañar que la hubiera hecho perder la cabeza: era un príncipe que literalmente gobernaba sobre el pecado. Ningún humano del mundo podría competir con su habilidad para el libertinaje; puesto que, por lo visto, las historias eran ciertas, los príncipes prácticamente habían inventado el término. La había poseído con su lengua, y como todas las tontas que terminaban entre sus sábanas, había vendido voluntariamente su alma por ese placer.

Entonces, él sonrió, con un rápido y brutal destello de dientes.

—Siento tu excitación, señorita Antonius. Incluso sabiendo lo que soy, incluso aunque odies que haya mentido, me deseas.

Con atracción o sin ella, el infierno tendría que congelarse antes de que lo invitara de nuevo a su dormitorio.

Otro pensamiento asaltó a Camilla.

—¿A cuál de tus hermanos he conocido? —exigió saber.

En el baile, Syn había dicho que había siete hermanos en total. Lo cual era cierto, hasta donde ella sabía. Probablemente, fuera la única verdad que le habían concedido en todo ese tiempo.

El príncipe de la Envidia entornó los ojos.

Esa mirada era definitivamente el pecado sobre el que gobernaba dándole vueltas en la cabeza. Bien. Ahora conocía una de sus debilidades.

—A Lust, el príncipe de la Lujuria.

Bueno, eso explicaba muchas cosas.

—¿Qué hermano es Alexei?

—Es mi segundo al mando. —A Envy le brillaba la mirada, oscura y siniestra—. Piénsatelo dos veces antes de amenazar con morderlo otra vez, mascota. Alexei es un vampiro, y te prometo que te devolverá el mordisco con mucha más fuerza. Aunque su veneno puede proporcionarte un placer incalculable. Te correrías mientras te estuvieras muriendo y suplicarías más con tu último aliento.

Camilla sabía que intentaba impactarla, pero la mayor parte de las historias hablaban de los vampiros y su peligrosa seducción, por lo que el hecho de que el veneno de Alexei pudiera crear orgasmos para morirse no era la parte más inconcebible de su velada.

Cosa bastante notable.

—Puesto que ya he cumplido nuestro trato, dudo mucho que me encuentre con tu mascota vampírica otra vez, alteza. —Camilla se puso tan recta como pudo, deseando no llevar todavía el maldito delantal de pintora. Pero, al menos, el uso de su verdadero título parecía irritar al príncipe.

Que Dios la salvara. El príncipe de la Envidia. Un villano de cuento de hadas que había cobrado vida y la había convencido de que la había hecho rozar el cielo en sus diabólicos brazos la noche anterior.

Sin nada más que decirle al mentiroso sinvergüenza que tenía delante, Camilla se dirigió hacia la puerta, pero se detuvo con el corazón en un puño. *No podía* marcharse. Para recuperar su talento, necesitaba seguir en el juego. El trono se lo había dejado muy claro. Deseó poder afirmar que no tenía ni idea de lo que había querido decir, pero sí la tenía. Con sutileza, trató de recurrir a su talento… y no sirvió de nada.

Respiró hondo. Sabía muy poco de cómo funcionaban los juegos, pero había escuchado leyendas sobre cuán mortales podían llegar a ser y sobre el astuto maestro del juego. La pérdida de su talento, de su habilidad para pintar, era lo único que él sabía que Camilla no soportaría nunca, el único movimiento que podía garantizar que ella jugara.

Y si se unía al juego que estaba en curso, lo más probable era que eso fuera lo que Synton... Envy... maldita sea, quienquiera que fuera, había estado tramando todo el tiempo. Sintió que su ira aumentaba, pero se recordó a sí misma que, si todo aquello era cierto, entonces necesitaba a Envy. Al menos hasta que descubriera lo que tenía que hacer a continuación. O encontrara a otro jugador para...

Cerró los ojos. Por supuesto. *Lord* Garrey. Al recordar cómo Synton lo había ayudado a hallar su final, no estaba segura de que fuera una buena idea hacerle saber al príncipe demonio que tenía una nueva competidora: ella.

Y sería aún peor idea dejarle descubrir que llevaba todo ese tiempo guardando su propio secreto. Por ahora, tampoco revelaría nada sobre el robo de su talento. Él empezaría a sospechar.

¿Qué importaba un secreto más, de todos modos?

Cuando volvió a abrir los ojos, Envy estaba justo delante de ella, con un aspecto peligroso.

—¿Sabes lo que ha dicho el trono?

—Un montón de galimatías. —Intentó decirlo con calma, pero el corazón le bombeaba tan fuerte que le preocupaba que él lo oyera.

—La zarpa la tiende él. La herbácea asoma.

—Qué maravilla que me des la razón, alteza —logró decir.

—Era una pista. —Envy pareció brevemente ofendido—. Un anagrama: La zarpa la tiende él. La herbácea asoma. Descifrado dice: Ahora, a casa de la Pereza. Ella también.

Camilla cerró la boca de golpe.

Al príncipe no se le pasó por alto. Esbozó una sonrisa victoriosa.

Ella mantuvo la expresión en blanco. El juego de él y el suyo propio estaban verdaderamente entrelazados.

—Así que ya lo ves, querida mía —continuó—, sin darte cuenta te has convertido en una parte del juego al que estoy jugando. Y llevo muchos años esperando para ganarlo.

No tenía ni idea de cuánta razón tenía.

Con su mano libre hizo además de tocarla, pero la dejó caer antes de establecer contacto, y una mirada seria se apoderó de su rostro.

—Puede que te haya mentido sobre mi nombre y mi título, pero tienes que comprender que emplearé todos los medios necesarios para ganar. —Esbozó una sonrisa lobuna—. Y disfruto demasiado siendo un pecador para comportarme como un santo.

—Nadie te nombraría candidato a la santidad.

—Y deberías alegrarte por ello. Los santos no suelen matar para proteger sus inversiones.

—¿Es eso lo que crees que soy? ¿*Tu* inversión?

—Creo que estás retrasando lo inevitable y perdiendo el tiempo.

—A lo mejor te quiero de rodillas, disculpándote, antes de decidir qué hacer.

La expresión de él se volvió oscura con una promesa pecaminosa.

—Ya me he puesto de rodillas por ti. Si quieres que vuelva a hacerlo, solo tienes que pedirlo. Pero si esperas una disculpa mientras estoy ahí abajo, te llevarás una decepción. Al menos, en ese sentido.

Camilla lo fulminó con la mirada, pero no dijo nada.

—Puedes elegir acompañarme o no, señorita Antonius. Sea como fuere, vendrás conmigo a la casa de la Pereza.

Sintió que el calor se arremolinaba en su vientre. Algo de lo más inconveniente. Aquel maldito bruto *no debería* excitarla.

Camilla maldijo a esa pequeña y desgraciada desviada que llevaba dentro, la que le ronroneaba seductoramente al muy villano por sus vicios desenfrenados y se burlaba del héroe por sus inquebrantables virtudes.

La vida sería mucho más sencilla si se enamorara de un hombre cuya brújula moral fuera tan fiable como la estrella polar.

Pero ayudar a Envy era la clave para ayudarse a sí misma. Para bien o para mal, eran compañeros en aquel juego, sin importar que él no lo supiera. Al menos, no todavía.

—Ya que me necesitas para lo que sea que sugiera la siguiente pista —dijo por fin—, quiero un tiempo para prepararme, como mínimo.

Su tono era firme; su postura, clara. Aquello sería una negociación, o encontraría otra forma de jugar.

Envy la miró de arriba abajo.

—Una hora.

—Dos.

La miró fijamente durante un largo instante. Su expresión parecía tallada en piedra, pero juraría que vio un leve destello de respeto antes de que él lo hiciera desaparecer con un parpadeo.

—Dos horas —accedió, apretando los dientes—. Come, báñate y abrígate. Saldremos justo a medianoche.

Ella le dedicó un único asentimiento de cabeza.

Envy le abrió la puerta del estudio.

—¿Camilla?

Se detuvo en el umbral y miró hacia atrás.

—Si huyes, te perseguiré.

Vio que hablaba muy en serio. Envy iría tras su objetivo sin piedad.

Una parte de ella se sentía intrigada por la intensidad de querer algo con tanta fuerza como para estar dispuesto a cruzar cualquier línea moral. Un hombre tan decidido, tan centrado… La fascinaba a un nivel elemental.

Se dio la vuelta y se dirigió a su habitación antes de que él pudiera ver el pequeño escalofrío de emoción que le provocaba ese peligroso juramento.

VEINTISIETE

—¿Y bien? —espetó Envy, mirando por la ventana hacia el oscuro laberinto de setos.

Había estado reflexionando sobre el caos de la noche, así como sobre ese extraño brillo en los ojos como la luna de Camilla, tratando de descifrar qué podría ser, en caso de que no fuera, como empezaba a sospechar, completamente humana.

Envy había supuesto que la artista tenía secretos cuando se había convertido en la clave, vital para que él recibiera la tercera pista. No se había esperado que el misterio de quién era ella fuese tan profundo.

No le hacían falta más complicaciones en ese momento. Se sentía francamente hostil mientras revisaba las teorías, ninguna de las cuales lo satisfacía.

Cambiaformas, fae, incluso alguna combinación peculiar de vampiros mestizos podría explicar su talento. Pero no lo sabría con certeza hasta que descubriera todo lo posible sobre su familia.

Ya había enviado a sus espías con nuevas instrucciones para localizar a la madre de Camilla y descubrir más cuando sintió que Alexei se entretenía en el pasillo.

Trajera la noticia que trajera, no podía ser buena.

—¿Cómo de malo es?

—Os recomiendo que lo veáis vos mismo, alteza.

Envy echó un vistazo al reloj. Quedaba más de una hora y media hasta el momento en el que Camilla había aceptado partir, lo cual le daría tiempo suficiente para viajar a su corte y volver.

Se giró para mirar a su segundo al mando.

—¿Cómo de malo? —repitió, poniendo énfasis en cada palabra.

—Dos tercios, alteza.

—Mierda.

Dos tercios de su corte habían sucumbido ya a la niebla. Se encontrarían en grave peligro si alguien más escuchara lo vulnerable que era la casa de la Envidia en ese momento.

Envy salió por la puerta y el vampiro fue detrás de él como una sombra.

Bajaron varios tramos de escaleras en silencio y se detuvieron al llegar a la bodega. De las paredes de piedra caliza emergía un ligero frío que tenía poco que ver con la falta de luz solar.

Envy había empleado la magia que no podía permitirse el lujo de malgastar para crear un portal que lo llevara a su casa del pecado.

—Cuida de Camilla —le ordenó a Alexei—. Asegúrate de que no abandone la propiedad. Volveré en una hora para acompañarla a través del Corredor del Pecado.

El vampiro inclinó la cabeza y desapareció escaleras arriba.

Envy respiró hondo y apoyó la palma de la mano en la pared. Susurró su hechizo y avanzó hacia el portal secreto escondido en la piedra. Quedó sumergido de inmediato en la densa energía que conectaba los reinos, avanzando como si caminara a través del agua, pero en cuestión de segundos se había liberado y salía al otro lado.

Dejó escapar un suspiro y echó un vistazo a su suite privada. Todo estaba como lo había dejado. Su enorme cama con dosel estaba perfectamente hecha, el retrato desnudo de sí mismo seguía exhibido con orgullo en el techo. Bien.

La madera de las mesitas de noche estaba pulida, pero había algo de polvo. Una fina capa cubría la superficie, suficiente para arrastrar el dedo por encima.

Sus cuadernos estaban apilados con esmero, la carta que había iniciado el juego guardada con cuidado entre ellos.

Nadie había entrado en aquella estancia desde su marcha.

Se armó de valor para lo que fuese a recibirlo fuera de esa habitación.

Una vez en el pasillo, el silencio lo golpeó de inmediato. No había música, ni movimiento. No había ruido de pisadas ni sonidos apresurados de demonios moviéndose de un lado a otro, trayendo arte, colocándolo, admirando lo que había coleccionado a lo largo de los siglos.

La casa de la Envidia había sido diseñada para dar la sensación de ser un museo. Cada ala, cada planta, presentaba un arte diferente. Estaba la habitación de los tapices en el segundo piso, junto con la habitación de los titanes y la galería nocturna más grande en el tercero, donde también se hallaban la escalera gótica, la torre del legado y el pasillo del sexto piso, que presentaba fragmentos de elementos arquitectónicos que Envy había recolectado de todos los reinos, hechos de diversos materiales, siendo su favorito la piedra.

Tenía salas dedicadas al arte mortal: veneciano, renacentista, barroco, georgiano, del mundo antiguo, del viejo mundo. E incluso, aunque en los últimos tiempos se jactaba menos de ello, arte de la Corte Salvaje de los no seelie.

Algunas alas estaban incluso organizadas por color, mezclando y combinando diferentes periodos. El pasillo azul, el rojo, el rosa, y luego las alas metálicas: oro, plata, bronce y cobre. Pero donde realmente brillaba la magia de su pecado era en el arte verde que había coleccionado: tenía variaciones magníficas en tonos desconocidos para los mortales, tonos que iban mucho más allá del salvia, el verde camuflaje, el esmeralda, el musgo más intenso o la hierba más brillante.

Envy avanzó por los pasillos sin toparse con nadie. Se detuvo para mirar por las ventanas arqueadas del pasillo de la niebla y echar un vistazo al patio de abajo.

Vacío.

Su patio era uno de sus lugares favoritos. Por lo general, estaba a rebosar de cortesanos, algunos tocando música y otros colocando lienzos a lo largo de los jardines. Siempre le habían encantado sus pinturas y bocetos de las fuentes de agua, o los pájaros que anidaban en los mágicos árboles invernales que había importado del lejano norte. Se había sentido más que orgulloso de la incomparable belleza de su hogar.

Eso había sido antes. Ahora, solo las estatuas y esculturas ante las que pasaba eran testigos de su silenciosa procesión, con sus rostros pétreos tan desprovistos de vida como su corte.

Alexei no había exagerado. Las cosas habían empeorado mucho.

Las largas zancadas de Envy devoraron los amplios pasillos, volviéndose más veloces cuanto más rato transcurría sin que viera a nadie. Cerca de las escaleras que conducían al nivel superior, donde la nobleza que prefería permanecer en la corte se alojaba en lujosas suites, se detuvo.

Allí, a lo lejos, escuchó algo. Gemidos.

Con la mandíbula tensa, se encaminó hacia el origen de aquella muestra de dolor, manteniendo su preocupación y su ira bajo control, sin permitir que ninguna inquietud o temor se manifestaran en su expresión.

Después de una eternidad, se detuvo ante una habitación.

Se pasó una mano por el pelo, a pesar de su promesa de no dejar translucir que se sentía afectado.

—Mierda.

Aquello no iba a ir bien. Por primera vez en su existencia inmortal, el príncipe de la Envidia consideró huir de su corte.

Por favor, rogó en silencio a cualquier dios del inframundo que quisiera escucharlo, *perdónalos*.

Esperaba no haber llegado demasiado tarde.

La puerta ante la que estaba pertenecía a *lord* y *lady* Casius, dos de los nobles de mayor rango, y ella además era miembro de su consejo, formado por demonios a los que conocía desde hacía siglos. Habían conspirado con él, habían buscado hechizos con él durante décadas, con la esperanza de retrasar la locura. Habían encontrado el único hechizo que podía utilizar para mentir. Habían creído que Envy acabaría por salvarlos de todo. Nunca lo habían culpado por lo que había hecho, aunque se lo merecía.

Si sucumbían...

Se le ocurrían pocas cosas peores en cualquiera de los reinos.

Lord y *lady* Casius habían sido bendecidos por los dioses antiguos, y antes de que él partiera para participar en el juego habían traído tres nuevos demonios al mundo, pese a conocer los riesgos. Los bebés no podían tener más de seis meses, incluso con el tiempo que había pasado fuera.

Envy llamó con suavidad y empujó la puerta para abrirla. Se clavó las uñas en las palmas cuando entró en la habitación.

Había sido destruida.

—¿Quién eres? —gritó *lady* Casius, con el vestido hecho jirones y desgarrado—. ¿Quién va?

—Chist —la tranquilizó—, soy yo, Piper. El príncipe Envy.

Las lágrimas corrieron por su rostro y el terror la hizo retroceder.

—No... No te conozco.

Ella gimió de nuevo, y el sonido resonó en la otrora elegantemente decorada habitación. Había vasos rotos y las obras de arte habían sido arrancadas de las paredes. Como si se hubiera librado una batalla, el papel pintado estaba salpicado de sangre.

—¡No lo conozco! ¿QUIÉN ES?

Envy siguió la dirección en la que apuntaba con el dedo hasta la forma desplomada a sus pies, la sangre manando del cuerpo sin vida. Había intentado cubrirlo con la ropa de cama. Había arrancado las sábanas del colchón en un violento frenesí. En algún momento, debía de haber alcanzado un instante de claridad.

Se acercó despacio, con las manos en alto, y se arrodilló, sabiendo de antemano lo que iba a encontrar.

Temiéndolo.

Retiró la sábana y apartó la mirada a toda prisa. *Lord* Casius llevaba muerto algún tiempo. Envy no estaba seguro de cómo había pasado por alto el olor a podredumbre al abrir la puerta. Matar a un demonio... no era una hazaña fácil. Eran longevos, tal vez no inmortales como él y sus hermanos, pero tampoco fallecían sin más.

Envy vio algunas heridas defensivas en las manos de su amigo y supo que, si hubiera estado todavía en su sano juicio, no habría golpeado a su esposa, aunque ella lo hubiera atacado repetidamente.

Maldita sea. Cuando ganara el juego y restableciera el equilibrio —porque se negaba a considerar la alternativa—, Piper nunca se recuperaría. Aunque recobrara sus recuerdos, nunca se perdonaría a sí misma.

En muchos sentidos, Envy ya había llegado demasiado tarde.

Le estaba costando encontrar una forma de llevarse a su viejo amigo cuando las siguientes palabras de Piper lo dejaron inmovilizado.

—¿Quiénes son? —gritó ella en un tono estridente—. ¿QUIÉNES SON? No dejan de mirarme y llorar. ¿QUIÉN LOS HA ENVIADO PARA MATARME?

—¿Quiénes...? —Envy se dio cuenta de repente y no se atrevió a mirar.

Pero, como príncipe de aquel círculo, era su deber.

Se haría cargo de aquel pecado y permitiría que le marcara el alma. Aquellas muertes, aquellos asesinatos... eran suyos. Si no le hubiera entregado el cáliz...

Resolvería los acertijos, reclamaría su premio y arreglaría todo aquello. No importaba cuál fuera el precio. No importaba a quién tuviera que engañar, matar o con quién tuviera que jugar en el proceso.

Envy ganaría. O su círculo dejaría de existir.

Le ardían los ojos mientras se obligaba a explorar la habitación.

Allí, en el rincón, donde antes estaban las cunas...

La bilis le subió por la garganta; cerró los ojos con fuerza, bloqueando aquella indescriptible imagen. No sirvió de nada. Se había quedado grabada a fuego, para siempre.

Se permitió un momento de pena antes de endurecer su determinación, junto con su corazón. Tenía que arreglar aquello antes de volver con Camilla. Y le quedaba poco tiempo.

—He sido yo. —*Lady* Casius cayó de rodillas, con una claridad horrible destellando en sus ojos.

Envy sabía que pronto se le pasaría, como siempre; los recuerdos se convertirían en niebla una vez más y permanecería felizmente inconsciente.

Debía sacar a Piper de aquella habitación de inmediato, tenía que encargarse de...

Un grito rasgó el aire.

Antes de ver el arma, antes de poder cruzar la habitación, *lady* Casius ya se había atravesado el pecho con la daga, y sus rodillas impactaron contra el suelo de mármol un instante antes que su cráneo.

Envy sintió la puñalada en su propio corazón.

Soltó una maldición y se frotó la cara con las manos, luchando contra un pánico desconocido, hasta que tuvo su respiración bajo control. Luego, se envolvió el corazón en hielo y la frialdad brotó de él para cubrir la habitación con una gélida capa, y se dispuso a recoger a sus amigos caídos.

Una vez más, había llegado demasiado tarde para salvarlos, y ahora tenía cinco muertes más que añadir a sus pecados. Cinco demonios más a los que había jurado proteger.

No los dejaría allí; llevaría sus cuerpos a donde habían sido transportados todos los demás. Como mínimo, así ya no estarían solos.

VEINTIOCHO

—¿Por qué te fías de todo lo que dijo esa criatura maldita? —preguntó Camilla.

Envy la había estado observando de cerca. Demasiado de cerca. Lo había sabido desde el instante en que había abierto la puerta de su habitación y él no había demostrado estar de un humor demasiado agradable. La había escrutado, con una mirada dura y un rictus cruel en la boca mientras daba un paso dentro, a punto de enseñar los dientes.

—Te he dicho que eligieras algo abrigado. Ponte una capa.

—No me hables así —dijo con firmeza—. No soy una niña.

—En ese caso, no actúes como tal.

Camilla entornó los ojos. Estaba claro que algo iba mal.

No estaba segura de qué había cambiado. Si había sentido algo de calidez por ella en algún momento, esta había desaparecido. Su frialdad, la dureza de su boca, el brillo implacable en sus ojos como gemas: allí estaba el villano del que hablaban los cuentos. Un príncipe del infierno lo bastante malvado como para inspirar a los padres a contarles a sus hijos aterradores cuentos de advertencia.

No tenía ni idea de lo que podía haber pasado en dos cortas horas para convertirlo en aquella bestia violenta.

Lo estudió despacio en busca de alguna pista. No había sangre, ni una arruga en su traje verde oscuro, ninguna grieta en su fachada helada, ni un solo pelo fuera de lugar. Sin embargo, sintió su energía oscura agitándose bajo la superficie.

—¿Qué ha pasado? —preguntó en voz baja—. ¿Ha atacado algún otro jugador?

—Si vamos a compartir información —dijo, en un tono peligrosamente suave—, ¿por qué no empiezas hablándome sobre tu ascendencia? ¿O quizá sobre tu hechizo?

Dentro de ella, todo se quedó inmóvil.

—¿Qué?

—La mayoría de los mortales no pueden conjurar una realidad con unos pocos golpes de pincel, señorita Antonius.

—Bueno, pues menuda suerte para ti que yo sí pudiera, ¿no?

Él la tomó de la mano y le susurró algo en una lengua antigua, y al instante siguiente, Camilla se encontró repentinamente de pie en lo que parecía el borde del universo.

El mundo de Hemlock Hall había desaparecido, reemplazado por algo mucho más oscuro, más vasto y más frío.

Envy le soltó la mano, se acercó a su lado y murmuró:

—Bienvenida al vacío en el exterior de los siete círculos. Este es el espacio que los conecta con todos los demás reinos. —Esbozó una sonrisa sombría—. Y ante ti se alzan las infames puertas del inframundo.

Camilla contempló fijamente el extraño aire a su alrededor, el miedo le hacía hormiguear la piel casi tanto como el viento helado. Cuando miró hacia abajo, se quedó atónita al verse vestida con una capa gruesa, que de alguna manera había aparecido por arte de magia.

No se escuchaba ningún sonido, excepto la voz del príncipe.

Y el palpitar de su propio pulso. Envy la hizo girar para mirarlo a la cara, y vio un destello en sus ojos.

—¿Es que has perdido la cabeza del todo?

—Todavía no.

Camilla había estado casi decidida a abandonarlo y a emprender el camino por su cuenta. Salvo por el hecho de que su pista le había indicado que ella también tenía que ir a la casa de la Pereza. Maldito fuera aquel juego, y apenas había comenzado. Al menos, para ella.

—Si alguna vez pones tu voluntad por encima de la mía —dijo en voz baja, pero con la promesa de vengarse—, te arrepentirás, Envy.

—Hay muchas cosas de las que me arrepiento, señorita Antonius, pero traerte aquí no es una de ellas.

Señaló con la barbilla hacia las puertas.

—Tenemos un largo camino por delante antes de prepararnos para pasar la noche. Sugiero que echemos a andar.

Camilla reprimió la molestia que sentía. Tenía que concentrarse en el juego y supuso que las amenazadoras puertas eran el único camino a la corte de Sloth. Además, había tenido que tolerar a hombres brutos durante mucho tiempo. Podía continuar haciéndolo, por el momento.

Se giró para echar un vistazo al extraño espacio, similar a una cueva, que tenía delante.

Las puertas de las que hablaba Envy brillaban como una pesadilla a varios pasos de distancia, talladas en hueso, cuerno y colmillos. Criaturas demasiado malvadas para vivir y demasiado siniestras para ser olvidadas, inmortalizadas para siempre en una advertencia para todos los que pasaran por allí.

Había belleza en la sensación gótica que transmitía, una belleza oscura. Camilla no debería desear pintar. Y ahora que le habían robado el talento, no podía. El pánico se apoderó de ella mientras intentaba invocar su talento, una vez más, en vano. Incluso con su magia limitada, la forma del arco la llamaba.

El cambio de Waverly Green por aquella tierra extraña había sido tan abrupto que apenas podía hacerse a la idea, ni siquiera cuando el frío se le filtró en la piel. El príncipe de la Envidia la había

arrastrado al inframundo. Ninguna historia podría haberla preparado para su majestuoso terror. Ni siquiera los cuentos más oscuros
que le había contado su padre.

—Primero debemos atravesar el Corredor del Pecado —dijo
Envy, rompiendo el hechizo—. Te pondrá a prueba para ver con
qué pecado tienes mayor afinidad. Es posible que experimentes algunos... extraños... sentimientos cuando cada tipo de magia intente seducirte. No te preocupes, te estaré vigilando con sumo interés.

—Estoy segura de ello —respondió con frialdad. Haciendo caso
omiso de su intento de distraerla, consideró lo que aquello significaba en realidad. Iban a ponerla a prueba para cada uno de los pecados mortales.

Lujuria. Codicia. Envidia. Orgullo. Ira. Gula. Pereza.

Siete formas en las que aquel reino podía sacar lo peor de ella.

Camilla decidió en aquel mismo instante que no se lo pondría
fácil, ni a Envy ni a aquel lugar dejado de la mano de Dios. Ahora que
estaba sobre aviso, estaría atenta a los primeros indicios de magia.

—¿Alguna pregunta, señorita Antonius?

—¿Qué pasará en Waverly Green mientras no estemos? Tengo
un negocio, una vida. No puedo simplemente dejar de existir mientras tú juegas a tu jueguecito.

Él arqueó una ceja; lo había sorprendido. Bien.

—Haré que mi gente se invente una historia plausible sobre
nuestra ausencia. Y compraré algo de arte en tu galería cuando volvamos. En pago...

—No harás tal cosa. No necesito tu caridad.

—Es un intercambio, por las molestias y el tiempo perdido.
Eres una mujer de negocios inteligente, estoy seguro de que puedes
ver el valor que tiene. ¿Alguna otra pregunta?

Por supuesto que lo veía. Buscaría las obras más caras de su colección y calcularía el total. Aquello incluso podría garantizar que
fuera capaz de pagar a su personal durante los siguientes dos años.

Apaciguada, consideró qué más necesitaba saber.

—¿Cuánto durará cada prueba?

—Eso depende por entero de ti. Este reino se nutre del pecado, y de la misma forma en que el oxígeno y el agua son el tejido de la vida en los reinos mortales, el vicio es parte intrínseca de este reino. —Hizo una pausa—. Tenemos que viajar a pie hasta que el Corredor haya completado su prueba. Cualquier otra magia está prohibida hasta que hayas experimentado cada pecado y te alinees con una casa, o sea que, incluso aunque quisiera, no podría limitarme a llevarte directamente a la casa de la Pereza.

—¿Este reino necesita determinar cuál es mi sitio, aunque no vaya a quedarme? ¿Y no puedes hacer nada al respecto?

La evaluó antes de responder.

—Aquí también habitan vampiros, hadas, cambiaformas y diosas, y aunque normalmente no eligen alinearse con ninguna casa demoníaca, el Corredor del Pecado siempre siente curiosidad por ver dónde encajas mejor. Si es necesario, piensa en ello como si fuera el orden natural. No importa lo poderoso que sea un príncipe, no importa que estos sean nuestros dominios, existen algunas leyes de la naturaleza que ni siquiera nosotros podemos romper.

La guio hacia delante, sus pasos silenciosos, perdidos en las profundidades surrealistas del vacío.

Ante ellos, los muros que rodeaban las puertas se asemejaban a los de una cueva: paneles de piedra de un extraño color negro azulado que se elevaban más alto de lo que jamás podría esperar ver a menos que le brotaran alas.

Opacos, como gruesas placas de hielo.

Envy le apoyó una mano en la espalda, instándola a avanzar, y la hizo atravesar las espantosas puertas en cuestión de segundos.

Camilla se preguntó si solo estaría ansioso por seguir su camino o si no quería que examinara las puertas demasiado de cerca.

En el momento en que cruzaron el umbral las puertas se cerraron a su espalda, atrapándola en aquel extraño nuevo mundo de nieve y hielo.

Los sonidos regresaron, tan siniestros y desdichados como se los habría podido imaginar. Soplaron ráfagas de viento, las ramas cubiertas de hielo tintinearon y, a lo lejos, juraría que había oído los gruñidos de unas grandes bestias.

No le sorprendió que a los humanos les hubieran dicho que el inframundo era una tierra de fuego cuando en realidad era todo lo contrario. Los lugares que se ocultaban a los mortales a menudo se disfrazaban en un intento por evitar que se dieran cuenta de dónde estaban, en caso de que alguna vez tropezaran con ellos.

Echó un vistazo a su alrededor, a las montañas distantes, a los árboles que la rodeaban y al empinado corredor que los atravesaba, abriéndose más y más vez frente a ellos, tratando de orientarse.

Todo estaba enterrado bajo la nieve.

Incluso el sol, si se lo podía llamar así, era una esfera opaca clavada en un cielo crepuscular. Se acercaba otra tormenta. El aire frío olía a la violencia de la naturaleza.

—Permaneces notablemente impasible, señorita Antonius. ¿Cómo es eso?

—Me han contado historias de diferentes reinos como parte de mi sustento semanal desde que tengo memoria. Mi padre frecuentaba el mercado negro desde que empecé a andar.

El príncipe esperó a que se explicara, sus rasgos fríos y aristocráticos tan remotos como aquella tierra helada.

Por supuesto, los siete círculos, el reino gobernado literalmente por el pecado y el libertinaje de siete príncipes oscuros y peligrosos era intimidante. Como el majestuoso hombre a su lado. O, mejor dicho, como el majestuoso príncipe demonio.

Le llevaría algún tiempo acostumbrarse a eso. Recordar que no era un hombre mortal.

Reprimió la oleada de excitación que sintió y odió la forma en que la afectaba pensar en el poder de él.

—Eso no responde a mi pregunta. —Envy la estaba mirando con curiosidad.

Se encogió de hombros, pero permaneció en silencio.

Después de haberle mentido y haberla secuestrado, tendría que esperar una eternidad antes de que compartiera más secretos sobre sí misma.

Camilla respiró hondo y el aire frío la obligó a aguzar sus sentidos.

Envy no había mentido, al menos no sobre el Corredor del Pecado. Estaba fingiendo no sentirse afectada, pero había notado la magia del mundo rodeándolos como si una manada de lobos olfateara a un par de posibles presas. Se preguntó qué pecado atacaría primero para poner a prueba su temple. También se preguntó si el reino se sorprendería ante lo que descubriera.

—Iremos lo más lejos posible, pero si la prueba no ha terminado, tendremos que encontrar refugio en el Corredor para pasar la noche —la informó el príncipe, rompiendo el silencio.

Se concentró en Envy y detectó la tensión en su cuerpo.

No podría haber parecido más nervioso ni aunque lo hubiera intentado. Por lo que Camilla recordaba de las viejas historias, no era necesario que se quedara con ella.

Estaba eligiendo hacerlo. Probablemente, para asegurarse de que no huyera. O tal vez tuviera que ver con su pecado. Envy no querría que ella se alejara demasiado de su lado.

El demonio la examinó con frialdad.

—¿Tienes frío?

Negó con la cabeza y señaló rápidamente la enorme capa. Él no era el único capaz de ocultar detalles innecesarios.

Si lo encontró sospechoso, no hizo comentarios al respecto.

En lugar de eso, empezó su lento desplazamiento a través de la nieve, permaneciendo unos pasos por delante para abrirle camino. Era práctico, pero también amable.

Camilla bebió de cada lugar de aquel reino mientras caminaban, absorbiendo detalles y guardándolos para pintarlos cuando volviera a casa, teóricamente, con su talento intacto de nuevo.

Aquel era precisamente el tipo de escena que le granjearía un nombre en Waverly Green. Su padre había sabido que diferenciarse era la clave; sus caprichosas obras de fantasía habían sido únicas en comparación con las pinturas religiosas o los bodegones por los que tantos otros se decantaban.

Aquella escena combinaría el amor de Camilla por los paisajes con la vitalidad de lo fantástico. Algo no tan llamativo como el trabajo de Pierre, pero sí perfecto para ella, con mundos secretos que suplicaban ser explorados.

Había mucho blanco, por supuesto, pero se veía interrumpido por toques profundos y ricos de verde gracias a los árboles, a las nubes grises del cielo y a un precioso tono azulado allí donde el hielo era excepcionalmente grueso. Los colores eran mates pero intensos, firmes contra el peligro inminente del dramático clima.

Subieron colinas empinadas y descendieron por barrancos pronunciados. A veces, el camino era tan estrecho que tenía que colocarse de lado para pasar y, otras veces, era lo bastante ancho como para que un ejército pudiera atravesarlo.

Cuanto más caminaban, más comprendía que aquel reino era vasto, mucho más de lo que jamás le habían contado. Parecía que se extendía sin fin en todas direcciones: el corredor solo insinúa la majestuosidad que podría esconderse más allá de esos altos picos montañosos.

Camilla nunca había viajado muy lejos de Waverly Green, a excepción de las excursiones anuales de la familia a su finca en el campo, que quedaba cerca. Aun así, a su madre le encantaba compartir historias de sus viajes anteriores por el mundo mortal, y a menudo pintaba un cuadro con sus palabras con tanta habilidad como lo hacía Pierre con sus acuarelas. Durante muchos años, su madre y Pierre habían parecido una pareja excepcional.

Sin embargo, la inquietud de su madre había puesto fin a aquello.

Tras la muerte de su padre, Camilla había pensado en seguir los pasos de su madre y abandonar Waverly Green. Al encontrarse sola de repente, se había dado cuenta de que podía ir a cualquier parte, hacer cualquier cosa. En casa, parecía posible que el torrente de soledad y recuerdos la ahogara. Pero había tomado una decisión y se había aferrado al honor de su padre, eligiendo en su lugar encargarse de El Camino de las Glicinas.

Camilla nunca se había arrepentido de su elección, pero seguía soñando en secreto con visitar algún día los mundos de las historias de su padre. Aunque la realidad de estar haciéndolo con el príncipe de la Envidia a su lado parecía más de lo que había esperado.

De vez en cuando sentía la ligera presión de la magia contra ella y la hacía retroceder mentalmente. La ira era solo una leve molestia. La gula constituía un ligero deseo de seguir deleitándose con aquel mundo. La envidia la hacía desear tener una forma de regresar allí cada vez que quisiera empaparse de todo y la hacía sentirse celosa de quienes tenían esa posibilidad. Sin embargo, nada la abrumó, nada la controló.

Era dueña de su voluntad. Ojalá pudiera recuperar su talento con tanta facilidad.

Envy mantuvo la mayor parte de su atención fija en la línea de árboles, lo cual indicaba que los gruñidos que había oído antes de verdad pertenecían a alguna bestia. Camilla había escuchado leyendas sobre perros de tres cabezas y podía imaginarse a esas criaturas emitiendo el espeluznante sonido que oían ahora.

El demonio la miró un par de veces, con el ceño fruncido, como si fuera un acertijo que no lograra resolver.

Aguardó, conteniendo la respiración, a que la interrogara, pero no llegó a hacerlo.

Camilla lo estudió mientras estaba de espaldas a ella, admirando abiertamente su poderosa figura, la certeza de sus pasos confiados y sin prisa. Envy se sentía como en casa en aquel mundo tan duro, impertérrito. Era el mayor depredador de aquel corredor y lo sabía.

Y ese conocimiento la hacía sentirse irritantemente en sintonía con él.

Observó la forma en que incluso los copos de nieve parecían apartarse de él, sin atreverse a estropear su ropa o su peinado, admiradores que simplemente se hacían a un lado, inclinándose ante su príncipe.

Si lo pintara aquí y ahora, dibujaría a todo el reino doblegándose ante su poderosa voluntad. Mostraría la tierra doblada a sus pies, arrodillada también.

Resopló.

A él le encantaría la idea de ser adorado por la misma tierra que pisaba.

Envy le lanzó una mirada por encima del hombro.

—Nada —dijo ella, respondiendo a la pregunta tácita de sus ojos—. Solo me estoy divirtiendo un poco.

—Eso ya lo veo. —Su boca se curvó en las esquinas, el primer destello de alegría que había visto en su rostro desde que la había llevado hasta allí tan presuntuosamente.

Se giró e impuso un ritmo cada vez más inhumano.

Caminaron sin descanso.

En lugar de asustarse ante los gruñidos y rugidos que la rodeaban, empezó a sentirse como en una aventura, y su creatividad tejió visiones del aspecto que tendrían las criaturas escondidas en los bosques, cómo podría pintarlas cuando recuperara su talento. Porque *iba* a recuperarlo.

¿Serían aquellas criaturas grandes bestias aladas, tal vez con cabeza de león y cuerpo de ballena? ¿Tendrían colmillos del tamaño de sus brazos? ¿Tendrían gruesas capas de piel, o escamas, o algo totalmente nuevo?

Las posibilidades eran infinitas.

La emoción la recorrió cuando se oyó el siguiente rugido, que vibró a través del suelo. Sonaba como si estuviera sobre la colina más cercana. Camilla se estremeció ante los latidos de su corazón, ante la aceleración de su pulso.

Envy negó con la cabeza, con una expresión todavía ligeramente divertida ante su reacción, pero permaneció en silencio.

Ella se dio cuenta de que el miedo había despertado algo en su interior. La hacía querer deshacerse de su civismo y volverse salvaje también. Peligrosa. Dejando a un lado aquellos molestos pecados, eso era lo único que la tentaba verdaderamente. Aparte del propio príncipe.

Pero él era peligroso por una razón muy diferente. Camilla sentía que podía desatar en ella todo lo que había mantenido encerrado, escondido. Y la idea de que desentrañara sus secretos ya no era tan aterradora como debería.

El viento sopló con renovado vigor, las copas de los árboles se balancearon y le hicieron señas para que ella también se soltara.

La nieve empezó a caer con más fuerza, salpicada con hielo.

Envy se detuvo de repente.

—Nos quedaremos aquí esta noche.

Camilla echó un vistazo a través del denso follaje.

Allí no había nada más que una cabaña destartalada construida con árboles toscamente tallados, apenas lo bastante grande para ella, y mucho menos para ellos dos juntos. No después de ese día, en el que Envy la había tentado con tanta vehemencia.

Por primera vez desde que había entrado en aquel reino, a Camilla se le aceleró el corazón por una razón completamente diferente. Parecía que su verdadera prueba de voluntad estaba a punto de empezar.

Y esa vez tenía pocas esperanzas de ganar.

Hacer caso omiso de la magia era una cosa, pero ignorar su creciente deseo era algo completamente distinto. Y aquel pecaminoso reino lo sabía.

VEINTINUEVE

—Después de ti, señorita Antonius.

Envy retiró la gigantesca rama de abeto, revelando por completo la diminuta cabaña que había escondido debajo del enorme árbol la última vez que había llevado a una mujer mortal en su reino.

No le gustaba pensar en eso, en ella, así que se concentró en lo que tenía entre manos, aunque «cabaña» era un término generoso para la pequeña choza que había levantado cortando árboles y fusionándolos con un poco de magia. Nada demasiado intenso, nada que pudiera enfadar al Corredor. Si hubiera sido capaz de conjurar el edificio entero, lo habría hecho. Desafortunadamente, no había sido así, y se había arremangado para ponerse a trabajar.

Envy supuso que todavía se sentía más o menos realizado.

Camilla pareció sorprendida al principio, pero en aquel momento contemplaba la estructura con interés, tal como había hecho con cada centímetro del Corredor del Pecado. No sabía de nadie a quien aquel maldito lugar hubiese inspirado tal asombro o intriga; la artista lo había sorprendido con su entusiasmo por sus profundidades árticas.

Y lo que era aún más sorprendente, hasta el momento, parecía haber evitado la mayor parte de la influencia, fomentando su creciente sospecha de que guardaba un secreto. Pero Envy sabía que cuando el sueño por fin la derrotara, Camilla sucumbiría a la maldad del reino. Ningún ser, ni siquiera los vampiros más fuertes, los cambiaformas o los fae podían resistirse a la seductora atracción del Corredor del Pecado.

Y eso por no mencionar la atracción física que ya ardía entre ambos.

Había mantenido abierta la conexión con los sentidos de ella, asegurándose de saber si se sentía angustiada o temerosa en algún momento del viaje. Si algo atacaba, quería enterarse de inmediato.

Al llegar, Camilla estaba furiosa por que la hubiera llevado hasta allí sin previo aviso. Lo que Envy no había querido admitir era que había esperado hasta sentir que ella estaba dispuesta, mucho antes de que le hubiera dado una respuesta formal.

La verdadera sorpresa llegó mientras caminaba a través de la tormenta detrás de él.

Había experimentado un cosquilleo de miedo què no había tardado nada en convertirse en emoción. Cuando la excitación de Camilla lo había golpeado a continuación, casi había perdido el equilibrio. La había mirado por encima del hombro y la había encontrado repasándolo de pies a cabeza, carnal e indomable. Se había esforzado por detectar algún indicio de que estuviera siendo puesta a prueba para la lujuria, pero no lo creía así. Lo que había sentido habían sido sus propias emociones. No estaba seguro de que ella se hubiera dado cuenta. Pero a él no se le iba de la cabeza.

Y ahora estaban a punto de quedar atrapados durante horas, a solas en la cabaña, con un gran problema.

Envy pasó junto a ella y tiró del pomo congelado hasta que giró y la pequeña puerta se abrió con un fuerte crujido cuando la capa de hielo se rompió. Los fragmentos brillaron sobre la nieve como cristales rotos.

Camilla lo miró y entró. Se detuvo justo al cruzar el umbral.

Envy sabía por qué.

Esta noche iban a estar *muy* juntitos.

La diminuta cabaña de una sola habitación estaba a oscuras y no tenía ventanas; el espacio cuadrado estaba ocupado casi en su totalidad por una cama grande. Y por cama, Envy se refería a las gruesas capas de ramas de pino que había trenzado para formar una exuberante plataforma.

La «cama» estaba colocada contra la pared del fondo, dejando solo un pequeño espacio para poder abrir la puerta por completo.

El aire estaba viciado, pero impregnado de la calidez del pino. Entrarían en calor y estarían a salvo de los elementos. Habían pasado horas, y aunque aún no estaba cansada, Camilla necesitaba dormir antes de que llegara la peor parte de la tormenta.

Envy la empujó con suavidad hacia delante.

Ella clavó los talones en el suelo.

—Apenas hay espacio suficiente para la cama.

Lo que evitó mencionar fue que prácticamente tendrían que acurrucarse uno encima del otro para encajar en ella. Un hecho que él había en parte temido y en parte anticipado.

Sería su propio infierno personal tener a Camilla presionada contra su cuerpo mientras experimentaba la sensación de los pecados.

—Mis disculpas por el alojamiento menos que estelar, alteza —se burló en voz baja—. La próxima vez que viajemos por el Corredor, me aseguraré de añadir otra ala a la cabaña.

Ella lo insultó en voz baja con una palabra gloriosamente sucia, pero lo dejó pasar y quitarse la capa de los hombros para extenderla sobre el lecho de ramas, como una especie de sábana. Envy le hizo un gesto para que se tendiera, lo cual hizo con una mirada furiosa. Se arrastró sobre el colchón y puso a prueba su estabilidad antes de instalarse en el extremo más alejado. El demonio cerró la puerta detrás de él, asegurándose de que encajara con firmeza en el marco, y luego se subió al colchón, a su lado.

La calidez de Camilla lo envolvió casi al instante, su aroma llenó el espacio entre ellos hasta que lo único en lo que pudo pensar fue en cuánto envidiaba a su perfume por tocarle la piel cuando él no podía.

—¿Iremos directos a la casa de la Pereza? —preguntó ella—. ¿Cuándo hayamos... acabado aquí?

—Sí —respondió—. Viajaremos un poco más lejos para complacer al Corredor, luego usaré la magia *transvenio* para trasladarnos al círculo de mi hermano en cuanto pueda. Deberíamos llegar a media mañana.

—*Transvenio* —repitió ella en voz baja—. Según las historias de mi padre, así es como los príncipes demonio viajan entre reinos. Como pasar de una realidad a la siguiente. Así es como hemos llegado antes a las puertas. ¿Correcto?

—En efecto.

—¿No veremos tu corte primero?

Tragó con fuerza.

—No tenemos tiempo para visitas.

Supuso que debería enviarle una misiva a Sloth, antes de aparecer sin previo aviso, pero para hacerlo tendría que detenerse en su casa y esperar a que le concedieran paso a la corte rival, lo que significaba que Camilla vería su reino en ruinas de primera mano. Aunque la llevara a su cabaña real, a las afueras de su territorio, muchas cosas podrían salir mal. Era probable que Sloth se tomara su tiempo para responder, y ese era el único riesgo que Envy no podía correr ahora: perder más tiempo.

Se permitió una breve fantasía sobre una historia que se desarrollaba de forma diferente. De su casa siendo sólida, llena de vida y arte, y demonios que recogían todo tipo de objetos y elementos para inspirar su pecado en sus compañeros de círculo.

Envy quería ver la mirada de Camilla recorriéndolo todo cuando estuviera tan reluciente y maravilloso como antaño. Quería saber si le gustaría su casa, sus galerías, sus curiosidades. Su dormitorio.

Y eso era peligroso.

No debería querer nada de aquello.

Ella permaneció en silencio unos instantes.

—Dijiste que estás jugando a un juego... que esa es la razón de todo esto. ¿Qué hay en juego?

Todo, pensó.

—Un artefacto que codicio —dijo al fin. Era verdad, en parte.

—¿Estás haciendo todo esto por un artefacto? —preguntó—. Debe de ser muy importante.

Se quedó mirando el techo de madera, con la mandíbula apretada. Estaban demasiado cerca de discutir su mayor error, y encima allí, donde una vez la había llevado *a ella*.

Camilla se giró para mirarlo, pero él no le devolvió la mirada. No podía.

—Quítate la capa —ordenó en vez de eso. Cuando sintió su sorpresa, la miró por fin y señaló sus cuerpos expuestos—. La usaremos a modo de manta.

Camilla le echó un vistazo largo y silencioso, pero hizo lo que le pedía y él la ayudó a taparlos a ambos con los extremos de la prenda. Como último acto de caballerosidad, se quitó el chaleco y lo arrebujó para formar una almohada que colocó debajo de su cabeza.

Mientras ella se recostaba y se acomodaba aún más contra su costado, Envy decidió contar hacia atrás desde mil, concentrándose en su objetivo final.

Odiaba a Lennox y a su realeza fae no seelie. Los odiaba más de lo que había odiado nada antes. No solo vería restaurada su corte, sino que aniquilaría su corte no seelie como represalia. Jugaría con todos ellos como Lennox lo había hecho con él.

—¿Envy? —susurró Camilla, rompiendo su concentración. La sintió moverse debajo la capa y de ella emergió un dedo cálido que le recorrió la longitud de la mandíbula.

Había estado rechinando los dientes.

Se obligó a relajarse.

—¿Cuántos jugadores más crees que hay? ¿En este juego? —preguntó Camilla mientras apartaba la mano.

—Depende de a cuántos más haya perjudicado el maestro del juego. Podrían ser cinco o veinte. O puede que ya no queden más que dos o tres.

—¿Qué pasa con los jugadores que no resuelven sus pistas?

—Su destino lo decide el maestro del juego. Puede elegir dejarlos marchar en paz o puede matarlos. Sus vidas le pertenecen desde el momento en que aceptan el juramento de sangre.

A Camilla se le entrecortó la respiración. Envy por fin bajó la mirada hasta ella. Se estaba mordiendo el labio, con expresión tensa. Quería suavizar la línea entre sus cejas, pero no lo hizo. No saldría nada bueno de tanta ternura.

—¿Qué pasa si no aceptan un juramento de sangre? ¿Al principio del juego?

Parecía preocupada, pero no estaba seguro de por qué.

—Hasta donde yo sé, todos los que juegan han firmado el juramento. Que es lo que permite al maestro del juego obligarlos a cumplir las reglas.

—¿Qué crees que tenemos que buscar a continuación? —preguntó, retrocediendo e inclinándose para mirar hacia el techo—. El acertijo no nos proporcionó una verdadera pista.

Le gustó que considerara que eran un equipo.

Demasiado.

—Mi hermano es todo un coleccionista y la casa de la Pereza está llena de libros y artefactos. Imagino que encontraremos la siguiente pista en una de sus bibliotecas. Tendremos que buscar algo que no encaje.

Ella se giró para mirarlo de nuevo, con expresión cautelosa.

—Y este maestro del juego... He oído que los fae suelen jugar. El rey no seelie en particular.

Qué mujer tan inteligente.

Se debatió sobre si volver a complacerla, pero no veía el daño en admitir que estaba en lo cierto.

—En efecto. Lennox, el rey no seelie, es el maestro del juego.

Camilla guardó silencio. Se preguntó qué historias habría oído sobre el rey no seelie. Se preguntó si sabría lo peligroso que era cuando quería algo.

De repente, Envy no quiso que se viera envuelta en nada de aquello.

—Duerme. Mañana será un día largo.

Camilla se dio la vuelta para tumbarse sobre su otro costado y se quedó quieta. Él había procurado respetar sus límites, ignorando su afán por espiar sus sentimientos en aquel reducido espacio, pero no pudo evitarlo: abrió ese canal entre ellos de nuevo y detectó claramente su irritación.

—Debes de estar rodeado de demonios que besan tu real trasero a menudo —soltó ella de repente, y él se estremeció—. No a todo el mundo le gusta que le den órdenes.

Por los huesos de los dioses. Aquella mujer lo volvía loco. Puede que hubiera llegado el momento de devolverle el favor otra vez, de divertirse un poco antes de reanudar la búsqueda.

—Normalmente, me besan la polla. —Envy sonrió cuando los celos de Camilla recorrieron la cabaña—. Y lo disfrutan mucho cuando les doy órdenes.

Ella le dio la espalda, fingiendo que ya no existía.

Sus celos le dieron algo en qué concentrarse, algo que disfrutar. No le gustaba haber vuelto a aquel lugar, no después de todo lo que había sucedido. No pudo evitar burlarse un poco de ella, para recordar lo diferente que era esa situación.

—De hecho, doy todo tipo de órdenes —dijo Envy, recolocándose para mirar al techo, con las manos detrás de la cabeza—. Algunas quizá las recuerdes. Quítate la ropa. Túmbate. Separa los muslos. —Hizo una pausa y dijo lentamente—: Córrete para mí.

Ella tragó de forma audible, su energía ahora teñida de excitación. Envy sabía que estaba recordando esa noche de hacía poco con todo lujo de detalles.

—Una buena amante también me da órdenes, mascota. ¿Quieres algunos ejemplos?

Lo maldijo por encima del hombro, diciéndole exactamente a dónde podía irse. Él volvió a colocarse de costado, de cara a su espalda, y bajó la voz hasta convertirla en un gruñido seductor.

—Más fuerte, más profundo, más rápido. *Ahí*. No pares. —Su brusca inhalación lo dejó demasiado complacido—. Y sigo el juego, Camilla, soy bueno y obediente durante un rato.

—No estoy ni remotamente interesada en tus conquistas, alteza.

—Mmm. —Sabía que eso era cierto sin usar sus sentidos. Pero también sabía que experimentaba un perverso disfrute al imaginárselo haciéndole todas y cada una de esas cosas a ella.

Al darse cuenta de que él mismo se sentía más afectado de lo que pretendía, permitió que el silencio cayera entre ambos una vez más, tratando de ignorar la cálida curva de su trasero a solo unos centímetros de distancia.

Al principio, percibió su decepción —le *gustaba* jugar, de eso ya se había dado cuenta—, pero, al final, el cansancio la venció por fin. Esperaba que así durmiese bien y dejara de lado las nuevas preocupaciones sobre Lennox y su traicionero juego. Efectivamente, la respiración de Camilla se tornó lenta y uniforme. El sueño descendió sobre ella como un manto de nieve recién caída.

Esperó hasta que ya llevaba dormida un rato antes de echarle otro vistazo rápido, como un ladrón. Yacía acurrucada de lado, con la capa bien arrebujada bajo su barbilla puntiaguda.

El sueño no alcanzó a Envy; dudaba que fuera a pasar y, de todos modos, prefería permanecer alerta. Pocas criaturas de aquel bosque se atreverían a importunarlo, pero, aun así, el juego estaba en marcha. No estaba seguro de cuánto tiempo había transcurrido cuando de repente ella rodó hacia él, agarrándose lentamente a la capa, como si tratara de resistirse a un sueño.

El cabello plateado se le había abierto alrededor formando un halo y confiriéndole la apariencia de un ángel. Sus pestañas largas y oscuras descansaban en pequeñas medialunas sobre sus mejillas doradas.

Parecía en paz, completamente tranquila. Como si el hombre a su lado fuera una especie de caballero y no un príncipe malvado.

Envy no conseguía recordar ninguna ocasión en la que alguien se hubiera mostrado tan vulnerable ante él.

Se acercó muy despacio y le colocó un rizo suelto detrás de su delicada oreja. Camilla entreabrió los labios y un suspiro de satisfacción escapó por ellos. Ahora estaba profundamente dormida, completamente relajada. Pensó en envidiarle esa paz, pero, por algún motivo, no pudo.

Sabía que el Corredor del Pecado ya no tendría piedad.

Envy volvió a tenderse boca arriba, con la mirada fija en el techo.

Todo su cuerpo estaba tenso, a la espera.

Intentó concentrarse en cuál podría ser la siguiente pista. Resolver los acertijos y ganar el juego debería ser la única preocupación en su cabeza. Y, aun así… Cuanto más pensaba en que Lennox insistía en que Camilla lo acompañara, más odiaba que ella estuviera allí.

Debería haberla dejado en Waverly Green.

Si hubiera sido un hombre mejor, lo habría hecho. Y a la mierda con las consecuencias.

La respiración de Camilla cambió, interrumpida por un ligero jadeo.

Envy tragó con dificultad.

Y así empezaba aquella larga noche.

Su respiración uniforme dio paso a pequeños jadeos de placer continuo. Envy cerró las manos en puños mientras evolucionaban hacia unos suaves gemidos.

Intentó concentrarse en el aguanieve del exterior, en el aullido del viento que hacía traquetear la puerta dentro del marco. Cualquier cosa para evitar pensar en la ocasión en que había estado entre sus piernas, provocando esos mismos sonidos. Aquella pequeña degustación había sido peligrosa... no lo había dejado ni remotamente saciado.

Como en respuesta, ella se retorció bajo la capa y se giró para mirar en la dirección contraria a él, exponiendo el cuello en el proceso. Con un suave murmullo, Camilla pareció acercarse a la calidez del príncipe, moviendo las caderas hasta que pegó su pequeño y generoso trasero contra el costado de Envy y se frotó contra su cadera, buscando la fricción.

No cabía duda de que estaba siendo sometida a la prueba de la lujuria.

Envy se concentró en el maldito techo e intentó contar las vetas de la madera. Camilla se estaba moviendo de nuevo, se estaba recorriendo el cuerpo con las manos. A pesar de estar enterrada debajo de la capa, podía sentir el camino que trazaban como si lo estuviera recorriendo él mismo. Primero las deslizó por sus caderas, deteniéndose encima de su tembloroso vientre, y luego las subió hasta sus pechos, donde sus dedos ahuecaron sus generosas curvas, sin duda encontrando placer en la presión de sus tentadoras caricias.

Como el egoísta que era, esperaba que lo estuviera viendo a él en esos sueños alimentados por el pecado.

Recordando cómo se había sentido cuando *él* la había hecho correrse.

A pesar de todos sus esfuerzos por ser un caballero, a Envy se le puso dura. Lo que daría por separarle los muslos y hundirse en ella, por hacer colisionar sus caderas hasta que ambos se hicieran añicos. El Corredor del Pecado no podía ponerlo a prueba a él, pero en ese momento, casi juraría que era eso lo que estaba sucediendo.

Se llevó un puño a la boca y se lo mordió con fuerza, pero el dolor solo centró su deseo de sentir placer.

En aquel momento, Camilla se estaba quitando la capa y bajando la mano para levantarse la falda, mostrando así una piel suave contenida solo por medias de seda confeccionadas para ser adoradas.

Ya no pudo evitarlo. Observó, absorto, mientras ella movía y levantaba las caderas, perdida en las caricias de su amante fantasma. La suave exhalación de su aliento se entremezcló con el susurro de sus faldas y el olor a pino liberado por la cama con cada movimiento. Como en contra su voluntad, sintió su propia mano cerrándose sobre su erección, acariciando la parte superior de sus pantalones al mismo ritmo.

Camilla abrió poco a poco los ojos y, para su sorpresa, lo miró directamente. Al ver su propia excitación, se puso de rodillas sobre la cama y maniobró con gracia hasta sentarse a horcajadas sobre él, con las faldas ondeando a su alrededor mientras le apoyaba las manos en los hombros. Por encima de las medias, tenía los muslos desnudos y Envy podía sentir su suavidad donde se apretaban contra sus caderas.

—Camilla —advirtió, repentinamente alerta—. Despierta.

Ella le sonrió bajo sus pesados párpados, la curva más maravillosamente tortuosa y perversa que jamás hubiera visto.

—¿Quién ha dicho que esté dormida, alteza?

TREINTA

Tal vez fuese un poco perverso, pero Camilla se estaba divirtiendo demasiado torturando al príncipe que yacía rígido debajo de ella.

Se merecía que jugaran con él después de sus mentiras y engaños. Y, especialmente, después de esa treta para ponerla celosa. Le había llevado unos momentos darse cuenta de lo que había estado haciendo; había estado totalmente concentrada en intentar no envidiar a sus anteriores amantes y fracasando estrepitosamente.

Pero tras darse cuenta del jueguecito que se traía entre manos, se sintió irritada consigo misma por haber caído en la trampa. El príncipe se había divertido demasiado avivando su envidia, tratando de susurrarle cosas que la impactaran y la tentaran, generando anticipación y necesidad.

Camilla se había quedado impactada, claro, impactada por lo húmeda que sentía la zona entre los muslos ante el mero pensamiento de someterse a sus libertinas órdenes.

De modo que, cuando sintió el cosquilleo de la lujuria, decidió aprovecharlo al máximo. Si Envy quería un espectáculo, se lo daría.

La influencia del pecado hacía tiempo que había remitido, y la sorprendió que Envy ni siquiera lo hubiera considerado posible.

Aunque, al sentir su respuesta hacia ella, casi se le había olvidado que se suponía que aquello sería una venganza descarada. Con su gruesa longitud presionada contra ella, tan dura y tentadora, era difícil recordar dónde estaban los límites de su actuación.

Si es que quedaba alguno.

Se preguntó hasta dónde podrían llegar, fingiendo que ninguno de los dos era consciente de que el Corredor del Pecado no era responsable de sus acciones.

Otro juego perverso.

Volvió a pasarse las manos por los costados, acariciándose la parte inferior de los pechos antes de rodear los tensos promontorios del centro. El corpiño le apretaba, la oprimía, y podía sentir sus curvas presionando contra el escote, amenazando con desbordarse por culpa de su respiración agitada.

Se levantó y descendió lentamente por el cuerpo de Envy, perdiéndose en la sensación, en el poder puro de tenerlo tenso debajo de ella.

Toda esa masculinidad cruda, toda esa gracia animal, prácticamente vibrando de deseo apenas contenido.

Puede que aquello hubiera empezado como un juego, pero Camilla no estaba fingiendo su excitación.

Un sonido ahogado la obligó a devolver su atención al príncipe y bajó la mirada para ver los ojos de Envy fijos en ella y una expresión torturada en su rostro.

La agarró de las caderas, extendiendo sus dedos fuertes sobre ellas, como si no lograra decidir si debía ayudarla a apretarse contra él o levantarla para alejarla del todo.

Camilla lo miró con atrevimiento, complacida de que todavía se sintiera así de… afectado por su espectáculo.

—Camilla.

Esbozó una sonrisa. Había hablado en voz baja y ligeramente ronca.

Imaginó que no habría mucha gente que hubiera empleado el propio juego del príncipe de la Envidia en su contra.

—¿Te gustaría saber qué estaba recordando, alteza? —preguntó, ondulando las caderas de nuevo y restregándose sobre esa gloriosa longitud.

—No.

Mentiroso, pensó.

—En aquella noche en casa de Vexley, cuando nos caímos del colchón y aterrizamos como estamos ahora. Por un instante me pregunté qué harías si me inclinara hacia ti. —Lo hizo en aquel momento y dejó los labios flotando tan cerca de los de él que sintió su brusca inhalación—. Quería ver si sabías tan pecaminoso como esperaba.

Él tragó saliva y ella trazó ligeramente el contorno de sus labios con la lengua. Tenía la forma que tenían las bocas en las fantasías: llena y seductora y hecha para besar.

—¿Debería haberlo hecho? ¿Debería haberte probado esa noche? —susurró, acercando la boca a su oreja, notando el rastro de piel de gallina en su cuerpo.

No creía que él siguiera respirando. Parecía estar sintiendo dolor.

La tensión aumentó entre ellos, tanto que le entraron ganas de tocarla como si fuera una cuerda de guitarra.

—Quiero que respondas a dos preguntas con sinceridad, alteza. ¿Lo harás? ¿Por mí?

Con la mirada fija en su rostro, Envy estudió sus ojos y luego descendió hasta sus labios. Su asentimiento fue una ligera inclinación de cabeza, apenas perceptible.

—¿Te gustó mi sabor? —preguntó en tono sedoso.

Él maldijo, la agarró con más fuerza de las caderas y perdió el autocontrol.

—Sí —respondió con dificultad.

—¿Piensas en él?

Descendió hacia él y golpeó un punto que hizo que ambos se quedaran sin aliento. Camilla se dio cuenta de que debía tener cuidado. Su cuerpo palpitaba contra el de él.

Envy no había respondido a su pregunta. Se inclinó y le mordisqueó el labio.

—Has prometido que responderías.

—Sí, joder, pienso en él. —Soltó una risa torturada—. A todas horas.

—Gracias por tu honestidad. —Se incorporó de golpe y le pasó una pierna por encima para volver a tumbarse tranquilamente en la cama junto a él.

Le dedicó una sonrisa victoriosa mientras se arrebujaba en la capa, preparándose para dormir.

—Que tus sueños sean tan maravillosamente pecaminosos como tu lengua, alteza.

Los dientes de Envy rechinaron, y tenía la mandíbula lo bastante tensa como para cortar piedra.

Camilla se emocionó un poco y añadió:

—Y en honor a la sinceridad, deberías saber que es posible que yo también piense en ello.

La mañana llegó acompañada de otra fuerte tormenta.

Mientras Camilla se desperezaba y se levantaba, se sintió cansada pero lista para ver qué más le depararía ese reino.

El príncipe no le ofreció demasiada conversación mientras se ponía su capa y rompía la escarcha fresca sobre la puerta de la cabaña. Parecía estar más tenso de lo habitual. Si era por culpa de su jueguecito de tentación de la noche anterior, o porque su mente estaba centrada en su verdadero juego, no sabría decirlo.

Avanzaron penosamente a través de la interminable nieve, y el paisaje fue perdiendo algo de su atractivo conforme más frío, más húmedo y más hambriento se volvía. Después de varias horas de una caminata interminable, el demonio al fin se detuvo.

—De acuerdo. Ya hemos llegado lo bastante lejos para satisfacer al Corredor. —Le tendió la mano—. ¿Estás lista?

Asintió y, sin una sola palabra más, él hizo magia para alejarlos de allí. Camilla sintió el poder del aire silbando a su alrededor y abrió los ojos. Se encontró delante de un enorme castillo de piedra, ubicado en la cima de una montaña impresionantemente escarpada.

Giró en círculo, estudiando el castillo, las montañas —con magulladuras de color azul marino y blanco extendiéndose en la lejanía—, y la niebla que había descendido como un sudario fúnebre.

A menos que Envy hubiera cambiado de opinión sobre su plan, estaban en el jardín delantero de la casa de la Pereza.

El demonio subió las amplias escaleras de piedra cubiertas por la nieve recién caída y fue directo hacia las puertas dobles arqueadas en la parte superior, escondidas en un nicho flanqueado por dos grandes columnas.

Camilla también avanzó penosamente hasta que, incapaz de evitarlo, se detuvo delante de la primera columna para admirar la intrincada flora y fauna tallada en lo que parecía ser piedra caliza, o cualquiera que fuese su equivalente demoníaco. Quienquiera que se hubiera encargado de aquel trabajo era excepcional: no había ni una sola marca de cincel, ninguna señal de que la piedra no hubiera brotado ya tallada.

La examinó más de cerca. La escena representada era fantástica pero oscura: flores que cambiaban para convertirse en armas y animales aparentemente enzarzados en una batalla.

Camilla lo entendió. La naturaleza era una amante violenta; su belleza, una máscara que ocultaba su crueldad.

Rodeó despacio la columna, deteniéndose en la escena más fascinante de todas. Un escorpión, un buitre y un ibis bailando alrededor de una esfera. Había más animales y formas geométricas por todas partes, pero aquel grupo parecía diferente.

Apoyó la mano sobre la fría piedra en señal de reverencia, preguntándose si habría habido magia involucrada en su creación.

Envy se detuvo y miró por encima del hombro con expresión inescrutable.

—Quédate ahí, señorita Antonius. Pase lo que pase.

El fino vello que le cubría los brazos se le erizó y al instante se puso más alerta.

No le había pedido que esperara, había acero en su orden.

Ahora, las tallas ya no parecían tan encantadoras, sino más bien siniestras.

—¿No es esta la propiedad de tu hermano?

Envy flexionó la mano derecha sobre su costado, en el lugar donde ella sabía que escondía su daga.

—En este reino, se considera un acto de guerra que un príncipe aparezca en el círculo de otro sin ser invitado.

—Y, aun así, no dejas de colarte, hermano.

Antes de que pudiera darse la vuelta, la punta de una espada emergió del pecho de Envy.

Sucedió tan rápido que el grito de Camilla escapó por su garganta en el preciso instante en que al príncipe le arrancaban la espada.

Envy cayó de rodillas, con el rostro transformado en una máscara de furia gélida mientras la sangre dorada le brotaba de la herida, salpicando de forma despiadada los escalones nevados.

—Tócala —había rencor entremezclado en su voz, incluso cuando se desvaneció hasta convertirse en un mero susurro— y os aniquilaré a todos.

Incluso sangrando de forma tan horrenda, Camilla sintió la promesa que encerraban sus palabras.

Sin perder de vista a su atacante corrió junto al príncipe caído, pero cuando se arrodilló ante él, Envy desapareció.

Palmeó frenéticamente el suelo por la zona donde había estado, ¿acaso lo había envuelto alguna fuerza invisible? Pero se había ido de verdad. Solo un pequeño charco de sangre permanecía sobre la nieve, y su color constituía un duro recordatorio de que él era diferente.

Miró al asesino de Envy y evaluó lo que podría utilizar para defenderse, silenciando la voz que le decía que no tendría ni una oportunidad contra él. Tendría que intentarlo.

Su cabello era de un tono único a medio camino entre el plateado y el dorado, y sus ojos presentaban el azul más pálido que jamás hubiera visto. Era como si la estuvieran mirando dos diamantes, duros y fríos. Totalmente carentes de emoción.

El demonio también la estaba estudiando con atención.

Después de un incómodo y largo periodo de silencio, volvió a enfundar su daga, muy despacio. Había dicho que Envy era su hermano, así que...

—Debéis de ser el príncipe de la Pereza.

Él hizo una media reverencia insolente y contestó con aire de suficiencia:

—Llevaba un buen siglo buscándoselo.

—Lo habéis asesinado. —¡Camilla no podía creerse lo arrogante que era aquel hombre!

La diversión calentó ínfimamente aquellos ojos helados.

—Te aseguro que solo lo he mandado de vuelta a su círculo. Es probable que regrese al anochecer, completamente curado, pero esta vez tendrá la decencia de enviar una misiva primero. Ven. La señorita Antonius, ¿verdad?

Camilla asintió, sopesando si debía creerle, pero Sloth se giró y le dio la espalda.

Estaba claro que consideraba que Camilla no representaba ninguna amenaza. Supuso que podría usar aquello a su favor, en caso de ser necesario.

—Bienvenida a la casa de la Pereza.

TREINTA Y UNO

L a casa de la Pereza no se parecía a nada que Camilla hubiera visto jamás, ni siquiera en las residencias más acomodadas de Waverly Green. Dudaba incluso de que el rey o la reina pudieran presumir de semejante riqueza. Nunca había visto su castillo, puesto que vivían en Sundry, una ciudad muy al norte de Waverly Green que hacía las veces de capital del reino de Ironwood.

Y no se trataba simplemente de riqueza en cuestión de objetos, sino de conocimientos.

Una vez dentro, se encontraron en un vestíbulo circular.

Desde la entrada se podía acceder a varios pasillos, y el laberíntico castillo se extendía más allá del alcance de la vista en todas direcciones.

A todos los efectos, parecía una biblioteca enorme.

Todos los pasillos que alcanzó a ver estaban repletos de estantes de madera oscura llenos de libros encuadernados en piel. Unos apliques de latón ardían silenciosamente junto a elegantes paneles y lujosas alfombras tejidas a mano cubrían los suelos de madera.

—Esto es impresionante. —Camilla giró lentamente para asimilarlo todo—. Nunca había visto nada parecido.

Bajo sus pies había una rosa de los vientos con incrustaciones de oro.

Sloth le dirigió una mirada tímida, muy diferente a la arrogancia de su hermano. Y muy diferente de la del príncipe demonio que acababa de apuñalar a Envy en el pecho.

—Ven —dijo—, daremos una vuelta mientras esperamos a que llegue mi hermano. Si quieres —añadió—. Si prefieres ir directamente a la habitación de invitados, lo podemos arreglar.

Camilla sonrió, insegura. Preferiría descubrir todo lo que pudiera, cuanto antes.

—Si no es problema, me encantaría hacer un recorrido.

Sloth inclinó la cabeza.

—Sin embargo, siento curiosidad —se apresuró a decir— por la columna de ahí delante. Las tallas eran preciosas. ¿Qué simbolizan?

Sloth parecía complacido de que hubiera reparado en ellas.

—Es nuestra interpretación de las Columnas Gemelas, aunque lamentablemente no se trata de una réplica exacta.

—No he oído hablar de ellas —admitió Camilla.

—Era un lugar antiguo dedicado a las estrellas y al cielo nocturno, aunque algunos sostienen que representaba a las cortes seelie y no seelie. Las columnas atraen los relámpagos, y cuando estos impactan en ellas, brillan y las constelaciones talladas se proyectan en el anfiteatro donde se erigen. Se dice que una de las columnas es buena y refleja armonía y prosperidad, dos regalos de los dioses antiguos. Se rumorea que la otra es malvada y representa la destrucción cataclísmica, por lo que, en cierto sentido, ofrece una advertencia. O, al menos, eso dicen algunas de las teorías más plausibles. Por supuesto, nadie está realmente seguro. Lo que sí sabemos es que ofrecían a los fae una ruta directa a las tierras mortales.

—En ese caso, me encantaría ver las auténticas algún día. —Camilla solo podía imaginarse el espectáculo que debían de ofrecer. Qué mágico debía de ser ver el saludo de los cielos al inframundo, una unión que no debería existir.

—Por desgracia, ahora están escondidas debajo del círculo de mi hermano, atadas allí por arte de magia.

—¿Por qué? —A Camilla se le cayó el alma a los pies al pensar que aquel antiguo lugar había quedado inservible.

—La obsesión del rey no seelie por los mortales aumentó de tal manera que llegó a ponerlos en peligro a ellos y también a las fronteras de nuestro mundo. Fue advertido para que dejara sus excentricidades, pero no le gustó recibir órdenes de un demonio, sin importar que mi hermano gobierne sobre todos los reinos del inframundo. Lennox sintió que, como rey no seelie de su propia isla al oeste, él y su corte no deberían estar sujetos a las mismas reglas. Así que tuvimos que limitarle el acceso, por el bien de todos.

—Una sola persona fue la responsable de estropear las cosas para todo el mundo.

—No es una persona —aseguró Sloth con suavidad—. Es imperativo recordar que ningún ser que encuentres en el inframundo o en cualquiera de los reinos de las sombras es humano. No importa cuánto lo aparenten.

—Cierto, por supuesto.

Él le dedicó una sonrisa tensa y luego hizo un gesto hacia delante.

—El interior de la casa de la Pereza comprende setenta mil ciento cuatro metros de estanterías.

Camilla seguía rumiando acerca de las columnas, pero Sloth consiguió que volviera a centrar en él toda su atención.

—En el último recuento, había ciento ochenta y siete mil libros, sesenta y cuatro mil especímenes, veinte mil obras de arte, incluidas las esculturas, y mil novecientas armas. Cada artefacto está emplazado dentro de la cámara de lectura más acorde con su tema.

Camilla no podía hacerse a la idea de esas cifras, pero era consciente de que no estaba exagerando acerca de la cantidad. Los techos se elevaban al menos diez metros en todas direcciones y las estanterías con escaleras ocupaban todo el espacio.

La casa de la Pereza era absolutamente magnífica, pero, de alguna manera, seguía transmitiendo una sensación de calidez e invitación, a pesar de su tamaño y grandiosidad. Puede que fuera por las mullidas butacas dispuestas en nichos por todas partes, o por las grandes vigas de roble, desgastadas por el tiempo, que decoraban los techos abovedados. En cualquier caso, una parte de ella deseaba acurrucarse de inmediato con un libro y perder toda noción del tiempo.

Se fijó en que no había ni una pizca de orgullo o ego en el tono de Sloth mientras hablaba de su colección; hablaba como si solo estuviera compartiendo una serie de hechos.

—No puedo ni empezar a imaginar cuántos años han sido necesarios para conseguir una colección extensa —intervino al fin.

—Demasiados, estoy seguro, pero esa es la carga de mi pecado.

Señaló con la cabeza el ala que tenían delante. Encima había una placa en la que habían tallado la palabra SCIENTIA.

—Cada ala de la finca está dividida en secciones como esta. Todos los libros de esta ala están relacionados con la ciencia; hay diferentes estancias dentro de esa ala dedicadas a diversas disciplinas. Flora, fauna, anatomía, astronomía, arqueología, etcétera. Luego están la historia, la geografía, el arte… Y esa última ala está dividida en ilustraciones, óleos, periodos de tiempo y artistas, o incluso, por diversión, en el «arte de la seducción», el «flirteo» o las «artes culinarias», y luego están los poemas, las obras de teatro, la ficción y, por supuesto, los tomos ordenados por especies. Fae, vampiros, hombres lobos, demonios, brujas, diosas, mortales, mestizos, cambiados, cambiaformas, etcétera. También existen registros de nacimiento de la realeza sobrenatural a lo largo de la historia y secciones dedicadas a lo oculto. Hechizos, maldiciones, maleficios, encantamientos, alquimia, acertijos, rompecabezas y juegos.

Camilla sentía como si a su corazón estuvieran a punto de brotarle alas y fuera a emprender el vuelo.

—¿Cómo es posible conseguir tantos registros de nacimiento? —Sacudió la cabeza y encontró rápidamente la respuesta por sí sola—. Espías.

—Los demonios Umbra, los más singulares de los demonios menores, son volubles en el mejor de los casos, pero ser incorpóreos les confiere cierta sutileza. Solo hay que asegurarse de pagarles la cantidad más alta. Son leales únicamente a sí mismos. Y a mi hermano Pride, sobre todo.

—Vuestra colección es bastante impresionante, príncipe Sloth.

Él frunció los labios y Camilla se preguntó qué había dicho para disgustarlo.

—Perdonadme, alteza. Si me he excedido...

—No lo has hecho, señorita Antonius. —Le dedicó una cálida sonrisa—. Prefiero que me llamen Lo. Por favor, renuncia a cualquier formalidad. Solo mis hermanos me llaman Sloth, y suele ser para enfadarme.

La guio por un pasillo largo y sinuoso que era fácilmente el doble de grande que su casa de la ciudad. Se detuvo en el siguiente pasillo y levantó la mirada hacia una nueva placa.

HABENTIS MALEFICIA.

Brujería.

—Algunas alas tienen más... conciencia. A menudo se reorganizan solas, aunque nada demasiado desconcertante. Ventanas y puertas se mueven de sitio, el mobiliario cambia. En un determinado momento puede que encuentres un sofá y, al siguiente, un taburete. A veces, los hechizos que investigamos salen mal. La brujería no es fácil para los demonios.

—¿Investigáis mucho? —preguntó Camilla.

Lo se encogió de hombros, sin comprometerse con ninguna respuesta.

—Mi corte estudia un poco de esto y un poco de aquello. Disfrutamos de un amplio conocimiento.

Lo cual era la forma evasiva del demonio de contestar que sí, pensó ella irónicamente. Puede que todavía no la hubiera descartado como amenaza.

—¿Podrías encontrar algo que estuviera fuera de su lugar? —preguntó, pensando en el juego.

—Por supuesto; mantenemos registros estrictos de todas y cada una de las estancias.

Los registros eran maravillosos, pero, aun así, tendrían que buscar en todas las habitaciones. Y se estaba empezando a dar cuenta de que eso podría llevar toda una vida.

Continuaron por el siguiente pasillo, cada uno más impresionante que el anterior.

En lugar de madera dura, aquel suelo estaba hecho de lo que parecía ser mármol negro con motas de un tono carmesí intenso.

Lo reparó en la curiosidad de su mirada.

—Heliotropo. Más comúnmente conocida como piedra de sangre. Se extrae justo a las afueras de isla Malicia. La sede de la corte real vampírica.

No entró en más detalles y Camilla no presionó. En el mercado negro había oído rumores sobre el príncipe vampiro; se decía que siempre escuchaba su verdadero nombre cuando se pronunciaba en voz alta, sin importar dónde ni cuándo, y no tenía intención de llamar su atención en caso de que esos rumores fueran ciertos.

—La mayoría de las escaleras están encantadas —explicó Lo—. Solo tienes que llamar a una y dirigirla hacia donde te gustaría ir. —Ante su mirada sorprendida, añadió—: Somos bastante capaces de mover escaleras físicamente, por supuesto, pero ¿por qué no encantarlas, si uno tiene la capacidad? Puede que prefiramos la mente a la fuerza, pero no olvidemos que somos demonios. La casa de la Pereza luchará tan despiadadamente como cualquier otra casa del pecado.

Lo había dicho con tanta naturalidad que casi se podía pasar por alto la amenaza subyacente.

—Tomo nota, Lo. Siempre he creído que la mente es más temible que la hoja más afilada. Solo ella puede idear múltiples formas de hacer caer al enemigo.

Camilla no había caído en la trampa de creer que era un simple e inofensivo aficionado a los libros, pero podía entender que los demás cometieran ese error. Con facilidad.

Se preguntó si eso lo hacía aún más peligroso.

¿Cuántos otros habían subestimado, como estúpidos, al príncipe de la Pereza? ¿Cuántos habían confundido su inclinación por pasarse el día leyendo con pereza cuando en realidad se trataba de perfeccionar la mejor arma de su arsenal, su mente?

Si el conocimiento era poder en aquel círculo, entonces el príncipe que tenía delante, con las manos metidas cuidadosamente en los bolsillos, disponía de él a rebosar.

Él le devolvió la mirada con la precisión de un científico y Camilla supo que no había ningún detalle que se le escapara, ninguna sutileza o matiz pasado por alto o desestimado.

Lo no era un hombre perezoso en ningún sentido.

Era infinitamente paciente. Calculador. Perversamente inteligente. Se tomaba su tiempo, lo estudiaba todo hasta que quedaba satisfecho con todos los resultados potenciales.

Si actualmente no tenía pareja y buscaba una, que Dios ayudara a la persona de la que se enamorara. Camilla sabía que no dejaría piedra sin levantar mientras la investigaba al máximo, tramando y planificando su seducción tan bien que la otra persona no tendría ninguna oportunidad de escapar.

Aunque nadie querría hacerlo. Debajo de esa apariencia modesta acechaba un guerrero tan mortífero y feroz como sus hermanos.

—Tu habitación de invitados está justo al final del siguiente pasillo. —Su expresión se tornó indiferente mientras continuaba a un ritmo pausado—. Por favor, estás en tu casa. Es probable que mi hermano aparezca en la próxima hora o dos.

Camilla se mordió el labio, dubitativa.

—¿Tendría permitido seguir echando un vistazo por aquí?

Lo se detuvo en seco y la estudió con atención.

—¿Qué tema te interesa?

Se preguntó si sabría lo del juego y cuánto debería revelarle.

—Para ser sincera, estoy buscando una pista. Es para...

—El último juego de Envy, por supuesto. —Lo suspiró—. No estoy seguro de cómo has acabado involucrada, pero pareces una buena persona. No dejes que la obsesión de mi hermano por ganar solo para presumir de ello te destruya. Esos juegos rara vez valen el precio que hay que pagar por ellos.

Por lo que Camilla había visto, eso no parecía ser cierto. Envy estaba muy motivado, concentrado, sí, pero su intensidad no parecía algo frívolo. No le había contado nada al respecto, pero había empezado a sospechar que el juego significaba más de lo que dejaba entrever. A cualquiera.

En lugar de generar sospechas al respecto, hizo la pregunta que se había convertido en la más molesta y persistente. Y al instante deseó poder retirarla.

—¿Está tu hermano... encariñado con alguien?

—Aparte de lo que él llama sus curiosidades, mi hermano no siente cariño por nadie.

—¿Nunca?

Lo ladeó la cabeza, considerándolo.

—Envy no te ha hablado de su norma.

No era una pregunta, así que Camilla no respondió.

La simpatía inundó la expresión de Lo.

—Pasa solo una noche con cada amante. No importa lo que sientas o lo que creas que podría sentir él, eso no cambiará, señorita Antonius. Mi hermano es incapaz de cambiar.

Envy no le había contado esa parte explícitamente, pero recordó esa noche en casa de Kitty... Le había dicho que sería solo por una noche. *Su secreto.* El hecho de que no hubieran dormido juntos significaba que, técnicamente, su única noche aún no había terminado. Lo que hizo que en su mente dieran vueltas un millón de posibilidades.

—¿Porque le rompieron el corazón en el pasado?

—Porque su pecado no le permite contentarse con lo que tiene —respondió Lo con amabilidad—. Envy siempre desea algo nuevo. Hasta que lo consigue. Entonces, siente envidia del siguiente objeto que codicia, de la siguiente persona reclamada por otro. Te perseguirá y se volverá tremendamente territorial hasta que te consiga. Luego, te arrojará a un lado. No es cruel. Simplemente, está gobernado por su pecado, como todos nosotros.

Camilla quiso dejar de lado la advertencia, pero pensó en Vexley. En la rapidez con la que Envy había desarrollado su desprecio por él. Había creído que era por defenderla. Pero si había que creer a Lo...

—O sea que ¿nunca le han roto el corazón?

—Yo no he dicho eso. —La sonrisa de Lo fue una lenta torsión de sus labios—. Si quieres un consejo, protege tu corazón y olvídate de mi hermano. Está satisfecho con sus juegos, sus acertijos y sus conspiraciones.

Era una advertencia destinada a disuadirla, pero tuvo el efecto contrario. A Camilla también le gustaban esas cosas. Últimamente, cada día le gustaban más y más.

Un sirviente se dirigió hacia ellos, un demonio estudioso que llevaba gafas. Andaba con tranquilidad.

Le entregó una nota al príncipe y luego hizo una reverencia.

Lo la leyó y se guardó el papel en el chaleco.

—Báñate. Come. Descansa. Mi hermano ya ha solicitado volver a entrar. —Sonrió de nuevo, aunque esa sonrisa no le llegó a los ojos—. Lo haré esperar un poco más, solo para recordarle quién gobierna la casa de la Pereza.

TREINTA Y DOS

—**M**enudo hijo de puta.

Envy arrugó la misiva dentro del puño, a segundos de declarar la guerra contra el gilipollas de su hermano Sloth. Dicha guerra solo había sido evitada por poco por la petición de visita sorpresa de su *otro* hermano gilipollas, el demonio de ojos dorados al que estaba mirando ahora.

Fulminó con la mirada a Wrath, quien iba impecablemente vestido de pies a cabeza con su característica ropa negra.

En sus dedos brillaban varios anillos de oro. Solo un tonto pensaría que eran una simple ornamentación para ir a la moda. Envy sabía de primera mano cómo podían potenciar un golpe.

Su hermano había acudido preparado para una pelea y Envy se sentía lo bastante molesto como para complacerlo. Décadas atrás, Wrath se había negado a involucrarse la primera vez que el maestro del juego había jodido a Envy. Un hecho por el que nunca lo había perdonado del todo. Si alguien hubiera tenido la oportunidad de hacer retroceder a Lennox en aquel entonces, habría sido su hermano. Pero, en vez de eso, había elegido la diplomacia. Aquello había dado pie a la fricción subyacente entre ellos y al papel que menos le gustaba desempeñar a Envy: el de villano intrigante y desalmado.

Dejando a un lado la animosidad, hacía poco había fingido que quería robar algo que su hermano codiciaba. Lo que nadie sabía era que había hecho que sus espías informaran en secreto al príncipe Greed de la ubicación de las dos diosas desaparecidas. Había sido *esa* preciada información la que había puesto en marcha la eventual destrucción de una maldición. Envy había hecho todo lo posible para pincharlos a todos y que pasaran a la acción, utilizando cualquier medio necesario, pensando siempre en su corte y en su destino.

Nadie sospechaba de la verdadera motivación de Envy, solo veían a alguien a quien le gustaba jugar. Cosa que ya le venía bien.

El demonio de la guerra le dedicó una sonrisa burlona.

—Yo también te he echado de menos. —Wrath le lanzó una bolsa, y el olor a azúcar y a crema inundó el aire al instante—. Aunque no tanto como mi esposa.

Envy echó un vistazo dentro y una extraña sensación derritió levemente su irritación.

Emilia le había preparado *cannoli*. Se quedó mirando la bolsa durante un largo instante, sin que surgiera ningún motivo oculto discernible, nada aparte de… amistad. A Emilia le encantaba cocinar, le encantaba alimentar a sus seres queridos. Envy debía admitir que se sentía un poco conmovido ante el hecho de que ahora él también formara parte de ese grupo.

Luchó contra el impulso de probar uno cuando se dio cuenta de lo atentamente que lo estaba estudiando Wrath.

Volvió a cerrar la bolsa y la arrojó descuidadamente sobre su escritorio.

—Gratitud. —El tono de Wrath era divertido—. Esa es la extraña emoción que estás experimentando. Le transmitiré tu agradecimiento. Por alguna razón, Emilia cree que ahora sois amigos.

Esa agradable sensación en su pecho se expandió dolorosamente.

La aplastó de inmediato.

—¿No deberías estar en casa atendiendo a tu pervertida mujer? Ya me he enterado de lo de las esposas.

—Se ha ido a visitar a su hermana. —La mirada dorada de Wrath lo inmovilizó, carente de repente de cualquier rastro de humor—. Y si tus espías vuelven a vigilar a mi esposa, vendré a por ti.

Envy suspiró.

—Contrariamente a la creencia popular, a nadie le importa tu vida sexual. No apoyes a tu esposa sobre cada superficie dura que encuentres fuera del castillo si buscas la misma privacidad que un mortal.

—Tus espías no deberían entrar en mi círculo, las protecciones...

—¿Para qué has venido? —lo interrumpió Envy; era mejor no ir por ahí.

Wrath lo miró fijamente, demostrando que sabía con precisión lo que pretendía.

—¿Dónde está tu corte? Los pasillos estaban en silencio.

Envy sintió un nudo en el estómago. Alexei había escoltado a Wrath y lo había llevado directamente desde la puerta principal de su estudio. Había sido arriesgado permitirle el acceso, pero denegar su petición también habría despertado las sospechas de su hermano.

Envy había vigilado el pasillo para desviar a los miembros confundidos de su corte y mantenerlos alejados de la mirada vigilante del demonio de la guerra.

—Hace poco que se ha instalado una nueva exposición de la Edad del Hierro en la terraza superior.

No era mentira. A diferencia de un humano, cualquier príncipe demonio detectaría el engaño. Envy lo había formulado con cuidado para evitar que Wrath percibiera cualquier mentira.

Su hermano lo examinó con agudeza. Era lo bastante inteligente para saber que estaba pasando algo, pero no había ninguna mentira directa de la que acusarlo. Por suerte, Wrath había visitado hacía poco la casa de la Envidia, y aunque su hermano sospechara, la corte de Envy había parecido prácticamente intacta entonces. Wrath nunca se imaginaría lo bajo y rápido que habían caído todos.

Envy adoptó esa mirada aburrida con la que sus hermanos lo asociaban.

—Si estás buscando poner celosa a Emilia, estoy seguro de que encontrarás a alguien de tu gusto aquí. Alimenta mi pecado mientras lo haces.

Wrath le lanzó una mirada que indicaba que Envy se estaba pasando.

—Necesitas liberar parte de esa ira. La he sentido desde mi casa.

Era cierto que estaba muy tenso. Pero no necesitaba ayuda. Lo que necesitaba era ponerse a buscar la siguiente pista en la casa de la Pereza, y se había hartado de la intromisión de sus hermanos. Al final, uno de ellos descubriría por qué estaba tan tenso. Tenía que deshacerse de Wrath antes de que se convirtiera en un problema.

Mientras Envy esperaba a que su herida sanara, se había aventurado a bajar a las cocinas. El humo se había elevado serpenteando por los pasillos y las escaleras. Un demonio se hallaba boca abajo sobre los fogones, la causa de su muerte no había resultado obvia de inmediato.

Había encontrado a Franklin, su mayordomo, vagando en círculos antes de que se recuperara y le hiciera una reverencia. Había olvidado brevemente quién era Envy.

Una señal de que sus recuerdos se volvían más confusos día tras día. Pronto no recordaría quién era, qué papel vital desempeñaba en la casa. Envy lo había mandado a sus aposentos con instrucciones de descansar y se había hecho cargo de la cocina él mismo.

Acababa de limpiarse el olor a carne quemada de su cuerpo cuando le había llegado la petición de Wrath.

—¿Y bien? —lo apremió su hermano—. ¿Tienes ganas de pelear? ¿O vas a intentar arrebatarme el trono?

—Créeme, no estoy en peligro de competir por tu pecado. A diferencia de ti, a mí no me hace falta luchar para controlarme. *Non ducor, duco*. No me dejo guiar, yo dirijo.

Wrath no se movió para atacar, pero Envy sintió que, de todos modos, la carga se acumulaba en el aire.

—La casa de la Venganza está provocando bastante discordia conforme se restablece. Será mejor que tu juego no incite a una guerra dentro de nuestras filas.

Envy no dejó que su intriga por la casa de la Venganza se manifestara. Aparte del pequeño cotilleo que Lust había compartido, a sus oídos aún no habían llegado susurros sobre el misterioso dominio de la Muerte. De hecho, Vittoria había permanecido sorprendentemente silenciosa desde que se había llevado a sus cambiaformas a su casa.

—Lo digo en serio. —La amenaza de Wrath sacudió el suelo—. Ya tenemos suficiente de lo que preocuparnos con las brujas, no nos hace falta tener problemas con los fae porque no sepas encargarte de tus mierdas. ¿Cuándo te vas a dejar de juegos?

La propia irritación de Envy se intensificó. Su hermano no tenía idea de lo jodidos que estarían todos si perdía aquel juego. No era culpa suya que el resto del reino se hubiera vuelto loco. Eso no era error de él y se negaba a asumir más culpa.

—Las brujas quedaron prácticamente aniquiladas en esa última escaramuza. Sabes tan bien como yo que les llevará décadas volver a suponer una verdadera amenaza. ¿Y cuándo tendremos paz? Sursea, la llamada Primera Bruja, es inmortal. Podríamos aniquilar todos los reinos de las brujas, pero se limitaría a crear más. La paz es un concepto inalcanzable, y lo sabes perfectamente.

Wrath cerró las manos en puños, pero Envy prosiguió.

—Pride puede odiar a Sursea, pero nunca permitiría que la madre de su esposa sufriera ningún daño real. Tu búsqueda de paz llevaría a la misma guerra que dices querer evitar. Pride atacaría tu círculo sin pensárselo dos veces; su único objetivo es encontrar a Lucia.

Tú, mejor que nadie, deberías saber cómo se siente. Así que, demonio de la guerra, ¿de verdad debería creerme que de repente desearas armonía? ¿Cuando la ira te alimenta?

La sonrisa de Envy era todo dientes.

Aún no había terminado de avivar el pecado de su hermano. Ni por asomo.

—Si un enemigo cae, otro se alzará y ocupará su lugar. Así son las cosas en el inframundo. Y te *gustan* así. Por si no lo recuerdas, la monotonía de la paz fue justo el motivo por el que todos caímos. Conspiraste para conseguir ese trono, como el resto de nosotros. Nadie permanece derrotado o caído para siempre. Tampoco hay nadie que permanezca en la cima para toda la eternidad.

La legendaria furia de Wrath hizo retumbar el suelo de su estudio privado.

—¿Eso es una amenaza?

Envy le dirigió la mirada indolente que sabía que enfurecería a su hermano.

A lo mejor *sí* que buscaba pelea.

—¿Has venido hasta aquí para molestarme con chorradas sobre la paz o existe algún motivo real para esta visita?

Wrath parecía estar sopesando en silencio los beneficios y las desventajas de pegarle, pero al final se controló. Siempre tan diplomático.

—Lust dice que la mujer por la que te has interesado no sucumbe a su influencia.

Su hermano iba a acabar con una puñalada en los huevos.

—Eso suena a problema de Lust. Y no me he interesado por nadie.

Wrath agudizó la atención. Envy se maldijo a sí mismo en silencio. Había mentido. Los demonios eran hábiles con las omisiones y los juegos de palabras, pero *nunca* con las mentiras abiertas.

Jamás revelaría hasta dónde había llegado para superar esa maldición. El dolor. El precio. No estaba seguro de que fuera necesario mentir para el juego, pero había hecho planes y había buscado hasta encontrar una antigua leyenda que podría hacerlo realidad.

Se sometería a la Muerte Verdadera antes que revelarle ese secreto a alguien.

—Mientes. —Wrath se acercó y su pecado se encendió una vez más—. ¿Cómo?

—En realidad no esperas que comparta mis secretos. ¿Por qué te molestas en preguntar?

—¿Te preocupas por esa mujer?

—Su talento me intriga —respondió Envy con sinceridad—. Sabes que codicio cosas únicas.

—Permite que reformule la pregunta: ¿te importaría si ella sufriera algún daño?

A Envy se le aceleró el pulso. Wrath lo oiría, siempre listo para la caza. La zona entre los omóplatos le ardía por la repentina necesidad de liberar sus alas. Alas que no podía invocar. Alas que había perdido con la caída de su corte.

—Me aburres con tus tonterías. Pero sí. Me importaría si sufriera algún daño. El juego exige su participación. Por lo tanto, es valiosa para mí.

Wrath entrecerró los ojos y guardó silencio mientras lo evaluaba.

—Elegir no responder directamente a la pregunta es igual que responderla, Aethan. —Su hermano era excepcionalmente astuto cuando quería—. De modo que tal vez sea hora de dejar de jugar. Podría resultar herida.

Envy no podría haber detenido el juego ni aunque lo hubiera deseado. Y que Wrath estuviera allí, actuando con superioridad, como si él no tuviera idea de cuánto peligro acechaba a Camilla, hizo que le entraran ganas de arremeter.

—No vuelvas a utilizar mi verdadero nombre en otra perversa escenita. Y no vengas a mi círculo a sermonearme. Mi paciencia solo llega hasta cierto punto.

La expresión de Wrath no cambió. Todavía lucía aquella sonrisa fría y burlona. Envy deseó arrancarle la cara, sus brillantes ojos dorados.

—Hablas como un demonio enamorado.

Se dio la vuelta en aquel momento, y su musculosa figura ocupó todo el umbral.

—Pride ha apostado a que las invitaciones se enviarán a finales de año —lo informó Wrath—. Después de lo de hoy, yo digo que será en tres meses.

Envy sabía que lo estaban incitando.

—¿Las invitaciones para qué?

—Tu boda.

Algo antiguo e inquieto cobró vida en su pecho. Envy preferiría beber del Cáliz de la Fatalidad antes que casarse con alguien, incluso con Camilla. Cierto, puede que disfrutara de su compañía, puede que la deseara físicamente, pero nunca iría más allá.

No pensaba permitirlo.

—Entonces, esperaré con ansias a cobrar mi fortuna.

Wrath se rio entre dientes y sus anchos hombros temblaron.

—No apuestes contra ti mismo. O las arcas de Greed por fin estarán más llenas que las tuyas.

Antes de que el pecado de Envy pudiera estallar, alguien llamó a la puerta.

El miedo hizo que se le atascara el aliento en la garganta antes de que entrara Alexei.

La mirada de Envy aterrizó al instante en la mano de su segundo, en la nota que había estado esperando de la casa de la Pereza.

Abrió el sello de cera y la leyó. Por fin, hostia. Le habían concedido permiso para entrar en los dominios de Sloth.

Levantó la vista, molesto por que Wrath no se hubiera marchado.

—¿No tienes una esposa a la que atar? ¿Por qué sigues aquí?

Lo sintió un momento antes de que sucediera.

La daga de Wrath relució y golpeó a un enemigo invisible. Un demonio Umbra apareció, desplomado y moribundo a los pies del demonio de la guerra.

—Mantén a tus espías alejados de Emilia.

Se agachó para limpiar su arma en la túnica del espía muerto y luego pasó por encima de su cuerpo. Antes de que Wrath pudiera irse por su cuenta y tropezara con cualquier cosa poco conveniente, Alexei lo acompañó de vuelta a la puerta principal.

Envy cruzó los brazos sobre el pecho.

—Informe.

El segundo demonio Umbra se materializó parcialmente.

—El humano, Vexley, desapareció poco después de que abandonarais ese reino. Nadie ha podido oler ningún rastro.

Envy apretó los dientes.

—¿Y? ¿Qué pasa con la madre de la pintora?

—No tiene familia en Waverly Green. No hay sangre ni pelos en la casa.

Lo que significaba que no había forma de saber si era una cambiaformas.

Supuso que podría cortarle un mechón de pelo a Camilla y mandar que lo analizaran. Descubrir de una forma u otra quién era, como mínimo. Pero si eso ponía en peligro el juego, si contaba como interferencia…

Envy suspiró.

—Sigue buscando.

TREINTA Y TRES

Al parecer, horas después de que hubiera llegado a la casa de la Pereza, Camilla por fin fue informada de que Envy estaba allí. Se sintió inmediatamente molesta por que no se hubiera preocupado ni de comprobar cómo estaba. Después de un baño rápido, había deambulado durante todo el día, haciendo todo lo posible por dar con su siguiente pista. Sola.

Por no mencionar que la última vez que lo había visto, él tenía una daga sobresaliéndole del pecho. En lugar de hacerle saber que se encontraba bien, había ido directo a una cámara sobre la historia de los fae.

Si Camilla albergaba alguna idea errónea sobre cuáles eran sus prioridades, esta había quedado destrozada. Estaba claro que su único interés era aquel misterioso juego.

—A pesar de nuestro primer encuentro, Lo parece muy agradable. Y es bastante guapo —dijo Camilla a modo de saludo, curiosa por provocar el pecado de Envy para ver cuánto podía hacerlo incrementar.

El demonio resopló, pero no levantó la cabeza del libro que estaba hojeando. Su pecado no había sido invocado. Quizá no sintiera nada por ella. Ese pensamiento la irritó.

—Es evidente que no estás de acuerdo. ¿Por qué?

Envy dirigió su mirada esmeralda hacia ella.

—Después de haberme apuñalado, ¿te explicó mi encantador hermano por qué lleva ese nombre?

Negó despacio con la cabeza y la tortuosa sonrisa de él emergió, con sus seductores hoyuelos y todo.

—Porque se deleita humillando a sus enemigos. Sloth es perverso como el que más. Te aconsejaría que no cayeras nunca en la trampa de su afable apariencia.

—Aunque hay que agradecer que al menos haga un esfuerzo, ¿no, hermano?

Lo estaba apoyado contra el marco de la puerta, con un par de gafas colgando de una cadena que llevaba al cuello. Se había quitado el frac y se había arremangado la camisa, exponiendo unos brazos tonificados y lo que parecía ser el tatuaje de alguna frase asomando.

—Mi corte está buscando en todas las estancias mientras hablamos. Si hay cualquier cosa fuera de lugar, la hallarán.

Paseó la mirada entre ellos, con una expresión difícil de leer.

—Se hace tarde, así que he ordenado a mi cocinero que mande la cena a vuestros aposentos. Dado que trabajaremos las veinticuatro horas del día para localizar la pista, no tendremos tiempo para una cena formal. Espero que sea suficiente, señorita Antonius.

Envy aplaudió una vez.

—Bien hecho. Has evitado la verdad de forma maravillosa.

Ante la mirada inquisitiva de Camilla, añadió:

—Sloth prefiere comer algo en su dormitorio mientras lee. Siempre que puede evitar una gran cena, lo hace. El lema de su casa es *Libri Ante Vir*. Los libros antes que el hombre. Es probable que se lo haya tatuado en el trasero.

Lo no negó la acusación.

—Si necesitas algo, señorita Antonius, no dudes en pedírmelo. Mi cocinero estará encantado de prepararte lo que desees.

—Pide que me envíen algunos de mis cócteles preferidos. Y un poco de vino de bayas demoníacas para que lo pruebe la señorita Antonius.

Envy se reclinó en su silla y apoyó los pies en la mesa, la viva imagen de la arrogancia. Acababa de darle órdenes a otro príncipe, en un círculo que no le pertenecía. Incluso Camilla entendía que eso era profundamente insultante.

Lo apretó los labios hasta que formaron una estrecha línea. Seguro que estaba debatiendo si atacar a Envy de nuevo. Esa vez, Camilla imaginó que le clavaría la daga más hondo.

—No te olvides de las moras trituradas y el azúcar moreno —añadió Envy—. Va a ser una noche larga.

Camilla sonrió cuando Lo puso los ojos en blanco y salió de la estancia. Envy tendría suerte si no lo apuñalaba ella a continuación.

—¿Qué esperas encontrar exactamente en esta sección?

El demonio la miró y levantó el libro en el que había estado inmerso.

Era una historia sobre el rey no seelie.

—Lennox se considera un dios, pero tiene que tener una debilidad. Cuando la encuentre, la explotaré.

Había hablado como un verdadero villano.

Pero ella tenía la teoría de que solo se trataba de una máscara más. Consideró su respuesta con cuidado, a sabiendas de que la forma en que procediera allanaría el camino para que el príncipe compartiera su motivación y se abriera, o lo haría cerrarse en banda por completo.

Tenía que empezar poco a poco.

—¿Conoces al rey?

El aire se enfrió varios grados.

—La próxima vez que estemos en la misma habitación, uno de nosotros no saldrá de ella por su propio pie.

Un odio antiguo y más frío que el hielo impregnaba sus palabras. Era una promesa peligrosa.

Camilla se estremeció. El rey no seelie debía de haber hecho algo verdaderamente terrible.

—Me imagino que los no seelie no son peores que cualquier otra criatura de este reino —respondió sin ir directa al grano—. ¿Por qué lo odias a él en particular?

Un sirviente entró silenciosamente en la estancia y les dejó una bandeja de plata cargada con bourbon, almíbar, ralladura de naranja y moras, y una interesante botella de vino. Era oscuro y brillaba como las estrellas.

—¿Vino o bourbon? —preguntó el príncipe, cambiando de tema.

—Vino, por favor.

Envy se levantó de inmediato, sirvió bebidas para ambos y le entregó una copa de vino de bayas antes de beberse su primer cóctel de un solo trago. Se preparó otro y dio un sorbo.

La miró con los ojos entornados.

—¿Has estado bien aquí, sola?

Su pregunta la sorprendió.

Su tono era tranquilo, informal, pero detectó algo peligroso retorciéndose bajo la superficie de su plácida expresión. Podría indicar que lo que le había dicho Lo era cierto: que Envy se comportaría de forma territorial hasta que su tiempo juntos tocara a su fin. O podría ser por algo más que él ya hubiera descubierto.

Era extremadamente difícil de leer cuando así lo pretendía.

—Sí. Tu hermano me ha hecho un recorrido por el lugar. —Hizo una pausa, observando cómo aferraba el vaso con más fuerza—. Ha sido todo muy impresionante. Debo de haberlo interrogado acerca de todo, pero ha respondido a mis preguntas con una sonrisa.

—Qué generoso por su parte.

—He preguntado por ti —confesó.

Envy enarcó levemente las cejas.

—¿Y? ¿Qué secretos te ha revelado mi querido hermano?

—Que tienes una regla muy interesante.

Envy parecía una pantera que acababa de oler a su presa. Se inclinó hacia delante, con el vaso medio vacío colgando de las puntas de los dedos y sosteniéndole la mirada sin parpadear.

—¿Te ha llenado la cabeza de cuentos de hadas, señorita Antonius? ¿Te ha contado que me han herido y necesito el bálsamo adecuado? —Su sonrisa era todo dientes—. Me gusta quién soy. Me gusta el desafío de la regla de una sola noche. La forma en que vuelve locas a mis amantes. Sus celos me sostienen. Me dan poder. Y no hay nada que disfrute más que ganar poder. Harías bien en tenerlo en mente, por encima de una fantasía.

—Tal vez sea tu poder lo que busco, mi señor.

Lo dijo para provocar, pero las palabras no le sonaron falsas.

Entonces, él le sonrió, mostrando sus hoyuelos por segunda vez en esa noche.

—Recuerda esta conversación *después* de visitar mi cama.

Allí estaba de nuevo ese príncipe condenadamente engreído. Al menos, parecía estar divirtiéndose.

Camilla quería volver al tema del principio.

—Estabas hablando del rey no seelie, de por qué lo odias.

—Preferiría que habláramos de nuestra noche de pasión. ¿Qué opinas de las alas?

Las alas serían realmente interesantes. No dejó que su expresión revelara nada.

Sabía que estaba intentando distraerla. Pero no mordería el anzuelo en esa ocasión. Permaneció en silencio, esperando a que él se abriera o cerrara la puerta con firmeza.

El príncipe pegó un buen trago a su bebida y suspiró, un sonido que fue mitad satisfacción, mitad resignación.

—Lennox me quitó algo. No una, sino dos veces. —Sorbió su bourbon, con la mirada fija en algún punto lejano—. En una ocasión, cometí el error de sentirme intrigado por una mortal.

Camilla contuvo la respiración, con el corazón acelerado ante la posibilidad de que estuviera sucediendo por segunda vez. Sabía que cualquier cosa que le contara a continuación sería terrible, que lo que había ocurrido había herido profundamente al príncipe.

—Antes de que Lennox decidiera jugar por primera vez conmigo, solía recibir invitaciones para visitar la Corte Salvaje de vez en cuando. Su arte es diferente de cualquier otro, y una fiesta en Faerie... son legendarias por una buena razón. Caos, libertinaje. Alimenta a aquellos seres creados por el pecado. Y los fae oscuros son mucho más perversos que mis hermanos.

Envy se terminó la bebida y su mirada aterrizó en la botella antes de decidirse a continuar.

—Esa noche... hubo algo en la invitación que me inquietó. No era solo para mí, sino para... ella. Sin embargo —se encogió de hombros—, no estaba seguro de si mi envidia estaba nublando mi juicio. A lo mejor no quería que ella asistiera porque no quería que nadie más la fascinara. Puede que no quisiera que alguien viera lo que tenía y la manipulara. O tal vez fuera un demonio egoísta y controlador, cosa de la que ella me había acusado.

—Se fue sola a la Corte Salvaje —aventuró Camilla, con un nudo en el estómago. No era lugar para los mortales.

—Las hadas son seductoras por naturaleza, en especial para los humanos. Tú lo sabes bien, los humanos crecen escuchando historias, la mayoría de las cuales no cuentan toda la verdad sobre su gente. De modo que se fue a Faerie, tentada por la aventura, por un cuento de hadas que nadie se había molestado en confesar que en realidad es una pesadilla. Bebió su vino, comió su comida y bailó con su rey. Llegué tarde, intenté salvarla. Luego, me desterraron.

Camilla sentía como si un pájaro batiera las alas dentro de su pecho.

—Le pedí a mi hermano Wrath que interviniera para ayudarme a romper la barrera, pero se negó. Quería evitar una guerra con los no seelie.

Los rumores y la leyenda afirmaban que el rey no seelie podía crear barreras tan intrincadas que ni siquiera el ser más fuerte sería capaz de traspasarlas. Ella sabía lo poderoso que era Envy, sabía que habría intentado repetidamente traspasar esas protecciones impenetrables. Que su hermano se hubiera negado debía de haberle dolido en lo más hondo, pero Camilla no estaba segura de que Wrath hubiera tenido éxito de todas maneras.

—Por lo que sé, Lennox no se cansó de ella durante mucho tiempo. Cuando por fin llegó ese momento, en lugar de dejar que se quedara allí, donde podría vivir para siempre, la devolvió al mundo de los mortales, a instancias de la reina.

Cuando la mirada de Envy se encontró con la suya estaba desprovista de toda emoción.

—¿Sabes lo que les sucede a los humanos que permanecen en Faerie durante demasiado tiempo, señorita Antonius?

Una lágrima rodó por su mejilla. Envy la vio caer.

El tiempo transcurría de forma muy diferente en el reino fae. Si el rey la había mantenido allí durante mucho tiempo, según sus estándares, era probable que en el mundo humano hubieran transcurrido cientos de años. Cuando el rey la envió de vuelta, debía de haber envejecido al instante y haber muerto.

Envy no habría podido hacer nada para salvarla.

—Lo siento, alteza. De verdad. —Camilla se sorprendió de lo en serio que decía aquellas palabras teniendo en cuenta lo profundamente que aquella mujer mortal había afectado al príncipe oscuro que tenía delante.

—No lo sientas. No sirve de nada.

Envy agarró la botella de bourbon, se puso de pie y se dirigió hacia la puerta.

Hizo una pausa antes de volver a mirar a Camilla a la cara.

—¿Me prometes algo? —le pidió.

Camilla asintió, pero no habló, no estaba dispuesta a prometer nada sin escuchar los términos.

—Nunca confíes en un miembro de la realeza no seelie, señorita Antonius.

Se marchó antes de que pudiera contestarle.

Con su confesión aún pesando sobre su corazón, a Camilla le costó darse cuenta de que solo le había contado una parte de su historia.

Al empezar su desgarrador relato, Envy había dicho que el monarca no seelie le había arrebatado dos cosas. Si la mortal era lo primero, ¿qué más había robado el rey?

Si resolvía ese misterio, Camilla sospechaba que por fin tendría la respuesta a la pregunta de qué buscaba Envy y por qué ganar el juego merecería cualquier precio que tuviera que pagar.

TREINTA Y CUATRO

Envy contempló sin pestañear el fondo de otro vaso vacío, preguntándose qué lo había poseído para compartir esa historia con Camilla.

Nadie sabía toda la verdad.

Ni siquiera Alexei. Y una de las principales razones por las que Envy había elegido al vampiro como su segundo al mando era conseguir el apoyo de ciertos miembros de la corte vampírica para su causa, en caso de que alguna vez tuviera lugar una batalla entre la casa de la Envidia y el rey no seelie.

Habían pasado casi doscientos años desde que Alexei había llegado a su círculo, y en ese tiempo, había presenciado algunos juegos anteriores. En aquel entonces, todo había sido frívolo. Pero Lennox también había sido menos sádico y había estado más interesado en los engaños de los fae que en causar verdadero tormento.

Envy había sido testigo del lento cambio en Lennox, había percibido problemas en la Corte Salvaje. Si de verdad iba a ganar aquel juego, quería estar preparado para cualquier resultado.

En el pasado, no había obrado con tanta astucia. No volvería a cometer los mismos errores.

Desde aquel entonces, Envy había pasado los años convirtiéndose en alguien nuevo, en alguien que no podía ser derrotado. Ahora, cada uno de sus movimientos tenía un propósito, una estrategia.

Planificaba todos los resultados posibles, colocaba poco a poco las piezas en su lugar, aguardando la oportunidad de hacer su último movimiento.

Envy se preparó otro Oscuridad y Pecado y se sentó en el mullido sofá de su sala de estar, donde el personal de Lo había encendido un fuego crepitante.

Había mentido una vez más; sabía exactamente por qué le había contado a Camilla la historia del rey no seelie. Tenía que asegurarse de que la artista no se dejara tentar por Lennox. A Envy no le cabía la menor duda de que era inevitable que sus caminos se cruzaran conforme el juego se fuera acercando a su fin.

Si Camilla sabía lo peligrosos que eran los fae, tendría alguna posibilidad de sobrevivir a un encuentro con ellos.

El golpe no sonó muy alto, pero atrajo sus pensamientos hacia el presente.

—Adelante.

Sloth cerró la puerta detrás de él y recorrió lentamente la habitación con la mirada. El muy intrigante había alojado a Envy y a Camilla en una suite compartida conectada por una cámara de baño y aquella sala de estar. Había insistido en que los mantenía juntos por su propia comodidad.

Envy había echado un vistazo a la cama deshecha en la que ella debía de haber dormido una siesta antes y fue directo a la sala común, con la necesidad de poner distancia entre su olor, él y sus frenéticos pensamientos sobre esas sábanas.

—La señorita Antonius no está aquí —dijo, señalando con la barbilla hacia la habitación de ella.

Sloth asintió como si no lo supiera ya.

—Bien. Quería discutir algo en privado contigo.

Envy le indicó que continuara.

—He empleado mi pecado con ella.

—Y ha resultado inmune.

—También te ha pasado a ti —adivinó Sloth.

—No, Lust intentó seducirla en Waverly Green. Al principio, supuse que era porque ese reino amortiguaba su poder de alguna manera. Creo que sucumbió en el Corredor del Pecado, pero a duras penas.

Sloth asintió de nuevo, asimilándolo todo.

Envy sabía que estaba clasificando y recopilando hechos, tomándose su tiempo.

Al final, su hermano habló.

—La explicación más sencilla sería un amuleto que la protege contra la magia oscura. ¿O puede que tenga un encantamiento tatuado en el cuerpo? —Estudió fríamente a Envy—. ¿Ya te has fijado en algún tatuaje que pudiera tener escondido? ¿Puede que un símbolo o una inicial?

—Conoces mi regla.

—Y supongo que, si todavía está aquí, es posible que no lo sepas.

—Creía que habías interrogado a Camilla.

De repente, Envy deseó saber de qué más había hablado su hermano con ella. Camilla había mencionado un tour, pero había cambiado de tema rápidamente. Ahora quería saber por qué. ¿Qué había intentado su maldito hermano?

—Tranquilo, tu pecado se está colando en mi círculo.

Aunque habló en tono ligero, las palabras de Sloth contenían una advertencia.

Estaba especialmente irritable, lo que hizo que Envy se preguntara qué lo preocupaba *a él*. Con suerte, algún amante secreto lo estaría volviendo loco. Sloth no alimentaba sus pasiones tan a menudo ni tan ampliamente como el resto, pero había mantenido algunas relaciones serias a lo largo de los siglos. Primero Liam; luego, Ivy.

No había habido tragedia ni angustia: las relaciones simplemente habían agotado su curso, y ambas habían acabado en términos amistosos. Sloth evitaba el drama. Cualquier cosa que supusiera un fastidio.

—Solo te sugiero que te pongas a ello y prestes atención a cualquier marca en su cuerpo —dijo, como si las payasadas de Envy lo agotaran.

—No me voy a acostar con ella para conseguir información.

Sloth le dedicó una sonrisa lenta e inmensamente divertida.

—¿Qué? —gruñó.

—Los principios te vuelven interesante, hermano. ¿Te has preguntado en algún momento si ella podría ser tu próxima pista? Sería un acertijo interesante, y ya sabes lo artero que es Lennox.

Envy guardó silencio. Pues claro que se lo había preguntado. Inmediatamente después de haber descifrado la última pista, había considerado la posibilidad de que Camilla fuera una pieza más del rompecabezas, pero lo había descartado.

Sobre todo, porque no *quería* que lo fuera. Que Sloth también se hubiera planteado esa posibilidad indicaba que era algo que debía explorar.

Envy había repetido una y otra vez que el juego era lo único que importaba.

Ya era hora de demostrarlo. No creía que fuera una jugadora, pero había algo que la motivaba, algo más que la simple curiosidad. Casi lo había percibido antes de llevarla al vacío entre reinos, pero luego ella había construido una muralla alrededor de esa emoción.

Puede que estuviera equivocado. A lo mejor ella era la jugadora y él, un simple peón en *su* tablero.

—Si no quieres seducirla para conseguir información —continuó Sloth—, simplemente presta atención cuando le hagas el amor. Conociéndote, aprovecharás tu única oportunidad… al máximo.

—No la tomaré aquí, en una cama prestada y de mala calidad.

En los ojos de Sloth brilló la picardía.

—Esta ala está protegida, para dar privacidad. Nadie la oirá, si es eso lo que te inquieta. Sé que la modestia es algo que preocupa a la mayoría de los de su especie.

—Humanos.

—Mmm. Supongo que tampoco has detectado ningún poder en ella.

—No. —Envy debatió las ventajas de conservar la siguiente información para sí mismo—. Posee un talento poco común con el arte, pero aparte de eso, no he detectado nada.

—¿Te importaría ser más específico?

—No es asunto tuyo.

—Interesante.

Envy lo detestaba con todas sus fuerzas cuando decía eso.

Sloth volvió a estudiarlo con mucha atención, como si su hermano no fuera más que un insecto que él pudiera sujetar con alfileres y diseccionar.

—¿Has visto los últimos cotilleos? —preguntó Sloth por fin, con demasiado desinterés. Envy clavó la mirada en él hasta que le dio más detalles—. La reportera de Gluttony ha publicado esto justo hoy.

Se sacó un periódico del bolsillo y golpeó a Envy en el pecho con él.

Este último echó un vistazo al titular y leyó el artículo.

¡ABUNDAN LOS RUMORES!

Parece que hay un juego misterioso en marcha que está atrayendo a los siete círculos a jugadores de todos los reinos. Algunos testigos con información privilegiada afirman que el rey no seelie está a la altura de su perversa fama y está manejando a nuestro propio príncipe de la Envidia como si fuese una marioneta.

Se rumorea que el premio es algo por lo que vale la pena matar, personalizado para cada jugador y lo bastante tentador para que vendan sus almas por él. Aunque no está claro si el asesinato está o no permitido en esta ocasión. Esperamos descubrirlo próximamente.

Algunas de las teorías más descabelladas especulan sobre si este juego no será un complot más oscuro y vil por parte del rey no seelie para aprovechar lo distraídas que han estado últimamente las cortes demoníacas con las diosas Furia y Muerte de la casa de la Venganza.

Con los siete círculos en peligro, ¿podría Lennox deshacerse de su correa y colarse de nuevo en el mundo de los mortales?

La obsesión del rey no seelie por los mortales es bien conocida, hecho que aporta credibilidad a esta teoría. Lo que sabemos es que dos desconocidos fueron vistos aquí la semana pasada. ¿Y si ambos fueran jugadores?

Antes de que este artículo fuera enviado a imprenta, el siempre decepcionante príncipe Gluttony fue interrogado acerca de un invitado al que había recibido la noche anterior, pero se ha negado a comentar o a confirmar ninguna parte del juego. Este mismo invitado fue visto dirigiéndose hacia el Bosque Sangriento durante las horas previas al amanecer.

No ha sido visto desde entonces.

Algunos han aventurado que el hombre no identificado se dirigía a encontrarse con la Anciana, que se cree que frecuenta el mágico bosque. Ante una pregunta directa al respecto, Gluttony ha guardado silencio y se ha limitado a insinuar que seguro que era un amante escapándose después de haberse recreado de forma excesiva en el capricho de su pecado.

Que el príncipe intentara hacerse el tímido y fracasara estrepitosamente no es sorprendente. Gluttony es el menos inteligente de sus hermanos.

Varios testigos han hablado de forma anónima sobre cierto fae solitario de pelo blanco que ha sido visto merodeando cerca del bosque en diferentes círculos. Si esto resulta ser cierto, cabe preguntarse por el motivo. ¿Está Lennox espiando a sus jugadores o existe otro misterio que

EL TRONO DE LOS CAÍDOS 315

es necesario resolver? O puede que el fae en cuestión vaya a la caza de su amor verdadero.

Si dispone de alguna información, contacte con nosotros de inmediato.

Por último, se ha observado que la habitualmente jactanciosa casa de la Envidia permanece en silencio. Esto nos lleva a creer que lo que está en juego podría ser más importante de lo que el príncipe está dispuesto a admitir. ¿Por qué si no iba Envy a cerrar su círculo al mismo tiempo que empezaron los rumores sobre el juego? Otros se preguntan por qué no se lo ha visto alzar el vuelo desde el fin de la maldición. ¿Dónde están sus alas? ¿Podrían estar ambas cosas relacionadas?

Envy arrugó el periódico en el puño.

—No me digas que ahora te tragas estos chismorreos.

—¿Es verdad? —preguntó Sloth, observando cómo su hermano arrojaba el periódico a la chimenea—. ¿Has cerrado tu círculo?

—¿Importaría si lo hubiera hecho?

Sloth guardó silencio durante un largo momento. Se quedaron de pie, contemplando cómo las llamas devoraban la página, cada uno perdido en sus propios pensamientos.

—Invoca tus alas —dijo Sloth al final, levantando su gélida mirada hacia el rostro de Envy.

—¿Y luego me revuelco por el suelo o tengo que ir a por la pelota?

—Levi...

—¿Dónde están tus alas, hermano? —contraatacó Envy—. No recuerdo haberlas visto últimamente. ¿Debería escribir al periódico? ¿Darles algo más sobre lo que especular?

Necesitaba que su hermano no siguiera por ahí.

¿Quién le ha proporcionado a la periodista esa puta información? Envy había deducido que había al menos dos jugadores que también habían llegado a aquel reino. Maldición.

Con suerte, no quedarían más jugadores aparte de esos.

—Camilla podría ser fae —comentó Sloth de pasada, cambiando de tema tan de repente que Envy casi no entendió a quién se refería—. De la corte seelie, tal vez. Puede que incluso sea medio fae.

—No es fae. —Le lanzó una dura mirada—. Los cambiaformas también resisten la mayor parte de las influencias y poseen varios talentos. Y parecen humanos, por lo general. A veces...

—A veces... —lo incitó Sloth.

—A veces hace gala de bastante temperamento —terminó Envy.

Sloth no insistió. Era tan plausible como su suposición. En todo caso, que Camilla fuera una cambiaformas tenía más sentido.

Era solo que Envy no estaba seguro. No detectaba ningún rastro de lobo, pero había otros cambiaformas más raros que no eran criaturas de manada.

Como mínimo, eso explicaría por qué su madre se había marchado. Esa necesidad innata de deambular, de no dejar de moverse. A la mayoría de los cambiaformas que no eran criaturas de manada les resultaba extremadamente difícil vivir en un único lugar. También cuadraba con el momento en que se había ido. Camilla acababa de alcanzar la edad adulta, ya no necesitaba la guía de su madre. Ojalá pudiera localizar a aquella maldita mujer.

—Por supuesto, si simplemente no deseas acostarte con ella, existen otras formas de conseguir esa información —dijo Sloth—. Me he tomado la libertad de preparar algo, en caso de que no estuvieras dispuesto. Técnicamente, solo es necesario ver su cuerpo desnudo para buscar marcas sospechosas.

—¿Qué has...?

—¡Uy! —Camilla irrumpió en la habitación y se detuvo en seco con una sonrisa vacilante mientras contemplaba a los príncipes—. No esperaba que estuvierais aquí. Es... bueno... ¿Debería volver luego?

Envy había desenvainado su daga antes de darse cuenta siquiera. Estaba claro que su necesidad de proteger se había intensificado. Se alejó de Sloth, pero no guardó el arma.

—¿Va todo bien, señorita Antonius?

Camilla se mordió el labio inferior, y ese gesto reveló su vacilación. Un recuerdo de cuando había hecho lo mismo en la cama apareció en la mente de Envy.

—En realidad, estaba buscando a Lo.

Sloth le lanzó a Envy una miradita de suficiencia por encima de la cabeza de Camilla.

—¿Y por qué, exactamente, esperabas encontrarlo en tu dormitorio? —preguntó Envy con brusquedad.

La expresión de Camilla se oscureció.

—*No* uses ese tono conmigo. —Lo fulminó con la mirada durante otro instante, recalcando el hecho de que no era suya para que le diera órdenes y luego miró a Sloth—. Quizá deberíamos posponer mi baño de vapor. Ahora mismo, la idea de relajarme me resulta imposible.

—Estoy seguro de que, en realidad, a mi hermano no le importa. ¿Verdad? —preguntó Sloth, la viva y puta imagen de la inocencia.

Envy se sentía demasiado irritado para responder de inmediato.

Aquello era a lo que se refería su maldito hermano al decir que había preparado algo. ¿Llevarla a su baño de vapor? Envy tuvo que contenerse mentalmente para no estrangularlo.

Sloth cruzó los brazos sobre el pecho y su odiosa sonrisa se volvió aún más amplia mientras el pecado de Envy helaba la habitación. Qué sádico e intrigante. Su hermano había jugado sucio, pero tenía que controlar su pecado para que no lo echaran de aquel círculo de una patada. Otra vez.

—¿Vamos? —preguntó Sloth, ofreciéndole el brazo a Camilla, siempre el perfecto caballero—. A menos que prefieras pasar un tiempo a solas con la señorita Antonius, hermano. Recuérdame una cosa… ¿No había algo importante que querías preguntarle? Tal vez deberías acompañarla tú a mi sala de vapor. Parece que te vendría bien el tratamiento.

Envy estaba seguro de que tenía ese aspecto, gracias al capullo de su hermano.

Camilla no se lo puso fácil. Arqueó una ceja y esperó a ver cuál sería su próximo movimiento.

Envy *detestaba* con todas sus fuerzas que formaran equipo.

—Vete a la mierda, Sloth.

Este le lanzó otra mirada victoriosa antes de girarse despacio hacia la artista.

—Por desgracia, mi hermano se siente irritable. Mandaré que te traigan algún refrigerio. Lo necesitarás.

—Gracias. —Camilla le dedicó una cálida sonrisa—. Eso sería maravilloso. ¿La próxima vez?

Un momento después de que Sloth se fuera, un golpe entusiasta sonó en la puerta. Envy intentó recomponerse, adoptar su fachada indolente.

Respiró hondo y abrió la puerta. Resultó que, efectivamente, Sloth había vuelto a jugar sucio. El demonio que aguardaba con una bandeja de refrigerios poseía una belleza clásica y, cuando alargó el cuello para echar un vistazo a la habitación, se sintió demasiado intrigado por Camilla, a quien le dedicó una sonrisa deslumbrante.

Le lanzó una mirada apreciativa a la mujer mientras levantaba una bata.

Su excitación golpeó a Envy como un martillo.

—Hola, señorita, he traído esto para vos y…

Envy tomó impulso y le pegó. Su puño aterrizó de lleno en la boca del demonio, cuya mandíbula crujió como un trueno al dislocarse.

El demonio se agarró la cara y se alejó corriendo por el pasillo, y su bandeja tapada y la bata de felpa cayeron al suelo.

Debía de ser la máxima velocidad a la que alguien de la casa de la Pereza se hubiera movido nunca.

Sin girarse, Envy dijo:

—Tú y yo tenemos que discutir ciertos asuntos, señorita Antonius.

Como qué secretos guardaba y por qué.

Por fin se giró para mirarla, sin rastro de calidez en su expresión. No pensaba seguir jugando a coquetear con ella.

Nada de aquello iba sobre pasión o seducción.

Iba de ganar.

Iba de su corte.

Y Camilla debía entender que cualquier cosa que hubiera ocurrido entre ellos quedaría en el pasado. Sus hermanos se estaban formando una idea equivocada sobre su arreglo.

Era probable que otros siguieran su ejemplo. Es decir, el rey no seelie.

La expresión de Camilla era imposible de leer. Tal vez solo acabara de recordar cómo era él en realidad. O tal vez no estuviera dispuesta a separarse de sus secretos. Incluso podía ser que presintiera ya lo que él estaba a punto de intentar descubrir.

—Siéntate. —Envy cerró la puerta de su suite compartida y señaló con la barbilla hacia el sofá—. Mejor aún, quítate la ropa y ponte la bata. Vamos a comprobar una teoría.

TREINTA Y CINCO

Camilla tragó con fuerza; con la mirada clavada en el príncipe demonio, quien se la devolvió sin una pizca de emoción en el rostro.

No se había dado cuenta de con cuánta frecuencia había empezado a mirarla con fuego en los ojos hasta que lo reemplazó con hielo. Puede que hubiese subestimado el control que ejercía sobre su pecado.

Lo que estaba claro era que no había esperado esa reacción por una sencilla visita al baño de vapor.

Envy tenía que ser muy consciente de que no había nada romántico en una visita al spa, un lugar de relajación que Lo le había contado que era una de las joyas de su reino. Desnudarse no equivalía automáticamente a mantener relaciones. Sentirse excitado y actuar en consecuencia eran dos cosas muy diferentes.

Después de la historia que había compartido con ella, ¿de verdad creía que se escaparía con su hermano?

Puede que Envy y ella no tuvieran ningún tipo de relación, pero no era una desalmada.

Aunque *sí* acabara de escuchar la última parte de su conversación con Lo.

—A menos que los baños de vapor sean completamente diferentes en este reino, la cópula no era una opción, te das cuenta, ¿verdad? —preguntó—. Por respeto hacia ti, no habría vuelto a esta habitación a buscar a Lo si lo hubiera sido.

La expresión de él se tornó atronadora.

—Qué considerada, es un consuelo saber que habrías ido a otra parte a buscar a mi hermano, señorita Antonius.

—Sabes perfectamente que eso no es lo que quería decir. ¿Por qué te comportas así?

—¿Soy yo el que se está comportando de manera extraña? —preguntó—. Pareces bastante a gusto aquí. En los siete círculos, en el Corredor del Pecado. En la casa de mi hermano. ¿Por qué te sientes tan cómoda con los demonios? *¿Eso* no te parece extraño? Porque a mí, desde luego que sí. ¿Qué escondes, Camilla?

—No puedes estar molesto de verdad porque quizá tenga un secreto. Tú. El príncipe de los secretos. ¿Por qué no me hablas del premio que codicias? Si quisieras tener una conversación abierta y honesta, habría que empezar por ahí.

Cruzó los brazos sobre el pecho y esperó. Si le contaba un secreto, le devolvería el favor. Pero nunca le sonsacaría nada si no compartía en igual medida. Si cedía ahora, se establecería una dinámica desastrosa en la que esperaría que ella le diera mientras él retenía.

Efectivamente, el demonio permaneció sumido en un terco silencio.

—No lo creo. —Ahora se sentía extremadamente frustrada—. Dado que esta conversación va por un camino del que estoy segura de que te arrepentirás, voy a alejarnos de él.

Camilla se dirigió a su suite y Envy tuvo la audacia de seguirla a su dormitorio privado.

Se giró hacia él, verdaderamente molesta.

—¿Qué haces?

—Tú quieres relajarte y yo puedo ayudar.

—¿Y cómo propones hacerlo?

—Quítate la ropa y ponte la bata. Te daré unas friegas en la espalda con los aceites.

—¿Y eres tan altruista que te ofreces a hacer algo por mí sin motivos ocultos? —Soltó una risa sin pizca de humor—. Dime, ¿de qué estabais hablado exactamente Lo y tú antes de que entrara a la habitación?

Envy la escrutó.

—Escuchar a escondidas es indecoroso.

—También lo es la confabulación. —Sonrió con dulzura—. Si tienes alguna duda, preguntar suele ser el camino más sencillo. ¿No te cansas de tanta conspiración?

Él la miró como si fuera una especie alienígena.

—Odias mucho a los fae, pero juegas igual que ellos, alteza.

—Principalmente, solo a los miembros de la realeza no seelie —contestó, en un pobre intento por disipar la tensión.

Esa confesión no ayudaba en absoluto.

—¿Qué es lo segundo que te quitó Lennox? ¿Es eso lo que hace que valga la pena ganar este juego a cualquier precio?

—No importa.

Camilla negó con la cabeza.

—Estás tan centrado en los fae y en el juego que no ves con claridad. Ya no. Por supuesto que importa. Ocultas información, me cuentas medias verdades e historias parciales, pero exiges que me desnude ante ti cuando así lo desees. Y no das nada a cambio.

Esperó a que dijera algo, a que compartiera una pequeña parte de sí mismo. En vez de eso, vio en su expresión cómo se cerraba, cómo volvía a colocarse la máscara.

Por una vez, se mantuvo firme y prosiguió con brutal honestidad.

—Está claro que te han hecho daño. Que estás enfadado. Sospecho que todo se debe a lo otro que te robó Lennox. Pero tendrás que perdonar a los que te han hecho daño y perdonarte a ti mismo por encima de todo. Si no, seguirás resquebrajándote, sangrando hasta que te quedes seco. E imagino que eso será desagradable para un inmortal.

—No merecen el perdón.

—No es por *ellos*. —Levantó las manos, exasperada—. Nunca les importará. Es probable que ni siquiera lo recuerden. Es por ti. Es por tus hermanos, por tu corte. Y es por mí.

Pasó junto a él y cerró la puerta de su habitación.

Encontraría una forma de que ambos ganaran el juego y volvería a su pequeña y tranquila vida en Waverly Green, sin importar lo difícil que pudiera resultar a aquellas alturas.

TREINTA Y SEIS

Un crujido de tela procedente del otro lado de la puerta impidió a Envy ir tras ella.

Maravilloso. Justo lo que necesitaba para acabar de redondear la noche. Camilla se estaba desnudando y ahora su mente imaginaba la lenta y seductora extracción de cada prenda en lugar de centrarse en descifrar metódicamente su secreto, capa por capa.

Incluso a través de una gruesa puerta de madera, conocía las mejores formas de alterarlo, sabía cómo hacer que su mente se centrara solo en ella, provocándolo y distrayéndolo.

Igual que tú la provocas y la distraes a ella.

Camilla no solo había descubierto cuál era su juego, sino que lo estaba jugando mejor que él.

Entró en la sala de estar que quedaba entre las dos suites y se preparó un cóctel Oscuridad y Pecado. Doble. Con el hielo mínimo. Y que les dieran a las bayas.

Se lo bebió sin apenas saborear el licor con el que normalmente se deleitaba.

Se sirvió otro vaso, entró en sus aposentos privados y se dejó caer sobre una mullida silla de cuero. Cada sofá, diván, silla y otomana en la casa de la Pereza estaba hecho para incitar a uno a descansar, a acurrucarse y a perderse en sí mismo.

Envy se estaba perdiendo en el enfado, en la irritación y en una gloriosa mujer con más secretos y enigmas que él. Después de dos copas, una parte de él podía admitir que le gustaba la negativa de ella a mostrar su mano. Camilla lo obligaba a esforzarse para conseguir cada gramo de información, le daba lo suficiente para que deseara más sin satisfacer plenamente su curiosidad.

Seguía siendo un enigma. Un enigma precioso y desconcertante que suplicaba ser resuelto. Simplemente, no tenía tanto tiempo como habría deseado para descifrar el misterio que constituía.

Apoyó los pies en el reposabrazos de la silla y desvió la mirada hacia el reloj que había sobre la repisa de la chimenea. Medianoche. Y sin poder dormir.

Se sentía frustrado. Por los chismorreos que se difundían por los siete círculos, por aquel juego retorcido, porque con cada segundo que pasaba su corte se debilitaba aún más.

Quería desplegar las alas y catapultarse hacia el cielo, dejar atrás aquel infierno. Y eso también lo molestaba. El hecho de que *no pudiera*. De que necesitaría ganar para volver a hacerlo.

Envy tenía que reservar todo el poder que pudiese. La columnista había acertado en una cosa: parte de su círculo estaba protegido para que nadie entrara o saliera sin su permiso. Y mantener ese bloqueo exigía emplear la mayor parte de su magia, cosa que lo dejaba más débil de lo que le gustaría.

Cerró los ojos, apoyó la cabeza contra el respaldo de la silla y vació su mente.

Luego pensó en el intento de Sloth de avivar su pecado y se levantó de repente de la silla para pasearse por el dormitorio como un lobo enjaulado.

La periodista había dicho que había dos jugadores en los siete círculos.

Uno que se dirigía hacia el Bosque Sangriento. Quizá tuviera suerte y encontrara a un jugador; entonces tendría una preocupación menos atormentándolo. No iba a conseguir dormir, así que se dirigió hacia la puerta, decidido a cazar a la competencia.

Abrió la puerta de su dormitorio y se detuvo.

Allí, tumbada boca abajo sobre el sofá de la sala común, medio vestida con sombras, sin nada más que su suave corsé y leyendo un libro, estaba Camilla.

Jaque mate, joder.

Con aquel movimiento, Camilla había puesto patas arriba su tablero. Tenía que admitirlo, aunque fuera de mala gana.

Había encendido y dispuesto varias velas para proyectar sombras estratégicas a lo largo de su cuerpo, componiendo una escena artística con impresionante precisión, colocándose de tal manera que daba la impresión de estar completamente vestida, lo que permitía que un destello de realidad la rodease cada vez que se movía.

Lo cual hizo en aquel instante, con las piernas dobladas sobre ella y cruzadas por los tobillos, balanceándolas lentamente hacia delante y hacia atrás, como si no tuviera una sola preocupación en el mundo. Pasó la página del libro que tenía delante, completamente impertérrita ante la presencia de Envy.

Había botellas de aceite tapadas con corcho en una bandeja sobre la mesita baja que tenía al lado, la bata que Sloth le había enviado cuidadosamente doblada sobre la alfombra, cerca de sus pies.

Su conversación y sus palabras burlonas de antes regresaron a él.

«Quítate la ropa y ponte la bata. Te daré unas friegas en la espalda con los aceites».

Una sonrisa apareció en sus labios. Qué mujer tan inteligente. Camilla estaba tentándolo para que le diera un masaje. Sabía que él quería ver su cuerpo desnudo para detectar si había alguna marca, hechizo o encantamiento entintado en su piel.

Y era probable que estuviera pensando en su regla: por su propio decreto, solo tendrían una noche para hacer el amor.

Y ella yacía allí, casi completamente desnuda, desafiándolo a mover ficha.

Envy no se molestó en impedir que su mirada siguiera las ladinas líneas de su cuerpo, desde sus bien formados muslos y pantorrillas hasta la generosa curva de su trasero, mientras ella pasaba otra página. Tras una inspección más cercana, vio que se había quitado la ropa interior, pero que se había dejado las medias hasta los muslos, rematadas con encaje.

Admiraba su imagen como le pasaría con cualquier gran obra de arte. Camilla era la pintura, la escultura, lo más exquisito que había visto jamás. Cabello plateado, piel dorada, todo envuelto en un misterio tentadoramente oscuro.

Desde su posición en la puerta, no notó ningún rastro evidente de tinta. Aunque se preguntó por qué se había dejado el corsé y las medias, si sería una estratagema para que él acabara de desnudarla, para torturarlo, o un medio para ocultar la información que buscaba.

El corsé marfil acababa justo encima de sus costillas y era lo bastante bajo para mostrar la parte superior de sus senos. Por lo poco que pudo ver, estaba atado por delante, no lo suficientemente apretado como para impedirle respirar, pero permitiendo que sus pechos dorados casi se le salieran por arriba.

Dos tentadores lazos ataban cada tirante, lo que facilitaría el proceso de quitárselo.

A Camilla le apetecía jugar. Y él siempre estaba dispuesto a hacerlo.

Se apoyó contra el marco de la puerta y cruzó los brazos sobre el pecho.

—No sabía que te gustaba leer.

—Supongo que es un secreto más de los que guardo, alteza.

Camilla no se molestó en levantar la mirada, y aquel fue el segundo indicio de que estaba jugando con él.

Pese a saber que estaba haciendo justo lo que ella quería, Envy no pudo contenerse y se acercó. Se arrodilló y apartó suavemente el libro para echar un vistazo a la portada.

—Por supuesto —dijo en tono burlón—. Estás buscando a un príncipe azul.

—Solo porque de vez en cuando disfrute de las novelas románticas no significa que esté buscando a un príncipe. Considero que la mayoría de los miembros de la realeza son unos aburridos y unos arrogantes tediosos muy lejos de resultar encantadores.

Le lanzó una mirada penetrante, recolocó su libro y continuó leyendo.

Era ciertamente culpable del cargo de arrogancia. Pero tedioso o aburrido...

Tomó la botella de aceite, descorchó el tapón e inhaló. Vainilla y bourbon. Dulce y pecaminoso, como su jueguecito.

Reflexionó sobre su próximo movimiento. Ir al Bosque Sangriento no era la forma más práctica de aprovechar su tiempo. Las probabilidades de encontrar a otro jugador no eran elevadas, especialmente porque los habían visto dirigiéndose hacia allí la noche anterior. Si habían entrado en el bosque, se habrían marchado hacía mucho.

Podía malgastar un tiempo y una energía que no tenía siguiendo esa vieja pista. O podía jugar a aquel jueguecito con Camilla y, con suerte, resolver el enigma que constituía, y tal vez incluso avivar sus celos antes de que la noche terminara, reabasteciendo así su poder.

Si tenía un tatuaje mágico en la piel, sabría que era fae. Si no lo tenía, su teoría de que era una especie de cambiaformas demostraría ser probable.

Se puso de pie y le roció la espalda con aceite sin previo aviso, disfrutando de su leve silbido cuando el frío líquido le cayó sobre la piel.

Envy no se detuvo en la espalda. Le estaba ofreciendo una vista sin obstáculos de su cuerpo y pensaba encargarse de *cada* centímetro de ella, en busca de las respuestas a las preguntas que tenía.

Con suerte, esa noche lograría resolver al menos un misterio.

Derramó un ligero rastro de aceite de masaje sobre la curva redonda de su trasero y dejó el aceite a un lado. Lentamente, le bajó las medias de una en una y se las quitó para exponer su carne desnuda. Se enrolló las medias alrededor del puño, planteándose atarla al sofá con ellas, pero las arrojó a un lado. Esa noche, quería que Camilla se retorciera libremente.

Volvió a tomar el aceite y continuó rociándola con él, por la parte trasera de los muslos hasta las plantas de los pies.

—¿Qué estás haciendo? —preguntó ella, sin aliento.

Camilla se sentía excitada por el sendero inesperado que él había trazado.

—Demostrarte por qué lo que verdaderamente deseas no es un príncipe azul.

Envy le recogió con suavidad la melena y la apartó a un lado, consiguiendo acceso a su cuello y sus hombros. Frotó con el dorso de los nudillos la línea de su corsé y deslizó un dedo por debajo del lazo del tirante, del que tiró con suavidad.

—¿Existe alguna razón por la que te hayas puesto esto, señorita Antonius?

Ella le lanzó una mirada por encima del hombro, en parte de irritación, en parte de anticipación.

—Si deseas verme completamente desnuda, alteza, me temo que tendrás que ensuciarte las manos.

Él esbozó una pequeña sonrisa al oír aquello.

—Hay una cosa que deberías saber sobre mí, querida Camilla.

Alargó la mano y tiró con suavidad de uno de los lazos de sus hombros. Pasó al otro lado y tiró del siguiente lazo. Luego aflojó los lazos de la parte frontal, liberando sus senos mientras le quitaba la prenda y la arrojaba a un lado.

—Me gustan las cosas sucias.

A Camilla se le aceleró la respiración y su excitación lo golpeó con fuerza.

—Apuesto a que la mera idea de lo sucio que puede llegar a ser mi comportamiento te excita.

Envy tomó el libro y lo apartó; luego la empujó hacia abajo, presionándola con firmeza contra el sofá para poder acariciarle los hombros, amasando cada músculo hasta que se fue relajando poco a poco.

Le frotó la parte posterior de los brazos y siguió por cada uno hasta llegar a las muñecas y a las manos, cuidando cada zona con mimo. Tenía la mirada fija en ella, catalogando cualquier peca, cualquier indicio de magia. Para cuando se abrió camino hasta la parte baja de su espalda y pasó una mano por su firme y pequeño trasero, no había encontrado ni un solo indicio de que estuviera usando un glamour.

No estaba seguro de si se sentía aliviado o aún más escéptico.

Envy le frotó las piernas con el aceite y acabó el masaje por los pies, liberando cualquier dolor que pudiera haber sentido durante su larga caminata a través del Corredor del Pecado.

No se había quejado ni una sola vez de todos los kilómetros que habían recorrido a pie.

Escuchó cuando soltó un suspiro satisfecho; su cuerpo, lánguido por sus atenciones. Su deseo, sin embargo, había seguido aumentando con cada caricia.

Ya era hora de que subiera las apuestas.

Le recorrió con manos delicadas la parte posterior de las pantorrillas antes de aplastarlas contra sus muslos, frotando en círculos más grandes por toda su piel sin tatuar. Luchó contra el impulso de inclinarse y darle un bocado a su trasero antes de aliviarle el dolor con un beso.

Aun así, sentía el aire a su alrededor espeso y tenso. Ella casi había dejado de respirar mientras esperaba a ver qué haría él, dónde la tocaría a continuación.

Envy se tomó su tiempo, tramando, soñando con todos los métodos divinamente pecaminosos con los que la haría gritar su nombre.

Despacio, se echó aceite en la palma de la mano, permitiendo que se calentara un poco antes de restregárselo por los dedos.

Empezó frotándole el trasero, una y otra vez. Con cada círculo, hundía la mano más profundamente entre sus piernas y empezaba a acariciar ese precioso lugar en el que quería enterrarse.

—Bueno —ronroneó con suavidad cuando ella levantó las caderas para acudir al encuentro de sus caricias—. Parece que estaba en lo cierto. A ti también te gusta sucio.

Estaba empapada y su excitación era casi tan resbaladiza como el aceite de su mano. Trazó perezosamente las costuras de su cuerpo y sumergió la punta de su dedo corazón dentro de ella. Una áspera maldición escapó de sus bonitos labios, su rostro medio oculto bajo su etérea melena.

—Deseas a un demonio, ¿verdad? Uno que folle como un pecador, porque lo es.

Retiró el dedo antes de que ella pudiera deslizarse sobre él y lo paseó de nuevo por su cuerpo, extendiendo su humedad.

—Te prometo, dulce Camilla, que no gritarás mentando a Dios cuando me entierre dentro de ti. Seré despiadado cuando honre tus sábanas con mi presencia.

Dibujó círculos alrededor de su clítoris y reprimió su propio gemido. Lo tenía tan hinchado por el deseo que debía de dolerle. Al tocarlo, ella sacudió las caderas contra su palma.

Envy por fin deslizó un dedo en su interior, dándole lo que quería. Camilla se arqueó hacia delante y hacia atrás, buscando más. Su pequeña pervertida quería que la llenara. Hundió un segundo dedo y su suave gemido hizo que la polla se le pusiera dura como una piedra. Estaba tan mojada, tan hambrienta de más.

Camilla se apoyó en los antebrazos, su libro largo rato olvidado, mientras lo miraba y observaba cómo él continuaba complaciéndola.

—Gritarás mi nombre, Camilla. Yo seré tu Dios, tu Creador, tu Destructor, y todas las versiones oscuras y depravadas que queden a medio camino. Y te prometo que mi polla te hará abrazar la religión.

Te arrodillarás por ella, rezarás por ella, la adorarás con cada fibra de tu ser.

Retiró los dedos y le dio un pequeño pellizco en el clítoris, añadiendo una punzada de dolor para aumentar el placer. Camilla gimió, un sonido de puro deleite. Volvió a meter los dedos en su interior y bombeó, con su propia respiración entrecortada mientras ella le exigía sin palabras que siguiera haciéndole *eso*.

—No volverás a pensar en el príncipe azul. Eso te lo puedo prometer.

Dio una ligera palmada a su cuerpo sudoroso, que se sacudió en su dirección.

Camilla maldijo en voz baja mientras su propia excitación le recorría la pierna.

Envy jugó suavemente con su clítoris, un movimiento, otro, antes de sumergir los dedos profundamente otra vez. Camilla empezó a frotarse contra su mano.

La forma en que su cuerpo respondía a él era sencillamente gloriosa, joder. Podría tirarse toda la noche contemplando cómo buscaba placer en él.

El cuerpo de Camilla se apretó alrededor de sus dedos, montándolos lentamente.

Envy bajó la mano libre hasta su erección y se acarició con suavidad por encima de los pantalones mientras la miraba. Sería fácil ceder y concederles a ambos lo que anhelaban. Podría levantarle las caderas hasta que quedara a cuatro patas, inclinarla sobre el brazo del sofá, abrirle las piernas y poner fin a su tormento mutuo. Pero el atractivo de aquel juego en particular era aún más potente que cualquier satisfacción física fugaz.

A Camilla se le entrecortó la respiración mientras movía las caderas, buscando la fricción. Él se tocó con más fuerza, y los huevos se le fueron tensando a medida que su propio placer aumentaba. Se imaginó lo bien que se sentiría al hundir su palpitante miembro en la humedad de ella.

Pero esa no era la noche. Esa noche era solo para ella. Dejó de tocarse a sí mismo y se centró en ella de nuevo. Estaba muy cerca.

Bombeó unas cuantas veces más, prolongando la sensación, escuchando mientras su respiración se volvía trabajosa, y retiró los dedos.

Camilla debió de sentir el cambio; lo miró, con la espalda todavía arqueada, buscando.

—Has parado.

No preguntó el motivo. Pero llevaba su frustración escrita en la cara, al igual que su lujuria. Camilla lo supo al instante... él había ganado esa ronda.

Envy le dedicó una sonrisa, se inclinó hacia delante y le dio un mordisco juguetón en su firme trasero para luego calmar la zona con la lengua, haciendo realidad su anterior fantasía.

Se puso de pie, se enderezó y le entregó la botella de aceite de masaje.

—Usa esto cuando te toques más tarde. Te hará sentir casi tan bien como cuando te haga correrte otra vez.

—¿Cómo? —le preguntó en tono incrédulo—. No puedes estar hablando en serio.

Él esbozó una lenta y perversa sonrisa.

—Dulces sueños, mi pequeña y querida pervertida.

Regresó a su habitación y cerró la puerta, riéndose suavemente mientras ella le escupía todos los insultos habidos y por haber.

TREINTA Y SIETE

—Eso no es en absoluto una pista —repitió Lo por cuarta vez—. Suéltalo.

Camilla cerró los ojos, rezando por algún tipo de interferencia divina. Después de haber dormido solo unas pocas horas, más frustrada que nunca tras la victoria de Envy de la noche anterior, todos habían desayunado y luego habían dado comienzo de inmediato a su jornada de caza.

A esas alturas, llevaban siglos buscando la siguiente pista y los príncipes demonio la estaban volviendo mucho más que loca. Para ser sincera, sentía impulsos asesinos.

Quizás eso tuviera algo que ver con el hecho de que había hecho exactamente lo que había sugerido la antítesis del príncipe azul, incapaz de dormir sin alcanzar la liberación después de que él la hubiera vuelto loca una vez más. Que, de alguna manera, la hubiera superado en su propio juego debería ser un delito. La próxima vez, tendría que planear mejor su victoria. Estaba claro que le había hecho pagar por lo sucedido en el Corredor del Pecado.

Empieza el juego, demonio.

Esa mañana, todos habían registrado metódicamente una habitación tras otra, tras decidir que los tres, más dos ayudantes de investigación, llevarían a cabo una búsqueda más exhaustiva si trabajaban juntos, sala tras sala, estante por estante, utilizando los meticulosos registros de Lo para comparar lo que había en la habitación con cualquier cosa que pudiera haberse añadido.

Lo cual sonaba bien en teoría, si no se tenía en cuenta la incapacidad de los príncipes para trabajar juntos sin pelearse. Cada. Puto. Minuto.

Camilla examinó la habitación y su mirada aterrizó en un artefacto que parecía una luna oscura. De cristal ahumado y opaco. Unos estantes más allá, se exhibía un enorme caparazón de nautilo, que medía al menos sesenta centímetros de largo y era más grande que cualquiera que hubiese visto en el mundo mortal.

—Dámelo ya —le dijo Lo a Envy.

Usando guantes, Lo le arrebató con cautela el manuscrito ilustrado a Envy y volvió a colocarlo bajo una carcasa de cristal.

—¿Estás seguro de que no es una pista? —preguntó Envy—. No lo veo en la lista.

—Este libro lleva formando parte de esta colección trescientos años. En una casa con tantos artefactos y tomos, es desafortunado que uno no figure en el libro de registro, pero no es algo inaudito. Déjalo donde estaba.

—Si estás seguro de que Lennox no plantó esta pista aquí en aquel entonces —dijo Envy—, demuéstramelo.

—Cuéntame por qué estás tan desesperado por ganar y me plantearé compartir los secretos de mi corte —respondió Lo—. Este juego empezó hace más o menos un mes, ¿cierto?

—Se sabe que Lennox deja pistas siempre que se presenta la oportunidad.

—No has respondido a mi pregunta —insistió Lo.

Mucha suerte con esa inútil pesquisa, pensó Camilla, enfadada.

—Quizá la columna de cotilleos tuviera razón. Puede que esta vez te estés jugando mucho más.

Camilla enarcó las cejas.

—¿Una columna de cotilleos? ¿Qué decía?

Envy le lanzó a su hermano una mirada despectiva.

—No decía nada.

—Qué extraño —comentó Camilla— que un periódico no publique nada en absoluto. Sin embargo, aquí nos tienes, discutiendo sobre algo.

—Maldita sea, ¿alguna vez paras con tus jueguecitos? —intervino Lo—. El periódico es público. —Negó con la cabeza y miró a Camilla—. Los rumores sugieren que el círculo de Envy ha sido protegido con magia. Nadie tiene permitido entrar o salir. Sucedió al mismo tiempo que empezó el juego.

—No veo qué importancia tiene que sea cierto —dijo Envy.

Camilla lo observó de cerca. Su comportamiento había cambiado ligeramente: no era nada demasiado notable, pero se había puesto tenso durante un instante antes de adoptar esa actitud frustrantemente indiferente. Como si los rumores no merecieran su tiempo.

Lo cual era categóricamente falso, puesto que acababa de intentar ocultarle a ella ese rumor en concreto.

No entendía por qué quería restarle importancia, a menos que estuviera ocultando una verdad mucho más oscura.

—Exacto —dijo Lo, interrumpiendo sus pensamientos—. Te niegas a contarme ninguno de los secretos de tu corte, así que no albergo ningún deseo de compartir los míos.

Mientras los príncipes continuaban discutiendo, a Camilla le entraron ganas de estrangularlos. Ya llevaban una hora atascados con aquel desacuerdo en particular. Casi tenía ganas de que se las sacaran para comparar tamaños y pudieran seguir adelante.

Envy centró la atención en ella.

—La mía es mucho más grande, señorita Antonius.

Camilla puso los ojos en blanco. Por supuesto que tenía que percibir aquello.

Lo paseó la mirada entre ambos, con el ceño fruncido ante su silenciosa conversación.

—No es nada. —Camilla agitó la mano, molesta—. Por favor, continuad con esta maravillosa discusión. Estoy segura de que disponernos de varias horas más que dedicarle.

Los dos hombres continuaron donde lo habían dejado, pasando absolutamente por alto su sarcasmo.

Al ritmo que iban, nunca lograrían salir de la casa de la Pereza.

Quizás aquello fuera una señal del pecado del príncipe en acción. Estaban avanzando a paso de tortuga, y Camilla nunca se había dado cuenta de lo mucho que la desquiciaba la inactividad. En su casa estaba siempre en movimiento: dibujando o pintando o encargándose de la galería o visitando a Kitty. Atendiendo a Bunny y paseándola por la casa, besando su peluda cabecita.

Ahora, Camilla estaba... perdiendo la cabeza.

Echaba de menos a su enorme gata gris y blanca.

Quería encontrar la siguiente pista tanto como Envy, pero ella, al menos, se negaba a dejarse llevar por pequeñas disputas y las políticas de la corte.

Pensando en pistas, se preguntó por un breve instante si debería estar buscando algo más para su primer acertijo, pero no había aparecido mágicamente ninguna nota con reglas del juego específicas para ella, y no había firmado ningún juramento de sangre. ¿Acaso no era una jugadora de pleno derecho? Supuso que era un peón.

Cosa que odiaba.

Tal como el encargado del juego había previsto que sucedería. Su movimiento había sido el de un experto. Esa había sido la forma más elevada de chantaje, demostrar que era cierto que no había honor entre ladrones.

Si no hubiera aceptado el trato de Envy, nunca habría pintado un objeto maldito. Y no se encontraría en esa situación. Todo había sido planeado de forma brillante.

Camilla necesitaba recuperar su talento.

Pero no era culpa de Envy. De una forma o de otra, siempre habría acabado en ese camino. Sabía que el regreso del cazador era inevitable, como lo era el atractivo de los fae. Las nubes de su pasado se habían cernido sobre ella durante algún tiempo y habían acabado formando aquella tormenta perfecta.

Cerró el libro que hacía tiempo que había dejado de hojear y echó otro vistazo a la estancia. Estaban en una sala dedicada a las emociones, y lo único que sentía en ese momento era irritación. Todo parecía estar en su lugar. Ningún libro le llamó la atención, ningún objeto, excepto…

Volvió a verse atraída hacia el nautilo gigante y luego desvió la atención hacia esa bola de cristal ahumado.

No era raro encontrar un objeto o artefacto escondido en los estantes de ese lugar, pero algo acerca de aquel en concreto no dejaba de atrapar la atención de Camilla. Tal vez fuese simplemente que era brillante y bonito y ella era como una urraca que sentía aprecio por los objetos resplandecientes.

—Entrégamelo —insistió Envy, continuando la discusión con su hermano.

—Por muy ofensivo que te parezca, tu juego no es responsable de todo lo que sucede en este maldito reino —respondió Lo, igual de molesto—. Si no puedes decirme por qué es tan importante que ganes, no esperes que ponga a mi corte en peligro.

Camilla cruzó la estancia para ver mejor el reluciente caparazón del nautilo.

Deslizó los dedos por la suave superficie, maravillándose ante las rayas que recorrían su borde exterior curvo y que se asemejaban a quemaduras.

Le dio la vuelta con cuidado, admirando el interior de nácar y el inteligente patrón en espiral por el que era conocido el molusco. La naturaleza era la artista más grandiosa de todas.

Volvió a dejar el caparazón en su sitio y tomó la esfera brillante para sostenerla hacia la luz.

Su estado de ánimo pasó de la molestia al asombro. La bola era aún más mágica de cerca. Lo que inicialmente había creído que era vidrio opaco eran en realidad miles de pequeños granos de ébano que se movían como la arena dentro de un reloj de arena cada vez que lo giraba.

El objeto era precioso.

Algo en él la hizo querer destrozarlo.

Había levantado la mano, con la intención de hacer justo eso, cuando una palabra rompió su trance.

—Detente. —La magia impregnaba la voz de Envy, y ese poder la envolvió hasta que no podría haberlo ignorado ni aunque lo hubiera intentado.

El príncipe se acercaba poco a poco, con las manos en alto, como si fuera un animal salvaje listo para atacar.

—¿Qué pasa? —preguntó ella.

—Deja el Orbe de Golath. Despacio.

Envy mantuvo su mirada fija en ella, firme y tranquilizadora. Sin embargo, su comportamiento solo logró ponerla más nerviosa. Recorrió la habitación con la mirada. Lo, los dos ayudantes de investigación masculinos que habían estado hojeando en silencio cada estante, *todos* se habían quedado quietos, observando.

Contempló el objeto que sostenía y reparó por primera vez en el extraño pulso. Latía como un corazón fantasma, como un tambor lejano. De alguna manera, sintió como si todos los miedos del universo se hubieran reunido y estuvieran golpeando el fino cristal para ser liberados.

—Uy, está haciendo… algo.

Envy avanzaba despacio pero sin pausa, y hablaba en voz baja e imponente.

—Mírame. No te hará daño mientras permanezca intacto.

Por supuesto, esa declaración hizo que le entraran ganas de lanzar bien lejos aquella maldita cosa.

—Está palpitando. —De repente, Camilla temió estar agarrándolo con demasiada fuerza y que el cristal se rompiera por accidente.

Luego le preocupó no poder sujetarlo con la fuerza suficiente y que se le cayese.

Onduló en sus palmas y la sensación provocó que se le retorcieran las entrañas.

—Cualquier cosa que intente hacer para que lo sueltes, debes ignorarla —dijo Envy—. El orbe quiere que lo rompas.

—¿El orbe de qué?

—Por los huesos de los dioses —murmuró Envy—. ¿Has visto siquiera que esa maldita cosa estuviera ahí, Sloth?

—Debía de estar cubierto con un hechizo que nos lo ocultaba. —Lo parecía conmocionado.

—¿Por qué? —preguntó Camilla, tratando de ignorar la sensación fría y resbaladiza del cristal. El objeto se movió de nuevo, y en aquella ocasión le recordó a una sanguijuela que le succionaba la piel—. ¿Por qué no estaba oculto para mí?

—Esa es la cuestión, ¿no? —preguntó Envy en tono curioso. Se giró hacia su hermano—. No era parte de tu colección, ¿verdad?

Lo negó con la cabeza.

—No. No tengo ningún orbe en mis dominios.

—Entonces, está claro que esta es nuestra siguiente pista. —Envy volvió a mirarla a la cara, con expresión severa—. Intenta soltarlo, Camilla.

—No… No creo que pueda.

—Puedes y lo harás. —Envy parecía preparado para atacar al orbe—. Una vez tocado, solo la persona que se ha hecho con él puede volver a colocarlo en su sitio. No puedo quitártelo.

Con el miedo corriéndole por las venas, Camilla volvió a depositar el orbe en el estante con sumo cuidado y se preocupó de retroceder lo más despacio posible por si acaso decidiera caerse por sí solo. Solo volvió a respirar después de haberse separado varios metros.

Envy la colocó detrás de él.

—¿Dónde deberíamos destruirlo? —preguntó.

Camilla clavó la mirada en su espalda.

—Romperlo parecía una idea muy imprudente hace un momento.

Él la miró por encima del hombro con expresión inescrutable.

—Tú eres más... quebradiza.

—Dadme un segundo —intervino Lo—. Invocaré un círculo de contención. Ahí debería estar a salvo.

Uno de los ayudantes le llevó al príncipe de la Pereza un trozo de tiza y mientras él dibujaba un círculo perfecto y añadía runas que supuso que eran de protección, Camilla se devanó los sesos para saber qué era. No conseguía recordar ninguna historia al respecto.

—¿Qué es el Orbe de Golath? —preguntó de nuevo.

—Golath es conocido como el Coleccionista de Miedos, un ser antiguo que a menudo se cree que poseyó la primera chispa de maldad —explicó Envy, que seguía haciendo guardia junto a la esfera—. Nadie sabe cuántos orbes existen, pero abre puertas que incluso nosotros, los príncipes demonio, tememos traspasar. Que haya uno aquí nos indica que debemos buscar a Golath a continuación. Los regala cuando tiene un mensaje. O cuando tiene un miedo que cobrarse.

El Coleccionista de Miedos.

Por supuesto, la siguiente pista tenía que ser algún mal antiguo. ¿Por qué no el genio de los deseos? ¿El Tejedor de Sueños?

Y ella había sido la elegida para encontrar aquella pista.

La atención de Envy permaneció fija en el orbe, toda su expresión formada por líneas rígidas mientras se concentraba. Se había encargado del Trono Maldito sin apenas esfuerzo, por lo que verlo teniendo tanto cuidado no era nada reconfortante.

—¿Estás listo para romperlo? —preguntó Lo, levantando la vista del círculo de contención.

El príncipe de la Envidia dio un paso hacia el orbe y luego miró a Camilla.

—Colócate lo más lejos que puedas del círculo, señorita Antonius.

Se dirigió al rincón más alejado de la habitación, donde los dos ayudantes demonio estaban agachados, con los libros apretados contra el pecho. Seguro que se habían sentido intrigados por la búsqueda de información, por la emoción de descubrir una pista.

A juzgar por la forma en que temblaban, no esperaban que las cosas se pusieran así de peligrosas. Un escritorio de gran tamaño se encontraba entre ellos y el círculo, y no parecía constituir demasiada protección.

Lo y Envy intercambiaron largas miradas, manteniendo una conversación silenciosa antes de que el primero asintiera, accediendo a lo que su hermano le había pedido.

Sin volver a mirar a Camilla, Envy por fin agarró el orbe.

Caminó directo hacia el círculo de tiza y le lanzó a su hermano una última y dura mirada antes de hacerlo añicos a sus pies.

Camilla respiró hondo.

Una criatura gigantesca, casi incorpórea, se alzó. Tenía la cabeza de una cabra y el cuerpo de un hombre musculoso. Fijó sus iris horizontales en Camilla y la estudió de pies a cabeza.

Permaneció en silencio, con la cabeza ladeada, sin desviar la mirada de donde estaba ella.

—Golath. —La voz de Envy atravesó la tensión que se acumulaba en la habitación—. ¿Dónde estás?

—¿Qué eres? ¿Cuándo eres? Esas son cuestiones más interesantes.

La criatura no apartó su oscura mirada de Camilla. Una lengua bífida salió disparada entre sus dientes demasiado grandes.

Ella permaneció muy quieta, deseando que mirara hacia otra parte.

—Golath —advirtió Envy.

—Sabes dónde estoy, príncipe Envy. Debajo. Muy por debajo. Debajo del lugar donde las tumbas arden y la tierra se seca. Ven a buscarme si te atreves. Trae a la de cabellos plateados. Disfruto mucho de los regalos.

El Coleccionista de Miedos hizo girar su masa casi incorpórea como un ciclón y desapareció del círculo, haciendo desaparecer el orbe destrozado con él.

Se hizo un pesado silencio. Envy permaneció donde estaba, con la mirada clavada en el suelo, como si esperara que la criatura retrocediera y atacara. Pero una vez que quedó claro que no regresaría, miró directamente a Camilla.

Su expresión estaba cuidadosamente en blanco. Lo no la miró en absoluto. Ni los otros dos demonios.

La inquietud le clavó las garras. No quería ser el regalo de esa criatura.

—Ve a por tu capa —le ordenó Envy en voz baja—. Vamos a viajar por debajo de las Tumbas Llameantes. El fuego que arde allí produce hielo, no calor. Por lo tanto, la supervivencia allí es... desagradable.

—No.

El único que no pareció sorprendido por su negativa fue Envy.

Soltó un suspiro de frustración.

—Por desgracia, esto no es una negociación, señorita Antonius. Si dependiera de mí, te quedarías aquí. Mejor aún, te devolvería a Waverly Green. Ya que ninguno de los dos tiene otra opción en este asunto, ponte la capa.

Camilla desvió la mirada hacia el resto de las personas en la habitación. No quería ponerse a debatir delante de los demás.

—Sloth, ¿un momento de privacidad, por favor? —pidió Envy, sorprendiéndola.

Cuando los otros demonios se marcharon, Envy la atrajo contra su pecho.

—Juguemos a «verdad o mentira», señorita Antonius.

Ella se acurrucó contra él y asintió.

—No permitiré que nada te haga daño. ¿Verdad?

—Sí. Pero…

—No hay peros, mascota. Nada te hará daño. —Le recorrió la espalda con una mano—. ¿Confías en mí?

Camilla se rio y se alejó de su abrazo.

—Ni un poquito.

Él le dedicó una sonrisa lobuna. Luego, la seriedad inundó sus rasgos. Se sacó una pequeña daga del interior del traje. Era plateada, como los ojos de ella, con una vaina maravillosamente tallada.

Dudó solo un segundo antes de aceptarla. No estaba hecha de hierro, pero tampoco de ningún metal con el que estuviera familiarizada.

Envy le colocó el pelo detrás de las orejas y dio un paso atrás.

—Puedes confiarme tu vida, Camilla. Eso es algo precioso. Algo con lo que nunca jugaría. No importa el juego que haya en marcha. ¿Verdad?

Camilla le sostuvo la mirada durante un largo instante y se fue a buscar su capa.

El túnel bajo la casa de la Pereza era exactamente lo que uno debería esperar de un laberinto subterráneo en lo profundo de las entrañas del inframundo, hogar de criaturas tan terribles que no buscaban la luz.

Se había excavado en la piedra cubierta de escarcha para formar las paredes del túnel. El pasillo era lo bastante estrecho para que el hombro de Camilla rozara el del príncipe mientras caminaban en silencio.

Envy había hecho que Sloth hechizara su capa para que regulara la temperatura, asegurándose de que no moriría congelada, pero el aire estaba siendo inclemente con su cara. El demonio llevaba una antorcha sin llama, que no ardía pero sí proporcionaba suficiente luz para poder ver.

EL TRONO DE LOS CAÍDOS   345

En muchos lugares, las paredes de piedra presentaban marcas de garras y estaban salpicadas con lo que probablemente hubiera sido sangre en otros tiempos. No había huesos ni esqueletos… A Camilla le dio la impresión de que fuera lo que fuese lo que habitaba en las profundidades del reino no dejaba atrás tales delicias.

De vez en cuando, escuchaban gritos a lo lejos.

Una vez, cuando un aullido tan terrible que la hizo temblar rasgó el aire, Envy se llevó un dedo a los labios y le dio la mano para tirar de ella hacia delante por otro sinuoso pasillo, sin ralentizar su ritmo agotador hasta que los infernales lamentos se convirtieron en una pesadilla lejana zumbando en sus oídos.

No la había soltado después de eso.

Cuanto más se acercaban a la tierra debajo de lo que Envy había llamado las Tumbas Llameantes, más frío hacía, como si el mundo mismo advirtiera a los viajeros de que se alejaran de allí.

Camilla había pensado que la cosa no podía empeorar más, pero quedó demostrado que estaba equivocada. Si no hubiera sido por la capa mágica, se habría congelado.

Le escocían los ojos y las lágrimas se le helaban en las mejillas. El pánico la hizo querer llorar más fuerte.

¿Se me congelarán los ojos?

Envy la colocó de repente frente a él y le limpió las lágrimas con los pulgares. La piel le entró en calor de inmediato, caldeada por su toque mágico.

—Respira, señorita Antonius. El propósito del túnel es inducir miedo. Golath se alimenta de él.

Otro pensamiento poco reconfortante.

El príncipe esperó hasta que logró calmarse; una hazaña que resultó más difícil de lo que hubiera podido imaginar.

Tras otro momento, Camilla asintió y continuaron, y se sintió ligeramente mejor.

Al fin, luego de otro largo descenso por un abismo, Envy se detuvo. Mantuvo la mano alrededor de la de ella en un agarre inflexible.

—Golath. —Envy había hablado en voz baja, pero sus palabras retumbaron en la oscuridad.

El corazón volvió a acelerársele cuando la criatura apareció en las sombras y los miró con curiosidad.

Camilla sintió tanto que no podía desviar la mirada como que nunca quería volver a verlo. Allí, donde había elegido vivir, ya no era casi incorpóreo. Era de carne y hueso, sus ojos de cabra emitían un enfermizo brillo amarillo en la oscuridad.

Camilla no pudo distinguir mucho más que sus cuernos, y eso fue solo gracias a la luz que desprendían sus ojos. No podía verle la boca, pero percibió su sonrisa.

—Los compañeros interesantes crean historias interesantes. Acércate, amante curiosa.

Su voz era profunda, elemental. Diferente de la del Trono Maldito, pero, de alguna forma, similar.

Camilla se mantuvo firme; no era una presa, por mucho que aquel túnel quisiera que se lo creyera… y la criatura se acercó.

—Ah. Menuda historia para contar. —Sus ojos amarillos se desviaron hacia Envy—. Amo de los secretos, príncipe de la oscuridad, qué peculiar que te hayas visto atrapado en uno. Las lunas son cosas tan caóticas. Inconstantes, parpadeantes. Al igual que la sangre nueva.

Envy se puso tenso.

—¿Qué información tienes sobre el juego?

—¿Qué son los juegos sino oportunidades para alardear de la victoria o de saborear el fracaso? ¿Aún no has ganado? —La mirada del Coleccionista de Miedos se encendió—. Proceded con precaución, porque hay mucho que perder.

El agarre de Envy sobre ella se hizo más fuerte, pero Camilla presentía que tenía más que ver con la frustración que con cualquier otra cosa.

—Habla claro. ¿O es un acertijo que debo resolver?

El Coleccionista de Miedos miró a Camilla con los ojos entrecerrados.

—Hay muchos acertijos, muchos juegos, muchos jugadores. Si un príncipe de hielo cae, ¿se levantará uno carmesí? Supongo que eso depende de quién lo mate. La sangre debe ser derramada.

Volvió a esconderse entre las sombras.

Envy soltó una maldición.

—No hemos terminado.

—Curiosos son los que se esconden a plena vista. Cuidado, joven príncipe. Hay muchas serpientes venenosas reptando por este seductor jardín. Las ilusiones son el juego más perverso de todos.

De repente, un nombre apareció en la cabeza de Camilla, Prometeo, como si el Coleccionista de Miedos lo hubiera colocado allí para ella, brillante y estallando en su lengua como una fresa madura.

Quería escupir el nombre, gritarlo al vacío, pero apretó los dientes.

Si el Coleccionista de Miedos quería que hiciera algo en su presencia, esperaría el mayor tiempo posible.

Caviló sobre si le habría hecho lo mismo al príncipe, pero se negaba a preguntar hasta que estuvieran de nuevo por encima del suelo.

—¿Eso es todo? —preguntó Envy.

—Los recuerdos, como los corazones, pueden robarse. Mis susurros resuenan en las sombras, a través de los reinos, a través de tiempos y dimensiones, siguiendo y encontrando a quienes necesitan escucharlos. Nunca prestaste atención a la advertencia, joven príncipe. ¿Lo harás ahora?

Con una mirada preocupada, Envy la hizo retroceder por el túnel, lejos del Coleccionista de Miedos, y ni una sola vez se giró.

PARTE III

SEDUCIDA POR LA OSCURIDAD

TREINTA Y OCHO

El túnel los escupió cerca del límite del Bosque Sangriento, una zona no muy lejos de la frontera del círculo de Envy donde emplear la magia estaba prohibido.

El demonio maldijo al Coleccionista de Miedos por aquel regalo de despedida. Tenía pensado volver sobre sus pasos, pero estaba claro que el anciano ser tenía ganas de divertirse y los había soltado donde Envy no podría volver a su corte con facilidad. No se le pasó por alto que se rumoreaba que otro jugador había visitado aquel bosque dos noches atrás. Puede que encontrara algún rastro de esa persona.

Cuando llegaran sanos y salvos a su dominio, aprovecharía la magia para ir a una cabaña privada cerca de su casa, donde podría pensar sin interrupciones.

Envy avanzó delante de Camilla, preguntándose una vez más qué secretos escondería la artista y cómo podrían encajar en su juego. No solía ser alguien a quien le faltara información. Y no le hacía demasiada gracia aquel creciente misterio.

Una cosa era que Sloth sospechara —desconfiaba de todo aquel a quien conocía hasta que los investigaba a fondo desde la concepción, pasando por el nacimiento y hasta llegar al presente—, pero

para que el Coleccionista de Miedos presintiera algo... su advertencia había sido clara. Camilla estaba escondiendo algo.

Las variables y las incógnitas eran una forma segura de perder.
Y perder no era una opción.

Daba igual lo apasionada que se hubiera mostrado Camilla al
dar su pequeño discurso sobre dejar atrás el pasado, algunas cicatrices moldeaban el futuro. Envy había cometido un error. Uno que
no podía perdonarse a sí mismo. Toda su corte estaba sufriendo las
consecuencias y él tenía que arreglarlo.

Mantenía su odio por la realeza no seelie firmemente agarrado,
nunca olvidaba el papel que habían desempeñado. Era un concepto
que ella no entendería; su vida era un mero parpadeo en el tiempo.

Hasta que perdiera y decepcionara a los demás y sintiera el peso
de la responsabilidad sobre sus hombros, no podía sermonearlo
sobre buscar solo la luz del sol y olvidarse por completo de que el
mundo también necesitaba lluvia para prosperar.

Para la mayoría, la oscuridad nunca era tan atractiva como la
luz, pero eso no significaba que fuese menos esencial para la vida.
Demasiado sol marchitaba el alma.

El equilibrio era la clave.

—¿Quién es Prometeo? ¿Es el auténtico titán del mito?

Su pregunta lo detuvo en seco.

¿Había entendido de qué había estado divagando el Coleccionista de Miedos de esa forma enrevesada tan suya?

Envy se llevó un dedo a la boca y examinó el camino vacío en
todas direcciones, escuchando con atención. El bosque estaba tranquilo, salvo por las ráfagas de viento, que gemían y aullaban entre
las ramas desnudas como perros callejeros asustados.

Ya casi habían llegado a sus dominios, donde podría usar su magia sin problemas.

—No vuelvas a decir su verdadero nombre en voz alta. —Envy
tenía la mano sobre su daga y volvió a recorrer el bosque con la mirada—. El príncipe vampiro y sus espías siempre están escuchando.

El rostro de Camilla palideció.

—Creía que se llamaba Zarus.

Envy entornó los ojos.

—Para ser una mortal que nunca ha estado en el inframundo, conoces muchos detalles interesantes.

—Creo que el Coleccionista de Miedos ha plantado el nombre en mi cabeza —respondió a la defensiva. Él no tuvo tiempo de preguntarse acerca de aquella rareza antes de que ella añadiera con aspereza—: Y el segundo es porque mi padre tenía muchas historias que contar.

A Envy se le escapó el control sobre su paciencia.

—Ah, sí. El hombre que estaba tan obsesionado con las líneas de reinos que construyó un túnel secreto encima de una. Dime, Camilla, ¿por qué tu padre estaba tratando desesperadamente de encontrar una forma de entrar en Faerie? ¿O estaba buscando ciertos reinos de los cambiaformas?

Camilla apretó los labios hasta que formaron una línea recta y desvió la mirada.

Permaneció en silencio.

—La mujer de ese cuadro no sería la reina, ¿verdad? —preguntó—. Y no me refiero a la monarca mortal. Sé a ciencia cierta que Prim Róis guarda cierto parecido con Eve. Es extraño que el nombre de la pintura fuera Evelyn. ¿Es posible que tu padre tuviera una aventura con la reina no seelie?

Si su madre era en efecto una cambiaformas, habría despreciado la aventura aún más. Los cambiaformas y los fae se repelían tanto como el agua y el aceite.

La mirada acerada de Camilla colisionó con la suya; había tocado fibra.

Envy esbozó una sonrisa tan afilada como lo habían sido sus palabras, pero necesitaba presionarla hasta que ese impenetrable muro que había erigido se viniera abajo. Ya era hora de descubrir con qué estaba lidiando.

Lennox quería que ella lo acompañara al inframundo.

El Coleccionista de Miedos le había entregado a ella la siguiente pista.

Quería saber por qué. Por qué ella. Con su raro talento. Con sus amplios conocimientos sobre su reino. Con su capacidad para resistirse a la mayor parte de las influencias demoníacas.

¿Quién *era* la señorita Camilla Antonius?

Estaba decidido a descubrirlo.

No más esperas, no más juegos. Si tenía que ser despiadado, que así fuera.

Dio un paso hacia ella, impresionado al ver que no retrocedía. Machos que medían dos veces lo que ella se acobardarían ante un príncipe del infierno.

—Mis espías han desenterrado mucha información curiosa sobre tu padre.

Camilla se quedó helada.

—¿Nos has espiado? —escupió la pregunta como si le supiera mal en la boca.

Envy ladeó la cabeza. No le gustaba provocar emociones ligadas al pecado de su hermano, pero cuanto más se enfadaba Camilla, menos probabilidades tenía de seguir guardando todos sus secretos.

—¿Qué eres, Camilla? ¿Inmortal? ¿Mestiza? ¿O simplemente una pérfida humana con talento para las mentiras?

La furia inundó su tono al responder.

—¿Qué otras teorías absurdas te gustaría añadir, alteza? ¿Una leona? ¿Un águila? Ya sé —se burló—, a lo mejor soy un lobo huargo.

—¿Por qué intrigas a tantos seres oscuros, Camilla, si es que ese es tu verdadero nombre? ¿Qué detectan que mis hermanos y yo no podemos? ¿Por qué eres necesaria para el juego? Lennox te eligió. ¿Por qué?

La expresión de ella se cerró por completo.

Y algo en su interior se desató.

Se acercó más, con la necesidad de saber qué escondía, con la necesidad de conocerla *a ella*.

Aquel jueguecito había llegado a su fin.

Su pecado arremetió. Había un muro entre la voluntad de Camilla y él, y se lanzó de cabeza, dirigiendo su poder en esa dirección una y otra vez, imaginándolo como una pared de hielo.

Casi impenetrable hasta que logró abrir una pequeña grieta.

Una pequeña fisura era todo lo que necesitaba para que su pecado estallara por fin.

Camilla respondía a la envidia, ya lo había comprobado con anterioridad. Proyectó imágenes en su mente, tanto para alimentar su poder mientras este se agotaba como para atraer sus verdaderas emociones a la superficie.

Se imaginó a la diosa de la Muerte, cuando se había tirado a su segundo delante de él. Sus antiquísimos ojos color lavanda fijos en Envy, intentando en vano avivar su pecado.

De inmediato, tanto él como Camilla se encontraron juntos en ese recuerdo, reviviendo sus pensamientos instante a instante mientras Camilla observaba, confundida, a través de su mente.

Envy recorrió su vestido con la mirada, a todas luces elegido con aquel escenario en mente. Vittoria siempre había sido la gemela teatral; era increíble que ella y Emilia hubieran convencido en el pasado a sus hermanos —y a todo el reino— de que eran una única entidad.

El vestido de Vittoria no era más que dos franjas de tela color lavanda que le cubrían los pechos y que luego se juntaban en el medio antes de arremolinarse en el suelo. Largas secciones de piel bronceada relucían con cada uno de sus movimientos.

Envy mantuvo sus emociones de esa noche lejos de Camilla y se limitó a mostrarle a Vittoria observándolo, mientras su deseo por él impregnaba sus recuerdos y era canalizado directamente hacia Camilla.

Se olvidó de revelar que aquello *no* lo había excitado y que Vittoria nunca conseguiría despertar esa emoción en él.

Rememoró más instantes de ese encuentro, cómo las manos de su segundo habían recorrido el cuerpo de la diosa, cómo ella había empezado a gemir por lo bajo; avivó los celos de Camilla hasta que estos casi lo emborracharon. Podía sentirla resistiéndose a su agarre mental, empujando y tratando de liberarse por la fuerza, pero estaba funcionando. Camilla estaba loca de envidia.

—*Estás jugando con fuego —le dijo a Vittoria en el recuerdo—. Bastante literalmente.*

—*Y me encanta el calor. —La diosa giró en los brazos de Alexei y presionó el trasero contra su ingle antes de rotar lentamente. En esa nueva posición, podía observar a Envy mientras se tiraba al vampiro en un frenesí alimentado por la lujuria. Una tarea que ya habría completado, a juzgar por las maldiciones y gemidos de Alexei.*

—*Si estás intentando avivar mi pecado —la informó Envy, arrastrando las palabras—, tendrás que hacerlo mejor.*

—*Ay, Envy. Si quisiera acariciar tu pecado, lo haría. —Vittoria deslizó la mano dentro de los pantalones del vampiro y se puso a subir y a bajar el puño a un ritmo constante mientras él gemía—. Puedes mirar, si quieres. O unirte...*

Camilla estaba casi desquiciada en su mente, haciendo trizas el recuerdo.

Sus celos no se parecían a nada que hubiera experimentado antes, eran un profundo abismo dentro de ella, aparentemente interminable. Había estado manteniendo sus emociones a raya.

Y apenas había empezado a descubrir cuán profundo era ese pozo.

En un momento, la tenía dentro de su mente; luego, de repente, sin ningún tipo de advertencia, era ella quien le introducía un recuerdo *a él*. Había elegido bien su contraataque.

Envy observó cómo Camilla apoyaba las manos en los muslos del hombre y cómo la tela de los pantalones se tensaba contra su anchura. Se inclinó hacia delante y sacó la lengua para humedecerse los carnosos labios.

Con dedos ágiles, Camilla le desabrochó los pantalones y sacó lentamente su erección. Envy se esforzó por ver el rostro del macho, con la intención de marcarlo para el futuro, pero de aquel recuerdo solo podía ver lo que Camilla le permitía.

Y la atención de Camilla estaba fija en la polla dura como una roca que se sacudía delante de su cara.

Envy se esforzó por liberarse de aquella escena, pero Camilla se aferró y lo alimentó con más momentos.

En el recuerdo, se recolocó y cerró tímidamente la boca alrededor de la punta. Sus mejillas se ahuecaron cuando el hombre le indicó que chupara.

Envy quería atravesar una pared con el puño.

Los largos dedos del otro hombre se hundieron en el cabello plateado de Camilla, enredándolos en él hasta que impuso el movimiento que prefería. En el recuerdo, ella estuvo a punto de atragantarse cuando el macho empujó contra su boca. Le agarró el pelo con más fuerza y sus embestidas la golpearon en el fondo de la garganta. La Camilla del recuerdo sintió como si se estuviera ahogando; eso la emocionó y la asustó. Las lágrimas le corrían por las mejillas mientras aquel desgraciado le follaba la boca tan fuerte y tan rápido que ella no podía respirar.

Envy gritó en el recuerdo, necesitaba salir. Le daba igual que hubiera estado con otra persona, pero verlo… lo volvió loco. Y el malnacido, quienquiera que fuera, no había sido amable. Se había desatado, indiferente a la comodidad de la mujer.

No se dio cuenta de que ella había dejado de provocarlo —que, de alguna manera, se las había arreglado para liberarlos a ambos del recuerdo y lo había llevado contra un árbol—, hasta que sacó de su corpiño la daga que Envy le había entregado y se la acercó a la garganta mientras sus ojos plateados brillaban igual de amenazadores en la noche.

Ambos respiraban con dificultad y sus ojos eran llamas gemelas de envidia.

Envy pensó que le cortaría el cuello en ese mismo instante. Y se lo merecía. Tal vez quisiera que lo hiciera; después de ese recuerdo, necesitaba que acabara con su tormento. La imagen de ella de rodillas, complaciendo a otra persona, era demasiado.

—Adelante, mascota. Hazme daño. —Su respiración jadeante provocaba que su pecho no dejara de subir y bajar.

En lugar de eso, Camilla arrojó el arma al suelo y atrajo su rostro hacia el de ella hasta que sus bocas colisionaron.

El hambre se apoderó de los dos. O la locura.

Envy sabía que no se trataba de locura, sino de celos puros y sin adulterar.

Ella no preguntó por Vittoria y él no preguntó por el hombre de su recuerdo.

Ambos necesitaban olvidar que otros amantes habían llegado a sus vidas, necesitaban grabarse mutuamente en sus recuerdos más recientes. Su juego había dado un giro.

De repente, la lengua de Camilla estaba en su boca y el puño de él estaba en su pelo y el beso no se parecía a ningún otro que hubiera experimentado. Ella retrocedió y arrastró su mirada sobre él, posesiva y llena de cruda necesidad, antes de abrirle la camisa de un tirón y besarle la barba incipiente del cuello.

Se detuvo de nuevo al llegar a su mandíbula, el tiempo suficiente para recorrerle con las manos la parte delantera del cuerpo, trazando sus tatuajes y la cresta de todos los músculos que le cubrían el abdomen. La tinta verde oscuro justo debajo la línea del cinturón era una frase en latín que admiraba. Pero era solo uno de sus tatuajes. *No ducor, duco*. No me dejo dirigir, yo dirijo.

—Hermoso. —Las manos de su pintora trazaron las líneas mientras estas descendían más y más—. Poderoso.

El gemido que se le escapó fue puramente demoníaco.

—Camilla.

La atrajo hacia él, amasándole los pechos con brusquedad mientras ella le mordisqueaba la garganta.

—Bésame —susurró Camilla contra su boca— como si fuera lo único en lo que piensas.

Pero si ya lo era, joder.

Envy la hizo girar y la apoyó contra el mismo árbol mientras le bajaba el corpiño para liberar por fin esos gloriosos pechos. Se sacudieron con libertad, preciosos y dorados a la sombra de los árboles.

Profundizó el beso hasta que ella gimió y se arqueó contra él.

Iba a devorarla justo en mitad de aquel maldito camino, a hacerla olvidar que existían más personas en aquel reino.

Y Camilla estaba más que dispuesta a que hiciera precisamente eso.

Se colocó entre sus muslos y empezó a restregarse contra ella con movimientos lentos y rítmicos, una promesa de lo que estaba por venir.

Camilla le correspondió, dando todo lo que estaba recibiendo.

Le acunó un pecho mientras ella le mordía el labio e hizo rodar el pezón entre sus dedos hasta que se endureció; luego bajó aún más la mano y la enganchó en el dobladillo de su vestido para apretar la tela en su puño cerrado y sentir la tentación de rasgarla.

Camilla emitió un sonido impaciente desde el fondo de la garganta mientras él exponía poco a poco sus muslos enfundados en medias y la carne desnuda por encima de ellas, donde no llevaba puesto nada en absoluto.

Rozó con los nudillos la zona en la que deseaba enterrarse, húmeda ya por su excitación.

Envy quería tomarse su tiempo, cumplir cada una de sus fantasías y hacer que ella se corriera hasta que no pudiera soportar ni una pizca más de placer, pero le dolía la polla.

Ya no podía esperar. Era antes de lo que había planeado, pero lo que acababan de hacer… Habían ido demasiado lejos. Ahora tenía que reclamarla.

A Envy no le importaban cuáles fueran sus secretos, quién era él o cuál era su objetivo, solo quería deshacerse del civismo y que lo hicieran como animales.

En un movimiento sobrenaturalmente rápido, tumbó a Camilla en el suelo debajo de él, y ella cerró las piernas a su alrededor, acercándolo, inmovilizándolo contra su cuerpo.

Como si a esas alturas fuera a marcharse.

Envy no pensó en el juego ni en lo que ella había puesto en marcha, sus pensamientos giraban únicamente en torno a Camilla. Sus bocas, lenguas y dientes colisionaron, sus manos agarraron y tiraron como si estuvieran intentando colarse en el alma del otro.

Comenzó de nuevo esas lentas friegas, en esa ocasión con los pantalones contra su carne desnuda. Un pedacito de tela lo separaba de estar completamente enterrado en ella.

—Dime que pare, Camilla.

Si no lo hacía, la reclamaría. En aquel preciso instante. Arruinaría las posibilidades de todos sus demás amantes.

Puede que ella hiciera lo mismo con él.

Apretó las caderas contra las de ella, más fuerte, más rápido, y encontró un punto que hizo que Camilla lo acercara más y que le dibujara medialunas con las uñas en la piel, marcándolo a él también.

Camilla cerró los ojos. Envy volvió a ejercer presión sobre ese punto y adoró la forma en que jadeó. Le clavó los dedos en los hombros y lo abrazó con fuerza contra ella.

—No te atrevas.

Camilla ya le estaba desabrochando los pantalones cuando lo escuchó.

Un momento después, estaba de pie, daga en mano, escrutando el bosque.

Se había movido tan deprisa que Camilla ni siquiera había gritado.

Allí no había nada, pero sintió otra presencia. Habían sido unos imprudentes.

Él había sido un imprudente. Nunca debería haber permitido que la pasión y los celos le nublaran el juicio. Sabía lo peligroso que podía ser el Bosque Sangriento. Sabía lo que había hecho el Coleccionista de Miedos, y aun así había dejado que el deseo se apoderara de la razón.

Envy extendió una mano sin apartar la atención del bosque, a la espera.

—Vamos, amor. Acabaremos esto en la casa de la Envidia.

Camilla no le dio la mano. No pronunció palabra.

Miró hacia abajo.

Había desaparecido.

—Mierda.

El juego ya había dado su siguiente paso.

Donde había estado tumbada y ansiosa un momento antes, ahora yacía solo una tarjeta, el Corazón Inmortal cara arriba. Era el símbolo de la corte de los vampiros.

Zarus había estado escuchando y quería que Envy lo supiera.

Bueno, pues se había enterado.

Se quedó mirando el infame símbolo —un corazón anatómico, atravesado en el centro por una daga con una empuñadura en forma de calavera de la que goteaba sangre— y su respiración se volvió lenta y uniforme cuando una calma asesina lo invadió.

Puede que el príncipe vampiro fuera un no-muerto, pero existían formas de remediarlo.

TREINTA Y NUEVE

Todo sucedió tan rápido que Camilla no sintió que estuviera en peligro hasta que fue demasiado tarde.

Un instante, estaba a punto de verse arrastrada por un mar de lujuria erótica e interminable, suplicando en silencio estar ligada para siempre a su príncipe oscuro.

Al siguiente, estaba dando tumbos a través de varios reinos. Sentía el cuerpo como si se lo estuvieran destrozando y hubiera agujas pinchándole y mordiéndole cada centímetro de su carne como si fueran dientes. Su secuestrador no era más que una mera sombra hasta que el portal, o cualquier magia que los hubiera transportado, los escupió con violencia.

Una mano grande y fría la puso de rodillas.

Se dio la vuelta, furiosa.

Cualquier coraje al que se hubiera aferrado murió.

Todos sus instintos le gritaron que echara a correr. No era tanto por la apariencia del hombre como por lo que sentía en lo más hondo.

La tensión espesó el aire mientras se estudiaban el uno a la otra.

Por fuera, se parecía a cualquier otro miembro de la corte. Su ropa era sencilla, pero de buena calidad. Una camisa que cualquier *lord* llevaría debajo de un abrigo oscuro con cola de golondrina. Los pantalones pardos se ajustan perfectamente a sus piernas largas y tonificadas. Las flexibles botas de montar de cuero le llegaban hasta las pantorrillas.

Tenía una constitución poderosa, era un hombre hecho para luchar.

Su corto cabello castaño estaba despeinado, como si no quisiera molestarse en domarlo o prefiriese que pareciera salvaje e inspirar pensamientos perversos. Sus ojos penetrantes quedaban enmarcados por una franja de pestañas espesas y oscuras.

Eran esos ojos deslumbrantes —de un color carmesí rayano en el negro— los que delataban *qué* era.

Un vampiro.

Camilla tragó con dificultad.

—Sería imprudente causarme problemas. —La voz del hombre era grave y áspera.

Un lento goteo de miedo paralizó a Camilla.

Él se agachó y la miró con una dureza que prometía violencia si no se portaba bien. Incluso desde esa nueva posición, casi arrodillado ante ella, exudaba poder.

—¿Lo has entendido?

Camilla asintió, con la boca repentinamente tan seca como la playa en la que habían aterrizado.

Él la miró de arriba abajo una vez más y se incorporó.

—Levántate, corderito. Arréglate el vestido.

Camilla se agarró el corpiño y se lo recolocó; se había olvidado de que el príncipe de la Envidia se lo había bajado en un ataque de pasión. Se sentía como si hubieran pasado horas desde que había estado en sus brazos, no minutos. Si pudiera correr lo bastante lejos…

Miró a su alrededor y se le cayó el alma a los pies cuando sus peores temores se hicieron realidad.

No había ningún lugar al que huir.

No era que fuera a ser más veloz que un vampiro. Ya no estaban en el bosque, ni siquiera cerca de la tundra helada que constituía la frontera de los dominios del príncipe demonio. Estaban en una playa aparentemente desierta con arena negra y brillante y el agua a juego, y unos retazos de niebla flotando a lo largo de la orilla.

Un par de lunas carmesíes colgaban del cielo, dos ojos vigilantes del infierno.

El aire era cálido, incómodo.

Hecho que no era sorprendente, ya que los vampiros no producían calor corporal.

Que el Señor la salvara, Camilla estaba en el reino de los vampiros y al príncipe de la Envidia no se lo veía por ninguna parte.

Como si le leyera la mente, el vampiro dijo:

—Tu amante no se reunirá con nosotros. Actualmente, los de su especie no son bienvenidos en la isla Malicia.

Isla Malicia. La nación insular donde residían los vampiros tenía un nombre acertado.

La mismísima atmósfera resultaba amenazadora, aciaga, como si quisiera hincarles el diente a los viajeros y saborear sus miedos más profundos.

A su izquierda, un bosque tropical —o lo que alguna vez había sido un bosque tropical, pero ahora estaba lleno de podredumbre y muerte— se extendía hasta donde alcanzaba la vista.

Más allá, a lo lejos, una torre gótica se alzaba hacia las nubes, como un demonio surgiendo del inframundo y contemplando su ardiente dominio.

Una sombra mortecina en el horizonte indicaba que el amanecer no estaba lejos; si podía aguantar unos momentos más, tendría una mínima posibilidad.

—Muévete, corderito.

—¿A dónde? —preguntó Camilla, deteniéndose.

No comentó nada sobre el mote que le había puesto. La advertencia estaba clara: en su mente, Camilla iba camino del matadero. No veía la necesidad de poner nombre a su comida.

Él apuntó hacia la izquierda con la barbilla.

Allí, la boca de una cueva se abría de par en par, un bastión de seguridad para las criaturas crepusculares y una muerte segura para Camilla. Si el vampiro la metía dentro, tendría pocas posibilidades de escapar.

—No me asusta la oscuridad —dijo Camilla—. Señor...

—Blade. —Sonrió y sus colmillos destellaron—. Ahora, muévete antes de que te *oblige*.

No le dio la oportunidad de actuar por su cuenta, la puso de pie a la fuerza y la empujó bruscamente hacia la cueva. No ocultó su fuerza sobrenatural, no se reprimió como debía de haber estado haciendo Envy cada vez que la tocaba.

La arrastró por la arena y los granos se le metieron en las zapatillas y le rozaron la piel mientras pateaba e intentaba agarrarse a algo. Estaban justo fuera de la cueva y ningún esfuerzo conseguía romper el agarre de hierro del vampiro.

Blade acercó la boca a su cuello y Camilla se quedó quieta.

—No te olvides de la reverencia.

La empujó para que cruzara la entrada de la cueva.

En lugar de encontrarse dentro de la caverna, como esperaba, trastabilló al entrar en una cámara bellamente decorada. Parpadeó ante el brillo de los suelos negros, desde donde su reflejo de ojos muy abiertos la miraba fijamente.

La cueva era un portal al castillo.

Camilla controló su expresión.

Parecer una presa en un lugar donde *lo era* no le serviría de nada.

Su mirada vagó por el suelo pulido hasta las paredes, cubiertas con brocado negro de hilos carmesíes.

El corazón le latía con fuerza. Su mirada vagó más lejos, hasta el centro de la habitación.

Un estrado, un trono y... Allí estaba sentado el mismísimo príncipe vampiro, con el pelo pálido como el trigo, ojos azul hielo y una expresión inhumana en su rostro sin edad. La estaba estudiando, repasándola con la mirada desde la coronilla, deteniéndose en el cuello y continuando hasta los pies antes de recorrer el camino inverso y concentrarse en su cara.

No pareció impresionado. Era una circunstancia muy afortunada o extremadamente desventurada.

Al recordar lo que Blade había dicho, Camilla se arrodilló y bajó la barbilla hasta el pecho. Era mucho mejor jugar y vivir que elegir el desafío y acabar muerta.

O peor.

Mantuvo la mirada clavada en el suelo frente a ella, incluso cuando un par de botas pulidas entraron silenciosamente en su campo de visión, con las punteras plateadas relucientes.

Se movía como una sombra.

Dos dedos helados le levantaron la barbilla y la obligaron a mirar a los ojos a un monstruo.

Un hermoso monstruo.

A Camilla se le secó la boca y el control sobre su cuerpo se desvaneció. Había oído rumores de que los vampiros de la realeza eran los más letales, los más poderosos, en especial cuando te tocaban. Esas historias eran horriblemente ciertas.

El príncipe ni siquiera había hablado todavía, no había hecho más que presionar suavemente dos dedos sobre su piel, y el cuerpo de Camilla ya estaba listo para darle cualquier cosa que deseara.

La inundó una necesidad abrumadora de complacerlo, de arquear el cuello o de ofrecerle la muñeca para concederle el honor de penetrarle la piel con sus colmillos.

Lo que lo hacía más aterrador era que ella seguía siendo *consciente* del peligro, del terror de lo que le estaba haciendo, pero no podía resistirse. Su cuerpo *quería* su veneno.

La mirada de él se convirtió en lava fundida mientras viajaba por su piel.

Unos momentos antes, aún más carne había estado expuesta, de cuando ella y Envy se habían vuelto locos de deseo. Camilla le agradeció en silencio a Blade que le hubiese dicho que se cubriera; esa pequeña misericordia había sido un salvavidas.

El príncipe levantó el brazo y le acarició el pulso de la muñeca con el pulgar.

El terror se apoderó de su mente, pero su cuerpo zumbó. *Quería* gritar, pero solo logró emitir un pequeño gemido que sonó sospechosamente cercano a la necesidad.

—Alteza.

La gélida voz atravesó el calor.

—Esta es la que ha pronunciado vuestro nombre. La he encontrado con Envy.

El príncipe dejó caer el brazo y las fosas nasales se le dilataron al olerla.

Camilla retrocedió, sin importarle si lo ofendía. Quería estar lo más lejos posible de su mortífero contacto, aunque su cuerpo seguía inclinado ante él, anhelante. Su control sobre ella todavía no se había disipado por entero.

Él la miró con renovado interés.

—La amante de Envy.

La voz del príncipe vampiro era sedosa, diseñada para seducir. Se preguntó cuántos mortales habrían perdido la vida por ese pecaminoso sonido.

—O una distracción, Zarus.

—Hay una forma de averiguarlo.

—Recomiendo encarecidamente mandarla de vuelta —dijo Blade—. Wrath está preparado para atacar. No nos hace falta perder también a Envy como potencial aliado.

La sonrisa del príncipe era afilada.

—Báñala. Quiero que el hedor a demonio desaparezca antes de la cena.

Camilla no volvió a sus cabales hasta que Blade la arrastró fuera del salón del trono y cerró la puerta de golpe.

Se giró hacia ella.

—¿Es que quieres empezar una guerra, corderito?

—No parece importar lo que yo quiera —contestó, frotándose los brazos.

—Deja que te dé unos consejos. —Blade avanzó hacia ella, con la rabia ardiendo en su mirada carmesí—. No te ofrezcas al príncipe. Enfrentar a dos cortes no terminará bien para nadie.

—Como si tuviera alguna opción. ¿Te das cuenta de que cuando me toca elimina todo el control que tengo sobre mi cuerpo?

La suspicacia le oscureció la mirada.

—Imposible. Eso solo sucede cuando concede a un mortal el roce de su lengua. Es el terror lo que debería estar clavándote las garras en el corazón. No el deseo.

Blade recorrió el pasillo con la mirada y Camilla supo que estaba pensando a toda velocidad. Tiró de ella hacia delante de nuevo y habló en voz baja.

—¿Sabe Envy lo que eres?

No, pero ha estado intentando averiguarlo con todas sus fuerzas, pensó.

—Soy una artista.

Blade la estampó contra la pared.

—Ninguna cantidad de magia oculta la verdad de la sangre.

Parecía que se estaba planteando morderla. Le sostuvo la mirada, desafiándolo sin palabras a hacerlo.

Juró que se arrepentiría.

—Finge que tienes miedo la próxima vez que estés cerca de Zarus, o sentirá curiosidad. He visto tu reacción. Agradece que no estuviera prestando atención. Te prometo que su intriga es lo último que quieres despertar. ¿Quieres marcharte de aquí?

Camilla asintió.

—Entonces, lucha contra tu verdadera naturaleza. O te descubrirás convertida en su nueva princesa. —La soltó por fin y ella se apartó de la pared.

—¿Por qué me ayudas?

—Estoy ayudando a mi corte. En estos momentos, nos encontramos en el filo de la navaja, gracias a una jugada reciente y bastante tonta de nuestro príncipe, y protegeré a estos vampiros a toda costa. Si eso significa darte de comer a los lobos, no dudaré en hacerlo.

Se inclinó junto a ella y abrió una puerta contra la que no se había dado cuenta que estaban apretados.

—Cierra la puerta. No abras a nadie hasta que vuelva a buscarte.

No dijo que la precaución era para mantener alejado al príncipe, pero Camilla supo que eso era lo que quería decir. La advertencia estaba ahí, destellando en sus ojos. La única razón por la que aún no la habían mordido era porque Blade había intervenido. Dos veces.

Camilla no quería deberle más favores. Presentía que no le saldrían gratis.

Se agachó para pasar bajo su brazo e hizo lo que él le había sugerido, preguntándose, mientras corría el pestillo, cómo controlaría sus sentidos la próxima vez que Zarus la tocara. Parecía que, efectivamente, había algunas verdades de las que no podía huir, sin importar lo mucho que lo intentara.

La sangre prevalece, como se solía decir.

Puede que un castillo lleno de vampiros fuese el lugar más peligroso para alguien con secretos como los suyos.

Blade regresó de inmediato después de que Camilla se hubiera dado un baño, y también parecía recién bañado.

No pudo evitar sentirse decepcionada cuando escuchó su voz al otro lado de la puerta. Nunca había sido de las que recurrían a la religión, pero había rezado para que Envy estuviera ahí de pie, con un aspecto sospechosamente parecido al de un ángel. Algo que sabía que él odiaría.

Mientras había estado sola, le había dado tiempo de repasar los acontecimientos que habían conducido a su secuestro.

El Coleccionista de Miedos le había dado ese nombre, Prometeo. Parecía que era el verdadero nombre del príncipe vampiro, lo cual tenía sentido. De lo contrario, Zarus se vería inundado por demasiadas criaturas que pronunciaran su nombre a diario. El Coleccionista de Miedos había sabido, o apostado, que Camilla lo pronunciaría en voz alta.

Estaba segura de ello. Lo que significaba que *tenía* que ser parte del juego. Lo único que tenía que hacer era sobrevivir hasta que Envy descifrara la pista, si no lo había hecho ya.

A menos que aquello fuera una parte del juego que *ella* debía resolver... Su mente se aceleró al considerar las nuevas posibilidades. Si la habían engañado para que acudiera a la corte de los vampiros, el maestro del juego tendría una razón para ello. Tenía que haber algo allí que quería que encontrara. Pero ¿qué?

Blade le lanzó una mirada gélida mientras ella mantenía la puerta medio cerrada.

En lugar de acompañarla al pasillo, se abrió paso por sus aposentos.

—Dame la muñeca.

Se la apretó contra el pecho. Los vestidos que había encontrado esperándola después del baño dejaban gran parte de su piel expuesta. El de color ciruela oscuro sin mangas que llevaba era el más decente y, aun así, el escote le llegaba hasta el ombligo.

El lado derecho de la falda tenía una abertura en el muslo y la seda se pegaba a cada curva, como si estuviera empapada en pintura.

Dos pequeñas correas mantenían la parte superior en su sitio, pero a duras penas. Un movimiento rápido en cualquier dirección y se estaría exhibiendo por completo. Se estremeció al imaginarse tan expuesta frente al príncipe vampiro.

—No.

—¿Prefieres ofrecerme la garganta?

El vampiro curvó la boca en una burlona imitación de una sonrisa mientras su mirada descendía hasta la abertura del vestido. No había nada acalorado o sensual en su mirada, solo burla. Blade disfrutaba recordándole que era solo una comida caliente.

—Siempre queda la arteria femoral, si te sientes un poco más atrevida.

Le lanzó una mirada severa.

—¿Has estado bebiendo?

—Se me ha ocurrido una idea.

Se dejó caer con indiferencia en una silla de respaldo alto y la recorrió con la mirada de nuevo, esta vez de forma reflexiva.

—Los vampiros son muy territoriales por naturaleza. Ni siquiera el príncipe toca lo que es ajeno, al menos no sin montar un gran espectáculo y luchar por el premio. Si alguien más te mordiera, tendría que presentar una impugnación oficial.

—Déjame adivinar —dijo inexpresivamente—, quieres ser mi dueño.

—No, cariño, quiero deshacerme de ti. Con las mínimas dificultades posibles.

Blade se inclinó hacia delante, con las manos entrelazadas frente a él. Si no hubiera sido por el hambre que se había apoderado de su expresión, habría parecido engañosamente relajado.

—Un mordisco. Una marca. Zarus no volverá a intentar nada.

En la vida, las cosas rara vez eran tan simples como Blade fingía que eran.

De hecho, cada vez que alguien prometía una solución fácil a un problema difícil, era prudente correr lo más lejos y rápido posible en la dirección opuesta.

Camilla sabía una cosa con certeza: si el vampiro quería su sangre, eso era precisamente lo que no le daría. Estaba claro que tenía sus sospechas, y no quería confirmárselas.

Al menos, no de buena gana.

Valía la pena conservar algunos secretos el mayor tiempo posible, sin importar lo que costara.

—Tiene que haber otra solución —dijo.

—Tu príncipe demonio no vendrá, corderito. Somos tú y yo, o tú y Zarus. A diferencia del príncipe, yo no te convertiré. Y no intentaré follarte.

—Podrías ayudarme a escapar.

La risa de Blade fue profunda y oscura.

—¿Y eso qué tiene de divertido?

Camilla no hizo comentarios. No esperaba que la ayudara, por lo que su rechazo no la sorprendió.

Se levantó de la silla, un oscuro presagio hecho carne, y le hizo un gesto para que lo siguiera

—Parece que ya has elegido. Muévete. Llegamos tarde a la cena.

Camilla volvió a mirar su vestido de seda, toda la tentadora piel que dejaba a la vista. Blade había dejado claro que no la veía como nada aparte de comida, pero otros vampiros no sentirían lo mismo.

—Espero sinceramente no ser el plato principal de esta noche.

No estaba tratando de ser graciosa, pero en la mirada insondable de Blade de repente brilló la diversión.

—Eso depende. Intenta conservar tu ingenio y es probable que estés bien.

CUARENTA

Envy atravesó el Bosque Sangriento en dirección a su casa del pecado mientras el Corazón Inmortal le quemaba en el bolsillo. Zarus se había llevado lo que era suyo. Justo debajo de sus narices.

Literalmente.

Se abrió camino a través de la densa espesura y la maleza, la corteza antinatural brillaba como dedos ensangrentados a la luz de la luna. La niebla envolvía la base de los árboles carmesíes, lo bastante espesa para ocultar el suelo y cualquier trampa desagradable que pudiera tenderse.

Envy no redujo el ritmo. Apenas si miró a su alrededor.

Entre la creciente tensión del juego de recuerdos al que Camilla y él habían jugado y el secuestro, se había convertido en una criatura primitiva y territorial impulsada por el instinto de recuperar y proteger lo que era suyo. Allí ya no había ningún príncipe astuto. Solo un demonio que no dejaba de gruñir.

Envy supuso que era el resultado de sentir demasiado su pecado después de haber pasado tanto tiempo distribuyéndolo con cuidado durante los últimos años. Estaba distraído. Casi había olvidado quién era, lo que estaba en juego, y había estado a punto de salir corriendo hacia la corte de los vampiros sin un plan.

Pero irrumpir en la corte vampírica habría sido una decisión terrible.

Su envidia por fin se enfrió lo bastante para alcanzar ese peligroso lugar de su interior, despejando su mente hasta que cada fragmento de las últimas horas por fin había encajado en su sitio.

«Hay muchos acertijos, muchos juegos, muchos jugadores. Si un príncipe de hielo cae, ¿se levantará uno carmesí? Supongo que eso depende de quién lo mate. La sangre debe ser derramada».

El mensaje del Coleccionista de Miedos pretendía ser engañoso, pero Envy había entendido cuál había sido el verdadero enigma cuando Camilla había pronunciado aquel asqueroso nombre.

Las piezas habían encajado de inmediato: el príncipe vampiro debía morir. Y un heredero de ojos carmesíes debía ocupar su lugar.

Por los huesos de los dioses. ¿Es que aquel juego no iba a terminarse nunca? Estaba claro que Lennox perseguía un objetivo más profundo de lo que incluso Envy había imaginado, y que estaba usando a sus jugadores para mover piezas mucho más grandes alrededor del inframundo en su nombre.

A menos que el hecho de que el príncipe vampiro muriera solo fuese para provocar caos: Lennox prosperaba con él, lo creaba tan a menudo como podía. Los fae y sus eones de vida consideraban que rompía la monotonía de la inmortalidad.

Envy ya sabía que a Wrath y a sus hermanos no les haría gracia lo que tendría que hacer a continuación. Sería demasiado arriesgado, causaría demasiada agitación. Pero no tenía otra opción.

Camilla había desaparecido y Lennox tendría su caos, de una forma o de otra. La caída de la corte de la Envidia también causaría agitación en su reino. Y había jurado proteger a sus demonios a cualquier precio.

No había hecho tal promesa a la corte de los vampiros. De modo que orquestaría un regicidio. Aunque eso favoreciera el complot del rey no seelie.

Lograrlo no sería fácil. Envy tendría que convencer de alguna manera al único miembro de la realeza de ojos rojos que conocía para que asesinara a su príncipe heredero a sangre fría.

Revelaría el secreto de Blade. Uno que había mantenido oculto al resto de su corte durante dos siglos. Hasta que él había sido creado, nunca había habido otro miembro de la realeza de ojos carmesíes.

Al menos, no que Envy supiera.

Iba a necesitar que Alexei transmitiera el mensaje. Sería la única manera de asegurarse de que Blade se tomara en serio la petición y no lo mandara a la mierda.

Enviaría a su segundo de inmediato y luego…

Un árbol plateado gigante con madera nudosa y hojas color ébano con nervios plateados hizo que se detuviera en seco. El árbol maldito.

Los pensamientos de Envy giraron hacia un cuadro que tenía en su colección y a la placa plateada que había mandado fabricar para explicar la fábula que rodeaba a aquel árbol mágico.

La había leído tantas veces a lo largo de los años que había memorizado el maldito texto.

FÁBULA DEL ÁRBOL MALDITO

En lo profundo del corazón del Bosque Sangriento yace un árbol plantado por la mismísima Anciana. Se dice, entre otros favores, que el árbol considerará hechizar a un enemigo si el deseo de maldecirlos es verdadero.

Para solicitar la maldición de la Anciana: talla su verdadero nombre en el árbol, escribe tu deseo en una hoja arrancada de sus ramas y luego ofrece al árbol una gota de sangre. Llévate la hoja a casa y colócala debajo de tu almohada. Si al despertar ha

DESAPARECIDO, LA ANCIANA HA ACEPTADO TU OFERTA Y TE HA CONCEDIDO TU DESEO. ELLA ES LA MADRE DEL INFRAMUNDO, TEN CUIDADO CON SU BENDICIÓN.

A Envy se le puso la piel de gallina. Se acercó al árbol y se abrió paso entre las raíces podridas que cubrían el suelo y que dificultaban el avance. Las raíces parecían huesos rotos que sobresalían de la tierra en un intento fallido por liberarse de aquel bosque maldito.

La niebla se deslizó alrededor de sus botas y le rodeó las piernas. No importaba si era para acercarlo al árbol o para intentar alejarlo. Podría haber jurado que había visto algo tallado en el tronco que hizo que el pulso se le acelerara.

Pisó las hojas quebradizas que habían caído, que crujieron, y se detuvo ante el ancho tronco antes de soltar una maldición.

LEVIAETHAN

No muchos conocían la forma correcta de escribir el verdadero nombre de Envy; era de los secretos mejor guardados que un príncipe demonio podía atesorar. Los príncipes siempre eran conocidos por el pecado sobre el que gobernaban y así mantenían su verdadero nombre alejado de cualquiera que intentara someterlos.

Que su nombre estuviera grabado en el árbol maldito era muy preocupante.

Escudriñó la zona y se fijó en el serrín reciente que cubría el suelo tapado por las hojas cubiertas de escarcha cerca de la talla. Quien había grabado su verdadero nombre lo había hecho hacía poco. Probablemente, hacía unos minutos.

Pensó en la columna de cotilleos, en el rumor de que se había visto a un jugador dirigiéndose hacia aquel mismo bosque. No existían las coincidencias mientras el juego estaba en marcha.

Desenvainó la daga de su casa e inclinó la cabeza para escuchar. Los insectos chirriaban y zumbaban, y ese sonido ahogaba cualquier paso.

Pero el jugador andaba cerca. Envy podía sentirlo. Habría jurado que sintió cómo el aire contenía el aliento, igual que quien fuera que se hubiera atrevido a maldecirlo. Como si no estuviera ya lo bastante maldito.

Rodeó el ancho tronco del árbol, escuchando. Observando.

La niebla y la bruma jugaban con sus sentidos, como si de humo y espejos se tratara, provocando sombras parpadeantes en su visión periférica. El jugador lo estaba usando a su favor.

O eso creía él, como un tonto.

En aquel bosque, el depredador era Envy. Y, de vez en cuando, disfrutaba de una buena cacería.

Se movió como una sombra, con los sentidos en alerta.

Allí.

Agachado detrás de un arbusto perenne.

El muy cobarde escondió la cabeza entre las rodillas, ocultando su cara.

Envy levantó el arma, su intención estaba clara.

Una ramita se partió a su espalda.

El príncipe demonio se quedó rígido.

—No lo toques.

La voz le resultaba familiar y desagradable.

La diosa de la Muerte había llegado.

—Es mío.

Vittoria apareció de la nada y se acercó al jugador para pasarle las manos por el pelo. Tras asegurarse de que todavía estaba vivo, lo hizo ponerse de pie.

Él cumplió su orden.

Envy retrocedió. El jugador era fae. No humano. Tenía varias perforaciones en sus orejas alargadas, y los pequeños soles señalaban que pertenecía a la corte seelie. Vittoria se inclinó y lo besó, completamente imperturbable ante la espada demoníaca que Envy seguía blandiendo.

El príncipe demonio apretó los dientes.

—Forma parte del juego. Le pertenece a Lennox.

Vittoria lo ignoró y dio un paso atrás.

—Lo sé. Pero vino a mí. —Le lanzó al fae una mirada de apreciación—. Fue *muy* persuasivo al pedirme ayuda para su jueguecito. Envy respiró hondo. Eso no hizo que su enfado remitiera.

—Le has dado mi verdadero nombre.

Ella por fin lo miró por encima del hombro, su mirada lavanda recorrió a Envy de pies a cabeza.

—No directamente. Tuvo que trabajar duro para conseguirlo. Le asigné una tarea casi imposible. Ganó.

Envy presintió que quería que le preguntara sobre el trato que habían hecho, pero se negaba a hacerlo. No importaba. El resultado final era lo único relevante.

Como era de esperar, la frustración de Vittoria aumentó. Se volvió hacia su fae.

—Enséñaselo.

El macho tuvo el buen sentido de parecer asustado.

La diosa de la Muerte no tenía reputación de misericordiosa. Cuando quería algo, lo conseguía. Si alguien se negaba, hacía que se arrepintiera. Era uno de los pocos seres del inframundo que podía provocar la Muerte Verdadera de un inmortal. Aunque a Envy no le apetecía pensar en el tema.

—Ahora —dijo Vittoria, con los ojos resplandecientes mientras su poder se agitaba.

El fae la lanzó una última mirada a Envy... y se deshizo de su glamour.

Envy se encontró mirando fijamente a una réplica exacta de sí mismo.

—Tu obsesión conmigo se está volviendo triste —dijo, arrastrando las palabras—. Tirarte a alguien con mi cara sigue sin ser lo mismo, cariño.

La mano demoníaca de Vittoria se oscureció en las puntas de los dedos, la muerte carbonizó su propia piel. Envy sabía que sus falanges pronto se alargarían y le saldrían garras. Eran mejores para arrancar corazones.

—No tiene nada que ver contigo —respondió en voz baja—. Sino con lo que acostarme contigo puede implicar para mis propósitos.

—Sabes justo qué decir para que un hombre se sienta deseado.

—¿Preferirías que engordara tu ego? —preguntó en un ronroneo—. ¿Te digo que ningún hombre me complacerá como tú? Me da la sensación de que ya lo oyes bastante a menudo.

—Solo cuando está justificado.

—A lo mejor quiero dejar que la fantasía me monte una y otra vez en mis sueños.

—No era una fantasía ni un sueño, cariño, sino un fae el que te montaba.

Ella le lanzó una mirada fulminante.

—Nuestra unión es inevitable. No podrás rechazarme por toda la eternidad.

Sabía perfectamente por qué lo deseaba. Solo para ver si su hermano Pride se pondría celoso. Sus juegos eran interminables, pero no atraían a Envy ni lo más mínimo, a diferencia de los de Camilla.

Vittoria le hizo un gesto al fae que llevaba la piel de Envy.

—Adelante. Sácale la polla y compárala con la tuya. —Su sonrisa se volvió perversa—. Y luego, quiero que la adores.

El fae cayó de rodillas, con la mano ya en los pantalones de Envy.

El príncipe demonio lo detuvo.

—Aunque aprecio esta ingeniosa forma de mandarme a la mierda —intervino—, me aburro. Tengo un juego que ganar. Aparte de montarme, estoy seguro de que podemos encontrar otra cosa que te interese.

Vittoria volvió a recorrerlo con la mirada, prácticamente podía verla conspirando. Había sabido desde el principio que llegarían a aquel punto. Susurró un hechizo que puso al fae en trance.

—Tu corazón por su muerte. Antes de abrir esa boca tan problemática que tienes, que sepas que es mi única contraoferta. Acéptala y él morirá, o recházala y lo escoltaré sano y salvo fuera de este bosque. —Señaló el árbol plateado que tenían detrás—. No olvides que ya ha grabado tu nombre. Si él vive, tú serás maldecido.

Lennox debía de tener espías en los siete círculos, unos que eran perfectamente conscientes de su último encuentro con la diosa de la Muerte. Era un giro más del cuchillo, literalmente.

Vittoria le había quitado el corazón a Envy hacía poco, hecho que lo había debilitado significativamente mientras el órgano le volvía a crecer. Su poder ya estaba reducido, por culpa de la protección que tenía que mantener alrededor de su casa del pecado. No disponía de la energía necesaria para regenerar un corazón en mitad del juego.

Pero si el jugador salía del bosque y colocaba esa hoja debajo de su almohada antes de irse a dormir esa noche, Envy tendría otro puñado de problemas desconocidos de los que encargarse.

Era un riesgo que no podía correr. El fae tenía que morir.

Mantuvo sus emociones bajo llave, buscando cualquier otra solución. No quería ser la causa de otra muerte, pero lo que estaba en juego era su corte, y haría cualquier cosa para salvarla.

En la mirada de Vittoria brillaba un oscuro triunfo. Sabía que aceptaría el trato.

Los corazones eran una de sus fuentes de poder favoritas.

Al no ver otra alternativa, Envy hizo un ligero movimiento con la barbilla.

—¿Qué ha sido eso? —preguntó Vittoria con dulzura. Como si no lo supiera perfectamente—. ¿Aceptas?

Permitió que hasta la última gota de odio que sentía por ella brillara en su expresión.

—Sí. Acepto.

La sonrisa de la diosa fue tan vil como era posible. Rápida como un rayo, abrió un agujero en el pecho del fae y le arrancó el corazón.

El fae se desplomó, inmóvil, el trance roto, y volvió a su verdadera forma, con los ojos muy abiertos por la sorpresa. Estaba muerto antes de golpear el suelo.

Por la mano demoníaca de Vittoria goteaba su sangre brillante cuando se giró hacia Envy, apretando el corazón palpitante. Echó un solo vistazo apreciativo al órgano antes de enviarlo mágicamente a su cámara secreta, donde los guardaba en frascos.

Solo los dioses sabían lo que hacía con esa morbosa colección.

—¿Resucitará? —preguntó Envy, tocando el cuerpo.

Vittoria le dirigió una mirada desconcertada.

—Ha recibido la Muerte Verdadera.

Él le lanzó una mirada penetrante, no le había gustado su tono.

—No es la Muerte Verdadera lo que vas a darme a mí —dijo—. Recuérdalo.

—No te preocupes, principito. Todavía no he terminado de jugar contigo. Un trato es un trato.

Se desplazó hasta detenerse frente a él y le abrió lentamente la camisa con una garra, cortándole parte de la carne mientras exponía su pecho.

Vittoria se lamió los labios y levantó la mirada hacia la de él.

—Esto te va a doler.

En cuanto se preparó para el dolor, sus garras le destrozaron el pecho.

Le agarró el corazón con su mano demoníaca y sintió cómo latía unas pocas y brutales veces antes de arrancárselo.

Su risa cruel y encantada fue lo último que escuchó.

La oscuridad descendió sobre él y Envy se derrumbó.

CUARENTA Y UNO

L o cierto era que Camilla debería dejar de buscar a Envy en cada sombra del castillo de los vampiros.

Blade tenía razón en una cosa: el príncipe demonio *no* acudiría a salvarla.

Puede que lo hubiera entendido mal y que el Coleccionista de Miedos no hubiera implantado ese nombre en su mente de alguna forma. O, tal vez, la siguiente pista hubiera llevado al demonio a otra parte.

Envy tenía su juego y, ahora, Camilla tenía el suyo. Prometió dedicar toda su energía a planear su propia fuga y no volver a pensar en el príncipe.

No tenían un verdadero futuro. Un coqueteo oscuro no era lo mismo que enamorarse.

Camilla no pensaba confundir ningún juego con la realidad.

Con cada paso que daba hacia la corte de los vampiros, se deshacía de sus pensamientos sobre Envy o cualquier otra persona. Era su propia heroína y daría con la forma de salir de aquel embrollo.

Blade y ella recorrieron un pasillo oscuro, el suelo del mismo negro reluciente que la sala del trono, las paredes cubiertas por un brocado de color burdeos intenso.

Había tapices colgados cada pocos metros, aportando al pasillo un poco de atmósfera y color. Incluso estando en el corazón del territorio enemigo, no pudo evitar admirar el arte ante el que pasaban, hasta que se fijó en las escenas que habían sido representadas.

Baños de sangre, literalmente. Todas las formas en las que un vampiro podía cenarse a un humano, un cambiaformas o un fae habían sido inmortalizadas en aquellas mórbidas obras de arte.

A Camilla le latía el corazón con fuerza.

Blade miró despacio en su dirección, con la vista fija en el punto de su cuello donde le latía el pulso.

Otra pareja emergió del extremo opuesto del pasillo, haciendo que el corazón se le acelerara aún más.

Blade la empujó contra la pared, ocultándola con su cuerpo de los otros vampiros. Sus ojos ardían de color carmesí. Le acercó su letal boca a la oreja.

Camilla intentó morderlo y se revolvió contra él.

El vampiro la sujetó con fuerza y utilizó su peso para inmovilizarla.

—Cálmate *ahora* mismo, joder.

La tensión se arremolinaba en su interior, lista para arremeter.

Blade la sacudió hasta que le castañetearon los dientes.

—Lo estoy intentando. —Se concentró en su respiración. Primero dentro y luego fuera.

—Esfuérzate más. —La agarró por la cintura y le hizo daño—. Tu pulso es como un faro. Atraerás a todos los putos vampiros de la isla como no te relajes.

Unos pasos se acercaban a ellos, más fuertes, más cercanos, acelerando el ritmo cardíaco de Camilla.

Blade maldijo y bajó la mano por su pierna hasta tocarle la piel expuesta. Sus dedos helados la conmocionaron tanto que la dejaron en silencio.

—Finge, corderito. Finge que estás cautivada. O la cosa se pondrá fea.

Camilla se quedó petrificada, su cuerpo tenso, mientras el sonido del caminar de la otra pareja continuaba acercándose.

Los dedos fríos de Blade siguieron subiendo y la pellizcaron, atrayendo así su atención a su rostro cruel. La ira reemplazó al miedo. Y a juzgar por la ligera mirada de alivio de él, era justo lo que el vampiro pretendía.

—Idiota —murmuró, ganándose una sonrisa más amplia.

Sus dedos helados solo vagaron más arriba, despertando su ira. No había pasión en su mirada carmesí, tan solo una advertencia.

Subió la mano hasta que le agarró el trasero, gesto destinado a expresar posesión.

—Huele *divina*. —La voz de la mujer era ronca, sensual—. Si no vas a compartirla, llévatela a una habitación privada, Blade.

Camilla se atrevió a mirar por encima del hombro de Blade y cualquier miedo residual se derritió de golpe. No estaba mirando a la mujer, sino al hombre a su lado.

Al humano.

—¿*Lord* Vexley?

Él le dirigió una mirada altiva.

—Señorita Antonius.

Actuaba como si estuvieran en otra aburrida fiesta en Waverly Green, no en las profundas entrañas de la corte de los vampiros.

—¿Qué estás haciendo *tú* aquí?

—No te sorprendas tanto por mis magníficos contactos, cariño —le respondió en tono burlón—. ¿Creías que solo tenía poder en Waverly Green?

Camilla tampoco creía que tuviera mucho poder allí, excepto el de, por supuesto, chantajearla *a ella*.

La vampira lo acarició y ronroneó cuando él sacó aún más pecho. El muy tonto iba a tentarla para que lo mordiera en ese mismo momento.

Vexley miró a Camilla con desdén, su fría mirada azul recorrió cada centímetro de su piel que quedaba a la vista detrás de Blade.

Su mirada aterrizó en la abertura de su vestido y se concentró en el lugar donde la mano del vampiro se movía por debajo de la seda.

Camilla apretó los dientes, esperando ocultar su gruñido. El maldito Blade le estaba acariciando el trasero y la retaba con su sonrisa a arruinar el espectáculo.

—Cuando te canses del vampiro —dijo Vexley al fin—, ven a buscarme. Existe la posibilidad de que pueda perdonar tus transgresiones. Especialmente ahora que te muestras tan... desinhibida.

Camilla iba a cargárselo. Trató de apartar a Blade a empujones, pero resultó tan inamovible como una cadena montañosa. Le hizo un gesto con la cabeza, una rápida aproximación a un «no».

Camilla lo fulminó con la mirada, preguntándose cuándo habían formado aquella molesta alianza.

—Vamos a cenar con ellos, mi amor. —Ahora, las manos de la vampira acariciaban a Vexley en lugares que Camilla no deseaba ver nunca—. Promete ser divertido.

Él agarró un puñado de su sedoso cabello negro y la hizo arrodillarse.

—Convénceme, amante.

Blade se apartó de la pared y escoltó a Camilla rápidamente hacia el comedor, dejando a Vexley y a su vampira con sus jueguecitos.

Cuando doblaron la esquina, Camilla se detuvo.

—¿Va a matarlo?

Blade negó con la cabeza.

—Se le ha concedido asilo.

—¿Por qué?

—Cuando el rey no seelie presenta una petición, es prudente aceptarla. Incluso Zarus es consciente.

A Camilla se le heló la sangre.

—Vexley está participando en el juego.

—Eso parece.

—¿Sabes lo que está en juego?

Blade la miró de reojo.

—Ni lo sé, ni me importa. No será nada bueno si los no seelie están involucrados.

Blade se detuvo frente a unas amplias puertas dobles, con más escenas de muerte talladas en la superficie. Eran del tono blanquecino de los huesos expuestos al sol.

Camilla se dio cuenta con un sobresalto de que *eran* huesos blanqueados por el sol. Huesos humanos. Cientos de ellos.

Al mirar de cerca, vio los lugares donde habían sido roídos y unas marcas de dientes inequívocamente creadas por colmillos.

Dio un paso atrás y una oleada de miedo la impulsó a correr en dirección contraria.

—*No* corras.

El tono de Blade implicaba que la perseguiría, y eso sería imprudente. Era, ante todo, un depredador, la necesidad de cazar corría por sus venas.

La agarró del brazo con su gran mano, un grillete helado con el que la aplastó contra su cuerpo.

—Intenta no hablar con Zarus ni llamar su atención. Nos sentaremos tan lejos como sea aceptable. A la primera oportunidad, nos iremos. —La miró con expresión dura—. Si no puedes controlarte, te morderé. ¿Entendido?

Camilla respiró hondo y asintió. Si perdía el control cerca del príncipe vampiro otra vez, quería que Blade la mordiera. Con suerte, así recuperaría el control de su cuerpo.

Con su mano libre, Blade abrió las puertas y reveló un comedor que se parecía más a un burdel que a un salón de banquetes.

«Sensual» fue la primera palabra que acudió a su mente. La estancia era un estudio de colores ricos e intensos, siendo los preferidos el morado oscuro y el negro. Oscura, decadente y tentadora; el tipo de habitación que te invitaba a entrar, a tumbarte y a complacer cada uno de tus sentidos.

Unos ventanales que iban del suelo al techo daban paso a una amplia terraza con vistas al mar, y la cálida y salada brisa serpenteaba perezosamente a través de la estancia.

Una larga mesa de comedor estaba dividida en dos por un camino de mesa de un intenso color ciruela que la recorría por el centro.

Vasos llenos de varios líquidos de color púrpura oscuro y rojo —vino y sangre y solo Dios sabía qué más— habían sido colocados en cada sitio, mientras que unas bandejas repletas de fruta morada permanecían intactas en el centro. Ciruelas y uvas, higos y frutas para las que no tenía nombre relucían a la suave luz de las velas.

Varios nichos estaban adornados con paneles transparentes que ondeaban con cada ráfaga de brisa marina, mostrando áreas privadas repletas de almohadones sobre los que descansaban los vampiros.

Algunos hablaban, algunos hacían el amor, otros bebían de cálices llenos de lo que solo podía ser sangre. En el momento en que la mirada de Camilla aterrizó en el príncipe, una oleada de pánico la recorrió; por suerte, él estaba ocupado con otros asuntos y no había reparado en su presencia.

Blade tiró de ella hacia el final de la mesa y le colocó un vaso delante con bastante brusquedad.

—Bebe. —Bloqueó su campo visual para que no siguiera viendo al príncipe—. Ahora.

—Tomar vino es lo último que me hace falta —susurró—. ¿Te has vuelto loco?

—Si embotamos un poco tus sentidos corporales, es posible que, si te toca, no sucumbas al atractivo real.

Aquello no tenía mucho sentido. Cuando las puertas se abrieron detrás de ellos y otros dos miembros de la realeza de ojos azules entraron, junto con una nueva oleada de miedo que rivalizaba con la causada por el príncipe, Camilla apuró hasta la última gota del vaso. Blade había estado en lo cierto; de alguna manera, alivió el poder de su magia.

Él le sirvió otro.

—Bébetelo solo cuando sea necesario.

Camilla se acomodó aún más en su asiento y estudió despacio la estancia.

Hasta ellos llegaban unos murmullos, bajos y tranquilizadores. De no haber sido por el ocasional mordisco, habría parecido un encuentro tranquilo e íntimo entre amigos cercanos.

Quizá *demasiado* íntimo. Demasiado cerca, el sonido de una piel húmeda contra otra, ambas resbaladizas por el sudor, añadía un toque sensual a la escena. No cabía duda de que Camilla ya *no* estaba en Waverly Green. No miró, ni siquiera cuando la pesada respiración dio paso a unos suaves gemidos de éxtasis.

Blade pasó un brazo por el respaldo de su silla e inclinó la cabeza hacia ella. A cualquiera que los observara, le parecería interesado. Posesivo. Como si le perteneciera.

Se enroscó un mechón de su pelo alrededor del dedo, casi distraídamente, pero ella sabía que Blade no hacía nada sin un motivo.

Ocultó su horror cuando llevaron a un grupo de humanos aún más ligeros de ropa que ella. Se emparejaron con varios vampiros de inmediato, y Camilla sintió que las nuevas parejas atraían la aprobación de la sala.

Mientras se producían los primeros mordiscos, Camilla observó cómo se desarrollaba la dichosa escena. La mujer humana que tenía más cerca ya estaba subiéndose a la mesa y recostándose en ella, con las piernas abiertas a modo de invitación. Dos vampiras avanzaron y se detuvieron cerca de sus pies. Cada una le acarició una pierna diferente, le subieron la falda y se inclinaron para succionar la arteria en cada uno de sus muslos. Después de haberle chupado la sangre, comenzaron a lamerle el sexo.

La mortal se arqueó sobre la mesa, recorriéndose los senos con los dedos y apartando la frágil tela de su vestido. Bajó las manos hasta pasárselas sobre el estómago y luego las deslizó entre sus propios pliegues mientras las vampiras empezaban a masajearle los pechos.

Un vampiro se acercó para unirse a su pequeño grupo y se detuvo al otro lado de la mesa, junto a la cabeza de la mortal. Cuando ella lo vio, gritó, suplicando que la dejara probarlo. Los vampiros situados alrededor de la mesa vitorearon en señal de aprobación. Una de las vampiras reemplazó los dedos de la humana, bombeando con los suyos mientras la mujer gemía.

El vampiro por fin se sacó el miembro y le concedió a la mujer su deseo. Tiró de ella hacia él hasta que su cabeza quedó colgando por el lateral de la mesa, permitiéndole enterrarse por completo hasta el fondo de su garganta. Las otras dos vampiras continuaron dándole placer, una acariciándole el sexo y la otra atendiendo sus pechos mientras el macho entraba y salía de su boca.

No podía ser cómodo, pensó Camilla, que la sangre se le acumulara en la cabeza y permitir que el macho llegara aún más profundo.

A pesar de ello, el vampiro tomó la muñeca de la humana para por fin penetrarle la carne con los colmillos y gimió de placer mientras bebía.

Camilla era incapaz de apartar la mirada.

La pasión y el deseo fluían con tanta libertad como la sangre que bebían, y nadie se inmutaba. Los vampiros sentados más cerca de ellos volvieron a sus conversaciones.

Era como si no estuviera teniendo lugar una orgía mientras se ponían al día con sus viejos amigos.

Camilla no podía imaginarse a la nobleza de Waverly Green presenciando algo así y permaneciendo tan serenos y tranquilos, todos se habían sentido escandalizados por los besos en el baile de máscaras de Envy. Soltó una risita ante lo absurdo de sus pensamientos. Ella había quedado igual de sorprendida esa noche.

—Cena y espectáculo —dijo Blade, sorprendiéndola. Como mínimo, entendía que aquello no era lo habitual. Por lo menos, no en el mundo de Camilla.

Pronto, el cuarteto al completo estaba gimiendo, y el placer los recorrió cuando llegaron las primeras oleadas de orgasmos.

El comentario burlón de Envy acudió a su memoria. «Te correrías mientras te estuvieras muriendo y suplicarías más con tu último aliento».

—Mis hermanos tienen gustos únicos. —Blade se inclinó, con la voz oscurecida por la diversión—. Pero yo nunca he entendido el atractivo de jugar con la comida.

Un mechón de cabello rubio en el perímetro llamó su atención.

Vexley y una nueva vampira habían llegado. Aquella mujer llevaba algo mucho más atrevido que la anterior: el cuero se abrazaba a sus curvas, mostrando una piel perfecta y un par de alas de murciélago que Camilla no había visto en nadie más. Tenía una cola en forma de látigo que estaba usando para azotar a Vexley, cosa que a él no parecía importarle lo más mínimo.

Se fueron directos a uno de los rincones privados, con su largo cabello ondulado fluyendo a su espalda.

—¿Tienes alas? —le preguntó a Blade.

Él se inclinó, su aliento lo bastante frío como para hacerla temblar mientras le susurraba a la oreja.

—Belladona es una súcuba.

Camilla volvió a centrar su atención en Vexley. Por supuesto que tenía que enredarse con una demonio que vivía para el placer casi tanto como él.

A lo mejor tendrían hijos demoníacos con colas largas y vivirían felices para siempre en el infierno.

Una podía soñar.

—Zarus no permitirá que nadie le haga daño hasta que termine el juego. Pero será mejor que se largue antes de ese momento. El asilo solo dura un tiempo. Como he dicho, *yo* no juego con mi comida, pero es obvio que otros disfrutan de ello.

Camilla se sintió aliviada de que Vex el Maldito no fuese a convertirse en la cena de alguien esa noche. Si era lo bastante estúpido para quedarse más tiempo del que era bienvenido y acostarse con cada vampira y demonio que le llamara la atención, entonces merecía cualquier destino que le tocara.

—Necesito hablar con él otra vez.

Blade apretó los labios y deslizó la mirada hacia el fondo de la mesa, donde ahora estaba el príncipe, con el rostro enterrado en el cuello de un atractivo humano. El mortal se bajó los pantalones y se acarició el miembro mientras el príncipe se alimentaba, con una expresión beatífica en el rostro.

Si Camilla no tenía cuidado, podía acabar igual.

—Hazlo rápido.

Blade le retiró la silla y la acompañó hasta el otro extremo de la estancia, manteniendo la mayor distancia posible entre ella y los miembros de la realeza. El vampiro apartó las cortinas transparentes y la siguió al interior. Dos grandes almohadones de terciopelo estaban desocupados, por lo que Camilla se sentó en uno y Blade en el otro, con su rodilla rozando la de ella.

La abertura de su vestido se separó, dejándola al descubierto casi por completo. No había encontrado ropa interior en su suite, ni siquiera lencería atrevida. Años de modestia humana empezaron a hacer efecto y se agarró los dos lados de la falda en un intento infructuoso por cubrirse.

Blade le dejó caer la chaqueta de su frac en el regazo y su mirada le advirtió que no hiciera ningún comentario.

Vexley estaba recostado, con un brazo doblado debajo de la cabeza y el otro acariciando a la súcuba que le besaba el cuello. Observó cómo Camilla se acomodaba, con los ojos entornados mientras metía una mano por la parte delantera de los pantalones de su amante.

—¿Tan pronto vuelves, cariño?

—Sé que estás participando en el juego de Lennox.

Camilla se había estado preguntando cuáles podrían haber sido las pistas de Vexley y tenía la preocupante sospecha de que sabía a ciencia cierta lo que él tenía que encontrar.

—¿Cuál fue tu primera pista?

Todavía completamente vestida, la súcuba se subió encima de él y se restregó contra su excitación para reclamar su atención. Maravilloso. Iban a ponerse a fornicar allí mismo.

—Vexley —siseó Camilla.

Él no le prestó atención. La súcuba le sacó la erección de los pantalones con una mirada hambrienta.

Vexley agarró el trasero de Belladona, y apretó y amasó, con la atención completamente desviada. Le dio una palmada en el trasero cubierto de cuero, con los labios curvados hacia un lado.

—Quítate esto, amor. Luego móntame de espaldas.

—Vexley —dijo Camilla en voz más alta—. Para.

La ropa de Belladona desapareció de un parpadeo al siguiente y su cola azotó de un lado a otro como una cobra siendo expulsada de su cesto. Se dio la vuelta y luego se hundió sobre la nada impresionante erección de Vexley, proporcionándole una vista sin obstáculos de su trasero y su cola mientras empezaba a moverse hacia arriba y hacia abajo por su longitud.

Camilla sintió que aquello la tomaba completamente desprevenida, pero Vexley no estaba en absoluto preocupado. Como si fuera normal llevarse a la cama a alguien con una cola bifurcada. En público.

Agarró la cola y se la enrolló alrededor del puño como si fuera una cuerda. O una larga melena. Luego embistió hacia arriba, follando a la súcuba con vigor.

Que los dioses tengan piedad y quemen esta imagen de mi retina, suplicó Camilla en silencio.

Como era de esperar, no llegó ninguna interferencia divina que borrara esa infernal escena de sus recuerdos. Camilla deseó estar en cualquier lugar menos allí sentada. Y Blade parecía sentir lo mismo. Curvó el labio mientras sacudía la cabeza.

—Vexley —lo presionó—. ¿Cuál fue la primera pista que tuviste que resolver?

Él puso los ojos en blanco.

—Tenía que conseguir la llave.

El tiempo pareció congelarse. Y si no hubiera sido por ese horrible ruido húmedo y los gruñidos de Vexley, Camilla habría pensado que de verdad se *había* congelado.

—¿Mi llave? —preguntó, alzando la voz.

Vexley le dirigió una mirada molesta.

—Venga ya, Camilla. Déjalo. Es solo una llave.

La llave del portal de mi padre.

Tal como había sospechado. Se movió sin pensar, apartó a la súcuba del *lord* y le rodeó la garganta con las manos.

—¡Cómo pudiste! Teníamos un trato.

Camilla no era tan fuerte, pero estaba furiosa y había sorprendido al *lord*.

Vexley se retorció, resistiéndose violentamente, pero ella aguantó, decidida a asesinar al muy idiota. Si le había dado la llave a un fae, había pocas esperanzas de que llegara a recuperarla.

—¿Dónde está? —exigió, hundiendo las manos en su carne—. ¿Todavía la tienes?

—No —escupió—. Se la di a un contacto en el mercado negro a cambio de mi siguiente pista.

Vexley intentó golpearla, pero Blade cerró la mano alrededor de su puño.

—*No* le pongas las manos encima, mortal.

Vexley frunció el ceño, pero dejó caer las manos.

—Entonces, quítamela de encima, hostia.

Blade hizo levantarse a Camilla.

Pero ella sabía exactamente dónde habría acabado la llave. En las desagradables garras del maestro del juego. Hizo además de abalanzarse de nuevo sobre Vexley.

—Para —gruñó Blade en voz baja al oído—. Estás atrayendo…

—No, no. Conoces las reglas, Blade. La cena es un momento para fornicar, no para pelear.

La voz era pura tentación, deseo, seducción y muerte entrelazadas. Y sonó demasiado cerca.

Unos labios rozaron el cuello de Camilla, un bálsamo fresco contra el calor de la habitación. Su cuerpo quiso inclinarse hacia la caricia, mientras que su mente le gritaba que saliera corriendo.

—Está bajo control, alteza. La hembra estaba celosa. Una emoción esperable considerando con quién ha estado antes.

El tono de Blade fue casi tan duro como el agarre sobre su brazo. Estaba intentando seguir alejándola del príncipe de forma sutil.

—Ya nos íbamos.

—En realidad —murmuró la seductora voz—, hay un asunto del que debes encargarte. Ahora mismo.

Blade la agarró con más fuerza, y el dolor constituyó un salvavidas al que Camilla se aferró.

—La acompañaré hasta su...

—Ella se queda.

La orden de Zarus no admitía discusión.

Y, de repente, Blade la dejó allí, con él. Muerte.

Camilla observó cómo el vampiro inclinaba la cabeza y se marchaba sin mirar atrás. La había advertido de que la arrojaría a los lobos si eso significaba salvarse a sí mismo.

Se le hizo un nudo en la garganta mientras miraba a su alrededor, buscando un vaso de vino para ayudar a atenuar el atractivo del príncipe vampiro.

Unos dedos fríos le rodearon la muñeca y la acercaron. Su cuerpo olvidó al instante por qué quería opacar su atractivo, por qué no iba a desear experimentar plenamente *esa* sensación.

Más allá de la pasión, más allá de la lujuria, no había nombre para las sensaciones que le provocaba solo con su contacto. Si la besara o la mordiera... Camilla se sintió débil mientras se hundía contra un pecho duro. Frío y suave como el mármol.

E igual de quieto. No había ningún latido. Por sus venas solo fluía veneno.

Apareció una silla, o tal vez fuera un trono.

Un instante, Camilla estaba de pie, y al siguiente, se descubrió sentada en la rodilla del príncipe vampiro. Un simple roce de sus dedos había dejado su cuerpo bajo su total control.

A lo lejos se empezó a oír el lento golpeteo de un tambor, el tempo, similar al latido del que carecía el príncipe. Echó un vistazo a la estancia con la mirada perdida, más desconcertada cuanto más permanecía en los brazos del vampiro. Estaba claro que lo que fuese que la había seducido a ella también había afectado a los demás.

Dondequiera que mirara, las parejas cedían a sus deseos. Los machos complacían a otros machos, y las hembras se daban placer unas a otras, y grupos mixtos se besaban y mordían y chupaban a quienes atrajesen su mirada.

Los humanos se hacían cortes en su propia carne y permitían que múltiples vampiros los lamieran y acariciaran.

Nunca mataban; solo saboreaban, complacían.

La sed de sangre adquiría un significado completamente nuevo en la corte de los vampiros.

Camilla no se dio cuenta de que los labios del príncipe se cernían sobre su garganta hasta que él la acercó más y le rozó los hombros con las manos al apartarle el pelo a un lado.

Se esforzó por recordar por qué debía estar alerta. Un juego, una pista…

Camilla recordaba vagamente lo que Blade le había dicho acerca de no parecer seducida solo por el contacto del príncipe. Intentó permanecer alerta, tensa.

Comportarse como si sintiera miedo y no anhelo.

Sentía su aliento en el cuello, su lengua muy cerca de su piel. Envy había dicho que un simple lametón podía hacer que se corriera. Luchó tan duro como pudo con la mente, tratando de mover al menos un dedo, de parpadear. Cualquier cosa para demostrar que era más fuerte que aquello.

Los dedos de Zarus le movieron la barbilla y se la inclinaron hasta que su cuello suplicó ser succionado.

Un escalofrío le recorrió por fin la espalda. De placer, no de miedo. Pero esperaba que el príncipe vampiro no notara la diferencia.

Mentalmente, gritó pidiendo un milagro, cualquier cosa.

Su boca descendió sobre ella, los colmillos le rasparon la piel, provocando que la recorriera un fuego gélido mientras la mordía...

Pero, entonces, se alejó y su espalda se estrelló contra el trono.

Camilla cayó de su regazo, su conexión y su control desvanecidos. Sus gritos por fin escaparon de su garganta.

Y cayó directamente en los brazos del príncipe de la Envidia, que la esperaban.

CUARENTA Y DOS

E nvy abrazó a Camilla con fuerza contra el pecho, esperando que estuviera demasiado distraída para reparar en la ausencia de un corazón palpitante. No quería que su enfrentamiento con la diosa de la Muerte fuese de dominio público.

Zarus aprovecharía esa información en su beneficio.

Sin embargo, incluso debilitado como estaba, el pecado de Envy enfrió todo aquel maldito comedor. Finas capas de escarcha cubrieron la estancia y los vampiros sisearon como los reptiles que secretamente eran cuando la temperatura cayó en picado. Los brazos le temblaron por el esfuerzo de usar su poder, pero continuó.

Había estado a punto de llegar demasiado tarde. Si el vampiro hubiera convertido a Camilla…

Zarus se recuperó casi al instante y enseñó los colmillos mientras se quitaba una pelusa imaginaria del traje. Recogió el puñal que le había arrojado Envy y lo miró con desdén.

—Siempre has sabido cómo hacer una gran entrada. —Su mirada era dura—. Aunque me siento un poco insultado por el hecho de que hayas empleado esta arma en lugar de la daga de tu casa.

Esa espada era un acero mortal empapado en agua bendita. No mataba a los vampiros, pero picaba muchísimo. La próxima vez cubriría su espada con rosario de guisantes y produciría mucho más que escozor.

Sin embargo, si todo salía según lo planeado, no habría una próxima vez.

—Mis disculpas, Zarus. Odio apuñalar y salir corriendo, pero nos interrumpiste con mucha brusquedad. Me gustaría llevarla de vuelta a mi cama.

Zarus arqueó una ceja. Idiota arrogante.

—La mujer pronunció mi nombre, lo que la convierte en *mía*.

La habitación se enfrió aún más. A Envy no le sobraba demasiado poder, pero no se molestó en tratar de ocultar su estado de ánimo cada vez más sombrío. Camilla era *suya*.

Zarus sonrió.

—A menos, por supuesto, que quieras presentar un desafío.

Envy mantuvo la sonrisa alejada de sus labios. Eso era precisamente lo que había ido a hacer.

Camilla tenía la mirada clavada en él, como si hubiera visto a un fantasma, y su piel dorada estaba pálida.

No había creído que fuese a ir a por ella.

Era una sabia deducción. Una que debería complacerlo. Le había dicho que el juego era su única preocupación. Y ella no estaba del todo equivocada. Había acudido por la partida.

Sin embargo, una punzada de *algo* se retorció en lo más profundo de su ser. Algo muy poco agradable.

Habría ido a buscarla antes si no se hubiera metido en problemas. Pero admitir eso...

Envy recorrió la habitación con la mirada. Preferiría acomodar a Camilla en la cabaña de invitados de su finca, sana y salva, mientras él se encargaba de aquella situación por su cuenta.

Había al menos veinte vampiros, tres de los cuales eran de la realeza.

Zarus protegía el castillo empleando magia de sangre, por lo que Envy no podía simplemente mandar a Camilla a su casa del pecado mediante la magia. A pesar de no estar completamente recuperado, casi podría derrotar a los vampiros por su cuenta, pero Camilla complicaba el asunto. No podía protegerla y luchar contra todos ellos, al menos no sin que ella corriera un gran riesgo. Aunque no hubiera estado herido, habría seguido resultando demasiado arriesgado.

—Entonces te reto a un desafío. —Envy habló en un tono aburrido—. Tu vida por la de ella.

Los enviaron de vuelta a lo que debían de ser los aposentos de Camilla mientras se llevaban a cabo los preparativos para el desafío. Durante todo el recorrido por el pasillo, ella se había aferrado a la mano de Envy con tanta fuerza que le había aplastado los huesos. Si hubiera sido mortal, le habría hecho daño o dislocado algo.

Una vez en la habitación, se giró hacia el príncipe.

—No puedes luchar contra él —dijo.

Nada de *Hola, es un placer verte, gracias por apuñalar a mi enemigo.*

—Si te mata…

—Tu confianza en mis habilidades es abrumadora, cariño. Puede que Zarus sea fuerte, pero no es más poderoso que yo.

Camilla lo escudriñó.

—¿Eso es arrogancia o la verdad?

—¿Te ha hecho daño alguien?

Camilla frunció los labios ante su descarado cambio de tema y su negativa a responder a su pregunta. Que se sintiera agraviada era bueno. Significaba que estaba asustada, pero por lo demás, todo iba bien.

—No. Blade me ha protegido. Un rato.

Envy ladeó la cabeza, escuchando.

—Hablando del desgraciado de ojos carmesíes.

El vampiro entró en la habitación y observó a Envy mientras cruzaba los brazos sobre el pecho y se apoyaba contra la pared del fondo. Hacía bien en mantener la distancia entre ellos.

Con la imagen de Camilla sentada en el regazo de Zarus, con su lengua sobre su piel y los colmillos a milímetros de perforarla, Envy no se sentía muy caritativo.

Su pecado todavía estaba furioso, buscando una forma de explotar.

Blade lo sabía.

—Me debes una —dijo el vampiro en voz baja, y mantuvo la mirada clavada en el demonio.

—No si obtienes todo lo que quieres de este trato —le respondió—. Supongo que ya has hablado con Alexei de los detalles.

—Sí. No me gusta.

—No es necesario. Ya has visto cómo se ha comportado, lo que hizo con Wrath. Intentó robarle a Emilia, su esposa. Algo que ninguna criatura en su sano juicio haría. ¿Sigue siendo realmente apto para dirigir vuestra corte?

Camilla los miró y poco a poco dedujo la verdad.

—¿Eres uno de sus espías?

—Socio, cariño —aclaró Envy—. A nadie le gusta el término «espía».

—Socio mutuo —añadió Blade.

Eran aliados reacios cuando las circunstancias los obligaban a serlo. Aparte de eso, ni el vampiro ni él tenían mucha utilidad el uno para el otro.

De no haber sido por Alexei, Blade ni siquiera habría lidiado con Envy. Los vampiros eran hermanos en cierto sentido, todos ellos hijos del mismo padre. Por alguna razón, los ojos de Blade eran carmesíes en lugar de azules, pero seguía siendo miembro de la realeza. No muchos sabían de la conexión entre la corte de Envy y el vampiro en cuestión.

Y el demonio quería que siguiera siendo así.

Camilla se acercó y abofeteó a Envy. Sabía que no le haría daño, por lo que era más una muestra de temperamento que cualquier otra cosa.

Él arqueó las cejas.

—¿A qué debo este honor?

—¿Trabajáis juntos? —preguntó.

—De vez en cuando. No veo el problema.

—¿Me has mandado secuestrar?

Envy entornó los ojos.

—¿Cuándo, exactamente, habría tenido tiempo de organizar un secuestro? ¿Antes de que metieras ese recuerdo en mi mente, o mientras nos revolcábamos por el suelo? Seguramente, habría elegido un momento mucho más conveniente para secuestrarte.

—Te merecías la bofetada. Aunque solo sea por ese recuerdo que me metiste tú primero en la cabeza.

Volvió esos brillantes ojos plateados hacia Blade. Él no ocultó su sonrisa. El flagelo de la isla Malicia se estaba divirtiendo. A Blade le *gustaba* Camilla.

—Podrías haber mencionado esta asociación en lugar de decirme que no iba a venir —dijo Camilla—. ¿O esperabas morderme?

La sonrisa de Blade se volvió tan afilada como una espada.

—Lo mordería incluso *a él*, pese a lo mal que sabe la sangre de demonio, si conviniera a mis intereses, corderito.

—Si has terminado con los apodos —dijo Envy arrastrando las palabras, cada vez más molesto porque no dejaban de despertar su pecado—, ¿qué información me puedes dar?

El vampiro se concentró en él, y un brillo de entendimiento inundó su mirada mientras la paseaba entre Camilla y Envy. Haría bien en guardarse sus observaciones para sí mismo.

—El desafío empezará aproximadamente una hora antes del amanecer, en el estadio. Quiere imitar a los gladiadores frente a toda la corte. Zarus pretende añadirle tanto dramatismo como sea posible. Con el tictac del reloj, la tensión se intensifica. Tiene pensado usar veneno.

Como si eso fuera a matar a Envy. Aunque, con lo débil que estaba, no sería agradable.

Mantuvo su fachada de indiferencia. Nadie podía saber que existía una posibilidad de que perdiera. Ni siquiera él mismo podía pensarlo.

—¿Y?

—El veneno solo será para ralentizarte y embotar tus sentidos y tu poder. Un poco como hace el suyo propio. Una vez que actúe, te arrancará la cabeza y las extremidades y quemará los pedazos en una pira.

Envy puso los ojos en blanco.

—Las piras son muy aburridas. Solo tu príncipe podría mostrarse tan poco inspirado. Aunque supongo que sigue anclado en la Edad Media.

Camilla parecía afligida.

—¿No podemos escapar por esa cueva?

—Podríamos. —Envy se acercó y le colocó un mechón plateado detrás de la oreja—. Pero eso no resuelve el problema. Zarus se limitaría a enviar a alguien más para secuestrarte. Y la próxima vez fortalecería sus fronteras. Lo mejor es terminar ya con esto.

Blade se despegó de la pared y se dirigió hacia la puerta.

—Volveré si hay alguna otra noticia.

Envy asintió y se concentró en Camilla. Esperó hasta que ya no pudo oír al vampiro en el pasillo antes de hablar.

—Si algo sale mal, Alexei te llevará a la casa de la Ira. No te resistas. Mi hermano velará por vuestra seguridad y su presencia hará que Zarus se lo piense dos veces antes de atacar.

—Acabas de decir que tú eres más poderoso.

Dudó por un momento.

—Ganar no siempre es cuestión de poder. Se trata de quién lo desea más. Zarus no peleará limpio ni depondrá su espada con facilidad. Me obligará a esforzarme por esta victoria.

—Sería más fácil si me dejaras aquí.

—Sabes que nunca haría eso.

Envy le colocó la mano bajo la barbilla y se la hizo levantar con una suave presión. Camilla lo había idealizado otra vez. Le había otorgado un halo dorado, ignorante del hecho de que el suyo se había roto hacía mucho tiempo.

Porque *él mismo* lo había destrozado.

—Pero no has hecho la pregunta más importante, querida Camilla.

Ella escudriñó su rostro, a sabiendas de que le estaba tendiendo una trampa, pero incapaz de ver a dónde iba.

—¿Por qué?

—Eres mucho más de lo que parece, ¿no es así, señorita Antonius? No eres humana. Pero ¿qué eres? Me da la sensación de que, si lo supiera, sabría por qué eres parte del juego. ¿Te importaría iluminarme?

Ella le sostuvo la mirada y le ofreció una ligera negativa de cabeza como respuesta.

No importaba si estaba admitiendo que no era humana o respondiendo a su pregunta sobre iluminarlo.

—¿Por qué iba a dejarte aquí? —preguntó de nuevo, acercando la boca a la suya.

Ella había querido saborear la comisura de sus labios y él deseaba degustar sus mentiras. Le rozó los labios en un beso que apenas fue tal.

A Camilla se le entrecortó la respiración.

Envy retrocedió.

—Parece que te has olvidado del juego, señorita Antonius. Eres un requisito para ganar. ¿No oíste al Coleccionista de Miedos? Estoy justo donde tengo que estar.

Camilla hizo una mueca y trató de apartarse, pero él la sujetó y la obligó a seguir sosteniéndole la mirarla, incluso mientras se llenaba de odio. Pensó en el libro que había estado leyendo en casa de Sloth. Sabía que había más en su elección de un romance de cuento de hadas de lo que ella había dejado entrever.

Era mejor que empezara a odiarlo ya.

Envy no era incapaz de cambiar. Simplemente no *deseaba* cambiar.

—Nunca seré tu príncipe azul, Camilla. Por ahora, guardas un inmenso valor para mí. Cuando eso se acabe...

Le acarició la mandíbula y observó cómo sus ojos se volvían duros como el acero.

Quería hacerle daño. Lo llevaba escrito por toda su bonita cara.

—Esperemos que eso no suceda hasta que termine el juego, cariño. Si no, podrías llegar a ver lo perverso que soy en realidad.

CUARENTA Y TRES

Unas horas más tarde, Camilla estaba sentada junto a Blade en el palco real, mirando hacia la arena, con los nudillos blancos como el hueso de tanto apretar los puños con fuerza en el regazo.

Muy por debajo de ellos se extendía una zona circular de arena blanca, rodeada de paredes altas y lisas a juego diseñadas para mantener a los luchadores en el suelo.

A diferencia de la playa de arena negra a la que habían llegado, los granos de color nieve y la piedra habían sido elegidos a todas luces para que la sangre derramada destacara, algo que podría resultar peligroso en un estadio lleno de vampiros.

Camilla no quería pensar en lo que podría pasar si la sed de sangre tomaba el control. Dado lo arriba que estaba, su única salida era hacia abajo y atravesando el grueso de la multitud.

El amanecer aún estaba lejos, y las extrañas lunas dobles de la isla Malicia proyectaban una misteriosa neblina roja en la arena. Había antorchas encendidas, y el aire espeso y húmedo transportaba el olor acre del humo.

El vestido de Camilla se aferraba a ella como una segunda piel por culpa del opresivo calor, aumentando su malestar. *Esa* era la razón por la que no podía quedarse quieta o tomar más de unas cuantas respiraciones superficiales por vez. Era una mentira necesaria que no dejaba de repetirse en silencio.

Los vampiros entraron a la torre por varios puntos, ocuparon los asientos más allá de su capacidad y sus vítores crearon una terrible cacofonía mientras daban puñetazos y pisotones, esperando a que diera comienzo la batalla entre príncipes.

Miró a su alrededor en busca de Vexley, pero debía de estar sentado entre la furiosa multitud de abajo o había decidido pasar el tiempo con su infernal amante.

Pronto, el olor metálico de la sangre se mezcló con el humo. Bandeja tras bandeja de cócteles de sangre circularon entre la concurrencia, que, ya peligrosa, estaba ahora borracha y furiosa.

—Hay algo que está claro —comentó Blade, con la mirada fija en el foso—. Esto será interesante.

Agradeció que no le hubiera mentido y dicho que todo saldría bien.

Pese a la confianza de Envy, no se sabía cómo acabaría la pelea. Por muy imbécil que fuera, Camilla no quería que el príncipe demonio sufriera ningún daño.

Alexei entró en el palco real y le dedicó un asentimiento de cabeza a Blade mientras se intercambiaban los lugares en silencio.

Camilla miró de reojo en su dirección. Él ya la estaba mirando.

—Su alteza ha dicho que os pusierais esto.

Levantó dos preciosos brazaletes: anchas bandas plateadas recubiertas con lo que parecían ser cien fragmentos de rubíes.

—Él dijo, y cito textualmente: que se los ponga y finja que la he atado a mi cama.

Camilla puso los ojos en blanco. Incluso ahora, el demonio intentaba distraerla. Podía decir lo que le viniera en gana sobre mantenerla a salvo solo por el juego. Sus acciones decían lo contrario.

Alexei le entregó un brazalete cada vez.

Se fijó en que solo tocaba la parte de plata.

—¿Aversión a los rubíes?

—No exactamente. —Una sonrisa apareció en su rostro—. Hay rosarios mezclados con los rubíes. Son altamente letales para los vampiros.

—¿Cree que los voy a necesitar?

—Es una precaución, señorita Antonius.

Con cautela, tomó los brazaletes y se los puso. Encajaban como si hubieran sido forjados para ella.

—Lo han sido —la informó Alexei.

—¿Por qué en este reino todo el mundo puede leerme la mente?

—Vuestra expresión delata vuestros pensamientos. Es minúsculo —añadió—, nada en lo que un mortal repararía. Pero ya no estáis rodeada de mortales. Aquí, las criaturas prestan atención a todo; ningún detalle es demasiado insignificante. Es necesario llevar una máscara constante.

—Supongo que estar rodeado de otros depredadores lo mantiene a uno alerta.

Él inclinó la cabeza en señal de acuerdo, pero no hizo más comentarios.

En vez de eso, le entregó un collar a juego que sacó de una cartera en la que ella no se había fijado, sus fríos dedos rozaron accidentalmente los de ella antes de retirarlos a toda velocidad.

Camilla buscó respuestas en sus ojos azules. No había sentido que perdiera el control de sus sentidos, y sus ojos lo identificaban como vampiro real.

—Tu contacto no me perjudica como lo hace el de Zarus. ¿Por qué?

De repente, él le prestó mucha más atención.

Joder, maldijo en silencio. Recordó, demasiado tarde, que se suponía que era humana. Alexei la miró durante un largo minuto y por fin respondió.

—Zarus es una plaga. —Su mirada helada se endureció—. Necesita adoración casi más de lo que necesita la sangre. En su mente, es un dios y quiere ser adorado como tal, aunque tenga que fabricar esa adoración mediante el abuso de poder. Rara vez escucha a sus asesores y su arrogancia daña a su corte. Hace poco provocó al príncipe Wrath, lo que resultó en... —Sacudió la cabeza—. El reinado de Zarus terminó en ese momento. Solo es cuestión de ver cuándo será depuesto.

A Camilla le sorprendió que cualquier depredador sintiera la obligación moral de usar su magia solo cuando fuera necesario.

—Si el príncipe Envy lo derrota, ¿ocuparás tú el trono?

—*Cuando* su alteza lo derrote —corrigió Alexei—, volveré a la casa de la Envidia.

—¿Es eso lo que quieres?

—Sí.

Alexei contempló las ondulantes cortinas blancas que separaban el palco real del caos que había más allá, los cálices de sangre con alcohol, los mortales siendo seducidos y mordidos. Si anhelaba darse el gusto como sus hermanos, no lo dejaba entrever.

—Elijo ser el segundo al mando de su alteza. Hay mucho que aprender de la forma en que dirige su corte. Un día puede que decida volver aquí, pero, por ahora, nuestro acuerdo es mutuamente beneficioso.

—¿Sabe Envy que estás estudiando su corte?

La sonrisa de Alexei se ensanchó.

—Por supuesto. Fue idea suya.

Unas trompetas sonaron cerca del foso de combate, tres toques cortos que hicieron que a Camilla se le erizara el vello de la nuca.

Alexei centró su atención en Blade, y una conversación silenciosa pareció tener lugar entre ellos antes de que este último inclinara la cabeza y diera un paso hacia las sombras.

—Relajaos —murmuró Alexei—, Envy no perderá.

Relajarse en una torre llena de vampiros ebrios de sangre mientras uno de los únicos aliados que tenía en aquel reino luchaba a muerte no era posible. Si Envy no salía de aquello...

Camilla no estaba segura de que hubiera muchas esperanzas de encontrar el camino de vuelta a Waverly Green. Alexei podía intentar llevarla a la casa de la Ira, pero ¿qué probabilidades había de que la llevara a un lugar seguro si el príncipe demonio caía?

Se sentó al borde de su asiento y miró hacia abajo.

Se fijó en la arena blanca, en las dos cavernas cerradas en lados opuestos, de las que imaginaba que surgiría cada príncipe.

Una criatura humanoide gigante con un casco en forma de cabeza de lobo toscamente elaborado que ocultaba por completo su rostro salió a la arena, con el pecho musculoso al descubierto, los brazos tatuados y muslos del tamaño de un elefante. Debía de medir al menos tres metros y medio y tenía la constitución de una montaña.

Camilla no podía imaginarse a nadie luchando contra aquel ser y saliendo con vida de la pelea.

Alexei soltó una risa burlona.

—Cánidos. Poco original en cuanto a burlas se refiere. Pero estamos hablando de Zarus.

—¿Por qué es una burla?

A ella no le parecía ni mucho menos una burla. Parecía la Muerte andante.

—El símbolo de la casa de la Envidia es un lobo de dos cabezas. Un monstruo de ojos verdes. Ha elegido a un canidae, conocido como el lobo de las islas occidentales, para burlarse del príncipe.

En una carnosa mano balanceaba un mayal que tenía dos bolas con púas en el extremo de una cadena. Era, a todas luces, medieval: un arma que se había popularizado gracias a los deportes sangrientos de la antigüedad, de los cuales había visto muchas pinturas espantosas a lo largo de los años.

Camilla supuso que eso era exactamente lo que era: un deporte sangriento.

La gigantesca criatura blandió su arma en dirección a la multitud y los vítores aumentaron increíblemente mientras el ser se pavoneaba por la arena.

Señaló con su mano libre a las gradas, provocando y desafiando a alguien a que bajara y luchara.

Para su inmenso horror, se dio cuenta de que no llevaba casco: la criatura tenía cabeza de lobo y cuerpo de hombre; ladraba y gruñía mientras el gentío arrojaba a alguien por encima del muro, directamente hacia el monstruo.

Sin verle los ojos, no podía saber si la víctima era humano o vampiro, pero vio lo aterrorizado que estaba; un goteo constante de orina brillaba por su pierna, lo cual le ganó más abucheos de la masa enfurecida.

Después de eso, todo sucedió muy deprisa.

En un borrón de destellos de metal y carne desmenuzada, la criatura había golpeado al hombre hasta convertirlo en una masa no identificable de carne cruda, mientras sus espeluznantes gritos moribundos creaban eco en la torre.

La sangre cubría al hombre de la cabeza a los pies; parte de su brazo colgaba, amputado a la altura de la muñeca, que se aferraba gracias a un tendón rebelde. Tenía el ojo izquierdo destrozado y rezumaba una sustancia de aspecto desagradable.

Camilla cerró los ojos con fuerza, luchando contra la abrumadora necesidad de vomitar.

La criatura había estado apuntando al cráneo del hombre, y no le hacía falta presenciar lo que sucedió cuando ese golpe mortal encontró su objetivo.

Se hizo el silencio, el metal rompió el hueso y la muchedumbre enloqueció.

Las vibraciones de los asientos de debajo sacudieron hasta *sus* huesos.

—Se ha acabado —dijo Alexei, acercándose—. El cuerpo ya no está.

El estómago de Camilla se retorció con violencia al contemplar el charco de sangre que acababa de contener la vida de alguien. Era más que horripilante.

Más que una pesadilla.

Y apenas había empezado.

Con la sangre aún goteando por las lisas paredes de piedra, Envy se adentró en la arena con el aspecto de un indolente miembro de la realeza que da un paseo entre su corte mientras esta lo adora, en absoluto preocupado por el gigante que se acercaba a él agitando el mayal mientras la sangre de su última víctima salpicaba a la multitud de vampiros y sus mascotas humanas más cercanas, con el hocico casi negro por las entrañas.

Camilla se dio cuenta con repentino horror de que el cuerpo de su última víctima había desaparecido porque el canidae se lo había *comido*. No quedaban huesos ni carne.

Aun así, Envy siguió andando, y su lenguaje corporal rayaba en el aburrimiento.

El príncipe demonio vestía un traje impecable, un chaleco elegante y un par de pantalones recién planchados y excepcionalmente confeccionados a su medida. No era la vestimenta más apropiada para una pelea.

Camilla no estaba segura de si era brillante o estaba loco. Tal vez ambas cosas.

—¿Qué está sucediendo? —preguntó, buscando al príncipe vampiro—. ¿Por qué está luchando contra esa criatura?

—Zarus atacará en cuanto Envy se centre en el canidae.

—¿Eso no va contra las reglas?

Alexei le lanzó una mirada sombría.

—No hay reglas.

La criatura con cabeza de lobo, el canidae, se abalanzó como una tormenta. La forma en que había peleado antes… no lo había dado todo.

El monstruo se centró en Envy con singular brutalidad.

Sus pisadas sacudieron la arena, y su grito de guerra era lo más aterrador que Camilla había escuchado nunca. Sonaba como si toda esperanza se hubiera perdido, como si la sangre y la muerte hubiesen sido sus únicas amigas durante milenios. Y Envy amenazaba con quitárselas.

El príncipe demonio no se movió, no se puso tenso cuando el canidae se acercó de forma atronadora, mientras que sus gruñidos la hicieron retroceder a ella, que se encontraba a unos treinta metros por encima de él.

A Camilla casi se le salió el corazón del pecho de lo fuerte que le latía. No podía apartar la mirada, que mantenía fija en el príncipe como si se la hubieran pegado mágicamente a la escena.

—Corre —instó en voz baja—, por favor. *Corre.*

Aunque era imposible que la hubiera escuchado susurrar desde tan abajo, Envy levantó la mirada y la encontró entre el público al instante.

La miró a los ojos, con la boca curvada, mientras la brisa del mayal que pasaba cerca de su cabeza le agitaba el pelo. Se había apartado de su trayectoria en el último segundo, lo que provocó que el canidae se enfureciera al pasar a su lado y se diera la vuelta con los ojos desorbitados.

Su tamaño jugaba en su contra. La criatura no era ágil; cualquier movimiento repentino de su oponente sería una desventaja.

Las rodillas de Camilla chocaron y las manos le rebotaron sobre el regazo. Quería correr y gritar y despertar de aquella horrible pesadilla.

Entonces se dio cuenta de lo que había dicho Alexei. No había reglas.

Envy podía usar la magia.

Pero ¿por qué no lo hacía?

El canidae había emprendido un nuevo ataque, a pocos metros de Envy, cuando el príncipe se desató de repente. Cualquiera que fuese el animal, cualquiera que fuese la criatura incivilizada que ella había presentido que vivía bajo su piel, ya no estaba enjaulada por el decoro.

Envy ya no era un príncipe. Cada centímetro de él era puro demonio.

Y era magnífico.

De un suspiro al siguiente se había arrancado la chaqueta y el chaleco. El sonido de su puño conectando con el canidae fue audible desde allí arriba, donde ella estaba sentada. La multitud, las burlas, los golpes y los pisotones, nada ahogó el sonido de ese puñetazo.

La criatura salió despedida hacia atrás y se estrelló contra la pared. En el centro de la torre se abrió una grieta, causada por el impacto. El demonio había lanzado al gigante como si no pesara nada.

Camilla recordó el golpe que le había dado a Harrington: debía de haberse contenido. Mucho.

El príncipe giró, con la daga de su casa desenvainada, mientras el príncipe vampiro le saltaba encima desde atrás, con los colmillos al descubierto.

Zarus había tomado la decisión de los cobardes al intentar atacar por detrás.

Envy era más rápido, más poderoso, más despiadado.

El demonio disfrutaba de la violencia.

Camilla observó, absorta, mientras luchaba con el tipo de gracia brutal que resultaba inquietantemente hermosa pese a lo horrible que era.

Si pudiera pintarlo en aquel momento, se concentraría en las duras líneas de su rostro en sombras, en la resplandeciente promesa de muerte en sus ojos y en la violenta pose de su boca mientras hacía un voto de dolor y tormento.

De repente, todo dio un giro terrible.

El canidae se sacó un látigo de púas del cinturón y lo hizo restallar con más fuerza que un trueno.

Otra gran bestia, esta con cabeza de león, cargó por la arena mientras el príncipe vampiro se acercaba más a Envy desde detrás.

Camilla se levantó del asiento y se inclinó sobre el borde, gritándole a Envy que mirara.

Alexei la agarró y tiró de ella hacia atrás. Estuvo a punto de darse vuelta y arrearle un puñetazo.

—¡Haz algo! No puede luchar contra tres.

La mirada de Alexei destelló.

—Zarus está intentando que sea una pelea justa.

—¿Cómo va a ser un tres contra uno...? —La voz de Camilla se apagó cuando la respuesta acudió a ella—. Envy es mucho más poderoso.

—No exactamente.

Alexei señaló con la cabeza hacia la arena, donde habían aparecido otras dos criaturas gigantes. Una tenía cabeza de toro con cuerpo de hombre, y la otra tenía cabeza de ave de rapiña. Cinco. Hacían falta un príncipe vampiro y cuatro bestias gigantes para igualar el campo de batalla.

—Exactamente, ¿cuán fuerte *es* Envy?

—Cada uno de los Kiadara posee la fuerza de doscientos hombres. Se rumorea que son descendientes de los dioses antiguos. Dado su gusto por la sangre, se han aliado con los vampiros.

A Camilla se le secó la boca.

Envy estaba luchando contra el equivalente a ochocientos hombres mortales y un vampiro con fuerza inmortal propia.

El príncipe demonio se giró, vio a las furiosas bestias avanzar hacia él, levantó su daga y sonrió.

CUARENTA Y CUATRO

Envy no había participado en una pelea decente desde hacía mucho tiempo. Ahora se alegraba de no haber aceptado la reciente oferta de Wrath. Canalizó sus pecados menos dominantes en armas que usar contra sus enemigos, avivando su ira, su gula y sus ansias de matar.

Dejó lo mejor para el final.

Invocó una imagen en su mente, una que hizo gruñir a *su* pecado. Por una vez, dejó que su envidia saliera de la jaula y que consumiera todos sus pensamientos, salvo uno. Zarus había tocado a Camilla, a sabiendas de que era solo cuestión de tiempo que Envy llegara a su puerta.

Con el recuerdo de las manos del vampiro sobre su cuerpo, de sus dientes rozándole el cuello mientras usaba sus poderes sobre ella, Envy se giró y le hundió la daga en una pierna.

El gruñido del vampiro fue animal; el chorro de sangre, satisfactorio.

A continuación, apuntaría al corazón sin latido de Zarus.

El hielo cubrió de repente la arena, como resultado del poder de Envy. Tenía que controlar el ritmo, controlar su magia y sus emociones, o se agotaría demasiado rápido. Ya sentía que le faltaba el aliento, que le costaba más mover el cuerpo sin su maldito corazón.

Qué sádicas eran las diosas de la Muerte.

Los kiadara usaron garras, colmillos y fuerza y cayeron sobre él como animales presos de un hambriento frenesí. Unas dagas hechas con su hielo apuñalaron a las criaturas.

Envy encadenó varios puñetazos que los mandaron volando hacia atrás, encajó algunos golpes y rápidamente se dio cuenta de que se habían preparado para ganar usando cualquier medio necesario.

Los kiadara habían cubierto sus garras y espadas con toxinas, lo que ralentizaba sus capacidades curativas, que ya iban algo lentas.

Si tuviera que hacer una suposición basándose en el dolor punzante que le recorría la espalda, habían usado eléño. Si hubiera estado jugando en la casa de la Avaricia, se habría jugado por que Zarus había hecho lo mismo.

Blade había dicho que Zarus planeaba envenenar a Envy, pero el eléño era diferente. Esa planta solo se encontraba en las regiones más remotas de los siete círculos, y no era tóxica a menos que se la quemara hasta convertirla en polvo.

Un látigo de púas le hizo un corte entre los hombros, justo donde sus alas seguían escondidas. El eléño negro se filtró en su carne, escaldándolo. El dolor agudizó su furia.

Giró y atravesó el pecho de un canidae con el puño para arrancarle el corazón aún latiente. Se lo arrojó a sus hermanos, quienes demostraron un hambre voraz mientras peleaban por él. El hambre de los kiadara no tenía límites: se comerían sus propias extremidades cercenadas si la sed de sangre se apoderaba de ellos.

Levantó su daga hacia el vampiro, enseñándole los dientes. Tenía que terminar con aquello. Y deprisa. Pero, aun así, daría un buen espectáculo.

—Ven a jugar.

—Voy a hacer que esa zorrita se corra antes de chuparla hasta dejarla seca —lo provocó Zarus.

Fue un error decir aquello.

Pese a lo agotado que estaba, Envy se movió con la mayor parte de la fuerza inmortal que pudo reunir y pasó la espada de lado a lado por el cuello del vampiro.

La herida era superficial, un aviso de que el demonio seguía jugando.

Giró y atacó de nuevo, y esa vez hundió la espada en la carne hasta que el acero topó con el hueso.

Zarus aulló.

Envy apenas notó las hojas cubiertas de eléño mientras le desgarraban la carne.

Su mirada hambrienta estaba fija en un objetivo.

Golpeó al vampiro en la rodilla derecha con su daga y le rompió el hueso. Zarus, por primera vez, perdió su actitud desdeñosa. Cojeó hacia atrás con una mueca.

Envy dejó de jugar. Solo uno de ellos iba a salir de aquel estadio y seguro que iba a ser él. El miedo inundó los ojos de Zarus.

Los vampiros sanaban rápido, pero los huesos tardaban en soldarse.

Envy volvió a atacar y le rompió la otra rótula, que se hizo añicos.

Zarus no volvería a ponerse en pie.

Los kiadara los rodearon a ambos, lanzando saliva y aterrizando en la arena entre siseos ácidos. Envy se distrajo un momento y uno de los toros de Bovinae le perforó el hombro con los cuernos y lo atravesó limpiamente.

La herida no empezó a curarse.

Apretó los dientes, describió un movimiento ascendente con el arma y atravesó la caja torácica del kiadara, a pesar del dolor desgarrador en su propio pecho.

Su anterior herida se había abierto, pero al menos el kiadara se había desplomado y ahora se retorcía en el suelo.

Zarus había llamado a los otros dos kiadara a su lado, que habían formado una escasa línea de defensa. Lo más probable era que no se le curasen las rodillas hasta que no se diera un festín con sangre y descansara durante un día entero.

Zarus no vería el amanecer.

Los kiadara restantes gruñeron y chillaron.

Envy aferró su daga con más fuerza.

León o Halcón. Panthera o Falconidae.

En realidad, no importaba por dónde empezara. Envy no sentía satisfacción ninguna al destruir a esas criaturas, descendientes de los dioses. Era un desperdicio.

Y una razón más por la que mataría a aquel vampiro que arrebataba vidas sin preocuparse.

No lo mataría, se recordó. El golpe de gracia correspondía a otro.

Puede que Envy fuera un demonio sin alma, pero Zarus era un capullo despreciable. Su corte se merecía algo mejor.

Panthera rugió, y ese sonido hizo vibrar el suelo con su fuerza.

Hasta ese momento, el demonio no había prestado atención a la multitud; los había silenciado para concentrarse en los sonidos a su espada, desgarrando y desmenuzando carne. Ahora escuchó sus vítores, sus gritos pidiendo sangre.

No les importaba de quién fuera.

Quería volver a buscar a Camilla en las gradas, saber que seguía a salvo, pero no lo hizo. Alexei tenía instrucciones. Moriría a manos del propio Envy si no las cumplía.

Panthera merodeaba en círculos a su alrededor, acercándose lentamente.

Falconidae soltó un chillido estridente destinado a distraer. Irían a por él en equipo.

Las heridas de su espalda sangraban profusamente, las gotas se volvían doradas al chocar con el suelo. Las criaturas la olisquearon y sus miradas se volvieron completamente negras. Envy estaba condenado, pero su sangre seguía siendo divina; valía la pena morir por probarla. O eso le habían dicho.

—Sé que soy atractivo. Pero ¿vais a quedaros ahí desnudándome mentalmente toda la noche?

Saltaron al mismo tiempo, ambos decididos a atacarlo. Envy esquivó por poco los dientes de Panthera, pero no tuvo tanta suerte con la espada de Falconidae. Se la clavó en el costado y le dio en una costilla.

El eléño negro provocó que la herida fuera dos veces más dolorosa y que se le entrecortase la respiración con cada maldita inhalación. Su sangre dorada se mezcló con la roja y la negra de sus oponentes y de su víctima anterior, derramándose más rápido que nunca antes.

Me cago en la puta. Se estaba… mareando.

Panthera aprovechó la distracción para tirar a Envy al suelo.

La arena se le hundió en las heridas de la espalda mientras la criatura le lanzaba una dentellada a la garganta. Cuando su saliva le aterrizó en la piel, chisporroteó como el agua al impactar contra unas rocas calientes.

Envy se resistió y mandó al león a través del pozo, cuyo cuerpo golpeó el muro de piedra con tal fuerza que cayó, con las extremidades y la cabeza torcidas, muerto.

No se compadeció de la última criatura. Falconidae.

Atacó al monstruo con cabeza de raptor y le perforó un ojo detrás del otro con la daga, antes de arrancarle la cabeza y arrojarla a un lado, jadeando. El eléño seguía ardiéndole bajo la piel. Tenía que limpiarse las heridas, pronto. Y la lucha tenía que terminar.

Envy estaba débil, más de lo que jamás admitiría.

Zarus, sin embargo, estaba tratando de alejarse, arrastrando sus inútiles piernas.

El demonio se acercó y le clavó su arma en la mano, inmovilizándolo antes de agacharse frente al vampiro herido, con los brazos apoyados en las rodillas. Aquella posición le dolió más que nada que hubiera experimentado jamás. Pero su expresión no dejó traslucir ningún dolor.

Sería muy fácil arrancarle la cabeza a Zarus y arrojarla a las llamas en aquel preciso instante. Pero estaba en mitad del juego, así que esperó, con las heridas ardiendo. El Coleccionista de Miedos le había dado una orden inequívoca.

Se preguntó durante un breve instante si el vampiro había sabido desde el principio lo que habría en juego ese día.

Si él habría accedido de todos modos. Los no seelie eran excelentes avivando el ego, haciendo que una victoria pareciera inevitable en lugar de improbable.

—Soberbia, la gran destructora tanto de hombres como de bestias. —Envy chasqueó la lengua—. Sea lo que sea lo que te haya ofrecido el rey no seelie, deberías haberlo rechazado. Tenías una buena vida. Sangre. Amantes. Toda una corte para servirte y complacerte. Y, aun así, te atreviste a enfrentarte a un príncipe del infierno.

Zarus tosió sangre negra, pero su expresión continuó siendo una despiadada máscara de desafío.

—Nunca... será... tuya...

Algo se retorció en el pecho de Envy, tan doloroso como el eléño.

—¿Te dijo Lennox que esto sucedería? —preguntó—. ¿Que lucharías por algo más que tu corona?

La rabia estalló en los ojos azul hielo de Zarus.

— ... prometió... su... hija.

—La verdad es que espero que haya especificado cuál. Tiene más bastardos con aspecto animal que cualquiera de los dioses mortales. Podría haberte prometido una vaca sagrada.

La lengua lacerada de Zarus salió disparada, como si saboreara el golpe final.

— ... uno... cuatro.

Envy frunció el ceño.

Había cuatro herederos de sangre en la corte salvaje, dos príncipes y dos princesas no seelie. Se rumoreaba que cada uno poseía una magia de capacidades incalculables.

Lo cierto era que sería un incentivo suficiente para que Zarus lo arriesgara todo.

No solo su corte quedaría aliada con todos los fae no seelie, sino que su princesa sería temible, lo bastante poderosa para mantener a los enemigos alejados de sus costas.

Sin embargo, cualquier princesa no seelie sería tan pérfida como sus padres y al final acabaría con su príncipe vampiro por diversión. O, más probablemente, para reclamar más territorio para los fae oscuros.

Lennox nunca ofrecía algo de valor a menos que creyera que acabaría triplicando su inversión. O el vampiro no lo sabía o no le importaba. Era probable que creyera que atraparía a la princesa con su veneno.

Zarus gorgoteó y se atragantó con su propia sangre en un intento por decir algo más.

Envy supuso que, en cierto sentido, aquello era justicia poética.

Apartó la mirada y descubrió a Blade en la caverna que quedaba justo fuera del foso. Joder, menos mal. El eléño era tan doloroso que casi lo había puesto de rodillas. Necesitaba apropiarse de algo de envidia pronto, reponer su poder agotado.

Con los dientes apretados, Envy levantó la forma inerte de Zarus.

Los ojos carmesíes de Blade brillaron con violencia mientras daba un paso adelante. Había llegado el momento de coronar a un nuevo príncipe.

Zarus por fin se percató del verdadero estado de la situación y arañó con los dedos los brazos de Envy.

—Merced. ¡Me rindo!

—Nunca debiste atacar a mi hermano ni abusar de tu gente —le susurró Envy—. Llevarte a Camilla ha sido tu peor error hasta la fecha. Jamás toques lo que es *mío*.

La mirada de Blade permaneció fija en el príncipe, sus colmillos destellaron mientras el sol empezaba a salir poco a poco. En un movimiento que fue a la vez elegante y brutal, le arrancó la garganta a Zarus y sostuvo en alto la cabeza cortada. Envy sintió que la conmoción de la multitud disminuía.

Blade no jugaba con sus objetivos; siempre había sido de los que golpeaban duro y rápido y despachaban con precisión.

Envy envió un poco de magia a los cuerpos amontonados en la arena para crear una pira.

Blade llevó la cabeza del príncipe hasta las llamas y la sostuvo sobre ellas hasta que el fuego la redujo a cenizas. Zarus había sido tan anciano que su piel fina como el papel prendió como leña.

La histeria de la muchedumbre flotó en el ambiente como una niebla oscura.

—Silencio. —La voz de Blade interrumpió los gritos de terror que habían estallado—. Por la sangre. —Señaló la cabeza carbonizada de su predecesor—. Por la hoja. —Se pasó el arma sobre el corazón—. Por la fuerza. He tomado el Trono Inmortal.

Envy observó a los presentes; no parecían convencidos.

Blade tendría que ponerlos de su lado antes de que la conmoción desapareciera y otro heredero diera un paso al frente.

Y el vampiro lo sabía.

Sacó dos dagas curvas y las empuñó mientras giraba lentamente sobre sí mismo, sosteniendo la mirada de las gradas.

—Inclinaos ante vuestro nuevo príncipe. O morid por mi espada.

La tensión que flotaba en el aire era tan espesa como el humo, y el sol continuaba ascendiendo lentamente. Los vampiros tendrían que retirarse pronto. Pero Blade había apostado guardias en las salidas.

Los vería arder si no se inclinaban.

Junto a Camilla, Alexei se golpeó el pecho con el puño y luego se arrodilló. Su voz orgullosa resonó desde las gradas.

—Gobernante legítimo de los Corazones Inmortales. Te honro. Príncipe Blade.

Se produjo una pausa larga y tensa. Al fin, varios vampiros más siguieron su ejemplo, ofrecieron su juramento y se arrodillaron.

Pronto, todos los presentes se arrodillaron y sus susurros inundaron el aire.

Blade había tomado el Trono Inmortal.

Ahora gobernaba un príncipe de ojos carmesíes. El primero, por lo que Envy sabía.

El demonio miró a Blade, esperando no haber cometido un error al poner a un vampiro más fuerte en el trono. Zarus era cruel, intrigante y brutal con su propia gente, pero Envy sabía cómo gobernaba. Blade era un desconocido, pero, con suerte, sería el príncipe que su pueblo necesitaba.

Sin duda, el tiempo lo diría.

Con suerte, durante los próximos meses, Blade estaría demasiado ocupado organizando su corte y su gobierno, concentrado en encontrar una consorte con la que unir fuerzas políticas y limar asperezas con la nobleza vampírica, para tener la voluntad de enfrentarse a los demonios.

De lo contrario…

Sin duda, Wrath lo responsabilizaría por haber permitido el auge de una amenaza aún mayor.

Tendrían que cruzar ese puente cuando llegaran a él.

Por ahora, Envy tenía que ocuparse de sus heridas antes de que alguien descubriera su creciente debilidad, recoger su siguiente pista, alejar a Camilla de allí y ganar aquel puñetero juego.

CUARENTA Y CINCO

Camilla caminaba arriba y abajo por su dormitorio, sintiéndose enjaulada.

La batalla había terminado más de una hora antes, y Envy todavía no había vuelto a la habitación.

Alexei la había dejado allí, había cerrado la puerta con llave por fuera y se había ido.

Había sacudido el pomo y había intentado forzar la cerradura, pero no había funcionado.

El vampiro le había dicho que era una precaución por seguridad, pero se sentía como si *ella* fuera la prisionera.

Rebuscó en la habitación y encontró una pequeña cartera llena de frascos medicinales, una daga fina y una funda que llevar escondida.

Había perdido la daga que Envy le había dado en el Bosque Sangriento, así que aquella le iría bien por ahora. Una nota garabateada a toda prisa rezaba: «Para las heridas del príncipe, volver a aplicar según la necesidad. Nunca lo olvides: ataca con fuerza, corderito. Blade».

Camilla sonrió. A pesar de la forma en que se habían conocido, ella también le deseaba lo mejor a Blade.

Unos pasos se apresuraron por delante de su habitación, otra vez. Debían de haber pasado a toda prisa unas mil personas desde que la habían encerrado.

Le llegaron fragmentos de conversación que confirmaban que la corte estaba sumida en el caos más absoluto.

Al parecer, solo los herederos vampiros de la realeza habían depuesto a un príncipe en una ocasión anterior, y los ojos carmesíes de Blade hacían que aquella situación fuera inusual.

Nadie sabía qué hacer con la nueva posición o el reclamo de Blade.

Algunos decían que *era* miembro de la realeza a pesar de su color de ojos, y luego habían estallado varias peleas al respecto.

La corte vampírica sumida en semejante agitación interna era el último lugar donde deseaba estar.

Camilla pensó en su galería, en sus amigos y en su vida en Waverly Green. Pensó en Bunny y deseó más que nada en el mundo que su dulce amiga peluda estuviera allí con ella. Trató de invocar con fuerza la sensación que creía que debería estar apoderándose de ella. En vano.

Aparte de su gato y de sus amigos, Camilla no echaba de menos mucho más.

Se sentó al borde de la cama y se quitó los brazaletes y el collar del rosario.

Un ruido fuera de su habitación captó su atención y corrió hacia la puerta para golpearla.

—¿Hola? —llamó.

—Ahí estás. —Vexley arrastró las palabras desde el otro lado—. Camilla, cariño. Abre la puerta.

Pensó en darse cabezazos contra la pared.

—Está cerrada. Desde tu lado.

—Ah.

Clic.

La puerta se abrió y en el umbral aparecieron tanto Vexley como su nueva novia. La súcuba agitó su cola puntiaguda y luego empujó al *lord* contra la pared y le pasó la lengua por encima con un guiño antes de alejarse.

Camilla se sentía demasiado agradecida por su ayuda para abrir la cerradura como para disgustarse por lo excitado que estaba ahora Vexley. Mantuvo la mirada clavada en su cara.

—¿Vas a volver a Waverly Green? —le preguntó mientras echaba un vistazo al pasillo.

Ni rastro de Alexei. Ni de Envy. Ni de guardias que se apresuraran a encerrarla.

—Sí. Aunque si estás pidiendo que te lleve, te costará algo más que otra falsificación, mi amor. —Vexley sonrió y se acercó—. Esta vez quiero que aceptes mi petición de matrimonio.

A Camilla no le sorprendió que aprovechara aquella situación a su favor, pero *sí* la sorprendió darse cuenta de que no había estado pidiendo una forma de volver a Waverly Green.

Si alguna vez había habido un momento para escapar, para volver corriendo a su vida normal, era aquel. No más juegos, no más inframundo, no más batallas de vampiros ni casas del pecado. Pero, por mucho que echara de menos a su gata, todavía no quería volver a casa. Todavía tenía que recuperar su talento.

Se alejó de Vexley y negó despacio con la cabeza.

—No lo entiendes. No quiero irme.

Él la aferró por la muñeca y le aplastó los huesos.

—Eres tú la que no lo entiende. No tienes elección. La muerte de Zarus me ha impedido conseguir mi siguiente pista.

—No veo qué tiene eso que ver conmigo.

—He perdido el juego, Camilla. Se acabó para mí. Pero tú también estás aquí por una razón… aliviarás mi dolor, ¿verdad?

—Suéltame.

Ahora la agarraba con más fuerza, aunque su expresión permanecía perfectamente tranquila. Eso la asustaba más que cuando manifestaba exteriormente su furia. Su tono era agradable, persuasivo. Como si ella solo necesitara que la obligara a controlarse, que la hiciera entrar en razón.

—Así es como debe ser, Camilla. Volverás como mi esposa. Venderemos más falsificaciones. Si ganamos mucho dinero, podremos comprar la inmortalidad.

—¿Por eso jugabas? ¿Para volverte inmortal?

La plácida expresión de Vexley vaciló.

—Tengo mis razones, cariño. Y ahora, ven conmigo.

—He dicho que *me sueltes*.

La máscara de calma se hizo añicos y reveló el auténtico ser de aquel hombre, que ya había visto en una ocasión anterior.

—No pienso irme sin premio, Camilla. Aunque seas tú. —La mirada de Vexley se había vuelto fría y había torcido la boca en una mueca cruel.

La empujó de vuelta a la habitación y la inmovilizó rápidamente contra la pared.

—Primero, pondremos un heredero en tu vientre.

Deslizó su mano libre entre ellos y le acarició tiernamente el estómago, como si no estuviera hablando de violarla. Como si hubiera algo amable o dulce en su propuesta.

—Vexley —repitió, intentando mantener la calma—. No quieres hacer esto. Suéltame.

Miró a su alrededor frenéticamente; la puñetera daga que Blade le había dado seguía en su funda, demasiado lejos de su alcance.

Vexley se inclinó hacia ella con una mirada amenazadora.

Cómo aquel hombre había engañado a la sociedad hasta hacerla creer que era un viva la vida resultaba todo un misterio. Camilla veía ahora que su sonrisa torcida también indicaba lo desequilibrada que estaba su balanza interna del bien y del mal.

Canalizó su miedo y su rabia y sintió cómo se acumulaban bajo su piel. Le daría una oportunidad más para liberarla.

—Suéltame, Vexley. Ahora.

Habló en tono tranquilo, firme. Era un engaño. Uno que Vexley se tragó.

Se inclinó hacia ella con más fuerza, como si pudiera obligar a sus almas a entrelazarse justo ahí. *Él* deseaba casarse. Hasta que la muerte los separase. Le concedería al menos parte de ese deseo.

Vexley debería haber prestado atención al color plateado de sus ojos, que brillaba como las armas de un asesino, no en la franja de piel entre sus pechos.

Pero no era inteligente ni observador. Su comportamiento egoísta lo conduciría a su ruina.

No aflojó su agarre. Pero a Camilla ya no le importaba.

Aprovechando esa conexión, cada lugar en que la estaba tocando, dejó suelta esa extraña sensación bajo su piel. Puede que estuviera loca. Pero ya se había hartado.

Años de tormento, de miedo, de encerrarse en sí misma en lugar de resistirse, explotaron en un torrente de emoción reprimida. Como una presa al romperse, todo lo que había estado conteniendo la inundó.

—¿Qué...?

El poder de Camilla los atravesó a ambos. Vexley puso los ojos en blanco, mostrando la esclerótica.

Sus manos, ahora fusionadas con las de ella, no podrían haberla soltado ni aunque lo hubiera intentado.

Camilla observó, distante, cómo él se sacudía y su cuerpo experimentaba violentas convulsiones, cómo la saliva se le acumulaba en la boca, como la espuma cuando el mar estaba agitado. Le llegó olor a orina, a excrementos, justo antes de que el cerdo se desplomara sobre su inmundicia y su cuerpo se estremeciera por última vez.

Camilla dio un paso atrás, con la mirada fija en aquella forma inmóvil y sintiéndose vacía de toda emoción. A lo lejos, tal vez solo en su mente, una risa familiar le recorrió la columna. Pensó, durante un oscuro segundo, que su madre estaría orgullosa.

No sabría decir qué fue lo que la hizo levantar la mirada; tal vez supiese que él había estado ahí, observando desde las sombras. Tal vez simplemente hubiese deseado que estuviera allí y él había acudido, atraído por la depravación de lo que había hecho, o por el hecho de que no sentía ni una pizca de remordimiento.

Envy avanzó hacia la luz, sosteniéndole la mirada en todo momento. No dijo nada del hombre que yacía muerto a sus pies. Ningún juicio cruzó su expresión, ni miedo, ni repulsión.

Camilla no dijo nada de las heridas de *su* cuerpo, que destilaban icor.

O de su brutal forma de matar en esa arena, del placer que parecía sentir al provocar muerte.

Puede que ambos fueran malvados y estuvieran malditos, rotos en todos los lugares apropiados para encajar, borde dentado contra borde suave.

Él le tendió la mano, a la espera.

Antes de acercarse, agarró la cartera que Blade le había regalado. No le dedicó otra mirada a Vexley mientras pasaba por encima de él. En aquel momento, Camilla no era capaz de arrepentirse ni de preocuparse. Ni siquiera de sentirse conmocionada.

Cualquier sentimiento que hubiera albergado la había abandonado, como si los hubiera utilizado todos.

Tomó la mano manchada de sangre de Envy entre las suyas, le dedicó un asentimiento y se preparó para su magia mientras esta los alejaba de la masacre de la corte de los vampiros.

CUARENTA Y SEIS

Envy empujó a Camilla detrás de él, con sus sentidos de batalla en alerta máxima y el dolor infligido por el eléño todavía recorriendo su cuerpo, afilando sus sentidos tanto como una espada.

Se encontraban frente a su cabaña privada, a las afueras de su territorio. Quería tener la oportunidad de hablar con Camilla, de procesar todo lo que acababa de presenciar y de adecentarse antes de decidir si debería arriesgarse a llevarla a su castillo. Primero, tendría que darse una vuelta por su casa para asegurarse de que las peores partes de la decadencia de su corte permanecieran ocultas.

Ahora, eso tendría que esperar.

Una sombra se desplazaba por la linde del bosque, despertando esa sensación de oscuridad que apuntaba hacia una sola cosa. Fae.

—Entra en el claro, despacio —ordenó Envy.

El no seelie lo hizo.

El macho tenía una mata de pelo blanco, ojos de color amarillo pálido y pestañas más negras que la tinta. Sus botas marrones estaban desgastadas, pero eran de buena confección, llevaba la camisa arremangada para mostrar unos antebrazos de color bronce oscuro, tonificados y letales.

La camisa estaba arrugada, pero incluso en la oscuridad Envy distinguió la fina confección del lino. El fae llevaba un sombrero calado sobre la cabeza que ocultaba sus elegantes y puntiagudas orejas.

Parecía un cazador humano que había salido corriendo del bosque, sin arma, pero la mayoría no se daba cuenta de que *él* mismo lo era.

Envy lo reconoció al instante, gracias a su reputación.

—Estás muy lejos para cazar doncellas en el bosque, Lobo.

—Abundan los rumores. —El fae sonrió, revelando así una porción mayor de su rostro y descartando su disfraz humano—. Dicen que has coronado a un nuevo vampiro.

La voz de Lobo era melódica, fascinante y había sido utilizada para seducir a más de unas pocas mortales a lo largo de los años. Su voz era una señal de que en el pasado había gozado de rango en su corte, aunque en aquel momento se encontraba muy lejos de casa.

Envy no pasó por alto el hecho de que había hecho referencia a la columna de cotilleos. Era probable que Lobo hubiera acudido a comprobar si los rumores sobre la casa de la Envidia eran ciertos, a poner a prueba los límites de las salvaguardas. Eran ciertos, por supuesto, pero la protección que había establecido Envy era más pequeña de lo que la mayoría podría imaginar y rodeaba solo su casa.

—¿Traes algún mensaje de Lennox? —le preguntó.

El fae se acercó y demostró una repentina curiosidad por Camilla. Demasiada curiosidad.

Envy tenía su daga en la mano, y la hoja todavía brillaba débilmente gracias a las ofrendas recientes.

El no seelie se fijó y dio un paso atrás, sonriendo como si todo aquello le divirtiera.

—Rumores, como he dicho. —La sonrisa de Lobo se ensanchó—. Pequeños rumores, encantadores e *impactantes*.

Seguía mirando a Camilla, obsesionado de una manera que no acabaría bien.

El príncipe dio un paso adelante, destilando amenaza.

—Se me está agotando la paciencia.

—No traigo ningún mensaje del rey —respondió Lobo—. Solo sentía curiosidad por ver si los rumores eran ciertos. Veo que lo son. Y eso es encantador.

—Si tenías curiosidad sobre el nuevo príncipe vampiro, ¿por qué has venido aquí?

—Una cosa no tiene que ver con la otra. —El fae esbozó otra sonrisa, en esa ocasión tan lobuna como su nombre—. Os veré pronto, mi belleza glacial. Las estaciones cambiantes siempre son muy hermosas.

Antes de que pudiera atravesarlo con su espada, el no seelie se desvaneció, pasando de una realidad a otra.

Envy miró a Camilla y su pecado amenazaba con salir a la luz. Por un momento, pareció como si hubiera visto a un fantasma.

—¿Ya lo conocías? —le preguntó, suspicaz.

La mirada de Camilla aterrizó en el lugar donde el fae había desaparecido.

—Todo el mundo ha oído su leyenda.

—Intenta no parecer tan cautivada. —El humor de Envy se agrió aún más al reparar en que no había respondido a su pregunta—. Se dedica a cazar mujeres.

—Esas historias no son del todo ciertas. —Camilla se mordió el labio inferior después de esa confesión.

—No me digas. Por favor, ilumíname, señorita Antonius.

—Lobo prefiere a las mujeres, pero no las caza para comer. Bueno —se aclaró la garganta—, al menos, no de la forma en que lo cuentan las historias. El apetito de Lobo es… La mayor parte de la gente de Waverly Green cree que engaña a las doncellas para que la dejen entrar en sus hogares. Esa es la advertencia que cuentan los hombres, al menos, pero, por lo que he oído, las doncellas están más que contentas de ver a Lobo. Una noche con él es… amenaza suficiente para que los hombres se inventen historias tan fantasiosas.

Él había luchado contra un vampiro y monstruos legendarios, y Camilla se había sonrojado ante el mero recuerdo de las historias sensacionalistas sobre los malditos fae no seelie y su pericia en el dormitorio. El demonio subió las escaleras hasta su cabaña mientras notaba el escozor de las heridas.

Como si el propio Envy no le hubiera provocado un orgasmo con *su* legendaria lengua.

Los celos, gélidos e implacables, lo azotaron.

—Ven —dijo, en un tono frío y tal vez un poco mezquino—. A menos que desees esperar a que Lobo regrese y comprobarlo.

Después de que Envy le hubiera enseñado a Camilla su habitación privada y el baño adjunto, se retiró a su propio dormitorio. La cabaña era grande y estaba bien amueblada, digna de un príncipe que deseaba que otros lo envidiaran. También resultaba que era el lugar idóneo en el que entretener a Camilla mientras él echaba un vistazo privado a su corte. Después de haberse curado las heridas.

Siseó al quitarse poco a poco la camisa. Los cortes solo se habían curado en parte, por lo que la piel se le abrió de nuevo al quitarse la ropa.

Había otra cosa que le escocía a Envy. Había esperado que le entregaran la siguiente pista inmediatamente después de la batalla. Pero no había llegado ningún mensaje.

Y en cuanto a Camilla… Ya sospechaba que guardaba secretos, pero había parecido momentáneamente aturdida por la magia que crepitaba bajo su piel como si fueran pequeñas redes de relámpagos.

Aún estaba por ver si sabía que poseía esa habilidad o si había sido una sorpresa. Algunas criaturas poseían tal poder: las anguilas eléctricas, por ejemplo. Lo cual lo llevaba a pensar que podría ser una cambiaformas.

Si no lo era al cien por cien, puede que tuviera una ascendencia única; la sangre de cambiaformas de un pariente lejano se manifestaría de esa forma.

Los fae también poseían habilidades como las suyas: magia y talentos. Pero no había detectado ningún indicio de que tuviera sangre seelie. Sus orejas eran las de una mortal. Hasta esa noche, no había visto ningún rastro de magia. Después de haberla masajeado, no había encontrado ninguna señal de un encantamiento grabada en su piel. Y un glamour se podía detectar a menudo, aunque fuera de forma sutil.

Si no era una fae ni una cambiaformas, ¿qué otra cosa podría ser?

Envy tenía las manos en los cordones de su pantalón cuando escuchó su brusca inhalación detrás de él.

No se había mirado al espejo; había sabido de antemano que las heridas de su espalda no eran bonitas. Eran profundas, llegaban hasta el hueso en algunas zonas, y el eléño le estaba devorando la carne.

Incluso podrían quedarle cicatrices, por una vez.

El tatuaje que representaba a su casa, que empezaba justo encima del codo, en su bíceps derecho, y que le cruzaba el hombro para llegar al pecho, incluso podría necesitar un retoque.

—No se han contenido —susurró ella.

Su roce fue ligero como una pluma y demasiado tentador.

Sabía de lo que eran capaces las manos de aquella pintora.

—Señorita Antonius. —Envy pretendía pronunciar las palabras con dureza, pero sonaron demasiado bajas, demasiado atractivas incluso para sus propios oídos—. Deberías volver a tu habitación.

—Tengo un ungüento.

Le recorrió con los dedos los músculos de los hombros, abultados y tensos, hasta que él se relajó lentamente bajo sus caricias.

—Y algunas hierbas para tu baño. Un regalo de Blade.

Envy sonrió al oír aquello, porque apreciaba un movimiento inteligente cuando lo veía.

El nuevo príncipe heredero ya estaba fortaleciendo su alianza, reparando el daño causado por el gobernante anterior. Envy dudaba de que el rey no seelie se alegrara de que aquel juego en particular hubiera ido sobre ruedas. No había duda de que Lennox había querido crear caos y discordia, sacudir las cortes.

Por no mencionar que ahora que Envy sabía que Lennox le había prometido a Zarus que uniría sus cortes mediante el matrimonio, Lennox se volvería loco cuando descubriera que Blade tenía la intención de tomar a una esposa vampira. Ya había anunciado que elegiría entre una de las familias nobles de la isla Malicia, asegurando aún más su derecho al trono.

Otro acierto. Ahora, todos los nobles que podrían haber conspirado para quitarle la corona a Blade conspirarían para que sus herederas gobernaran a su lado. El nuevo príncipe vampiro no se arriesgaría a casarse con una fae y a causar más conflictos.

Además, Blade se negaba a enamorarse de alguien que pudiera ser comida. Lo había dejado muy claro. Y esa era en parte la razón por la que Envy había sabido que Camilla estaría a salvo cerca de él. Solo sabía de una ocasión en la que el vampiro se hubiera saltado su norma, cuando se había enredado con una mujer lobo.

Los enemigos eran compañeros de cama interesantes.

Lennox no debía de saberlo, o no debía de haber pensado que Blade podría dejarse influenciar por él.

—Tu brazo y tu pecho... ¿Lobos gemelos? —preguntó Camilla.

Tragó con dificultad. Agradeció que la tinta aún estuviera intacta.

—Un lobo de dos cabezas. El símbolo de mi casa.

Envy imaginó a Camilla contemplando la obra, la forma en que le cubría la parte superior del brazo y el lado derecho del pecho. La parte inferior del lobo.

El cuerpo comenzaba justo encima del codo; se alzaba sobre sus patas traseras y se le extendía hasta el hombro. La primera cabeza se inclinaba hacia el pecho de Envy, curvándose a lo largo de su hombro, con el hocico cerrado y, de alguna manera, pacífico, contemplativo.

La segunda cabeza estaba más abajo, ocupando sus pectorales, y se mostraba violenta. Tenía las mandíbulas abiertas y los dientes mordían a un enemigo invisible.

Exceptuando los intensos ojos verdes de los lobos, Envy había elegido que el tatuaje no tuviera color, porque quería que el contraste que provocaban las sombras intensificara su cruda belleza. El claroscuro siempre lo había fascinado, el estudio de la luz contra la oscuridad.

Sus lobos siempre estaban persiguiendo algo que quedaba fuera de su alcance.

Nunca se sentían satisfechos. Monstruos de ojos verdes y feroces. Igual que él.

Sin previo aviso, Camilla untó el ungüento en el primer corte. Le escoció muchísimo. Apretó los dientes mientras esas pequeñas y encantadoras manos continuaban torturándolo lentamente con las hierbas. Aunque era cierto que la primera herida ya le dolía menos.

En poco tiempo, Camilla le había embadurnado cada marca de garra y cada laceración.

El agujero de cuando el cuerno del toro le había atravesado estaba peor, pero pronto también empezó a cerrarse poco a poco, la piel le picaba y le escocía como si hubieran anidado en ella hormigas de fuego.

Camilla le presionó con una mano el hombro bueno y lo obligó a girarse hasta que quedaron cara a cara.

Ella hizo una mueca, como si sintiera su sufrimiento de primera mano, aunque la mayor parte ya solo era un dolor sordo.

En el pecho solo tenía una herida, pero era, con diferencia, la peor de todas. Panthera le había dado un buen golpe y había estado a punto de destriparlo con sus garras.

La mirada de Camilla siguió la línea irregular que le iba del centro del pecho hasta el ombligo.

Una emoción parpadeó en ella.

Volvió a tocarle el pecho, con el ceño fruncido.

—Tu corazón...

Si hubiera podido latir, lo habría hecho en aquel momento.

Envy le apartó las manos con suavidad.

—Volverá a crecer muy pronto.

El horror se apoderó de sus rasgos.

—¿Qué? ¿Cómo?

—Digamos que te habría seguido a la corte de los vampiros mucho antes si no me hubiera topado con un pequeño... problema.

Camilla lo miró fijamente y pareció insegura sobre qué decir.

—Lo siento —murmuró con suavidad.

Hizo que algo primitivo dentro de él alzara la cabeza y gruñera.

—No recuerdo que empuñaras ninguna espada, mascota. No te disculpes por los actos de otros.

—Deja que lo diga con otras palabras. —Sus ojos plateados brillaron con molestia—. Lo siento, pero esto te va a doler muchísimo.

Camilla le untó el ungüento por el pecho y sus caricias dejaron de ser suaves mientras cubría la herida, sin dejar ninguna sección sin atender. Envy maldijo y retrocedió, pero la pequeña bestia del infierno se movió con él.

Terminó el trabajo con brutal eficiencia.

—Ya está. —Su tono fue cortante mientras enroscaba la tapa del ungüento—. Con eso debería bastar. La nota de Blade decía que volvieras a aplicártelo si era necesario.

Le estampó una bolsita de hierbas contra el pecho, que aún le estaba sanando.

—Echa dos pizcas generosas de esta mezcla en la bañera y quédate a remojo durante veinte minutos. No mejorará tu actitud, pero tus heridas deberían curarse bien.

Malditos fueran los santos, se había puesto duro como el granito. Otra vez.

Ella se giró para irse y él la agarró de la mano y la acercó.

El deseo de Camilla le impactó con más fuerza que cualquier golpe que hubiera recibido en la arena. Era la primera emoción poderosa que sentía en ella desde que habían llegado a su círculo.

—Permíteme darte las gracias como es debido, señorita Antonius.

Antes de que pudiera soltarle otro comentario irónico, colocó su boca sobre la de ella.

CUARENTA Y SIETE

C amilla acababa de matar a un hombre por menos. Pero el
beso descarado de Envy… la devolvió a la vida.

Si se había sentido atrapada en un capullo de hielo, congelada por el horror de lo que había hecho, acababa de liberarse. El
fuego de Envy arrasó todos los lugares oscuros y fríos de su alma,
calentándola y haciéndola sentir *todo*. Protegida. A salvo. Viva.
Apasionada.

Las manos fuertes del demonio la tocaron por todas partes: el
pelo, la garganta, ahuecaron sus pechos, recorrieron sus caderas y
sus muslos, acariciando cada zona como si su cuerpo fuese su lienzo favorito.

Los jadeos de Camilla eran su pintura, y sus labios, su mayor
inspiración.

Saboreó y tentó, mordisqueó y poseyó. Nunca renunciaba a su
boca durante mucho rato, enredaba su lengua con la de ella en un
baile que Camilla no quería que terminara jamás.

El beso era una batalla, una súplica, el camino hacia la salvación
o la mayor perdición de ambos.

Su juego se había vuelto íntimo, cada movimiento de él provocaba uno en ella. Cuando Camilla lo provocaba, él le devolvía el

favor, hasta que estuvieron arrancándose la ropa el uno al otro, quitándosela tan rápido como se habían librado de cualquier noción de autocontrol.

A Camilla no le importaba lo que fuera aquello. Obra maestra, caos, no suponía ninguna diferencia. Era placer: embriagador y puro, y se lo bebió, un sorbo tras otro, todo excesos.

La piel callosa de Envy era áspera contra su propia suavidad; la fricción, maravillosa, un deleite inesperado para los sentidos. Camilla había odiado aquel ridículo vestido en la corte vampírica; ahora disfrutaba de la cantidad de piel que dejaba al descubierto, de todo el acceso que otorgaba al príncipe para tocarla y acariciarla.

Ella le devolvió las caricias con la misma libertad y apoyó las palmas sobre su pecho desnudo, maravillándose de lo suave que era su piel pese a los duros músculos de debajo, pese a lo destrozado que había estado hacía solo unos momentos.

Los intrincados tatuajes que le marcaban el brazo y el pecho eran igual de hermosos que la tinta verde oscuro sobre la línea del cinturón; Camilla los trazó todos, escuchando el sonido áspero de la respiración de Envy mientras descendía por sus pantalones, que llevaba tan bajos sobre las caderas que debería considerarse un crimen.

A pesar de sus heridas ya estaba excitado, su gruesa longitud tensaba la tela.

Camilla quería liberarla, ofrecerle el mismo éxtasis que él le había ofrecido a ella.

Fue a desabrocharle los pantalones.

Los brazos del príncipe, capaces de matar gigantes, la rodearon con suavidad, acercándola a él, deteniendo sus movimientos.

Los besos hambrientos y ávidos con los que habían empezado se convirtieron en algo más tierno, más dulce, pero nunca tímido. Sus labios comenzaron a saborear, a moverse como si, por una vez, tuvieran todo el tiempo del mundo para aprenderlo todo sobre el otro, para explorar.

Era lánguido, calmado. El tipo de beso que hacía que te temblaran las rodillas y que el corazón te latiera con fuerza. Camilla tardó un momento en apreciar el cambio, en disfrutar de aquella dulzura.

Envy le acarició la lengua con la suya mientras el calor se le acumulaba en el vientre gracias a esa lenta caricia, invocando recuerdos de cuando había hecho ese mismo movimiento entre sus muslos, besando la cima de su cuerpo hasta que había arqueado la espalda sobre la cama y el calor había reptado por su columna.

Ahora, cuando sus manos se movieron sobre ella, había menos sentimiento de posesión, menos necesidad salvaje; se trataba de una pregunta que la dejó sin aliento, una respuesta que amenazaba con deshacerla.

Todas las provocaciones, los juegos privados, el atractivo de saber que solo tenían una noche; ella había querido que durara, prolongarla todo el tiempo que pudiera. Había sido solo un juego divertido. Una forma de olvidar su soledad durante un rato, una forma entretenida de pasar el tiempo.

Lo que Envy estaba haciendo ahora, aquel movimiento… amenazaba los muros que Camilla había erigido con tanto cuidado.

Había creído que conocía las reglas de aquel juego privado, pero en aquel momento la estaba besando como si ella significara algo. Como si no se tratara de ganar una única noche.

Como si estuviera jugando para ganar algo más.

Y esa terrible comprensión de que, en efecto, podía ser que siguiera jugando, hizo que afrontara una verdad para la que no estaba preparada.

Camilla sintió como si estuviera cayendo en picado del cielo a la tierra y él fuera la estrella a la que se estaba aferrando mientras el deseo de ambos iluminaba todo el puñetero cielo.

O tal vez fueran un cometa destinado a estrellarse.

Camilla se apartó y se tocó los labios hinchados; le hormigueaban, buscando la presión de los de él.

Envy le echó el pelo hacia atrás y le tomó la cara entre las manos, como si fuera preciosa, la obra de arte más intrigante que jamás hubiera visto.

Esas manos seguían manchadas de sangre. Pero su violencia no la asustó.

Observó cómo deslizaba la palma hacia su pecho para sentir el latido de su corazón en lugar de para jugar con su pezón erecto, todavía dolorido por el deseo.

La forma en que Envy la miraba ahora era peligrosa. Brutalmente peligrosa.

Más que la daga que el demonio había empuñado con facilidad, o la forma fría y eficiente en que había despachado a criaturas del doble de su tamaño. El filo cortante de su lujuria había sido pulido hasta el punto de ser algo… más, algo que podía herir con más precisión, que podía llegar más profundo, perforar una parte vital en su interior. Fuera cual fuese aquel juego… tenía la capacidad de deslizarse entre sus costillas más deprisa de lo que él saldría de debajo de sus sábanas cuando su única noche juntos terminara.

Envy no despegó la mirada de la suya en ningún momento, por lo que Camilla fue testigo del segundo en que él se dio cuenta de lo que había visto, antes de borrarlo de su expresión. Un parpadeo en mitad de una tormenta, estaba allí un instante y al siguiente el viento se lo había llevado. Pero ella lo había visto tal como era, sabía que nunca duraría.

Aquello siempre sería un juego para él. Y los gestos tiernos, los besos dulces… Aquella jugada la había desequilibrado totalmente. Y le preocupaba estar cayendo sola.

—Debería irme —dijo con firmeza. De repente, necesitaba espacio.

Él pareció entenderlo, le agarró la muñeca y se acercó su palma a los labios. Depositó un beso sobre su piel y se alejó.

—Báñate. Descansa —dijo, regresando a su dormitorio y dejándole vía libre para salir.

Entre ellos se abrió un amplio abismo donde hasta hacía unos momentos solo había habido cercanía. Un deseo de romper con todo lo que los separaba. Al menos, por parte de ella.

La ternura había desaparecido, reemplazada una vez más por su fría indiferencia.

Envy se sentía satisfecho con su juego tal como era. Y ella había roto la regla tácita. Se había dejado engañar por la ilusión.

—Te veré dentro de un rato para cenar.

Camilla abrió la boca para llamarlo y explicarle por qué de repente necesitaba proteger su corazón; que, de alguna manera, aquel juego privado había empezado a significar algo que no debería. Quería gritar que no era quien él creía, pero las únicas palabras que le salieron fueron una mentira murmurada en voz baja.

—Un baño suena bien.

Camilla había apoyado la cabeza contra el borde de la bañera, con su melena plateada recogida en lo alto para evitar mojarse el pelo, y estaba dejando que el calor del agua la tranquilizara por fin. Estaba intentando olvidar el ataque de Vexley y su posterior muerte. Lo roto y frágil que le había parecido al pasar por encima de él.

Luego estaba Lobo. Llevaba un tiempo queriendo hablar con ella. Había jugado a un juego peligroso al invadir las tierras del príncipe.

Con el verdadero juego en marcha, Camilla sabía que no podría ignorar a Lobo para siempre.

Y luego estaba Envy…

Sentir emoción era algo que había anhelado mientras vivía su pequeña y tranquila vida mortal en Waverly Green. Y por eso había sido una participante dispuesta en su flirteo. Lo había disfrutado muchísimo. Había experimentado una oscura sensación de placer en el hecho de subir constantemente las apuestas con él. Le *gustaba* que Envy no se contuviera, que sus movimientos fueran audaces y despiadados, que la persiguiera y después retrocediera, esperando a ver qué hacía, deleitándose cuando ella lo superaba. La había tratado como a una igual. Su juego constante la excitaba a múltiples niveles, no solo físicamente.

Su dinámica había funcionado a las mil maravillas hasta el beso de esa noche.

Sabía lo que tenía que hacer a continuación: poner fin al juego. Y no precisamente cediendo al calor que ardía entre ellos como si volara cerca del ardor del sol.

Camilla debía poner distancia entre ambos, establecer nuevos límites. Se concentraría en el maestro del juego, en ayudar a Envy a ganar, ya que eso parecía estar ligado de alguna manera a su rol; así recuperaría su talento y volvería a Waverly Green.

Era un plan bastante bueno, aunque no le entusiasmara. Era la elección segura, la que garantizaba que permanecería libre de más angustia. Ya había experimentado la suficiente para el resto de su vida. Y Envy… Aunque deseara compartir su secreto con él, no se veía capaz. Lo mejor era terminar el juego ya y salir ilesa.

Cerró los ojos cuando la promesa del sueño adormeció su conciencia. Demasiado pronto, un golpe seco acabó con la quietud.

—Adelante.

No había ninguna razón lógica para que a Camilla se le pusiera la piel de gallina de repente, como si un viento frío se hubiera colado en la cálida cámara de baño y, aun así, los escalofríos le recorrieron la piel cuando su cuerpo fue consciente de lo que su mente aún tenía que comprender.

Abrió los ojos. Como si sus pensamientos lo hubieran conjurado, el príncipe Envy apareció allí, con un aspecto tan pecaminoso como Lucifer en el momento en que había aceptado su maldad y había caído en desgracia.

Debería exigirle que se marchara. Ya había llegado a la conclusión de que aquel coqueteo tenía que acabarse.

Camilla no pronunció una sola palabra.

Quería saber por qué estaba allí. Puede que el demonio supiese que ese beso había sido demasiado. Había estado demasiado cerca de significar algo que ambos sabían que no era.

Arqueó una ceja, a la espera.

Le permitiría explicarse y luego haría que se marchase.

La mirada de Envy vagó lentamente por las líneas de su cuello, como si catalogara la forma para luego pintarlo. Era algo que había hecho antes, como si esa sencilla franja de piel lo fascinara, como si apelara a su necesidad de que alguien lo capturase en un lienzo.

—Hay dos cosas que me han traído hasta aquí, señorita Antonius —comenzó—. En primer lugar, me he planteado disculparme por mi comportamiento.

El corazón de Camilla latía a toda velocidad. Había estado en lo cierto. El beso no había sido más que otro movimiento.

Transcurrió un instante, luego, otro más.

Se preguntó si no había definido bien su disculpa y por qué limitarse a decir «Te pido disculpas por ser un tremendo idiota y estropear nuestro juego» parecía ser una tarea tan monumentalmente difícil.

Cuando no dio señales de que tuviese intención de volver a hablar, a ella se le agotó la paciencia.

—¿Qué te impide hacerlo, alteza?

Las comisuras de su boca se curvaron hacia arriba y Camilla supo de inmediato que le había tendido una trampa. Estaba esperando a que mordiera el anzuelo.

—Me he dado cuenta de que estaría mintiendo. No lo siento ni lo más mínimo.

—¿Qué parte?

Mierda. Esa *no* era la pregunta que pretendía formular.

—Ya sabes cuál.

—Se supone que esto no funciona así.

—¿Es que de repente quieres que siga las normas?

La maldita bestia sabía de sobra que no. Su sonrisa era victoriosa. No había acudido para disculparse en absoluto; Envy había ido
para volver a empezar con su coqueteo, para subir las apuestas una
vez más.

—Solo tendrías que decirlo y te sacaría de esa bañera y te tum-
baría en la cama en este mismo instante. —Su voz era el pecado
encarnado. Continuó, ahora más despacio, mientras se adentraba
otro paso en el baño—. Como artista, estoy seguro de que eres
capaz de imaginar mi lengua en el lienzo de tu cuerpo desnudo.
Imagino que juntos podríamos crear una gran obra maestra. *Si* no
abandonas ahora.

A Camilla se le entrecortó la respiración, pero se obligó a mantener la calma.

—No tienes principios.

—Cierto. Pero los tuyos son de un tono tan gris como los míos,
querida.

—Eso no es cierto.

—Pequeña mentirosilla.

Sí que lo era.

—¿Qué es lo segundo que te ha traído aquí? —preguntó.

No podía caer en la trampa otra vez, sin importar lo excitada
que se sintiera dentro de aquella bañera.

El calor que le besaba las mejillas no tenía nada que ver con el
agua tibia.

Él sonrió al reparar en su piel rosada.

—Pensando en mi lengua, ¿señorita Antonius?

Camilla apretó los muslos.

—No. En la cena.

La mirada de Envy descendió hasta el agua de la bañera, que
ondeó con su sutil movimiento.

El hambre brilló en sus ojos.

—Miénteme todo lo que quieras, Camilla. Pero esto aún no ha
terminado y lo sabes. Cuando estés en la cama esta noche, con los

dedos recorriendo tu clítoris deliciosamente hinchado, te imaginarás que es mi mano la que te da placer.

Antes de que pudiera discutirle nada, el maldito demonio le hizo una reverencia burlona y se marchó.

Frustrada y muy excitada, Camilla deslizó la mano debajo del agua e hizo exactamente lo que el príncipe había dicho.

Mientras se corría, se aseguró de que sus gemidos sonaran lo bastante fuertes para que el príncipe la escuchara desde el otro lado de la cabaña, con la esperanza de volverlo tan loco como él acababa de hacer con ella.

CUARENTA Y OCHO

—¿Qué pasó en la corte de los vampiros cuando me fui? —Envy estaba de espaldas a Alexei mientras preguntaba, con la mirada clavada en el cóctel que hacía girar en una mano.

Hacía mucho que había pasado el momento en el que *debería* haber ido a buscar a Camilla para cenar, hacía mucho que debería haber ido a comprobar cómo estaba su corte.

No había hecho ningún amago de salir de la cabaña.

Se había sentido victorioso después de haber dejado a Camilla excitada en la bañera, hasta que había escuchado su orgasmo a través de las paredes. Lo había tirado del caballo con ese movimiento. Había tomado un poco de aceite, cerrado la mano en torno a su dolorida polla y se había tocado hasta correrse mientras se la imaginaba.

—¿Cuántos han intentado quitarle el trono a Blade?

—Dos herederos, alteza. —Alexei parecía divertido—. Sus cabezas han acabado en picas. Una fuera de la sala del trono y la otra fuera del dormitorio de Blade. Junto a una advertencia de que siempre está vigilando.

—Descarado, audaz. Un poco dramático. —Envy resopló—. Me alegra ver que está asumiendo su papel como se esperaba. —Se giró. Alexei ladeó la cabeza—. ¿Ninguna pista, entonces?

Su segundo negó con la cabeza y no dio más detalles. Con un fuerte asentimiento, Envy lo despachó.

Volvió a contemplar su bebida y reprodujo de nuevo el encuentro con Lobo.

Envy no creía en las coincidencias.

El mundo era demasiado vasto, los reinos demasiado abundantes, para que algo pudiera ser fortuito. Sobre todo, mientras hubiera un juego en marcha. En algún lugar, enterrada en una interacción aparentemente aleatoria, tenía que estar la siguiente pista.

No había otra buena razón para que Lobo se hubiese arriesgado a entrar en el territorio del demonio sin ser invitado. Y el hecho de que en el pasado hubiera formado parte de la nobleza no seelie era otro argumento más para la posibilidad de que Lennox lo hubiera utilizado para entregar el siguiente enigma. Por supuesto, Envy no podía evitar que por su mente dieran vueltas algunas ideas descabelladas sobre la reacción de Camilla al ver al fae. Envy había examinado a Lobo, preguntándose si él habría sido el hombre que Camilla le había mostrado en aquel recuerdo.

Apretó los dientes. No debería seguir pensando en ese maldito recuerdo, pero su pecado necesitaba una salida, y sentir envidia agudizaba sus sentidos.

Envy intentó aprovecharse de eso. Se centró en las primeras palabras que el no seelie había pronunciado, organizándolas y reorganizándolas de cientos de maneras.

«Abundan los rumores».

Había sido una respuesta desechable, pronunciada como quien no quiere la cosa. El hecho de que hubiera sido el titular de la columna de cotilleos la volvía casi inocente, algo que se podía pasar fácilmente por alto. Así que, por supuesto, él sospechaba.

Si se trataba de un anagrama, había varias posibilidades.

Abunda el muso ron.

En dos armas, un bulo.

El rubor anda.

No estaba llegando a ninguna parte.

«Abunda el muso ron» supuso que podría hacer referencia a Gluttony. También era probable que sollozara después de beber demasiado licor, sobre todo si cierta reportera lo superaba de nuevo en una batalla de ingenio. «Dos armas, un bulo» podía referirse a Wrath, el desviado que no dejaba de buscar la guerra. «El rubor anda» podría hablar de Pride.

Las pistas anteriores habían hecho que Envy se sintiera seguro sobre qué buscar a continuación. Nada de aquello encajaba con la misma solidez, ni lo hacía sentir en lo cierto.

Envy volvió a hacer girar su licor y la oscuridad giró salvajemente alrededor de un gigantesco cubito de hielo. El ruido lo tranquilizó. Al igual que hacía el propio licor. Estaba haciendo tiempo.

La verdad era que no quería visitar su corte. La última experiencia había sido horrenda. Niños... eran la línea que nunca debía cruzarse. Y todo por *su* culpa.

Lo que encontraría a aquellas alturas, después de que más miembros de su corte sucumbieran...

Su siguiente pista tenía que estar en esa conversación. Tenía que seguir avanzando.

Se concentró en el instante en que el fae había hablado con Camilla. En ese momento, había permitido que su pecado se apoderara de él y nublara su juicio, imaginando todas las formas en que el hombre la complacería, o ya la había complacido.

Había sido un error.

Empezaba a preguntarse si Lennox la querría a su lado durante la recta final del juego para distraerlo. Si ese era el plan del fae, estaba funcionando. Incluso siendo consciente de ese hecho, no podía evitar sucumbir. Camilla le interesaba a demasiados niveles.

Su ascendencia, su talento para pintar la realidad, su mente inteligente y ese pequeño y mágico espectáculo de relámpagos. Era un rompecabezas que aún no había podido resolver. Y no era el único que se sentía intrigado por ella. Lobo había hecho que pareciera que existía otro secreto que él conocía o sospechaba.

«Os veré pronto, mi belleza glacial».

Envy dejó su bebida y empleó una insignificante pizca de magia para invocar a su diario. Momentos después, estaba anotando tantas pistas como se le ocurrían.

Mi belleza glacial.
Bella maleza.
El zagal miel.
Cabeza.
Gala.

Envy soltó un improperio. La pista *tenía* que estar ahí. Cuanto más se aferraba a ello, más parecía escurrírsele entre los dedos.

Cabalga.
Calla.

Se centró únicamente en «belleza glacial».

Envy detectó de repente el olor de Camilla. Había entrado en la habitación con sigilo y su presencia ardía ahora como una vela detrás de él. *O como un rayo*, pensó con ironía.

Se enderezó y echó un vistazo por encima del hombro. Llevaba un vestido de terciopelo verde oscuro —el color característico de *Envy*—, que hacía que el tono plateado de su cabello y sus ojos resplandeciera como la luna. Parecía etérea, sobrenatural.

Totalmente prohibida.

Siguió su silueta con la mirada, silenciado por su porte regio, por su elegancia. ¡Qué diferente era de la mujer despeinada que se había imaginado gimiendo en el baño, la que lo había hecho maldecir al alcanzar su propia liberación!

—Pareces... —*un desastre personal*. Sintió que su expresión era tensa—. Supongo que servirá.

Ella entornó los ojos, pero no le echó en cara la mentira. Señaló con la cabeza las varias hojas de papel que había arrancado y que yacían arrugadas y desperdigadas por el suelo.

—¿Qué es lo que te preocupa?

—Descifrar un acertijo. —Señaló al suelo—. No va bien.

Ella se acercó, con cuidado de no tocarlo mientras se inclinaba y trazaba el contorno de las letras que él había garabateado en su diario.

Antes, Envy había sentido el cambio en sus emociones, cómo había deseado algo que él se negaba a dar. Camilla quería un cuento de hadas. Y él había hablado en serio al decir que nunca sería el héroe.

No creía en los «felices para siempre», solo en periodos de tiempo que podían resultar más agradables que otros. Disfrutaba de la compañía de Camilla, lo excitaba el tira y afloja de su coqueteo, pero no quería amistad. Y ella tenía que volver a su mundo, a su galería, a su vida.

—¿Gemela cabal? —lo intentó Camilla.

Se le heló la sangre. Y también se congeló la habitación.

Al instante, Camilla se estremeció a su lado y retrocedió para frotarse los brazos.

Conocía a dos gemelas. Y despreciaba a una de ellas. La que acababa de volver a arrancarle su ennegrecido corazón.

Maldito Lennox.

—Era solo una suposición... —susurró Camilla.

Él controló su ira y le ofreció una rápida sonrisa.

No sirvió de mucho para consolarla.

—Una suposición excelente. Creo que lo has resuelto, señorita Antonius. Es solo que no me gusta lo que viene a continuación.

Pasó junto a ella en dirección a la puerta y se detuvo para mirar hacia atrás.

—No podré acompañarte durante la cena. Pero siéntete libre de cenar sin mí. —Chasqueó los dedos y apareció un sirviente—. En la cabaña también hay un estudio abastecido con pinturas y lienzos. Y una biblioteca. Eres bienvenida a explorar y usar lo que quieras.

—¿A dónde vas?

—A la casa de la Envidia.

—¿No voy a acompañarte?

Envy no se imaginó el tono sutil de su pregunta, el atisbo de incredulidad. Nunca habían jugado así, por separado. Al menos, no intencionadamente.

—No. Te quedarás aquí.

Hizo un gesto para recolocarse el traje y se tiró de los puños como si deseara tener el mejor aspecto posible. Permitió que las insinuaciones impregnaran su tono.

—Tengo un asunto privado que atender. Estaré fuera durante algunas horas, así que no me esperes despierta, señorita Antonius.

En una ocasión, le había dicho que, si se llevaba a una amante a la cama, necesitaba horas.

Camilla no lo había olvidado.

Se estremeció.

Envy nunca se había sentido tan maquiavélico.

Pero la dejó allí, sola, como si le hubiera roto el corazón y luego la hubiera cortado con sus afiladas esquirlas.

Para salvar su corte y también para mantener a Camilla a salvo, especialmente si Vittoria estaba involucrada, haría cosas mucho peores.

CUARENTA Y NUEVE

Camilla se quedó mirando la puerta mucho después de que el príncipe se hubiera ido.

Le había mentido. Había fingido que iba en busca de una amante cuando su expresión delataba que estaba tan dolido como ella. ¿Se habría dado cuenta siquiera el muy idiota de que había desviado la mirada y había tragado con fuerza en ese momento tan crucial?

—Menudo imbécil.

Y lo sería aún más si creía que se limitaría a quedarse quieta. Hasta donde ella sabía, era una invitada en su círculo y, como tal, podía ir adonde quisiera.

Antes de decidir qué le gustaría visitar primero, recogió algunas páginas desechadas y examinó las pistas que Envy había descartado. Interesante. Creía que Lobo era el mensajero.

Ella albergaba una sospecha ligeramente diferente.

Pidió una capa y unos guantes gruesos de lana, cosa que le llevó mucho más tiempo del que esperaba. La doncella que había acudido estaba sonrojada y tenía un brillo casi febril en la mirada.

—Mis disculpas por el retraso, señorita. Andamos cortos de personal… —Se interrumpió y echó una mirada hacia el pasillo que tenía detrás—. ¿Necesita algo más?

Camilla siguió su mirada. Nadie salió de lo que ella suponía que eran las cocinas de abajo. Normalmente, una cabaña de aquel tamaño se consideraba una finca de campo. Envy debería tener mucho personal: mayordomo, lacayos, doncellas y cocinera.

—¿Estás sola? —le preguntó a la joven demonio.

La doncella se mordió el labio inferior.

—Solo quedamos un lacayo y yo.

Camilla frunció el ceño. Algo en la forma en que había dicho que eran los únicos que quedaban le causó inquietud. Antes de que pudiera pedirle más detalles, la doncella hizo una cortés reverencia y volvió a alejarse corriendo por el pasillo.

Camilla la siguió con la mirada unos instantes más, pero la decisión de Envy de mantener poco personal en la cabaña en realidad no era un gran misterio. Puede que no la usara a menudo. Quizá los demás se estuvieran preparando para la llegada de Camilla a su casa. O para la supuesta invitada a la que esperaba esa noche.

De cualquier manera, Camilla tenía cosas más importantes en las que concentrarse.

Se puso la capa y los guantes y se adentró sigilosamente en la noche cubierta de nieve. La emoción la recorrió al inhalar el aire frío y con aroma a abeto. Los siete círculos estaban constantemente cubiertos de nieve y hielo, aquel reino era un paraíso invernal.

Su aliento formó vaho delante de ella mientras recorría el lindero de los árboles y hacía crujir el suelo cubierto de escarcha con sus pasos, que se hundían en la suave frialdad de debajo.

Miró hacia atrás, a la cabaña; en las ventanas brillaba una cálida luz dorada. Casi había esperado que Alexei emergiera, pero dondequiera que Envy hubiera ido, su segundo parecía haberlo seguido. Era probable que el príncipe esperara que ella se quedara dentro de la cabaña.

Una renovada sensación de molestia la hizo seguir adelante, en busca de la frontera más occidental del círculo de Envy. Muy pronto, el aullido rasgó el aire al norte de donde se había detenido. El sonido le puso la piel de gallina a lo largo de los brazos.

Camilla lanzó una rápida mirada a su alrededor una última vez, para asegurarse de que no la siguieran, y se sumergió en el bosque. Los animales guardaban silencio, vigilantes.

Un depredador acechaba cerca.

Varios minutos más tarde, lo encontró sentado en un montículo, cerca de un arroyo que luchaba contra los elementos, las gotas casi congeladas pero negándose a someterse al poder del invierno.

—Lobo.

—Qué delicia. —Los dientes le relucieron a la luz de la luna—. Nuestros caminos vuelven a cruzarse.

Se había quitado el sombrero, permitiendo que toda la majestuosidad de su gloria fae brillase.

Sabía lo que estaba haciendo. Y Camilla se permitió admirarlo por un momento.

Llevaba el cabello blanco despeinado por las ráfagas de viento ártico y sus orejas quedaban por entero a la vista. Su apariencia besada por las estrellas era como la noche en todo su esplendoroso encanto.

Seguía siendo atractivo, tan joven como la última vez que lo había visto de cerca, dos años atrás. Su otredad le recordó lo rápido que la había encandilado, lo rápido que lo había deseado en su cama. Pero era un recordatorio de su pasado. De una elección que le habían concedido varios años demasiado tarde.

—Tenías un mensaje —dijo Camilla—. Dámelo ya.

Lobo chasqueó la lengua.

—¿Es esa forma de hablarle a un viejo amigo?

Se separó de la roca y de repente lo tuvo frente a ella, entrelazando las manos con las suyas mientras la hacía girar. La hizo bailar sobre la nieve, tarareando una melodía que hechizaría a cualquier mortal que la escuchara.

—Mi dulce y pequeña amante —canturreó contra su oído—. Ven a la corte. Imagínate cuánto nos divertiríamos. Enredados entre las sábanas, en nuestras oscuras almas. ¿No te preguntas cómo sería?

Sí que se lo preguntaba. Y ese era el problema. No debería querer ir a la corte oscura ni por asomo.

Camilla le permitió tener su momento y luego se detuvo, con los pies obstinadamente clavados en el suelo.

—Me has traído aquí en plena noche y he venido. Entrégame el mensaje. Estoy segura de que tienes muchas mortales a quienes hechizar.

—También a algunas inmortales. —Su risa contenía una promesa sensual—. ¿Por qué negar lo que eres? Te escondes bajo esa fachada, atenuando tu luz. Año tras año.

Le pasó un dedo ágil por la oreja, con expresión triste.

—¿Recuerdas siquiera lo que eres? ¿O acaso fingir por el bien de los humanos te ha llevado a creer que eres una de ellos?

Camilla le apartó la mano de su oreja y se alejó, furiosa.

—No estoy aquí para debatir sobre mis elecciones.

O la falta de ellas.

—Entonces, dime qué eres. Demuestra que todavía lo sabes.

Camilla sintió un nudo en la garganta y cerró las manos en puños. No había admitido la verdad en voz alta desde el primer día que habían puesto un pie en Waverly Green y su madre se lo había prohibido.

Los ojos animales de Lobo emitieron un peligroso destello.

—¿Quieres que te recuerde cómo fue estar por fin con un igual? —le preguntó en voz baja—. ¿No tener que reprimirte?

Estaba respirando demasiado deprisa, y sus uñas tallaban lunas crecientes en sus palmas.

—Me deseabas, Camilla, porque somos iguales. Cuando viniste a mí en el mercado negro, sabías que podía darte lo que ningún hombre mortal podría.

—Sin embargo, metes a mujeres mortales en tu cama. ¿No te dan lo que deseas?

—Sabes tan bien como yo que en realidad no puedo acostarme con una mortal sin un glamour. Nunca volverá a ser lo mismo que hubo entre tú y yo. Coquetea con tu demonio ahora, pero cuando llegue el momento, te aparearás con un fae. Hay un lugar para ti en la Corte Salvaje.

No era así en absoluto como Camilla quería que se desarrollara aquella conversación.

—¿Por eso estabas fuera de mi galería y de Hemlock Hall? Estás intentando defender tu reclamo.

—En parte. Pero también me mandaron a observar a los jugadores. Fuiste una placentera sorpresa. —Suspiró y dio un paso atrás, mirándola de arriba abajo—. Sería un mal movimiento por mi parte no hacerte saber mis intenciones en este momento. Estoy aquí para ofrecerte un camino de vuelta. Si accedes, quiero que lo hagas como mi compañera. No tiene por qué tratarse de amor. Una alianza es mucho más valiosa.

—¿Me llevarías de vuelta a Waverly Green?

—Adonde quisieras ir. —Sus ojos amarillos la devoraron—. A los reinos mortales. A las cortes de las hadas. A mi dormitorio. La oferta tiene un límite de tiempo, estoy seguro de que lo entiendes.

Camilla sabía lo que no estaba diciendo. Si decidiera regresar a Waverly Green, no podría volver a irse. Ese era el subtexto de los tratos con los fae. Aquella oferta no provenía de Lobo, era del mismísimo maestro del juego.

Eligió sus siguientes palabras con cuidado.

—Si de verdad quieres formar una alianza, respóndeme a una pregunta.

Él sonrió, intrigado.

—Una pregunta, un beso.

—Nada de besos, una pregunta, sin asalto a tu cabeza favorita.

Su risa estruendosa llenó la noche.

—De acuerdo, esta noche juguemos según tus reglas.

—¿Dónde está la querida gemela?

—Un nombre antiguo. Aún más que yo.

—Viejo, entonces. Mi pregunta sigue siendo la misma.

—Los mayores las llaman «las queridas gemelas...». —Se concentró brevemente en sus pensamientos—. Las Columnas Gemelas de Faerie. Es un antiguo sitio fae, ahora abandonado. ¿Es *ahí* adonde deseas ir?

No. Allí era adonde deseaba ir *sin* él. Y tampoco era en absoluto lo que esperaba. Por suerte, él no pareció darse cuenta de que le había dado mucho más de lo que esperaba.

—No has respondido a mi pregunta.

—Hay un portal no muy lejos de aquí. Uno de los guardias del príncipe demonio lo vigila. —Extendió la mano, señalando en la dirección general.

—¿Qué príncipe?

—Si quieres que te lleve allí, ese detalle no importa. Ven.

Macho testarudo.

—Buenas noches, Lobo.

Echó a andar de vuelta por el camino que había recorrido antes y no la sorprendió oír maldecir al fae y que fuera tras ella.

—Tienes que darme una respuesta, Millie.

Se giró, sus ojos brillaron.

—*No* utilices apodos conmigo. Fornicamos. Hace una eternidad. Ese fue el principio y el final de cualquier afecto que compartiéramos. Y sí, podría rendirme a todas mis pasiones en tu cama. Podría montarte tanto tiempo como quisiera, tan fuerte como quisiera y sé que seguirías igual de salvaje y hambriento. Eso ya es agua pasada.

—No da la sensación de que fuera hace tanto. Y no te importó ese apodo cuando estaba dentro de ti.

La mirada de Lobo descendió hasta el lugar donde yacía su relicario, apoyado contra su pecho, apenas visible bajo su capa. Su expresión imitaba la tristeza mortal a la perfección. Había estado practicando.

—Qué pequeña baratija tan curiosa... ¿Fue tu...?

Extendió la mano, rozó con suavidad el regalo de su madre y apartó los dedos con un siseo. La miró fijamente. Como si debiera haberle advertido de que el hechizo repelía a los hombres no seelie.

—Si te vas, la oferta queda revocada.

—Por supuesto que sí.

La risa que Camilla soltó fue fría, sin humor.

Esperaban que tomara una decisión que cambiaría su vida en cuestión de segundos. Un futuro no era algo que se pudiera desperdiciar por capricho, algo que se pudiera obligar a aceptar por miedo.

Cuando Camilla eligiese su destino, quería hacerlo por sí misma, porque había tenido tiempo para pensar en lo que *ella* quería de la vida. Nunca antes había podido decidirlo.

—Buenas noches, Lobo. Buen viaje.

—Espera.

Su voz había perdido el tono burlón.

Camilla se giró, esperando.

Lobo la sorprendió al acercarla e intentar darle un abrazo que terminó siendo una palmada incómoda en la espalda. Estúpido fae. Se derritió contra él por un momento antes de desenredarse de su abrazo y dar un paso atrás.

—Aprecio que me persigas —dijo. Darle las gracias a un fae no era inteligente. Reconocer una acción era el mejor camino a seguir, uno que no la dejaría endeudada.

—No te vayas todavía. Camilla, necesito oírte decirlo. Necesito saber que lo recuerdas.

Sabía a qué se refería, aunque no estuviera segura de por qué estaba tan desesperado por que lo dijera en voz alta. Era una súplica, no una amenaza o una exigencia. Una elección. Pensó en su madre, en cómo le había ordenado que jamás volviera a pronunciar su verdad en voz alta.

—Puede que sea fae —susurró con suavidad—, pero eso no me convierte en parte de tu corte.

—¿No? —Su sonrisa le recordó a su nombre—. Mantente a salvo, bella dama de invierno. Recuerda, no soy tu enemigo.

Pero eso es justo lo que es, ¿no? Al menos, por el momento.

En esa ocasión, cuando desanduvo sus pasos, el otro fae no la siguió.

CINCUENTA

—Alexei. —Envy enlazó en su voz una invocación mágica, alertando a su segundo, sin importar dónde estuviera, de que lo necesitaba.

Un momento después, el aire se agitó detrás de él.

—¿Su alteza?

—Vittoria está en camino; necesito esto —señaló los cuerpos de los miembros caídos de su corte desplomados en el pasillo que conducía a su salón del trono— despejado antes de que llegue. Nadie puede conocer el alcance de nuestro… problema.

Por fin se giró para mirar a su segundo a la cara. La mirada del vampiro era dura. Alexei sabía que la corte estaba cayendo en la locura de la memoria, había olido la sangre detrás de las puertas cerradas mucho antes de que la violencia llegara a los pasillos.

Lennox tenía muchos enemigos; Envy solo deseaba que uno de ellos lo hubiera eliminado del tablero siglos atrás. Su segundo parecía estar considerando hacer precisamente eso.

Alexei podría haber vuelto a la isla Malicia hacía décadas. Envy sabía que nunca lo admitiría, pero el vampiro se sentía como en casa en aquellos pasillos. Se había habituado al reino de los demonios más de lo que jamás se había habituado a las políticas de la corte de los vampiros. Él también quería ver terminar aquel juego.

Quería degollar a sus enemigos, bañarse en su sangre y hacerlos pagar por el sufrimiento de los demonios.

—Por supuesto —respondió por fin Alexei mientras se giraba hacia el cuerpo más cercano. Su boca mostraba un rictus sombrío mientras levantaba el primer cadáver.

Envy levantó otro, y su ira y su desesperanza crecieron. Aquellos miembros de su corte parecían haberse vuelto uno contra el otro. Cuando uno no podía recordar nada, todos tenían aspecto de enemigos.

Juntos, trabajaron deprisa y llevaron los cadáveres a una habitación donde podrían ser atendidos de forma adecuada más tarde. Los demonios no tenían prácticas religiosas como las de los mortales, pero se celebraban ritos funerarios sagrados en cada casa de los siete círculos. Formas de honrar a los caídos.

Una vez que el pasillo estuvo despejado, Envy fue a su dormitorio y se puso un traje nuevo. Vittoria olería la muerte mejor que cualquier otra persona, dado su verdadero papel como diosa que la gobernaba. Empleó más magia para ocultar el olor. Estaba consumiendo demasiada, pero no tenía otra opción.

Al principio, solo había usado su poder para mantener a un grupo selecto de sus guardias y de su personal lo más lúcido posible, con la esperanza de que pudieran cuidar del resto de la corte. Luego, Envy había tenido que levantar salvaguardas en torno a su casa. Al llegar esa noche y ver el estado de su corte, había decidido que no importaba cuánto se drenara, mientras pudiera, tenía que emplear su magia para evitar que la locura se afianzara más en su círculo.

Ahora estaba alimentando a demasiados demonios con su reserva personal de poder y apenas mantenía a raya la niebla de la memoria. No estaba succionando la suficiente magia para reponer la que estaba empleando. Y le estaba pasando factura.

Entrar en lo que suponía que era la recta final del juego así de debilitado no era lo ideal. Solo cabía esperar que otros jugadores estuvieran igual de destrozados.

Alexei estaba en la puerta, con los brazos cruzados sobre el pecho.

—Esto no me gusta.

—Lennox no diseña el juego basándose en lo que nos gusta.

—Ni siquiera sabemos si Vittoria tiene el siguiente acertijo o pista.

A Envy se le escapó un suspiro. Lo sabía, pero no podía arriesgarse a no comprobarlo.

—¿Se te ocurre alguna idea mejor?

Alexei apretó los labios hasta que estos formaron una línea firme.

Puede que Vittoria no fuera la clave para la siguiente pista, pero ya casi se les había acabado el tiempo.

—Si vais a seguir adelante, haremos que valga la pena. Tenéis que absorber más de vuestro pecado esta noche —dijo Alexei, haciéndose eco de sus propias preocupaciones—. No duraréis lo suficiente para enfrentaros a Lennox si llega la ocasión.

Ambos sabían que llegaría. Lennox disfrutaba mangoneando al ganador, sobre todo para alardear de su astucia como maestro del juego.

—No os gustará —continuó su segundo—, pero la señorita Antonius...

—No.

—No me refiero a avivar *vuestros* celos. —Alexei sonrió—. Si la señorita Antonius os ve con otra persona, estoy seguro de que os brindará una gran cantidad de envidia que podréis absorber.

Envy no se lo podía discutir. Era la mejor forma de recuperar algo de su poder para continuar canalizándolo hacia su corte. Y aun así...

—Es nuestra mayor esperanza —continuó Alexei, en voz más baja—. Aunque Vittoria no tenga ninguna pista, seguiréis sacando algo de esta reunión.

Envy miró hacia la ventana. En algún lugar de sus terrenos, Camilla aguardaba en su cabaña. Una parte de él quería volver allí, olvidar su realidad durante unos deliciosos momentos más.

—Vittoria llegará en cualquier momento. Puedo prepararlo todo para que Camilla os sorprenda. —Alexei le dirigió una mirada dura—. Hacer lo que es necesario.

—Sabes que Vittoria solo quiere poner celoso a mi hermano.

—¿Y? —lo desafió Alexei—. ¿Os vais a poner moralista de repente? ¿Ahora?

Envy se quitó una pelusa imaginaria de la solapa. Alexei tenía razón. No tenía que gustarle, pero tenía que hacer lo que fuera necesario para mantener a su corte de una pieza. La envidia de Camilla le daría suficiente poder para alimentarlos a todos. Lo sabía por la muestra que había degustado en el bosque.

Bajaron las escaleras en silencio y se dirigieron hacia el salón del trono. Había dos guardias apostados a cada lado de la puerta.

—Cuando pida que se cierren las puertas, nadie puede entrar —dijo Envy, infundiendo un poco de magia en su orden para asegurarse de que la recordaran—. ¿Está claro?

—Sí, alteza.

Envy avanzó hacia la tarima; los daños causados por el incendio hacía tiempo que habían sido reparados, su trono estaba intacto después de que las llamas mágicas le hubieran arrebatado la vida a uno los miembros de su consejo. Rhanes había sido una voz sabia durante muchos años, contaba con el respeto de casi todo el mundo. Su pérdida había sido un duro golpe para su corte. Como lo habían sido las vidas de los demás miembros del consejo que habían caído durante esa primera pista.

Envy se acomodó en el lujoso cojín de su trono, el terciopelo verde oscuro suave y decadente. Era extraño echar un vistazo a la habitación vacía, que una vez fue el hogar de tantos lores y *ladies*, todos compitiendo por ser la envidia de sus pares. Se ponían sus mejores joyas y sedas, cubriéndose con un mar de riquezas, todas ellas ingeniosamente exhibidas debido al amor de su príncipe por el arte.

Ahora solo estaban Alexei y él en la gran y cavernosa estancia. El silencio era opresivo. Daba la sensación de que los ojos de toda su corte asesinada estaban mirando, preguntándose hasta dónde llegaría su príncipe para rectificar aquel error.

Alexei también subió al estrado y le dio una palmada en el hombro a Envy antes de ocupar su lugar de honor como mano derecha del príncipe, de pie justo detrás y a la derecha del trono.

Apenas se habían adaptado a sus roles cuando Vittoria entró, con los ojos resplandecientes y el cabello castaño suelto.

Envy hizo un gesto a los guardias y estos cerraron las puertas, encerrando a Envy, Alexei y Vittoria dentro. Solos, por el momento.

Se tragó la repulsión que sentía y adoptó su fachada indolente.

—Vittoria.

—Envy.

—No te esperaba tan pronto.

Ella le dio un largo repaso.

—Siempre vendré a por ti.

Alexei murmuró una advertencia en voz baja. Al parecer, Envy había emitido algún sonido de disgusto.

La mirada de Vittoria recorrió a su segundo.

—Alexei —lo saludó—. Siempre es un placer.

Su tono estaba repleto de insinuaciones. La última vez que había visto al vampiro, había estado montándolo en el pasillo fuera del dormitorio de Envy.

Estaba claro que su vestido rosáceo había sido elegido para provocar: con aberturas a ambos lados, estas se abrían mientras caminaba hacia el trono. Dos pequeños trozos de seda se alzaban desde su cintura y pasaban sobre sus hombros, cubriendo solo parte de sus pechos. Tenía el aspecto de la tentación y el pecado. Sus dos cosas favoritas, además de la muerte.

—Por muy maravilloso que sea volver a verte tan pronto —dijo Vittoria, deteniéndose en el primer escalón—, ¿qué quieres? Tengo hombres lobo con los que discutir y una casa que restablecer.

Ver tu cabeza en una pica frente a mi casa, pensó Envy.

Sintió que Alexei le clavaba la mirada en la nuca, recordándole que dejara de lado sus sentimientos personales.

La mirada plateada de Camilla apareció en su mente. La bloqueó.

—Puede que solo estuviera aburrido, querida gemela.

La expresión de Vittoria no cambió ante aquellas extrañas palabras. Tal vez no fuera parte de su juego. O tal vez fuera a ponérselo difícil.

—¿Y? —Subió otro escalón. Solo dos pasos lo separaban de la diosa de la Muerte—. ¿Por fin estás listo para jugar?

La estudió con más detenimiento. Era imposible saber si estaba haciendo una insinuación sobre el juego o si solo lo estaba provocando.

—¿Ese es tu precio? —preguntó, armándose de valor.

—Si vamos a negociar, primero quiero una demostración. —La victoria brilló en sus ojos—. Comprobar lo que vale para mí.

Subió otro escalón y luego, el último.

—¿Alguna objeción, alteza?

Vittoria se inclinó, le separó las piernas lentamente y se acomodó entre ellas.

Apoyó las palmas sobre sus muslos y lo acarició despacio hacia arriba, hasta que le rozó con los pulgares la costura interior de los pantalones, deteniéndose a poca distancia de su miembro.

Su polla ni siquiera se movió.

Vittoria arqueó una ceja.

—Bueno. Esto es bastante sorprendente.

Luego le pasó las uñas por la parte superior de los muslos, intentando provocar alguna reacción. Su pene no tenía intención de seguirle el juego.

Envy no estaba seguro de si tenía ganas de reír o de maldecir.

Vittoria se molestó.

—¿Hace falta involucrar a alguien más para divertirnos? —exigió, centrando la mirada en Alexei—. A lo mejor tu segundo debería unirse a nosotros.

El vampiro se acercó al frente del trono con una expresión fría.

—¿Debería traer ya a la mujer?

Vittoria ladeó la cabeza antes de que una sonrisa desagradable le curvara los labios.

—No. Nuestro principito va a cerrar los ojos. Piensa en esa mujer.

Envy apretó los dientes, pero intentó evocar una imagen de Camilla, a pesar de lo mal que le parecía. Cerró los ojos, se evadió del salón del trono y recordó a Camilla bañándose, la forma en que el agua había acariciado sus curvas, el vapor mezclándose con su aroma floral, su mirada afilada mientras la provocaba.

Había querido quitarse la ropa y meterse en la bañera con ella, acercarla a su regazo mientras humedecía un paño y lo pasaba por cada centímetro de su gloriosa piel, los pezones de Camilla endurecidos por la sensación y la imagen provocando que a él se le hiciera la boca agua.

Se sobresaltó por culpa del recuerdo.

—Ahí está.

Vittoria se lamió los labios y le frotó la erección. Solo le había desatado el primer cordón de los pantalones cuando volvió a quedarse flácida. La diosa lo fulminó con la mirada.

—¿Qué problema tienes?

Se pasó una mano por la cara.

—No lo sé —mintió.

—¿Estás enamorado? —preguntó Vittoria, su tono lleno de acusación.

—Por supuesto que no.

Ella se puso de pie, con las mejillas sonrojadas por el enfado.

—Tus habilidades amatorias son legendarias. ¿Debo creer que todos los rumores son falsos?

—Estoy cansado. Tengo muchas cosas en la cabeza —replicó—. Y ya sabes que no me gustas especialmente.

—¿Y te han gustado especialmente todas las personas con las que te has acostado hasta ahora?

No, lo que complicaba aún más las cosas. Levantó las manos, frustrado.

—Volveré a intentarlo.

Vittoria cruzó los brazos sobre el pecho, claramente molesta.

—¿Qué aspecto tiene esa misteriosa mujer? Un glamour puede hacer maravillas.

Todo su ser se opuso a aquella idea. No quería acostarse con alguien que portara la cara de Camilla. Cuando se la llevara a la cama, sería *ella*.

Apretó la boca hasta que esta formó una línea tensa.

Alexei sacudió la cabeza ante su negativa a seguir el juego y respondió por él.

—Tiene el pelo y los ojos plateados. Mide un poco más de metro sesenta. Piel dorada. Labios carnosos, ojos ligeramente alargados.

Vittoria esbozó otra sonrisa torcida. Se movió hasta colocarse detrás del trono y se inclinó sobre su hombro.

—Cierra los ojos, príncipe Envy.

Movió la mano para desabrocharle lentamente el botón superior de la camisa. Él escondió su estremecimiento. La última vez que había estado cerca de su pecho, lo había atravesado con las garras de su mano.

Vittoria le dio un lento lametón en la garganta.

Luchó contra el impulso de saltar y poner distancia entre ellos.

—Supongamos que tu belleza de cabello plateado está aquí. —La piel de Vittoria rozó la suya—. En tus fantasías más profundas y secretas, ¿cierra ella esos labios carnosos alrededor de tu gruesa longitud mientras estás sentado en tu trono?

Arrastró los dedos hacia abajo.

—¿O se inclina sobre este reposabrazos de aquí —trazó el lugar donde Envy tenía la mano cerrada con fuerza sobre su trono, y él apretó aún más el puño — y te deja tomarla por detrás?

Envy pensó en lo que Alexei había sugerido antes. No le hacía falta meter a Vittoria en su cama para incitar celos. Solo tenía que fingir que la diosa de la Muerte lo excitaba.

Ella continuó susurrándole imágenes pecaminosas al oído, tentándolo con escenas de Camilla. Cerró los ojos e imaginó todo lo que le decía.

Acariciaba lentamente con los dedos la parte posterior de las piernas de Camilla y oía el leve susurro de la seda mientras le levantaba la falda. Su suave piel desnuda le daba la bienvenida. Le levantaba aún más el vestido y la dejaba al descubierto mientras la empujaba poco a poco contra su trono.

Se arrodillaba y trazaba un camino de besos hacia arriba mientras pasaba las manos sobre la curva de su trasero y luego le agarraba las caderas para sumergirse en ella, asegurándose de que estuviera mojada y lista.

Vittoria había pintado un cuadro vívido mientras le recorría el pecho con las manos. Pero Envy había dejado de escucharla, pensando solo en la mujer de sus fantasías, mirándolo por encima del hombro cuando por fin acariciara su entrada con su miembro.

Oyó una risa suave y gutural detrás de él.

Envy se había puesto duro como una roca gracias a aquella imagen erótica, a la mirada de impaciencia en el rostro de Camilla mientras lo tomaba en su interior.

Estaba tan perdido en la fantasía que casi ni notó la conmoción que se estaba produciendo a las puertas de su salón del trono.

CINCUENTA Y UNO

—Tengo que hablar con el príncipe.

La expresión del mayordomo de pelo gris era profundamente meditativa mientras impedía a Camilla entrar en la casa de la Envidia. Qué extraño.

—El príncipe…

—Envy —aclaró, buscando cualquier destello de reconocimiento.

Si no hubiera sido el príncipe quien la había llevado allí, si no le hubiera dicho que estaban en su círculo, Camilla habría creído que estaba en otro lugar completamente diferente.

—¿Está el príncipe aquí?

La claridad brilló en sus ojos.

—Su alteza. El príncipe Envy. Sí. Sí, claro.

El demonio asintió varias veces, casi distraídamente. Luego giró sobre sus talones y empezó a caminar en la dirección opuesta, sin pararse a ver si ella lo seguía.

Camilla esperó en la entrada del palacio, planteándose si debería volver a la cabaña.

Con una maldición, cerró la puerta y corrió tras el demonio, preguntándose por qué era tan extraño.

Recorrieron un largo pasillo, en silencio salvo por el ruido de sus pasos. No vieron demonios ni cortesanos, no había personal. Todo estaba inquietantemente silencioso y tranquilo.

—¿Dónde está todo el mundo? —preguntó.

El mayordomo no se giró ni dio muestras de haberla oído en absoluto.

Camilla absorbió cada detalle del pasillo, recorrió con los dedos las estatuas alineadas en el amplio corredor y apreció la forma en la que se había dispuesto el arte. Si no hubiera tenido tanta prisa, le habrían entrado ganas de pasarse días admirando cada obra. Por aquel breve vistazo a la casa del príncipe, debía de ser como un museo o una galería de arte.

Era la casa de sus sueños.

El suelo estaba formado por cuadrados de mármol blanco y negro de gran tamaño, dispuestos como en un tablero de ajedrez, interrumpidos solo por una larga alfombra de color verde oscuro. Los marcos eran dorados; las esculturas, de mármol. En el techo había un maravilloso y detallado fresco.

Quiso tumbarse en el suelo y admirarlo.

Echó un vistazo al suelo y entornó los ojos ante lo que al principio le parecieron gotas de pintura. Pequeñas salpicaduras de color marrón rojizo oscuro estropeaban la por lo demás brillante superficie del suelo a cuadros. No perdió de vista al mayordomo, pero se acercó hacia una puerta cerrada. Había sangre seca manchando el picaporte y formando un charco debajo del umbral.

Pegó un bote hacia atrás, con el corazón acelerado.

—¿Qué demonios?

Ahora que lo analizaba con una mirada más crítica, otras grietas emergieron entre tanta belleza: la fina capa de polvo, el mármol destrozado y el arte destruido más adelante.

La preocupación de Camilla aumentó a medida que se adentraban en la casa de la Envidia.

Pasó por encima de lo que parecía ser una mancha de sangre, sorprendentemente similar al aspecto que tendría si hubieran arrastrado un cadáver por el pasillo.

Pedazos de cristal roto crujieron bajo sus botas, los ingeniosos candelabros estaban destrozados y colgaban de la pared. Si la sangre no hubiera estado seca, y si el polvo no se hubiera asentado sobre aquel desbarajuste, Camilla habría pensado que Envy había encontrado algo horrible allí hacía poco.

¿Por esto es tan importante el juego? Se imaginó que sí. Si su corte estaba en aquel estado, entendía perfectamente por qué estaba tan decidido a ganar.

El mayordomo seguía mirando por encima del hombro y parecía cada vez más inquieto por que lo estuviera persiguiendo, como si no recordara haber hablado con ella. Y preocupado de que lo estuviera acosando.

Por eso la había retenido en la cabaña. Y por eso mantenía su fachada de indiferencia con tanta insistencia. Envy había estado interpretando otro papel. Se había puesto la máscara de alguien que necesitaba ocultar su desesperación, que necesitaba conspirar, maquinar y salvar a su gente a cualquier precio.

Corrió para girar en la esquina del siguiente pasillo, siguiendo al mayordomo, quien por fin se detuvo junto a un conjunto de puertas dobles arqueadas. Dos guardias se alzaban a ambos lados, ignorando al demonio mientras este se giraba para mirarla, con el ceño fruncido.

—¿Puedo ayudarla, señorita? —preguntó.

Camilla no estaba segura de cómo responder.

—El príncipe —respondió con delicadeza—. Me estabais llevando ante su alteza.

—¿Eso hacía?

El mayordomo cerró los ojos con fuerza y los abrió de golpe. Sin proferir ni una palabra más, echó a correr por el pasillo y desapareció.

Ella también decidió jugar a fingir y sonrió cálidamente a los guardias.

—Hola, soy…

—Nadie tiene permitida la entrada.

—¿Está aquí el príncipe?

—Nadie tiene permitida la entrada —repitió el guardia, sin cambiar su tono.

Camilla fulminó con la mirada al demonio fornido que le impedía entrar al salón del trono.

—Se trata de una cuestión urgente.

—Nadie tiene permitida la entrada. —El guardia centró su atención en ella. Un pequeño surco apareció en su frente antes de desaparecer con la misma rapidez—. La orden se mantiene. Para todo el mundo.

—Pero él *está* dentro, ¿verdad?

—Nadie tiene…

— … permitida la entrada —acabó ella—. Os he escuchado las tres primeras veces, señor. *Por favor*. Necesito saber si el príncipe está aquí; os aseguro que querrá saber lo que he venido a decirle.

El guardia apretó los labios. Aquello era ridículo. Envy quería ganar el juego y Camilla conocía la ubicación de la siguiente pista. ¿Qué podía estar…?

Desde el otro lado de la puerta le llegó una risa suave y femenina.

Camilla lanzó una mirada acusadora al guardia.

—Creía que nadie tenía permitida la entrada.

El demonio desvió la mirada, con la mandíbula tensa. Ya no iba a contestar a más preguntas. Aunque no era que antes hubiera respondido. Solo parecía ser capaz de repetir esa frase. Como si hubiese sido entrenado para decir solo aquello y se negase a desviarse de las órdenes.

¿Por qué iba Envy a impedirme…?

Una sensación de malestar ardió en su interior.

No había mentido. No había cambiado de táctica. *Estaba* entreteniéndose con otra persona.

Alguien que tenía una risa sensual. Alguien que probablemente no se opondría a pasar solo una noche con él, alguien que no era tan egoísta como para desear más de lo que él deseaba dar.

Podría haber sido ella. *Debería* ser ella.

Envy había deseado a Camilla y le habría dado una noche de placer que nunca habría olvidado. Pero no había sido suficiente. Durante ese confuso momento, ella había querido algo más que su cuerpo.

Y él había dejado claro que su corazón estaba estrictamente prohibido.

No le había llevado mucho tiempo encontrar otra compañera de cama dispuesta. Camilla estuvo a punto de doblarse por la cintura.

Allí estaba otra vez, ese incómodo y oscuro sentimiento cuya existencia se negaba a reconocer, burbujeando bajo la superficie, un géiser hirviente preparado para estallar.

Una risa bonita y ronca volvió a repicar, esa vez más lejos, pero tan ardiente como una tarde de verano. Apetecible y cálida, como unas sábanas empapadas en sudor y susurros murmurados contra las almohadas.

El príncipe estaba siendo encantador y divertido. Maravilloso.

Camilla aún no había visto la sala, pero se imaginó que se acercaban poco a poco al trono, dejando caer prendas de ropa más deprisa que sus inhibiciones mientras se desnudaban el uno a la otra, buscando con manos frenéticas, dando besos abrasadores, caóticos. Lenguas y dientes chocando, luchando por el control.

¿O besaría Envy a esa mujer como había besado antes a Camilla? Con la suficiente dulzura para marearla, lo bastante lento para hacerle creer que podría durar para siempre.

Lo más probable era que le estuviera agarrando las faldas con un puño, que se hubiera enrollado su melena en el otro y que la estuviera inclinando sobre el trono.

Los celos, puros e infinitos, atravesaron a Camilla.

Le echó la culpa a aquel círculo, a aquella corte, culpó a todo el maldito reino de los demonios por su propensión a inducir el pecado. Pero, sobre todo, culpó al príncipe por atreverse a tener otra amante mientras a ella la tenía aislada.

¿Creía que volvería saciado y que Camilla estaría esperando?

No sería tan fácil despacharla.

Se dio la vuelta y reparó en el momento en que el guardia relajó su postura. Se giró rápidamente y pasó corriendo junto a él para empujar con fuerza las puertas dobles con ambas manos. La suerte estaba de su lado; no estaban cerradas con llave. Se estrellaron contra la pared, como dos truenos, advirtiendo de su tormenta inminente.

Se apresuró a entrar y corrió a toda prisa. Se detuvo en la base del estrado y levantó la mirada hacia el príncipe.

En efecto, Envy se hallaba en su trono, y su expresión era de pura y gloriosa indolencia mientras yacía recostado despreocupadamente, con los ojos cerrados. Había pasado una pierna por encima del reposabrazos y la otra estaba firmemente plantada en el suelo. Sus pantalones eran una tienda de campaña por delante, su excitación ofrecía resistencia contra la tela. Tenía el pelo despeinado, como si alguien le hubiera pasado los dedos por él.

Dicho *alguien* era una morena impresionante que, de pie detrás de él, jugaba con el cuello desabrochado de su camisa y le susurraba algo al oído.

Su vestido era rosa, etéreo y prácticamente inexistente. Sus ojos, de un tono violeta claro, brillaban con suavidad cuando levantó la mirada para analizar a Camilla. Tenía el aspecto de alguien que se comía vivos a sus amantes y se hubiera limpiado los dientes con sus huesos.

Camilla sintió como si le hubieran pegado cuando la reconoció. Era la mujer del recuerdo de Envy.

Quienquiera que fuese, no era humana. El poder se agitaba en el espacio a su alrededor, invisible, pero Camilla sintió su presencia.

Ella torció la boca en una sonrisa de satisfacción y su mano desapareció debajo de la camisa de Envy, dejando al descubierto un triángulo de la suave piel bronceada del príncipe, que le lamió lentamente tras inclinarse hacia él.

A lo mejor creía que Camilla estaba allí para unirse a ellos.

Se aclaró la garganta.

Envy abrió los ojos y su mirada se afiló cuando aterrizó en ella, además de ensanchar ligeramente las fosas nasales. Quizás estuviese furioso por la interrupción. O tal vez había olido su envidia. Demasiado tarde, recordó lo que le había dicho acerca de mostrarle ese pecado de nuevo.

El guardia la apresó de inmediato.

—Mis disculpas, alteza. Yo…

—Déjala. —Envy hizo un gesto al guardia—. Sal.

Camilla no se giró para mirar, pero escuchó la apresurada retirada.

—Señorita Antonius. Parece que tenemos un problema.

No había calidez presente en la voz ni en la expresión de Envy.

No había indicios del hombre que, unas horas antes, la había abrazado y besado como si estuviera condenado y dispuesto a seguir cayendo por probarla otra vez.

—Ya veo que estás terriblemente ocupado —dijo Camilla, sin ocultar la acidez de su tono mientras su mirada descendía hasta la prueba de su excitación—. Con todos los esfuerzos que estás haciendo para descifrar las pistas.

—Permíteme presentarte a Vittoria, la diosa de la Muerte —dijo—. Es la *querida gemela* de mi cuñada.

Camilla respiró hondo. *Sí* estaba intentando resolver el enigma. Seduciendo a la gemela. Pero, en el fondo, ella sabía que tenía razón. Y aquella diosa también lo sabía perfectamente.

—Ah. La belleza de cabellos plateados. —Vittoria miró a Camilla con apreciación—. No es de extrañar que esté distraído.

La diosa jugó con un mechón del pelo de Envy y luego le pasó las uñas por el pecho, descendiendo peligrosamente.

Los celos de Camilla asomaron la cabeza y un gruñido territorial estuvo a punto de desgarrarle el pecho.

Vittoria la miró con los ojos entrecerrados mientras acercaba las manos al cinturón de Envy.

—¿Deberíamos turnarnos, ahora que está... dispuesto a asumir el reto? —preguntó.

Los celos de Camilla estaban fuera de control.

Vittoria mantuvo la mirada fija en ella mientras arrastraba la lengua por el cuello del príncipe. Luego, retrocedió despacio, con una sonrisa en los labios. Sabía lo que estaba haciendo y estaba obteniendo un perverso placer con ello. Envy no se había movido, no la había detenido. Pero en su mirada ardía una emoción... gélida, no ardiente.

Con aspecto de haberse cansado de su juguete, la diosa descendió por las escaleras y, despacio, empezó a caminar en círculos alrededor de Camilla.

—A lo mejor deberíamos darnos placer la una a la otra. —Le dedicó a la artista una sonrisa hermética—. A ver si podemos tentarlo para que se una a nosotras. O puede que decidamos no invitarlo. Para jugar un poco con su pecado. —Miró a Envy—. ¿Te gustaría, alteza? ¿Ver cómo hago que se corra?

La mirada de Camilla pasó más allá de la diosa y se detuvo sobre el príncipe.

Ahora, la expresión de Envy era dura, su pecho apenas se elevaba. Ya no estaba recostado sobre su trono, sino que se agarraba con fuerza a los reposabrazos, con los nudillos blancos.

Como si estuviera tratando de no levantarse de un salto.

—¿Crees que se tocará? —preguntó Vittoria, lanzándole una oscura mirada—. ¿Que se correrá sobre ese bonito trono? ¿O crees que me envidiará cuando haga que te retuerzas?

Se acercó un paso más. Camilla no retrocedió.

—¿Qué hay de ti? —murmuró Vittoria—. Tu sola presencia parece incitar a la pasión.

Era una consecuencia de su verdadera naturaleza. Y la diosa era demasiado observadora. O puede que Camilla estuviese cansada de sus grilletes autoimpuestos, de atenuar su luz, como Lobo la había acusado de hacer.

Quizá debería seducir a la diosa delante de sus narices, darle a probar su propia medicina.

De repente, Envy se levantó del trono, puro demonio. Dio un feroz paso tras otro, cerrando la distancia entre ellos en una procesión insoportablemente lenta.

Camilla le sostuvo la mirada en todo momento.

No podía perder aquella batalla de voluntades; si lo hacía, le concedería mucho poder, alteraría su dinámica de tal forma que jamás recuperaría el terreno perdido. Allí, Camilla era una igual, no una mascota.

Ya era hora de que él se diera cuenta.

El príncipe se detuvo lo bastante cerca para que ella sintiera su calor, tanto que tuvo que inclinar la cabeza hacia atrás para sostenerle esa mirada brillante y peligrosa. A veces se olvidaba de lo grande que era, cuan alto e imponente. En aquel momento, Envy estaba aprovechando cada centímetro de su tamaño, llenando el espacio.

Camilla levantó la barbilla un poco más; no iba a dejarse intimidar.

El príncipe se movió tan deprisa que ella ni se dio cuenta de lo que había sucedido hasta que su capa aterrizó en el suelo.

—Hueles a un no seelie, Camilla.

Vittoria se rio en voz baja. Él se puso tenso.

—Alexei. Acompaña a la diosa a la salida. Hemos terminado.

—No, ni por asomo —lo desafió Vittoria—. Esto empieza a ponerse divertido.

Los celos hicieron que Camilla se sintiera especialmente homicida. Le daba igual si la diosa gobernaba sobre la Muerte, encontraría la manera de acabar con su vida si tocaba a Envy antes que ella.

—Alexei. —Envy también estaba al límite—. Ya.

Camilla no sabía que el vampiro estaba allí, se había concentrado solo en Envy. Pero, en aquel momento, irrumpió en escena e hizo salir a Vittoria mientras soltaba una amarga maldición y las puertas del salón del trono se cerraban con un ruido premonitorio. Camilla oyó un cerrojo deslizándose, encerrándolos.

Envy estaba inmóvil.

Era la quietud de un depredador. De un ser que no era humano y que nunca lo había sido. El tipo de quietud que ponía nerviosa a una persona.

Y Camilla lo habría estado si ella misma no hubiese estado igual de quieta, con la mente trabajando a toda velocidad mientras el rompecabezas tomaba forma lentamente.

De repente, lo entendió. Creía que Envy había estado reaccionando a *sus* celos, que su pecado estaba flotando en la superficie, avivado por las fuertes emociones de Camilla, pero la quietud, la tensión…

Era *él* quien estaba celoso. De algo más que de las provocaciones de la diosa. Esas habían sido una mera distracción, una forma de intentar controlar su verdadera envidia.

Y no lo había conseguido.

Lobo había tocado su capa.

Su relicario.

Había bailado con ella en la nieve.

La había abrazado, había pasado esas grandes manos por su columna en un intento por imitar los abrazos de los mortales. Y Camilla se había entregado a ello, había permitido que la envolviera por un momento, aunque fuera breve.

Pero Envy no era humano, sus sentidos no estaban embotados.

Debía de haber olido a Lobo por todo su cuerpo desde el momento en que había entrado en la habitación. Era probable que hubiese asumido que el fae había ido a buscarla después de que él acudiera al encuentro de la diosa.

Y solo había una cosa por la que Lobo era legendario.

Un rompecabezas que Envy no había tardado mucho en resolver.

Camilla aventuró que el demonio se estaba imaginando vívidamente todas las cosas que el fae le había hecho, de la misma forma que ella acababa de imaginarse lo que Envy había estado haciendo allí. En el trono. Con la *diosa*.

Camilla no estaba celosa de Vittoria; tenía envidia de que él se atreviera a tocar a otra de la forma en que quería que la tocara *a ella*. Solo a ella.

—He hablado con Lobo —lo informó.

—Lo sé.

Su pecado heló la estancia y la escarcha cubrió ligeramente las paredes. Si hubiera poseído esa habilidad, Camilla también habría congelado la habitación con su envidia.

Al final, Envy posó la mirada en su relicario. O puede que estuviese mirándole los pechos. Transcurrió una eternidad contenida en unos pocos instantes hasta que él levantó la mirada, con el rostro impasible.

—¿Te lo has follado?

Habló en voz baja, pero sus palabras tenían fuerza.

Si esperaba que Camilla se estremeciera, se negaba a hacerlo. De repente, vio las cosas claras. Aquello no iba de ella. O de si había vuelto a meter a Lobo en su cama.

Ni siquiera se trataba del pecado de Envy, de su incapacidad para quedarse satisfecho, como pensaban todos sus hermanos. Su regla de una noche era para castigarse *a sí mismo*. Repetidamente.

Ladrillo a ladrillo, había construido un muro alrededor de su corazón. Su negativa a pasar más de una noche con una amante significaba que nunca tendría que correr el riesgo de que ese muro se desmoronara. Nunca tendría que arriesgarse a que le hicieran daño o a enamorarse, nunca tendría que arriesgarse a perder. Porque lo habían herido, porque *había* jugado al juego del amor y había perdido; la cicatriz era profunda, la fractura nunca había llegado a cerrarse del todo.

Y se culpaba a sí mismo por una decisión que nunca le había correspondido tomar.

Su mortal había ido a la Corte Salvaje por propia voluntad. Lo que había sucedido era una tragedia, pero él no tenía la culpa.

—Una vez. —Camilla le contó la verdad, a sabiendas de que él percibiría una mentira. Sabiendo, también, que quería tenderle una rama de olivo—. Hace mucho tiempo.

La mirada de Envy viajó hasta sus labios.

—¿Era él el hombre de tu recuerdo?

—Sí.

—¿Hace cuánto? —Su voz no contenía ningún rastro de ira. No era una pregunta cualquiera—. ¿Un año? ¿Una década?

A Camilla se le hizo un nudo en la garganta. Estaba preguntando mucho más de lo que parecía.

—Dos años mortales.

Vio un destello de comprensión en el rostro del príncipe. Quizás alivio. Aunque no supiera *qué* era Camilla, era una admisión de que no era humana.

La luz de la luna entraba a raudales por los altos ventanales y se acumulaba a su alrededor. Por primera vez, Camilla reparó en la forma en la que la luz lo bañaba de plata, otorgándole un brillo celestial; una estrella caída para honrar a los mortales con su esplendor. Como si necesitara ayuda celestial para resultar más atractivo. Al mirarlo ahora, Camilla se preguntó cómo había podido creer que era humano.

—¿Por eso llevas el relicario? —le preguntó—. ¿Es un amuleto para repelerlo? ¿O es un hechizo para ocultar tu verdadera naturaleza?

—¿La amabas?

Camilla no especificó a quién se refería y él no preguntó. Ambos sabían que estaba preguntando por la mortal, no por la diosa.

Se había quedado inmóvil otra vez; en esa ocasión, una tormenta se estaba gestando silenciosamente tras su mirada mientras se perdía en sus recuerdos.

—Encaprichamiento. Intriga. Profunda admiración. Pero nunca amor.

Enseñó los dientes, como si esperara que ella lo considerara monstruoso tras esa confesión y quisiera interpretar bien el papel. Máscaras sobre máscaras.

Tanto fingimiento sería la perdición de ambos.

Al ver que ella no reaccionaba, Envy rellenó el silencio.

—La traje a la Corte Salvaje. La presenté a su muerte. Cometí un error egoísta que ha tenido consecuencias para toda mi corte. Esa responsabilidad pesa sobre mis hombros.

Camilla apostaría a que había sido entonces cuando había nacido su regla de una sola noche.

Ella sabía lo que era cometer un único error que continuaba devastándote. A algunos errores les crecían colmillos y garras, siempre hambrientos y en busca de más maldad, de más arrepentimiento. Quería preguntarle qué había hecho, pero sentía que esa era una puerta que mantendría firmemente cerrada por ahora. Acababa de recorrer los pasillos de su casa, sabía que a su error le habían crecido más que unos proverbiales colmillos.

—Tu turno —dijo el príncipe—. Háblame del relicario.

Suspiró.

—Fue un regalo de mi madre. Protege contra los machos no seelie.

Hacía más que eso, pero era todo lo que revelaría por el momento.

La mirada de él se aguzó ante su admisión, los engranajes de su mente se habían puesto a girar. Vio el momento exacto en que encajó todas las pistas.

—Eres seelie. ¿Cuántos años tienes en realidad?

Muchos más que veintiocho años humanos.

—Dejamos Faerie cuando tenía seis años.

Envy parpadeó, calculando. El tiempo en Faerie era muy diferente. Pero, allí, los niños de las hadas envejecían lentamente incluso para esos estándares. Camilla había nacido hacía más de un siglo.

No había empezado a envejecer de verdad hasta que había abandonado su reino y llegado a Waverly Green, donde el tiempo humano la había conducido rápidamente hasta la plenitud de su edad adulta.

Era una de las muchas razones por las que se había negado a casarse. Camilla no envejecería ni un día más en toda su vida y al final tendría que marcharse de Waverly Green antes de que alguien empezara a sospechar. A veces se preguntaba si esa había sido una de las razones por las que se había ido su madre.

—¿Ibas a acostarte con la diosa? —preguntó a su vez.

Él consideró la pregunta.

—Ese era el plan, si resultaba necesario.

Esa vez, Camilla se estremeció. La verdad era más dolorosa que una espada. Pero el demonio se la había concedido como ella había hecho con él, y se sentía agradecida por eso.

Envy se acercó, como un tiburón que huele la sangre en el agua.

—Verás, señorita Antonius, la verdad es que he follado por menos. Y he follado por más. —Señaló con la cabeza hacia las puertas y la luz de la luna se convirtió en sombras en su cara—. A esa diosa, preferiría hundirle mi espada que mi polla. Pero si ese hubiera sido su precio, estaba dispuesto a pagarlo.

No era mejor que un escorpión y atacaba cuando estaba acorralado.

Camilla se irguió, no quería convertirse en el alfiletero de nadie. Estar herido y arrepentido era una cosa, ser un idiota y arremeter era otra diferente.

—Por supuesto. Ve tras ella. Solo he venido porque he descifrado la última pista: la «gemela cabal» es una columna tallada, no una persona. Por *eso* me he reunido con Lobo. Todo por tu estúpido juego. Aunque sí que me ofreció ser su pareja. Puede que le dé la oportunidad de convencerme. Era bastante talentoso con la lengua.

Envy parecía estar sufriendo náuseas, pero luego lo comprendió.

—Las Columnas Gemelas de Faerie.

—Quizá deberías llevar allí a tu diosa. Apuñalarla o tirártela, lo que más te satisfaga, alteza. Puede que un sacrificio de sangre desbloquee tu próximo acertijo.

Un momento después, el demonio entornó los ojos. Como si acabara de asimilar qué más había dicho Camilla.

—¿Que te ofreció *qué*?

—Ay, por favor —respondió ella—. Como si de verdad te importara.

—Los cisnes se aparean de por vida. He oído que los fae son similares. ¿De verdad crees que no me importa si otro macho se *aparea* contigo? ¿Sabes qué otras criaturas se aparean de por vida?

Camilla casi se detuvo en seco. Los lobos. Las mismas criaturas que Envy había elegido como emblema de su casa del pecado. Solo era un giro más en su juego. Y ya había tenido suficiente.

—Tú solo quieres *una* noche. ¿Se supone que simplemente debo renunciar a cualquier otro amante para siempre? Te aseguro que seguiré viviendo mi vida mucho después de que tú y tu mágica erección hayáis desaparecido de ella.

Camilla se dio la vuelta, furiosa. Que mantuviera su maldito muro en pie por toda la eternidad. Cuando —si es que sucedía alguna vez— creciera, entonces podría ir a buscarla.

—Ha sucedido algo curioso. —Envy no la persiguió, pero algo en su tono la obligó a detenerse—. Mi pene, que suele ser un soldado diligente, se ha negado a cooperar con Vittoria.

De todas las cosas estúpidas que podía decir...

—¿Y se supone que eso tiene que *consolarme*? —Camilla se giró. Parecía que su polla era más sensata que su cerebro—. A lo mejor deberías hablar con el médico de la corte, alteza. Estoy seguro de que existen hierbas para ese problema.

Avanzó hacia ella. Por cada paso que daba, Camilla retrocedía otro, hasta que se encontró presionada contra una columna y no pudo alejarse más.

El corazón le latía con fuerza y un pequeño escalofrío le recorrió la espalda cuando él cerró las distancias.

La suave piedra enfrió su piel acalorada a través de la ropa. De repente, todo el cuerpo se le calentó y sus sentidos se aguzaron. El roce contra la tela del vestido le irritó los pechos, que ansiaban ser liberados y anhelaban que el frescor del aire le besara la piel.

Mierda. No era *posible* que estuviera excitada.

Envy apoyó una mano contra la piedra, junto a ella, y la otra serpenteó alrededor de su cintura para sostenerla con firmeza contra él. El aroma a bourbon y a bayas mezclado con algo inequívocamente masculino la rodeó, embriagadoramente oscuro y pecaminoso, igual que él.

Camilla podría emborracharse solo con ese olor.

Apretó las caderas contra las de ella. Su dureza deslizándose contra esa zona tan sensible, incluso con la ropa de por medio, la dejó sin aliento.

—¿Acaso *parece* que tenga un problema, señorita Antonius?

Se movió de nuevo y presionó ese mismo lugar con una precisión infalible. En respuesta, Camilla sintió una palpitación de placer entre las piernas. Parecía que era *ella* la que tenía un problema.

Y el problema era que ansiaba que volviera a hacer eso.

La mirada de Envy capturó la suya, penetrante y profunda. *Lo sabía.* Había sentido su deseo, su anhelo.

Camilla no intentó fingir lo contrario; no le exigió que se alejara.

Sus traicioneras manos vagaron por el dorso de los definidos brazos del príncipe, cuyos músculos se flexionaron bajo sus caricias, animándola a explorar su espalda, su cintura, antes de alzarlas de nuevo para enredarlas en su suave cabello.

—No me has respondido. —La voz del príncipe era ahora un susurro ronco.

Otra caricia pecaminosamente decadente la hizo separar los muslos por instinto, invitándolo a acercarse, a hundirse más en ella. Debería alejarlo, proteger su corazón. Aquello estaba destinado a terminar en unas pocas horas.

En vez de eso, lo tocó por todas partes, memorizando cada curva, cada cresta, cada línea, para pintarlas más tarde. Los huesos de sus mejillas, su nariz, esos labios seductores… Quería trazar un mapa de su cuerpo y recorrerlo una y otra vez en sus sueños.

—Mi único problema —le dijo él, mordisqueándole son suavidad las yemas de los dedos— es que te deseo a ti.

Su confesión no fue más que un crudo susurro cerca de su oído, una espada que contenía una verdad tan afilada que lo rasgó al salir. Tal vez Camilla se arrepintiese al día siguiente, puede que ambos se rompiesen en un millón de pedazos después, pero, en aquel momento, lo único que quería era calmar el dolor en la voz de él, el dolor en respuesta de su propia alma.

Una noche.

Sería suficiente. Ahora, Envy sabía que no era humana. Sabía que era su igual, que ninguno de los dos tenía que reprimirse o preocuparse por romper al otro.

Podrían ser tan salvajes como quisieran.

Se le escapó un suspiro entrecortado; tal vez fuese un gemido, o una silenciosa súplica para que continuara. Cualquiera que fuese el idioma que estuviera hablando, el demonio la entendió. Se movió contra ella una vez más. Y otra.

El calor la atravesó con cada tortuoso movimiento.

—Te deseo muchísimo, joder —murmuró él—. Debería estar concentrado en la siguiente pista.

Las caderas de Envy chocaron con las de ella de nuevo, con más fuerza.

—Debería estar de camino a las columnas. —Otra tortuosa y deliciosa colisión—. Mi corte está en peligro. Y, sin embargo, aquí estoy.

Le apretó las caderas con los dedos, marcándola, posesivo. Camilla se mojó aún más.

—Planeando todo lo que voy a hacerte. Quiero que grites mi nombre cuando te corras, cada vez que te corras. En mi lengua. En mis dedos. En mi polla. Me has destrozado, Camilla. Y quiero devolverte el favor.

Esta vez, ella fue al encuentro de su embestida y se frotó contra él.

Un gruñido bajo retumbó en el pecho del demonio.

—Dime que me deseas.

Camilla se aferró a él, cerrando los puños alrededor de su camisa y acercándolo a ella. Era la única respuesta que le daría, la única que importaba en aquel momento.

Más.

Envy enterró el rostro en su cuello mientras le restregaba las caderas de nuevo. Y otra vez. Su respiración le resultaba cálida sobre la piel, también un poco irregular. Dios, cómo lo deseaba.

Volvió a agarrarla con más fuerza, como si se estuviera resistiendo para no sucumbir a aquella terrible caída y al fracaso, como si su control se estuviera desvaneciendo. Se le estaba yendo de las manos, igual que a ella.

Sus labios le recorrieron la piel en una caricia fantasma, una sensación que atormentó sus sentidos. Tal vez fuera así como una moría de placer, como se existía fuera de un cuerpo físico y se conocía solo el éxtasis ilimitado.

Y ni siquiera estaba dentro de ella aún.

—Camilla.

Su nombre era una maldición, una súplica. *Me has destrozado*.

Él le había hecho lo mismo a ella. Derribando sus muros, su pequeña y feliz vida humana. Aunque había sido falsa, había sido segura. Estar cerca de Envy, de vuelta en aquel reino, no era nada seguro.

Era peligroso, atractivo y tentador y le hacía recordar quién era en realidad.

Había tenido toda la razón al decirle que no quería al príncipe azul.

Quería al demonio.

Al amante despiadado que exigiría, le daría órdenes y obligaría a su cuerpo a someterse al placer.

Camilla no estaba segura de cómo volver a Waverly Green. Cómo volver a meterse limpiamente en esa jaula restrictiva, sonriendo como una tonta y fingiendo. Ocultando su pasión y sus ansias de vida y de arte y de todos esos juegos oscuros que le gustaban. Fingiendo que no deseaba como lo hacían los hombres.

Acortar la distancia en aquel momento los precipitaría al abismo. Camilla se movió para que sus labios se rozaran y ambos jadearon al unísono. Envy dejó que su boca flotara sobre la de ella.

—Camilla, *joder*.

Los últimos nudos que retenían su control se estaban deshaciendo, liberándolos de sus ataduras. Se preguntó quién haría el primer movimiento, quién los condenaría a ambos.

Sabía que sería ella.

—Destrózame. —La voz de Camilla no parecía la suya. Era más áspera, más baja, llena de promesas sensuales—. Bésame.

Envy bajó la cabeza, recorrió la distancia que quedaba entre ellos y, en sus labios, Camilla encontró el veneno más dulce que había probado jamás. Si aquel era el único momento que tendrían, haría que mereciera la pena.

Su erección le tensaba los pantalones; era una crueldad mantenerla enjaulada. Camilla rompió el beso y le aflojó los cordones de los pantalones. Necesitaba verlo y sentirlo sin que nada se interpusiera entre ellos al fin.

Envy retrocedió y le recorrió el rostro con la mirada.

—Ya conoces mi regla.

Camilla asintió.

—¿Estás segura?

—Sí.

Él se arrodilló, apoyó el pie de ella en su pierna levantada y le alzó el dobladillo del vestido. En cuestión de segundos, hizo desaparecer sus medias con magia.

Una sonrisa diabólica curvó su boca mientras Camilla se estremecía ante el primer roce de las manos del demonio sobre la piel. Solo le había tocado el tobillo, pero el relámpago que la atravesó le provocó un hormigueo por todas partes.

Se apoyó contra la gran columna, con los ojos fijos en el príncipe arrodillado ante ella, con la cabeza inclinada como si estuviera rezando.

Camilla alargó la mano y pasó los dedos por sus mechones oscuros, trazó la curva de su mandíbula e hizo que volviera a mirarla al inclinarle la cabeza hacia atrás.

Desde su posición, podría parecer que Envy se había rendido, que se estaba inclinando ante su princesa, pero Camilla sabía que eso no se acercaba ni remotamente a la verdad.

Al contrario, se disponía a conquistar.

Y con mucho gusto le permitiría ganar aquella ronda, sabiendo que ella sería la vencedora al final.

—Prepárate, mascota —gruñó él—. Estoy a punto de devorarte.

CINCUENTA Y DOS

Camilla hizo lo que le había ordenado y se aferró a la columna que tenía detrás mientras Envy le levantaba despacio las faldas de terciopelo y trazaba un sendero de besos que ascendía cada vez más. Le rodeó los muslos con las manos, con movimientos lentos y maravillosos, acercando los pulgares al ápice de su cuerpo con cada caricia, revelando más y más extensión de su tentadora piel.

El deseo latía a través del cuerpo de Camilla y pasaba directamente a él. Se empalmó todavía más ante la idea de correrse por fin con ella, de llevar su coqueteo hasta la ansiada línea de meta.

La recompensa para ambos sería incomparable.

Pensó en llevarla a su dormitorio, pero no pudo resistirse a la tentación al verla tan recatada y apropiada con la espalda pegada a la columna de mármol y el pie en equilibrio sobre su muslo. Sin embargo, era su mirada la que prometía que era una pecadora entre las sábanas.

Porque elegía serlo. Igual que él.

Envy le rozó el cuerpo con los dientes y provocó que se le pusiera la piel de gallina allí por donde pasaba.

Su propio deseo lanzó chipas en la parte baja del vientre, tan duro que tenía la erección presionada contra el estómago. Juraría que podría correrse solo con probarla. Pero tenía que retrasar esa gratificación. Le dio un beso casto en el interior del muslo, justo por encima de la rodilla.

Camilla se retorció contra la columna, cada vez más impaciente.

Le subió las faldas hasta la cintura y ella se las quitó de las manos, observando mientras la hambrienta mirada de Envy vagaba sobre ella. Muslos, caderas, el palpitante ápice de su cuerpo, deseaba probar todos los manjares que tenía en exhibición y no era capaz de decidir por dónde empezar. Estaba mojada y reluciente. Excitada por la visión de él arrodillado a sus pies.

El demonio esbozó una sonrisa pícara.

—Mi dulce pervertida. ¿Te gusta que me incline ante ti?

Camilla se mordió el labio, asintió y aferró involuntariamente sus faldas con más fuerza.

—Bien. Rezar en el altar de tu cuerpo es una de las únicas maneras de conseguir que un pecador como yo se arrodille. Te prometo que voy a adorar cada centímetro de ti. Empezando por este coño tan increíble y húmedo.

La lujuria destelló en la mirada plateada de Camilla. Ya se había fijado antes, pero ahora estaba seguro de que le encantaba que le dijera guarrerías. La excitaba. La prueba estaba ahí, en la forma en que apretó los muslos y en su respiración acelerada y superficial.

Por suerte para ambos, Envy podía ser un cabrón perfectamente obsceno.

Le dio otro beso encima de la rodilla y luego más arriba, en el interior del muslo.

Los castos y dulces roces de sus labios que él presentía que la dejaban más hambrienta. Acarició con las manos todos los lugares que sus labios habían tocado, y luego estas empezaron su propia e independiente exploración, provocando escalofríos de placer por todo su cuerpo.

La mirada de Envy se oscureció cuando por fin alcanzó los resbaladizos pliegues de su sexo.

La primera caricia arrancó una maldición a Camilla, que arqueó la espalda contra la columna como si hubiera sido alcanzada por un rayo, a pesar de que la estaba tocando de forma suave y lánguida. Como cuando uno lame lentamente la nata de un postre. La segunda caricia fue más firme, y le separó los pliegues mientras sumergía la lengua en ella.

Camilla enredó las manos en su pelo y lo inmovilizó justo donde lo quería.

Envy la recompensó con otro lento remolino de su lengua.

—Sabes a pecado, Camilla.

Trazó con el pulgar el mismo camino que acababa de recorrer su lengua, presionando el manojo de nervios, lo que provocó que empujara el cuerpo contra él, que lo necesitara aún más dentro.

Estaba empapada y apenas había empezado.

—Hostia puta, cómo me encantas. —Volvió a acercar la boca hacia ella, alternando entre dejarla montar sus dedos y reemplazarlos con la lengua.

Envy abrió sus sentidos para saber exactamente lo que ella necesitaba y cuándo.

—Oh… —gimió Camilla, poniendo los ojos en blanco.

Trazó las costuras de su cuerpo, persiguiendo cada gota de humedad, su propia necesidad obligándolo a gruñir contra su sexo.

—Ay, Dios —jadeó—. No pares.

No era Dios, pero pensaba hacerla creer que era un dios antes de que terminara la noche.

Murmuró contra ella y reparó en que la vibración y la profundidad de su voz la llevaron casi hasta el límite. Empezó a respirar en ráfagas cortas y jadeantes: estaba cerca del orgasmo. Repitió el sonido y luego deslizó dos dedos en su interior para estirarla.

Envy se balanceó sobre los talones y observó cómo empezaba a jadear.

Fascinado, disminuyó la velocidad para masajearla con suavidad, deslizando los dedos por sus pliegues resbaladizos, presionando ese punto secreto y retirándolos antes de que llegara al clímax.

—Se acabaron los juegos —le advirtió Camilla.

Él sonrió cuando ella tomó el control, moviendo las caderas, buscando la liberación.

Aun con los dedos profundamente enterrados en ella, empezó a besarle las piernas, el estómago, mordisqueando y chupando, creando una fricción tan gloriosa que ninguno de los dos parecía capaz de recuperar el aliento.

—Estoy cerca —jadeó Camilla. Igual que él.

Cuando bajó la boca hacia su sexo, el orgasmo la atravesó de lleno.

Camilla lo agarró del pelo y lo apretó contra ella mientras su cuerpo sufría espasmos con cada ola de placer que la recorría.

Envy disminuyó la intensidad y lamió cada gota de su deseo hasta que a Camilla se le calmó la respiración y flotó de regreso a su cuerpo.

El demonio le dio un último beso y a continuación le sostuvo la mirada.

—Ha sido… —Camilla se mordió el labio inferior, aparentemente sin palabras. Excepto una. La llevaba escrita claramente en la cara. *Más*—. Te necesito dentro de mí.

Él también necesitaba estar dentro de ella.

Asesinaría a cualquiera que los interrumpiera en aquel momento.

Ella le tiró con suavidad del pelo para indicarle que se pusiera de pie. Mientras se erguía, su cuerpo chispeaba con energía, con poder. Se sentía recargado de una forma que no recordaba haber experimentado nunca, y su orgasmo, aún fresco en la lengua, lo incitaba a desear más.

Camilla le subió la camisa y se la quitó por la cabeza antes de volver a atacar los cordones de sus pantalones, y en esa ocasión nada pudo disuadirla de su misión.

Envy le dedicó una sonrisa perezosa cuando liberó su erección. Camilla inhaló con brusquedad y le dedicó una mirada casi tímida mientras él se quitaba los pantalones.

—Eres magnífico.

Enorme. No era la palabra que ella había empleado, pero Envy era muy consciente de las reacciones de otras amantes. La expresión de Camilla cambió a una de preocupación y luego a una de determinación. Aunque no hubiera estado leyendo sus emociones, habría sabido exactamente lo que estaba pensando. No tenía ni idea de si entraría. Pero, nerviosa o no, estaba más que dispuesta a intentarlo.

—Túmbate —le ordenó Camilla.

Por los dioses. Le encantaba cuando le daba órdenes.

Envy la llevó de vuelta hasta su trono, luego se tumbó cuan largo era sobre la alfombra verde oscuro al pie del estrado, con los brazos cruzados detrás de la cabeza y una sonrisa en los labios. No era el lugar más cómodo para tomar a una amante, pero ninguno de los dos parecía preocupado por la dureza del suelo.

Camilla se arrodilló con delicadeza, extendió las faldas a su alrededor y luego se acercó y recorrió su longitud con un elegante dedo.

—¿Nerviosa? —le preguntó el príncipe, ensanchando la sonrisa.

—En absoluto.

A Envy se le escapó una risita baja al percibir su falta de honestidad.

Camilla se movió para sentarse a horcajadas sobre él, justo por debajo de sus rodillas, estudiando su erección. La punta redondeada palpitaba cada vez que ella la tocaba, obligándolo a morderse el labio.

Maldita fuera la sangre de los dioses. Con una sonrisita, Camilla rodeó con valentía su grueso miembro, que palpitaba y estaba más duro que el acero. Envy estuvo a punto de perder el conocimiento.

Una gota de líquido brilló en la punta, prueba de lo excitado que estaba él también. Ella restregó el líquido con la yema del dedo, rodeando la cresta, y a Envy se le escapó un juramento.

—Mmm. —Los ojos de Camilla se oscurecieron.

Sin previo aviso, se inclinó de repente y siguió con la lengua el mismo camino que había trazado con el dedo. Envy se puso tenso por la sensación de su suave succión.

Ella retrocedió, lamiéndose los labios.

—Tú también sabes a pecado. A mi clase favorita de pecado.

—Camilla.

Apretó las manos contra el suelo de mármol y su respiración se volvió superficial. Lo tenía agarrado por las pelotas, literalmente.

Camilla se lo metió aún más en la boca, agarrándolo por la base con tanta fuerza que faltaba poco para resultar doloroso mientras le pasaba la lengua por la punta.

Envy se sacudió dentro del calor de su boca, pero ella lo tomó más profundamente mientras movía el puño arriba y abajo y lamía. Camilla no parecía poder contenerse y gimió, y la vibración envió pequeñas chispas de placer por la columna del príncipe. Joder, a Camilla no se le pasaba nada por alto. Se lo introdujo aún más y volvió a gemir, como si chuparlo la excitara tanto como a él.

El demonio se apoyó en un codo y la miró con los ojos entrecerrados mientras jugaba con él, dándole lametones lentos, perezosos y tentadores.

—Hostia puta.

Enredó los dedos en su brillante melena. Su cabeza subía y bajaba, incrementando el ritmo y succionando con más fuerza. Camilla quería que se corriera. Los músculos del abdomen se le tensaban con cada movimiento rápido de su lengua. Estaba cerca.

La deseaba. A toda ella. Con desesperación.

Camilla hizo una pausa y dedicó una mirada a su largo cuerpo, más allá de sus fuertes caderas y su estómago musculoso, hasta donde sus tatuajes bailaban sobre su pecho reluciente, absorbiendo cada detalle.

Había domado a la bestia. El demonio primitivo que caminaba bajo la superficie de su apariencia principesca se inclinó ante ella, como un leal sirviente ante su ama.

Envy vio el momento exacto en el que ella se dio cuenta de la situación.

Una sonrisa lenta y perversa se abrió paso por su rostro.

Él también lo sabía. Puede que hubiera sabido antes que ella que, un día, aquella inteligente mujer, de cabello plateado y ojos penetrantes, lo pondría de rodillas, y que él estaría más que dispuesto.

De repente, Envy la inclinó hacia su pecho, y su vestido de terciopelo acarició su cuerpo cuando dobló las rodillas detrás de ella para que se apoyara en sus piernas. Su pene se sacudió contra su trasero desnudo.

La mirada del príncipe se transformó en lava.

—Quítate el vestido.

La orden, el gruñido bajo… a ella la atraían. Sabía que era verdad por lo mucho que aumentó su excitación. Le *gustaba* que él le diera órdenes en el dormitorio.

Camilla arqueó una ceja y apoyó las manos sobre sus hombros.

—¿Qué ha pasado con lo de que *tú* me destroces *a mí*?

Envy deslizó sus manos por sus costados, a lo largo de sus clavículas y a través de su pecho, y luego le rasgó el vestido por la mitad, desde el cuello hasta el dobladillo, arrojando los pedazos a un lado como un salvaje.

Debajo llevaba una preciosa lencería de encaje que admiró durante un instante antes de rasgarla también.

Si quería que fuera perverso, esa noche haría realidad todas sus oscuras fantasías.

CINCUENTA Y TRES

—**D**evastadora. —Sus dedos ásperos trazaron la curva del pecho de Camilla y el pulgar pasó por encima de su sensible pezón. Sintió la correspondiente contracción de su excitación contra su trasero y separó los muslos un poco más mientras se restregaba contra él.

Camilla se apartó el pelo oscuro de la frente y se tomó un momento para admirar la belleza de Envy.

Ahora era todo piel bronceada y sombras afiladas, la luz de la luna resaltaba solo retazos de los ángulos cincelados de su rostro. No pudo evitar reparar en el intenso verde oscuro de la alfombra del salón del trono sobre las baldosas que se extendían detrás de él.

Se imaginó pintándolo como un ángel, desplegando las alas en la oscuridad de aquella sala. Vacilante, trazó el puente de su nariz, tan fuerte y poderoso como el resto de él.

—Camilla. —Su voz sonó tan tierna como su caricia cuando la acercó aún más—. Tengo una petición. Quiero que pronuncies mi verdadero nombre cuando te corras.

Ella se echó hacia atrás y buscó en sus ojos. No era una petición insignificante.

—Creía que los demonios ocultaban celosamente sus verdaderos nombres.

—Por eso solo deseo que lo pronuncies esta noche.

Camilla consideró el asunto, consciente de que no podía tratarse de una petición normal. De lo contrario, era probable que la mitad del reino supiera su verdadero nombre. Pero puede que necesitara sentirse menos solo, solo por esta vez. Después de recorrer sus pasillos vacíos, le pareció que entendía el motivo. Si alguien sabía lo que era querer ahuyentar la soledad, esa era Camilla.

Asintió.

—De acuerdo. Dímelo.

—Leviaethan.

Era precioso; la forma en que el susurro le había rodado por la lengua. Levi-aethan. Lo había pronunciado como si fueran dos palabras, dos nombres. Se los imaginó como los lobos que constituían el emblema de su casa: Levi y Aethan.

Se inclinó hacia delante, lo besó con suavidad y luego le mordisqueó ese carnoso labio inferior mientras le dedicaba una sonrisa secreta. El momento de hablar había llegado a su fin. Le había prometido que sería un demonio y en aquel momento estaba siendo demasiado encantador.

Se alzó unos centímetros e inclinó el cuerpo antes de descender sobre él, introduciéndose solo un par de centímetros más o menos. Experimentando.

—Mierda. —A Envy se le entrecortó la respiración.

En otro movimiento maravillosamente rápido, el príncipe la tumbó boca arriba. Abrió las piernas mientras él se acercaba y descendía sobre ella, apoyando sus fuertes brazos a cada lado de su cabeza. Tener su poderoso cuerpo encima era una sensación de lo más erótica.

Camilla inhaló tan hondo como pudo y el aroma de Envy inundó el espacio a su alrededor. Él era lo único que podía ver, lo único que podía sentir. Y le encantaba. Quería más.

La besó. Despacio al principio, recordándole con la lengua todas las cosas sensuales que acababa de hacerle. Ella le clavó las uñas para que se acercara más, con todo el cuerpo palpitándole ya cuando él apoyó el pene contra su entrada.

Envy sonrió contra su cuello y detuvo su tortuosa exploración mientras Camilla intentaba que se hundiera en su interior en su posición actual. La risa baja del príncipe le provocó un oscuro escalofrío que la recorrió entera y fue directo al punto de unión entre sus piernas.

—Paciencia, Camilla, cariño. Te prometo que te follaré tan fuerte y tan rápido como te gusta, pronto.

Antes de que pudiera discutir, ya había cerrado la boca sobre uno de sus pechos. Con la lengua hizo aquello tan glorioso: una combinación de caricias tentadoras y leves mordiscos que la hacían palpitar por todas partes.

Volvió a enredarle las manos en el pelo y arqueó el cuerpo para que entrara en contacto con el de él. Ya llevaban jugando a aquel juego durante suficiente tiempo; lo necesitaba. Necesitaba esa liberación.

—Por favor.

Envy levantó la vista y Camilla vio que su expresión hambrienta era idéntica a la suya.

El demonio se colocó en su entrada y le frotó los pliegues de un lado a otro con la punta, asegurándose de que estuviera resbaladiza y lista, a pesar de que sabía perfectamente que lo estaba.

Empezó a introducirse lentamente, dándole tiempo para adaptarse a su tamaño mientras sus paredes se cerraban alrededor de su intrusión.

Envy le rozó los labios con los suyos, y el beso se convirtió rápidamente en una maraña de lenguas y dientes antes de que se introdujera más hondo, lo cual provocó que ambos contuvieran el aliento.

Camilla se dio cuenta de que los besos eran una distracción para ayudar a su cuerpo a relajarse y a acoger su impresionante longitud. Repitieron los movimientos, él empujando lentamente, centímetro a centímetro, deteniéndose para besar y provocar, llevando a Camilla al borde del placer solo para retroceder después. Cada vez la penetraba más, estirándola, pero ella seguía temiendo que no pudiera entrar del todo.

Con un último y poderoso empujón, quedó completamente enterrado en ella.

Envy se apoyó en los antebrazos y examinó su expresión.

—¿Estás bien?

—Sí. —Camilla estaba sin aliento. «Bien» era un eufemismo.

Su tamaño la llenaba más de lo que nunca había creído que podría soportar. Sentía cada una de las palpitaciones de su miembro, cada contracción propia en respuesta a esa llamada silenciosa. Jamás se había sentido tan viva.

Con cierta vacilación, lo agarró por los codos y movió las caderas, deslizándose por el mármol para hundirlo muchísimo más en su cuerpo. Él retrocedió con un siseo y volvió a introducirse con una embestida. Dios, era *enorme*, ocupaba cada tembloroso centímetro de su interior, poseyendo su cuerpo con cada movimiento.

No le había mentido. Iba a destrozarla.

Camilla no estaba segura de cómo iba a poder alguien más estar a la altura.

Captó la acerada mirada del príncipe momentos antes de que los copos de nieve empezaran a caerle sobre la piel. Debía de haber percibido que estaba pensando en otros, como la bestia magnífica y territorial que era.

—Nadie lo hará. —Se retiró, dejando solo la punta dentro antes de volver a enterrarse hasta la base, arrancándole un gemido a Camilla

—¿El qué? —El placer la había dejado casi incoherente, las oleadas la atravesaban con cada movimiento experto de las caderas de Envy. Pero él tenía que explicarse. Confirmar sus pensamientos.

—Volver a tocarte —contestó—. Lo mataría.

Su boca reclamó la de ella, la marcó. Cuando rompieron el beso, la mirada de él lo decía todo: *mía*. A una parte primitiva de ella le *gustó*. Y quería reclamarlo a su vez.

Él debió de leerle la expresión. Si se había estado conteniendo hasta el momento, dejó de hacerlo.

Marcó un ritmo agotador, agarrándola de una cadera con una mano para anclarla mientras cada embestida se volvía más profunda, más rápida, y su cuerpo se veía sacudido por la fuerza del demonio.

Camilla lo agarró por los hombros y le clavó las uñas sin piedad, marcándolo.

Suyo.

Camilla igualó su ritmo, acudiendo al encuentro de cada una de sus embestidas, provocando que sus cuerpos colisionaran hasta que ambos acabaron maldiciendo en voz alta.

El sudor de Envy le goteaba por el pecho y se mezclaba con el de ella. Sus extremidades se deslizaban sobre las del otro en una sensación de lo más erótica. Los sonidos de sus cuerpos al juntarse y el olor almizclado de su unión eran embriagadores. Maravillosos. Tan increíblemente perversos que le aceleraban el pulso.

—Más fuerte —le ordenó.

—Joder, Camilla.

La voz le salió áspera y la agarró con más fuerza. Ambos iban a estar cubiertos de arañazos y magulladuras al final de la noche.

Si Envy iba a arruinarla, ella también quería arruinarlo a él.

Que recordara esa noche de pasión, que pensara en sus caderas chocando contra las de él, en sus cuerpos haciéndose añicos mucho antes que sus testarudas voluntades. Quería que él gritara *su* nombre, arrancarle un orgasmo desde lo más profundo de su alma.

—Más —dijo ella, acercándolo, saboreando tantos centímetros de su piel salada como le era posible.

Camilla le tiró del pelo con más fuerza y su boca chocó contra la de ella antes de que descendiera hasta su cuello, su torso, sus pechos. La lamió, besó y mordió hasta que creyó que se volvería loca.

El demonio deslizó una mano entre ambos para jugar con su sensible clítoris mientras su miembro seguía entrando y saliendo. Estaba empapada y su cuerpo se aferraba a él con fuerza, con la necesidad de sentirlo más profundamente.

La estaba marcando, dejando una huella indeleble en su cuerpo y peor aún, en su corazón. Ella se agachó y también agarró su longitud. La pasión de ambos hizo que se le resbalaran las manos.

—Camilla. —Soltó una maldición y la embistió con tanta fuerza que los candelabros empezaron a balancearse por encima de ellos.

Deseó que el salón del trono se derrumbara a su alrededor. Que siguieran haciendo el amor entre los escombros. Poderosa. Así era como quería sentirse en aquellos momentos. Quería que él recordara esa noche, de la misma forma que sabía que ella nunca la olvidaría.

—Espera.

Envy se detuvo al instante, con la respiración entrecortada. Todavía estaba enterrado profundamente en ella, su pene palpitando al compás de su pulso acelerado. Fue casi suficiente para hacerla olvidar su petición. La forma en que presionaba ese punto tan dentro de ella… En ese momento, él era su dios.

Aunque nunca lo admitiría.

Le puso una mano en el pecho y lo empujó hacia atrás.

—Quiero follarte en tu trono.

Él la miró atentamente con expresión inescrutable. Luego, sonrió.

—Mi pequeña y encantadora pervertida.

Su sonrisa era radiante, más cálida que cualquier día de verano, sus ojos, igual de brillantes. Era una expresión que nunca le había visto, una expresión que la dejó sin aliento.

Para un hombre cuyo disgusto congelaba el aire a su alrededor con tanta frecuencia, lo cierto era que no debería haberla sorprendido que su alegría pudiera rivalizar con la calidez del sol.

En un instante estaba sentado en el trono, con Camilla en su regazo, dándole la espalda.

Ella se estabilizó mientras echaba un vistazo a la cámara. Desde donde estaban sentados ahora, con las altas ventanas arqueadas directamente detrás de ellos, ambos quedaban bañados en un brillo de otro mundo.

Camilla pasó los dedos por los reposabrazos del trono, admirando las filigranas plateadas en las que no había reparado desde lejos. Unos cojines de terciopelo verde oscuro acolchaban el respaldo y el asiento, y había dos retazos más en los reposabrazos.

Era un trono precioso. Poderoso y elegante. Como el hombre que gobernaba sentado en él.

Las esmeraldas brillaban engarzadas en el metal. La piedra preciosa estaba destinada a inspirar envidia. Frente a ellos, unos altísimos lienzos colgaban de las paredes. Seres alados, estampas florales, escenas de guerra y gloria.

Aquello también era una batalla. Una en la que ella no había participado nunca.

Envy se echó hacia atrás, con las piernas abiertas, permitiéndole hacer con él lo que quisiera. Ella se inclinó hacia delante, apoyando las palmas sobre sus muslos para impulsarse mejor.

El demonio se posicionó contra su entrada, esperando a que Camilla hiciera el movimiento. Con la otra mano, le acarició la espalda de forma alentadora y tierna.

Había entendido mal su vacilación. No había parado por culpa de los nervios, estaba permitiendo que la devorara con los ojos desde detrás, congelando el momento para que se le grabara a fuego de alguna manera. Sabía que él debía de estar disfrutando de una maravillosa vista de su trasero, sabía que eso lo volvería loco. La idea de excitarlo, de hacerlo perder el control, la mojaba tanto que debería ser un crimen.

Quería que él la imaginara allí, lista para tomarlo. Justo ahí, en el asiento que representaba su poder. Camilla no quería que olvidara nunca que, aunque él gobernara su pecaminosa corte, ella había gobernado su cuerpo durante un dichoso momento en el tiempo. Igual que él había poseído el suyo.

Envy esperaba que lo tomara centímetro a centímetro otra vez, y Camilla le arrancó un resoplido de sorpresa al descender sobre él con un movimiento potente. Ambos soltaron una maldición, un jadeo mezcla de placer y de dolor. La llenaba de una forma increíble, y desde esa posición llegaba mucho más profundo.

Camilla se levantó lentamente hasta llegar a la punta y luego se dejó caer de nuevo, en esa ocasión, describiendo círculos con las caderas. Envy soltó un juramento y apoyó la boca en su hombro para rozarle la piel con los dientes.

La agarró con fuerza de las caderas, masajeándoselas mientras le permitía marcar el ritmo.

Ella giró las caderas con movimientos lentos y decididos. Hasta que se inclinó hacia delante, presionando un lugar que la hizo gemir, y prendió fuego a sus venas.

Después de eso, su juego dejó de importar. Solo importaba su placer. Pronto, las embestidas de él coincidieron con las de ella, sus manos la movían hacia arriba y hacia abajo mientras subía y bajaba por toda su longitud.

Le dolían los músculos por el movimiento, por la tensión. No le importó.

Envy le besó la espalda mientras hundía los dedos en sus costados. Su polla se hinchó dentro de ella en el mismo momento en que la recorría el rayo de calor más intenso.

Ambos maldijeron y se movieron con más fuerza, sabiendo que el final estaba cerca. Ya no estaba segura de si Envy le estaba haciendo el amor o de si era ella quien se lo hacía él. Se movían de forma frenética, salvaje, chocando el uno contra la otra como si sus vidas dependieran de ello.

Justo antes de que Camilla se corriera, él deslizó los dedos por sus resbaladizos pliegues, jugando con su clítoris hasta que se perdió en esa sensación y su orgasmo la recorrió entera con un rugido. Experimentó oleada tras oleada de placer electrizante, dejó que la hundieran, que le dieran la vuelta, y gritó su verdadero nombre.

—¡Leviaethan!

El calor se extendió por su interior cuando él alcanzó la liberación, y Camilla cayó de nuevo por el precipicio, cabalgando las últimas oleadas de placer hasta que dejó de sentir los huesos y se desplomó contra el pecho de Envy, con la respiración entrecortada.

Él la rodeó con los brazos y dibujó pequeñas formas en su estómago, debajo de sus costillas y a lo largo de la curva de sus pechos mientras sus propios músculos temblaban.

—Hay que joderse. —Su aliento le resultó cálido contra el cuello y le provocó un agradable escalofrío. Se había ablandado un poco, pero permaneció dentro de ella—. Besas como una santa, pero follas como una pecadora.

—Quería que nuestra única noche mereciese la pena.

—Hay que joderse —repitió, esta vez en voz más baja.

Puede que *sí* lo hubiese destrozado.

Camilla alzó las comisuras de los labios antes de que la sonrisa se desvaneciera.

El amanecer no estaba lejos, y tenían que conseguir la siguiente pista. Su tiempo juntos había terminado.

En el momento en que se puso de pie, supo que dejaría atrás aquella fantasía.

Tenía que reconocerle a Envy que tampoco parecía tener prisa por abandonar su pequeña burbuja. Sabía que él también debía de estar pensando en el juego otra vez. En lo que significaba para su corte.

Sin embargo, se quedó allí. Con ella. Como si no quisiera estar en ningún otro lugar.

Envy le colocó las manos en los brazos y los recorrió con una ligera caricia.

Hacía tiempo que sus respiraciones se habían calmado y el silencio pesaba entre ambos.

Las caricias lentas y ligeras recorrieron toda su silueta, su cintura, la curva de su cadera, y luego serpentearon por debajo de su ombligo, deslizándose más cerca del punto por donde sus cuerpos seguían unidos.

A Camilla se le entrecortó la respiración cuando Envy bajó la mano aún más. Volvía a estar duro.

—¿Qué pasa con el juego? —preguntó, odiándose por hacerlo.

—¿Quieres que pare?

Negó con la cabeza.

—En absoluto.

—Joder, menos mal.

Se movió para que Camilla quedara completamente sentada sobre él, pero en esa ocasión, él quedó en una posición más dominante. Aunque ella seguía mirando en la dirección opuesta, dándole la espalda, era él quien tenía el control, y la levantó a lo largo de su erección para provocarla con la punta mientras entraba y salía lentamente, haciéndole el amor como si no fuera a soltarla nunca. No había nada duro y rápido en sus movimientos.

Ahora que él había recuperado el control, se estaba centrando únicamente en provocarle a ella tanto placer como pudiera. Presionó con la punta ese lugar de su interior que le robaba cualquier pensamiento.

Se retiró y volvió a introducirse, presionando ese mismo y glorioso punto.

Camilla se dejó caer contra él, le rodeó el cuello con las manos y jugueteó con su pelo. Envy alargó la mano y le masajeó los pechos mientras se movía, creando espacio para poder volver a embestirla.

—¿Ves ese espejo de ahí? —le preguntó, señalando un espejo dorado al otro lado de la habitación en el que Camilla no se había fijado.

—Sí.

—Observa. —Envy separó las piernas, obligándola a seguir su ejemplo y exponiendo su sexo reluciente. Si su corte hubiera estado presente, habrían disfrutado de todo un espectáculo. *Ella* estaba disfrutando de todo un espectáculo.

Envy describió círculos con los dedos sobre su clítoris, presionándolo mientras empujaba poco a poco hacia arriba.

Camilla prácticamente jadeó ante la imagen.

—Observa lo fuerte que voy a hacer que te corras.

Ella se mordió el labio, sintiendo ya la respuesta de su cuerpo a su perversa exigencia.

Él tenía la mirada clavada en el lugar donde se unían sus cuerpos, embebiéndose de la imagen como un hombre hambriento que se topa con un banquete. Se llevó los dedos a la boca, sosteniéndole la mirada en el espejo mientras lamía su excitación.

—Qué puta dulzura.

Cuando volvió a tocarla, con su erección profundamente arraigada en su interior, fue casi demasiado.

Envy le cubrió el cuello de besos tiernos mientras continuaba torturándola lentamente con los dedos. Empujaba de vez en cuando, solo para aumentar las abrumadoras sensaciones que competían por su atención.

El príncipe separó las piernas aún más, dejándola más expuesta. Pronto, demasiado pronto, la respiración de Camilla se tornó irregular. Estaba cerca del clímax.

Se le cerraron los ojos.

Envy le presionó el clítoris, enviando una oleada de sensaciones por todo su cuerpo.

—Abre los ojos.

—Eres un bestia.

—Te encanta.

Pues sí.

Camilla no desvió la mirada de su espectáculo, sintiendo y contemplando su habilidad como amante; Envy estaba invocando su placer de la misma forma en que ella podía invocar reinos. Y él era igual de talentoso.

—Córrete para mí, amor.

Con los dientes de Envy en el cuello, notó que sus embestidas empezaban a ser más rápidas. Todavía lentas, todavía increíblemente maravillosas. Pero él también volvía a estar cerca del límite, esperando para unirse a ella en el momento en que cayera por el borde. Camilla intentó aguantar, intentó prolongar aquel momento. Pero su cuerpo respondió a las silenciosas demandas de él y al final cedió a aquel placer abrumador.

—¡Leviaethan! —Volvió a correrse con su nombre en los labios.

En esa ocasión, cuando él gritó su nombre y luego la abrazó, Camilla sintió que hacía mucho que ya se había ido. Como sucede con una estrella fugaz que cruza el cielo nocturno, solo quedaba el recuerdo del precioso brillo que había emitido en algún momento.

PARTE IV
EL ENGAÑO ES EL JUEGO MÁS PERVERSO DE TODOS

CINCUENTA Y CUATRO

Sorprendentemente, no fue Envy quien puso fin a la noche. Camilla lo había montado dos veces más en su trono, gritando su verdadero nombre cada vez que se corría. De frente y de espaldas, su apetito era insaciable.

Cada vez que pronunciaba su auténtico nombre, algo dentro de él se tensaba más. Debería haber sentido que la tensión se aliviaba después de la primera vez que habían hecho el amor. No había disminuido como él imaginaba.

La había inclinado sobre el maldito trono, acariciando, provocando y adorando cada centímetro de su cuerpo hasta que le había gritado que se lo hiciera de nuevo.

Aun así… el deseo, la necesidad, perduraban.

Habían ido a su dormitorio, para que Envy pudiera controlar lo que ella veía de su casa mientras su corte fuese impredecible y para que pudiera devorarla una vez más en su colchón.

Esa «otra vez» acabó convirtiéndose en tres veces más. Camilla se corrió en su lengua, y él en la de ella.

En aquel momento, estaban tumbados en sus sábanas, con las piernas enredadas, y Envy le acariciaba los brazos con los dedos mientras pensaba en qué había salido mal.

La luz del sol de última hora de la mañana entraba de lado en la habitación, indicando que su noche había terminado hacía horas. Hacía mucho que debería haber llegado al punto en el que normalmente se sentía satisfecho.

Camilla le dio un beso en la palma y rodó para mirarlo a la cara.

—Ya es de día.

Le sostuvo la mirada y respondió en tono divertido.

—Sé lo que indica la luz del sol, mascota.

Ella entornó los ojos.

—Tenemos que salir de la cama.

La colocó encima de él y le acarició el cuello.

—Pronto.

Camilla lo besó, con suavidad al principio, pero luego sucumbió a la gentil provocación de su lengua contra la comisura de sus labios. Volvía a estar duro, listo. Decididamente, podían dedicar otra hora a ello antes de irse. Estaba claro que se había privado a sí mismo de los placeres carnales durante demasiado tiempo. Era la explicación más razonable para su sed de ella.

Camilla se incorporó, apoyándose en su torso.

—Es hora de levantarse, Envy. Tenemos que ir a las Columnas Gemelas.

Le dirigió una mirada molesta.

—Vuelvo a ser Envy, ¿eh?

—¿Y por qué no? —lo desafió—. ¿Esperabas algo más?

Se pasó una mano por la cara.

—No.

—Mentira.

Él le echó un vistazo.

—Los fae no pueden detectar las mentiras como hacen los demonios.

—Puede que no, pero ya soy capaz de leer tus expresiones bastante bien. —Lo escudriñó con demasiada atención—. No estás satisfecho.

—Incorrecto. Estoy demasiado satisfecho. De ahí el problema.

Camilla guardó silencio durante un largo rato, y la tensión se volvió incómodamente espesa mientras lo miraba fijamente. Habría sido menos molesto si su polla no se retorciera contra su cuerpo cada vez que ella lo miraba.

—Acordamos que sería cosa de una noche —dijo al final—. ¿Quieres renegociarlo?

—Por supuesto que no. —Envy se sentó, la levantó con cuidado y la dejó en la cama—. Jamás romperé mi regla, señorita Antonius. No confundas mi excitación con algo romántico. Simplemente, disfruto de tu coño prieto y húmedo.

Ella respiró hondo y en sus ojos brilló el desafío.

Envy supo que había ido demasiado lejos.

—Entonces, ya lo veremos, ¿no? —Su sonrisa era pura malicia—. Estoy segura de que no te afectará en absoluto si me encuentro con Lobo otra vez. Puede que le permita disfrutar de mi *coño prieto y húmedo* durante el resto de nuestras largas e inmortales vidas. Por lo menos, él no se comporta como un gilipollas.

Los celos de Envy estallaron en llamas.

Antes de que pudiera llamarla y disculparse, Camilla irrumpió en su cuarto de baño tras hacerse con el vestido nuevo que él había hecho aparecer mediante la magia.

Cerró la puerta con tanta fuerza que el retrato del techo tembló. El que antes había mirado con una risa en lugar de lujuria.

Envy cayó sobre la cama con una maldición. Era un puto idiota.

Habían pasado horas desde que había estado dentro de Camilla y una hora desde su pelea, y el ansia *aún* no había disminuido. En todo caso, había empeorado. Sobre todo, después de haber revivido cada uno de sus encuentros y de haberse detenido en el momento en que ella había sugerido que se trasladaran a su trono.

Sabía exactamente por qué lo había hecho, y había estado en lo cierto.

Envy nunca volvería a sentarse en él sin imaginarse su pequeño trasero redondeado rebotando con cada embestida y su cabello plateado brillando como la daga que era y que apuntaba directamente a su corazón.

Lo había atravesado con su astucia. Lo había poseído en su puñetero trono.

Y a él *le había gustado.*

Camilla era peligrosa. Hacía que Envy deseara cosas que no debería querer.

Después de que lo dejara en la cama, duro y con ganas de más, reprochándole con claridad lo cabrón que había sido, él se obligó a acordarse del juego. De su objetivo.

De su corte.

Y del error que había cometido y que continuaba atormentándolo.

Tenía que dejar atrás su noche juntos. Centrarse.

Quizá Camilla fuese la prueba definitiva.

Si Envy no ganaba, dejaría de *tener* una corte.

Y esa sería exactamente el tipo de cosa que Lennox querría. Primero, que la corte de los vampiros sucumbiera al caos y, poco después, la caída del círculo de la Envidia.

Daba igual qué sentimientos encontrados estuviese experimentando en esos momentos, no perdería de vista su objetivo a aquellas alturas.

Por eso ahora estaban en la antecámara de un salón del trono que no le pertenecía, esperando para entrar.

Miró de reojo a Camilla. Estaba a su lado, con la espalda recta y la mirada clavada en las puertas dobles, probablemente admirando las tallas. Se había vestido con los colores de la casa de Envy sin discutir, incluso después del frustrante final de su noche.

El vestido que había hecho aparecer por arte de magia era de seda, de un verde tan oscuro que parecía negro. Mostraba más piel que la ropa que estaba acostumbrada a llevar en el mundo mortal, pero eso no la había echado para atrás.

La modestia era codiciada por los humanos, pero Camilla se había despojado de ella con facilidad, adaptándose al entorno y a su verdadera naturaleza fae.

De hecho, cuanto más tiempo permanecía en los siete círculos, menos parecían restringirla las ataduras sociales de Waverly Green. Camilla prosperaría en el mundo de Envy, en caso de que decidiera quedarse y dejar de fingir que era algo menos de lo que era en realidad. Pero el príncipe no estaba seguro de cómo reaccionaría *él* al saber que ella andaría cerca, probablemente enamorándose de otra persona. Era egoísta, puesto que nunca volvería a invitarla a su cama. Y aun así...

Allí de pie, Camilla parecía una integrante de la realeza, con los hombros echados hacia atrás y una mirada casi cruel. Le había explicado rápidamente cómo debían actuar, el papel que debían interpretar en las cortes rivales.

Percibió su entusiasmo, aunque no hubiese ninguna indicación exterior de sus emociones.

Llevaba el anillo de esmeraldas y diamantes que él le había regalado en Waverly Green. Ninguno de los dos había hecho ningún comentario al respecto. Le había ofrecido también un collar de esmeraldas, pero lo había rechazado y se había decantado por su relicario de plata.

El mayordomo real entró en la cámara.

—Su majestad y la reina os recibirán.

Envy adoptó su expresión fría y regia. Un nuevo juego acababa de empezar. El juego de las poses y las políticas cortesanas, de provocar y salir victorioso.

Sin mirar a Camilla, lo siguió al interior de la reluciente estancia de su hermano, gótica y elegante, hecha para seducir e intimidar. Los pasos de Camilla eran firmes y seguros a su lado, y deseó poder ver su rostro mientras contemplaba el salón del trono.

Envy echó un vistazo sutil, tratando de imaginarse cómo lo estaría viendo ella.

Suelos de mármol negro con vetas de oro pálido, un altísimo techo abovedado, columnas a intervalos regulares talladas en una piedra de color gris oscuro; vitrales que permitían que la luz entrara lentamente, proyectando colores apagados por toda la estancia.

Enormes candelabros hechos con piedras preciosas negras colgaban del techo como demonios vigilantes, flotando diez metros por encima de ellos. Armas de oro decoraban las paredes, mientras que los apliques en forma de feroces serpientes escupían fuego.

Una alfombra color burdeos oscuro se extendía a lo largo de la habitación, un rastro de sangre que conducía al estrado y al rey demonio sentado allí con su reina.

Dicho estrado estaba tallado en piedras preciosas opacas que parecían humo congelado; la misma piedra que se encontraba en el vacío entre reinos.

Dos tronos a juego decoraban la parte superior, con unas intimidantes serpientes de bronce color champán curvándose alrededor del cuero negro y unas enredaderas llenas de espinas entrelazadas alrededor de los cuerpos de las serpientes.

Un guiño al poder de ambos regentes.

Envy luchó contra el impulso de mirar a Camilla, preguntándose qué pensaría de su hermano, el amante de la guerra. Wrath irradiaba una sutil amenaza, su poder retumbaba incluso cuando lo mantenía bajo control.

Aunque supuso que su hermano también podría sentirse herido porque Envy acabara de guiñarle un ojo de forma sugerente a su esposa.

Emilia negó con la cabeza y le temblaron los labios. Sabía perfectamente lo que Envy había hecho, sabía que estaba pinchado a Wrath por el gusto de hacerlo. Lo que no sabía era que *necesitaba* avivar sus celos. Necesitaba absorber tanto poder como fuera posible; su corte estaba fuera de control y él estaba empleando demasiada energía en impedir que se partiera en dos.

Todavía no se había recuperado por completo desde la batalla con los vampiros, y era necesario que lo hiciera antes de marcharse de allí. De lo contrario, no sería útil para Camilla ni para su corte.

Camilla se puso rígida a su lado y Envy se maldijo en silencio por no haberle mencionado que aquella era la gemela de Vittoria.

—*Lady* Emilia —dijo, sonriendo de modo que se le notaran los hoyuelos. Wrath parecía listo para bajar del trono de un salto. Pero Camilla se relajó—. ¿Recibiste mi regalo?

La reina se sonrojó.

—No me puedo creer que me mandaras *eso*.

—No temas. El original todavía cuelga encima de mi cama. Mandé hacer una réplica para ti. En caso de que te canses de tu marido y quieras un poco de emoción.

Envy se giró hacia Camilla con expresión traviesa.

—Ya has visto el retrato a tamaño natural encima de mi cama. Hace pocos meses, *lady* Emilia recibió permiso para usarlo como elemento visual estimulante cuando estuviera peleada con mi hermano. Está celoso de que mi pene sea tan legendario.

Wrath se inclinó hacia delante, observando su intercambio con interés.

—Habéis pasado la noche juntos.

Los dientes de Envy rechinaron audiblemente.

—Sí.

Wrath y Emilia se miraron y mantuvieron una conversación silenciosa. Envy prácticamente los vio conspirando justo frente a él. Estaba claro que algunas personas sentían la necesidad de meter las narices en los asuntos de otros para experimentar algún tipo de emoción en sus vidas.

Camilla miró a Envy con frialdad y dijo:

—Quizá yo debería ofrecerle al rey un retrato propio. Parece justo.

El demonio la miró fijamente. Acababa de avivar su pecado. Luego comprendió por qué. Aunque Camilla sabía que no se trataba de Vittoria, el regalo que le había hecho seguía sin hacerle ninguna gracia.

Abrió los sentidos y su envidia lo golpeó con fuerza. Maldijo en silencio.

—Nunca me he acostado con Emilia, ni lo he intentado —le aseguró—. De lo contrario, sería *mi* princesa.

No pudo resistirse a añadir esa última parte; y la furia y la envidia de su hermano explotaron.

Envy lo absorbió, reabasteciendo su poder hasta el borde. Aunque Wrath lo golpeara, valdría la pena por la enorme envidia que había inundado la cámara.

Las relucientes alas color noche de Wrath, que una vez le habían sido arrancadas por arte de magia, se desplegaron, con la intención de intimidar. Tiempo atrás, habían sido unas llamas blancas coronadas con plata, un arma que había esgrimido en batalla una y otra vez.

Camilla todavía exhibía la misma expresión fría y cruel de antes. Apenas dedicó una segunda mirada a Wrath y a sus alas. En esa ocasión, sin embargo, detectó un matiz en su tono.

Estaba realmente cabreada con él.

—¿Siempre envías desnudos a otras mujeres? —preguntó.

Por un momento, Envy no tuvo nada que decir.

—Me gusta, querido hermano. —Emilia se rio, deshaciendo así la tensión—. Debéis de ser la señorita Camilla Antonius. Me alegro mucho de conoceros. Ya era hora de que alguien se las hiciera pasar putas a Envy.

—Es un placer, majestad. Por favor, llamadme Camilla.

—¿Qué te están pareciendo los siete círculos? —preguntó Emilia.

Parte de la tensión en la postura de Camilla se relajó. Le dedicó a Emilia una sonrisa vacilante.

—Aparte de haber conocido a vuestra gemela anoche, ha sido interesante.

—Lo imagino.

—Bueno. —Envy dio una palmada, llamando la atención de todos—. Ahora que ya hemos establecido que Emilia no ha tenido el placer de montar mi enorme polla, tengo una petición.

—Sea lo que sea, mi respuesta es «no». —A Wrath aquello no le hacía gracia.

Batió las alas suavemente en señal de advertencia. Al ser del color de la tinta, casi se fundían con el fondo de la estancia. Sombras y más sombras. Era extraño verlas sin las llamas.

Envy sabía cuánto las había adorado Wrath, que habían sido parte de su mismo ser. Era un testimonio de cuánto quería a su esposa que ahora sus alas fueran de ébano. Gracias a la cuidadosa investigación de sus espías, Envy sabía que era el precio que Wrath había pagado para que Emilia no tuviera que hacerlo.

Una punzada de celos recorrió a Envy. Sus alas también habían sido robadas, junto con las del resto de sus hermanos. Hasta que su corte recuperara la estabilidad y todo su esplendor, Envy no tenía el poder de invocar las suyas. Estaban allí, pero liberarlas por primera vez... La magia necesaria le exigiría demasiado para seguir manteniendo su corte intacta. Con las salvaguardas y la misión de proteger las mentes de su gente... no le quedaba poder que dedicar a sus alas.

—Necesito acceso a las Columnas Gemelas.

Wrath lo miró fijamente.

—No.

—El juego me conduce allí.

—Mi respuesta sigue siendo la misma.

Envy y Wrath se sostuvieron las miradas. Un lento estruendo sacudió el suelo. La ira de su hermano se estaba manifestando. El pecado de Envy gruñó su propia advertencia.

—Te lo estoy pidiendo amablemente —Envy habló en tono tranquilo— pero accederé de una u otra forma. No puedes mantenerme alejado.

—Mientras estén bajo *mi* casa del pecado, eso es exactamente lo que puedo hacer, y lo haré.

Envy dio un paso hacia el estrado; la mano de Camilla aterrizó en su brazo, anticipándose a él. No sería bueno para el reino que alguno de ellos se desatara.

Emilia se aclaró la garganta.

—¿Dónde están esas columnas? —preguntó la reina.

Wrath parecía inclinado a mantener la boca cerrada, pero nunca le negaba nada a su esposa.

—La entrada está en los bajíos de la Medialuna.

Ella enarcó las cejas.

Era interesante que no lo supiera. Envy guardó silencio. Emilia era la encarnación viva de la furia, y no necesitaba usar sus sentidos para ver que Wrath había avivado su pecado.

—¿Qué otras sorpresas guardamos aquí? —En su tono bajo había una advertencia.

Wrath le lanzó a su hermano una mirada que prometía venganza.

—Ninguna.

Envy resopló y levantó las manos cuando Emilia lo fulminó con la mirada.

—¿Qué sabes? —exigió.

Consideró detenidamente su siguiente movimiento.

—¿Recuerdas aquella tarde en el jardín?

Esa tarde, él le había robado la magia después de que Emilia le hubiera robado un libro de hechizos que había dejado para ella.

La expresión de perplejidad de la reina se suavizó. Se estremeció.

—Aquel horrible aullido quejoso. Me dijiste que era mejor no sentir curiosidad.

Asintió.

—Deberías seguir sin sentirla, *especialmente* ahora. Abyssus protege el camino hacia las Columnas Gemelas. Se deleita con la sangre de diosas; colocarlo ahí fue un medio para mantener a las deidades no deseadas alejadas de los fae.

—¿Por qué no sabía nada de esto? —La mirada de Emilia no se apartaba de su marido—. De… antes.

Wrath parecía listo para meterle el puño por la garganta a Envy. Y a él le encantaría ver a su hermano *intentarlo*.

El agarre de Camilla sobre su brazo se apretó con más fuerza en señal de advertencia. Wrath podía ser intimidante cuando quería. Pero no le pareció que fuera por eso por lo que lo estaba inmovilizando.

Envy esbozó una cruel sonrisa en dirección a su hermano, pero no avanzó hacia él.

—Ocultar secretos a una diosa de la Venganza no es una buena idea.

Wrath dejó escapar un suspiro lento, tratando de controlar su temperamento.

—No es algo que nadie fuera de mi corte debiera saber.

Los espías de Envy bien valían el oro y el pecado que les proporcionaba.

—No necesito entrar en el túnel desde tu casa —dijo Envy—. Usaremos la entrada de la fuente.

—No. —El tono de Wrath era más duro que su mirada—. No te quiero ni remotamente cerca del Pozo de la Memoria.

La frustración de Envy lo hizo dar un paso amenazador hacia delante. Un movimiento que su hermano no pasó por alto.

—Haré un voto de sangre de que no tocaré tu preciado pozo. Solo necesito acceso a las Columnas Gemelas. Eso es todo.

—Es tu problema, no el mío, Levi.

—Es el camino más directo hasta allí.

—Pero no el *único* —dijo Wrath, con la boca transformada en una expresión firme e inflexible.

El pulso de Envy rugió, pero mantuvo su rostro libre de tensión. Wrath no cedería, así que se giró hacia Emilia para jugar su última mano.

—¿Todavía tengo el favor de la reina?

Después de su coronación, habían hablado de que era posible que ella estuviera en deuda con él. En realidad, en aquel entonces no lo había dicho en serio, pero ahora pediría un favor. Aunque significara quemar un puente más, destruir su amistad antes de que tuviera la oportunidad de comenzar de verdad.

Emilia, por su parte, parecía estar divirtiéndose.

Envy se dio cuenta de que la alegraba mucho molestar a su marido; se resarcirían en el dormitorio, donde ambos podrían disfrutarlo. Solo esperaba que aguardaran hasta que Envy y Camilla abandonaran su círculo.

—Recuerdo haber dicho que sonaba siniestro —dijo Emilia—. Pero no puedo concederte mi favor todavía. Mi esposo y yo discutiremos el asunto y mandaremos a buscaros cuando hayamos llegado a un acuerdo.

Las fosas nasales de Wrath se ensancharon por culpa de su pecado. No quería permitir que Envy usara el túnel, pero Emilia no era una compañera sumisa. Podían estar discutiendo durante horas. Y el muy desgraciado disfrutaría de cada glorioso segundo de ello.

—Hay un dormitorio preparado con refrigerios para vosotros —informó Wrath.

Con un movimiento de barbilla, el rey de los demonios los despachó.

Horas más tarde, sin noticias todavía de su maldito hermano, Envy se estaba prácticamente subiendo por las paredes. Camilla estaba sentada en el extremo de un sofá, bebiendo té, con los labios curvados en señal de evidente deleite.

Envy le lanzó una mirada exasperada.

—¿Te divierto, señorita Antonius?

—Muchísimo.

—Me alegro de ser una distracción —murmuró, sintiéndose francamente irritable.

—Se me ocurren formas más estimulantes de pasar el tiempo.

Envy se detuvo en seco, conteniendo la respiración.

Una mirada a Camilla bastó para confirmar que estaba jugando con él, poniendo a prueba la veracidad de su regla de una sola noche. Siguió paseando por la habitación, con la mandíbula tensa.

Ahora que ella lo había mencionado, no podía dejar de pensar en todas las estimulantes formas de distracción que habían experimentado la noche anterior y hacía unas horas, esa misma mañana.

Su frustración aumentó. Maldición, no debería plantearse volver a tocarla. Nunca.

—Eres retorcida, mascota.

—¿Qué puedo decir? —La diversión impregnaba su tono—. Sacas a relucir lo mejor de mí.

Envy soltó un suspiro, en parte resoplido y en parte risa. El problema no era su regla de una sola noche, el problema era que le gustaba Camilla. Y la atracción iba mucho más allá de su cuerpo. Su inteligencia, su ingenio… Lo desafiaba de formas que estimulaban su necesidad de resolver acertijos, de elaborar estrategias. De ganar.

Y, en aquel momento, estaba usando esas mismas tácticas para jugar con él.

—Joder.

Envy captó su reflejo en un espejo que colgaba entre dos imponentes estanterías repletas de armas. Tenía los ojos brillantes, las mejillas sonrojadas y el pelo hecho un completo y absoluto desastre. Había pasado las manos por él tantas veces que parecía al borde de la locura.

O puede que pareciese febril.

—Esa *era* la sugerencia —se burló Camilla en tono sedoso.

Cerró los ojos con fuerza. Se preguntó qué había hecho para merecer un castigo tan dulce y cruel. Aquel nuevo jueguecito al que se había lanzado Camilla era francamente sucio.

John Lyly, un autor mortal del siglo XVI, había escrito en una ocasión: «Las reglas del juego limpio no se aplican en el amor ni en la guerra», y aquello le hacía creer a Envy que debía de haberse enfrentado a Camilla en alguna ocasión.

El pobre desgraciado jamás había tenido ninguna posibilidad.

Por fin, alguien llamó a la puerta con brusquedad.

Envy casi la arrancó de las bisagras al abrirla.

En lugar de un guardia real o un sirviente, encontró a Emilia, con una ceja arqueada.

—¿Estás bien? —le preguntó, bajando la voz a un susurro.

—¿Aún tengo tu favor o no, Emilia? No dispongo de la capacidad de robar más tiempo.

Ella apretó los labios y sus ojos de oro rosa lo estudiaron con atención. Envy sabía que estaba preocupada, que había presentido que estaban sucediendo más cosas debajo de la superficie. Su cuñada siempre parecía ver a través de varias de sus máscaras. Pero no de todas.

Mantuvo su expresión impasible, esperando. Camilla se acercó para colocarse a su lado, y él luchó contra el impulso de darle la mano. Emilia mantuvo la mirada fija en él antes de asentir.

—Sí. Todavía tienes mi favor.

Su mirada de oro rosa aterrizó en Camilla. Algo suave brilló en su expresión, algo que parecía esperanza. O, tal vez, felicidad.

—Os doy permiso para buscar las columnas.

—Siempre has sido mi cuñada favorita.

—Soy tu única cuñada. —Puso los ojos en blanco—. Pero Wrath… tiene una condición que no es negociable.

A Envy se le congeló la sonrisa. Supo, antes de que ella girara el cuchillo, lo que su entrometido y maldito hermano había exigido.

—Debéis utilizar el camino que atraviesa los bajíos de la Medialuna.

Envy maldijo mentalmente a su hermano con cada repugnante insulto y nombre maldito que se le ocurrió. En todos los idiomas que hablaba. Dos veces. Los bajíos de la Medialuna eran justo lo que había querido evitar.

El agua era mágica: obligaba a quien se adentraba en ella a decir únicamente la verdad.

Nada fabricado podía entrar en el agua sin provocar la muerte. Ropa incluida. Envy tendría que meterse desnudo en el agua mágica, con Camilla. Y si ella le formulaba alguna pregunta, se vería obligado a ofrecerle la verdad.

Como si aquel viaje no resultara ya lo bastante duro.

Emilia tomó las manos de Envy entre las suyas y le dio un ligero apretón.

—No seas un idiota con tu dama. O no habrá más *cannoli* en tu futuro.

Él resopló, pero no hizo ningún comentario. Habían estado deliciosos. Y no podía negar que le gustaba que Camilla fuera vista como suya. Aunque fuera algo fugaz o falso.

Emilia sonrió con calidez a la otra mujer.

—Espero que volvamos a vernos, Camilla. La próxima vez, dejaremos que los demonios se pongan de morros y se peleen por su cuenta.

—Eso suena maravilloso; lo espero con ganas.

Envy mantuvo la boca cerrada. Cuando terminara el juego, Camilla volvería a Waverly Green. No tenía sentido estropear el momento con la verdad, así que observó en silencio cómo ambas hacían planes, sabiendo que nunca se materializarían.

Emilia se giró hacia él y sacó un frasco de solo los santos sabían dónde.

—Ten. Necesitarás esto.

Le echó un vistazo y sonrió a la diosa. Le había dado un regalo para Abyssus.

—De verdad que eres mi favorita.

—Marchaos. Antes de que mi marido parta una montaña. Otra vez.

Un guardia escoltó a Envy y a Camilla hasta la caverna, muy por debajo de la casa de la Ira.

Habría sido mucho más rápido y eficiente si Envy hubiera podido aparecerse allí mágicamente, pero la generosidad de Wrath ya había sido puesta al límite.

Cuando llegaron al túnel, el guardia se detuvo y se hizo a un lado.

—Podéis hacer el resto del camino por vuestra cuenta. Órdenes del rey.

—Qué magnánimo —murmuró Envy en un tono lleno de sarcasmo.

Camilla caminaba delante de él, en silencio desde que habían abandonado la suite. El príncipe no detectó celos persistentes, ni sintió ninguna ira. Tenía sus emociones fuertemente controladas, y estas parpadeaban demasiado rápido para poder comprender bien lo que estaba sintiendo.

Puede que solo lo estuviera asimilando todo, catalogando cada detalle para utilizarlo como inspiración.

Un momento después, el túnel se abrió y dio paso a la cavernosa laguna.

La arena negra emitía destellos y el agua de un azul pálido lamía perezosamente la orilla. La niebla flotaba baja, tentadora y sin pretensiones. Toda su apariencia estaba diseñada para atraer y atrapar.

En la pared del fondo estaban pintadas las fases de la luna, señalando el siguiente túnel, escondido detrás de una gran estalactita.

—Qué bonito es. El agua hace ruido… está burbujeando.

Envy agarró la mano de Camilla y tiró de ella hacia atrás antes de que diese un paso dentro del agua.

—Yo no haría eso.

—¿Por qué?

Señaló con la cabeza hacia los huesos que ella había pasado por alto, que sobresalían de la arena más adelante.

—Nada que haya sido creado puede entrar en contacto con el agua.

—¿Nada que haya sido creado? —repitió ella, con el ceño fruncido—. Te refieres a...

—Tenemos que desnudarnos para cruzarlo. Y quitarnos cualquier otra cosa que no sea natural. Como tus joyas.

—¿De verdad? —preguntó Camilla, recorriéndolo lentamente con la mirada.

Con los puños cerrados a los costados, Envy conjuró una imagen de su corte, de los cadáveres. La vergüenza lo atravesó, más potente que cualquier tentación o deseo. No importaba que fuera un ser alimentado por y creado para el pecado, no permitiría que los bajíos lo tentaran.

O Camilla.

Decidió no compartir el hecho de que las aguas de la laguna obligaban a cualquiera que entrara (y sobreviviera) a decir solo la verdad.

Los príncipes demonio no quedaban eximidos de las propiedades mágicas de los bajíos de la Medialuna. Era una magia que existía al margen de ellos.

—¿Qué pasará cuando emerjamos del otro lado? —preguntó Camilla, mirando hacia el agua—. ¿Tendremos que recorrer desnudos el resto del camino?

Su tono era más curioso que nervioso. En todo caso, sonaba *intrigada* por la idea, parecía que le faltaba un poco el aliento. Su artista fae quería avanzar desnuda. Maldito fuera el diablo.

Podría mentir y afirmar que tendrían que permanecer desnudos, admirar la obra maestra que era el cuerpo de Camilla mientras se adentraban en las entrañas del laberinto subterráneo.

—Haré aparecer nuestra ropa en el siguiente túnel.

Camilla lo miró con una expresión inescrutable y luego se quitó los zapatos.

Se bajó el vestido por los hombros y salió con gracia de la seda que se arremolinó a sus pies. No llevaba nada debajo.

Envy tragó con fuerza, sorprendido. No por su desnudez, sino por el brillo travieso en su mirada. Estaba claro que Camilla jugaba a otro jueguecito propio, inventando las reglas a medida que avanzaba.

Su largo cabello plateado brillaba bajo la tenue iluminación de los bajíos y le cubría los pechos. Parecía una ninfa surgida del lago mágico, tentadora y perversa.

Envy lo sabía mejor que nadie. Lo estaba tentando, y él se sentía especialmente perverso.

Señaló su mano y su cuerpo con voz áspera.

—También tienes que quitarte el anillo y el collar.

—De acuerdo.

Se dio la vuelta, se apartó el pelo y lo miró por encima del hombro, sabiendo exactamente lo que estaba haciendo. Él intentó ignorar su firme trasero y fracasó.

—¿Me desabrochas el collar?

Envy respiró entrecortadamente y soltó una maldición.

Camilla curvó los labios en una sonrisa.

Se acercó a ella, luchando contra el impulso de pasarle los nudillos por la columna. *Quería* besarla. Pero su momento había pasado. Le quitó el collar en menos de un segundo y dio un paso atrás.

Camilla no dijo nada sobre su apresurada retirada, aunque llevaba la diversión pintada en la mirada.

Se quitó el anillo, se inclinó lentamente frente a él y lo colocó con cuidado encima de su vestido, tomándose demasiado tiempo para completar la tarea antes de enderezarse de nuevo. Su mirada se cruzó con la de él, desafiándolo a sostenérsela, desafiándolo a apartarla.

Envy se había equivocado al pensar que el Corredor del Pecado lo había torturado.

Aquello era *mucho* peor.

Y no debería.

Se quitó la ropa, tratando de concentrarse en la tarea que tenían por delante.

Se negaba a empalmarse en aquel momento. Daba igual lo difícil que fuese evitarlo en aquella situación.

—Vamos.

Camilla le agarró la mano y tiró de él hacia el agua.

La siguió, sin notar apenas el ligero burbujeo del agua tibia contra su piel, y luego se detuvo.

Ella avanzó sin miedo hasta que el agua le cubrió la cintura, se sumergió y emergió a varios metros de distancia. Se echó hacia atrás el pelo mojado y se rio. Sus ojos brillaban como la luna y se reflejaban en la laguna.

—¡La sensación es increíble! —Flotó en el agua—. Acompáñame, alteza.

Envy estudió la laguna. El agua le lamía las pantorrillas, tentadora, burbujeante: un millón de pequeñas burbujas estallando sobre su piel. No tenía más elección que cruzarla para llegar al túnel que conducía a Abyssus. La magia estaba prohibida hasta que las aguas hubiesen probado su sabor.

Dio otro paso y el agua le rodeó las rodillas.

No había avanzado más de unos pocos metros cuando se detuvo, sintiendo que estaba en problemas.

—¿Quieres nadar conmigo? —preguntó Camilla.

Se vio obligado a decirle la verdad.

—Sí.

La sonrisa de ella fue deslumbrante, lo bastante brillante como para rivalizar con la estrella más brillante del cielo nocturno.

—Después de lo de anoche —dijo mientras se le acercaba a nado—, ¿todavía me deseas?

Se le cerró la garganta y apretó los dientes. Envy echó un vistazo a la orilla, deseando encontrarse de nuevo en la seguridad de la arena. No servía de nada.

—Sí. —Su mente se aceleró; necesitaba llegar al otro lado de aquella puñetera laguna. Le dedicó a Camilla una sonrisa lobuna—. ¿Tú todavía me deseas, señorita Antonius?

Camilla se mordisqueó el labio inferior y frunció el ceño. Parecía como si estuviera tratando de mentir y de repente se diese cuenta de que no podía.

Retrocedió, ceñuda.

—Sí.

Envy se adentró a nado en la laguna, fortaleciendo su voluntad. Repitiéndose su regla en la cabeza.

No volvería a tocarla. No volvería a besarla.

Pero le gustaba que ella todavía lo deseara. Le gustaba no ser el único preso de aquel maldito deseo.

Se acercó nadando a ella y la observó sin apartar la mirada mientras la rodeaba.

—¿Te gusto, Camilla? —preguntó con suavidad—. ¿Disfrutas de mi compañía?

Ella le arrojó agua y frunció los labios antes de soltar la verdad.

—Sí. Y sí. —Lo salpicó una vez más, por si acaso—. Y también te odio.

Se alejó de él y le lanzó su propia pregunta.

—¿Está tu corte en peligro? ¿Por eso estás jugando?

Respiró hondo y se dio cuenta de que ahora estaba cerca del centro de la laguna. El agua tibia y burbujeante le lamió los hombros, la coacción mágica demasiado intensa para poder resistirse.

—Sí. A ambas preguntas.

Camilla era demasiado inteligente. Envy se lanzó hacia la otra orilla de la laguna.

Nadarían hasta el otro lado, se vestirían y seguirían su camino.

Camilla apareció de repente frente a él y extendió una mano. Se detuvo antes de tocarlo.

Lo miró, buscando algo en su rostro. Atrás había quedado cualquier indicio de burla.

No más juegos astutos ni movimientos estratégicos.

—¿Crees que ganarás?

De repente, se le hizo un nudo en la garganta. Sus sentimientos estaban en conflicto, no le resultaba fácil acceder a la verdad. Quería ganar. Lucharía con todo lo que tenía, daría todo lo que tenía para ganar. Pero no estaba seguro de que eso importara. Se pasó una mano por el pelo mojado.

—No lo sé.

—¿Quieres tocarme? —le preguntó Camilla en voz baja. Y Envy tuvo la extraña sensación de que sabía que necesitaba que lo distrajera—. Ahora mismo.

Inhaló despacio y exhaló.

—Sí.

Antes de que pudiera arrancarle más verdades, Camilla abrió los brazos mientras una media sonrisa jugaba en sus labios.

—¿Qué...?

—Sigue mi ejemplo, alteza.

Camilla lo sorprendió haciéndolo bailar un vals en el agua, danzando en la laguna cálida como si fuera su propio salón de baile privado. Ella le sostuvo la mano con fuerza, riendo mientras giraban, enviando gotas de agua volando contra el otro.

—¿Lo ves? —le preguntó, sonriendo—. Me estás tocando.

No era en absoluto lo que él había querido decir y ella lo sabía. Aun así, no pudo evitar devolverle la sonrisa. Camilla había jugado su mano maravillosamente bien. Envy había admitido mucho más de lo que realmente le estaba preguntando: había formulado la pregunta con la astucia de una fae.

Un rasgo que hizo que le gustara aún más.

Durante unos instantes, no hubo juego. Ninguna corte en problemas. Ninguna regla que romper.

Solo estaban Envy y Camilla, fingiendo que la vida siempre sería así. Bailando en lagunas mágicas, desnudos, salvajes y libres.

Bailaron con solo el sonido de las salpicaduras y las gotas como música, sus risas y el eco rebotando con suavidad de vuelta hacia ellos.

Demasiado pronto, Envy dio un paso atrás, le dio un beso en la palma y la llevó a la otra orilla. Los sueños no eran reales y todavía les quedaba una pesadilla por delante.

—Vístete rápido. —Invocó su ropa y se giró para darle privacidad a Camilla—. Siento que Abyssus nos espera.

CINCUENTA Y CINCO

Camilla se quedó mirando su ropa y sacudió la cabeza. Envy había hecho aparecer con la magia más de lo que había llevado puesto, mejorando su atuendo para su próximo destino. Lo cierto era que estaba en todo.

Un vestido de manga larga, una combinación delicada, ropa interior, medias gruesas y una capa de terciopelo cuidadosamente doblados yacían a sus pies.

Las zapatillas de seda también habían sido sustituidas por unas botas resistentes. De cuero flexible, tan suave como la mantequilla y de elegante confección. Su anillo y su collar brillaban gracias al extraño resplandor de los bajíos.

Se vistió y en el proceso echó una mirada furtiva al príncipe. Estaba completamente vestido, de espaldas a ella, erguido como un palo, con los músculos rígidos e irradiando tensión.

Atrás había quedado el hombre que la había sorprendido al aceptar su baile en las aguas mágicas, que la había abrazado de cerca y había tarareado por lo bajo. El frío y distante príncipe del infierno había regresado.

Centrado, despiadado. Su atención fija únicamente en su juego.

Camilla se preguntó si Envy se habría dado cuenta siquiera de que había estado tarareando una melodía para que la bailaran. Durante unos preciosos momentos, había parecido sentirse completamente a gusto. Era la primera vez que lo veía tan relajado.

Se había mostrado aún más tenso después de que su noche hubiese llegado a su fin. Como si estuviera luchando contra un enemigo invisible que Camilla no podía ver. Pero en los bajíos, en un lugar donde había quedado claro que no podían mentir, había sido libre.

Sin intrigas ni conspiraciones, sin esconderse detrás de su fría arrogancia o indiferencia.

Su única intención había sido empezar el baile como un juego. Pero él la había atraído más cerca, como si se tratara del único momento en el que se permitiría tomar lo que quería. Mostrar una dulzura que nunca dejaría que nadie viera. La había acunado contra su cuerpo simplemente porque deseaba abrazarla.

Habría sido mucho más fácil si hubiera intentado besarla o seducirla.

Pese a su insistencia sobre su regla de una sola noche, Camilla habría entendido su confesión de querer tomarla fuerte y rápido en el agua, desatando su naturaleza carnal y marcando un ritmo punitivo por haber roto su regla.

La pasión y la lujuria eran impulsos simples y animales. Completamente naturales. Sin complicaciones.

Su dulzura era mucho más peligrosa que esos bordes afilados.

Camilla podría acurrucarse en esa ternura, bajar la guardia y darse cuenta demasiado tarde de que la habían dejado expuesta mucho más profundamente. Se desangraría antes de percatarse de que la habían herido.

Ambos tenían que asimilar de verdad que una noche era todo lo que tendrían. Porque, por mucho que él temiera otra noche por sus propios motivos, Camilla necesitaba proteger su corazón.

Recuperaría su talento robado de manos del maestro del juego y volvería a Waverly Green. Abrazaría a Bunny y le daría golosinas y leche tibia para compensar el haberla abandonado. Envy restauraría su corte y continuaría allí con sus juegos.

A veces, dos personas no estaban hechas para ser más que un momento. Por maravillosas e inolvidables que fuesen, no todas las cosas buenas estaban destinadas a perdurar.

—¿Lista? —preguntó el príncipe, todavía dándole la espalda.

Como si no hubiesen ido mucho más allá de la modestia el uno con la otra.

Como si no se hubiesen metido debajo de la piel del otro.

Cada vez que él intentaba con todas sus fuerzas levantar un muro entre ellos, a ella le entraban ganas de derribarlo, de recordarle que compartían más que un encuentro amoroso casual. Aunque no hubiese durado más de unas pocas horas, seguía siendo algo digno de apreciar.

—Casi.

Se puso las botas y terminó con su anillo y el collar. No estaba segura de qué la había impulsado a llevarse la sortija: solo estaba destinada a ser utilizada en Waverly Green, para convencer a la sociedad de que estaban prometidos. Ciertamente, en los siete círculos no simbolizaba lo mismo.

Se habían acostado. Y si bien había sido una noche de pasión increíble, ya había quedado en el pasado. Jamás volvería a suceder. Él había dejado claro que su regla seguía en pie. Y Camilla estaba de acuerdo, mucho más que de acuerdo. Quería algo sencillo y Envy era todo lo contrario.

Sin embargo, el anillo… Le gustaba. Eso era todo. Cuando su tiempo juntos terminara, se lo devolvería.

Completamente vestida, caminó hacia donde él esperaba, dejando su momento de ternura atrás, en los bajíos de la Medialuna.

Él la miró.

—Quédate detrás de mí. Si Abyssus se interesa por ti, debes regresar a los bajíos de inmediato. No dejes que te toque.

Camilla abrió la boca para responder, pero luego la cerró.

—Los tocamientos son la mitad de la diversión, príncipe.

No había sido Envy quien había hablado.

Aquella voz masculina no era una pesadilla. No sonaba demoníaca. O áspera. No había muchas capas chirriando juntas, ningún chasquido de lenguas ni rechinar de dientes.

No había gruñidos ni rugidos.

Había hablado con un ronroneo sedoso, un murmullo bajo que se enroscaba alrededor de los sentidos, restregándose contra ellos como un gato doméstico en busca de afecto. Y era mucho más peligroso justo por eso.

Envy la colocó detrás de él.

—Traigo un regalo de la reina —anunció, sosteniendo el frasco en alto.

—¿Qué me importan a mí los reyes o las reinas? —preguntó Abyssus—. Puede que busque compañía. Conversación. Una muestra de emoción, un beso en la piel. Tal vez anhele el olvido.

A Camilla no le gustaba ninguna de esas opciones, y menos las últimas.

Nunca sabría si Envy había respondido.

El mundo desapareció de repente, como si nunca hubiera existido. Allí no había ninguna cueva, ni suelo, ni paredes, ni techo, ni túnel. Ni Envy. Ni ninguna criatura antigua y de voz dulce.

Camilla estaba sola. Completamente. Era una soledad que jamás había experimentado, siempre había alguna forma de vida. Ya fueran la hierba o las nubes o el cielo. Los pájaros cantaban, los insectos zumbaban y el viento soplaba las hojas con suavidad. Nunca se había dado cuenta de cuánta vida había a su alrededor en todo momento.

Aquello estaba… vacío.

No había suelo. Ni piedra. Nada. Una vasta e interminable *nada*, estirándose en todas direcciones, tragándoselo *todo*. Peor que el vacío exterior de los reinos, era pesado y opresivo.

—¿Hola? —llamó, y su voz resonó en la nada.

Nada respondió. No estaba segura de si eso la aliviaba o si la asustaba más.

Dio un paso adelante, con las manos extendidas, buscando. Era como caminar por el espacio, salvo por que no había estrellas iluminando el cielo. Ni formas bajo sus pies.

El corazón le latía desbocado.

Podría estar cayendo o estar quieta, no percibía nada.

Una vez, cuando su padre había fallecido y su madre hacía mucho tiempo que se había marchado, había creído que estaba sola. Luego había llegado Lobo y le había recordado que existía otro camino, otra opción a la que podría recurrir. Antes de eso, había habido un tiempo en el que había anhelado la soledad. Una forma de escapar del mundo. ¿Había comprendido realmente alguna vez lo que podría llegar a ser eso?

Aquel lugar era miedo. Infinito. Soledad más allá de lo que cualquier criatura debería experimentar.

—No es real —susurró—. Estoy en una caverna. Debajo de la casa de la Ira.

Camilla cerró los ojos con fuerza, sabiendo que tenía que ser una ilusión.

Alguna magia o glamour poderoso. Cerrar los ojos o mantenerlos abiertos no suponía ninguna diferencia, todo permaneció igual, sin cambios, oscuridad sin fin.

—No es real —susurró de nuevo, odiando el temblor en su voz.

—¿Qué es la realidad? Parece real, tiene un aspecto real, ¿no es así?

Abyssus apareció de repente, sosteniendo una bola de luz brillante en la palma. Camilla entrecerró los ojos ante el escozor de la luz resplandeciente. Cuando se adaptó al resplandor, pudo ver al ser en todo su esplendor. Estaba claro que no parecía un monstruo. Tenía la piel dorada y el cabello del mismo tono luminoso que la piel. Vestía una toga blanca que mostraba un cuerpo fuerte y esculpido.

Abyssus parecía un dios del sol, atado al inframundo. Totalmente fuera de lugar.

Excepto por sus ojos. Eran completamente negros, insondables y hambrientos.

Camilla echó un vistazo alrededor, buscando a Envy.

No lo vio por ninguna parte.

—¿No sientes la oscuridad? —preguntó Abyssus—. ¿No es real? ¿Igual que lo son el cielo, la tierra y la sangre?

Camilla empezó a negar con la cabeza, pero se detuvo. *Podía* sentir la oscuridad. Una hazaña que no debería ser posible, ni siquiera con magia. Era muchas cosas: suave, fría, cálida, terror y protección. Cada esencia tituló sobre ella frenéticamente, hasta que apenas pudo respirar.

—No es real —repitió.

Fragmentos de emociones mezcladas con verdades físicas y mentales. Rompiéndose y estallando y fusionándose hasta que no pudo respirar.

—¡Haz que pare! —gritó.

Abyssus esbozó una pequeña sonrisa, con un brillo de diversión en sus ojos oscuros.

Tan rápido como había desaparecido, el mundo volvió a aparecer. Envy estaba ladrando órdenes, como si solo hubiera transcurrido un momento para él. A Camilla le habían parecido horas.

—No lo mires a los ojos, señorita Antonius.

Abyssus volvió a centrar la atención en ella y una sonrisa secreta curvó sus labios.

Camilla quedó atrapada de inmediato por esos ojos antiguos y terribles. La hicieron prisionera, la atrajeron, la hicieron olvidar la vida y la felicidad y la luz. Era diferente de la primera oscuridad que le había mostrado; esta asfixiaba, corrompía el alma. La hacía desear la muerte.

Oscuridad. Una oscuridad fría e interminable la invadió y la heló.

Nunca había habido luz, nunca había habido nada, excepto aquella interminable oscuridad. Aquella...

—Suficiente.

Una voz rompió el control sobre Camilla.

Abyssus se tambaleó hacia delante y Envy la empujó de espaldas hacia la laguna.

—¡Corre!

Camilla no dudó. Se giró, dio dos pasos y se detuvo.

Una sombra se despegó de la pared de la caverna, riéndose entre dientes. En primer lugar, pensó que Abyssus había logrado superar a Envy; luego, la sombra habló.

—Hola, Camilla, cariño. Parece que hayas visto un fantasma.

Los ojos carmesíes brillaron como brasas moribundas en el fuego mientras el vampiro acababa de salir de donde se había estado escondiendo. No se lo podía creer. Puede que hubiera hecho un trato con el diablo. Ciertamente, parecía haber engañado a la muerte tal como había hecho con la mitad de la élite de Waverly Green.

—Vexley. *¿Cómo* es posible?

Él ladeó la cabeza, con un movimiento más animal que humano.

—Mujer estúpida. No tenías ni idea de cuánto veneno corría por mis venas.

Le enseñó los dientes. Los incisivos eran relucientes y afilados instrumentos mortales.

—Me dolió muchísimo. El cambio. Tardé un tiempo en recuperar el conocimiento. Quise buscarte, darte las gracias en persona. Devolverte el honor.

El horror inundó a Camilla. Había convertido a Vexley en un demonio aún peor.

Él se acercó un paso más, con la atención fija en su cuello.

—Nos interrumpieron, Camilla. Procrear podría resultar... difícil. Pero no hay nada que nos impida intentarlo. Sigo necesitando un heredero. ¿Por qué no crear un legado inmortal? Déjame convertirte.

De repente apareció Envy, con ojos brillantes y peligrosos. Camilla miró a su alrededor y sintió que las paredes se acercaban. Quería preguntar qué le había pasado a Abyssus, pero guardó silencio. Envy debía de tener un plan. Siempre tenía un plan.

Vexley se acercó, con la mirada oscurecida por la sed. Aún no había reparado en el demonio.

—Ni se te ocurra. —La daga del príncipe emitió un suave destello—. Es *mía*.

—*Lord* Synton. —Vexley se rio y se libró del influjo de su sed—. Me han contado muchas historias interesantes sobre ti. Lástima que ambos estemos jugando al mismo juego. Podrías haberme caído bien, alteza.

Camilla se sintió atrapada entre la montaña y las piedras, entre dos depredadores sobrenaturales. Y la laguna mortal. El túnel era demasiado estrecho para todos ellos. Si no podían superar a Vexley, tendrían que retroceder hacia Abyssus. Ambas eran opciones pésimas.

Envy se acercó más. Puro miedo encerrado en un cuerpo masculino y atractivo. De repente, Camilla pudo volver a respirar.

—Mi hermano se pone un poco susceptible si alguna criatura cruza sus salvaguardas.

Envy le colocó el frasco de la reina en la palma, empujándola hacia atrás en la otra dirección. Camilla lo apretó contra el pecho y dio un paso atrás.

—¿Cómo las has cruzado?

De repente, comprendió lo que estaba haciendo: estaba distrayéndolo, satisfaciendo su vanidad.

Vexley prácticamente se pavoneó ante la concesión de Envy a su ego. El muy idiota.

—Contactos. Puede que no conozcas a las criaturas adecuadas.

Envy esbozó una leve sonrisa.

Entre un suspiro y otro, Vexley atacó. Sus colmillos le rasparon la garganta a Camilla y un calor líquido empezó a gotearle por el

EL TRONO DE LOS CAÍDOS 543

cuello. Pero su movimiento había sido descuidado, bárbaro, un animal salvaje demasiado enloquecido para ser estratégico. Fue inmediatamente arrojado a través del túnel y la ira del demonio casi le desgarró los brazos. Vexley se desplomó y Envy se giró hacia Camilla.

El príncipe no lo vio venir, no pensó que se levantaría. El demonio estaba concentrado en Camilla, con la mirada clavada en su sangre.

Ella gritó, pero no le salió ningún sonido. Vexley saltó y las manos se le transformaron en garras, los colmillos se le alargaron. Ya no era un simple vampiro; parecía un hombre lobo. Una bestia. Alguna clase de ser demoníaco que solo podía existir en el inframundo.

Abrió su boca con colmillos y un rugido rebotó en las paredes del túnel antes de que le arrancase la cabeza a Envy con una brutal dentellada.

Camilla cayó de rodillas, sufriendo arcadas. Una tras otra.

Vexley había matado a Envy.

No podía…

Jadeó y vació el contenido de su estómago mientras las lágrimas le corrían por el rostro.

—CAMILLA —bramó una voz detrás de ella. No podía concentrarse. Lo único que podía hacer era contemplar fijamente el cuerpo decapitado del príncipe, jadeando. Vexley se había marchado. Como si nunca hubiera estado allí.

Era tan impactante, tan inesperado, que detuvo sus lágrimas.

Camilla miró a su alrededor, confundida. ¿Por qué iba a matar a Envy y no llevársela?

Se arrastró hasta el cuerpo sin vida del príncipe y lo sacudió.

—¡Levántate! —le chilló—. Por favor. Levántate.

—¡CAMILLA!

Su nombre era una orden emitida por alguien a quien no podía ignorar.

Se giró.

Y el mundo volvió a quedar del revés.

Envy estaba allí, gritando su nombre una y otra vez. Mostraba una expresión furiosa, aterrorizada.

Camilla miró hacia atrás. No había ningún cadáver decapitado. Ningún vampiro.

Nunca lo había habido.

Reparó por primera vez en el montón de huesos. En la tierra oscurecida. En las paredes salpicadas de entrañas y solo Dios sabía qué más a lo largo de milenios. Un círculo de piedras preciosas relucientes estaba incrustado en lo profundo de la tierra.

Había cruzado al interior.

Volvió a mirar a Envy.

Él estaba al otro lado, golpeando con el puño una pared que ella no podía ver.

Un aliento cálido le acarició el cuello. Una lengua salió disparada.

Se dio cuenta, con creciente horror, de que la sangre había sido real.

—Pequeña embustera, solo podrás pasar cuando se haya pagado el diezmo —canturreó Abyssus con suavidad—. ¿Deberíamos exigírselo al príncipe?

—No.

—Mmm. —Abyssus ladeó la cabeza—. *No*. No disfruto de esa palabra.

Corrió hacia delante, casi tropezándose con sus propios pies mientras intentaba cruzar la línea. Esta chisporroteó sobre su piel, siseó y la arrojó de vuelta a donde estaba. Se arrastró hacia atrás sobre el suelo, alejándose del antiguo ser que ahora se alzaba sobre Camilla, observándola con creciente intriga.

Se agachó frente a ella, con la piel dorada brillando.

—¿De verdad creías que no serías puesta a prueba? —ronroneó—. ¿Que simplemente volverías y recibirías todo lo que buscabas? Ambos sabemos que no es así como proceden los reyes. En especial los oscuros.

Camilla se quedó helada, con la boca seca.

Abyssus había vuelto a eliminar todos sus alrededores y los había dejado flotando en un estado suspendido de nada. La oscuridad devoraba sus manos y se enrollaba a su alrededor allí donde permanecía tirada en el suelo. O lo que alguna vez había sido el suelo.

—Cuando estamos atrapados en una completa oscuridad es cuando nuestro verdadero yo se revela.

El brillo sobrenatural que emitía se apagó.

—¿Quién eres tú cuando el mundo se desvanece? ¿De qué estás hecha? ¿Cuán fuertes son tu mente, tu voluntad, tu capacidad de lucha? Cuando no hay nada, ¿en quién te conviertes?

La estaba presionando, burlándose de ella, mientras la oscuridad lo ensombrecía todo. La negrura era un color que conocía bien; tenía forma, textura. Era la ausencia de todo. Sin color. Sin materia. Tenía los ojos abiertos, cerrarlos no supondría ninguna diferencia en el vacío infinito en el que estaba atrapada.

—¿A qué temes por encima de todo, pequeña fae?

—¡No lo sé!

—Mmm. Mira más de cerca.

Entonces, incluso su presencia desapareció.

Y de verdad no quedó nada.

Ni chispa. Ni vida. Ni alegría ni dolor. Ni pasado ni presente, ni un futuro que esperar o soñar. No había forma de salir de aquel abismo sin fin que se había tragado el mundo.

Pero había miedo.

Camilla sintió que le constreñía el pecho, robándole el poco aire que quedaba. La oscuridad la estudió, la abrió por la mitad, saboreó de qué estaba hecha su alma. Decidió jugar.

Sorbió su miedo, se bebió sus gritos, se deleitó con el dolor que amenazaba con encarcelar su mente para siempre.

El tiempo perdió todo significado. No existían segundos ni minutos ni horas. Eran constructos que pertenecían a civilizaciones, y Camilla estaba muy lejos de cualquier otra persona, estaba muy *sola*.

—Ahí. —La voz de Abyssus flotó hasta ella arrastrada por un viento oscuro—. Hemos encontrado tu prueba.

El abismo desapareció tan repentinamente como había aparecido.

Camilla estaba arrodillada, jadeando. Levantó la mirada hacia la cueva, hacia las sombras que bailaban en las paredes, a la tierra apisonada debajo de ella.

Las lágrimas le corrían por la cara.

Se secó la nariz y se sentó.

Abyssus había desaparecido, el círculo de piedras preciosas descendió hasta desaparecer en la tierra, liberándola.

Respiró hondo y se puso de pie. Se concedió otro momento para ordenar sus emociones y luego se giró.

No veía a Envy por ninguna parte.

—¿Envy? —lo llamó, y su voz creó un ligero eco.

No hubo respuesta, ningún sonido aparte de su propia voz.

—¿Abyssus?

Lo sintió moverse en el espacio a su alrededor, incorpóreo.

—¿Dónde está el príncipe?

El silencio se extendió entre ellos.

—Ve a las Columnas Gemelas —susurró él—. Allí encontrarás tu respuesta. Si no es demasiado tarde.

Un tipo diferente de miedo se apoderó de Camilla.

—¿Cuánto tiempo hace que me he ido?

—Para algunos… pueden parecer décadas. O meses. Pero solo han transcurrido unos días según las leyes de este reino, pequeña embustera. Corre. La última pista te espera, pero el rey ha dejado este mensaje para ti.

Días. Había perdido días en el abismo. Se encontraban en un momento crítico a medida que el juego crecía más cerca del final.

¿La había abandonado Envy y había resuelto la siguiente pista, o le había sucedido algo más oscuro?

Camilla tomó el pergamino doblado que le entregó Abyssus con el estómago revuelto.

—Resuelve la pista final antes de que se ponga el sol. O perderás tu talento para siempre.

Camilla maldijo. Estaban bajo tierra; no tenía ni idea de qué hora era.

—¡Abyssus! ¿Cuánto falta para que se ponga el sol esta noche?

—Treinta minutos mortales, tal vez menos.

Sin perder un momento más, Camilla se lanzó hacia el túnel y corrió tan fuerte y rápido como le permitieron sus pies.

CINCUENTA Y SEIS

E nvy se desplomó contra el pilar al borde de la caverna subterránea de las Columnas Gemelas, y los ojos se le cerraron por culpa de esa última oleada de dolor. Las cadenas mágicas que le
ataban las muñecas y los tobillos le abrasaban la carne, quemándo-
sela casi hasta el hueso.

Habían pasado días desde que Abyssus lo había apresado en
aquella catedral subterránea.

En lo que se refería a prisiones, suponía que podría haber sido
peor.

La caverna era una preciosa mezcla de formación rocosa natural
e inventiva demoníaca. Las altas paredes habían sido talladas a
partir de la roca natural que se encontraba a esa profundidad, mientras que el suelo había sido confeccionado con baldosas de mármol
negro. El techo estaba reforzado con arcos dorados, y el metal
constituía un elemento arquitectónico gótico que obligaba a hacer
una pausa para admirarlo.

Incluso cuando uno había sido encadenado mágicamente y
apaleado.

En cuanto habían pasado por encima de la protección que Abyssus
había instalado, Envy había sido escupido en las Columnas Gemelas,

encadenado y atado con magia frente a ellas. Era el peor de los destinos: estar en el mismo lugar que su siguiente pista y ser totalmente incapaz de llegar a ella y resolverla.

Entonces, había aparecido Vexley.

Y había cambiado.

Los colmillos relucientes y los ojos carmesíes eran insignias de honor para el muy estúpido.

Ahora llevaba su sadismo con orgullo en lugar de esconderse detrás de su máscara mortal de libertinaje. Envy lo odiaba de ambas formas.

El vampiro recién convertido le dio una patada en el costado. Le rompió los huesos. Sintió que un fragmento de costilla rota le perforaba el pulmón y que el aliento le salía en forma de silbido por culpa del golpe.

Escupió sangre sobre el suelo de mármol y se pasó la lengua por los dientes, saboreando el fragante icor que corría por sus venas.

—Has pasado por alto una costilla.

Vexley lo agarró y lo pateó con su nueva fuerza.

El dolor se apoderó de Envy, pero apretó los dientes, desafiante.

—Seguro puedes hacerlo mejor.

—¿Estás loco? —le preguntó Vexley al tiempo que se lanzaba hacia delante—. Ahora soy un dios.

Un dios de la idiotez.

Envy tensó la cadena en el último segundo y se apartó de la trayectoria, de tal forma que el puño del vampiro cayó sobre el eslabón en lugar de sobre su cabeza. La cadena se estremeció, pero no se rompió. Envy volvió a su posición sentada, respirando con dificultad.

Si conseguía que Vexley debilitara la cadena, aunque fuera un eslabón, tendría una oportunidad de liberarse. No tenía ni idea de lo que le había pasado a Camilla y estaba decidido a encontrar una forma de volver a buscarla. Si la tenía Abyssus y estaba jugando con ella a uno de sus juegos repletos de ilusiones…

—Fracasaste en el juego de Lennox. Es un poco patético seguir apareciendo.

—*Ese* juego ya no importa. Tengo casi todo lo que quiero. —Vexley le lanzó una mirada altiva—. Puede que ahora busque un premio diferente.

No había duda de lo que insinuaba aquel imbécil.

—Camilla ha dejado claros sus sentimientos al respecto, de ahí lo del asesinato y todo eso.

—Lo que hizo fue liberarme. —El vampiro se encogió de hombros—. Ahora, me pertenece hasta que yo decida lo contrario. La muerte estuvo de acuerdo, o no estaría aquí, cerca de todo lo que he ansiado.

Vexley caminaba arriba y abajo delante de él, enumerando las razones como si a Envy le importaran una mierda.

Unos puntos negros se acumulaban en las esquinas de su visión y no dejaban de crecer y de oscurecerse. Estaba peor de lo que dejaba entrever. Mucho peor. Le estaba costando mucho retener el poder suficiente para sostener a su corte, mantener las salvaguardas alrededor de su círculo y no perder el conocimiento.

Si no permanecía alerta, le sería casi imposible guardar la compostura por mucho más tiempo.

Puesto que seguía protegiendo a su corte y haciendo que el corazón volviera a crecerle, no podía arriesgarse a emplear más magia para curarse a sí mismo. Al final, las heridas se le curarían por sí solas, pero era un proceso que podría llevar horas por culpa de lo débil que estaba.

Tendría suerte si disponía de minutos.

—Primero jugué para conseguir la inmortalidad —explicó Vexley, devolviendo la atención de Envy a su monólogo—. Ya la tengo.

Y una sed insaciable de sangre que estaba impidiendo al muy idiota volver a Waverly Green hasta que tuviese ese pequeño inconveniente bajo control.

—Ahora seré aún más legendario en el reino de Ironwood.

Envy dudaba de que las columnas de cotilleos fueran a ser indulgentes con las payasadas de Vexley cuando empezara a matar a la mitad de la nobleza. A lo mejor todos tendrían suerte y alguien lo decapitaría.

A Envy se le cerraron los ojos. Apoyó la cabeza contra la columna de piedra cerca del límite de aquel antiguo lugar, con la respiración trabajosa. Estaba seguro de que se había fracturado el cráneo en algún momento, a juzgar por el dolor punzante y monstruoso que sentía. El hecho de que no hubiera sucumbido todavía era una prueba de su voluntad y su poder.

—Lo siguiente que quiero es el talento de Camilla —proclamó Vexley—. Ganaremos suficiente dinero para hacer lo que queramos durante el tiempo que queramos. Supongo que no es humana, después de su demostración de magia. Lo que significa que podremos mentir, engañar, y robar por toda la eternidad.

—Excepto por que te ha *rechazado*.

—Cuando la tome como esposa, no importará mucho lo que quiera. Yo sé qué es lo mejor.

Todo el cuerpo de Envy gritó en protesta, pero se puso de pie poco a poco, apoyándose contra la columna. Daba igual que estuviera medio muerto, iba a librarse de aquellas cadenas e iba a romperle el cuello al vampiro.

Tendría que ser sometido a la Muerte Verdadera para dejar que Vexley la tocara.

—Las mujeres no son posesiones. Ella no le pertenece a nadie más que a sí misma, estúpido arrogante.

El puño de Vexley conectó con su mandíbula y el crujido resonó en toda la estancia catedralicia.

La cabeza del demonio se estrelló contra la piedra y la fractura de cráneo lo hizo perder el conocimiento un instante antes de poder recuperar el equilibrio. Cayó de rodillas y los huesos le crujieron contra el mármol.

Vexley se alzaba sobre él, con los colmillos brillando en la extraña semipenumbra que se filtraba desde quién sabía dónde.

—No hay reglas sobre formar equipo con otros jugadores. ¿Lo sabías?

La visión de Envy oscilaba entre borrosa y giratoria.

Debería haberlo matado en Waverly Green cuando había tenido la oportunidad. Su instinto sobre las almas podridas nunca le fallaba. Vexley había sido un hombre asqueroso y era un vampiro peor. Nadie debería sufrir a aquel imbécil por toda la eternidad.

—Puto demonio arrogante. —El vampiro le dio dos puñetazos en el estómago. El aire silbó al salir de sus labios cuando se dobló por la cintura. Iba a vomitar—. Deberías haberte concentrado en eliminar a tu competencia. En vez de eso, supusiste que simplemente los demás fracasarían.

Eso no era en absoluto lo que había creído. Había decidido que avanzar y resolver sus pistas y acertijos lo más rápido posible era la mejor táctica.

No respondió. Y fue, solo en parte, porque no tenía nada que decir. El dolor empezaba a embotarle los sentidos. No tardaría en desmayarse.

Abrió los ojos una rendija, cosa que apenas le permitió distinguir la sombra que se arrastraba por la pared del fondo, acercándose cada vez más. No sabía si de verdad estaba allí o si se la estaba imaginando. No habría sabido decir si el destello plateado que se alzaba era una espada o un hermoso y violento sueño.

No sabía si Vexley también la había sentido o visto. De ser así, el vampiro no lo dejó traslucir, lo que llevó a Envy a creer que la figura sombría no estaba allí.

La cabeza se le cayó hacia delante y luego se la echaron atrás, y su lucha por permanecer alerta acabó.

Vexley se rio entre dientes, disfrutando de cada momento de dolor que le infligía.

La magia de las cadenas chisporroteó y el fuego le llegó hasta los huesos.

Se le escapó un resoplido de dolor y el vampiro se acercó.

—A lo mejor también podríamos jugar a un juego nuevo. —Vexley se agachó ante él, con los ojos carmesíes relucientes—. Se llama «dejarte seco». —Se inclinó hacia delante, como si fuera a susurrarle un delicioso secreto—. Las reglas son simples. Te dejo seco. Revives poco a poco. Y repetiremos el patrón eternamente. ¿Cuánto tiempo crees que aguantarás antes de volverte loco?

Le dislocó el brazo a Envy. Sintió un dolor abrasador recorriéndole la columna, que le arrancó otro gemido.

—¿Uno, dos... quinientos años? —preguntó Vexley, acercándose el brazo de Envy a la boca—. Estoy dispuesto a apostar si tú también lo estás.

Sus colmillos le perforaron la muñeca y el veneno le provocó una punzada adicional de dolor.

La oscuridad ondeó detrás de los ojos de Envy. Podía sentir el veneno chocando dolorosamente con el icor de sus venas. Parpadeó una, dos veces, y entre uno y otro parpadeo, Vexley estaba muerto.

¿Qué?

Envy intentó abrir los ojos de nuevo. La cabeza de Vexley había rodado junto a su pie. ¿O había sido *él* quien se había caído? El demonio tenía la mejilla presionada contra el mármol, la fría piedra resbaladiza por la sangre.

Contempló sin pestañear la cabeza cortada. Le devolvió la mirada con la misma expresión apagada, la misma falta de vida.

—Levántate.

La voz era dulce. Aunque la orden fuese menos que bienvenida. Se le cerraron los ojos. Solo quería dormir, soñar con esa voz.

—Envy.

—Ah —dijo, con los ojos todavía cerrados—. Un sueño. Un sueño encantador y maravilloso.

Unas manos lo recorrieron, suaves, gentiles. Examinándolo. Siseó, como si sus heridas también le dolieran a ella. Luego sacudió las cadenas.

—No. No lo hagas. —Intentó apartarlas de su alcance, pero el movimiento fue demasiado—. También te quemarán.

Unos dedos ligeros como plumas le acariciaron la frente, tranquilizándolo de nuevo.

—Leviaethan. —La dulce voz contenía una punzada de pánico—. *Tienes* que ponerte de pie.

CINCUENTA Y SIETE

Camilla echó un vistazo alrededor de la cámara subterránea, con el pulso desenfrenado. Había corrido hasta allí cuando la segunda barrera de Abyssus había desaparecido, pero seguía siendo demasiado tarde.

Envy estaba gravemente herido. *Debería* haber empezado a sanar, y no estaba segura de por qué no era así, pero sospechaba que tenía que ver con su menguante poder.

Él no lo había admitido en voz alta, pero Camilla había visto su corte. Sabía que las cosas estaban mal. Y que lo daría todo para salvar a sus demonios. Que lo *estaba* dando todo.

—¿Cómo puedo romper estas cadenas? —preguntó, apoyándole una mano en la frente y presionando con suavidad.

Tenía la piel fría y húmeda. De repente, quiso sostenerlo en sus brazos y alejarlo de ese lugar.

—Tenemos que darnos prisa —dijo—. Por favor. Ayúdame.

Los ojos se le movieron tras los párpados, pero no los abrió.

Vexley debía de haber estado torturándolo durante todo el tiempo que había permanecido atrapada en el abismo. Y ni siquiera alguien inmortal podía soportar días o semanas de recibir palizas sin curarse. Las cadenas mágicas eran un objeto desagradable que, sospechaba, eran obra de Abyssus. El constante y doloroso palpitar que se filtraba en la piel de Envy a través de ellas estaba a todas luces desgastándolo.

No sabía ni le importaba cómo se había involucrado *lord* Vexley... había creído que era solo una visión cuando lo había visto atacar a Envy en el túnel de Abyssus. Pero en realidad debía de haber estado allí, en aquel lugar, pegando al príncipe. Era una de las cosas más difíciles que había hecho en su vida, pero Camilla había esperado en las sombras hasta que a Vexley lo había vencido su sed de sangre, porque lo necesitaba distraído. En el momento adecuado, había atacado con fuerza y rapidez.

Camilla cerró los ojos con fuerza, desterrando de su mente la imagen de haber decapitado a Vexley.

No sabía que podía hacer algo así hasta que una rabia salvaje y descontrolada la había inundado al ver lo herido que estaba Envy. Algo oscuro había despertado en ella, la amenaza que Vexley planteaba había reiniciado instintos que habían permanecido latentes durante mucho tiempo. Estaba intentando quitarle lo que era *suyo*.

Y había estallado.

Había usado la daga que Blade le había regalado, hecha de un afilado acero inmortal, pero había sido *su* fuerza, su poder interior, la parte fae encerrada en lo más profundo de su ser, la que había emergido.

Despiadada, salvaje.

Había cortado el tejido conectivo del cuello de Vexley, cercenando los diminutos huesos de su columna vertebral en un único corte, brutal e irregular. Si el tiempo no corriera en su contra, se habría arrojado sobre el cadáver de no-muerto de Vexley y lo habría desmembrado poco a poco.

Lo había tomado por sorpresa y había tenido suerte.

Camilla tenía que concentrarse, mantener la calma y planear cómo sacarlos de inmediato de aquella situación. Lanzó una mirada a la entrada, a varios metros de distancia, al otro lado de aquel sitio tan antiguo. Hasta ese momento no había dedicado más que una mirada superficial a las Columnas Gemelas.

Había visto a Vexley y a Envy y los había rodeado, con la mirada dividida entre el suelo y el vampiro, haciendo todo lo posible para no emitir ningún sonido mientras se acercaba lentamente.

El cadáver decapitado de Vexley era horripilante.

Y, por desgracia, estaba en medio.

Lo agarró por los tobillos y lo arrastró hacia un lado en una procesión lenta y dolorosa, su peso y su tamaño obligándola a esforzarse para deshacerse de él.

Cuando estuvo lo bastante lejos, Camilla cerró los ojos con fuerza, agarró su cabeza, sujetándola con cautela por el cabello y trató de no sufrir arcadas mientras la depositaba junto a su cuerpo inmóvil.

Una vez finalizada aquella oscura tarea, corrió hacia Envy de nuevo.

Camilla hizo sonar las cadenas una vez más, la magia le quemó la piel. No estaba segura de cómo Envy había sobrevivido tanto tiempo con ellas alrededor de las muñecas y los tobillos. El dolor de un breve contacto ya era abrumador.

Se preparó y recogió de nuevo el trozo de cadena para girarlo en sus manos, estudiándolo con atención. Tenía que haber alguna forma de romperlas. Una pista. Un acertijo.

Pensó en el maestro del juego, en la forma retorcida que habría ideado para abrirlas. Fue entonces cuando lo vio, grabado débilmente en los eslabones. Un acertijo.

Miró más de cerca y vio una serie de letras que rodeaban la cerradura para formar una respuesta. El espacio dejaba claro que estaba buscando una palabra. Seis letras.

Para algunas plantas, mortales y también para todos los animales,
comienza pero no tiene fin
y termina todo lo que comienza.

Contéstame bien desde el principio, o después de tres intentos
detendré su corazón para siempre.

Exhaló un largo suspiro sin apartar la mirada de la última advertencia. Tenía tres posibilidades de responder el acertijo correctamente o, de alguna manera, Envy moriría.

Se cubrió la cara, luchando contra las ganas de gritar. La presión
acumulada detrás de los ojos, en el pecho, le robaba el aliento de los
pulmones mientras intentaba resolver el acertijo sin pensar en el tictac del reloj. Sin preocuparse por hacer una suposición equivocada.

—Para algunas plantas, mortales y también para todos los animales —dijo en voz alta, esperando encontrar alguna conexión—.
Tallos, garras, brazos...

Maldijo con energía. Nada encajaba con todos ellos.

Quizá si no hubiera sentido como si le estuvieran apuntando
con una daga a la garganta, habría conservado la suficiente calma
para *pensar*. ¿Por qué no podía ser un acertijo basado en el arte?
¿Sobre algo que ella supiera sin lugar a dudas?

—Aliento, almas, sangre... —¿Podían las plantas tener sangre?
Camilla nunca había prestado demasiada atención, pero sabía que
había plantas que contenían la palabra «sangre» en el nombre.
Como la sangre de Cristo. Era ciertamente lo bastante morboso y
amenazante, pero ¿era correcto? El acertijo no mencionaba *todas*
las plantas, solo algunas.

Los mortales y todos los animales tenían sangre.

Para algunas plantas, mortales y también para todos los animales,
comienza pero no tiene fin
y termina todo lo que comienza.

Sin embargo, no conectaba del todo con la segunda parte del
acertijo. Pero tal vez sí, y simplemente no lo viera con claridad en
aquel momento.

Le temblaron los dedos cuando volvió a sostener la cadena.

—Por favor, que haya acertado.

Tenía tres oportunidades. Si fallaba, todavía le quedaban dos intentos.

Colocó la primera letra en su lugar.

S

Luego, la segunda.

A

La tercera.

N

Cuarta.

G

Quinta.

R

Y dudó con la sexta. Volvió a leer el acertijo, en esa ocasión, con creciente sospecha. No mencionaba ninguna consecuencia por una respuesta errónea, pero no confiaba en el maestro del juego.

Para algunas plantas, mortales y también para todos los animales,
comienza pero no tiene fin
y termina todo lo que comienza.

El pecho de Envy apenas se elevaba, le costaba respirar. Aunque no tuvieran que apresurarse a resolver la siguiente pista después de aquello, se les estaba acabando el tiempo.

Camilla envió una rápida oración a quien pudiera estar escuchando y retorció la última letra para ponerla en su lugar.

E

El cuerpo de Envy se sacudió como si lo hubiera alcanzado un rayo y un aullido de dolor lo desgarró para después resonar a través de la estancia en una agónica sinfonía. Las cadenas mágicas brillaron con una luz tan intensa que Camilla tuvo que parpadear varias veces antes de que las pequeñas motas desaparecieran de su visión.

—¡Envy! —Fue a quitarle las cadenas de la piel y soltó un chillido. En aquel momento, las cadenas palpitaban con un poder que solo aumentaba en intensidad—. Mierda.

El demonio cayó de nuevo al suelo, gimiendo. Seguía inconsciente. Las cadenas irradiaban ahora un zumbido amenazador, indicando que cada respuesta intensificaría la magia que las recorría hasta volverse tan poderosa como para acabar con una vida inmortal.

Camilla se puso en pie de un salto y empezó a caminar arriba y abajo. *No* podía equivocarse con la siguiente respuesta.

Para algunas plantas, mortales y también para todos los animales,
comienza pero no tiene fin
y termina todo lo que comienza.

¿Qué era? ¿Qué los conectaba a todos? Tenía que ser sencillo.

Camilla sintió la amenaza de las lágrimas. Estaba frustrada y asustada y francamente furiosa con el maestro del juego. Ya era bastante malo cuando no los sometía a torturas físicas y mentales. Dejó de dar vueltas y empleó sus intensas emociones para centrarse.

El maestro del juego sabía que estaban cerca del final de la partida. Lo cual significaba que lo vería pronto. Camilla se centró en eso y permitió que la alimentara. Envy y ella no habían llegado tan lejos para que el rey no seelie los boicoteara en la recta final de su juego.

Cuando entrara en esa desgraciada corte, no *si*, lo haría como vencedora.

Empezando por aquel maldito acertijo.

Camilla lo repitió en voz alta, con la determinación recorriéndola en oleadas. El maestro del juego se creía inteligente, pero ella también lo era. Conocía la respuesta. Sabía que era sencilla. El miedo había apagado su lógica, pero no permitiría que volviera a dominarla.

Para algunas plantas, mortales y también para todos los animales,
comienza pero no tiene fin
y termina todo lo que comienza.

Algunas plantas. Mortales. Y todos los animales. *Piensa*, se ordenó a sí misma. ¿Qué tienen en común? La cuidada redacción. *Algunas* plantas. *Todos* los animales. Y simplemente *mortales*.

Todos eran seres vivos. Pero eso no los conectaba. *Algunas* plantas. Camilla empezó a caminar, centrada en sus pensamientos. Algunas plantas… todas las plantas estaban vivas. Pero algunas plantas…

—De acuerdo —dijo—. Si estuviera en la casa de la Pereza, las plantas estarían clasificadas por categorías. Floración, frutos, árboles, arbustos…. y caducas y perennes.

Se le aceleró el pulso. *Sentía* que era la respuesta correcta. Algunas plantas eran caducas; era necesario replantarlas cada año. Otras eran perennes. Renacían cada año por su cuenta.

De repente, supo cuál era la respuesta.

Una serie de escalofríos le recorrieron el cuerpo.

—Muerte.

Algunas plantas morían. Los mortales y todos los animales también morían. La muerte ponía fin a todo lo que tenía un comienzo. Y, una vez que empezaba, no había forma de deshacerla. «Muerte» también tenía seis letras. Encajaba.

Tenía que ser la respuesta correcta.

Aun así, mientras se arrodillaba junto a Envy y se fijaba en la palidez enfermiza de su normalmente bronceada y sana piel, vaciló. No le apetecía considerar la tortura que experimentaría si volvía a dar la respuesta equivocada. Sería culpa suya.

No podía perder más tiempo debatiendo consigo misma.

Camilla siseó entre dientes al agarrar la cadena de nuevo y buscar el eslabón con las letras. En esa ocasión, las giró a toda prisa, deteniéndose solo un instante antes de la última letra.

MUERTE

Esperaba no estar condenando a Envy a la suya. La *E* encajó en su lugar y transcurrió una eternidad en un segundo; luego, el brillo se intensificó y ella maldijo para sus adentros…

Las cadenas se hicieron añicos con un destello de fuego, liberando al príncipe.

Camilla sollozó y se colocó la cabeza de Envy en el regazo para acariciársela.

—Por favor. Por favor, levántate.

Había leído suficientes cuentos de hadas cuando era niña para saber que se suponía que el príncipe despertaba al amor de su vida con un beso. Pero Envy era un demonio y Camilla no era una damisela en apuros. Presionó los labios contra su frente.

No se despertó por arte de magia. Pero su piel estaba empezando a recuperar algo de color ahora que las cadenas no lo atacaban de forma constante.

Camilla lo acunó con dulzura durante unos segundos más, todavía dolorosamente consciente del reloj que Abyssus había dicho que llevaba la cuenta del tiempo que les quedaba para resolver la pista final. Estaban muy cerca. Estaban en el lugar adecuado. Si perdían, le robarían su talento para siempre.

Podría abandonar a Envy y encontrar la siguiente pista por su cuenta...

De repente, la piel le picó al sentirse observada. Bajó la mirada y se sobresaltó al encontrar los ojos esmeralda de Envy fijos en ella.

—¿Hemos perdido? —preguntó en un tono carente de toda emoción.

—Todavía no.

—Podrías haberme dejado atrás.

Podría haberlo hecho. Había una pregunta en sus ojos, una para la que Camilla no tenía respuesta.

Le apartó la cabeza de su regazo con cuidado y se puso de pie. Se alisó la parte delantera del vestido y echó un vistazo a su alrededor.

—Abyssus ha dicho que tenemos hasta el atardecer para resolver la última pista. Casi se nos ha acabado el tiempo.

CINCUENTA Y OCHO

E nvy hizo un balance rápido de sus heridas mientras se sentaba. Por fuera, la situación no parecía tan mala. Pero las apariencias engañan. Sus peores dolores y molestias seguían ahí.

Se puso de pie, con la cabeza palpitándole por la tensión.

Por suerte, Camilla ya había centrado su atención en las columnas. El miedo y la ternura que había visto en ella habían desaparecido, reemplazados por una despiadada determinación. Si no la hubiera visto, si no hubiera experimentado esa tortura infernal, ella no habría mostrado ninguna indicación externa de que habían luchado contra semejante fuerza oscura. Quería preguntarle sobre Abyssus, si estaba bien, pero estaba claro que sí.

Era una mujer con una misión. Y él se alegraba de poder contar con su ayuda.

Incapaz de moverse todavía, Envy observó a Camilla mientras ella observaba las columnas con una mirada de asombro y reverencia en el rostro.

Entendía su fascinación. Incluso en un mundo lleno de magia y riquezas, eran algo verdaderamente digno de contemplar.

Las columnas medían siete metros de alto y cada una estaba tallada en un bloque sólido de piedra de sombra, una piedra preciosa que solo se encontraba en los siete círculos y que se asemejaba a una piedra lunar ahumada. Cada enorme columna estaba adornada con imágenes que iban desde la flora y la fauna hasta las escenas astrológicas.

Muchos habían especulado sobre lo que significaban los símbolos, pero nadie podía estar seguro de si su teoría era correcta. Solo el más anciano de los fae sabía de lo que habían sido capaces las columnas en todo su esplendor.

Camilla las examinaba con aprecio, pero Envy también vio la forma en que las escrutaba metódicamente, pasando las manos sobre cada imagen mientras se exprimía el cerebro para resolver el misterio de por qué los habían enviado allí y qué relación existía con el juego.

Él las contempló desde donde estaba y siguió recuperando poco a poco su fuerza.

En el mundo mortal había algunos sitios antiguos similares, pero nada comparado con aquellas columnas. Algunos creían que unos seres sobrenaturales habían creado los que estaban desperdigados por todo el mundo mortal, pero si vieran los que habían levantado los fae, comprenderían las diferencias.

En el interior de aquellas columnas brillaba la luz de la luna, y el arte proyectaba sombras. Y eso sucedía estando enterradas bajo tierra, lejos del sol y la luna, a pesar de que las leyendas afirmaban que habían sido erigidas para homenajear a los dos astros.

Envy había visto las columnas en una ocasión anterior: cuando Wrath había convocado a los siete príncipes que gobernaban en el infierno para anular la magia fae, atándolas en cierto sentido.

Lo que sabían de las Columnas Gemelas era que constituían un punto de acceso, como una especie de estación de tren mortal, desde donde tanto los fae luminosos como los oscuros podían viajar a diferentes reinos.

En el pasado, cuando el portal estaba abierto, podían ir al mundo de los mortales cuando les apeteciera, evitando las puertas del infierno y cualquier solicitud real que necesitaran formular.

Esa había sido su ruina definitiva.

A los no seelie les gustaba jugar con los mortales. Les gustaba tener mascotas humanas. Los cambiados también eran diversiones. Dejaban a los niños fae en hogares humanos y los veían causar estragos entre los padres desprevenidos.

Ambas cortes habían sido advertidas de que tales juegos no estaban permitidos en el mundo mortal. Los seelie se habían llevado sus diversiones a otra parte, nunca se habían sentido tan intrigados por los humanos como los no seelie.

Lennox y Prim Róis no habían sido tan fáciles de aplacar. Puesto que eran encarnaciones del Caos y de la Discordia, no resultó inesperado. Habían continuado enviando sin restricciones a su corte para entrometerse en los asuntos mortales, hasta que el portal había sido sellado. Wrath había emitido dos advertencias. La primera, una cortesía; la segunda, un decreto real.

Lennox había enviado aún más miembros de su corte para fastidiar al rey del inframundo.

Las columnas habían sido sepultadas bajo tierra y limitadas poco después.

Ahora, al hallarse en aquel lugar antiguo que una vez estuvo lleno de magia, una extraña sensación de poder silenciado resonaba entre las inertes columnas.

Envy jamás había sentido aquello y se preguntó si el juego sería el responsable. Echó a andar hacia ellas mientras el dolor de su cuerpo disminuía de forma considerable.

Camilla caminó hacia las columnas como una persona poseída, tocando y maravillándose ante cada talla.

—Las reproducciones de la casa de la Pereza… palidecen en comparación. Las tallas también son diferentes. Al menos, en esta.

Envy resopló.

—Por favor, díselo a mi hermano. Se pondrá furioso.

Ella resiguió el arte con los dedos mientras rodeaba lentamente las columnas. El demonio deseó que pudieran permanecer allí todo el tiempo que Camilla quisiera, ideando sus propias teorías. Pero no era posible. Le había dicho que Abyssus había mencionado la puesta del sol; apostaría a que faltaba menos de un cuarto de hora.

Dejó a la artista sumida en su tranquila contemplación y recorrió el perímetro en busca de cualquier pista o indicio de lo que debían hacer a continuación.

La caverna no tenía otros atributos únicos aparte de las reliquias fae. Estudió las sombras proyectadas en el suelo, preguntándose si estarían destinadas a suscitar una idea.

Camilla exhaló un suspiro y el sonido rompió la quietud de la estancia. Él se giró hacia ella; lo había estado observando. Tan de cerca como lo había hecho con las columnas.

—¿Qué le pasa a tu corte? —le preguntó—. Antes de continuar, necesito saberlo. Sé que eso es lo que te motiva. Quiero saber qué pasó.

Envy enarcó las cejas. Esa era la última pregunta que esperaba que le hiciera.

—El mayordomo, tus guardias, la sangre… —Camilla entrecerró los ojos, como si pudiera ver a través del muro que él había erigido—. He estado repasando mis interacciones en la casa de la Envidia y no logro encontrarles sentido.

—¿Qué interacciones?

—Tu mayordomo no recordaba dónde estaba ni quién eras tú. Tus guardias solo eran capaces de repetir la misma frase una y otra vez. Es como… —Se mordisqueó el labio inferior—. Es como si todos estuvieran perdiendo la memoria. Y la sangre… —Echó un vistazo a las columnas, con el ceño fruncido—. Es eso, ¿no? Tu corte está perdiendo la memoria. Y en el proceso, de alguna forma se están destrozando unos a otros.

No lo estaba mirando. Como si supiera que, si lo hacía, a él le resultaría demasiado difícil responder.

Permaneció inmóvil, en silencio. Esperando a que ella encajara más piezas. Después de un momento, continuó.

—El artefacto que buscas detendrá de alguna manera la pérdida de memoria y lo que sea que los haga atacarse unos a otros. Por eso necesitas ganar el juego. Tu corte se está desmoronando y literalmente destrozándose en el proceso.

Envy se pasó una mano por el pelo y se alejó.

—Yo no diría que se está desmoronando. *Mierda*.

Eso era exactamente lo que estaba pasando.

Se alejó, sacudiendo la cabeza. Camilla lo observó en silencio, dándole tiempo para responder sin apremiarlo.

Envy se había aferrado a aquel secreto durante tanto tiempo que no sabía cómo dejarlo ir.

Dejó de pasear.

—Como todos los demonios de todas las casas del pecado, mi corte no es inmortal como lo somos mis hermanos y yo, pero incluso ser longevo comporta ciertas complicaciones.

Camilla le dedicó una sonrisa irónica.

—Mmm.

—Para resumirlo. Sí. Mi corte está en problemas. Cada pocos cientos de años necesitan purgar recuerdos para crear otros nuevos. Un problema que los mortales no entenderían. Se producen... complicaciones cuando no son capaces de purgarlos. Es decir, empiezan a olvidar. Sobrecargados, confunden ilusión con realidad. El amigo se convierte en enemigo. Todo el mundo representa un peligro.

La comprensión brilló en su mirada.

—Si no pueden recordar o crear nuevos recuerdos, tampoco pueden alimentar su pecado de elección.

El príncipe le dedicó una sonrisa agridulce. Estaba claro que era demasiado inteligente.

—Lo cual implica que, a su vez, no pueden alimentar *mi* poder —añadió en voz baja, confesando por primera vez el alcance total de lo que había estado afrontando.

El cáliz era la pieza que faltaba. Envy se había desprendido de él sin darse cuenta hacía más de dos siglos, y cada año desde entonces, habían ido perdiendo poder lentamente.

Entonces, el juego había empezado y las cosas habían empeorado.

Camilla no jadeó ni se compadeció de él. De repente, estuvo a su lado, agarrándole el brazo y apretándoselo con firmeza.

Sus ojos plateados relampaguearon, y sus siguientes palabras fueron igual de notables.

—*Vas* a ganar.

Su boca se curvó en una leve sonrisa.

—Nunca debí haber perdido, para empezar.

—No te culpes.

—*Fue* culpa mía. Entregué el Cáliz de la Memoria y puse todo esto en marcha.

Deseaba poder deshacerlo. Era una de las pocas cosas de las que se había arrepentido en su vida.

—Es una larga historia —añadió al fijarse en que ella no dejaba de mirarlo—. Ahora no tenemos tiempo.

—Pues claro que lo tenemos —replicó Camilla—. Creo que he resuelto la pista. Pero necesito saber lo que realmente buscas antes de entregarte cualquier premio que estés buscando.

Envy sabía que no estaba mintiendo, así que por fin cedió y le contó toda la historia.

—Sin el Cáliz de la Memoria para descargar recuerdos, mi corte acabará debilitándose hasta la extinción, mi mandato mermará y mi círculo será susceptible de acabar absorbido por otra corte o pecado más poderoso. El caos de la caída de un círculo… digamos que proporcionaría al rey no seelie la oportunidad de crear más discordia en nuestro reino. —Suspiró—. Se necesitan dos objetos para arreglar las cosas. El Cáliz de la Memoria y los Pergaminos del Éter.

Camilla permaneció en silencio, escuchando.

—Le presté el Cáliz de la Memoria a la mortal con la que estuve enredado. Era una petición tonta: deseaba beber de él en su cumpleaños, ser la envidia de sus amigos.

—Conocía tu pecado.

Él asintió.

—Se suponía que solo se lo llevaría unas horas, así que no me pareció que fuera a ocasionar ningún problema. Debería haberlo visto. Sabía lo que perderlo significaría para mi corte. En lugar de a una pequeña reunión con sus amigos mortales, esa noche lo llevó a Faerie. Cuando murió, Lennox lo encontró y descubrió su valor.

—Suena a que era bastante egoísta.

Envy se encogió de hombros.

—¿No lo somos todos a veces?

Camilla frunció los labios, como si tuviera mucho más que decir sobre el tema pero no fuese a hacerlo.

Su pecado se encendió, enardecido por el estallido de celos de la artista. Lo alimentó, sanó algunas de sus heridas. Camilla había malinterpretado su defensa.

A Envy no le importaba aquella mortal; se negaba incluso a pronunciar su nombre. Sencillamente, no veía su egoísmo como el peor de sus pecados.

—¿Qué hacen los pergaminos? —preguntó Camilla.

—En primer lugar, ayudan a comprender por completo el cáliz. Hay una serie de símbolos y runas talladas en el Cáliz de la Memoria. De modo que no solo extrae recuerdos, sino que, cuando se activa correctamente, puede otorgar la inmortalidad, destruir a un enemigo o proporcionarle a alguien una riqueza infinita. O cualquier otra cosa que se desee. Es un objeto que alberga un poder inmenso y terrible, y es anterior incluso a los demonios más antiguos del reino. Los Pergaminos de Éter contienen los hechizos necesarios para activar el cáliz.

—Entonces, todos los jugadores buscaban el mismo premio.

Envy volvió a encogerse de hombros.

—El Cáliz de la Memoria puede convertirse en cualquier cosa para cualquier persona, lo que lo convierte en único para cualquier individuo. Me imagino que ese es el motivo de que Lennox lo usara.

—¿Por qué no puedes dar a tu corte piedras de la memoria para que te ayuden?

—Eso sería bastante conveniente, ¿no? —Esbozó una sonrisa anhelante—. Esas piedras solo funcionan cuando la persona que las emplea recuerda con claridad lo que le gustaría olvidar. Desde que la niebla de la memoria se apoderó de mi corte, mis súbditos no pueden recordar con suficiente detalle. Aunque el descenso hacia la locura ha sido lento, cuando comenzó no estábamos preparados. La niebla solo duraba unos momentos y se confundía fácilmente con cansancio. No entendí lo que pasaba hasta que las cosas empeoraron mucho. En aquel momento, ya era tarde para descargar cualquier recuerdo en las piedras de la memoria.

Camilla parecía tan frustrada por aquello como él.

—¿Quién tiene los pergaminos?

Dudó. Se trataba de una información que incluso su segundo al mando desconocía.

—Yo. Pero… ahora mismo no tengo acceso a ellos.

—¿Por qué no?

—Porque no puedo invocar mis alas.

—Sé más explícito sobre eso último, por favor.

—Mis alas siguen ahí, bajo mi piel, esperando. A veces, la necesidad de invocarlas se vuelve… incómoda. Pero no puedo arriesgarme. Todavía. No me queda suficiente poder para mantener unida a mi corte al mismo tiempo. Especialmente cuando el encuentro con Lennox es inevitable. No puedo desperdiciar ni un gramo de mis reservas antes de pelear contra él.

—¿Y qué relación tienen tus alas con los pergaminos?

Pensó en la única pluma esmeralda que Lennox le había enviado, en la burla que encerraba aquel gesto.

—Después de que me robaran el cáliz, fusioné los pergaminos con mis alas para mantenerlas fuera del alcance del enemigo. Puedes pensar en ellos como en una especie de tatuajes invisibles, supongo. Es un antiguo truco demoníaco.

Camilla se lo quedó mirando, atónita.

—¿Has tenido acceso a ellos todo este tiempo?

—En realidad, no. A medida que mi corte se debilita, también lo hace mi poder. Y no sirven de nada sin el cáliz.

—Pero luchaste contra esas bestias y contra el príncipe vampiro —argumentó ella—. ¿Cómo es posible que tu poder haya disminuido?

—Fuerza bruta, cariño. Nada que ver con la magia.

—¿Qué pasa con el Trono Hechizado?

—Lo apuñalé con la daga de mi casa, no fue necesaria la magia.

Envy la agarró de la barbilla y atrajo su mirada hacia la de él antes de endurecer el tono de su voz.

—*Esta* mirada es justo la razón por la que no se lo he contado a nadie. Aún no me han derrotado, Camilla. No me tengas lástima.

Ella enseñó los dientes, un pequeño y encantador animal salvaje se escondía detrás de su bonita y culta sonrisa.

—No te tengo lástima. Solo intento encontrarle sentido a tu historia.

—Una verdad por otra. —Concentró toda su atención en ella—. Es hora de que compartas una conmigo, señorita Antonius.

Camilla señaló las tallas.

—Creo que esa balanza de ahí representa a Libra. Estos círculos son el sol y la luna. El sol se sitúa en una escala y la luna en la otra. Tienen el mismo tamaño, pero la luna está más abajo, es más pesada.

Bajó el dedo hacia una criatura intrigante.

—Al principio, creía que solo se trataba de un sátiro estilizado, pero míralo con atención. Las patas y los cuernos de una cabra probablemente representen a Pan. —Recorrió con el dedo una serie de puntos y líneas—. Este ser mitad cabra mitad pez también simboliza a la cabra marina.

—¿Y qué tiene que ver una cabra marina con todo esto?

—En pocas palabras, este diseño geométrico es la constelación de Capricornio. El mayor indicio es Pan, que está al lado. —Trazó las tallas, más allá de lo que parecían unas toscas representaciones de ramas de hoja perenne hasta llegar a la cima, donde una espada goteaba sangre, con la sombra de una medialuna visible en la hoja—. Esto es básicamente un conjunto de instrucciones grabadas sobre cómo activar la columna.

Un escalofrío le recorrió la espalda.

—Camilla… eres brillante.

Fue a pincharse el dedo, pero ella lo detuvo.

—Tu sangre no. La mía. —Señaló hacia la columna con la cabeza—. Todos los símbolos indican una fecha. Los árboles de hoja perenne, las constelaciones, la luna. Todo ello representa el solsticio de invierno. La noche más larga del año.

—¿Qué tiene eso que ver contigo?

Algo parpadeó en su expresión.

—Es mi cumpleaños.

Envy detectó una mentira parcial.

—La fecha puede variar para los mortales…

—No estamos en el reino de los mortales.

—Pero las columnas fueron talladas hace miles de años. Tú misma has admitido que aún no habías nacido en aquel entonces.

—Envy…

Algo en su tono hizo que se le pusiera la piel de gallina en la espalda.

—Hay algo que…

Un profundo estruendo sacudió el suelo y resquebrajó el mármol. Se estaban quedando sin tiempo. Envy esbozó una sonrisa sombría.

—Ahora, señorita Antonius. Lo que tengas que decir deberá esperar.

Una guerra se desató tras la mirada de ella.

—No debería retrasarlo. De verdad que deberías…

Otra grieta partió el suelo cerca de la boca de la caverna. Camilla se estremeció.

—No disponemos del lujo del tiempo. Activa las columnas, rápido, ahora.

Parecía desgarrada, pero por fin hizo caso, por pura necesidad.

Cuando hubieran dejado atrás las siguientes horas, Envy podría considerar la posibilidad de romper la regla que se había impuesto hacía tanto tiempo. Porque sabía cuál era su siguiente parada: la Corte Salvaje.

Tal vez, si pudiera enfrentarse a sus propios demonios allí, podría ir tras Camilla después de todo.

Porque, en honor a la verdad, Envy tenía que admitir que una noche no había sido suficiente ni de lejos.

Estaba empezando a querer mucho más.

Pero no *empezaba*. Quería más antes de que ella se alejara siquiera de su lado.

Y con el juego casi ganado, tal vez pudiese tenerlo todo.

—Cuando estés lista —dijo, entregándole la daga de su casa, con la empuñadura por delante—. Terminemos con esto.

CINCUENTA Y NUEVE

Los nervios de Camilla se retorcieron en intrincados nudos cuando aceptó la daga, preguntándose cómo habían llegado hasta allí, cómo habían acabado atrapados en aquella intrincada red de engaños. Repasó los acontecimientos de las últimas semanas en busca de una elección diferente.

¿Por qué no había intentado hablar con él entonces?

Conocía el motivo. Por supuesto. Miedo.

Su padre le había repetido hasta la saciedad que el miedo era la fuerza que gobernaba toda oscuridad en el mundo. El amor, por otra parte, era la mayor fuente de poder. El amor fortalecía a los más débiles, les otorgaba una ferocidad que el miedo nunca ofrecía. Las madres defendían a sus hijos. Compañeros, amigos, la gente buena miraba a los ojos al mal y se convertía en algo que temer.

Por amor.

Sin embargo, el amor no era el camino que Camilla había elegido. Había sucumbido a esa misma trampa mortal.

El cambio era aterrador. Lo desconocido siempre lo era. Era su misma *naturaleza* desconocida lo que lo hacía así. Lo familiar era reconfortante, aun cuando no fuese necesariamente bueno.

Reconoció al instante lo que había visto en el rostro del príncipe. Ella misma lo conocía íntimamente.

El miedo brillaba en los ojos de Envy. No había sido por el extraño estruendo de advertencia agrietando el suelo bajo sus pies. Su miedo había significado algo más. Su mirada había sido tan inquietante que se dio cuenta de que nunca le había visto una parecida. Y Camilla se preguntó si lo sabría. Aunque no lo reconociera ni siquiera para sus adentros.

Quizá tuviese miedo de estar en lo cierto. De lo que significaría. Tal vez aquel fuera el último juego al que jugaría con ella, el de la negación. Reconocer la verdad significaba aceptar el cambio. Ninguno de ellos parecía preparado para tal cosa.

El cambio era aterrador pero necesario. En especial en aquel momento.

Deseaba poder salvarlo de cualquier daño que le hubiera provocado sin querer. No había sabido lo que llegaría a significar para ella. No de verdad.

De alguna manera, a lo largo del camino, se había encariñado con aquel depravado al que le gustaban los juegos. Y veía, pese a todas sus fanfarronadas y mentiras por omisión, que él sentía lo mismo por ella. Camilla no había creído que fuera real. Debería haber sido más lista. Había estado ahí, en sus acciones, todo aquel tiempo.

Contra todo pronóstico, a pesar de sus reglas, le *gustaba* a Envy.

No su cuerpo, sino su mente, sus pasiones. Le gustaba su lado despiadado y salvaje tanto como el dulce y artístico. La había visto matar a un hombre y la había visto caminar ante un rey. No había nada que ella pudiera hacer que lo sorprendiera o disgustara.

Pero eso no era del todo cierto, ¿verdad?

Respirando hondo, se cortó la palma con la hoja, ignorando su resplandor codicioso, y la apoyó sobre el pilar. Retrasar lo inevitable solo empeoraría las cosas.

Y estaban a punto de empeorar bastante.

Centró su atención en las columnas, en la brillante lámina de luz que había estallado entre ellos, emitiendo un suave zumbido de otro mundo. Jazmín, gardenia, glicina y almizcle. La noche y sus muchos placeres. Los aromas de la Corte Salvaje.

Una vez que atravesaran ese portal, todo cambiaría.

Envy no había mirado el portal, todavía no.

La había estado observando *a ella*.

Mantenía su expresión cuidadosamente en blanco. Pero no era tonto. Resolvía rompecabezas imposibles, y parecía que por fin había resuelto el misterio que constituía Camilla.

Se preguntó si aquel sería el único acertijo que él no había tenido ganas de resolver en toda su vida.

Pero era demasiado tarde.

Antes de perder los nervios, agarró la mano de Envy y dio un paso hacia delante para atravesar el portal y emerger directamente en la fortaleza del rey no seelie.

Habían ganado el juego, pero Camilla no pudo evitar temer haber perdido mucho más.

SESENTA

L a Corte Salvaje era una maraña de flora y extremidades, no muy diferente de la última vez que Envy había estado de visita. Respiró hondo y obligó a su mente a pensar en el juego, no en cazar al hijo de puta del rey y en clavar su espada demoníaca en el podrido corazón de Lennox.

El portal los había escupido en la parte trasera de la sala ajardinada del rey, una larga terraza rectangular al aire libre directamente junto a su salón del trono donde los fae oscuros disfrutaban bailando y haciendo el amor bajo la luna.

Los amplios adoquines cubiertos de musgo seguían aprovechándose a modo de pista de baile.

Los árboles que bordeaban el perímetro se retorcían hacia el cielo nocturno y los paneles transparentes que colgaban entre sus ramas actuaban como particiones para los juegos de los fae.

Las enredaderas en flor trepaban por las espalderas, otorgando un aspecto vivo y seductor a las paredes.

Los troncos gruesos y anchos de los árboles más antiguos habían sido lijados y se utilizaban como mesas de bordes irregulares que rodeaban la pista de baile, sosteniendo botellas relucientes de vino y licor fae y frutas demasiado maduras. A juzgar por las apariencias, era un mundo de ensueño. Una oda a la noche y a sus muchas maravillas.

Envy miró a Camilla de reojo. Por un momento, le pareció muy pequeña y asustada mientras clavaba la mirada en el otro extremo de aquel espacio. Entonces, ella reparó en su mirada y dejó en blanco su expresión. Quiso volver a darle la mano, pero se negaba a proporcionarle a Lennox más razones para hacerle daño.

Camilla dio un pequeño paso hacia el estrado en el extremo opuesto de aquella estancia al aire libre, pero Envy la detuvo.

—Espera.

A su alrededor, los fae se retorcían unos contra otros, bailando, peleando o fornicando al son de una música oscura y palpitante. Detrás de ellos, dos pilares gigantes se alzaban como cuchillos, cortando el cielo nocturno como espadas desenvainadas. El reverso de las Columnas Gemelas no había dejado de chisporrotear desde su llegada.

Esa música oscura, discordante y estridente empezó a latir como un corazón errático. Vibraba a través del suelo empedrado y subía por las improvisadas paredes, provocando que le rechinaran los dientes.

Unas enredaderas que solo florecían de noche se enroscaban alrededor de las mesas y las sillas volcadas, mientras los fae se revolcaban por el suelo, enredados unos con otros, completamente ajenos a la presencia de sus nuevos invitados.

Hasta que, de repente, se percataron.

Envy contó cuántos no seelie los rodeaban, planificando la mejor estrategia para evitar que Camilla sufriera daño alguno si desean provocar discordia.

Los fae oscuros los miraron, algunos riéndose, otros compartiendo miradas de complicidad.

En contra de su propio juicio, Envy agarró la mano de Camilla en una promesa muda de que no se alejaría de su lado. Daba igual lo que sucediera.

Ella levantó la barbilla, ignorando los crecientes susurros.

Ser seelie en aquel lugar no era lo ideal.

Envy se sentía orgulloso de su actitud desafiante. De su negativa a dejarse intimidar. Los no seelie eran criaturas de la medianoche, nacidas de la luz de la luna y la maldad. Y, de repente, todos se habían quedado inmóviles mientras observaban cómo Camilla se soltaba de su mano.

Echó a andar hacia el trono de la Tormenta de Sombras.

—Camilla —susurró, cargando tras ella.

No importaba lo que Lennox quisiera de ella, no importa cómo se sintieran sus cortes, era peligroso que marchara directa hacia él, casi como un desafío. Luz contra oscuridad. La noche luchando contra el día.

Envy llevó la mano a su daga. No podía usarla antes de haber conseguido su premio.

Rezó para que Camilla tuviera un plan. Para que no olvidara que para él todavía había mucho en juego.

Ella caminó con agilidad sobre ramas partidas y cristales rotos, concentrada en el macho fae que había puesto en marcha aquel maldito juego. Su expresión era tan fría como la de él.

Lennox, el rey no seelie, había dejado de hablar a media frase y la observaba acercarse. El cabello blanco y plateado le caía en cascada hasta los hombros y su piel era de un tono intenso de bronce. Unas elegantes orejas puntiagudas asomaban por debajo de su etérea melena.

No tenía edad. Era hermoso. Y carecía por completo de conciencia.

Era fácil ver por qué tantos mortales lo consideraban un dios. Era frío, intocable. Estaba prohibido. No tenía ningún concepto de moralidad. Lennox hacía lo que quería cuando quería. ¿Y si alguien moría? Era su culpa por ser frágil. Algunos creían que había sido la inspiración para ciertos dioses mortales, que en realidad había sido el gran Zeus.

Envy sabía que no era un simple dios, era un titán. Los seres que habían dado a luz a los dioses por simple diversión. Pero las leyendas mortales se equivocaban: los titanes no habían sido derrotados por sus descendientes. Habían prosperado en el caos.

La forma en que miraba a Camilla… El pecado de Envy amenazó con congelar la corte entera. Pero al final, la mirada de Lennox, negra como la medianoche con brillantes estrellas parpadeantes en ella, pasó a centrarse en el demonio.

Una sonrisa cruel apareció en sus carnosos labios.

—Príncipe Envy.

Si bien Lennox podría haber intentado orquestar el resultado del juego, este se había desarrollado de forma diferente a lo que había anticipado. Llevaba escrita esa verdad por todo su arrogante y frío semblante. Algo oscuro vagaba en su mirada, divertido.

En una vida que duraba eones, cualquier cosa que produjera emoción era bienvenida. Ya fuera provocando discordia, organizando una guerra o entrometiéndose con los mortales, Lennox vivía para la Cacería Salvaje que había creado en el pasado.

Una cacería que los seelie le habían prohibido continuar, puesto que, una vez al año, daba rienda suelta a los cazadores más despiadados de su especie. Sus presas eran humanos y fae por igual.

Envy se concentró en Camilla. ¿Por eso la quería Lennox? ¿Para intercambiarla de alguna manera o —y esto era más probable— para amenazar a los seelie y que le devolviesen la Cacería?

—Vaya. Qué inesperado placer.

Su voz era un gruñido oscuro, de naturaleza más elemental que cualquier sonido humano. Podía hacer subir las mareas, convocar constelaciones, provocar que la misma luna cayera a sus pies.

Solo para aplastarla si eso le divertía.

Envy se detuvo junto a Camilla y miró de reojo en su dirección. Había protegido por completo sus emociones de él.

Había desplazado la mirada hacia el hombre con el que Lennox había estado hablando. Un fae de piel dorada, cabello y ojos oscuros.

Llevaba un frac de un color carmesí intenso que le otorgaba el aspecto de un director de circo.

—Ayden. —El tono de Camilla era frío.

Envy los miró con el ceño fruncido. Que conociera a otro fae no era sorprendente. Pero ese... Conocía a Ayden de oídas. Sabía que era un príncipe no seelie. Y el tono de Camilla. Habría jurado que el corazón empezaba a latirle dolorosamente en el pecho.

—Lo último que supe fue que estabas aterrorizando a los mortales con tus trucos de carnaval. ¿Cómo era? ¿El Circo de la Medianoche? —preguntó ella en tono burlón.

Envy se había quedado inmóvil a su lado.

El fae la miró de arriba abajo, claramente molesto, a juzgar por la fuerza con la que apretaba los labios.

—El Carnaval Luz de Luna.

Lennox se rio entre dientes, oscuro y siniestro.

—¿Aún te jactas de tus tratos a medianoche? —lo provocó Camilla—. ¿Quién ha sido la desafortunada dama esta vez? Supongo que no ha sucumbido a tu seducción o, de lo contrario, estaría aquí.

El príncipe no seelie tiró de sus guantes blancos. Envy se fijó en las lunas cosidas en los nudillos, una oda a su corte.

—¿Sigues fingiendo ser una artista mortal? —replicó el príncipe fae.

—Mejor que interpretar el papel de mago de poca monta.

Envy la taladró con la mirada; sus ojos, dos atizadores calientes en la parte posterior de la cabeza de Camilla. Sabía que ella lo sentía y vio la ligera rigidez de sus hombros.

Una horrible y sorprendente verdad se abrió paso en su mente.

Envy obligó a sus pies a permanecer firmemente plantados en el suelo, a no dejar que la traición se notara en la superficie.

Lennox había estado observando muy de cerca, por lo que Envy detectó el momento en el que decidió divertirse por su cuenta. Se inclinó hacia delante y levantó los dedos.

—Niños —dijo prácticamente en un ronroneo—. Es suficiente.

Tenía la mirada clavada en Envy. El destello de la victoria era inconfundible.

El demonio cerró las manos en puños. Mantuvo la expresión tan gélida como la frialdad que corría por su alma. Parecía que Camilla había estado guardando muchos secretos.

No era seelie.

Era una princesa no seelie.

La hija del hombre que había destrozado su corte. Su peor enemigo.

Un destello cruzó por su mente, de cuando Camilla había estado a punto de desmayarse en el tejado de Vexley. Por supuesto. El tejado metálico era de hierro. No era de extrañar que se hubiera puesto tan enferma.

Ella por fin se atrevió a mirar en su dirección, pero Envy se negó a devolverle el gesto.

Puede que fuera un cabrón despiadado, pero Camilla lo había superado con creces.

¡Qué tonto debía de haberle parecido al hablarle de su odio por la realeza no seelie!

Mientras lo hacían en su trono. Pensó en esa noche bajo una nueva luz, la de su burla. Había poseído a Envy en su asiento de poder, sabiendo perfectamente que su padre había jodido a su corte a lo grande. Lo cierto era que era bastante impresionante lo mucho que se parecía a Lennox.

Y pensar que incluso había fantaseado brevemente con romper su regla por ella.

Joder a Envy y a su trono. Lo que tenía claro era que sería la última vez que alguien de la realeza no seelie jugaba con él.

—El juego ha terminado —dijo Envy, sintiendo claramente los primeros latidos lentos de su corazón. Por supuesto que tenía que regenerarse en aquel momento. Justo cuando estaba a punto de romperse—. ¿Dónde está mi premio?

SESENTA Y UNO

C amilla imaginó que Envy la odiaba más que a nada en el mundo, que probablemente se había lanzado de cabeza a conclusiones equivocadas en el momento en que Lennox había confirmado su conexión familiar, porque ella no le había confiado la verdad. Quería consolarlo, explicárselo, pedirle perdón, pero en la Corte Salvaje no se toleraba la debilidad. Si su verdadero padre viera cuánto se preocupaba por el príncipe…

Le dedicó a su padre, el rey no seelie, la sonrisa despiadada que su madre le había enseñado a poner.

—Él ha ganado el juego, pero yo quiero recuperar mi talento. Ahora.

Por fin echó un vistazo por encima del hombro para examinar al demonio. Envy le devolvió una mirada dura. Si las miradas mataran, Camilla habría caído muerta a sus pies en aquel mismo momento.

—Dale su premio y terminemos de una vez —prosiguió, aburrida.

El rey no seelie se recostó en su asiento y la estudió con demasiada atención.

—¿Hablas por él? —preguntó Lennox, en voz baja a modo de advertencia—. ¿Por qué?

No era una pregunta.

—Lo mandaste a mi reino. Hiciste que necesitara *mi* ayuda para tu patético juego. Luego hiciste que el Trono Maldito me robara el talento.

—¿Y? —preguntó Lennox en un ronroneo sedoso y peligroso.

—Es obvio que fue una forma de obligarme a venir aquí. Sabías que solo vendría a por mi talento, puesto que enviar a Lobo a buscarme hace años no funcionó demasiado bien. Madre dijo que no entiendes el concepto de ser rechazado.

Camilla estaba casi segura de que Envy todavía no había respirado.

—Por favor. Quiero recuperar mi magia y volver a casa. A Waverly Green.

Vio que su padre entornaba los ojos. Sintió su disgusto un momento antes del estallido de violencia.

El rey no seelie estaba frente a ella un instante después, echando chispas por los ojos, refulgentes como la luz de las estrellas. Su cabello también había cambiado; los mechones plateados y blancos desaparecieron, reemplazados por mechones del color de la tinta. La noche era luz y oscuridad, luz de luna y la ausencia de ella.

Los ojos y el cabello del rey no seelie cambiaban con su estado de ánimo.

—¿*Qué* has dicho? —preguntó en voz baja y terrible. Los no seelie charlaban animadamente de fondo—. Estoy seguro de que ningún hijo *mío* se dignaría a suplicar.

Camilla maldijo para sus adentros. Los mortales decían «por favor» tan a menudo que había olvidado el insulto que suponía eso para la realeza no seelie. Cómo acababa de demostrar que ella misma no era mejor que una mascota humana.

—¿Quieres que te devuelva tu poder, hija?

Le sostuvo la mirada con la mandíbula apretada.

—Sí.

Sus dedos se convirtieron en garras y en un movimiento que fue pura velocidad sobrenatural le colocó una mano detrás de la cabeza y le arañó la nuca con sus púas afiladas. La sangre caliente le goteó por el cuello y cayó hasta el suelo. La piel le ardía donde él le había cortado.

Reprimió un grito, negándose a darle la satisfacción de verla sufrir.

A su lado, Envy se estremeció y acercó la mano a su arma. Ella no se atrevió a mirarlo.

—Yo no lo haría. —Lennox tampoco había pasado por alto la reacción del demonio.

Camilla apretó los dientes, sabiendo exactamente lo que había hecho su padre.

La magia chispeó sobre su piel, revelando todo lo que había mantenido oculto de cara al mundo.

Las orejas se le alargaron hasta terminar en elegantes puntas; sus miembros recuperaron su fuerza inmortal. La herida de su mano sanó al instante, junto con el corte que su padre le acababa de hacer. Su talento regresó a continuación, llenándola, el vacío en su interior ahora rebosante de poder. El regreso de su esencia fue un bálsamo, pero la reconfortante victoria duró poco.

Atrás había quedado su glamour. La máscara tras la que se había escondido durante la mayor parte de su vida.

Lennox había destruido el símbolo que llevaba tatuado debajo del pelo, revelando la verdad de lo que era. De lo que *siempre* había sido. No seelie. Una no seelie de la realeza: los seres a los que Envy despreciaba por encima de todos los demás. No se atrevía a mirarlo de nuevo, no se creía capaz de ver su disgusto.

Después de haber escuchado su historia sobre por qué odiaba a la corte no seelie, la culpa se la había comido viva. Camilla era todo lo que él detestaba, simbolizaba la casi destrucción de su pueblo.

Ella odiaba al rey. Odiaba aquella corte. Se odiaba a sí misma por ser demasiado débil y tener miedo de contárselo a Envy. Pero él también le había ocultado secretos. Al principio, incluso había mentido sobre su nombre.

En cambio, Camilla miró fríamente a Lennox.

—¿Hemos terminado? Necesito un baño.

—Camilla... no... —Su risa fue oscura y siniestra. Miró a Envy y le dedicó una mirada cómplice—. Cambiados. Son una delicia. Completamente fae, pero con sentimientos humanos.

Su mirada fue dura cuando se volvió hacia ella.

—Para ti ya no existe Waverly Green. Bienvenida a casa, princesa. Quemaremos la plaga mortal que hay en ti.

Camilla perdió parte de su falsa bravuconería.

Lennox lo había dicho de forma más literal que figurada. La torturaría hasta que se volviera tan cruel y retorcida como su hermana y su hermano mayores. Ellos no habían sido entregados al mundo mortal: habían sido educados para dirigir sus cortes. Que no estuvieran allí ahora indicaba que estaban llevando a cabo sus jueguecitos retorcidos con sus propios fae.

Su hermano menor la sorprendió al dar un paso adelante.

—La llevaré a mi corte.

Ayden miró fijamente a su padre, con una expresión que era un gruñido practicado.

—Qué dos pequeños tontos tan brillantes. Más mortales que los fae en espíritu. —Lennox asintió—. ¿Qué problemas podría provocar esto? ¿Lideraréis vuestras cortes... u os liderarán ellas a vosotros? Caos.

Su padre consideró la oferta de Ayden. Luego volvió a mirar a Envy.

Una sonrisa lenta y empalagosa curvó su boca.

—Mi hija se quedará aquí. Conmigo. A la Corte Salvaje le vendría bien un poco de sangre real nueva. Tráeme su relicario.

Hizo un gesto a un hombre que se hallaba de pie cerca del estrado, uno de sus guardias, con la nariz atravesada por un trozo de hierro. Una demostración de fuerza. De su poder. Y de su inclinación a disfrutar del dolor.

Camilla agarró el relicario de su madre con la mano y retrocedió.

—Me pertenece.

Lennox le lanzó una sonrisa oscura.

—Tu madre lo robó de mis arcas antes de robarte a ti también. El relicario es mío. Y me he tomado muchas molestias para recuperarlo.

Camilla inhaló con brusquedad, todavía aferrada al relicario mientras el guardia se acercaba. Extendió una mano y en sus ojos brilló el desafío. Ella no se lo entregó. Pero a él no pareció importarle.

Le cortó el metal del cuello y le llevó el premio a su rey. Lennox cerró los dedos en torno a él y una extraña luz plateada emanó de su puño cerrado. Camilla no sabía que el relicario albergaba ese tipo de poder, le habían dicho que repelía a los hombres no seeliee.

Había funcionado contra Lobo, pero supuso que el rey era diferente.

¿Era aquello lo que Lennox había perseguido en realidad durante todo ese tiempo, no a Camilla, sino su relicario?

Su padre levantó la vista, como si hubiera olvidado que tenía audiencia. Agitó una mano con desdén.

—Dadle el premio al demonio y mandadlo de vuelta por donde ha venido.

Lennox señaló con la mano a otro miembro de la corte.

Lobo salió de detrás de una maraña de no seelie, con sus ojos color amarillo pálido refulgentes.

—Reclama tu premio, Lobo.

Este miró a Camilla, y fue una mirada larga y detenida.

—Con mucho gusto.

Los no seelie chillaron y rieron, encantados con la mirada cargada que Lobo le lanzó.

Ella no dejó traslucir ninguna reacción.

Una vez, lo habían enviado a Waverly Green con una invitación para que Camilla regresase a la Corte Salvaje. Se había negado, por supuesto, pero su noche juntos lo había cambiado todo.

La expresión de Lobo era tan libertina como siempre mientras volvía a recorrerla con la mirada, despacio. Él nunca cruzaría líneas imperdonables, pero, en público, desempeñaría el papel que la corte esperaba. Camilla sabía que tan solo se trataba de una actuación. Pero Envy no.

Lo sintió a su lado, una tormenta de celos apenas controlados azotando debajo de la superficie. La odiaba, tal vez no quisiera volver a hablar con ella nunca más, pero aquella situación seguía provocando su pecado.

Lobo no pareció darse cuenta de que lo estaba molestando. El fae bajó del estrado sin apartar la mirada de ella.

—Vamos a desnudarte y a mojarte, princesa.

—Me bañaré sola —dijo, sabiendo lo que había querido decir.

Lobo *sí* había reparado en la violencia que emanaba de Envy. Siguió provocándolo.

Camilla recordó la forma en que el demonio había luchado en la corte de los vampiros, sabía que la cosa no terminaría bien para nadie si al final explotaba. Tras una mirada a Lennox, se dio cuenta de que eso era justo lo que él esperaba, lo que había puesto en movimiento. El caos y la discordia eran sus melodías más alegres.

Y había jugado con todos ellos.

Quería que Lobo provocara a Envy. Quería una excusa para retrasar la entrega del premio del demonio.

—Felicidades por tu victoria, príncipe Envy —dijo Lennox, en un tono demasiado inocente—. A menos que quieras quedarte y ver nuestro pequeño espectáculo, largo de aquí.

El fae con la perforación de hierro se acercó para sacar a Envy de allí y el demonio explotó.

En un movimiento casi demasiado rápido para verlo, el guardia cruzó volando la habitación y aterrizó a los pies del rey no seelie, con el brazo y la pierna doblados en el ángulo incorrecto.

—Has roto a mi comandante —dijo Lennox, sin ninguna emoción en la voz.

Un gruñido inhumano surgió de la garganta de Envy.

—No me presiones, Lennox.

Lobo no retrocedió, pero dejó de caminar hacia Camilla.

El rey le lanzó una mirada especulativa a Envy y se encogió de hombros.

—Pareces más cansado de lo que pensaba. Permíteme reparar el daño. Podrás disfrutar de una suite de invitados a tu disposición si prefieres quedarte y participar de la diversión.

Con un movimiento de muñeca, el rey los despachó a todos, y la fiesta y el caos se apoderaron de la noche una vez más.

Camilla miró a Envy, pero el demonio giró sobre los talones y se alejó tras otro guardia.

Sabía que ni las lágrimas ni las súplicas supondrían ninguna diferencia.

Era la hija de su mayor enemigo. Y jamás la perdonaría por ello.

Desde el principio, el juego había consistido en hacer que Camilla volviera a Faerie, y la corte de Envy había pagado un alto precio por ello.

Si había existido algún atisbo de esperanza de que la perdonara, esa brasa había muerto.

SESENTA Y DOS

La ira de Envy se encontraba en el filo de la navaja, a un paso de arrasar toda la Corte Salvaje. Una enorme dicotomía había dividido su interior, separando dos mitades en guerra justo por el medio.

Una mitad era la traición hecha carne. Fría, inflexible.

Una antigua herida que no tenía principio ni fin. Era un gruñido, una bestia de dos cabezas que quería atacar, infligir dolor. Rasgar, cortar y diezmar. Al igual que los lobos tatuados en su piel, los monstruos que mantenía a raya clamaban venganza.

Camilla había jugado al juego definitivo y él ni se había dado cuenta.

La otra mitad estaba preocupada. Se sentía protectora. Impaciente por ver a Camilla, por sacarla de aquella corte hecha de pesadillas. Su verdadero hogar. Con su verdadera familia.

Ese lado era el que más le preocupaba. Era frío, pero de una forma diferente. La gélida precisión del cálculo. De la conspiración. Y, por una vez, no tenía nada que ver con la estrategia del juego.

Pronto le entregarían el Cáliz de la Memoria y, entonces, se esperaría de él que abandonara la Corte Salvaje.

Debería irse.

Jamás debería mirar atrás, no debería desperdiciar un solo momento más de su existencia pensando en los engañosos fae. Aquella había sido la peor partida de todas. Se había tragado la mentira.

Pero Camilla… No le resultaba tan fácil como debería alejarse de ella.

Aún quedaba por ver cuánto había sabido ella y cuán profundamente había estado involucrada en el juego. Envy quería sacar conclusiones precipitadas, meterla en el mismo saco que el resto de su deplorable familia. Pero no había sentido ninguna duplicidad en ella. No había querido pintar el Trono Maldito.

Lo había rechazado una y otra vez. ¿Había sido todo parte de su estrategia o había sido genuino?

—Por la sangre de los dioses.

Aquello era lo que pasaba cuando se mezclaba el placer con lo que solo deberían ser negocios. Envy no habría sabido decir si su sentimentalismo, el maldito *cariño* que sentía por la artista, coloreaba su percepción. Si lo impelía a buscar el bien cuando no había ninguno.

Camilla era no seelie. La hija del rey y la reina de los fae oscuros. Incluso con su poder restringido, poseía la habilidad de pintar nuevos mundos. No se sabía lo que podría hacer ahora que Lennox había eliminado la marca de su glamour y había recuperado toda su magia.

Envy resopló. No era de extrañar que se hubiera mostrado tan segura la noche en que lo había tentado para que le diera un masaje. Sabía que no encontraría la marca del glamour debajo de la línea del cuero cabelludo.

¿Había sido recuperar su verdadera forma su objetivo final? ¿Había aceptado por fin ayudar a Envy para poder recuperar todo su poder? Sería tentador y comprensible.

Quizá, para ella, él había sido un medio para lograr un fin. Un capricho pasajero.

Ese pensamiento lo irritó. Durante siglos, había sido él quien había dejado a sus amantes con ganas de más. Ahora no solo se habían invertido las tornas, sino que lo habían trastocado todo.

Pero… la lujuria, la pasión de Camilla, no habían sido falsas. Había percibido cuánto lo deseaba ella, sabía que no tenía nada que ver con ningún tipo de venganza por su familia. Eso había sido real.

También era parte de su auténtica naturaleza.

—Mierda. —Se pasó una mano por el pelo.

No estaba seguro de si era su enemiga o no.

Su *padre*, sin embargo…

Envy atravesó la pared con el puño, lo sacó y observó cómo sangraba la herida antes de empezar a cerrarse lentamente.

Lennox era un maestro del caos, se alimentaba de él y de la pasión que despertaba en aquellos que recaían en el mínimo común denominador cuando eran provocados.

Envy se negaba a caer en aquella espiral. No alimentaría la magia de aquel idiota.

Se sentó al borde de la cama, obligando a su mente a ralentizarse, a pensar con claridad. Solo era otro enigma por resolver. Y ya tenía buena parte de las piezas. Si eliminaba toda emoción, debería poder ponerlo todo en conjunto con precisión.

—Hechos —se recordó a sí mismo—. Enumera los hechos.

Lennox era el padre biológico de Camilla. Pero ella no lo había llamado así. Había visto el amor que sentía por Pierre cuando hablaba de él, el orgullo por su estudio y sus entradas y pasadizos secretos. Había visto el dolor cuando había rememorado su muerte. No había percibido ninguna mentira.

Envy estaba empezando a pensar que el hecho de que Lennox la hubiese incluido tenía menos que ver con burlarse de él que con atraer a Camilla de vuelta a la Corte Salvaje. Era una de los cuatro herederos no seelies; tal vez su padre quisiera que gobernara una de las cortes más pequeñas. O tal vez solo estaba cabreado porque su madre le había robado su baratija y quería recuperarla.

—No es mi corte. No es mi problema —murmuró Envy para sí mismo.

Mintiéndose a sí mismo.

Camilla debía de haberlo sabido. Debía de haber descubierto qué era lo que buscaba su padre en realidad. Sin embargo, había seguido ayudando a Envy, había llegado hasta el reino fae, sabiendo lo que le esperaba, sabiendo cuánto odiaba él a la realeza no seelie.

Aunque no hubiera sido por la bondad de su corazón, como acababa de descubrir. El Trono Maldito le había robado su talento, instándola a seguir participando en el juego hasta el final. Un detalle que Camilla no había compartido. Otro miembro de la realeza no seelie tomándolo por tonto.

Hostia puta. Se había tirado a una princesa no seelie en su trono.

Una enemiga jurada, a la que odiaba más que a nada, *poseyéndolo* en *su* propia corte.

Y a Envy le gustaba. Eso era lo que más le irritaba. Ni siquiera podía fingir que no había considerado renunciar a todo, condenar a todo su círculo, porque se había vuelto adicto a aquella maravillosa e inteligente mujer que se había enfrentado a él una y otra vez.

No era de extrañar que su pasión fuera infinita. Era su naturaleza buscar emociones lo más intensas posible para alimentar su propio poder.

Sin embargo, aquella no le parecía toda la verdad.

La lógica le decía que lo que habían compartido era real. El dolor que sentía… también era real.

Una suave llamada hizo que fuera a abrir la puerta, listo para besar o matar…

—Lobo.

Los ojos del fae emitieron un oscuro destello.

—¿Esperabas a otra persona?

—Vete a la mierda.

Lobo cruzó los brazos sobre el pecho y miró a Envy por encima del hombro.

Una mirada que era pura arrogancia fae.

Pensó en quitársela de la cara a puñetazos, en sentir el satisfactorio crujido del hueso.

—No me gustas —dijo Lobo con sencillez. Envy le lanzó una mirada sombría—. Pero sí me gusta Camilla. Me gusta su corazón. Su creatividad. Y me encanta ese sonido que hace justo antes de correrse.

Envy tensó la mandíbula y cerró la mano en un puño. Si pegaba a Lobo, Lennox podría retrasar el momento de entregarle su premio.

Su corte. Ahora tenía que pensar únicamente en salvar a su corte.

—Ve al grano, Lobo.

—La deseo. Y soy de los que van detrás de lo que quieren. Con gusto. —La mirada de Lobo se encendió—. Pero ella parece desearte a ti. Personalmente, creo que lo superará. Hubo un tiempo en el que yo también le gustaba. Cuando te hayas ido, yo seguiré aquí. Consolándola.

Envy contó en silencio hacia atrás. Centrándose en sus demonios en peligro. En la monstruosidad en la que se había convertido su corte. En cómo se sentiría al tener la sangre de Lobo derramándose por su puño.

—Y cuando ella quiera, estaré de vuelta en su cama. Con sumo gusto.

Envy fue a cerrarle la puerta en la cara a aquel fae tan cabrito, pero él metió la bota entre el marco y la puerta, impidiéndole hacerlo. Sin embargo, se escuchó un crujido satisfactorio.

—¿Es que quieres que organice un desfile? —preguntó el demonio.

—Cuando te marches de esta corte —dijo Lobo—, quiero que pienses en lo que estás dejando atrás. A quién. Y luego quiero que recuerdes que hay otros que son mucho menos estúpidos, que no se limitarán a alejarse cuando las cosas se pongan difíciles y ya no sea un cuento de hadas perfecto.

—¿Alguna otra píldora de sabiduría?

—Si haces daño a mi princesa —gruñó Lobo en voz baja—, te daré caza, demonio.

—¿*Tu* princesa? —El pecado de Envy se encendió—. Camilla nunca será tu nada, fae.

—Ah, pero yo siempre seré su primero. —La expresión de Lobo se volvió burlona—. Y ahora su padre quiere que estemos juntos de nuevo. ¿Quién soy yo para negarle algo al rey? Me ha sugerido que la acompañase hasta la corte y la tomase delante de todo el mundo. Que le recordase cuánto nos divertíamos.

Una fina capa de hielo recubrió la habitación, tapando los muebles, el techo, las paredes. El medidor interno de Envy se alejó del sentimiento de traición y aterrizó sólidamente en la sección de querer destruir a cualquiera que amenazara a Camilla.

—¿Qué opinas, alteza? ¿Debería recordarle cómo fue? ¿Debería eliminar cualquier rastro de tu contaminación demoníaca de su piel?

Lobo ladeó la cabeza y entrecerró los ojos.

—¿Crees que ahora que no está reprimida será más salvaje en la cama? —silbó—. Dos no seelie montándoselo… ni te imaginas la intensidad. La pasión de uno alimenta al otro y entramos en bucle. Qué ganas de volver a llenar su bonita boca con mi semilla.

Lo estaba incitando. Envy lo sabía. Y le importaba una mierda.

Dio un paso hacia el no seelie, permitiendo que cada oscuro detalle que lo convertía en un príncipe del infierno emanara de él.

—Camilla me pertenece *a mí*.

Lobo sonrió.

—Entonces, te sugiero que saques la cabeza del trasero y vayas tras ella. Lennox pronto mandará a buscarla. Si yo fuera tú, pensaría un plan antes de eso. El rey no es amable con los mortales… y el comportamiento de Camilla es mucho más humano que fae.

Toda diversión desapareció del rostro de Lobo.

—Y mantengo mi primer mensaje, demonio. Si le haces daño, conseguiré que te arrepientas. —Volvió a salir al pasillo—. Ahora, vamos, alteza. Te llevaré con ella.

La indecisión desgarraba a Envy.

No quería que le pasara nada a Camilla, pero no estaba preparado para verla. Él nunca había sido el héroe de nadie. No sabía cómo serlo.

Lobo lo miró con una mueca de desprecio.

—No la mereces.

—Nunca he dicho lo contrario.

El fae guardó silencio un momento y luego dijo:

—Quizá se me haya olvidado mencionar... que Lennox te ha mandado llamar. Te espera en la corte dentro de exactamente treinta minutos.

Sin mirar atrás el no seelie se alejó, sacudiendo la cabeza.

SESENTA Y TRES

C amilla contempló fijamente su reflejo en el espejo, extraño y familiar a la vez.

Su rostro apenas había cambiado. En todo caso, sus ojos presentaban un matiz un poco más metálico, como la plata que ha sido pulida hasta brillar. Su cabello resplandecía con un centelleo que no había estado ahí antes, como la luz de la luna en una fría noche de invierno.

Sus orejas… no se podía negar lo que era, ni se podía esconder. Cualquier idea que pudiera haber albergado acerca de regresar a Waverly Green era ya inviable.

Aunque ya no quería volver. Después de experimentar los siete círculos e incluso los terrores de la isla Malicia, Camilla había vislumbrado lo grande que era el mundo. La idea de regresar a Waverly Green sin su familia, sin… alguien…, ya no le resultaba atractiva.

Pero quería a Bunny. Tenía que volver y recuperar a su dulce gata. Y también despedirse como era debido de Kitty.

Se tocó las suaves puntas de sus alargadas orejas, ahora extrañas para ella.

La decisión de llevar un glamour no había sido suya.

De hecho, pocas cosas en su vida lo habían sido. Era una niña cuando la habían arrancado de todo lo que le resultaba familiar. Su hogar, su familia, su reino. Una noche era una gran princesa de la Corte Salvaje y a la siguiente era una niña mortal sin magia en Waverly Green.

Su madre, Prim Róis Fleur, la había secuestrado por razones que probablemente nunca entendería del todo. Desde entonces, Lennox había estado intentando tentarla para que volviera. Quería que tomara su trono. Para Camilla, había sido uno de los peores juegos al que sus padres habían jugado nunca.

Pero había una pieza que seguía sin encajar: ¿por qué Prim Róis había robado el relicario y se lo había entregado a Camilla? ¿Y por qué Lennox había pasado por tanto para recuperarlo?

Más acertijos, más enigmas, más engaños. Esa era la forma de ser de su familia.

Pero no todo había sido mentira. Su madre se había encariñado con Pierre. Incluso había empleado su verdadero segundo nombre, ofreciéndole así algo de honestidad.

No había necesitado demasiada magia para convencer a Pierre de que la niña pequeña era suya; le había implantado falsos recuerdos de ella embarazada, de sus primeros años de vida. De él enseñando a Camilla a sostener ágilmente un pincel entre los dedos.

Todo mentiras, pequeños y bonitos espejismos mágicos.

Pero Camilla lo quería de verdad. Quedarse en Waverly Green, encargarse de la galería de Pierre… Aquella decisión sí le había pertenecido por fin. Con su padre humano había aprendido lo poderoso que era el amor. Que el miedo jamás podría competir con él.

Sin embargo, se preguntaba si su padre mortal lo había sabido. Si una parte de él habría podido ver más allá de Prim Róis y su magia fae. Temía que aquello hubiese sido lo que, al final, lo había conducido a su obsesión y su locura.

Pero quizá también hubiese sido lo que había llevado a Pierre a llenarle la cabeza de cuentos de hadas. Había sido él quien la había advertido sobre los fae y sus tratos. Le había hablado del príncipe vampiro. Y de los siete príncipes que gobernaban en el infierno.

Camilla no creía en las coincidencias.

Volvió a rozarse con los dedos la suave curva de las orejas.

¿Odiaría su padre mortal aquella forma?

No. La querría de todos modos. El amor de Pierre era incondicional, sin juegos ni ataduras.

Dejó caer las manos sobre el regazo.

Envy no era Pierre. No seguiría preocupándose por ella ahora que su verdad había sido revelada.

—¿Princesa? —Lobo la llamó desde el otro lado de su puerta—. ¿Estás indecente?

Su tono tenía un toque de burla y tal vez un poco de esperanza. Él la esperaría.

Se lo había dicho tal cual mientras la acompañaba a su dormitorio. Y eso debería suponer un consuelo, el saber que no estaría sola. Envy solo iba a ser suyo por una noche, y eso era más cierto ahora que antes de que su engaño quedara al descubierto.

—¿Princesa? Me estás provocando pensamientos francamente obscenos.

Camilla al fin logró sonreír, la primera vez desde que había llegado.

—Adelante.

Él entró en su habitación y le dirigió una mirada apreciativa.

—Qué atrevido.

—Eso intentaba.

Sabía que no se refería al corte del vestido, que descendía hasta formar una profunda V sobre el ombligo tanto en la parte delantera como en la trasera.

Camilla había elegido el tono de verde más intenso que había encontrado en el armario de su habitación. A lo mejor no importaba, pero, aunque Envy no estuviera ahí para verlo, quería que la Corte Salvaje supiera que no todo había sido mentira.

A su padre, sin embargo, no le gustaría.

Supuso que odiaría aún más el anillo de esmeraldas y diamantes que se había colgado al cuello y que descansaba sobre su corazón.

La mirada de Lobo se detuvo en la esmeralda.

—Es un idiota.

—Se siente herido —replicó Camilla—. Debería haberle dicho quién era.

Lobo resopló.

—Estoy seguro de que él fue honesto contigo en todo momento.

—No soy responsable de las acciones de los demás, solo de las mías. —Camilla exhaló—. Mi padre humano me enseñó mejor. Estaba asustada. Dejé que el miedo a perder mi talento para siempre gobernara mis acciones. Luego, a medida que... me sentí más cercana a Envy, empecé a temer cómo reaccionaría ante la verdad. Odia a la realeza no seelie.

—Repito, es un idiota.

—Me imagino que no has venido para hablar de mi vida amorosa —dijo con una débil sonrisa—. ¿El rey me ha mandado llamar?

Lobo asintió despacio y recorrió con la mirada sus aposentos privados.

Las ventanas ocupaban tres de las cuatro paredes y el techo también estaba hecho de cristal, permitiendo que la luz de la luna cayera como una cascada plateada.

Cuando volvió a mirarla, parecía inseguro.

—Síguele el juego a tu padre, Camilla. O las cosas irán muy mal esta noche.

Ya había jugado a suficientes juegos de Lennox, pero asintió para evitar decir la mentira en voz alta.

Lobo la miró con una mueca en los labios y luego la acompañó hasta la corte.

—Bien. —Lennox miró a Camilla y entornó los ojos al reparar en su vestido. No pasó por alto el sutil mensaje de «a la mierda con tu corte y tus juegos» que transmitía el color que había elegido—. Llegas justo a tiempo. —Hizo un gesto a los guardias que la flanqueaban—. Traedla. Estoy listo para empezar.

Todos menos el nuevo jefe de la guardia se abalanzaron sobre ella. Este se quedó atrás, sosteniendo un objeto tapado con terciopelo, seguramente algo desagradable con lo que amenazarla si no hacía lo que su padre ordenara.

Percibió que Lobo se ponía rígido a su lado y no se atrevió a mirar en su dirección. Su padre observaba cada uno de sus movimientos, el astuto brillo en sus ojos de lo más elocuente. Camilla se había dado perfecta cuenta de que en aquel momento no había más miembros de la corte de la Medialuna presentes. Una rareza. De niña, la habitación, con forma de luna creciente, siempre estaba repleta de fae.

Ahora, todo estaba tranquilo. En silencio, salvo por un puñado de guardias, Camilla, Lobo, y el rey no seelie. Quizá los demás siguieran disfrutando fuera, en la terraza. Aunque no creía que se tratara de eso…

Miró a su alrededor de nuevo y su inquietud fue en aumento.

El suelo plateado había sido diseñado para reflejar la luz de la luna que entraba a través del techo de cristal, pero, por alguna razón, su padre había mandado taparlo.

Otra ominosa y premonitoria sensación de preocupación la carcomió.

La Corte Salvaje adoraba a la luna, se bañaba en su luz, la celebraba. Que su padre cubriera su magia… no auguraba nada bueno para ella.

Permitió que los guardias la condujeran hasta el trono. Cerca del pie del estrado se había instalado un caballete y una pequeña mesa de madera que contenía una extraña variedad de materiales artísticos.

Un pincel, carboncillo, pintura plateada. Tonos fae negros, dorados e iridiscentes no disponibles en el mundo mortal. Los colores fae atrajeron su atención. La impulsaron a acercarse pese al cosquilleo de inquietud que sentía.

—Vas a pintar la llave y el relicario juntos.

Lennox sostenía la llave del portal en una mano, y el relicario de plata colgaba de su otro puño.

A Camilla se le aceleró el corazón. Pierre se había obsesionado con esa llave del portal. Se parecía mucho a una llave maestra normal, con una esmeralda engarzada en la base, pero para ella se había convertido en mucho más. Quería recuperarla, sostenerla contra su pecho y prometerle a su padre mortal que nunca volvería a perderla de vista.

—Camilla. —La voz de Lennox rezumaba desaprobación—. Creía que la adoración mortal que has mostrado antes era una actuación. Dime que en realidad no albergas sentimientos por esa mascota con la que jugaba tu madre.

La advertencia de Lobo revoloteó en su mente. «Síguele el juego a tu padre».

Camilla se mordió el interior de la mejilla para evitar espetarle algo al rey.

En vez de eso, se quedó mirando la llave del portal y el relicario, tratando de averiguar por qué querría que los pintara juntos. ¡¿Qué nefasto complot había puesto en marcha ahora?! Preguntarle abiertamente solo lo enfurecería: las órdenes del rey no seelie debían ser recibidas con obediencia.

Aun así...

—¿De qué forma se supone que debo pintarlos juntos? —preguntó con bastante inocencia.

El cabello de Lennox cambió de plateado a blanco y luego a negro, mientras su estado de ánimo variaba rápidamente.

—Una cadena, una cuerda, una cinta de seda —respondió, encogiéndose de hombros—. Tu talento te guiará. Lo único que importa es que ambos estén atados.

Así fue como Camilla supo exactamente lo que no pintaría. Pero su desafío...

Tragó saliva y tomó el pincel, desviando la mirada de nuevo hacia los brillantes y etéreos colores fae. Uno —lavanda, azul, plateado, ondulante e iridiscente— era magia en forma líquida. Mojó la punta del pincel en él, aceptó la llave del portal y su medallón y los colocó sobre la mesita de madera, uno encima del otro, con el pulso repentinamente acelerado.

—Ah, una cosa más. —La voz de Lennox era una daga sumergida en veneno que la obligó a quedarse inmóvil—. Si no haces lo que te mando, destruiré esto.

Le hizo un gesto al jefe de su guardia, quien destapó el objeto que sostenía. Su propósito era torturarla, en efecto. Excepto que no se limitaría a hacerle daño a ella. Destruiría a la corte de Envy.

Allí, en manos del guardia, estaba lo que tenía que ser el Cáliz de la Memoria. La copa tenía runas grabadas, cuya magia estaba reprimida, pero a la espera.

Camilla se tragó el repentino nudo que se le formó en la garganta. Su padre aún no había dejado que el príncipe demonio se marchase. El juego aún no había terminado. Daba igual que no quisiera unir la llave y el relicario, no sería capaz de volver a hacer daño a Envy o a su corte.

Lennox la estudió con atención, con la comisura de la boca levantada. Le encantaba cuando su plan se desarrollaba a la perfección, y había apostado a que ella se sometería.

Y lo peor de todo era que tenía razón.

Superada en astucia, acorralada y sin elección, Camilla se sumergió en ese pozo de magia, en el talento que venía de otros mundos, igual que ella.

Cerró los ojos y permitió que su musa tomara el control y le mostrara cómo deseaba ser atado el objeto. Finas cadenas de colores fae como telarañas alrededor de la llave y el relicario.

Entregándose de lleno a su talento, Camilla pintó cada hilo de aquel color mágico, llegando incluso a añadir pequeñas gotas, como el rocío en una telaraña. El cuerpo de la llave del portal se fusionó lentamente con el relicario, la plata se licuó y se filtró hasta que los dos objetos se fusionaron en uno.

No era una pintura, sino un nuevo objeto tangible.

Una verdad impactante y horrible quedó liberada, lanzando a Camilla hacia atrás en una explosión mágica. Su cuerpo voló varios metros a través del salón del trono antes de que se estrellara, cayera al suelo y se golpeara la cabeza contra las barras de metal.

Apenas podía ver el aquí y el ahora; seguía medio perdida en ese extraño poder. La última vez, Envy había estado allí para devolverla a la realidad. Ahora, estaba sola.

Y lo que había visto…

—Un objeto maldito —fue todo lo que pudo susurrar. Por separado habían sido solo la llave del portal y su relicario. Atados, se habían convertido en algo más, en otra cosa.

Camilla se ordenó concentrarse, encontrar su realidad.

El metal frío presionado contra sus palmas.

No. Estaba tirada sobre un suelo de metal. El suelo de la corte de la Medialuna no era de metal.

Parpadeó, tratando de obligarse a volver al presente.

Se escuchó un ruido metálico que llamó su atención.

—No. —Le tembló la voz. La había enjaulado. Y la había colgado muy por encima del salón del trono, donde su jaula se balanceaba peligrosamente con cada uno de sus movimientos.

Era una buena prisión. Una burla hecha celda.

—Déjame salir.

Lennox no se molestó en mirarla; caminó hacia donde había dejado la llave unida, la levantó y le dio la vuelta.

—¿Tienes alguna idea de lo que esto es capaz de hacer ahora? —preguntó.

Nada bueno, estaba claro.

Camilla enroscó las manos alrededor de los barrotes de metal, y el hierro le quemó la carne. Las retiró y volvió a intentarlo, sacudiendo la puerta. Por hacer lo que le había ordenado, su padre la había aprisionado con hierro. Era incomprensible.

—No puedes enjaularme.

Lennox le dirigió una mirada de lástima.

—Lo acabo de hacer.

—¿Por qué? —preguntó, sin importarle el hecho de que no debía cuestionar al rey—. ¡He hecho lo que me has pedido!

El pelo de su padre se volvió negro y sus ojos brillaron de color blanco.

—¿Es eso lo que he hecho... *pedírtelo*? Como un buen amigo mortal. Como un amoroso padre humano. ¿O te ha dado tu rey una orden? ¿Una que te habrías negado a cumplir si no te hubiera dado una *razón* para no hacerlo?

Avanzó hacia ella, su mirada acerada y desprovista de cualquier pretensión de amabilidad.

—Confundes tu lugar en mi corte, hija. Fuiste invitada a volver a casa. *Dos veces*. La primera, envié a una amiga a buscarte, por si necesitabas a una de nuestra especie. Luego envié a Lobo. Por si lo que necesitabas era una pareja. Elegiste quedarte en esa cloaca mortal, rebajarte. Fingiendo que eras humana.

La ira le desató la lengua.

—En primer lugar, *yo* no elegí irme. ¿O has olvidado tu jueguecito con mamá? Me convertiste en una cambiada. Luego me condenas por haber elegido quedarme en un lugar donde he sido solo otra pieza del juego. Yo nunca habría abandonado la Corte Salvaje.

—La reina te secuestró —espetó Lennox—. Deberías haber demostrado tu lealtad a nuestra corte cuando te convoqué la primera vez.

—¿Mi lealtad? Parece que soy solo tu pequeño peón y que me mueves por el tablero a tu antojo.

La sonrisa de su padre estaba hecha de pesadillas. Levantó la llave.

—Este es la llave Silverthorne, pequeño peón. ¿Sabes lo que hace?

Camilla sintió como si hubiera recibido un golpe. Sacudió lentamente la cabeza mientras una terrible comprensión emergía en su mente. Las piezas del rompecabezas encajaron en su sitio. La obsesión de Pierre con la llave del portal, con guardarla en Waverly Green. El relicario del que su madre le había dicho que nunca se desprendiera.

Silverthorne Lane. El mercado negro de Waverly Green. El lugar donde los fae no seelie solitarios y exiliados negociaban con los mortales.

De algún modo, la llave y el mercado negro estaban conectados. Y si el creciente temor de Camilla era fundado, era probable que acabara de crear un enlace directo entre el mundo mortal y aquella corte.

—No.

La mirada de Lennox volvió a tornarse de ébano, su cabello recuperó el tono blanco plateado propio de un dios.

—Veo que lo entiendes perfectamente. Silverthorne Lane es una línea de reino. ¿Esta llave? Abre esa puerta y lleva directamente…

Caminó hacia un espejo plateado apoyado contra la pared, ancho y de gran tamaño. Lo bastante grande para que incluso el ser humano más alto pudiera cruzarlo.

—Aquí.

Lennox clavó la llave directamente en el centro del espejo, y el cristal onduló como un líquido cuando hizo girar el objeto maldito. Camilla no pudo apartar la mirada, atrapada en su jaula, mientras el espejo titilaba. Sombra y luz, luz y sombra. Las imágenes se reproducían en él, demasiado rápidas para verlas con claridad; luego llegaron los sonidos. Aves, personas, carruajes… los sonidos de las bulliciosas calles de Waverly Green.

—No —repitió Camilla, sacudiendo su jaula. El hierro la quemó y un dolor atroz le recorrió los huesos—. Por favor. Déjalos en paz.

Lennox miró por encima del hombro con una expresión de notorio deleite.

—Uno por uno, pequeño peón, atraeré a todos los habitantes de esa ciudad hasta aquí. En la Corte Salvaje nos hace falta un nuevo entretenimiento. Y cuando Waverly Green haya caído, pasaremos al siguiente. Ahora, guarda silencio.

Ladeó la cabeza, se pasó una mano por la ropa y conjuró mágicamente un nuevo traje ante sus ojos. Si Camilla no hubiera sabido lo oscuro y retorcido que era, Lennox le habría parecido un príncipe de cuento de hadas. Excepto que aquel príncipe era un rey diabólico y a aquel cruel rey no podía interesarle menos robar corazones, lo que quería era romper almas. Irradiando una falsa bondad, se giró hacia el espejo mientras los primeros mortales lo cruzaban a tropezones, con expresiones soñadoras en el rostro.

La viuda Janelle, los lores Harrington y Walters y varios otros habituales del círculo de Vexley entraron en el salón del trono.

Camilla se llevó la mano a la boca y reprimió un grito. Conocía a aquellos humanos. Había asistido a fiestas y a reuniones con ellos.

Y no merecían el destino que les aguardaba allí.

Sus miradas recorrieron la estancia y se detuvieron en ella, en sus orejas de fae.

Camilla los miró y gritó:

—*¡Corred!*

SESENTA Y CUATRO

Las cosas en la Corte Salvaje habían cambiado desde la última vez que Envy había asistido a una velada allí, más de un siglo antes.

Y no para mejor.

Las reuniones no seelie solían ser eventos deliciosos y pecaminosos en los que el vino corría con libertad, los amantes se emparejaban para pasar una noche de diversión, y el rey y la reina lo gobernaban todo con oscuro júbilo. Se celebraban sobre todo el arte y la pasión. Cuando había luna llena, era aún mejor.

Toda la corte no seelie había sido diseñada como una oda a la luna, todas las estancias estaban construidas para reflejar sus fases cambiantes. La mayor parte del techo del castillo estaba hecho de cristal, para permitir que la luz de la luna bañara a todos los que pasearan en las plantas de abajo. Todos los muebles eran de tonos plateados, azul medianoche y lujosos terciopelos negros. Pequeños orbes luminosos flotaban en las habitaciones y los pasillos, para que los huéspedes se sintieran como si estuvieran caminando entre las estrellas.

Era etéreo, grandioso, algo de otro mundo que seducía y al mismo tiempo relajaba. Todos los sentidos se embebían de su belleza, y del vino... era emocionante. Adictivo. Los sabores eran ricos y decadentes y hechos para ser degustados. Picantes, dulces, ácidos y con cuerpo.

El vino de bayas demoníacas se le acercaba, pero nada sabía como el vino de Faerie. Encontraba cada recoveco divertido y apasionado de una persona y lo magnificaba, dándole confianza para bailar, cantar, fornicar y crear lo que sus pasiones más íntimas le exigieran. Siempre y cuando los invitados fueran adultos que dieran su consentimiento, la Corte Salvaje se convertía en la fantasía de todo individuo.

En aquel entonces, todo el mundo quería una invitación a la Corte Salvaje. Desde príncipes del infierno hasta brujas y cambiaformas por lo general estoicos. Incluso Lust envidiaba a los fae oscuros por sus indulgencias bajo la luna llena, honrando los cielos de donde procedía su poder.

Esa no era la Corte Salvaje que Envy estaba viendo en aquel momento.

Entró en la corte de la Medialuna, que una vez había sido la más hermosa de todas las estancias. Ahora estaba a oscuras, y no solo porque el techo hubiese sido pintado de negro. Había antorchas ardiendo por toda la estancia, el fuego lamía pesadamente el aire.

En lo alto, los invitados estaban encerrados en jaulas, como si fueran ganado a la espera del sacrificio. Había fae con cuernos turnándose para burlarse de ellos, metiendo atizadores en un fuego cercano hasta que el metal brillaba de un intenso tono carmesí y luego gritando junto con los humanos, cuya carne chisporroteaba y quedaba marcada.

El olor empalagoso y dulzón de la carne quemada flotaba por todo el castillo, el humo provocaba que a Envy le picaran los ojos. Ese no era el peor de los horrores o la depravación en exhibición.

Los humanos que ya habían sido elegidos de sus corrales habían sido atados a varias mesas y estaban siendo desollados vivos. Incluso para un príncipe del infierno era un espectáculo horrible.

Entonces Envy se detuvo en seco, había reconocido a *lord* Harrington.

Estaba gritando mientras le quitaban la carne tira a tira.

La bilis le ardió en la garganta, tanto como la ira que sofocó al volvérsela a tragar.

Lennox había sido un rey perverso que se había regocijado en su maldad, pero aquello era más que depravado. Más que cruel.

Lobo se acercó sigilosamente a Envy, con un cóctel oscuro humeando ligeramente en una mano.

El demonio pagaría una gran suma de dinero para mandar al maldito macho por donde había llegado.

—Bienvenido a la nueva Corte Salvaje. —Lobo tomó un sorbo de su bebida, desviando la mirada hacia un hada cercana cuyas alas estaban en llamas—. El hogar de la mujer que te niegas a reclamar.

El fae se bebió el resto del cóctel, arrojó el vaso contra la pared y sonrió mientras un cortesano lo maldecía.

—Si crees que Lennox la tratará de forma diferente solo porque quería recuperarla, entonces eres un auténtico imbécil. —Se giró y le hizo una reverencia burlona—. Su alteza.

—Camilla es fae.

—¿Crees que le importa? —preguntó Lobo en voz baja—. Lo primero que quería Lennox era el collar. Ella era lo segundo. Y solo porque Prim Róis la secuestró. ¿Crees que será amable con la hija que se negó a volver al hogar? Mira a tu alrededor, alteza, ¿acaso da la sensación de que a Lennox le gusten los mortales? ¿Da la sensación de que le gustaría que uno de sus herederos lo desafiara por ellos? Estuviste en Waverly Green un tiempo… ¿No hay nada que te resulte familiar?

Una sensación de malestar se apoderó de Envy. Lennox había convertido en un objetivo la ciudad que Camilla amaba.

—Cuánto tiempo. —No lo formuló como una pregunta, sino como una exigencia.

—¿Los mortales? —Lobo hizo una pausa—. Creía que ya habrías juntado las piezas.

—He tenido muchas cosas en la cabeza —espetó Envy. Todavía no se había recuperado del todo de la tortura. Necesitaba reabastecer su poder y largarse de aquella corte para salvar a sus demonios antes de que *no pudiera* salir—. ¿Solo se los está llevando de Waverly Green?

Lobo miró a su alrededor y bajó la voz.

—Por ahora.

—¿Y cómo lo está haciendo?

—Ahora que ha traído a Camilla de vuelta, ha podido abrir un nuevo portal de alguna forma. Uniendo su relicario con una llave.

—La llave del portal.

A Envy le dio vueltas la cabeza. El juego nunca había girado en torno a él.

—¿Qué hace el portal?

Lobo señaló la escena que los rodeaba.

—Permite que Lennox entre y salga del reino mortal cuando le plazca. En concreto, del mercado negro. ¿Todos estos humanos? —Volvió a escrutar la habitación—. Solo son el inicio de la nueva corte de las pesadillas de Lennox. Esto es lo que ha traído esta noche, a modo de lección para Camilla. Imagínate dentro de una semana, de un mes. No estamos en los siete círculos. Nuestras salvaguardas son legendarias. Ni siquiera tu rey puede cruzar este territorio si Lennox no quiere que lo haga.

—Esto tiene que parar. Mis hermanos no lo permitirán.

—Pero ¿tú sí? —Lobo lo estudió durante un largo momento—. Mejor no hacer esperar al rey.

Detrás de Lobo se desató una pelea, y Envy vio cómo volvía a ponerse la máscara. Con una mirada de travieso deleite, aulló y se lanzó a la refriega, mordiendo, gruñendo y abriéndose paso a puñetazos en mitad de la creciente locura.

Envy observó impasible, y los alborotadores dejaron un amplio espacio a su alrededor. Incluso los no seelie más rabiosos percibían la amenaza que irradiaba.

La Corte Salvaje no era un problema que Envy debiese resolver. Tenía una corte propia que arreglar. Y aun así... no todos eran extraños. Había humanos a los que había llegado a conocer, aunque fuera brevemente, durante su estancia en Waverly Green. Habían ido a su casa, bailado en su fiesta.

Y aquella tortura iba más allá de cualquier diversión fae.

No podía ni imaginar lo que sentiría Camilla al verlo. Deseó que estuviera en algún lugar muy lejano.

Dejó atrás la lucha en la que ya estaban involucrados dos docenas de fae y se dirigió hacia el trono. Lobo tenía razón en una cosa: Camilla era, en muchos sentidos, más mortal que los fae.

No era posible que el rey fuera a someter a su propia hija a aquello, ¿verdad?

Ni siquiera se había planteado la pregunta antes de conocer la respuesta.

Sus pasos vacilaron al contemplar la horrible visión junto al trono.

Allí, vestida con los colores de Envy, colgaba la prueba de lo que Lobo había dicho sobre el rey no seelie. Lennox haría pagar a Camilla por haberlo rechazado.

La *estaba* haciendo pagar.

Su corazón recién regenerado latió de forma dolorosa, su necesidad de proteger instándolo a seguir avanzando. Pero tenía que planear con cuidado su próximo movimiento.

Aquella escena podría haber sido diseñada para aprovecharse de la reacción de Envy al ver a Camilla atrapada en una jaula a tres metros del suelo.

O podría tratarse de un castigo que el rey no seelie había impuesto a una niña desafiante. Quizás aquella fuera su forma de quebrantar la voluntad de Camilla.

Nada sorprendería a Envy en lo que concernía a Lennox y a sus manipulaciones. Observó su prisión y reparó con horror en que era mucho peor de lo que le había parecido a primera vista.

La jaula colgaba sobre el fuego y las llamas lamían con avidez el suelo metálico, calentándolo hasta que había adquirido un furioso tono rojo anaranjado. En el interior, Camilla había sido encadenada con esposas de hierro al poste central de la jaula.

Envy se quedó mirando los verdugones que se formaban en su piel, el humo que se elevaba alrededor de sus zapatos. El suelo de metal debía de estar insoportablemente caliente, pero Camilla mostraba una mirada desafiante, con los ojos plateados brillando como estrellas y la mandíbula tensa. Como si se negara a permitir que le cayera ni una lágrima, a mostrar una pizca de dolor, para fastidiar a su padre.

El demonio se quedó inmóvil, asimilando todo el alcance de lo que Lennox había hecho.

A diferencia de un humano que acabaría sucumbiendo a la tortura, la inmortalidad de Camilla no la dejaría morir. Sería torturada todas las noches, una y otra vez, hasta que el rey por fin se cansara y encontrara un juego nuevo.

¿Cuántos de los amigos y conocidos que había hecho a lo largo de los años desfilarían ante ella durante ese tiempo? Y todo porque había elegido una vida para sí misma.

Envy llegó ante el trono.

—Lennox.

El rey no seelie giró la cabeza, con los ojos oscuros vidriosos y desenfocados. El caos y la lucha estaban alimentando tanto su poder que se estaba emborrachando con él.

—Es una pena que no hayas traído a ninguna otra mortal —farfulló el rey—. Esa última fue divertida. Mucho. Las cosas que le gustaba hacer con la boca... bueno, estoy seguro de que lo recuerdas.

Envy mantuvo la mirada fija en Lennox, asegurándose de no mirar en dirección a Camilla. La máscara se le resbalaría si lo hacía.

—Entrégame el cáliz.

Lennox se inclinó hacia delante.

—Pero eso no es lo único que quieres, ¿verdad? Quieres a mi hija.

Estaba pinchándolo, poniéndolo a prueba. Envy levantó un muro alrededor de sus emociones.

—Ya la tuve. Yo no repito.

Lennox curvó una comisura de la boca.

—Interesante.

Dirigió su atención hacia donde Camilla estaba atrapada en la jaula; Lennox estaba tratando de obligar a Envy a seguir su mirada. No lo hizo.

El rey lo miró de nuevo, con aspecto de estar aburrido. Envy ya no era lo más divertido en aquella habitación.

—Puede que tú y yo seamos más parecidos de lo que creía. Yo también creo en las reglas. Una victoria es una victoria. Aquí está tu premio.

No se parecían en nada.

El rey levantó el Cáliz de la Memoria. El oro destelló a la luz de la luna; las runas, austeras como tatuajes. La magia zumbaba en su interior, como un diapasón al ser golpeado, casi perdido en la cacofonía que tenían detrás.

Lennox no se movió de su trono, lo que obligó a Envy a subir los dos escalones hacia él.

Sintió la mirada de Camilla clavada en él; reconocería esa sensación en cualquier lugar.

No sucumbió a la tentación de atravesar al fae con la daga de su casa. Al menos, no todavía.

Rodeó el cáliz con los dedos con delicadeza, y la magia ardió al reconocer a su dueño. Había tardado siglos, pero por fin sería capaz de salvar a su corte. El control de Envy se hizo más fuerte y el rey no seelie lo soltó, con esa sonrisa burlona todavía plantada en la cara.

—Felicidades, alteza. —Lennox habló en voz baja y sedosa—. Saludaré a mi hija de tu parte. Bueno, después del espectáculo.

Envy no pudo evitarlo; miró a Camilla, cuya expresión era una máscara de arrepentimiento y dolor. Le sostuvo la mirada, como si le transmitiera en silencio un último adiós. Sabía lo que él había estado buscando.

Y ahora no podía demorarse.

—Mi palomita necesita que le recuerden lo que sucede cuando vuela del proverbial corral. Su madre jugó a un juego peligroso al llevársela lejos. Todo porque yo estaba… ¿Cómo lo expresó? «Perdiéndome en mi depravación». Como si Prim Róis hubiese sentido alguna vez una pizca de otra cosa.

Los latidos del corazón de Envy triplicaron la velocidad y su mente se aceleró. Cuando habló, lo hizo en tono de aburrimiento.

—Nunca la mandaste lejos.

—Por supuesto que no. Es demasiado valiosa. ¿Por qué crees que la secuestró esa zorra de la reina? —Lennox se puso de pie, con los ojos y el cabello oscureciéndose—. ¡Ha llegado el momento de honrar a vuestra princesa! —llamó a su corte—. ¿Quién quiere jugar con ella en la jaula?

Los no seelie que tenían detrás estallaron. En su entusiasmo, se estaban destrozando unos a otros, con extremidades, alas y garras volando en todas direcciones. Querían hacer daño a su princesa. Verla arder.

Más tarde culparía a la influencia de esa malvada corte, que alimentaba su magia. Diría que el cáliz lo había restaurado. Diría que su odio por Lennox lo había hecho estallar. Mentiría.

Cuando el primer fae subió hasta esa jaula y le arañó el brazo a Camilla con sus garras, Envy se transformó en el demonio que era.

Pensó en Camilla atrapada en esa jaula por toda la eternidad, pensó en los fae burlándose de ella, haciéndole daño. Y la magia que se había resistido a ejercer para liberar sus alas, la que no le sobraba… estalló ante todo el poder de su pecado liberado.

Sintió que las salvaguardas alrededor de su círculo se rompían. Sintió las mentes de sus demonios escapándosele entre los dedos. Sabía que solo disponía de unos minutos, y tenía que hacer que contaran.

Luego, tendría que largarse de allí.

Unas brillantes alas de color esmeralda oscuro salieron disparadas entre sus omóplatos y sus plumas afiladas como navajas cortaron a los fae que tenía cerca como si fueran dagas.

La sangre salpicó el suelo plateado.

No era suficiente. No era la sangre de Lennox.

Sus alas palpitaron con un poder tácito, los hechizos de los Pergaminos del Éter tatuados en cada pluma, inertes durante décadas, estaban cobrando vida.

Lo llamaban y le rogaban que los usara. Ofrecían un hechizo cruel para un rey aún más cruel. Pero primero le ofrecieron algo más.

Se arrancó una pluma y la arrojó rápidamente contra la jaula, donde uno de los bordes afilados mágicamente abrió la puerta y liberó a Camilla.

Lennox soltó un aullido de rabia.

Envy se giró hacia el rey, con una sonrisa despiadada curvando su boca. Ahora sostenía la daga de su casa con una mano y apuntaba directamente al corazón del rey no seelie.

—Métete en la jaula, Lennox.

Sabía que el monarca no se sometería con facilidad.

Este resopló.

—Tú primero, demonio.

Lennox desató su magia lunar, sumiéndolos a todos en un apagón total que robó temporalmente todo sentido de la vista y el oído. Como una tormenta de nieve creada a partir de luz de luna.

Envy se percató de que aquel no era el final. Un nuevo juego acababa de dar comienzo.

Y aquel terminaría en muerte.

SESENTA Y CINCO

La prisión en forma de jaula se abrió de golpe, y el impacto de la pluma hechizada estuvo a punto de derribar a Camilla.

Una luz blanca plateada cayó sobre ella, como nieve celestial, antes de que pudiera recuperar el equilibrio. La magia lunar de su padre.

Parpadeó contra la cegadora luz, sabiendo que él invocaría su magia de las sombras a continuación. La luna era luz y oscuridad, y también lo era el poder de Lennox. En aquel momento, un mar de interminable oscuridad recorrió la estancia.

Era la oscuridad propia de los asesinos, de los actos viles.

Pero después de un segundo, volvió la luz de la luna más brillante. Lennox alternaba entre los dos contrastes, una rápida luz estroboscópica que cambiaba de clara a oscura y vuelta a empezar, dificultando así la posibilidad de ver a alguien acercarse hasta que estuviera justo encima de ti. Él era el Caos, y ahora todos lo sentían.

El poder de Lennox estaba destinado a desorientar a sus víctimas y funcionaba de maravilla.

Aunque la mayoría huía, tropezándose con ellos mismos y con los demás mientras empujaban y se lanzaban hacia las salidas en cada esquina.

Envy estaba demasiado cerca de Lennox cuando este había desplegado su manto nocturno. Vio que todavía estaba tambaleándose.

Camilla se había recuperado más deprisa, había salido ágilmente de la jaula y avanzaba a través del salón del trono. Un fae macho enorme chocó contra ella y la lanzó contra una mesa donde habían atado a una humana.

Por favor, articuló la mujer. *Ayuda*.

Camilla maldijo, incapaz de darle la espalda.

Trabajó con las cuerdas que ataban las muñecas de la mujer, los dedos se le resbalaban por culpa de la sangre. Estaba temblando, intentando darse prisa mientras seguía mirando hacia atrás, donde Lennox y Envy daban vueltas lentamente alrededor del otro debajo del trono.

Incluso sin sus sentidos completamente intactos, Envy era un depredador difícil de derribar.

Camilla fue a liberar los tobillos de la mujer y se detuvo en seco.

La luz de la luna y las sombras parpadearon con violencia, pero vio lo suficiente para saber que la mujer no saldría de aquella habitación. Le habían desollado las piernas hasta el hueso y le faltaban los pies.

La bilis le subió rápidamente por la garganta, pero se la tragó, tratando de que su expresión no reflejara su miedo y su horror.

Se giró hacia la mujer, lista para levantarla y llevarla a un lugar seguro, pero sus ojos ya estaban vidriosos, sin vida, fijos en un punto, con suerte, mejor que aquel lugar.

Camilla se quedó petrificada por el dolor un instante y echó un vistazo al caos que la rodeaba.

Esa era la corte de su padre. Su pesadilla.

Los fae chocaron entre sí mientras entraban en pánico, tratando de huir. Nadie quería estar cerca de Lennox cuando perdiese los estribos y dejara que su magia saliese a jugar.

Los mortales que habían sido atados y atacados se desmayaban o gritaban.

Camilla quería ayudarlos a todos a cruzar el portal hasta Silverthorne Lane, a volver a Waverly Green. Luego rompería la puñetera llave maldita.

Un destello esmeralda llamó su atención.

Envy había extendido las alas, que empleaba como armas. Blanco, plateado, negro y esmeralda. Los colores de los dos machos en plena lucha se desdibujaban mientras sus poderes chocaban y daban zarpazos.

Algo más le llamó la atención… icor dorado. Envy estaba herido.

—No. —No logró apartar la mirada mientras su padre cambiaba el destello de su poder, alargando el intervalo entre la luz y la oscuridad para poder moverse sin ser visto.

Envy no debía de haberse recuperado por completo del ataque de Vexley…

—Sus alas.

Le había dicho a Camilla que no tenía suficiente magia para invocarlas, mantener las salvaguardas alrededor de su círculo y ayudar a su corte.

—Ay, Dios.

Se le heló la sangre. El príncipe había empleado sus últimas reservas de poder para salvarla.

Daba igual que sus secretos lo enfurecieran. Daba igual que ella portara la sangre de su enemigo.

Envy había arriesgado todo por lo que había luchado para garantizar que ella estuviera a salvo.

Camilla no podía permitir que su corte quedara condenada por su culpa.

Lennox asestó otro golpe devastador, cortando hacia abajo con su espada fae y rasgando la camisa del demonio. Incluso bajo la luz estroboscópica, Camilla vio que Envy no podía ocultar una mueca de dolor.

Buscó un arma, algo, *cualquier cosa* que pudiera usar contra el rey.

No había acudido armada a la reunión. Y aunque lo hubiera hecho, Lennox se la habría quitado al encarcelarla.

Piensa...

No poseía la suficiente fuerza física para vencer al rey. No podría inmovilizarlo mientras Envy lo atravesaba. No podía contener su poder o usar el suyo propio para aturdirlo.

Tenía que haber... una sensación de calma la invadió.

Camilla era peligrosa, con o sin arma.

Porque podría crear una. Lo único que necesitaba era llegar hasta la pintura y el pincel. Invocaría un arma lo bastante letal para matar a un rey inmortal.

Dos grandes manos la agarraron por la cintura y tiraron de ella hacia atrás.

Se retorció y empezó a invocar la magia que había matado a Vexley.

—Tranquila. —Lobo presionó la boca contra su oreja—. Te estás acercando demasiado a mi apéndice favorito.

—Bájame.

Lo hizo, pero no la soltó.

—Lobo —advirtió.

El aludido dejó caer las manos, pero permaneció cerca.

Camilla no tenía tiempo que perder. Con el fae pisándole los talones, se abrió camino entre el caos y recogió el pincel del suelo. Al comprender lo que intentaba, Lobo agarró un frasco de pintura, se lo tendió y señaló con la barbilla el recoveco detrás del trono. Ella le dedicó una larga mirada. Lobo estaba cometiendo traición. Si fracasaban, Lennox lo torturaría. Despacio.

Vamos, princesa, articuló.

Asintió y echó un último vistazo a la encarnizada pelea.

Envy y Lennox estaban enzarzados en su batalla, sus espadas cruzaban la oscuridad y la luz como rayos lanzados por los dioses.

Camilla apartó la pelea de su mente, corrió hacia el recoveco y se dejó caer de rodillas, obligándose a sumergirse más profundamente que nunca en esa reserva de poder, evocando una imagen de lo que más necesitaba. Al principio, solo encontró una oscuridad brillante, ninguna forma ni imágenes.

Entonces, como la luz de la luna al reflejarse en un lago, lo vio.

Una osada espada curva se abrió camino en su mente. Era elegante, violenta. Y era un arma hecha del hierro que mataba a los fae.

Con la imagen de la espada curva en su mente, Camilla empezó a pintar sobre el suelo plateado. Su pincel volaba de un lado a otro, las pinceladas pesadas y ligeras, gruesas y finas. Esperaba estar trabajando rápido y no verse transportada a ningún otro reino.

El hecho de que estuviera *en* Faerie le dio esperanzas de que solo hubiesen transcurrido unos momentos.

Cuando la espada prácticamente brilló, metió la mano en el suelo y tiró para liberar el arma de donde había estado durmiendo en el éter. Siseó cuando el muy real hierro le quemó las palmas y le dejó una marca con la forma de la empuñadura en la carne.

Lobo se echó hacia atrás mientras ella se ponía de pie, apretando los dientes para intentar no gritar. No era que alguien fuese a escuchar sus gritos cuando Lennox estaba liberando su poder con más fuerza que nunca.

Una serie de rayos de luna atrajeron su atención hacia el estrado. Envy estaba en el suelo, su padre se cernía sobre él. Camilla jadeó, pero entonces las alas del príncipe demonio se abrieron de golpe, derribando al rey.

Forcejearon en el suelo. La sangre salpicó por todas partes.

Camilla avanzó paso a paso, cada uno de ellos insoportable, con la mano apretada alrededor de la empuñadura, negándose a soltarla. Pese a que su carne chisporroteaba y un olor enfermizo y dulzón flotaba en la habitación, se obligó a acercarse a donde su padre estaba luchando.

Lennox estaba echando el brazo hacia atrás, con el icor de Envy goteando por su hoja, listo para terminar la pelea.

Camilla no pensó. Actuó.

Blandió la hoja curva tan fuerte y tan deprisa como pudo, apuntando hacia la corva de Lennox. Sintió cómo el metal le perforaba la carne.

Con un rugido que traspasó al del opresivo poder de la magia no seelie, su padre giró sobre la pierna buena, con centelleos negros y blancos en los ojos. Una mueca cruel elevó las comisuras de sus labios.

Avanzó hacia ella, blandiendo la espada.

Camilla se mantuvo firme y volvió a atacar. Esa vez, el hierro le chamuscó el pecho y le dejó una herida abierta.

Por encima del hombro de Lennox, vio levantarse a Envy. Se alzó de nuevo, con las alas completamente desplegadas, y cuando Lennox alzó la espada para atacar a su hija, el príncipe demonio traspasó con su arma el pecho del rey no seelie.

La luz parpadeante y estroboscópica se detuvo de inmediato.

El sonido regresó, cayendo como una lluvia de cristales.

Lennox cayó sobre una rodilla, y los dientes se le mancharon de sangre brillante al toser. Se llevó una mano al pecho herido y escupió la sangre cerca de los pies de Camilla.

En lugar de gruñirle, su padre sonrió. Eso la asustó más que si hubiera gritado.

—Eres mi hija, de pies a cabeza.

Los ojos de Camilla ardieron cuando dejó caer su arma, sacudiendo la cabeza, y levantó las palmas carbonizadas.

De todas las cosas que había imaginado que diría su padre…

Envy le rajó la garganta a Lennox con su arma demoníaca, silenciándolo para siempre.

Se quedó mirando cómo el rey no seelie caía al suelo, inmóvil.

En su interior se estaba librando una guerra terrible. No había dispensado el golpe mortal, pero se había asegurado de que no ganara la pelea. Su propio padre.

Unos dedos le rodearon la muñeca y le dieron un suave apretón.

—Envy, estoy tan... —Se giró y cerró la boca.

No era el príncipe quien le había tomado la mano.

Lobo le dedicó una sonrisa triste.

—Lo siento, princesa. Se ha ido.

Sintió que un puño le apretaba el corazón, estrujándoselo hasta que se sintió mareada. No podía ser verdad. No después de lo que acababan de hacer. Recorrió el lugar con la mirada, buscando. No había alas esmeralda elevándose sobre el caos. Ninguna daga demoníaca resplandeciendo como su propia estrella sangrienta.

Lobo tenía razón. Envy había desaparecido.

La había abandonado.

Las lágrimas brotaron de sus ojos, pero parpadeó para contenerlas.

A veces, las acciones hablaban mucho más alto que las palabras.

Después de todo, el príncipe demonio no la había perdonado. Ahora que había ganado el juego y matado a su mayor enemigo, se había ido a casa. No debería dolerle tanto que hubiese hecho justo lo que en todo momento había dicho que haría. Pero los corazones no se comportaban siempre según la lógica y a Camilla le dolía la pérdida.

—¿Alteza? —la llamó Lobo en voz baja—. ¿Qué quieres que haga?

Camilla juntó los pedazos rotos de sí misma y echó un vistazo a la estancia.

No quedaba ningún ser vivo, todos habían huido o estaban caídos en el suelo. La belleza de la corte de la Medialuna había quedado sepultada bajo la sangre y el humo. Pero, contra la pared, el portal aún brillaba y ella sabía qué hacer.

—Encontraremos a todos los mortales y los escoltaremos sanos y salvos a Waverly Green.

—¿Y luego?

—Cerraré el portal y destruiré la llave Silverthorne.

Lobo hizo una mueca.

—¿Qué pasa?

—Princesa... la llave ha desaparecido.

SESENTA Y SEIS

—¿Está funcionando? —preguntó Alexei, paseando por la austera habitación que habían preparado para restaurar la corte de Envy en el ala más alejada de la casa de la Envidia.

Habían vaciado la estancia por completo, excepto por la enorme alfombra de lana, una silla de respaldo alto, dos taburetes y una mesa pequeña donde colocar el cáliz. Y cadenas.

—Es demasiado pronto para saberlo. —Envy se encogió de hombros, obligándose a mostrar una despreocupación que no sentía. Deslizó la mirada entre el demonio atado a la silla (con la mirada desenfocada y los ojos salvajes por culpa del miedo) y el reloj. Por millonésima vez en un segundo. Hasta el momento, no se había producido ningún cambio perceptible. El demonio parecía tan aterrorizado y tan perdido en esa terrible niebla como siempre.

—¿Y ahora? —presionó el vampiro.

—¿Acaso parece recuperado? —estalló Envy mientras el demonio forcejeaba contra sus ataduras. Dejó escapar un suspiro y volvió a controlar sus emociones—. Cuando funcione, lo sabremos. Nos reconocerá.

Había empezado cuando Envy había tenido en sus manos el Cáliz de la Memoria, las runas se habían activado y habían brillado de un verde intenso. Tenía el mismo aspecto que antes. Había lanzado el mismo hechizo que había usado siempre y le había ofrecido el cáliz a *lord* Alden.

El demonio le había arrebatado el primer intento de las manos al príncipe.

Entonces había entrado Alexei y lo había sujetado.

Cuando eso no había funcionado, habían atado al demonio a la silla, le habían acercado el cáliz a los labios y le habían echado la cabeza hacia atrás para verterle la bebida por la garganta.

Transcurrieron cuarenta y siete insoportables segundos. La niebla en la mirada del demonio no se disipó. La frustración se acumuló en el pecho de Envy.

Se suponía que ganar el juego salvaría a su corte.

Pensar que había sido una falsa esperanza más…

—¡Mierda! —Se puso a dar vueltas por la habitación, con la mente a mil por hora.

Podía volver a buscar a la Anciana, a la creadora del mismísimo inframundo. Era a las diosas lo que los titanes a los dioses mortales. Si había alguien que pudiera ayudar, era ella. Pero ya había estado desesperado una vez, ya le había pedido asistencia.

Ella se había reído en su cara y había prometido hacerlo peor la próxima vez.

Supuso que podría secuestrar a sus hijas y así obligarla a ayudarlo.

Pero aquello no terminaría bien para ninguno.

Se dirigió a la ventana arqueada al otro lado de la habitación y contempló los terrenos. Era la hora del crepúsculo y un suave manto de nieve caía desde el cielo, los copos se arremolinaban mientras bajaban bailando hacia el césped de invierno.

—¿Su alteza?

Había un deje extraño en el tono de Alexei.

Envy se giró y clavó la mirada en *lord* Alden. El demonio parpadeó lentamente y cerró los ojos con fuerza. Movió la cabeza de un lado a otro, como si estuviera sacudiendo alguna pesadilla interna.

Envy se acercó, mientras la llama de la esperanza se encendía una vez más.

Se detuvo a unos metros de distancia, con el aliento atascado en lo profundo del pecho.

Pasaron otros treinta segundos.

Un minuto.

Vamos, instó en silencio. *Abre los ojos, reconoce el lugar en el que estás, recuerda quién eres.*

Lord Alden cerró las manos en puños y retorció las muñecas, poniendo a prueba las cuerdas que lo ataban a los reposabrazos. Envy y Alexei se inclinaron hacia delante, sin atreverse a hablar. *Lord* Alden abrió los ojos, solo una rendija al principio, y echó un vistazo a sus brazos atados.

Volvió a levantar la mirada, con el ceño fruncido mientras su atención pasaba de Alexei a Envy.

—¿Es esto algún nuevo vicio, alteza? —preguntó, y sonó molesto—. Odio las cadenas.

A Envy se le escapó el aire de los pulmones. Quiso agarrar al demonio por las solapas y plantarle un beso, pero se abstuvo. *Lord* Alden se sentía extremadamente irritado. Un rasgo de personalidad que había mostrado a lo largo de los últimos seis siglos.

—¿Cómo te sientes? —le preguntó en cambio.

La mirada de *lord* Alden se aplanó.

—La casa de la Ira empieza a parecerme atractiva, alteza. A menos que me encuentre detenido por traición, desatadme.

Alexei resopló.

—El mismo idiota de siempre.

Había funcionado. Envy soltó otro suspiro y el alivio lo atravesó. El Cáliz de la Memoria detendría la plaga. Después de años de confusión, de esa oscura e interminable espiral descendente... La pesadilla por fin llegaba a su fin.

Una parte de él no se lo podía creer.

Alexei empezó a desatar a Alden y lo mandó a la galería de los paisajes oníricos, donde Envy había preparado refrigerios con la esperanza de que los demonios recién salvados necesitasen un espacio seguro para esperar hasta que hubieran restaurado los recuerdos de todo el mundo.

Cuando Alexei regresó con la siguiente víctima, iniciaron todo el proceso de nuevo. Después de la segunda restauración exitosa, trajeron más sillas y cadenas.

Pasaron los días, y Envy se quedó con su corte en todo momento, a pesar de que muchos voluntarios de entre los curados se habían ofrecido a ayudar a sus compañeros demonios.

Una vez que quedó claro que la marea había cambiado, días después, Alexei se aclaró la garganta.

—No habéis dicho ni una palabra sobre ella.

Envy se puso rígido y continuó como si no tuviera idea de a qué se refería el vampiro. Este le lanzó una mirada que le indicó que no se lo tragaba.

—No hay nada que decir. Es de la realeza no seelie.

—Sed sincero, eso no os importa una mierda —afirmó Alexei. Envy miró a su segundo con brusquedad. La sonrisa del vampiro era toda colmillos—. Alteza.

Envy ayudó al siguiente demonio de la fila, luego caminó hacia el otro extremo de la habitación y tomó un vaso de agua helada de una bandeja. El maldito de su subordinado lo siguió.

—Aquí está todo bajo control. Podéis volver a la Corte Salvaje. Hablar.

Envy tensó la mandíbula.

—Hablar. Claro, la comunicación abierta y honesta nos ha funcionado muy bien hasta ahora. No nos queda nada más que decir.

—Sabíais que tenía secretos. Solo estáis cabreado porque fue más lista que vos. No creía que tuvierais tanto… orgullo.

Alexei estaba llevando a Envy demasiado lejos. Los ojos del príncipe brillaron y el vampiro sostuvo las manos en alto y retrocedió despacio.

—Os gusta. Lo suficiente como para plantearos romper vuestra regla. No dejéis que otro pecado se interponga en vuestro camino. ¿Creéis que Lobo se estará de brazos cruzados? Si os parece bien que se la lleve a la cama, y que le quite todos los recuerdos de vos a golpe de polla, entonces de acuerdo. No volváis a por ella. Estará mejor así.

Envy estaba en una de sus galerías favoritas, donde exhibía con orgullo una estatua de un ángel caído. Durante todos los años que sus alas habían permanecido atrapadas, había acudido a aquel lugar y se había tomado una copa como lo estaba haciendo en ese instante, conspirando. Con su corte recuperada casi por completo, su poder se estaba fortaleciendo, hora tras hora. Convocó sus alas, permitiendo que se extendieran en toda su amplitud.

Le sentó bien. Los músculos entre sus hombros se le tensaron al moverlas, comprobando el peso. Sus pensamientos vagaron hasta Lennox, a la batalla final.

Camilla no había asestado el golpe mortal, Envy se había asegurado de ello. Había visto algo en su rostro justo antes de que le clavara la daga al rey no seelie. No le gustaba su padre, pero asesinarlo le habría costado algo precioso.

Camilla era buena. Lennox lo había visto. Lo había odiado.

Plegó las alas, se apoyó contra la pared, y su Oscuridad y Pecado le bajó con facilidad por la garganta. Un detalle cruzó por su memoria. En la caverna de las Columnas Gemelas, Camilla había estado a punto de confesarle algo.

Envy tomó un sorbo de su cóctel, dando vueltas a esa conversación en su mente. Al echar la vista atrás, era fácil ver que había estado a punto de decirle quién era en realidad. Sabía que, en cuanto entraran en la Corte Salvaje, él lo averiguaría.

Pero ya lo había hecho. Ya lo sabía.

Se rascó la nuca.

A decir verdad, Envy había empezado a sospechar mucho antes. Era más fácil culparla por traicionarlo; de lo contrario, tendría que considerar enfrentarse a la verdad. Hacía poco que podía mentir a los demás, pero había estado mintiéndose a sí mismo durante mucho más tiempo.

¿De verdad su regla de una sola noche protegía a su corte o lo que hacía era impedir que le rompieran el corazón?

Se terminó su bebida y se quedó mirando el vaso. Puede que Camilla no quisiera verlo. Podría ser perfectamente feliz en la Corte Salvaje. Con Lobo.

Por culpa de ese capullo entrometido de Alexei, ahora Envy no podía dejar de ver a Camilla y a Lobo reavivando su llama.

Cerró los ojos con fuerza. Ese endemoniado fae también se le había metido bajo la piel. Sabía que los no seelie intentarían volver a ganarse a Camilla. Quizá ya lo hubiesen hecho.

Puede que Lobo la estuviese abrazando ahora mismo.

Los celos congelaron el vaso que tenía en la mano hasta que empezó a resquebrajarse y el bourbon le goteó por la palma.

Envy fulminó con la mirada la prueba física de su disgusto.

—Por la sangre de los dioses.

La señorita Camilla Elise Antonius, amante, traidora, princesa no seelie, lo estaba volviendo total y completamente loco, joder, incluso allí, a reinos de distancia de Faerie.

La pregunta ahora era qué iba a hacer Envy al respecto.

Percibió a uno de sus espías un momento antes de que se materializase, solo parcialmente corpóreo.

—Traigo noticias de la Corte Salvaje, alteza.

Su tono hizo que se le erizara la piel.

—¿Y?

El espía le entregó un pergamino doblado.

Envy examinó el informe y luego lo arrugó en el puño.

—Y una mierda.

SESENTA Y SIETE

—¿Estás lista? —La voz de Lobo resonó en el dormitorio de Camilla. Ella salió de detrás del ornamentado biombo, ataviada con su largo vestido de seda hasta el suelo de un precioso color gris lavanda.

Mientras se colocaba una corona de flores en la cabeza, todo su aspecto reflejaba su identidad de princesa no seelie. Se giró hacia un lado, admirando el aro de plata que llevaba en una de sus orejas puntiagudas. Había pequeñas lunas y estrellas talladas a lo largo del metal, una oda a su ascendencia.

Hacía días que había dejado de vestir de color verde oscuro, al ver que el príncipe de la Envidia no hacía ningún intento por contactar con ella. Al ver que se había marchado sin una sola palabra, ni siquiera un insulto.

Había albergado estúpidas esperanzas. Esas primeras noches. Había creído que había regresado a su corte para salvarla y que luego volvería.

Para discutir con ella.

Para besarla.

Para jugar a los juegos que a ambos les encantaban.

Seguro que tenía algo que decir después de... todo lo que habían vivido juntos. Camilla había pensado que liberarla de los crueles juegos de su padre implicaba que la había perdonado. O que al menos le concedería la oportunidad de explicarse. De confesar lo mal que se había sentido al guardar aquel secreto.

Pero había tenido mucho miedo. La había asustado la posibilidad de que él reaccionara justo como lo había hecho.

Su silencio hablaba alto y claro. El príncipe de la Envidia no iba a volver jamás. Y Camilla necesitaba seguir adelante con su vida, ayudar a su hermano Ayden a establecer su reinado temporal y luego volver a casa, a El Camino de las Glicinas.

Echaba de menos su galería, a su gata y a Kitty.

Lobo la recorrió largamente con la mirada y cerró la boca de golpe por unos instantes.

El vestido era indecente según los estándares de Waverly Green: se aferraba a cada una de sus curvas como un sueño. Para la Corte Salvaje, era bastante soso. Pero no estaba interesada en seguirles el juego a los cortesanos. Al menos, no allí. Puede que las cosas hubiesen sido diferentes si su madre no la hubiera secuestrado, si no hubiera limitado la mayor parte de su magia y si no la hubiera hecho crecer como una humana. De haber crecido en Faerie, tal vez sería tan abominable como su hermano y su hermana mayores.

La mirada de Lobo volvió a subir por su cuerpo y sus ojos amarillos se oscurecieron. Había dejado claras sus intenciones.

El bendito indulto duró tan solo unos instantes. A continuación, Lobo volvió a la carga.

—Ayden no puede sustituir a tu padre para siempre —dijo—. Ni siquiera sabemos si será capaz. Podría desaparecer una noche y volver a jugar al carnaval.

—Bueno, hasta que nuestra madre decida volver, no hay muchas más opciones, ¿verdad? —respondió Camilla en el tono más amable del que fue capaz.

—Es posible que tu madre no vuelva nunca, princesa.

A lo largo de la última semana, habían debatido mucho sobre el mismo desacuerdo, y se estaba volviendo tedioso. Camilla quería volver a Waverly Green. No tenía ningún interés en quedarse para ayudar a gobernar la Corte Salvaje. Tampoco le interesaba gobernar la corte que se suponía que era suya. Había estado funcionando como un principado durante décadas y le estaba yendo bien.

—Sabes que no deseo quedarme aquí —contestó—. Mi hermano pronto se casará y tendrá un heredero. En unas pocas décadas, la cuestión se resolverá por sí sola. Su descendencia gobernará su corte hasta que… y si… nuestra madre regresa.

Durante la última semana, Lobo la había ayudado a aplicar un glamour en la mente de todo aquel que había sido torturado por el rey, un mal necesario, una elección que a Camilla no le había sido fácil tomar antes de volver a enviarlos a casa.

Había sido una de las muchas decisiones difíciles que habría que tomar a raíz de la muerte de Lennox.

Lobo quería que Camilla se hiciera cargo del mando de la Corte Salvaje antes de que sus libertinos hermano o hermana mayores olieran la oportunidad. Ella había sugerido de inmediato que se encargara Ayden. Tenía sus defectos, pero también había pasado tiempo entre los humanos.

—¿Y te limitarás a vivir sola en Waverly Green, llevando un glamour por toda la eternidad? Sabes que eso ya no va contigo. Aquí tienes amigos, familia. Me tienes a mí.

Había tocado la única fibra sensible que siempre dolía. No quería estar sola.

—Podríamos aparearnos de por vida —sugirió Lobo—. Te ayudaré a aclimatarte de nuevo. Puede que ahora no me quieras, pero el amor acaba creciendo.

—Excepto por el pequeño y molesto detalle de que no deseo quedarme aquí.

—¿En Faerie? —la presionó—. ¿O en el inframundo en su conjunto?

Lobo estaba tanteándola. Quería preguntarle qué pensaba sobre el príncipe Envy.

Y eso era demasiado complicado. Una parte de ella quería enviarle cartas de disculpa y la otra quería pintar su cabeza encima de un burro de gran tamaño, para que resultara obvio que era un asno. Pero cuanto más tiempo pasaban sin hablar, más insegura se sentía.

Tal vez fuera mejor rendirse. Dejarlo ir.

Así no tendría que preocuparse de que él volviese a irse algún día.

Alguien llamó a la puerta y, seguido, se oyó un maullido.

Camilla pasó corriendo junto a Lobo para abrir la puerta, sonriendo solo por segunda vez desde que había puesto un pie en aquella corte.

—¡Kitty! Bunny.

Su amiga entró, dejó a su gata en el suelo y abrazó a Camilla con fuerza. Luego dio un paso atrás para mirar a Lobo de arriba abajo.

—¿Interrumpo? —preguntó *lady* Katherine, siempre esperanzada.

Camilla resopló.

—En absoluto.

—No aprecio demasiado ese tonito, señoras. —Lobo negó con la cabeza—. ¿Es que nadie en el reino de los mortales ha oído hablar de mí últimamente? Tal vez deba poner remedio a la situación.

—¿Cómo es que estás aquí? —preguntó Camilla, ignorándolo—. No tenías por qué abandonar Waverly Green, Kitty.

—En realidad, sí. Cuando tu glamour estalló en pedazos, el mío también. Fue de lo más inconveniente. —*Lady* Katherine se echó el pelo hacia atrás y dejó al descubierto sus orejas puntiagudas—. He tardado algo de tiempo en explicarle las cosas a William, pero lo está sobrellevando de forma sorprendente. ¿Tú estás bien?

Camilla se encogió de hombros.

En un principio, a Kitty se le había encomendado la tarea de pedirle a Camilla que volviera a la Corte Salvaje, una década antes, cuando Prim Róis por fin se había alejado de su lado.

Cuando Camilla había rechazado la petición, Lennox había ordenado a Kitty que se quedara, que la vigilara.

No esperaba que las dos establecieran un vínculo de amistad. Y después de su primera negativa a regresar a la Corte Salvaje, sus verdaderas identidades se habían convertido en un secreto del que nunca hablaban.

En aquel momento, estando ella allí, en todo su esplendor no seelie, Camilla supo que Kitty nunca había olvidado su hogar.

—Bunny tuvo un ataque que rivalizó con el de William. Creo que también está cansada de su glamour.

Camilla sonrió. La gata había recuperado su verdadero aspecto. El de una pequeña y encantadora leona fae gris y blanca.

—Podrías haber hablado conmigo —le dijo Kitty en un tono inusualmente suave—. Sobre cualquier cosa. Éramos amigas, ¿no?

Camilla soltó un suspiro y asintió.

—Por supuesto.

No estaba segura de cómo decirlo. A una parte de ella le preocupaba que Kitty prefiriera permanecer felizmente ignorante, libre del caos no seelie. Y a la otra le preocupaba que siguiera siendo una herramienta para sus padres. Alguien enviado para espiar e informar. Lennox y sus juegos eran interminables.

En lugar de admitirlo, Camilla dijo:

—Ahora, Vexley es un vampiro.

Kitty la miró durante un minuto antes de estallar en carcajadas.

—¿Cómo?

Camilla se lo contó.

—Fui... fui yo quien lo mató.

—¿Lo decapitaste y le prendiste fuego? —Kitty tenía los ojos como platos, entre impresionada y horrorizada.

—No exactamente. Aunque sí que lo decapité.

Lobo parecía incómodo.

—A menos que le prendieses fuego y observases sus cenizas dispersarse, es probable que no esté muerto. Los vampiros no son fáciles de matar.

Camilla se sintió extrañamente aliviada. Vexley era una pesadilla, pero al menos no había muerto por su mano.

Kitty seguía divirtiéndose demasiado.

—Le pega. Un mortal controlado por su sed de lujuria ahora es controlado por su sed.

—Cuando era humano en la corte de los vampiros seguía... siendo Vexley.

Su amiga se rio, encantada.

—Por favor, dime que se acostó con una súcuba.

—La agarró de la cola y... —Camilla se estremeció—. Estoy segura de que puedes imaginártelo. La sed de sangre en la corte vampírica es todo un espectáculo.

—Hablando de lujuria —dijo Kitty, con demasiada indiferencia—, he escuchado un rumor de lo más *interesante*. Parece que tu *lord* Synton es el príncipe de la Envidia. Por favor —agarró a Camilla de las manos—: Por favor, dime que has disfrutado del sexo más salvaje y demoníaco con él.

Los pensamientos de Camilla aterrizaron de inmediato en el salón del trono.

—¡Eso es que sí! —Kitty pegó un saltito—. ¡Ay! Cuanto más lo pienso, más envidia siento. ¿Cómo fue? He oído que la tiene enorme. ¿Es cierto?

—Por favor, *no* respondas eso —murmuró Lobo.

—¡Oh! —Kitty prácticamente rebotó sobre las puntas de los pies—. Por favor, por favor dime que fue tan legendario como dicen. Hay rumores de que tiene un retrato colgado encima de la cama, un pequeño... estimulante visual. ¿Venderías tu alma por otra noche?

Camilla se mordisqueó el labio inferior. Dicho retrato colgaba encima de su cama, sí, pero no era nada comparado con la realidad. Aunque no podía reconocerlo en voz alta.

—Yo…

—Yo también siento curiosidad, Camilla, querida —dijo una voz grave desde la puerta—. ¿Lo harías? ¿Venderías tu alma?

Al oír *su* voz, Camilla se dio la vuelta, con una mano apretada contra el corazón.

Envy estaba en la puerta, con sus enormes y brillantes alas plegadas.

Había sangre goteando por sus plumas y acumulándose en el suelo.

Durante un horrible segundo, no puso distinguir si la sangre era suya.

Envy entró por completo en la habitación, examinando primero a Lobo y luego a Kitty. No mostró indicios de sorpresa cuando vio la verdadera forma de Kitty. Sin embargo, hizo una pausa al reparar en la leona, y Camilla podría haber jurado que había visto un destello de diversión en la mirada antes de que la desterrara.

Centró toda su atención en ella. Frío. Despiadado.

Camilla volvió a contemplar la sangre que goteaba de sus alas. No era icor; era fae.

—¿Qué has hecho? —Su voz fue apenas un susurro.

La mirada del demonio permaneció fija en la suya cuando dijo:

—Me gustaría tener un instante de privacidad con la princesa.

Kitty se acercó a Camilla.

—No.

Envy arqueó una ceja y esperó. Su expresión decía «Me debes esto al menos».

A pesar del peligroso brillo en sus ojos, Camilla asintió en silencio.

—Marchaos —les pidió—. Estará bien.

Kitty tensó la mandíbula y miró a Lobo, quien fulminaba a Envy con la mirada.

—Nos quedaremos cerca —prometió sin despegar los ojos del príncipe. Era una advertencia.

Lobo acompañó a su amiga hasta la salida y dejó a Camilla sola para que se enfrentara al furioso príncipe demonio.

SESENTA Y OCHO

Envy experimentó un perverso placer al ver la conmoción en la expresión de Camilla. No lo había oído acercarse, no había esperado encontrarlo allí plantado.

Y lo que era seguro era que no esperaba verle las alas.

A decir verdad, él tampoco esperaba estar allí. Y probablemente no lo hubiera estado si Alexei no lo hubiera provocado.

Una bestia territorial, salvaje y gruñona se había alzado en su interior. Había estado a punto de atar al monstruo; pero entonces sus espías le habían llevado noticias de un intento de asesinato, sellando así el destino de Camilla.

En ese momento, supo que era hora de desafiar a los fae.

Ver la Corte Salvaje tal como era después de que Lennox abriera el portal…

Envy no la abandonaría a las conspiraciones de los desgraciados de sus hermanos.

Si tenía que echársela al hombro y llevársela a su corte mediante la magia, que así fuera. No tenía ni idea de cómo ser un héroe, pero destacaba en el papel de villano.

Ahora que estaban a solas, miró a Camilla de arriba abajo y tragó con dificultad. Su mirada aterrizó en el collar del que ella se había colgado el anillo y se endureció. Si sus malditos hermanos hubieran llegado a ella primero, se lo habrían arrancado de la garganta.

Camilla debió de confundir quién había provocado su enfado.

—Lo siento —se disculpó, extendiendo la mano para desabrocharse el collar—. Quería devolvértelo... —Dejó caer las manos y se las miró—. Quería contarte la verdad. Debería haberlo hecho.

Pero le había dado razones de sobra para no hacerlo.

Cuando él le había contado cuánto odiaba a la realeza no seelie, ella se había estremecido.

Al pensar ahora en esa conversación durante la que Envy había admitido qué había sucedido para que despreciara tanto al rey, vio las reacciones de ella bajo una nueva luz.

Había palidecido cuando le había contado el papel que había desempeñado su padre. Una lágrima había rodado por la curva de su mejilla. Además, se había disculpado.

Envy había creído que se trataba de esa tonta reacción mortal de aceptar la culpa por las acciones de otros.

Ahora sabía la verdad. Camilla se había disculpado en nombre de su familia.

Disculparse no era poca cosa para un fae. Era algo que rara vez hacían.

Y acababa de hacerlo de nuevo.

Un nuevo acceso de ira congeló la estancia.

—¿Sabes de quién es esta sangre? —Envy señaló al suelo.

Camilla tragó con dificultad y su garganta se movió arriba y abajo con aquel movimiento.

—Parte de ella es de Onyx —la informó—. El resto es de sus guardias.

Su mirada afilada se concentró en él.

—¿Mi hermano?

—Sí.

—¿Lo has matado? ¿Estás loco? —siseó. Miró a su alrededor, como si buscase espías—. Lo más probable es que acabes de iniciar una guerra.

Él le dirigió una mirada divertida que pareció irritarla aún más.

—¿De qué lado te pondrás, mascota?

Lo fulminó con la mirada y levantó la barbilla.

Envy no estaba segura de cómo había podido confundirla en algún momento con algo que no fuera un miembro de la realeza.

—Del mío.

Diablo, concédeme el pecado. Ese tono, esa mirada altiva y desafiante.

Estaba inoportunamente excitado.

—Tu hermano no está muerto. Está… enjaulado.

La sonrisa de Envy al pensar en Onyx fue todo dientes. Había arrojado al intrigante príncipe no seelie en la jaula que Lennox había creado para torturar a Camilla. Una inteligente barrera le impediría oír o hablar con cualquiera fuera de ella. No habría conspiración ni fuga.

Onyx tendría mucho tiempo para reflexionar sobre sus pecados.

—He hechizado los barrotes, atrapándolo para toda la eternidad. A menos, por supuesto, que tu otro hermano decida concederle el perdón. Aunque yo no contaría con ello. Ayden será un buen rey. Parecía tenerlo todo bajo control. Me imagino que eso es obra tuya.

—He ayudado, sí. —Se formó un pequeño pliegue entre sus cejas—. ¿Por qué has atacado a Onyx?

Sin pensarlo, Envy extendió la mano para alisarle esa arruga.

Camilla se estremeció y él dejó caer la mano.

—Estaba conspirando para matarte. Mis espías me informaron al respecto.

Si aquella revelación la sorprendió, no lo dejó traslucir. En todo caso, pareció exhalar, aliviada. Sabía que era solo una cuestión de tiempo antes de que su hermano o su hermana mayores hicieran algún movimiento.

—Mi madre se enterará de esto y…

—Tu madre no ha sido vista en la corte desde que te abandonó. —Envy vaciló—. Mis espías llevan años buscándola. Nadie sabe a dónde ha ido.

Varias emociones cruzaron por el rostro de Camilla antes de que controlara su expresión con una indiferencia forzada. Él entendía lo complicada que debía de ser su relación. Entendía que no era fácil alejarse de los que más daño le hacían a uno.

—Ha estado viajando. Pero al final se enterará de esto y volverá. Esta corte lo significa todo para ella.

A Envy no le importaba si la reina ardía en el abismo más profundo y abrasador que pudiese encontrar, pero odió la preocupación en la voz de Camilla.

—No lo hagas —le advirtió en voz baja—. No la idealices. Por lo que sabemos, podría estar jugando a otra cosa y todo esto ya no le importa.

Echó un vistazo a la habitación. Sentía que una parte cada vez mayor de su corte estaba siendo restaurada y tenía que volver.

—¿Hay algo de aquí que te quieras llevar?

—¿Qué?

Sabía que lo había oído. También sabía que estaba intentando discernir su plan.

Envy ocultó su sonrisa y dio vueltas por la habitación. Toqueteó algunas prendas de ropa. Eran bonitas. Sus sastres eran mejores.

—Si hay algo con valor sentimental, llévatelo ya.

Si escuchaba con atención, estaba casi seguro de que podría oír el golpeteo del corazón de Camilla.

Se giró y se detuvo frente a ella, con la mano extendida. Ella lo miró como si fuera una serpiente lista para atacar.

—¿Qué estás haciendo? —le preguntó.

—Llevarme lo que tiene valor sentimental para mí.

La tomó de la mano y entrelazó los dedos con los de ella.

Camilla no se los apartó.

—Nos vamos. A menos que desees quedarte aquí.

Ella le acarició el pulgar con el suyo, vacilante.

A Envy se le aceleró el corazón.

Transcurrió una pequeña eternidad.

—Tu norma…

—A la mierda las normas —gruñó—. Eres *mía*.

La emoción de Camilla lo golpeó un segundo antes que su deseo.

Joder, menos mal. En las historias, la damisela no se excitaba cuando el villano amenazaba con secuestrarla.

Pero aquel era *su* propio y retorcido cuento de hadas.

—Podrás volver, por supuesto, cuando lo necesites —le aseguró en voz más baja.

Camilla asintió levemente.

—De todos modos, este nunca ha sido mi verdadero hogar. Pero, espera, no puedo irme sin Kitty y Bunny.

Unos instantes más tarde, después de que la hicieran entrar, Kitty prometió trasladarse a la casa de la Envidia por su cuenta. Tenía familia en la Corte Salvaje a la que no había visto en años. Lobo le lanzó al demonio una dura mirada, pero abrazó a Camilla. Y también prometió visitarla pronto.

Bunny le lanzó a Envy una mirada larga y persistente y pasó de largo por su lado. La pequeña leona de inusual color saltó a los brazos de Camilla y se acurrucó allí.

Envy se acercó más a Camilla y a su leona, le rodeó la cintura con el otro brazo y se las llevó a su casa del pecado.

SESENTA Y NUEVE

—¿Qué os dije? —Gluttony sonrió mientras se frotaba las manos—. A pagar, hermanos.

—No lo sabes a ciencia cierta —respondió Lust con amargura.

—Las invitaciones decían, y cito textualmente: «Sería un honor para nosotros celebrar nuestro compromiso contigo» —replicó Gluttony en falsete—. A los hechos me remito, hermano. Has perdido. Otra vez.

Envy ignoró la mezquina discusión y desvió la atención hacia la belleza de cabellos plateados que charlaba con la reina de los Malditos Emilia, su amiga *lady* Fauna, *lady* Katherine y —para su *constante* molestia—, Lobo. El maldito no seelie del pico de oro.

Aunque supuso que era beneficioso para su corte tenerlo alrededor; Camilla provocaba suave pero juguetonamente su pecado solo para despertar una reacción en él.

Y lo conseguía. La pasión de Camilla encendía la suya constantemente.

Apenas habían dormido desde que habían vuelto a su casa del pecado. Cuando el último miembro de su corte hubo bebido del cáliz, ahuyentando la locura de no disponer de nuevos recuerdos, se habían concentrado el uno en el otro. Sanando viejas heridas, forjando una unión más fuerte que el acero.

Se sintió aliviado al mostrarle lo espectaculares que eran sus demonios. Y esa noche, desde luego que estaban espectaculares. Llevaban sus mejores vestidos y trajes, sus joyas más elegantes. Sus miradas estaban tan despejadas y eran tan arteras como siempre mientras revoloteaban por la fiesta, relacionándose con los demás demonios, presumiendo de sus riquezas. Intentando inspirar celos mediante historias y charlando sobre arte recién adquirido.

Nunca había sentido tanta felicidad como cuando veía a su corte tal y como debía ser.

Y Camilla... por ella valía la pena afrontar sus miedos.

Envy nunca había imaginado lo fuerte que lo haría el hecho de sentirse vulnerable.

Su princesa no seelie había demostrado ser una amante incansable, que le había exigido que le hiciera el amor en cada habitación, en cada planta de su amplia casa del pecado.

Más duro, más rápido, más suave, *más profundo*. A Camilla le encantaba darle órdenes.

Y Envy debía de estar loco, porque siempre lo ponía duro como el acero.

Pero solo consentía recibir órdenes durante un tiempo determinado.

De modo que la obligaba a tumbarse, le abría los muslos y la devoraba en las cocinas, en la mesa del comedor, en su dormitorio, en la galería. Ella se arqueaba sobre la mesa, gritaba su nombre, lo maldecía, lo alababa, retorciéndose mientras chupaba cada parte de su excitación antes de darle la vuelta y hacérselo hasta que volvía a correrse. Y otra vez.

Los miembros de su corte pasaban apresuradamente a su lado, desviando las miradas, aunque él sabía que, en secreto, adoraban el enamoramiento de Envy. Querían que su príncipe fuera tan feliz como fuese posible, querían que disfrutara de todo aquello por lo que había luchado. Y Camilla disfrutaba avivando la envidia de todos los que sabían que ella era la que había hecho que rompiera su norma.

Habían hecho el amor en el trono todas las noches: con los dedos, la lengua, la polla. Y Envy quería *más*. Para siempre. Y como ella no era humana, tenían todo ese tiempo y más.

Por primera vez en su larga existencia, quería experimentarlo *todo* con alguien.

Más risas, más momentos de tranquilidad, más aperitivos a medianoche, fresas cubiertas de chocolate, los dos tumbados frente al fuego, hablando de arte.

Más juegos y más sacar a relucir los aspectos humanos del otro que no habían existido antes.

Más paseos por los pasillos de la casa de la Envidia, recolocando cuadros y esculturas basados en lo que ella prefiriese. Cuando lograban no arrancarse la ropa, trasladaban parte de su arte de Waverly Green, combinando sus colecciones.

No era suficiente. Envy quería todavía más.

Más pasar los dedos por su suave cabello, viendo cómo se dormía poco a poco, con expresión tranquila. Esos labios carnosos entreabiertos por la satisfacción de un sueño.

Más juegos a los que jugar —y le encantaba no saber siquiera cuáles serían.

Envy reharía mundos por ella. Rompería hasta la última regla para hacerla sonreír. Él...

—¿Estás escuchando? —Gluttony agitó una mano frente a su cara al tiempo que sacudía la cabeza con disgusto—. Por las tetas de la bruja. Eres peor que él. —Señaló con el pulgar en dirección a Wrath—. Y su enamoramiento ya es lo bastante aberrante. Míralo. No deja de mirar a Emilia con ojos de corderito degollado.

El demonio de la guerra enseñó los dientes en una sonrisa salvaje, que no encajaba bien con su traje de fina confección.

—Un día te tragarás esas palabras, hermano. —La voz de Wrath estaba llena de oscuras promesas.

Gluttony resopló, un sonido lleno de burla.

La periodista con la que estaba en guerra no había respondido a la invitación que Envy le había hecho llegar, y estaba seguro de que el mal humor de Gluttony no tenía nada que ver con eso.

—No cuentes con ello —dijo su hermano—. Apuesto a que Lust será el siguiente.

—No existe ni una puta posibilidad en ninguno de los reinos. ¿Dónde está Sloth? —preguntó Lust—. Tal vez me haga un gráfico y una lista de todas las variables. No logro entender cómo estáis todos tan contentos de acostaros con la misma persona durante el resto de vuestros días. —Se estremeció.

—Sloth ha ido a buscar a Pride —dijo Wrath, cuya mirada volvió a aterrizar en su esposa—. Aunque he visto un libro en su chaqueta.

—Por supuesto. —Lust gimió—. Iré a ver dónde se ha escondido. Si no empieza a actuar como un puto demonio, todos acabaremos con mala reputación. —Le clavó un dedo en el pecho a Wrath—. Deberías promulgar una ley o algo así.

Los ojos dorados del demonio centellearon.

—Primera regla. No vuelvas a tocarme.

—No os matéis unos a otros en esta habitación —dijo Envy—. Acabo de mandar encerar el suelo.

Había limpiado toda la casa para eliminar cualquier rastro de lo cerca que había estado el fin de su corte. Al verla ahora, nadie sospecharía jamás que habían estado al borde del colapso.

Gluttony miró a su alrededor con el ceño fruncido.

—¿Dónde está Greed?

—Había un problema en su antro de juego —dijo Envy—. Ha enviado sus disculpas.

Gluttony soltó un resoplido.

—Estoy seguro. Qué cabrón.

Wrath y Gluttony empezaron a debatir sobre boxeo, y Envy lo interpretó como una señal para largarse.

Recorrió el pasillo, en dirección a donde Pride descansaba en una silla que había birlado, con la corona inclinada hacia un lado. Se había arremangado hasta los codos, mostrando los músculos tensos, con la camisa medio sacada de los pantalones.

Tenía la cabeza inclinada completamente hacia atrás y los ojos cerrados. Un vaso vacío colgaba de sus dedos. Pride desempeñaba tan bien el papel de príncipe libertino que Envy se preguntó si al final se habría convertido en uno.

Se detuvo junto a su hermano y le dio una patada en la bota, atrayendo su mirada.

Era lenta, desenfocada.

—¿Se ha acabado la fiesta, Levi?

Envy reparó en el resto de las botellas vacías, en las copas de vino rotas. Las habían lanzado de cualquier manera en la hornacina de al lado.

En esa ocasión, Pride no estaba fingiendo ser un miembro borracho de la realeza.

—¿Qué ha pasado? —exigió saber Envy.

Pride se encogió de hombros, como si no pudiera molestarse en responder o preocuparse.

Envy le asestó una patada más fuerte.

—Responde a la puta pregunta, Luc.

—Sursea no me cuenta nada.

La Primera Bruja, la madre de la consorte de Pride, los había maldecido a todos cuando Pride y Lucia se habían casado y se habían negado a disolver su unión.

Las brujas y los demonios eran enemigos jurados, pero eso no había impedido a Pride enamorarse de la única bruja de la que no debería haberlo hecho. Lucia era estrictamente intocable, pero se habían elegido el uno a la otra, a pesar de todas las razones por las que no deberían haberlo hecho.

Un día, Lucia había abandonado la casa del Orgullo sin decir una palabra. Pride no sabía si se la habían llevado contra su voluntad, si la habían encarcelado en algún lugar o si le habían dispensado la Muerte Verdadera. La había estado buscando desde entonces, incluso cuando la Primera Bruja los había maldecido a todos, atrapándolos en los siete círculos durante años. Sin embargo, le había hecho algo peor a Pride antes de eso, algo de lo que se negaba a hablar. Envy sabía que había sido la verdadera raíz de la falta de comunicación entre Pride y Lucia.

Ninguno de los demonios sentía nada más que odio por Sursea y su búsqueda de venganza.

—¿Cómo de convincente fuiste? —preguntó Envy.

Pride lo fulminó con la mirada.

—Sabe dónde está mi esposa. Sabe lo que pasó. ¿Crees que he mostrado alguna piedad?

Envy pensó que Pride nunca sería tan despiadado como podría serlo. Puede que odiase a la Primera Bruja, pero amaba a Lucia y no haría daño a su madre.

—¿Está contenida? —preguntó.

Pride asintió.

—Hasta que sepa qué le pasó a Lucia, se quedará en mi casa.

—Voy a preguntarte algo; no te va a gustar, pero me trae sin cuidado. ¿Entendido?

Pride entornó los ojos, pero asintió de nuevo.

—¿Deseas a Vittoria?

—Es una pregunta de mierda y lo sabes.

—Entonces, responde.

Pride apretó la mano en torno al vaso.

—¿Me estás ocultando algo?

Envy sonrió.

—He oído rumores. Los cortesanos son muy interesantes cuando están borrachos y creen que nadie los escucha.

—Ve al grano, Levi.

Envy se inclinó y bajó la voz.

—Sé que nunca te acostaste con la diosa.

Pride se había quedado completamente inmóvil.

—No sé a qué juegas, por qué dejas que tu corte y tu esposa piensen lo contrario. Supongo que tendrás algún motivo. Y ese motivo tiene que ver con la intromisión y la magia de Sursea.

Pride no apartó la mirada de su hermano. Su expresión parecía tallada en piedra. Había encerrado sus emociones bajo llave, para no revelar ningún secreto.

Era cierto que Envy *no* había oído ese rumor; se trataba de una suposición.

Algo que podría resultar cierto, a juzgar por la forma en que su hermano había dejado de respirar. Si Pride no hubiera estado distraído y borracho, habría percibido la mentira.

—*Si* Lucia está viva, si ha encontrado la felicidad en otro lugar, ¿la destruirías?

A Pride le rechinaron los dientes.

—¿Le harías tú daño a Camilla?

Preferiría arrancarse el corazón. Otra vez.

Envy sacó el pergamino doblado del interior de su abrigo y se lo entregó a su hermano. Antes de soltarlo, dijo:

—No lo estropees.

Su hermano le arrancó la nota de las manos y la leyó.

Envy observó cómo la embriaguez era rápidamente reemplazada por la agudeza. Pride se sentó más erguido, con el cuerpo tenso, y releyó la nota.

—¿Cómo? —Su voz era apenas un susurro.

—Mis espías han estado trabajando duro. —Envy le dirigió una mirada fría—. Y la «abuela» de Emilia me susurró un secreto al oído hace unos meses. —Dos, en realidad. Que su casa pronto caería, y el que acababa de compartir—. Lucia no se acuerda. De nada.

—¿La has visto?

Envy pensó en la joven a la que había secuestrado durante un breve lapso de tiempo para romper las barreras de la casa familiar de Emilia y a la que luego había usado para obligar a Emilia a cumplir sus órdenes. Incluso en aquel momento, sus pensamientos sobre ella eran confusos, como si no pudiera recordar su rostro, aun después de que se hubiese roto la maldición de la memoria que había pesado sobre ellos. Envy no había sabido que era Lucia y eso lo molestaba.

Sursea era demasiado poderosa para su gusto.

Decidió omitir la parte en la que la había sedado con magia.

No había ninguna necesidad de enfurecer a su hermano. Los tiempos desesperados requerían medidas desesperadas.

—Sí, eso creo. Aunque creo que podría llevar un glamour. No la reconocí de inmediato cuando nuestros caminos se cruzaron.

Algo sospechosamente cercano a la esperanza iluminó la mirada de Pride.

—Pero está viva.

Despacio, Envy asintió.

—Asegúrate de saber lo que quieres antes de buscarla. Si es solo tu orgullo…

Envy no terminó la frase. Pride ya lo sabía.

Su hermano se levantó de la silla, con la nota apretada con fuerza en el puño. Se pasó una mano por el pelo, con aspecto de sentirse inseguro sobre qué hacer a continuación.

—¿Y bien? —lo presionó Envy.

—Parece que pronto visitaré las islas Cambiantes.

—Lo más seguro es que solo tengas una oportunidad.

Pride le dedicó una sonrisa genuina.

—Es más de lo que tenía esta mañana.

Salió corriendo por el pasillo y desapareció por la esquina.

Lust emergió de las sombras, con expresión contemplativa.

—Yo apuesto por la diosa.

—Ni hablar. —Envy resopló—. Pride elegirá a Lucia. *Siempre* ha sido ella.

La picardía estalló en los ojos carbón de Lust.

—¿Apostamos?

—¿*Ahora* quieres apostar? —Envy miró a su hermano—. ¿Me recuerdas qué te habías apostado con Gluttony?

—Aposté a que te comportarías como un idiota testarudo. Has vivido siglos cumpliendo esa maldita regla. Parecía una victoria asegurada.

—Parece que mis arcas acabarán siendo tan legendarias como mi polla. —Envy sonrió mientras su hermano fruncía el ceño—. Acepto tu apuesta. Pride recupera a Lucia. Vittoria acaba con el hombre lobo.

—O con el nuevo príncipe vampiro.

Envy soltó un resoplido burlón.

—Blade no se mezcla con diosas de la Muerte. Y ya ha dicho que elegirá a una novia vampira.

Lust lo rodeó con un brazo y empezó a caminar de vuelta hacia la recepción.

—Eso no es lo que yo he oído. Nuestro amigo disfruta bailando en secreto con la Muerte Verdadera.

—La casa de la Venganza y la isla Malicia presentando un frente unido. —Envy se estremeció ante el mero pensamiento—. Trabaja tu encanto antes de que todos vivamos para arrepentirnos. Si tú no estás dispuesto, tal vez podamos convencer a Lobo para que la seduzca. Hostia, a lo mejor incluso se queda con el cambiaformas, el fae y el vampiro.

—Mírate, ya estás conspirando. —Lust resopló—. Por *eso* eres mi hermano favorito.

Camilla salió al pasillo, miró a los hermanos y sacudió la cabeza.

—Sea lo que sea lo que estés tramando, para. —Le dirigió una mirada fría a Envy y su maldito deseo por ella estalló—. Lo digo en serio. Esta noche no habrá juegos.

Envy curvó la boca con malicia.

Oh, por supuesto que habría juegos.

Esa noche, sin embargo, se quedarían en el dormitorio.

EL TRONO DE LOS CAÍDOS   655

Justo donde le gustaban a su pequeña y astuta prometida.

Envy y Lust entraron al salón del trono detrás de Camilla, con la fiesta en pleno apogeo. Bandejas con incrustaciones de esmeralda, repletas de copas de Oscuridad y Pecado, circulaban por doquier, mientras una fuente central de vino de bayas demoníacas caía en cascada en una oleada oscura y brillante que bajaba por una torre y se derramaba en cientos de copas de coctel. La casa de la Envidia daba vueltas sobre los recuadros de la pista de baile.

Lust se fue a coquetear con una demonio cerca de la mesa del marisco, donde los platos estaban cargados de delicias parecidas a perlas y otras maravillas oceánicas.

Envy permaneció en las sombras un momento después de despedir a su hermano.

Se rio entre dientes cuando vio a Bunny frotándose contra las piernas de Wrath. El general de la guerra miró rápidamente a su alrededor antes de rascarle detrás de las orejas, y Emilia le dedicó una mirada divertida a la nueva amiga de su marido.

Envy captó un destello plateado serpenteando entre la multitud, dirigiéndose hacia el estrado. El corazón le dio un vuelco mientras Camilla subía la escalera y se giraba lentamente. Su mirada encontró la de él desde el otro extremo de la habitación. Ella curvó la boca mientras se sentaba en su trono con una expresión que constituía una maravillosa y burlona promesa de lo que estaba por venir.

Más tarde, cuando se hubiese marchado el último invitado, una vez bebido el último trago, Envy la tomaría en brazos y la haría bailar por el salón del trono.

Y haría realidad todas sus fantasías.

SETENTA

Camilla se agarró del brazo de Envy, y un escalofrío la recorrió mientras la guiaba por otro pasillo, con los ojos bien vendados.

Durante el desayuno, había mencionado como quien no quiere la cosa que tenía una sorpresa, antes de tomar un sorbo de su café. Como si no acabara de incendiar su curiosidad, como si no hubiese provocado que su mente girara en cien direcciones diferentes.

Al presionarlo para que le diera más información, él tan solo le había dedicado un guiño pícaro.

Cuando terminaron de comer, sacó la venda para los ojos. Los pensamientos de Camilla aterrizaron en la noche en que él había usado el fajín de su bata para cubrirle los ojos y luego la había besado *por todas partes*.

Su futuro marido sabía cómo volverla loca de la mejor manera.

Los duros músculos de su brazo se flexionaron mientras la conducía por otro pasillo, a un ritmo pausado, a diferencia de los latidos de su corazón.

Al principio, había intentado seguir mentalmente el camino, recorriendo en su cabeza la sección de la casa de la Envidia a la que la había llevado. Pero no había tardado en darse por vencida cuando le pareció que habían dado media vuelta en algunos lugares y se habían aventurado por pasillos que ella aún no había explorado.

—¿Queda mucho? —preguntó con entusiasmo.

Sintió la sonrisa en la voz de él cuando respondió.

—Casi hemos llegado.

Estaba tan emocionado como ella.

Envy la había sorprendido. En las semanas que habían seguido a la revelación de quién era ella en realidad, su lado tierno y romántico surgía cuando estaban juntos y a solas. Su prometido la cortejaba a menudo y con temerario abandono, como si estuviera compensando los años durante los cuales no se había permitido tener un lado amable. O tal vez fuese cierto lo que le había dicho: que Camilla provocaba que quisiera hacer todas esas cosas.

Regalos, paseos por el jardín, por su círculo, por toda la casa, conversaciones sobre todo y nada, hacer el amor... Envy quería conocer su mente, su cuerpo y su alma.

Seguía teniendo ese lado malvado, que ella amaba por igual. Ese lado agitaba sus pasiones, alimentaba su naturaleza fae como nada más lo hacía. La mirada de Envy seguía desprendiendo un brillo peligroso, todavía controlaba todos sus sentidos. Follaban tan a menudo como hacían el amor y sus apetitos mutuos eran implacables.

Se preguntó si él era en parte no seelie o simplemente insaciable.

Siempre que ella lo deseaba, estaba listo, listo para hacer todo lo que Camilla quisiera y más. Y sus juegos eran tan tentadores y gloriosamente pecaminosos como siempre.

Por fin se detuvieron. Se esforzó por escuchar cualquier sonido que pudiera indicarle dónde estaban. Después de que los miembros de la corte hubieran recuperado la memoria, el castillo solía estar lleno de un agradable ruido.

El silencio se prolongó. Aunque, a lo lejos, Camilla casi juraría haber oído un sonido parecido al débil tañido de unas campanas.

Los labios de Envy le rozaron la oreja y la agradable sensación le provocó un estremecimiento.

—¿Lista?

Se mordió el labio y asintió.

La anticipación espesaba el aire y le aceleraba el pulso. El maldito demonio estaba alargando el momento, sabiendo que lo desconocido la pondría tensa.

¿Estaría a punto de hacerle el amor? ¿Habría un vestido nuevo? ¿Un nuevo cuadro? ¿Un...?

La venda le cayó de los ojos.

Una enorme puerta plateada y arqueada brillaba frente a ellos. Sus reflejos estaban distorsionados por la cantidad de tallas que tenía. Runas.

Camilla recorrió la puerta con la mirada, por arriba y alrededor; las enredaderas de glicina habían sido grabadas de forma tan realista que habría pensado que eran reales de no haber sido por la plata.

Se concentró en la única parte que no era de plata maciza: una cerradura esmeralda en forma de corazón. Dio un paso adelante y rozó la puerta con la mano.

El zumbido, parecido al de una campana, se intensificó.

—Es preciosa —comentó—. ¿A dónde va?

Como Envy no respondió, se giró hacia él.

Sostenía una llave de oro, también en forma de corazón, con una diminuta esmeralda que coincidía con la cerradura. Se le entrecortó la respiración. Era la llave de su padre. La llave Silverthorne.

—Te la llevaste —susurró.

—Quería mantenerla alejada de la Corte Salvaje —le explicó—. Pero quise conservarla por si acaso deseabas utilizarla.

Camilla parpadeó para aliviar el escozor de sus ojos. Había planeado aquello antes de saber que aceptaría irse con él. Había tenido la esperanza de que lo hiciera.

Envy la atrajo hacia sus brazos y le dio un beso en la coronilla, abrazándola mientras lloraba. Cuando se calmó, le dio un último beso en la cabeza y dio un paso atrás, sosteniendo la llave en alto para que ella la tomara.

—¿Te sientes aventurera, mascota?

Camilla metió la llave en la cerradura y la giró. La plata se derritió, revelando un pasillo largo y estrecho. Sabía exactamente a dónde conducía. No era a Silverthorne Lane. Era mucho mejor.

Agarró a Envy de la mano y se apresuró a entrar en el túnel, preguntándose cómo habría logrado tal cosa. Emergieron en el estudio de su padre.

Soltó un suspiro de satisfacción. Todo estaba tal como lo había dejado. Solo habían pasado uno o dos meses desde que había estado allí, pero parecía que, en su interior, todo había cambiado.

Conjuró un glamour, no tan bueno como el de su madre, pero que le permitía pasar por humana, y se fue a su casa.

Después de hablar con su personal y asegurarles que todo estaba en orden, Camilla llevó a Envy a su dormitorio y lo rodeó con los brazos, para besarlo profundamente hasta que ambos quedaron sin aliento.

—Gracias —murmuró contra sus labios—. Es el mejor regalo del mundo.

Envy trazó la curva de su rostro, le remetió un mechón de pelo plateado detrás la oreja y la besó en la nariz.

—Tu galería, tus recuerdos de tu padre mortal, sé lo importante que es esta ciudad para ti. No quiero que sacrifiques nada por quedarte en la casa de la Envidia.

Miró a su alrededor y su mirada se detuvo en la cama, luego en la puerta del cuarto de baño.

—Ahora podemos pasar el día aquí y volver a casa por la noche.

—¿También vas a volver a Waverly Green?

Él sonrió.

—Tan a menudo como pueda.

—¿Y si quisiera pasar la noche aquí? —preguntó ella, tirando de sus solapas.

Envy le permitió llevarlo a la cama.

En un movimiento demasiado rápido para que un humano lo detectara, la tenía inmovilizada debajo de él, su cuerpo, duro y listo.

—Estoy seguro de que podremos encontrar algo tentador en esa opción.

Ella sonrió y le desabrochó los pantalones.

—Estoy convencida.

Cuando la penetró y comenzó con esas embestidas profundas y rítmicas que la hacían perder el control de su cuerpo, Camilla sintió como si de verdad lo hubieran ganado todo.

SETENTA Y UNO

—Hay una sorpresa más que puede que se me olvidase mencionar.

Envy estaba junto a las puertas del estudio, ofreciéndole a Camilla la oportunidad de entrar primero.

—Este estudio es tuyo, para cuando quieras crear aquí —dijo—. Sé que tienes el estudio de tu padre y la galería de Waverly Green, pero quiero que sientas que la casa de la Envidia también es tu hogar.

La mirada de Camilla viajó por la habitación iluminada por las velas, deteniéndose en el lienzo desenrollado en el suelo, y en el segundo, tirado sobre el colchón que había llevado.

La pared del fondo estaba enteramente compuesta por ventanas; había hecho retirar las rejillas de hierro y las había sustituido con plata, manteniendo el intrincado diseño de las filigranas.

Una estantería de madera de seis metros se elevaba hasta el techo y estaba abastecida con rollos de lienzos, pinceles, lápices, tizas, acuarelas, carboncillos, cuadernos de dibujo, arcilla, cuchillos y todos los objetos posibles que podría soñar para usar, crear y moldear el contenido de su corazón.

Había espejos dorados, frutas y otros objetos por si deseaba pintar una naturaleza muerta. Sillas, caballetes y taburetes. Marcos en mil formas y tamaños estaban apilados con pulcritud.

—Es perfecto.

Había flores (gardenias, jazmines y glicinas) derramándose de urnas y jarrones, y sus aromas estaban destinados a evocar las mejores partes de la corte de su familia.

Envy sabía que le gustaban las glicinas, sabía que no quería darle la espalda por completo a su corte.

Aunque había dejado muy claro que no deseaba gobernar. Todavía.

Era imposible saber lo que deparaba el futuro, y a menos que fueras una de las Siete Hermanas adivinas con sus hilos del destino, o el Espejo de la Triple Luna con su capacidad para ver el pasado, el presente y el futuro, había que esperar y ver lo que traería el mañana.

Ayden enviaba cartas cada semana, tratando de convencerla de que la necesitaba para equilibrar la estrella de cinco puntas que era aquella corte. Con su madre desaparecida y su padre muerto, dos cortes se habían quedado sin líderes. Tres, técnicamente, dado que Onyx estaba cautivo.

Camilla no quería asumir ese manto real.

Envy la apoyaría en cualquier decisión que tomara. Pero aquel no era el momento para preocuparse por el futuro. Esa noche era para ellos.

Cubos de pintura en todos los tonos de plata, morado, azul, amarillo, blanco y verde bordeaban el perímetro. Los colores de ambos, y los colores de las flores favoritas de ella.

Había velas titilando por todas partes.

—Esta noche tengo planeado un cuadro muy especial.

La mirada plateada de Camilla sostuvo la suya y la intriga inundó sus ojos.

—¿De veras? —preguntó en tono inocente.

Como si no hubiera descubierto ya exactamente lo que había planeado. La vio juguetear con los botones de su corpiño entre sus dedos, esperando a que él le diera órdenes. Pero solo en aquel contexto. Camilla le cortaría las pelotas si alguna vez lo intentaba al margen de sus juegos de dormitorio.

Curvó las comisuras de la boca.

—Quítate el vestido.

El vestido de seda cayó a sus pies.

Admiró su forma desnuda, toda su tentadora piel dorada, sus pezones duros y sus curvas suaves. Había empezado a llevar lencería solo algunas veces, para mantenerlo constantemente con la intriga de qué había debajo de su ropa. Piel o encaje. Le encantaban ambas opciones.

Envy señaló el colchón con la barbilla y Camilla retrocedió, deteniéndose cuando lo rozó con la parte posterior de las piernas.

Él mojó un dedo en la pintura plateada y luego trazó las curvas de su pecho, rodeó su pezón en punta y dibujó una línea hasta su ombligo.

A Camilla se le puso la piel de gallina por culpa de la pintura líquida y fría y su respiración se volvió errática.

Envy metió otro dedo en una pintura plateada más clara y dibujó con sus manos en los muslos de Camilla, que lo miraba con hambre, pero en silencio. Quería que usara su cuerpo como lienzo. Llevaba tiempo queriéndolo. Esa noche, ambos cumplirían su deseo.

Estudió la pintura verde y sumergió ambas manos en la que mejor combinaba con sus ojos. Le goteó por las palmas y Camilla soltó un pequeño grito ahogado cuando golpeó con ambas manos su suave trasero, dejando su marca justo donde quería.

—Siéntate, amor.

Un brillo apareció en la mirada de Camilla. Hizo lo que él le pedía, asegurándose de deslizar su cuerpo sobre el lienzo que Envy había colocado sobre la cama.

Él se desnudó, disfrutando de la forma en que el pulso de Camilla se aceleraba con cada capa que retiraba lentamente. Cuando se quitó los pantalones y quedó libre en toda su longitud, Camilla se humedeció los labios.

Se incorporó, como si estuviera a punto de lamerlo desde la punta hasta la base y sumergió las manos profundamente en la pintura plateada. Arrojó un puñado de plata líquida en su dirección y se rio mientras le goteaba por el pecho, salpicando su erección.

—Eso, mi amor —ronroneó Envy—, es una declaración de guerra.

Liberó sus alas, consciente de cuánto le gustaban a ella.

Camilla trazó el plumaje esmeralda de forma suave, estimulante. Envy casi olvidó su plan. Tal como pretendía su brillante futura esposa. Agarró un cubo, derramó el contenido sobre ella y adoró su chillido de deleite cuando aulló y retrocedió.

Ella le arrojó un cubo de pintura verde oscuro, riendo mientras él maldecía.

Pronto ambos estuvieron cubiertos de pintura, jadeando y rodando por el lienzo. Sus alas se convirtieron en un colorido desastre.

—Fóllame, ya —exigió ella al fin, sin aliento.

—Con mucho gusto.

Se introdujo con fuerza en su interior y ambos soltaron una maldición.

Las paredes de Camilla se apretaron a su alrededor, exprimiéndolo mientras embestía; la pintura, una sensación erótica mientras se deslizaba sobre su piel; su amor creando su propia obra maestra. Camilla le clavó las uñas en sus hombros, justo entre las alas.

Lo acercó más a ella y lo rodeó con las piernas.

Él le hizo el amor con fuerza, sus cuerpos manchándolo todo con pintura en trazos salvajes.

Deslizó una mano entre ambos para jugar con su clítoris hasta que la tuvo jadeando.

Ambos rugieron mientras se corrían, moviéndose hasta exprimir el último gramo de placer. Envy supo, sin lugar a dudas, que la obra que tenían debajo sería el cuadro más preciado de su colección.

Se abrazaron durante varios largos minutos; luego, Camilla se subió encima de él.

—Más.

La admiró mientras movía las caderas, tomándolo lenta y profundamente mientras marcaba el ritmo. A continuación, Envy le dio la vuelta y salió disparado por la ventana. Voló hasta que estuvieron lo bastante elevados y le hizo el amor entre las estrellas.

En algún momento, volvieron al estudio y se revolcaron un poco más en la pintura. Camilla le exigió que se encaramara sobre ella y extendiera las alas para poder levantar las piernas por encima de ellas. Él hizo lo que le ordenó su princesa. Le mantuvo las piernas estiradas, primero apoyadas contra sus hombros, bombeando con fuerza y rapidez mientras las pieles de ambos chocaban una contra la otra entre tanto placer.

Más tarde, cuando por fin lograron alejarse de su arte, mandó enmarcar la obra. Le sonrió a Camilla, salpicada de pies a cabeza y en cada delicioso rincón intermedio por un arco iris de colores.

—¿Dónde deberíamos colgarlo?

Ella fingió pensárselo por un momento.

—Conozco el lugar indicado, alteza.

Lo condujo hasta su dormitorio y miró hacia el techo con las cejas arqueadas, expectante.

Él echó la cabeza hacia atrás y soltó una carcajada.

Al parecer, su legendario cuadro estaba a punto de ser descolgado.

A Envy no se le ocurría un reemplazo más perfecto.

Antes de que pudiera ofrecer algún tipo de réplica, Camilla acercó la boca a la suya y lo besó.

—Te quiero —susurró mientras retrocedía y lo estudiaba con la mirada.

Clavó la mirada en ella, con el corazón acelerado. La verdad impactó en él con fuerza.

Y, por una vez, no respondió con una mentira.

—Yo también te quiero.

Pronto estuvieron enredados entre las sábanas —la pintura seca cayó sobre la seda verde oscuro—, y Envy descubrió que no le importaba nada que no fuese la mujer por la que felizmente rompería todas sus reglas, desde aquel día hasta la puta eternidad.

AGRADECIMIENTOS

Primero, un enorme agradecimiento a mis lectores. (¡Tanto a los antiguos como a los nuevos!).

Gracias por acompañarme en este viaje a medida que mi trabajo ha ido avanzando hacia el reino adulto. Desde los inicios de la saga de *El reino de los Malditos* esperé poder compartir algún día la historia de cada príncipe, y tal vez incluso la de una diosa, un hombre lobo o un príncipe vampiro, así que esto ha sido un sueño hecho realidad. Me encanta vuestro entusiasmo y cómo habéis llegado a preocuparos profundamente por los siete círculos y por todos estos malvados y pecaminosos personajes.

En el aspecto editorial, me siento infinitamente agradecida con mi agente, Barbara Poelle, que defendió estos libros cuando todavía eran meros sueños. Mi equipo en Irene Goodman, Heather Baror-Shapiro en Baror Intl y Sean Berarad en Grand View.

A Helen O'Hare, diosa editora e increíble cómplice editorial, jamás podré agradecértelo lo suficiente. Me emociona mucho que podamos seguir trabajando juntas. Creo que nos estamos divirtiendo más que cada uno de los príncipes demonio en cuyas historias vamos a trabajar a continuación. Este libro es el libro de mis sueños gracias a tu trabajo de edición.

A todo mi equipo de Little, Brown, tengo mucha suerte de trabajar con todos vosotros. Gracias por todo lo que hacéis detrás de las cámaras para ayudar a llevar estos libros al mundo. Aprecio increíblemente vuestra emoción, vuestro entusiasmo, vuestro trabajo duro y vuestra creatividad. Gabrielle Leporati, Danielle Finnegan, Gianella Rojas, Linda Arends, Liv Ryan, Mary Tondorf-Dick, Bruce Nichols, Craig Young, Sabrina Callahan, Judy Clain, Gregg Kulick, Taylor Navis, Elece Green, Meg Miguelino, Martha Bucci, Cyanne Stonesmith, Sharon Huerta, Suzanne Marx, Raylan Davis, Claire Gamble, Karen Torres, la correctora Barbara Perris y los narradores de los audiolibros: Steve West y Marisa Cain.

A mi encantador equipo del Reino Unido en Hodderscape: sois absolutamente brillantes y no podría estar más agradecida por todo lo que hacéis. Vuestro apoyo es tan legendario como la colección de arte de Envy. Molly Powell, extraordinaria editora, gracias por tus notas perversamente encantadoras y tu temprano apoyo a la idea de Envy como protagonista romántico. Kate Keehan, nuestros mensajes siempre me alegran el día, y me hace MUY feliz que tengamos dos príncipes del pecado más por los que volvernos locas. Natasha Qureshi, Sophie Judge, Laura Bartholomew, Aaron Munday, Claudette Morris, Carrie Hutchinson y todo el equipo, millones de gracias por todo lo que hacéis.

Mamá, papá, Kelli, Ben, os quiero más allá de lo que puedo expresar con palabras. Dogwood Lane Boutique —también conocida como la tienda de mi hermana y mi terapia de compras favorita—, un gracias enorme por hacer que tanto mi hogar como yo estemos tan elegantes como las casas del pecado.

Stephanie Garber, siempre lo digo, pero me siento muy agradecida por nuestra amistad. Anissa de Gomery, te adoro muchísimo y me encantan nuestras charlas. Gracias por ser una amiga tan increíble. Isabel Ibáñez y J. Elle, sois las mejores.

Libreros, bibliotecarios y todos los lectores que compartís una publicación en redes, que habláis a vuestros amigos sobre estos libros y transmitís tanta alegría y positividad: «gracias» nunca será una palabra lo bastante grande. Sois más mágicos de lo que creéis. Qué ganas tengo de nuestra próxima aventura.

También me siento infinitamente agradecida con Ayman Chaudhary (@Aymansbooks) y Pauline (@thebooksiveloved) por su apoyo inmediato en sus inicios al mundo de *El reino de los Malditos* en TikTok, y a todo el mundo en BookTok que se ha unido por amor a los libros. Sois un tesoro. Espero que todo lo bueno que dais al mundo os sea devuelto en un millón de maravillosas formas y que vuestras próximas lecturas sean todas cinco estrellas.